मेरे मुहल्ले के फूल

मेरे मुहल्ले के फूल

एक सौ व्यंग्य-लेख

नरेन्द्र कोहली

वाणी प्रकाशन ग्रुप
भारतीय ज्ञानपीठ

वाणी प्रकाशन : भारतीय ज्ञानपीठ की पुस्तकों के एकमात्र प्रकाशक एवं वितरक

लोकोदय ग्रन्थमाला : ग्रन्थांक 647

सजिल्द दूसरा संस्करण : 2004
सजिल्द तीसरा संस्करण : 2007
सजिल्द चौथा संस्करण : 2026

वाणी प्रकाशन ग्रुप | भारतीय ज्ञानपीठ

वाणी प्रकाशन : भारतीय ज्ञानपीठ की पुस्तकों के एकमात्र प्रकाशक एवं वितरक

वाणी प्रकाशन

4695, 21-ए, दरियागंज, नयी दिल्ली-110 002
दूरभाष : 011-23273167, 23275710
ईमेल : sales@vaniprakashan.in
www.vaniprakashan.com

ISBN : 978-81-263-1388-4

मूल्य : ₹ 875

मेरे मुहल्ले के फूल
(एक सौ व्यंग्य-लेख)
नरेन्द्र कोहली

MERE MUHALLE KE PHOOL
(Hindi Satire)
by Narendra Kohli

आवरण : सत्यसेवक मुखर्जी
मुद्रक : आर. टेक ऑफ़सेट प्रिंटर्स, दिल्ली-110 032

सौ व्यंग्य-लेख

संस्कृति से बिछुड़ने का रोग

बच्चा रात-भर नहीं सोया। थोड़ी देर सोता भी तो फिर जागकर रोने लगता। रोता तो बहुत ज़ोर से रोता। वह इतना रोया कि मुझे शक हो गया कि उसके भीतर किसी बहुत ही सबल राष्ट्रीय आत्मा का निवास है। क्योंकि, इतना अधिक तो देश की दुर्दशा पर रोनेवाले भी बहुत मुश्किल से ही रोएँगे। मैं रात-भर सोचता रहा कि बच्चा यदि इस अभ्यास को बनाए रखेगा तो उसे पर-राष्ट्र मन्त्रालय में एक अच्छी-सी नौकरी मिल सकती है। वे लोग उसे संयुक्त राष्ट्र में अपने देश का पक्ष लेकर रोने की नौकरी दे सकते हैं। विदेशों में अपने देश के लिए चन्दा इकट्ठा करने के लिए रोने का काम सौंप सकते हैं, या फिर शत्रु-राष्ट्रों के दूतावासों के गेट पर बैठकर निरन्तर रोने की ड्यूटी लगायी जा सकती है। पर पता नहीं वह बड़ा होने तक इसी प्रकार रो भी सकेगा कि नहीं।

सुबह मैं बच्चे को अपने वैद्य जी के पास ले गया। सुबह-सुबह ही मेरे मन में यह सन्देह जागा था कि बच्चा अभ्यास से नहीं, किसी रोग की पीड़ा से रोता रहा है। अच्छा था कि वैद्यराज को दिखा ही लिया जाए।

वैद्यराज बड़ी देर तक उसकी नब्ज पकड़कर बैठे रहे और आँखें मिचमिचाते रहे और मैं डरता रहा कि कहीं वे भी न रो पड़ें। पर वे रोये नहीं। थोड़ी देर बाद बड़ी करुण आवाज़ में बोले, "इस बालक को अपने देश की संस्कृति से बिछुड़ जाने का रोग है।"

मैंने मन-ही-मन अपने घर में पड़ी हज़ारों रुपयों की मेडिकल बुक्स को तीली दिखायी और पूछा, "यह कौन-सा रोग है, महाराज?"

"होता है, यह भी एक होता है।" वे अपने हाथ की अँगूठी को फिराते हुए बोले, "अभी बताता हूँ कि यह क्या होता है।"

फिर वे थोड़ी देर तक सोचते रहे कि वह क्या होता है और तब बोले, "हम अपने देश की संस्कृति से इतनी दूर चले आये हैं कि हमारे यहाँ पैदा होनेवाले बच्चों की आत्माएँ भूखी रह जाती हैं। जिस प्रकार बच्चे का भूखा पेट रोता है, वैसे ही बच्चे की भूखी आत्मा भी रोती है।"

"इसका उपचार क्या है, महाराज?" मैंने पूछा।

वे बोले, "उपचार भी करता हूँ।"

वैद्यराज अपने स्थान से उठकर दुकान के पिछवाड़े में स्थित अपने घर में चले गये। मैं यह सोचकर बैठा रहा कि वैद्यराज का लंच-टाइम हो गया होगा। भोजन पा लेंगे तो आ जाएँगे। सोचा, मैं भी उनके कुछ चूर्ण और भस्म खाकर सो रहूँ। पर कैसे सोता, बच्चा मेरी गोद में लेटा, मुझे बिटर-बिटर देख रहा था। मैं यदि सोने का प्रयत्न करता तो वह रोने लगता।

वैद्यराज बहुत जल्दी लौटे। उनके हाथ में बहुत पुराना-सा एक ग्रामोफ़ोन था। यह शायद ग्रामोफ़ोन का सबसे पुराना मॉडल था। उन्होंने ग्रामोफ़ोन में धड़ाधड़ चाबी दी और ढूँढ़-ढाँढ़कर एक पुराना सड़ा-सा रिकार्ड उस पर लगा दिया।

रिकार्ड में से शास्त्रीय संगीत की रीं-रीं, टीं-टीं निकली तो बच्चे ने चौंककर गर्दन उठा दी।

वैद्यराज ने ताली बजायी, "देखो, संस्कृति का पान कर रहा है।"

और थोड़ी ही देर में बच्चा बोर होकर सो गया।

मैं भौचक होकर कभी वैद्यराज को देख रहा था और कभी बच्चे को। जो बच्चा रात-भर नहीं सोया था और चीखता रहा था, उसे शास्त्रीय संगीत ने कितनी जल्दी सुला दिया! मुझे उसकी विदेश मन्त्रालय वाली नौकरी पर यह बड़ा भारी ख़तरा लगा। उसे जहाँ कहीं भी रोने वाली नौकरी पर भेजा जाएगा, वहाँ शत्रु शास्त्रीय संगीत से उसे सुला देंगे।

"यह कैसे हुआ, महाराज?" मैंने पूछा।

"आत्मा तृप्त हो गयी।" वैद्यराज बोले।

"मैं शास्त्रीय संगीत की इस शक्ति से परिचित नहीं था, महाराज!" मैं बोला, "पर यदि यह इतनी बड़ी स्लीपिंग पिल है तो पुराने राजा-महाराजा लोग ज़रूर अनिद्रा रोग के रोगी होते होंगे, जो गायकों को अपने दरबारों में रखते थे।"

"नहीं, उसका कारण दूसरा था।" वैद्यराज ने प्रकाश डाला, "वे लोग अनिद्रा रोग के रोगी नहीं थे। वस्तुतः वे लोग अपने दरबार के इन गायकों के संगीत के माध्यम से दरबारियों को सुलाकर या उनींदा करके अपनी बात मनवा लिया करते थे। दरबार में सोने की परम्परा का शुभारम्भ उन्हीं दिनों हुआ था। तभी तो आज भी लोग संसद भवन में जाकर सो जाते हैं। एक उपयोग और भी था। जिस प्रकार राजा लोग विषकन्या पालते थे, पहलवान पालते थे, उसी प्रकार गायकों को भी पालते थे, ताकि अपने शत्रुओं को अपने गायकों के आलापों से सुला दें। और बाद में तो बाजी ही पलट गयी थी...."

वे अपनी बात बीच में ही छोड़कर हँसने लगे।

मैंने ग्रामोफ़ोन में और भी चाबी भर दी ताकि देश की संस्कृति चलती रहे

और बच्चा सोया रहे, कहीं ऐसा न हो कि वैद्यराज की हँसी से वह जाग जाए और मेरा ज्ञान अधूरा ही रह जाए।

"बाजी कैसे पलट गयी थी?" मैंने पूछा।

"हुआ यह कि गायकों को अपने संगीत का मूल्य ज्ञात हो गया और उन्होंने अपने ही राजा को सुलाने की धमकी दी। तानसेन ने अपना अभ्यास अकबर के सामने करना आरम्भ कर दिया और अकबर सदा ही उनींदा रहने लगा। उन्हीं दिनों उसके उनींदेपन से लाभ उठाकर शहज़ादा सलीम विद्रोह कर बैठा था। तब अकबर ने तानसेन को बहुत समझाया। उसे बहुत सारा धन दिया और उसे बीरबल के साथवाला कमरा दे दिया। उससे उसे दुहरा लाभ हुआ। एक तो फिर तानसेन ने उसे सुलाया नहीं और दूसरे, बीरबल बहुत ज़्यादा सोने लगा और अकबर को राज-काज के लिए अधिक समय मिलने लगा, नहीं तो 'आईने अकबरी' में भी अकबर को चुटकुले ही लिखवाने पड़ते। औरंगज़ेब ज़्यादा चालाक था, उसने अपने दरबार में ही नहीं, अपने आसपास कहीं भी कोई गायक नहीं रहने दिया था।"

"पर यह संस्कृति से बिछुड़ने का रोग कब से चला है?" मैंने बात बदल दी।

"औरंगज़ेब के समय से ही चला है। उसने सारे जीवन में एक बार भी संगीत नहीं सुना था। पर अब यह रोग जड़ से समाप्त हो जाएगा।" उनके नयनों में तेज उतर आया, "मैं इसे जड़ से उखाड़ दूँगा। मैंने संगीतमयी गोलियाँ बनायी हैं। एक गोली खा लो, आत्मा तृप्त होकर सो जाती है। मैंने कालिदास के नाटकों का भस्म बनाया है, कथकली का चूर्ण बनाया है। कोई चीज़ नहीं छोड़ी। संस्कृति का प्रत्येक तत्त्व मैंने अपनी औषधियों में प्रस्तुत कर दिया है। अब कोई भी राष्ट्रीय आत्मा भूखी रहकर रात-भर नहीं रोएगी। रोनेवाली आत्माएँ, स्वतन्त्रता से पहले-पहले ही मर गयीं। अब सारी आत्माएँ मेरी औषधियाँ खाकर संस्कृति से भरपूर होकर सो जाती हैं। मैंने देश के हर बड़े नेता को, ज़िला लेबल तक शास्त्रीय संगीत की गोलियाँ खिलायी हैं और हमारा हर नेता सो रहा है। सोना हमारी संस्कृति है। है न चमत्कार। देखोगे?" उन्होंने मुझसे पूछा।

मैं बिना कुछ समझे, उनकी ओर देखता रहा और उन्होंने शीशी से एक गोली निकाली, अपने मुँह में डाली और कुर्सी पर ही सो गये।

डिग्रियाँ

वे विश्वविद्यालय के उपकुलपति बने तो मैं उनसे मिलने गया। बोला, "बधाई हो। मन्त्रीजी ने आपको उपकुलपति बना दिया।"

वे नाराज़ हो गये। बोले, "मन्त्रीजी ने खामखाह बना दिया। रिश्तेदारी ने बनाया। मन्त्रीजी क्या चीज़ हैं? मैं उनका रिश्तेदार न होता तो वे मुझे उपकुलपति बना सकते थे?"

"नहीं।" मैं बोला।

"इसलिए कहता हूँ," उन्होंने मुझे समझाया, "संसार का नया ज्ञान सीखो। बोलो, अक्ल बड़ी कि भैंस?"

"अक्ल!" मैं बोला।

"ग़लत," उन्होंने मुँह बनाया, "भैंस बड़ी है। एक समय में छह-सात किलो दूध देती है। वह भी खालिस। अक्ल साली क्या खाकर छह-सात किलो खालिस दूध देगी?"

"ठीक है!" मैंने कहा।

"और मन्त्री बड़ा कि रिश्तेदारी?" उन्होंने पूछा।

"रिश्तेदारी।" मैंने उत्तर दिया।

"इस बार ठीक है।" वे प्रसन्न हुए, "तो तुम भी रिश्तेदारी का प्रसाद पाओ। एक प्रेस खोल लो।"

"प्रेस! वह क्यों?" मैंने भौचक होकर पूछा।

"इसलिए, क्योंकि मैं कहता हूँ।" वे बोले, "मैं अर्थात् इस विश्वविद्यालय का नया उपकुलपति।"

"पर आप क्यों कहते हैं?" मैंने ज़िद करके पूछा।

"अबे, डिग्रियाँ छपवानी हैं।" वे बोले, "थोक के भाव।"

"थोक के भाव!" मैं और हैरान हुआ, "यह क्यों?"

"ऐसा है," वे मेरी नादानी पर झुँझलाये, "कि उनकी ज़रूरत पड़ेगी। देखो, पहले तो यह होता था कि लड़के परीक्षाएँ पास करते थे और दीक्षान्त-समारोह पर

अपनी डिग्रियाँ लेते थे। अब यह बात नहीं रही।"

"अब क्या हुआ है?" मैंने पूछा।

"अब लड़के परीक्षा में बैठने की जगह उपकुलपति के घर पत्थर मारकर डिग्री लेना ज़्यादा सुविधाजनक मानने लगे हैं।" उन्होंने कहा।

"तो आप क्या करेंगे?" मुझे उनसे सहानुभूति हो आयी, कहाँ फँस गये बेचारे!

"कई बातें सोच रहा हूँ।" उन्होंने अपनी टोपी सिर के पिछले भाग में खिसकाकर माथा खुजलाया और फिर टोपी खुजलाये जा चुके भाग की ओर खिसकाकर सिर का पिछला भाग खुजलाने लगे।

"क्या-क्या सोच रहे हैं?" मैंने ठीक ढंग से रुआँसा होकर पूछा, जैसे किसी के जवान बेटे के मरने पर संवेदना प्रकट करते हुए कोई पूछता है, "उसे क्या हुआ था?"

"इसीलिए तो कहता हूँ कि तुम प्रेस खोल लो।" इस बार उन्होंने अपना चश्मा रूमाल से साफ़ करना आरम्भ किया, "उससे होगा यह कि मैं ढेर सारी डिग्रियाँ छपवाकर बोरों में भरवाकर अपने पास रखूँगा। जब कभी लड़के कोई प्रदर्शन करने आएँगे, मैं उन बोरों में से उनकी इच्छानुसार डिग्रियाँ निकालकर उनको दे दूँगा।"

मैं कुछ गम्भीर हुआ और बात को वैयक्तिक धरातल से ऊपर खींचकर राष्ट्रीय धरातल पर ले गया, "इससे तो देश में पढ़ाई का स्तर बहुत गिर जाएगा।"

वे मुझसे अधिक गम्भीर हो गये। राजनीतिक मुद्रा बनाकर बोले, "गिरना बुरा है या टूटना?"

मैंने उनके प्रश्न पर विचार किया और बोला, "टूटना बुरा है। गिरकर हम उठ सकते हैं, पर टूटकर जुड़ना मुश्किल है।"

"तो ठीक है," उन्होंने प्रसन्न होकर कहा, "स्तर गिरेगा, शीशे तो नहीं टूटेंगे। यह देश का निर्माण है। देश का मतलब भवन। मैं नया भवन नहीं बनवाऊँगा, पर जो बना हुआ है उसे टूटने नहीं दूँगा।"

मैं उनकी दृढ़ता से बहुत प्रभावित हुआ। मुझे लगा, बात बहुत सही है। देश की स्वतन्त्रता की लड़ाई में जिनके सिर टूट गये, उनके बच्चे यतीमों के समान आलू-छोले बेचते हैं और जिनके सिर गिर गये यानी झुक गये, उनके बच्चे नोट बनाने की मशीनें लिये फिरते हैं। तुड़वाना मूर्खता है, झुकाना बुद्धिमत्ता है। हमारे ऋषि लोग ईश्वर की मूर्ति के सामने सिर झुकाते थे, सिर मूर्ति से मारकर तुड़वाते नहीं थे। ठीक है।

"पर मैं तो सुन रहा हूँ," मैंने एक और शंका की, "कि लड़के अगली बार बी.ए. की परीक्षा में बैठकर एम.ए. की डिग्रियों की माँग करने वाले हैं। यह तो बुरी बात होगी।"

"बड़े भोले हो।" वे बोले, "बुरी बात क्या है! हग उनकी माँग से पहले ही

उन्हें बी.ए. की परीक्षा के बाद एम.ए. की डिग्री पकड़ा देंगे और पी-एच.डी. की डिग्री डाक से भेज देंगे और समाचारपत्रों में यह घोषणा छपवा देंगे कि बी.ए. एम.ए. और पी-एच.डी. की डिग्रियों का मूल्य आज से बराबर-बराबर माना जाएगा। यह सोशलिस्ट स्टेट की ओर हमारा एक और क़दम है। कितनी बुरी बात है कि कुछ लोग स्वयं को जनता से केवल इसलिए ऊँचा मानते हैं, क्योंकि उसके पास कुछ ऊँची डिग्रियाँ हैं। दिस इज़ अगेंस्ट डिमॉक्रेसी।"

"आप ठीक कहते हैं।" मैंने हाथ जोड़ दिये।

"और बुर्खरदार!" उन्होंने मुझे आँख मारी, "वैसे भी डिग्री तो क्लर्की-श्लर्की की नौकरी के लिए देखी जाती है। बड़ी नौकरियाँ तो यूँ ही मिलती हैं। अब मेरे पास कोई डिग्री है या इन्दिराजी के पास है? सब यूँ ही चलता है। तुम्हारे पढ़े-लिखे कवि तो मास्टर ही रह गये। टैगोर, निराला और प्रसाद तो बिना डिग्री के महान् हुए। फिर डिग्री का क्या मूल्य है?"

"ठीक है। ठीक है।" मैं बोला, "आप ढेर सारी डिग्रियाँ छपवाकर हवाई जहाज़ से लुटा दीजिए। जिसके हाथ जो डिग्री पड़ जाय, उस पर वह अपना नाम लिख ले।"

"सोचा था, यह भी सोचा था।" वे बोले, "पर हिन्दुस्तानी जनता बड़ी मूर्ख है। उनके लिए हवाई जहाज़ से अन्न का बोरा फेंको तो उसी के नीचे दबकर मर जाते हैं। और फिर डिग्री की तो चोट भी बड़ी गहरी होती है। इसलिए डिग्रियाँ हवाई जहाज़ से नहीं फिंकवा रहा। वह कर सकता तो इन सब मास्टरों-वास्टरों का वेतन बचा पाता तो अपना वेतन और भी बढ़वा सकता। पर हुआ नहीं। हाय!"

"हाय!" मैंने संवेदना प्रकट की।

"अच्छा, जाओ अब!" वे सहसा हाथ झटककर बोले, "हाय-हाय मत करो, नहीं तो लोग समझ बैठेंगे कि तुम मेरी कोठी पर प्रदर्शन कर रहे हो। अभी तो प्रदर्शनकारियों को देने के लिए डिग्रियाँ ही नहीं छपीं। जाओ, जल्दी से प्रेस खोलो।"

मैं उठकर चल पड़ा। नमस्ते भी नहीं की। डर गया, कहीं यह न समझ लें कि डिग्री के लिए हाथ जोड़ रहा हूँ।

कबूतर

टाउन हाल के सामने एक चबूतरा अब भी है, तो पहले भी रहा होगा। उस पर किसी समय ब्रितानी साम्राज्य की सम्राज्ञी विक्टोरिया की काले रंग के पत्थर की बड़ी-सी मूर्ति हुआ करती थी। अब वह कहाँ है, मुझे पता नहीं है। जब मन्दिरों से महापराक्रमी भगवान की मूर्तियाँ चोरी चली जाती हैं तो बीच चौराहे से एक नारी-मूर्ति का ग़ायब हो जाना कौन-सी अचम्भे की बात है, चाहे वह कितने ही काले पत्थर से क्यों न बनी हो।

इण्डिया गेट के बाहर पाँचवें जार्ज की मूर्ति पर छत्र बनवाले वाले अँग्रेज़ पता नहीं कैसे चूक गये और उन्होंने रानी विक्टोरिया की मूर्ति के ऊपर छत्र नहीं बनवाया। उन्होंने शायद सोचा था कि पाँचवें जार्ज की सफ़ेद रंग के पत्थर की मूर्ति एक अँग्रेज़ की मूर्ति लगती है, इसलिए उस पर छत्र आवश्यक है, पर विक्टोरिया की काले रंग की मूर्ति हिन्दुस्तानियों में खप जाएगी, इसलिए उस पर छत्र आवश्यक नहीं है। पर नेटिवों को डराने के लिए उन्होंने मूर्ति के दोनों ओर तोपें ज़रूर रखवा दी थीं। वे तोपें गोले नहीं दागती थीं। मेरा अपना विचार है कि जनरल कौल वही तोपें उठवाकर चीनियों से लड़ने के लिए लद्दाख में ले गये थे। अब वे तोपें पीकिंग के अजायबघर में हैं।

विक्टोरिया काफ़ी आराम से बैठी थीं और मूर्ति का फैलाव काफ़ी था। कबूतरों के बैठने का काफ़ी आरामदेह स्थान था वह। हुआ यह कि उस मूर्ति पर और उसकी छत्रछाया में कबूतरों की आम सभाएँ होने लगीं। हिन्दुस्तानी कबूतर थे कमबख़्त! अदब-क़ायदा कुछ जानते न थे, इसलिए हर कबूतर नियम से उस मूर्ति पर तीन बार बीट अवश्य करता था।

उस ज़माने में दिल्ली में सिवाय भारतीयों के और किसी भी राष्ट्र का नागरिक भंगी का काम नहीं करता था। और हिन्दुस्तानी भंगी में इतना साहस कहाँ से आता कि वह ब्रितानी साम्राज्य की महान् सम्राज्ञी की मूर्ति के पास फटकता। होते-होते हुआ यह कि विक्टोरिया की मूर्ति पर कबूतरों की बीट का ढेर लग गया। तोली

नहीं गयी, इसलिए सही नहीं बता सकता, वैसे अन्दाज़ से कह सकता हूँ कि टन-दो टन तो होगी ही।

उन्हीं दिनों इंग्लैण्ड के प्रधानमन्त्री श्री एटली भारत के दौरे पर आये। उन्होंने जब सम्राज्ञी की दुर्दशा देखी तो घबरा गये। उनके आगे बात स्पष्ट थी कि जिस देश के कबूतर तक इतने राजद्रोही और साहसी हों, वहाँ कोई अन्य देश शासन नहीं कर सकता। परिणामस्वरूप, उन्होंने भारत को स्वतन्त्र कर दिया। मुफ़्त में यश मिला महात्मा गाँधी, नेताजी सुभाष तथा द्वितीय महायुद्ध को। स्वतन्त्रता के इतिहास में उन महान् कबूतरों को एकदम भुलाकर भारतीयों ने अपनी परम्परागत कृतघ्नता का प्रमाण दिया है।

स्वतन्त्रता जब ऊपर से टपकी तो लोगों ने गाँधी टोपी फैलाकर उसे समेट लिया। महात्मा गाँधी चूँकि अपने नाम की टोपी नहीं पहनते थे, इसलिए उनके हिस्से कुछ नहीं आया। हाँ, उनके राजनीतिक पुत्रों ने उनकी मूर्ति कम्पनी बाग़ में बनवा दी, ताकि वे बाग़ के फूलों और सैर करने वालों में ही भूले रहें और राजनीति की बात न सोचें।

महात्मा गाँधी मूर्ति में बसते थे और मूर्ति चल नहीं सकती थी, इसलिए गाँधी जी जड़ हो गये। गाँधीवाद चल निकला। वह चलता-चलता नगर निगम में घुसा, विधान सभाओं में घुसा और जाकर लोकसभा में भी बैठ गया।

इधर विक्टोरिया की मूर्ति चोरी चली गयी थी और देश को स्वतन्त्र कराने वाले क्रान्तिकारी देशभक्त कबूतर फिर से निराश्रित हो गये थे। उड़ते-उड़ते वे गाँधीजी की मूर्ति पर आ बैठे।

गाँधीजी ने उन्हें देखकर टोका, "देखो, मेरे ऊपर बीट मत करना।" और उन्होंने धमकी दी, "तुमने यदि मेरे ऊपर बीट की तो अँग्रेज़ों के समान मेरे शिष्य भी देश को छोड़ जाएँगे और देश का सत्यानाश हो जाएगा।"

गाँधीजी ने सोचा था कि कबूतर इस बात को सुनकर पीछे हट जाएँगे, पर कबूतर मँडराते रहे, मँडराते रहे और आकर मूर्ति पर बैठकर हँसने लगे।

गाँधीजी ने कबूतरों को हँसते कभी नहीं देखा था। वे बड़े हैरान हुए। उन्होंने पूछा, "हँसते क्यों हो?"

"मुझे पता नहीं है," कबूतर बोले, "कि अब सारा देश एकमत से यह चाहता है कि तुम्हारे शिष्य देश को छोड़ जाएँ। यदि हमारे कारण तुम्हारे शिष्य देश को छोड़ गये तो समझो कि हमने देश को दूसरी बार मुक्त किया।"

"यह बात है?" गाँधीजी ने पूछा।

"हाँ!" कबूतर बोले, "और यह मत सोचो कि तुम्हारे शिष्य देश को छोड़ जाएँगे। अँग्रेज़ों में लाज-शरम थी। तुम्हारे शिष्यों में कुछ नहीं है। वे तो देश को ऐसे चूस रहे हैं, जैसे कुत्ता हड्डी को चूसता है।"

"पर तुम कहीं और बीट क्यों नहीं करते?" गाँधीजी ने झल्लाकर कहा।

"कहाँ करें?" कबूतरों ने ज़ोर से पंख फड़फड़ाये, "तुम्हारे पुत्रों ने सारे देश को इतना गन्दा कर रखा है कि उतनी गन्दी जगह पर बीट करते हमें शरम आती है।"

"ऐसा नहीं हो सकता।" गाँधीजी बोले, "तुम झूठ बोलते हो। मेरे तीन बन्दर कहाँ हैं?"

"तीन बन्दर!" कबूतर फिर ज़ोर से हँसे, "तीनों बन्दर हर मन्त्री की आत्मा में समा गये हैं। देश में बन्दर-वृत्ति फैली हुई है। छीनो और खा जाओ। किसी दिन वे लोग तुम्हारे हाथ की यह लाठी भी छीनकर भाग जाएँगे।"

"और मेरे तीन बन्दरों के उपदेश?" गाँधीजी ने पूछा।

"वे उपदेश सब लोगों को ज़ुबानी याद हैं। वे रोज़ सवेरे उनका जाप करते हैं और ऐसे सुन्दर नीति-वाक्यों के लिए तुम्हारी प्रशंसा करते हैं।"

"लोग उन पर आचरण नहीं करते?" गाँधीजी ने हतप्रभ होकर फिर पूछा।

"उन्हीं पर तो आचरण करते हैं।" कबूतर बोले, "वे लोग किसी काम में बुराई नहीं देखते, किसी की बुराई नहीं सुनते और किसी को बुरा नहीं कहते। सब अपने-अपने धन्धे में मस्त हैं। वे केवल बुराई करने में विश्वास रखते हैं; कहने, सुनने और देखने में नहीं।"

"हाय-हाय!" गाँधीजी की आँखों से आँसू टपके, "और मेरे पाँच शील? क्या वे लोग पाँच शीलों को भी भूल गये हैं, उन पर अब कोई आचरण नहीं करता?"

"नहीं-नहीं।" कबूतरों ने उन्हें आश्वासन दिया, "तुम रोओ मत। देश में पाँचों शील बहुत ही लोकप्रिय हैं। अधिक-से-अधिक लोग उन पर आचरण कर रहे हैं। उनका तो विदेशों में निर्यात भी हो रहा है। आज सवेरे ही पंचशील मन्त्री ने लोकसभा के सदस्यों को आश्वासन देते हुए कहा है कि पंचशील के बढ़ते हुए निर्यात से हमारे सामने एक बहुत बड़ा ख़तरा आ खड़ा हुआ है कि कहीं देश में पंचशील की कमी न हो जाय और उसकी मूल्य-वृद्धि न हो। इस ख़तरे को दृष्टि में रखते हुए हम इस बात के लिए प्रयत्नशील हैं कि शीघ्र-से-शीघ्र पंचशील को खुले बाज़ार से हटा लिया जाए और वह केवल राशन की अधिकृत दुकानों पर राशन-कार्ड पर मिला करे। हम केवल इसी से सन्तुष्ट नहीं हैं। देश के विभिन्न भागों में हम शीघ्र ही विदेशी सहायता से बड़े-बड़े कारखाने खोलने जा रहे हैं, जहाँ 'निरोध' के समान ही व्यापक स्तर पर पंचशील का निर्माण भी होगा।"

"तो पंचशील बहुत लोकप्रिय है?" गाँधीजी पोपले मुँह से हँस पड़े।

"बहुत अधिक!" कबूतरों ने कहा।

"लोग सत्य का पालन करते हैं?" गाँधीजी ने पूछा।

"हाँ!" कबूतर बोले, "सरकार ने जीवन का सत्य खोज निकाला है। वह इस

निष्कर्ष पर पहुँची है कि जीवन बिना बेईमानी और धोखेबाजी के नहीं चल सकता। छल-कपट और स्वार्थ ही जीवन का सत्य है। और इस सत्य का व्यवहार जीवन के प्रत्येक क्षेत्र में हो रहा है।"

"अहिंसा का भी पालन होता है क्या?" गाँधीजी ने अपनी ऐनक को नाक पर ठीक से बैठाते हुए कहा, "फ्रेम अब काफ़ी पुराना हो गया है, कुछ ही दिनों में टूट जाएगा।"

"नया फ्रेम अब तुम्हें कोई नहीं लेकर देगा, कि कहीं तुम नयी दृष्टि से दुनिया को न देखने लगो।" कबूतर बोले, "अपनी इसी ऐनक को सँभालकर रखो।"

"ऐनक को छोड़ो।" गाँधीजी बोले, "यह बताओ अहिंसा का पालन होता है?"

"ख़ूब होता है।" कबूतरों ने आश्वस्त स्वर में कहा, "किसी अपराधी को दण्ड नहीं दिया जाता कि कहीं हिंसा न हो जाए। पुलिस की लाठियाँ भी पहले से काफ़ी छोटी कर दी गयी हैं कि हिंसा हो भी तो कम हो। अफ़सरों को खुली छूट है कि वे हिंसा से बचने के लिए किसी को दण्ड देने के स्थान पर उससे उपहार ले लें, जिससे प्रेम बढ़े और हिंसा कम हो। शत्रु देशों से मार खाकर भी हम सेना को उनसे भिड़ने की खुली छूट नहीं देते कि कहीं हमारी ओर से अधिक हिंसा न हो जाए।"

"ख़ूब! बहुत ख़ूब!!" गाँधीजी बहुत प्रसन्न हुए, "मेरा देश मेरे सिद्धान्तों को बहुत दूर तक विस्तार दे रहा है। इतना दूरदर्शी मैं नहीं था। अच्छा, ब्रह्मचर्य से लोग रुष्ट तो नहीं हैं?"

"कतई नहीं।" कबूतरों ने कहा, "सब लोग ब्रह्मचर्य का पालन करते हैं। अपने ब्रह्म को कोई नहीं भूलता। वैसे आजकल धन और यौन नाम के दो ही ब्रह्म लोकप्रिय हैं। शेष ब्रह्म, पुराने क़िले के पास रहने लगे हैं।"

"ठीक है। ठीक है। क़िला ब्रह्म के लिए अच्छी जगह है। पुराना है तो क्या हुआ। पुरानी चीज़ें बुरी नहीं होतीं।" गाँधीजी भाव-विभोर होकर बोले, "अब मैं बुरा हो गया?"

"नहीं-नहीं, तुम कैसे बुरे आदमी हो सकते हो!" कबूतरों ने गुटरगूँ की, "अंग्रेज़ कहते हैं, 'ओल्ड इज़ गोल्ड'। हर पुरानी चीज़ सोना है। इसलिए तो हमारे देश ने सड़ी-से-सड़ी पुरानी चीज़ भी नहीं त्यागी। सुना है कि सरकार केन्द्रीय सचिवालय को पुराने सचिवालय में और लाल क़िले को पुराने क़िले में ले जाना चाहती है।"

"नये-पुराने की बात छोड़ो।" गाँधीजी मुसकराये, "यह बताओ, मेरे सिद्धान्त अपरिग्रह का भी कोई पालन करता है? मैंने सारा जीवन कुछ भी जमा नहीं किया। एक लँगोटी में जीवन काट दिया। अब लोग अपरिग्रह को बुरा तो नहीं समझते?"

"नहीं-नहीं, कतई नहीं!" कबूतरों ने कहा, "लोगों के पास है ही क्या कि वे जमा करें। कुछ मिलता ही नहीं है। दो-चार दुष्टों की बात जाने दो। जनता तो सारी

भूखी-नंगी ही है। हाँ, सरकार अपरिग्रह में पूरा विश्वास रखती है।"

"कैसे? कैसे?" गाँधीजी ने प्रसन्न होकर पूछा।

"सरकार अन्न जमा नहीं करती, इसलिए अकसर अकाल पड़ते रहते हैं।" कबूतर बोले, "सरकार ने कभी इतना धन जमा नहीं किया कि अपनी किसी योजना को पूरा किया जा सके। जितनी भी आय हो, वह सारा धन ख़र्च कर देती है। और तो और, वह तो सेना के लिए हथियार जमा करने में भी विश्वास नहीं करती। लड़ाई छिड़ने पर हमारे मन्त्री विदेशों की सैर करने के लिए चल पड़ते हैं कि हथियार माँगकर लाएँ।"

"वे मेरे सच्चे सपूत हैं।" गाँधीजी का कण्ठ गद्गद हो आया, "और पाँचवाँ शील अस्तेय....?" वे अपना वाक्य भी पूरा नहीं कर पाये।

"अस्तेय....चोरी नहीं करना।" कबूतर अधिक उत्साह से बोल पड़े, "इस शील का आचरण इस देश में सबसे अधिक हो रहा है। यहाँ कभी चोरी नहीं होती। कोई चोरी नहीं करता। उसकी आवश्यकता ही नहीं है। अपराधी को दण्ड तो मिलता ही नहीं। फिर कोई काम चोरी-छिपे क्यों हो....यहाँ जब पड़ते हैं तो दिन-दहाड़े डाके ही पड़ते हैं। अस्तेय का व्रत कोई भंग नहीं करता।"

"बहुत अच्छा! बहुत अच्छा! सब लोग मेरी बात मानते हैं।" गाँधीजी बोले, "तुम भी मेरी बात मानो।"

"क्या?" कबूतरों ने पूछा।

"मुझ पर बीट मत करो।"

"तो कहाँ करें? सारे देश में और कोई साफ़ जगह ही नहीं है।" कबूतरों ने कहा।

"तुम्हारा अधिकार है कि तुम्हें बीट करने के लिए उपयुक्त स्थान मिले।" गाँधी जी अपने कोमल जोश में बोले, "तुम्हें यदि सरकार उपयुक्त स्थान नहीं देती तो तुम सत्याग्रह करो। मेरी आज्ञा से जाओ और केन्द्रीय सचिवालय पर बीट करो।"

कबूतरों को सहसा जैसे पंख लग गये। वे फड़फड़ाते हुए उड़ गये और क्षण भर में आँखों से ओझल हो गये। गाँधीजी को कुछ राहत हुई। उन्होंने आकाश की ओर देखा। सूर्य निकल आया था। चारों ओर धूप फैल गयी थी और आसपास के मैदानों में बच्चे गुल्ली-डण्डा खेल रहे थे।

गाँधीजी ने सोचा, आज स्कूल में ज़रूर छुट्टी होगी, नहीं तो बच्चे पढ़ने गये होते, खेल नहीं रहे होते। उन्होंने सत्याग्रह करने के लिए स्कूल-कॉलेज छोड़ने को कहा था, गुल्ली-डण्डा खेलने के लिए नहीं।

वे मुसकराते हुए धूप सेंकने लगे।

तभी कबूतर उड़ते हुए फिर लौट आये और आकर उनके चारों ओर बैठ गये।

"तुम लोग लौट आये?" गाँधीजी ने आश्चर्य से पूछा, "इतनी जल्दी?"

"गृह-मन्त्रालय ने हमें बीट नहीं करने दी।" कबूतर उदास स्वर में बोले।

"क्यों?"

"उनका कहना है कि इस समय देश में विदेशी अतिथि आये हुए हैं, इसलिए सचिवालय पर केवल विदेशी कबूतरों को ही बीट करने की अनुमति दी जा सकती है।" कबूतर बड़ी मुश्किल से अपनी बीट रोक रहे थे।

"मैंने यह देश अपने देशवासियों के रहने के लिए स्वतन्त्र कराया था।" गाँधीजी बोले, "फिर भी सारी सुविधाएँ विदेशियों के लिए ही हैं?"

"हाँ!" कबूतर बोले, "एक बार विजयलक्ष्मी पण्डित ने कहा था कि हिन्दी में लिखे हुए सड़कों के नाम मैं स्वयं नहीं पढ़ सकती, तो विदेशी लोग कैसे पढ़ेंगे, इसलिए सारे नाम अँग्रेज़ी में लिखे हुए होने चाहिए।"

"तो हिन्दुस्तानी लोग वे नाम कैसे पढ़ेंगे?" गाँधीजी ने पूछा।

"उन्हें पढ़ने की ज़रूरत नहीं है।" कबूतरों ने बताया, "उन्हें या तो नाम ज़बानी याद होने चाहिए या उन्हें विदेशियों से प्रार्थना करनी चाहिए कि वे लोग उनके देश की सड़कों के नाम उन्हें पढ़कर बताएँ।"

"हुँ!"

"हम बीट कहाँ करें?" सहसा एक कबूतर ने चीख़कर पूछा।

"सचिवालय के गुम्बद पर तुम्हें बीट नहीं करने दी गयी तो तुमने सचिवालय के भीतर बीट क्यों नहीं की?" गाँधीजी नाराज़ हो गये।

"भीतर?" कबूतर खिलखिलाकर हँस पड़े, "सचिवालय के भीतर तो पहले ही से विदेशी कबूतर बीट कर रहे हैं। हमारी क्या हस्ती है वहाँ!"

"अच्छा!" गाँधीजी सोच में पड़ गये।

"हम बीट कहाँ करें? कहाँ करें?" कबूतर फिर चीख़े।

"ठहरो। मुझे सोचने का अवसर दो।" गाँधीजी मधुर कण्ठ से बोले।

"ओह! यह मामला पेण्डिंग में मत डालो।" कबूतर चीख़े, "यह तुम्हारी पंचवर्षीय योजना नहीं है।"

"तो क्या करूँ?"

"अच्छा चलो, अगली योजना में हमें कोई स्थान दिला दो।" कबूतरों ने समझौता करने के लिए हाथ बढ़ाया।

"ठीक है।" गाँधीजी बोले, "मैं तो कहीं जा नहीं सकता। योजना-मन्त्री को मेरे पास भेज दो।"

और कबूतर योजना-मन्त्री को बुलाने के लिए उड़ चले।

नाम-चर्चा

कहते हैं, हिन्दी के कथा-साहित्य में गतिरोध आ गया है। ऐसे संकट हिन्दी साहित्य में पहले भी आये हैं और अकसर आते रहते हैं। हिन्दी में आते हैं तो अन्य भाषाओं के साहित्यों में भी आते होंगे। पर फिर भी सारी दुनिया का काम चलता है। यह कोई ऐसी कठिनाई नहीं है, जिसका कोई समाधान न हो।

पर इस गतिरोध से भयंकर समस्या दूसरे क्षेत्र में पैदा हो गयी है। सारे हिन्दी-भाषी प्रदेशों में नाम को लेकर गतिरोध आ गया है। कहीं किसी के घर में कोई सन्तान हुई और मुसीबत उठ खड़ी हुई। कितनी भयंकर समस्या है कि बच्चे का नाम क्या रखें?

पता नहीं क्यों, मेरे सारे नाते-रिश्तेदारों, मित्रों और जान-पहचान वालों ने यह मान लिया कि सन्तान उत्पन्न करना उनका काम है, पर उनके बच्चों का नाम रखना मेरा काम है।

इस कर्तव्य को पूरा करने में मुझे कोई परेशानी नहीं थी, पर हिन्दी कथा-साहित्य के इस गतिरोध ने मेरी गति भी अवरुद्ध कर दी है। पहले यह होता था कि किसी ने नाम पूछा और हमने कोई भी पत्रिका उठा ली। जिस किसी कहानी की नायिका या नायक का नाम दिखा, वही टिका दिया। लोग होते भी इतने सरल थे कि झट वह नाम पसन्द कर लेते थे।

अब हिन्दी कथा-लेखक अपनी कहानियों में नाम रखने से कतराने लगा है। पचासों कहानियाँ पढ़ जाओ तो कहीं एक-आध नाम मिलता है; नहीं तो लोग 'यह', 'वह' से काम चला लेते हैं। हर कहानी के नायक का नाम 'वह'। और मेरी बात मान अपनी सन्तान का नाम 'वह' रखने को कोई तैयार नहीं। नाम हिन्दी का कहानी-लेखक नहीं रखता, और परेशानी मेरे लिए खड़ी हो गयी!

मेरे मस्तिष्क में एक साहित्यिक टोटका आया। मैंने सोचा, कथा-साहित्य में गतिरोध आने पर भी तो आख़िर हिन्दी कहानी-पत्रिकाओं का सम्पादक अपना कार्य किसी प्रकार चला ही रहा है न। कैसे चलाता है वह?

थोड़ी-सी छानबीन से पता चला कि कलकत्ता और बनारस में बहुत दूरी नहीं

है। बस, कलकत्ता से बँगला कहानियाँ बनारस में आ जाती हैं, अर्थात् हिन्दी कहानी-पत्रिकाओं का सम्पादक बँगला साहित्य से कहानियाँ स्मगल करता है। मैंने भी वही तरीक़ा अपनाया—बंगाली नामों का हिन्दी में स्मगल करना शुरू किया। सरल-सा मार्ग था। और सुविधा यह भी थी कि कहानी का सर्वाधिकार चाहे लेखक के पास हो, सम्पादक के पास हो या प्रकाशक के पास, उसके नायक-नायिका के नामों का कापी-राइट किसी के भी पास नहीं होता। तो किसी के अधिकारों का अतिक्रमण नहीं हो रहा था।

मैंने हज़ारों-लाखों बँगला नामों को पीट-पीटकर खड़ा किया और खड़ी बोली के नाम बना लिये !

पर इस बार प्रादेशिकता आड़े आयी। मेरे भाई-बन्धु, मित्र तथा पड़ोसी अधिकांशतः पंजाबी हैं। दूसरे प्रदेशों के लोग मेरा पंजाबी अक्खड़पन कम ही सहते हैं—इसलिए अधिक निभती नहीं। एक कश्मीरी बन्धु ने एक बार कहा था कि मैं उनकी पुत्री के लिए कोई अच्छा-सा नाम चुनकर दूँ। पर उनकी अनेक शर्तें थीं। एक तो वे कश्मीरी थे और कश्मीर बहुत सुन्दर प्रदेश है। फिर उनकी बिटिया कश्मीर के सौन्दर्य से भी अधिक प्यारी थी। उस बच्ची का नाम कुछ ऐसा ही होना चाहिए था जिसमें कश्मीर का सारा प्राकृतिक सौन्दर्य साकार हो सके। मैंने क्षमता-भर परिश्रम किया, किन्तु किसी भी नाम से उन्हें सन्तुष्ट नहीं कर पाया। अन्ततः उन्होंने ही कहा कि यदि मैं कोई नया नाम नहीं दे सकता तो उनके सोचे हुए नाम का हिन्दी में कोई अच्छा-सा पर्याय दे दूँ, जोकि बच्ची का नाम रखा जा सके।

मैंने उनकी बात मान ली, इसमें मुझे कोई परेशानी नहीं थी। मैंने उनका सोचा हुआ नाम पूछा।

"रोज़ालीना।" वे बोले, "इसमें कश्मीर का सौन्दर्य, कश्मीर के रोज़ का सौन्दर्य, सब कुछ आ जाता है। वैसे पण्डित नेहरू भी कश्मीरी थे और वे अपने कोट पर गुलाब का फूल भी टाँका करते थे। सच पूछिए तो...." और वे अत्यन्त भावुक हो उठे—"रोज़ालीना शब्द से ही हमारी बेबी का चेहरा आँखों के सामने घिर जाता है।"

"नाम तो बहुत सुन्दर है !" मैंने स्वीकार किया।

"बस, कठिनाई इतनी है कि नाम अँग्रेज़ी में है और हमारे रिश्तेदार इसे हजम नहीं कर पा रहे। आप इसका हिन्दी या भारतीय पर्याय दे दें।" उन्होंने कहा।

मैंने बहुत सोचा, शब्दकोश उलट-पलट डाले और तब खोजकर उनको 'रोज़ालीना' का पर्याय दिया, 'गुलाबो'।

उन्होंने मेरा चेहरा देखा और नाक सिकोड़कर बोले, "आख़िर पंजाबी हो न!"

मुझे तब भी लगा था कि प्रादेशिकता मेरे कर्तव्य में बाधा खड़ी कर रही है।

और अब जब मैंने बँगला से नाम स्मगल करने आरम्भ किये हैं, तब भी मुझे यही लग रहा है।

अभी कल ही मेरे एक पंजाबी पड़ोसी आये थे। उनके घर पर परम परमेश्वर की किरपा से एक पुत्तर का जनम होया था। अतः वे चाहते थे कि मैं उनके सुपुत्तर के लिए कोई सोणा-सा नाँ चुन दूँ।

मैं मान गया। वैसे इतनी जल्दी मैं सामान्यतः माना नहीं करता। पर कल रात से एक बड़ा मधुर-सा नाम मेरे मन में चक्कर-भँबीरी काट रहा था। सोचा, इनको वही नाम बता दूँ। इनके सुपुत्तर को नाँ मिल जाएगा और मुझे उसकी चक्कर-भँबीरी से मुक्ति।

मैंने कहा, "लालाजी! इसका नाम तो आप रखें, 'निकुंज'। बढ़िया नाम है और सारे मुहल्ले में किसी का नहीं है।"

"आप मज़ाक़ बढ़िया करते हैं, मास्टर साहब!" वह दोनों हाथों से ताली पीटकर खिड़खिड़ाये, "क्या नाँ चुना है। कुम्भकरन जैसा लगता है।"

मैंने कुछ नहीं कहा, चुपचाप उन्हें देखता रहा।

"ऐसा करो," वह बोले, "कोई बढ़िया-सा अँग्रेज़ी का नाँ सोचो। मैंने सोचा है, वैल्कम कैसा रहेगा? अपने मकान का नाँ भी हम इसी पुत्तर के नाँ पर 'वैल्कम बिल्डिंग' रखेंगे।"

मेरी बुद्धि चक्कर खा गयी। ऐसे नाम की तो मैंने कल्पना ही नहीं की थी। पिंकी-शिंकी तो लोग आम रखने लगे हैं। सुना था, किसी ने अपनी बेटी का नाम 'ट्विंकल' भी रखा है। हमारे पड़ोस में एक साहब ने अपने बेटे को 'प्रिंस' घोषित किया है। पर वैल्कम ऊँचा नाम था।

"पहला पुत्तर है न?" पूछा।

"हाँ जी! पैल्ला, एकदम पैल्ला।" वह बोले।

"तो ठीक है," मैं बोला, "इसका नाम वैल्कम रखिए और दूसरे का फेयरवैल।"

वे एकसाथ दो-दो नाम पसन्द कर चल पड़े।

अभी पिछले दिनों ही क्षेत्रीयता ने मुझे एक बार और पछाड़ दिया। हमारे मकान से चौथे मकान में रहनेवाले पड़ोसी का लड़का तीन वर्ष का हो गया था, पर वे अभी तक उसके लिए एक नाम तक नहीं खोज पाये थे। जैसे-जैसे दिन निकलते जाते थे, उनकी चिन्ता और भी गहरी होती जाती थी। जब अपने लड़के के लिए एक उपयुक्त नाम तक नहीं ढूँढ़ पा रहे थे तो उसके योग्य कन्या और नौकरी कहाँ से खोज पाएँगे!

मुझसे मिले तो अपनी चिन्ता-गाथा ले बैठे। जब वे बहुत रो चुके और बहुत

रोकने पर भी मेरा हृदय पूरा गल गया और फेफड़ों की बारी आ गयी तो मैंने पूछा, "आख़िर समस्या क्या है?"

"समस्या क्या है," वह बोले, "बबुआ की महतारी की हठ और क्या?"

"क्या हठ है?" बहुत चाहने पर भी उनका घरेलू रहस्य पूछने से स्वयं को न रोक सका।

वह बोले, "हमारा बबुआ बहुत शोर मचाता है, बहुत ही ज़्यादा। उसकी महतारी कहती है कि उसका नाम हम उसके शोर मचाने पर ही रखेंगे।"

मैं चकित हो गया, हठ को सुनकर। यह भी क्या हठ! लोग गुण पर तो नाम रखते ही हैं, पर दोष को लेकर नाम! तिरिया हठ!

मुझे चिन्तित देखकर वह बोले, "कोई नाम सोच रहे हैं क्या?"

मैंने कहा, "एक नाम सूझा है। आपके बबुआ के शोर मचाने से मिलता-जुलता नाम। शायद आपको पसन्द आए।"

"हमारी पसन्द क्या है," उनका मुँह लटका ही रहा, "पसन्द तो बबुआ की महतारी की। बोलिए, क्या नाम सूझा है आपको?"

"कोलाहल!" मैंने बताया।

"कोलाहल!" उन्होंने दुहराया, "वैसे तो सुन्दर है, पर बबुआ की महतारी को पसन्द नहीं आवेगा।"

"क्यों?" मैंने पूछा।

बोले, "नाम तो कोई हमारे देसवा जैसा ही होना चाहिए। जैसे हमारा नाम है रामखेलावन। कोई ऐसन ही नाम हो।"

मेरी बुद्धि चकमक हो रही थी। जल्दी से बोला, "रामखेलावन के तौन पर आप शोरमचावन रख दीजिए।"

"शोरमचावन।" वह उछल पड़े, "बहुत बढ़िया। हम तीन बरिस से एही नाम तो खोज रहे थे। आप सचमुच बहुत बुद्धिमान हैं, मास्टर साहब!"

और वे चले गये।

बच्चे के गुण-दुर्गुण पर नाम रखने वाले वह अकेले ही नहीं थे।

मेरे एक मित्र का पल्ला पकड़कर एक और साहब आये। पता नहीं लोगों को कहाँ-कहाँ से मालूम हो जाता है कि मैं बच्चों के नाम रखने में बहुत दक्ष हूँ।

मैंने उन्हें चलते-से दो-तीन नाम सुझाकर पीछा छुड़ाना चाहा तो वह खुले।

बोले, "ऐसे नहीं चलेगा, साहब! हम तो आपको नामों का स्पेशलिस्ट समझकर आये हैं।"

"आपको कैसा नाम चाहिए?" मैं ऐसे अवसरों पर स्वयं को उस दूकानदार

की स्थिति में पाता हूँ, जो ग्राहक को तैयार माल से सन्तुष्ट न कर पाने के कारण, ऑर्डर पर माल बनवा देने का प्रस्ताव रखता है।

"बात यह है साहब," वह बोले, "आप जानते हैं, किसको अपना बच्चा प्यारा नहीं लगता। हमें भी अपना बच्चा प्यारा है। वैसे आप उसे देखें तो आप भी मानेंगे कि वह बहुत प्यारा है। क्यों भाई साहब!" उन्होंने मेरे मित्र को ठोका दिया, "ठीक कह रहा हूँ न?"

"जी हाँ। जी हाँ! बहुत प्यारा बच्चा है।" मेरे मित्र ने कहा।

"पर साहब!" वह फिर बोले, "बहुत सताता भी है। हम चाहते हैं कि उसका कुछ ऐसा नाम रखा जाए कि उसका प्यारापन और सताना दोनों ही बातें कवर हो जाएँ। काम तो कठिन है, पर आप विद्वान् हैं। कोई-न-कोई नाम तो सुझा ही देंगे।"

मैंने सोचा, काम वस्तुतः बीहड़ था। लोग भी कैसे-कैसे मूर्ख होते हैं। क्या शर्तें लाये हैं। पर ठीक है, मैं भी विद्वान् हूँ।

मेरी बुद्धि ने एक चमत्कार किया। ऐसे चमत्कार वैसे कभी-कभी ही होते हैं। पर हो जाते हैं।

मैं बोला, "आपकी शर्तें बहुत कठिन हैं, पर फिर भी प्रयत्न करना हमारा धर्म है। मेरे मन में एक नाम है। नाम अत्यन्त साहित्यिक है और हिन्दी साहित्य के मूर्धन्य साहित्यकार, कवि तथा नाटककार जयशंकर प्रसाद की अलौकिक प्रतिभा की उपज है।" मैंने देखा, वे श्रद्धा से नत होकर मेरी बात सुन रहे थे। मैं फिर बोला, "प्रसाद ने भी बचपन के इन्हीं दोनों पक्षों को एक साथ देखा था और अपने एक गीत 'उठ-उठ री लघु-लघु लोल लहर' में उन्होंने प्यारे और हठीले बचपन को 'दुर्ललित' कहा है। आप यही नाम अपने बच्चे का भी रख दें।"

उनके चेहरे के भाव नहीं बदले। वे वैसे ही जड़ मुद्रा में बैठे रहे।

"साहब! हम नौकरी-पेशा लोग तो हैं नहीं।" कुछ देर बाद, बड़ी खीझ के साथ बोले, "ये फैशनेबल नाम हमारे घरों में नहीं चलते। हमारे बच्चे को तो बड़े होकर आढ़त का काम करना है, फ़र्म खोलनी है। हमें तो ऐसा नाम चाहिए, जो किसी फ़र्म का नाम भी हो सके। लड्डाराम, गेंदामल वगैरह-वगैरह। कोई ऐसा ही नाम बताइए।"

मैं फिर चिन्ता में पड़ गया। ठीक है, नाम को लेकर जहाँ क्षेत्रीय आग्रह हैं, वहाँ व्यावसायिक आग्रह भी होंगे। आख़िर किसी फ़िल्म ऐक्टर का नाम बिछावनमल तो नहीं हो सकता न! उसी तरह फ़र्म का नाम...और फिर उनकी शर्तें !

मैं बोला, "आप ऐसा करें, बच्चे का नाम प्यारूमल सताऊमल रख दें। फर्म का नाम ज़रूर लगेगा, बच्चे का चाहे न लगे।"

उनकी आँखों का भाव पहली बार बदला और वह चमककर बोले, "मारा ! अब ठीक है। वाह प्यारूमल सताऊमल एण्ड संस। वाह भई, वाह!"

पर मैंने उसी दिन से नाम बताने का काम स्थगित कर दिया है। अब मैंने नामों का वर्गीकरण आरम्भ कर रखा है—फ़र्मों के उपयुक्त नाम, नेताओं के उपयुक्त नाम, ऐक्टरों के उपयुक्त नाम इत्यादि। देखना यह है कि कितने वर्ग बनते हैं और फिर उनके अनुसार नामों की सूचियाँ बनाऊँगा और फिर नाम बताने का ही धन्धा आरम्भ कर दूँगा। उन नामों को पेटेण्ट करवा लूँगा और फिर पेटेण्ट नामों की रायल्टी देकर ही लोग उनमें से कोई नाम रख सकेंगे। आप अपनी आवश्यकता अग्रिम रूप से लिख भेजें !

डाकूजी का आगमन

आख़िर एक रात को डाकूजी मेरे घर आये।

मैं बड़ा ख़ुश हुआ। बात यह थी कि मैंने पिछले सप्ताह तीन-चार फ़िल्मों में डाकुओं को देखा था और इस निष्कर्ष पर पहुँचा था कि डाकू वह होता है जिसे समाज सताता है। डाकू बड़ा ईमानदार तथा दयालु व्यक्ति होता है। वह मुसीबत में पड़े हुए आदमी की सहायता करता है। किसी के घर में कोई बीमार पड़ा हो और उसके बचने की कोई आशा न बची हो तो डाकू कहीं-न-कहीं से कोई डॉक्टर, वैद्य, हकीम पकड़ लाता है। फिर डाकू पिस्तौल से धमकाकर उससे मरीज़ की दवाई दिलवाता है और उस दवाई से वह मरीज़ हमेशा ठीक हो जाता है और उसके घर वाले डाकू के चरणों पर गिर जाते हैं।

मुझे लगता है कि हमारे पड़ोस के वैद्यजी की सफलता के पीछे यही राज है। उन्हें ज़रूर ही कभी कोई डाकू उठाकर ले गया होगा और पिस्तौल से धमकाकर उनसे किसी मरीज़ को दवाई दिलवायी होगी। तभी से वैद्यजी की दवा से मरे हुए लोग भी जी उठते हैं। जिस वैद्य को एक बार कोई डाकू उठाकर ले जाता है, वह फिर धन्वन्तरी से कम नहीं रहता। चौक के परले सिरे वाले हकीमजी भेद की इस बात को नहीं जानते, इसलिए उनके यहाँ कोई अपनी छींक का इलाज कराने भी नहीं जाता। रोज़ प्रभु से प्रार्थना करता हूँ कि उन हकीमजी के घर भी कोई डाकू भेजो, पर भगवान की मूर्ति ने न कभी आशीर्वाद का फूल गिराया, न मेरी प्रार्थनाओं से उनका आसन ही डोला। अब सोचा है हिन्दी सिने-जगत् की किसी हीरोइन से मिलकर यह भी पता लगाऊँगा कि उनकी एक ही प्रार्थना से कैसे भगवान का नरवस ब्रेक-डाउन होने लगता है? या फिर किसी डायरेक्टर से पूछ लूँगा।

किसी आदमी पर किसी दुष्ट महाजन का बहुत क़र्ज़ चढ़ा हो और वह भला आदमी क़र्ज़ चुका नहीं सकता हो तो (मेरा फ़िल्मी ज्ञान यह कहता है कि) दो बातें होती हैं : एक तो वह आदमी बीमार होकर अपाहिज-सा हो जाता है और दूसरे वह दुष्ट महाजन उस बीमार आदमी की सुन्दर और युवती बेटी अथवा पोती से अवश्य विवाह करना चाहेगा। तब भी बहुधा, वहाँ कोई-न-कोई (प्रातःस्मरणीय) डाकू

आ जाता है और वह उस बीमार आदमी को इतना धन दे देता है कि वह उस दुष्ट महाजन के पैसे लौटाकर अपनी युवती, सुन्दरी बेटी अथवा पोती को महाजन से बचाकर हीरो के हवाले कर देता है।

ये डाकू बड़े बलिदानी वीर होते हैं। मुझे विभिन्न फ़िल्मों में इन डाकुओं के त्याग और बलिदान के कृत्य देखकर बहुधा भारत-माता के लिए प्राण अर्पण करने वाले शहीद याद आ जाते हैं। कभी-कभी ऐसा भी होता है कि डाकू के पास इतना पैसा नहीं होता कि वह दुष्ट महाजन के पंजे से नायिका को छुड़ा सके। ऐसे अवसर पर डाकू पुलिस के सामने आत्मसमर्पण कर देता है और अपने पकड़वाने का इनाम हीरोइन के बाप को दिलवाकर, उसे दुष्ट महाजन के पंजे से छुड़वा लेता है।

निष्कर्ष यह है कि वह महाजन के पंजे से नायिका को अवश्य बचा लेता है। इस निष्कर्ष का मेरे जीवन में बहुत महत्त्व है। मैं बहुत सारे महाजनों के पंजे में फँसा हुआ हूँ। राशन वाले, दूध वाले, मकान वाले—सारे महाजनों का उधार मेरे सिर है। पर बहुत चाहने पर भी कोई डाकू मुझे बचाने नहीं आया। उसमें दोष डाकू का नहीं है। दोष मेरा ही है। बात यह है कि न तो मैं नायिका हूँ, न मेरी बेटी नायिका है। इसलिए न तो किसी महाजन की मुझ पर विवाहमयी दृष्टि है, न कोई डाकू मुझे बचाने आया है।

फ़िल्म-निर्माताओं और निर्देशकों से मेरी करबद्ध प्रार्थना है कि वे कुछ ऐसे डाकू भी पैदा करें जो लेखक-क़िस्म के (पुरुष) लोगों से भी सहानुभूति रखते हों। मेरे पास बहुत सारे दुष्ट लोगों की शिकायतें हैं। जब कोई डाकू मेरे घर आएगा, मैं अपनी सारी शिकायतें उसके सामने रखूँगा।

कुल मिलाकर (फ़िल्मों ने मुझे बताया है कि) डाकू सर्वगुणसम्पन्न पूज्य व्यक्ति होता है, अतः मेरे मन में डाकुओं के प्रति बहुत श्रद्धा है। मैं मन-ही-मन उन्हें डाकूजी कहकर याद करता हूँ। मुगल सम्राट् शाहजहाँ के मन में जितनी तीव्र इच्छा अपनी प्रेमिका के मक़बरे के रूप में ताजमहल बनवाने की थी, उतनी ही तीव्र इच्छा मेरे मन में यह है कि ये सारे ईमानदार फ़िल्मी डाकू इस देश के मन्त्री बना दिये जाएँ। पर पता नहीं भगवान को मुझसे क्या शत्रुता है कि मेरी कोई भी इच्छा वह पूरी नहीं करता, उल्टे उसका विरोध कार्य कर डालता है। मैं कहता हूँ कि डाकुओं को मन्त्री बनाओ, तो वह प्रत्येक मन्त्री को डाकू बनाता जा रहा है। कैसा प्रतिगामी है वह!

ख़ैर, एक दिन डाकूजी मेरे घर पधारे। मैं बड़ा प्रसन्न हुआ। सोचा, आज मेरे भी भाग्य जगे। मैंने डाकूजी का बहुत स्वागत किया, उन्हें आदर के साथ बैठाया और चाय-पानी पूछा।

डाकूजी बोले, "तुम्हारे पास क्या है?"

मैं बोला, "डाकूजी महाराज! मेरे पास बहुत कुछ है।"

"बताओ, क्या-क्या है?" डाकूजी ने मुझे डाँटा।

मैं डाँट से दुखी नहीं हुआ। मैंने कितनी ही पिक्चरों में देखा था कि डाकूजी ऐसे ही डाँटकर बोलते थे, पर उनके मन में सदा ही दया रहती थी। मैं यह जानता था कि डाकू और मन्त्री का स्वभाव उल्टा होता है : मन्त्री मीठा बोलता है, पर उसके मन में दया नहीं होती। इसलिए डाकूजी के डाँटने पर बहुत प्रसन्न हुआ।

मैं बोला, "डाकूजी! मेरे पास राशन वाले, दूध वाले और मकान वाले के बिल हैं, उनकी घुड़कियाँ, धमकियाँ और गालियाँ हैं। और मेरे पास अपने प्रकाशकों और अनेक सम्पादकों के विरुद्ध शिकायतें हैं। आपके सामने क्या-क्या पेश करूँ?"

डाकूजी अपनी जगह से उठकर मेरे पास आये। मैंने सोचा, कोई रुपया-पैसा देना होगा, इसलिए पास आये हैं। मैं खुश हो गया। मैंने भोले, फ़िल्मी हीरो के अन्दाज़ में मुसकराकर आँखें झुका लीं।

डाकूजी ने घूरकर मुझे देखा और कसकर एक घूँसा मेरी नाक पर रसीद किया। फ़िल्मों में यह घूँसा दुष्ट महाजन की नाक पर पड़ता है। यहाँ डाकूजी से ग़लती हो गयी। (दुनिया में ग़लती किससे नहीं होती?)

"डाकूजी! मैं महाजन नहीं हूँ।" मैंने धीरे से, अपने चेहरे पर से ख़ून पोंछकर कहा, "आप मुझसे नाराज़ क्यों हैं?"

"साले! आदमी की तरह बात करो, फ़िल्मी डायलाग क्यों बोलते हो?" डाकूजी डपटकर बोले।

मेरे मन में दूसरी बात आयी। मैं समझ गया कि यह डाकू दूसरी तरह का है। मेरे मन में उसके प्रति सहानुभूति ख़त्म हो गयी। कभी-कभी फ़िल्मों में भी दुष्ट डाकू आ जाते हैं। मैंने सोचा–तब क्या होता है?

तब?.... और मेरा ध्यान अपने नौकर पर केन्द्रित हो गया। मेरे फ़िल्मा मनोविज्ञान के अनुसार, अब मेरे नौकर को घर से ग़ायब हो जाना चाहिए था और पुलिस को लेकर उस समय घर पहुँचना चाहिए था, जिस समय डाकू मुझे गोली मारने वाला हों।

मैंने इधर-उधर नज़र डाली। नौकर सचमुच ही वहाँ नहीं था। वह लापता था। ठीक है–वह पुलिस स्टेशन ग़या होगा। अभी पुलिस की जीपें आ जाएँगी, यह डाकू का बच्चा बचकर कहाँ जाएगा?

डाकू ने पूछा, "तुम एकदम ही कंगाल हो क्या?"

"नहीं।" मैं अकड़कर बोला, "मैं विद्या और ज्ञान के धन से मालामाल हूँ। मेरे घर के सारे बक्से पुस्तकों और फ़ाइलों से भरे पड़े हैं।"

"उन्हें सँभालकर रखो।" डाकू भेद-भरे स्वर में बोला, "वह सब कुछ तुम्हारी चिता जलाने के काम आएगा।" और डाकू ने मुझे एक थप्पड़ और जमा दिया।

मैं डाकू से तंग आ गया। अब बस मुझे अपने नौकर का ही सहारा था, जो पुलिस को सूचना देने गया हुआ था। यदि मैं किसी नायक के समान कोई सुन्दर भजन गा सकता तो मुझे भगवान का भी भरोसा होता, पर मुझे गाना नहीं आता। किसी पार्श्व-गायक का प्रबन्ध भी मैंने तब तक नहीं किया था, इसलिए भगवान का भरोसा मुझे एकदम ही नहीं था।

भगवान मुझे मध्ययुग का कोई घटिया रुचि का संगीतकार मालूम होता है, जो सिर्फ़ फ़िल्मी गीतों पर पिघलता है। उसे शास्त्रीय गीत भी अच्छे नहीं लगते, नयी कविता भी पसन्द नहीं आती और गद्य में कही गयी बात तो वह समझता ही नहीं है। मुझे लगता है कि यदि ऐसा ही अवसर आ पड़े तो रेडियो का 'विविध भारती' या 'जयमाला' कार्यक्रम लगाकर ही उससे कोई चीज़ माँगनी चाहिए। पर जब से हमारे देश के रेडियो में विज्ञापन कार्यक्रम आने लगा है, बहुत सारे लोग उससे बोर हो गये हैं, पर न आकाश पर रहने वाला भगवान बोर हुआ है और न इस देश के भाग्य-विधाता।

जब डाकू मुझे कुछ करने की ही सोच रहे थे, तभी मेरा नौकर वहाँ आया; बल्कि लाया गया। डाकू के एक साथी ने उसे लाकर फ़र्श पर डाल दिया। वह साला डर से बेहोश हो गया था। भगवान का सहारा पहले ही नहीं था, अब नौकर का सहारा भी नहीं रहा। और यह डाकू जो मेरे सामने खड़ा था, किसी भी फ़िल्म-निर्देशक की बुद्धि के अनुसार काम करने को तैयार नहीं था। मैं बड़ा दुखी हुआ, बल्कि हताश हुआ। मुझे लगा कि मैं डर गया हूँ। मेरा सिर चकरा रहा था। शायद मैं बेहोश होने वाला था।

एक और लाल तिकोन

मैं कुछ लोगों के बहकावे में आ गया था और अपने पैरों पर कुल्हाड़ी मार बैठा था। अब मैं अँग्रेज़ी का विरोध नहीं करता। हमारे आराम और सुख-सुविधा के लिए अँग्रेज़ी बहुत ज़रूरी है। देश की व्यवस्था को बनाये रखने के लिए भी अँग्रेज़ी को बनाये रखना आवश्यक है।

एक खाते-पीते किसान का लड़का अपने गाँव के स्कूल में पढ़ता था। वह हर परीक्षा में अपनी कक्षा में प्रथम आता था। पर छठी में अँग्रेज़ी लगी और वह उसमें फेल हो गया। फ़ेल होने की लज्जा से वह घर से भागकर दिल्ली आ गया और आज-कल मेरे घर में बर्तन माँजने और झाड़ू देने के काम पर नियुक्त है।

अँग्रेज़ी उच्च शिक्षा का माध्यम है और उच्च शिक्षा का केन्द्र दिल्ली है। वह लड़का दिल्ली पहुँच गया है, तो उच्च शिक्षा भी प्राप्त कर ही लेगा। मैं अँग्रेज़ी को धन्यवाद देता हूँ कि उसने मेरी सुख-सुविधा के लिए एक नौकर भेजा। और वह लड़का अँग्रेज़ी का आभारी है कि उसके कारण वह 'हम जैसे बड़े लोगों के सम्पर्क में आया, नहीं तो गाँव-गँवई में पड़ा रहता और ज़्यादा-से-ज़्यादा पढ़ा-लिखा किसान बन पाता।' सच बात है, अँग्रेज़ी न होती तो उसे इतनी ऊँची शिक्षा कौन देता !

सारी पढ़ाई मातृभाषा में होती तो किसी को घरेलू कामकाज के लिए कोई नौकर भी नहीं मिलता। लोगों को खुद अपने जूठे बर्तन माँजने पड़ते, अपने घर में झाड़ू देनी पड़ती। वह तो कहो कि अँग्रेज़ी ने शरीफ़ लोगों की इज़्ज़त ढाँप रखी है। अँग्रेज़ी ने सरकार की भी इज़्ज़त बचा रखी है, नहीं तो ये घरेलू कर्मचारी भी पढ़-लिखकर सरकार से नौकरी माँगने लगते। व्यर्थ ही उन पर सरकारी नौकरियाँ नष्ट करनी पड़तीं। फिर अफ़सरों के बेटे क्या करते?

उस दिन एक स्कूटर-ड्राइवर मुझसे नाराज़ हो बैठा। कहने लगा कि वह ग़रीब है, अनपढ़ है; पर वह अपने बच्चे को पढ़ाना चाहता है। मैंने कहा कि पढ़ाओ, पढ़ाने में क्या हर्ज़ है। वह और नाराज़ होकर बोला कि वह अपने बच्चे को लेकर एक पब्लिक स्कूल में गया था, पर उन लोगों ने उसके बच्चे को स्कूल में इसलिए प्रवेश नहीं दिया, क्योंकि बच्चे के बाप को अँग्रेज़ी नहीं आती। अन्त में वह बहुत नाराज़

होकर बोला, “आप ही बताएँ, अँग्रेज़ी देश को शिक्षित बनाने का माध्यम है या देश को अनपढ़ बनाये रखने का साधन?”

मैंने उससे पूछा, “पढ़ाई ज़रूरी है कि व्यवस्था?”

“व्यवस्था।” उसने कहा, “आदमी पढ़े बिना भी इज़्ज़त से जी सकता है, किन्तु व्यवस्था के बिना किसी की भी इज़्ज़त सुरक्षित नहीं रहेगी।”

“ठीक कहते हो।” मैंने उसकी प्रशंसा की, “यदि हमने अँग्रेज़ी हटा दी और पढ़ाई मातृभाषाओं में होने लगी तो सब लोग पढ़ने लगेंगे। तुम्हारा बेटा भी पढ़ जाएगा।”

“हाँ जी!” वह ख़ुश होकर बोला।

“तो फिर स्कूटर क्या मेरा बेटा चलाएगा?” मैंने उसे डाँटा, “सब लोग पढ़ गये तो स्कूटर कौन चलाएगा? और स्कूटर कोई नहीं चलाएगा तो हम एक स्थान से दूसरे स्थान तक कैसे जाएँगे? और हम एक स्थान से दूसरे स्थान नहीं जाएँगे तो समाज की व्यवस्था कैसे चलेगी? इसलिए समाज की व्यवस्था के लिए अँग्रेज़ी का होना बहुत आवश्यक है। अँग्रेज़ी ही हमारे समाज की व्यवस्था को चला रही है।”

“हाँ जी! हाँ जी!” वह मान गया।

“फिर, एक बात और है।” मैंने उसे समझाया, “अँग्रेज़ी रही तो मेरा बेटा हर परीक्षा में तुम्हारे बेटे से अधिक अंक प्राप्त करेगा और अँग्रेज़ी हट गयी तो तुम्हारा बेटा भी क्लास में फ़र्स्ट आ सकता है। अब तुम ख़ुद ही सोचकर ईमानदारी से कहो कि एक स्कूटर-ड्राइवर का बेटा क्लास में फ़र्स्ट आए और एक आई.सी.एस. अफ़सर का बेटा पीछे रह जाए, क्या यह अच्छा लगेगा?”

“नहीं जी! नहीं जी!” वह बोला, “हम ऐसी गुस्ताखी कैसे कर सकते हैं।”

“तो अँग्रेज़ी रहे न?”

“हाँ जी! हाँ जी!” उसने अनुमति दे दी, “सिर-आँखों पर रहे।”

मेरे एक मित्र कॉलेज में लेक्चरर हैं। वे भी मेरी ही तरह पहले कुछ लोगों के बहकावे में आ गये थे और अँग्रेज़ी की बुराई करने लगे थे। अब वे भी मेरे ही समान अँग्रेज़ी के समर्थक हैं।

उन्होंने मुझे बताया, “कॉलेज में अनुशासन के लिए अँग्रेज़ी का होना बहुत आवश्यक है।”

“हिन्दी में अनुशासन नहीं रहता क्यों?” मैंने पूछा।

“अजी, लानत भेजो।” वे बोले, “हिन्दी भी कोई भाषा है! क्लास में जो कुछ बोलो, लड़के सब कुछ समझ जाते हैं और फिर धड़ाधड़ प्रश्न पूछने लगते हैं। उन प्रश्नों का उत्तर न दे सको तो क्लास का अनुशासन बिगड़ता है और उनका उत्तर देना चाहो तो रोज़ घर पर लेक्चर की तैयारी के लिए छह घण्टे पढ़ना पड़े। उससे

तो अँग्रेज़ी ही भली। बिना तैयारी के क्लास में चले गये। जो जी में आया बोल आये। न कोई समझेगा, न प्रश्न करेगा। किसी ने कुछ पूछा तो अँग्रेज़ी में डाँट दिया। न कोई अँग्रेज़ी बोल सकेगा, न क्लास का डिसिप्लिन बिगड़ेगा।"

मैं मान गया कि डिसिप्लिन के लिए भी अँग्रेज़ी ज़रूरी है।

हायर सेकेण्डरी का परीक्षा-फल निकला तो यूनिवर्सिटी में काफ़ी हलचल मच गयी। पता चला कि कॉलेजों में जितनी सीटें हैं, प्रवेश के प्रत्याशी उससे कहीं अधिक हैं। उपकुलपति बड़े परेशान थे। मिले तो उसी परेशानी का दुखड़ा ले बैठे।

"आख़िर इतने लोग़ कहाँ से आ गये?" मैंने सहानुभूति जताने के लिए पूछा, "क्या जनसंख्या बहुत बढ़ गयी?"

"जनसंख्या कितनी भी बढ़ती, कुछ नहीं होता," वे बोले, "यह तो हायर सेकेण्डरी वालों ने अँग्रेज़ी का लाल तिकोन हटाकर अच्छा नहीं किया। मैं कहता हूँ, हर परीक्षा में अँग्रेज़ी के छह परचे रखो और हर विषय में अध्ययन का माध्यम अँग्रेज़ी हो। एक ही वर्ष में यूनिवर्सिटी में परिवार-नियोजन न हो गया तो मुझे कहना।"

"पर विद्वान् लोग तो कहते हैं कि अँग्रेज़ी उच्च शिक्षा का माध्यम है। अँग्रेज़ी हट गयी तो उच्च शिक्षा नहीं रहेगी और आप उसे उच्च शिक्षा से रोकने का साधन बना रहे हैं?" मैंने पागलों का-सा प्रश्न किया।

वे मेरी मूर्खता पर ख़ूब हँसे, जी भर। बोले, "मैं भी अँग्रेज़ी को उच्च शिक्षा का माध्यम मानता हूँ। उच्च शिक्षा के माध्यम से अभिप्राय है, समाज में ऊँच-नीच बनाये रखने का माध्यम। अँग्रेज़ी हटी तो सब लोग बराबर हो जाएँगे। तब भारत में जनतन्त्र हो जाएगा। ऊँच-नीच नहीं रह पाएगी।"

"हूँ।" मैं बोला।

"और भी एक बात है," उन्होंने मुझे बताया, "अँग्रेज़ी भारतीय संस्कृति की रक्षक है।"

"भारतीय संस्कृति की रक्षक?" मैं समझा नहीं।

"शिक्षा का माध्यम हिन्दी हो गया तो लोग अपनी पुस्तकों को लाल कपड़े में बाँधकर रखने और रोज़ प्रणाम करने के बदले उन्हें पढ़ने लगेंगे। उससे उन पुस्तकों का आदर-मान कम हो जाएगा। नीच जाति के लोग भी अपने ग्रन्थों को समझने लगेंगे।"

"ठीक है।" मैंने उन्हें बताया, "मैं इस बात को पूरी तरह मान गया हूँ। अँग्रेज़ी के शत्रु राष्ट्र-विरोधी लोग हैं, उन्हें गोली से उड़ा दिया जाना चाहिए।"

इश्क़ एक शहर का

समय कम था। बस इतना कि या तो पिक्चर देख सकता था या फिर अपनी प्रेमिका से मिल सकता था। रात को दस बजे गाड़ी जाती थी और साढ़े पाँच हो भी चुके थे। सोचा, पिक्चर तो घर जाकर भी देख सकता हूँ। प्रेमिका से मिलना ज़्यादा ज़रूरी है। पता नहीं कितनी देर का वियोग है। कब हमारी नौकरी लगेगी। कब शादी होगी। और कब हम मिलेंगे।

मैं उसके घर की ओर चल पड़ा। वह बाज़ार सीताराम में रहती है, शायद आप न जानते हों।

उधर चला तो सोचने लगा कि क्या बेहूदगी है। थोड़ा-सा समय है और मैं सोच रहा हूँ कि पिक्चर देख लूँ या प्रेमिका से मिल लूँ। भला यह भी कोई प्रेम हुआ। जिस प्रेम में प्रेमिका की तुलना पिक्चर के साथ होती है, लानत है उस प्रेम पर!

और मेरे दिमाग़ पर बड़े आध्यात्मिक-से प्रेम की एक छिपकली सवार हो गयी।

दरवाज़ा खटखटाने पर वह ख़ुद ही आयी दरवाज़ा खोलने के लिए।

"ओह! तुम हो!" उसने कहा।

मैंने सोचा था कि वह मेरे वियोग की बात सोच-सोचकर परेशान हो रही होगी। पर वह परेशान नहीं लगी मुझे। उसके कहने का ढंग भी ऐसा लगा, जैसे हम तैयार होकर पार्टी में जाने के लिए घर से निकलें और रास्ते में धोबी मिल जाय, तब जो अनुभूति हमें होती है, वही उसे हुई होगी।

"कहीं जा रही हो क्या?" मैंने बातचीत आरम्भ की।

"हाँ। ज़रा एक सहेली के साथ चाट खाने जा रही थी।"

"तुम्हें पता है, मैं आज घर जा रहा हूँ?" मैंने पूछा।

मुझे लगा कि मेरी आवाज़ बहुत गमग़ीन हो गयी है और मैं अब ज़ार-ज़ार रोने ही वाला हूँ। रोते-रोते कहीं उससे लिपट न जाऊँ, इस भय से उससे काफ़ी हटकर बैठ गया।

"मालूम है।" उसने बड़े सहज भाव से कह दिया और मेरी शक्ल देखने लगी।

"मैंने सोचा कि जाते-जाते तुमसे ज़रा शादी की बात तो कर जाऊँ।" मैं अपनी असल बात पर आया।

"शादी?" उसने आश्चर्य से मुझे देखा।

"हाँ। मैं तुमसे शादी करना चाहता हूँ न।" मैं बोला।

"पर मैं तो नहीं करना चाहती न!" उसने कहा।

"तुम मुझसे प्रेम नहीं करती क्या?" मैंने बड़े करुण स्वर में पूछा।

"करती हूँ।" वह बोली।

"तो क्या शादी नहीं करोगी?"

"शादी भी कर लेती।" वह पहली बार खुलकर बोली, "अगर तुम दिल्ली में रहते तो, पर तुम तो अपने शहर जा रहे हो।"

"तुम मेरे लिए अपना शहर नहीं छोड़ सकतीं।" मैं लगभग रो पड़ा।

"तुम्हारे लिए क्या, यह शहर तो मैं किसी के लिए भी नहीं छोड़ सकती।" वह अपने पर्स में से चूरन निकालकर खाने लगी।

"तुम्हारे शहर में आख़िर है क्या?" मैं तर्क पर उतर आया।

"कनॉट प्लेस है, लाल क़िला है, कुतुब मीनार है और बहुत सारे मक़बरे हैं। और हाँ...." उसने बाद में जोड़ा—"मेरे पापा की बजाजी की दुकान है। तुम्हारे बाप की बजाजी की दुकान है?"

मैंने बजाजी की दुकान वाली बात का जवाब नहीं दिया, क्योंकि मेरे बाप की सचमुच ही बजाजी की दुकान नहीं थी। पर मैं तर्क कर सकता था। मैं उसे मनाकर रहूँगा कि उसके शहर में कुछ भी नहीं है।

"तुम्हारा शहर इतना कंजस्टेड है," मैं बोला, "यहाँ न किसी को साफ़ पानी मिलता है, न साफ हवा। यहाँ रहने को मकान नहीं मिलते। सड़क पर प्रतीक्षा में खड़े लोगों को बस नहीं मिलती। यहाँ के लोग लड़ाके हैं। और, और...." मैं एकदम तैश में आ चुका था—"तुम्हारा शहर गन्दा है। बाज़ार सीताराम की गलियाँ आदमी तो क्या जानवरों के रहने लायक भी नहीं हैं।"

"तुम्हारा शहर साफ़ और खुला है क्या?" उसने बड़े चाव से पूछा।

मैं खुश हो गया, मैंने उसे मना लिया था। बड़े गर्व से बोला, "हाँ, हमारा शहर साफ़ और खुला है।"

"तो तुम्हारा शहर छोटा होगा!" उसने नाक चढ़ाकर कहा।

मुझे कुछ नहीं सूझा। बड़ी देर तक चुपचाप बैठा-बैठा मातम मनाता रहा। फिर बोला, "पर तुम इस शहर को इसके दुर्गुणों के कारण प्यार करती हो?"

"सच्चे प्यार में गुण-दुर्गुण नहीं देखे जाते।" उसने मुझे उपदेश दिया, "तुम

तो अभी प्यार के मानदण्ड से भी परिचित नहीं हो। ग़ालिब इस गन्दे शहर को ही प्यार करते थे !"

मैं प्रेम के तर्क में उससे हार गया था। अब बातचीत व्यर्थ थी। बाहर निकल आया। समय पर गाड़ी में जा बैठा और इस बात पर अपने-आपको कोसता गया कि पिक्चर छोड़कर प्रेमिका से मिलने क्यों चला गया।

पर गाड़ी में ही मैंने मन में ठान लिया कि मैं किसी हिन्दी पिक्चर के हीरो के समान ही स्वयं को इस प्रेम पर मिटा दूँगा। और किसी से प्रेम नहीं करूँगा; क्योंकि लड़कियाँ लड़कों से नहीं शहरों से प्रेम करती हैं और मैं किसी भी प्रकार एक शहर नहीं बन सकता, इसलिए मुझसे कभी कोई लड़की प्रेम नहीं करेगी।

मैंने एक छोटे-से शहर में नौकरी कर ली और लोगों की सेवा में दिन बिताने लगा। मेरा मन इस प्रेम में निराश होकर बहुत कोमल हो गया था। मैं अब किसी का भी दुःख नहीं सह सकता था, इस बात का पता मुझे तब चला, जब मैंने एक चिड़िया का घोंसला उखाड़ फेंका था। बात इस प्रकार हुई कि मेरे बाथरूम में फ्लश की टंकी के ऊपर एक चिड़े और चिड़िया ने मिलकर घोंसला बनाना आरम्भ किया था। थी तो वह अनऑथोराइज़्ड कंस्ट्रक्शन ही। पर मैंने किसी भी बड़े शहर के कार्पोरेशन के समान कोई नोटिस नहीं लिया। दूसरे दिन से निडर होकर वे लोग ढेर सारे तिनके नीचे गिराने लगे और उन तिनकों के कारण मेरा फ्लश जाम हो गया। तब मैंने गुस्से में आकर उनका घोंसला उखाड़ फेंका।

चिड़िया जब बहुत चीखी-चिल्लायी, तो मुझे कुछ पुरानी बातें याद आ गयीं। मुझे लगा कि यह चिड़िया बहुत ही बदनसीब है, मेरे ही समान। मैंने भी एक बार अपना घर बसाना चाहा था, पर मेरी प्रेमिका के शहर के प्रेम ने मेरा घर नहीं बसने दिया था। आज यह चिड़िया भी अपना घर बसाना चाहती है और मेरे घर की सफ़ाई का प्रेम इसका घर नहीं बसने दे रहा।

और तभी अचानक मुझे लगा कि मेरा मन बहुत कोमल हो गया है, मैं किसी का भी दुःख नहीं देख सकता, चाहे वह एक चिड़िया ही क्यों न हो। और मैंने निर्णय लिया कि अब मैं किसी का घर नहीं उजाड़ूँगा।

थोड़े दिनों में चिड़िया और चिड़े का घर बस गया। अण्डे दिये गये, बच्चे हुए और उनके घोंसले से गिरती घास ने मेरा फ्लश ख़राब कर दिया। उसमें पानी जाम होने लगा और बहुत दुर्गन्ध आने लगी। परिणाम यह हुआ कि मुझे शौच के लिए मैदान में जाना पड़ा। पर छोटा शहर था, कोई बड़ी बात नहीं थी। बहुत सारे लोग इसी प्रकार शौच के लिए मैदान में जाते थे।

थोड़े दिनों में मेरे घर की दीवारों पर मकड़ों ने अपना जाला बुनना आरम्भ किया। पहले तो मैंने जाला साफ़ करने की बात सोची, पर फिर मुझे ध्यान आया कि वह जाला नहीं है, वह तो मकड़े का घर है। और मैं किसी का घर नहीं उजाड़ना

चाहता था, इसलिए मकड़े का जाला भी घर में लगा रहा और दिन-ब-दिन बढ़ता रहा। फिर चूहों की बारी आयी, चूहों के पीछे बिल्लियाँ आयीं, उनके पीछे कुत्ते आये और एक दिन कुत्तों के पीछे उनकी मालकिन आयी।

कुत्तों की मालकिन कुछ सुन्दर, पर बड़ी कोमल-सी युवती थी। मैं उसे कहीं और देखता तो उसके द्वारा खटमल पाले जाने की भी कल्पना न करता और उसने बड़े-बड़े कुत्ते पाल रखे थे।

खैर, वह मेरे घर आयी। उसने मेरा घर देखा। और देखा कि मेरे ड्राइंग रूम में भी मकड़े के जाले के अम्बार लगे हुए हैं। वह बड़ी हैरान हुई कि मैं इतना समझदार आदमी होकर भी इतने फूहड़ ढंग से क्यों रहता हूँ।

मैं बताना नहीं चाहता था, पर वह जानना चाहती थी। आख़िर मज़बूर होकर मैंने उसे अपनी प्रेम-कथा और उसके कारण अपने मन के बहुत कोमल हो जाने की बात बता दी। कहानी सुनते ही उसकी आँखों से आँसू बहने लगे। और कहानी की समाप्ति तक उसे मुझसे प्रेम हो चुका था।

प्रेम हो जाने के पश्चात् उसने मुझे यह भी बताया कि वह मुझसे विवाह करना चाहती है। मैंने भी सोचा, चलो, हटाओ दलिद्दर। कर डालो शादी और ढंग से रहो। आख़िर यह मुझसे प्रेम करती है तो यह भी तो मेरी प्रेमिका हो गयी और मैंने यही तो कसम खायी थी कि मैं विवाह करूँगा तो अपनी प्रेमिका से ही करूँगा।

मैंने उसे बता दिया कि मैं भी उससे प्रेम करता हूँ और उससे विवाह के लिए तैयार हूँ।

वह बहुत प्रसन्न हुई और चहकने लगी।

आप जानते हैं कि जब लड़कियाँ प्रसन्न होती हैं तो चहकने लगती हैं और लड़कों को चीख़ना पड़ता है।

"तुम जानते हो,"—वह बोली, "तुम्हारे मिल जाने से मेरी एक बहुत बड़ी समस्या हल हो गयी है।"

"जानता हूँ।" मैं बोला।

"कौन-सी समस्या?" उसने पूछा।

"शादी की समस्या।" मैं बोला।

"बुद्धू हो।" वह बोली, "भला मुझे शादी की समस्या हो सकती है। इतनी जायदाद है मेरे पास। और इतनी मैं सुन्दर हूँ और मर्द ऐसा मूर्ख होता है कि इन दो बातों के अतिरिक्त उसे तीसरी बात कोई सूझती ही नहीं है।"

"तो फिर कौन-सी समस्या?" मैंने बड़ी उत्सुकता से पूछा।

"बात यह है कि जिस शहर के तुम रहने वाले हो, मुझे उस शहर से बहुत प्यार है, क्योंकि वहाँ मेरे पापा के दो मकान हैं, जो मेरे नाम पर हैं। मैं उस शहर

को छोड़ना नहीं चाहती थी। अब जब हमारी शादी हो जाएगी तो उस शहर को छोड़ने की कोई आवश्यकता ही नहीं पड़ेगी। है न ख़ुशी की बात?" उसकी आँखों में ख़ुशी के फ्लड लाइट वाले बल्ब जल रहे थे।

"हाँ, है तो ख़ुशी की बात।"

और मैं सारा दिन उसके साथ ख़ुशी मनाता रहा।

पर फिर मैंने सोचा—मेरी पहली प्रेमिका मुझे अपने शहर से बाँधना चाहती थी और यह मुझे मेरे शहर से बाँधना चाहती है। मैं तब भी शहर से नहीं बँधा था और अब भी नहीं बँधना चाहता हूँ। मैं शहर से नहीं बँध सकता। मैं शहर नहीं बन सकता। इसलिए मुझे प्रेम करने का कोई अधिकार नहीं है।

और आप जानते हैं, तब मैंने क्या किया? रातोंरात अपना बिस्तरा बाँधकर एक नये शहर में चला गया।

कथा अग्निकाण्ड की

घनी आबादी के मुहल्ले में एक मकान को आग लग गयी। शरीफ़ आदमी के दिल के समान मकान जलने लगा। लपटें धड़ाधड़ आकाश छूने लगीं।

नगर निगम के विपक्षी नेता उसी मुहल्ले में रहते थे। शासक दल को ख़तरा लगने लगा कि कहीं विपक्षी नेता, इस बात का बतंगड़ बनाकर जनता को भड़का न दें और शासन को ही आग न लगा दें। धड़ाधड़ टेलीफ़ोन हो गये और शासक दल के नेता महापौर के साथ आकर खड़े हो गये। महापौर के आने की सूचना पाकर पुलिस भी आ गयी और फ़ायर ब्रिगेड वाले भी। सबके सब ऐसे खड़े थे जैसे राष्ट्रीय गीत सुन रहे हों। और जनता खड़ी देख रही थी कि कोई कुछ करे।

जब कुछ नहीं हुआ और आग जलती रही तो वहाँ एकत्रित जनता ने महापौर से प्रार्थना की कि वे कुछ करें।

महापौर ने हाथ जोड़ दिये। बोले, "मैं तो आपका सेवक हूँ। देखिए, आपकी सेवा करने के लिए अवसर की प्रतीक्षा कर रहा हूँ। मैं तो अग्निदेव का आभारी हूँ कि उन्होंने आज मुझे आप लोगों के बीच आ खड़ा होने का अवसर दिया। भगवान करे, ऐसे अवसर रोज़-रोज़ आएँ, ताकि मुझे आपकी सेवा का पुण्य मिले और आप अपनी आँखों से देखें कि विपक्षी मेरे विषय में जो प्रचार करते फिरते हैं, वह झूठा है।"

जनता बोली, "आप धन्य हैं, नेताजी! अब तो सेवा का अवसर आया है, कुछ कीजिए! सारा मुहल्ला जला जा रहा है।"

महापौर बोले, "आप देख रहे हैं कि मेरी ओर से कोई विलम्ब नहीं है। व्यवस्था पूरी है। पुलिस भी यहाँ खड़ी है और फायर ब्रिगेड वाले भी हैं। जैसे ही आग बुझेगी, फायर ब्रिगेड वाले जले घरों में घुसकर लाशों को निकाल लाएँगे। फिर पुलिस वाले उनका पोस्टमार्टम करेंगे। पोस्टमार्टम की रिपोर्ट यह कहेगी कि ये लोग जलकर मरे हैं। तब हम नगर निगम की ओर से उनकी अन्त्येष्टि करवा देंगे। तब आपका काम आरम्भ होगा। आप लोग मेरी पार्टी के स्वयंसेवकों के नेतृत्व में प्रदर्शन करेंगे और इस अग्निकाण्ड के कारणों की खोज करवाने की माँग करेंगे। मैं आपकी

बात मान जाऊँगा और एक खोज-कमीशन बनवा दूँगा। इससे अधिक और आप क्या चाहते हैं?" महापौर ने बड़ी नम्रता से हाथ जोड़े और नेताई मुसकान चेहरे पर चिपका ली।

महापौर की बात शत-प्रतिशत पूरी हुई। जब काफ़ी घर जलाकर आग थककर बुझ गयी तो फायर ब्रिगेड वालों ने धुएँ पर नियन्त्रण किया और गिनकर पच्चीस लाशें उन घरों से बाहर निकालीं। पुलिस वाले लाशों को ले गये। डॉक्टर ने लिखकर दे दिया कि वे लोग जलकर मरे हैं और एक जमादार ने प्रत्येक लाश को चार-छह जगहों से चीर-फाड़ दिया। फिर प्रदर्शन हुआ और एक जाँच समिति बनायी गयी।

जाँच समिति ने अपनी रिपोर्ट में कहा कि अग्नि का आरम्भ उस मुहल्ले के एक मकान की निचली मंज़िल में स्थित प्रज्वलनशील पदार्थों के एक गोदाम में आग लग जाने के कारण हुआ है। वस्तुतः इस अग्निकाण्ड के लिए दोषी और कोई नहीं, स्वयं मुहल्ले वाले हैं। आख़िर उन्होंने अपने मुहल्ले में प्रज्वलनशील पदार्थों का गोदाम बनने ही क्यों दिया। उन्हें चाहिए था कि घनी आबादी के इस मुहल्ले में स्थित इस गोदाम के विषय में नगर निगम में जाकर शिकायत करते।

दूसरी बात जो समिति ने कही, वह यह थी कि जनता ने फायर ब्रिगेड वालों पर यह आरोप लगाया है कि वे लोग वहाँ खड़े रहे और उन लोगों ने जलते हुए मकानों की ऊपरी मंज़िल से जीवित लोगों को उतारने और आग बुझाने का कोई प्रयत्न नहीं किया।

समिति की दृष्टि में ये आरोप सरासर झूठ हैं। हमने फायर ब्रिगेड वालों से पूछताछ कर ली है। और उनका यह उत्तर हमें एकदम ठीक जँचा है कि उन्हें यह सूचना दी गयी थी कि यहाँ आग लगी है और उन्हें आग बुझानी है। उन्हें कदापि यह नहीं कहा गया था कि यहाँ ऊपरी मंज़िल से जीवित लोगों को नीचे भी उतारना है। यही कारण था कि वे लोग आग बुझाने के लिए अपने साथ पानी तो लाये थे, पर लोगों को ऊपर से उतारने के लिए सीढ़ियाँ नहीं लाये थे। यही कारण था कि वे लोग ऊपरी मंज़िल से जीवित लोगों को नीचे नहीं उतार सके।

जहाँ तक आग बुझाने का प्रयत्न न करने का आरोप है—हमारी समझ से यह भी झूठ है। जब फायर ब्रिगेड वाले घटनास्थल पर पहुँचे तो उन्हें बताया गया कि जलते हुए मकानों की ऊपरी मंज़िल पर जीवित लोग हैं। ऐसी स्थिति में यदि वे लोग आग बुझाने का प्रयत्न करते तो पानी की मोटी धार के ज़ोर से दीवारों के टूटकर गिर पड़ने की आशंका थी और ऊपर स्थित जीवित लोगों के उनके नीचे दबकर मर जाने की सम्भावना थी। अतः उन्होंने आग बुझाने का प्रयत्न भी नहीं किया।

अन्त में समिति ने कुछ सुझाव दिये थे।

हमारा पहला सुझाव है कि फायर ब्रिगेड के कप्तान को घटनास्थल पर असाधारण सूझ-बूझ दिखाने और उचित निर्णय लेने के लिए विशिष्ट सेवा मेडल दिया जाए। और दूसरा सुझाव यह है कि इस अग्निकाण्ड के लिए दोषी मुहल्ला-निवासियों, विशेषकर उनके मुखिया लोगों को, इस अपराधात्मक असावधानी का उचित दण्ड दिया जाए।

महापौर ने मुहल्ले के मुखिया लोगों को बुलाकर समिति की रिपोर्ट दिखायी और उन लोगों को उनकी असावधानी के लिए काफ़ी डाँटा-फटकारा। विशेषकर विरोधी दल के नेता को उन्होंने अच्छी तरह डाँट पिलायी। बोले, "इसे पुलिस-केस बना दूँ तो पाँच साल को चले जाइएगा, असली नगर निगम में चक्की पीसने के लिए।"

"पर हमने तो नगर निगम में बीसियों बार लिखित शिकायत की है कि इस मुहल्ले में यह प्रज्वलनशील पदार्थों का अनधिकृत गोदाम है। इसे यहाँ से हटाया जाए। आप नगर निगम की फ़ाइलें खोलकर देख लें। हमारे प्रार्थनापत्र अब भी वहीं हैं।" मुहल्ले के मुखियों ने कहा।

महापौर का क्रोध कुछ शान्त हुआ। बोले, "अच्छा! आप लोगों ने शिकायत की थी? मैं अभी पूछताछ करता हूँ।"

महापौर ने उन लोगों को टालकर वापस भेज दिया। उन्हें पता था कि उस मुहल्ले का इंस्पेक्टर उनके अपने साले का भतीजा था, उसे असावधानी के लिए दण्ड दिलाना सुखी गार्हस्थ्य जीवन के नियमों के विरुद्ध था इसलिए सोचा, क्या पूछताछ करनी, बच्चा है, भूल गया होगा।

पर थोड़ी देर में उन्हें पता चला कि उसका तबादला किसी और मुहल्ले में हो चुका है। अब जो उस मुहल्ले का इंस्पेक्टर था, वह विपक्षियों का रिश्तेदार था। तब उन्होंने पूछताछ करने का निर्णय लिया।

"तुम्हारे पास उस मुहल्ले के लोगों ने शिकायत की थी?" उन्होंने पूछा।

"जी, की थी!"

"फिर तुमने क्या किया?" उन्होंने फिर पूछा।

"जी, मैंने उस गोदाम के स्वामी को दस बार फाइन किया है और उससे पाँच हज़ार रुपये वसूल कर नगर निगम के कोष में डाले हैं।" उसने बताया।

"पर तुमने पुलिस की सहायता से उस गोदाम को वहाँ से उठवाया क्यों नहीं?" महापौर ने उसे डाँटा।

"जी!" उसने धीमी आवाज़ में कहा, "विपक्षी दल के नेता हैं न, गणेशपरसाद जी। वे मेरे दूर के रिश्ते के चाचा होते हैं। वे इस रिश्ते के कारण मुझे आपके विरुद्ध भड़का रहे थे और चाहते थे कि उस गोदाम को मेरे माध्यम से हटवाकर वे उसका यश स्वयं लें और आपको बदनाम करें। पर मैंने उनकी एक नहीं चलने दी। मैं

आपके विरोधी की सहायता कैसे कर सकता था?" वह चुप हो गया।

महापौर उसकी बात सुनकर चुप हो गये। लड़का सही बात कह रहा था। यदि गोदाम उठा दिया गया होता तो उसका यश गणेशपरसाद को ही मिलता। और तब न यह आग लगती, न जाँच-समिति बैठाने का यश उनको मिलता।

"एक बात और है," इंस्पेक्टर ने कहा, "मैंने अपनी इस फाइन वाली चाल से आपके विरोधी नेता के मुहल्ले के पाँच हज़ार रुपये आपके नगर निगम के कोष में डाले हैं। वह तो कहिए कि आग लग गयी, नहीं तो अभी हज़ारों रुपये और खींचता।"

महापौर का रोम-रोम पुलकित हो उठा। यह लड़का हीरा है—उन्होंने सोचा। गणेशपरसाद अपने दो-चार ऐसे भतीजे और नगर निगम में भर्ती करवा दें तो अगले चुनाव में वे उसे एकदम चित कर दें।

जगाने का अपराध

बाहर से भीतर तक थाने में सतर्कता नज़र आ रही थी। सिपाही इधर से उधर तेजी से सरकारी जूते बजाते हुए आ-जा रहे थे—ठकाठक्! और फाटक पर खड़ा सिपाही कुछ अधिक तन गया था। बहुत दिनों बाद एक केस आया था, जिससे सारे क्षेत्र में उत्तेजना फैल गयी थी और उसे फाटक पर से बार-बार लोगों की भीड़ हटाने की आवश्यकता पड़ जाती थी।

थोड़ी-थोड़ी देर के बाद वह अपना डण्डा फटकार देता था—"भागो! यहाँ कोई राशन-कार्ड बन रहे हैं!"

थानेदार के सामने एक कुरसी पर एक शरीफ़ आदमी बैठा था। उसकी कमीज़ और पतलून पर जगह-जगह ख़ून के धब्बे लगे हुए थे। उसका चेहरा परेशान और दुखी था। उसके बाल बिखरे हुए थे। वह थका हुआ भी लग रहा था। उसने अपनी गर्दन कुरसी की पीठ पर टेक रखी थी।

एक आदमी जो अपने कपड़ों से बड़ा सम्भ्रान्त और फैशनेबल लग रहा था, उन दोनों के सामने खड़ा था। वह परेशान भी नहीं था और दुखी भी नहीं था। वह उग्र और उत्तेजित लग रहा था।

थानेदार मुसकरा रहा था। साला! आज आया है काम का केस। नहीं तो किसी के अफ़सर के आने पर थाने की सफ़ाई होती थी और जुलूस के साथ-साथ शोभा के रूप में पुलिस चलती थी। न किसी को डाँट सको, न किसी को मार सको, न गाली दे सको, न उत्कोच माँग सको। पुलिस की ज़िन्दगी ही नहीं रह गयी थी।

उसने कुरसी पर बैठे परेशान आदमी को घूरा और फिर अपना घूरना खड़े आदमी पर स्थानान्तरित कर दिया।

"तुमने इन्हें छुरा मारा?" थानेदार से पूछा।

"हाँ जी! मारा।" खड़े आदमी का मुख क्रोध से लाल हो गया, "और थाने के बाहर निकलते ही फिर मारूँगा।"

"चुप बदमाश!" थानेदार ने स्कूल मास्टरों की तरह मेज़ पर छड़ी बजायी, "बकवास मत कर!"

"थानेदार साहब!" वह आदमी तनकर बोला, "मुझे कुछ भी कह लीजिए, बदमाश मत कहिए। मैं शरीफ़ आदमी हूँ। सरकार को हर महीने इनकम टैक्स देता हूँ। साफ़ धुले हुए कपड़े पहनता हूँ। अच्छे-से-अच्छे सैलून में जाकर बाल कटाता हूँ। आप मुझे बदमाश कहते हैं और मैं जनाब विल्किसंस ब्लेड से भी केवल दो बार शेव करके उसे फेंक देता हूँ। आप मुझे बदमाश कैसे कह सकते हैं?"

थानेदार हतप्रभ हो गया। फिर उसके चेहरे पर विरही कवियों-सी अनन्त वेदना भरी। बोला, "विल्किसंस ब्लेड! कहाँ मिल जाते हैं तुम्हें। मैंने हर बाज़ार की हर दुकान से पूछा है, पर मुझे कहीं नहीं मिले।"

"आपको कितने चाहिए?" वह व्यक्ति बोला, "पाँच ब्लेडों का पैकेट साढ़े सात रुपये का ला दूँगा। जितने कहिए, ला दूँगा।"

"साढ़े सात रुपये के पाँच!" थानेदार ने अपने होठ चाटे, "अच्छा उन्हें छोड़ो। यह बताओ कि दो बार शेव करने के बाद अपने ब्लेडों का क्या करते हो?"

"फेंक देता हूँ।" वह व्यक्ति बोला।

"फेंक देते हो!" थानेदार क्रुद्ध होकर लगभग खड़ा हो गया, "फिर कहते हो, तुम बदमाश नहीं हो। वेस्ट! नेशनल वेस्ट! तुम्हें चाहिए कि दो शेव करने के बाद वे ब्लेड तुम थाने में जमा करवाओ। तुम इतनी-सी बात भी नहीं जानते कि हम कितना फ़ारेन एक्सचेंज ख़र्च करके विल्किसंस ब्लेड मँगवाते हैं और तुम दो शेव करके उन्हें फेंक देते हो और फिर कहते हो, तुम बदमाश नहीं हो!"

"नहीं, मैं बदमाश नहीं हूँ।" वह व्यक्ति अकड़कर बोला, "गोल्ड फ़्लैक सिगरेट पीने वाला आदमी बदमाश नहीं होता।"

"गोल्ड फ़्लैक पीते हो?" थानेदार ने फिर होठ चाटे, "अच्छा अपने सिगरेटों में से हर हफ़्ते एक पैकेट थाने में जमा कर जाया करो, हम देखेंगे कि तुम असली गोल्ड फ़्लैक पीते हो या नहीं।"

"बहुत अच्छा।" वह व्यक्ति बोला, "मैं कुरसी पर बैठ जाऊँ?"

"बैठो।" थानेदार ने बेरुखी से कहा और दूसरे आदमी की ओर मुड़ा, "हाँ साहब! आप अपनी बात कहिए।"

"देखिए!" उस व्यक्ति ने बड़े पीड़ित स्वर में कहा, "पहले हम पड़ोसी थे। इनसे हमारा काफ़ी मेल-जोल था। काफ़ी मित्रता हो गयी थी। एक बार इन्होंने मुझसे एक हज़ार रुपये माँगा। इनको अपनी बीमा पालिसी के पैसे देने थे और इनके पास पैसे नहीं थे। मैंने इन्हें एक हज़ार रुपये दिये....।"

"तुमने इनसे एक हज़ार रुपये लिये थे?" थानेदार ने फैशनेबल आदमी से पूछा।

"हाँ, लिये थे।" वह बोला, "रुपयों का क्या है, लेना-देना किसका नहीं होता?"

"हाँ जी! फिर?" थानेदार ने पूछा।

"फिर यह कि समय....।"

"ठहरिए!" थानेदार ने उसे टोका, "आपने इनसे लिखवाया था कि इन्होंने आपसे रुपये लिये हैं?"

"जी हाँ।" थका हुआ व्यक्ति बोला, "वह काग़ज़ मेरे पास है।"

"ठीक है।" थानेदार ने आगे बढ़ने की अनुमति दी, "फिर?"

"फिर यह कि समय बीतता गया।" थका हुआ व्यक्ति बोला, "मैं समझा था कि ये अपनी सुविधा से मेरे रुपये लौटा देंगे, पर इन्होंने रुपये नहीं लौटाये।"

"आप लोग इस बीच भी मिलते रहे?" थानेदार ने पूछा।

"हाँ साहब! मिलते रहे।" थका हुआ आदमी बोला, "फिर एक समय आया जब मज़बूर होकर मुझे इनसे रुपये माँगने पड़े। पहले तो ये टालते रहे, फिर नाराज़गी दिखाने लगे और अन्त में इन्होंने मुझे एक हज़ार रुपये का चेक दे दिया....।"

"देखिए थानेदार साहब!" फैशनेबल आदमी बीच में झपटकर बोला, "ये अपने मुँह से स्वीकार कर रहे हैं कि मैंने इनके एक हज़ार रुपये लौटा दिये थे। इनसे कहिए, ये अपना स्टेटमेण्ट लिखकर दें।"

"क्यों साहब!" थानेदार ने थके हुए आदमी से पूछा, "आप अपने मुँह से स्वीकार कर रहे हैं कि इन्होंने आपका एक हज़ार रुपया लौटा दिया?"

"मैं यह स्वीकार कर रहा हूँ कि इन्होंने मुझे एक हज़ार रुपये का चेक दिया था। यह मैंने स्वीकार नहीं किया है कि इन्होंने मुझे एक हज़ार रुपये दिये हैं।" थका हुआ आदमी बोला।

"रुपये और चेक में कोई अन्तर है, क्यों थानेदार साहब?" फैशनेबल आदमी बोला।

"नहीं, कोई फ़र्क नहीं होता।" थानेदार ने उत्तर दिया, "मुझे मेरा वेतन चाहे रुपयों के रूप में मिले या चेक के रूप में, मुझे कोई अन्तर नहीं पड़ता।"

"वेतन में कोई अन्तर नहीं पड़ता।" थका हुआ आदमी मुसकराया, "पर रिश्वत के रूप में यदि मैं आपको रुपये न देकर चेक दूँ तो फ़र्क़ पड़ेगा कि नहीं?"

थानेदार ने चिन्ता की मुद्रा बनायी। फिर बोला, "हाँ, रिश्वत मैं चेक के रूप में नहीं लेता। चेक बाद में फँसा देता है। हाँ साहब! मैं आपसे सहमत हूँ कि कभी-कभी रुपये और चेक में अन्तर होता है। आगे बोलिए....।"

थके हुए आदमी ने अपना वक़्तव्य फिर आरम्भ किया, "चेक और रुपयों का भेद और भी बढ़ जाता है जब चेक कैश न हो सके। इन्होंने जिस एकाउण्ट का चेक दिया था, उस एकाउण्ट में पैसा नहीं था, इसलिए बैंक ने वह चेक लौटा दिया। देखिए है न भेद!" वह थानेदार की ओर मुड़ा, "रुपया बैंक से नहीं लौटता, जबकि चेक कभी-कभी लौट आता है।"

"हाँ साहब! भेद होता है।" थानेदार ने चिन्तित स्वर में कहा, "मैंने इस ओर कभी ध्यान ही नहीं दिया था। आपने मुझे बचा लिया। नहीं तो मैं सोच रहा था कि अब वेतन के समान ही रिश्वत भी मैं चेक के रूप में ले लिया करूँगा। कभी-कभी अपराधियों के पास नगद रुपया नहीं होते। अब मैं चेक कभी न लूँगा।"

"मेरी एक सलाह और मानिए!" थका हुआ आदमी बोला, "आप अपना वेतन भी चेक के रूप में लेना बन्द कर दीजिए। कोई पता नहीं कि कब सरकार के एकाउण्ट में रुपया समाप्त हो जाए और उसका चेक लौट आए। कभी-कभी यह भी होता है कि रुपये के रहते हुए भी सरकार रुपया ग़ायब कर जाती है।"

"आप ठीक कहते हैं।" थानेदार ने अपना सर हिलाया, "मैजिशियन पी.सी. सरकार को कई चीज़ें ग़ायब करते हुए मैंने स्वयं देखा है। यदि सरकार रुपया ग़ायब कर दे तो कौन बड़ी बात! वैसे सरकार और पी.सी. सरकार रिश्तेदार हैं क्या?"

"नहीं!" इस बार फैशनेबल आदमी बोला, "रिश्तेदार नहीं हैं। दोनों हमपेशा हैं। दोनों ही जादूगर हैं। चीज़ें ग़ायब करने और निकालने में दोनों उस्ताद हैं।"

"तुम चुप रहो।" थानेदार ने उसे डाँटा, "हाँ जी! आप बताइए, आगे क्या हुआ?"

थके हुए आदमी ने सोचने की मुद्रा बनायी और बोला, "जब वह चेक बैंक ने वापस कर दिया तो मैंने फिर इनको टेलीफ़ोन किया। मैंने इनको बताया कि बैंक ने इनका चेक वापस कर दिया है। इन्होंने कहा कि तब इनका क्या दोष? इन्होंने तो चेक दे दिया। अब चेक की जगह रुपया देना तो बैंक का ही काम है न!"

"क्यों थानेदार साहब!" फैशनेबल आदमी फिर बीच में बोला, "मैंने ग़लत कहा क्या? आप अपने थाने के खजांची के नाम एक चिट्ठी मुझे दें कि वह मुझे पाँच सौ रुपया दे दे....।"

थानेदार यहाँ ख़ूब ज़ोर से हँसा। वह ठहाके पर ठहाके लगाता रहा। कभी थके हुए आदमी की ओर देखता और कभी फैशनेबल आदमी की ओर, और फिर हँसने लगता।

सहसा वह चुप होकर फैशनेबल आदमी से बोला, "बड़े चालाक बनते हो। मैंने भी बड़े-बड़े घाघ देखे हैं। चमड़ी उधेड़ लूँगा चमड़ी। क्या समझते हो अपने-आपको। मुझे चकमा देना चाहते हो। साले, बदमाश....!"

फैशनेबल आदमी उक्का-बक्का उसे देखता रहा। फिर बोला, "आप तो खामखा ही नाराज़ हो रहे हैं। भला आपके होते हुए मैं अपने-आपको चालाक कैसे समझ सकता हूँ। आपको किस बात से लगा कि मैं आपको चकमा दे रहा हूँ?"

"तुमने कहा नहीं कि मैं अपने खजांची के नाम एक चिट्ठी तुम्हें दे दूँ कि वह पाँच सौ रुपये तुम्हें दे दे। क्यों बे, क्यों दे दूँ? तुम साले बहुत चालाक हो। अब मुझे लूटना चाहते हो?"

"मेरा मतलब यह नहीं था थानेदार साहब!" फैशनेबल आदमी ने सर खुजलाया, "मैं तो केवल एक उदाहरण दे रहा था। उदाहरण! ताकि बात साफ़ हो जाए। मैं कह रहा था कि यदि आप ऐसा करें...!"

"पर मैं ऐसा करूँ ही क्यों?" थानेदार बोला, "पर उदाहरण की बात और है। तुमने पहले क्यों नहीं कहा कि यह उदाहरण है। जब अपना बयान लिखकर दोगे तो पहले लाल स्याही से लिख देना—उदाहरण! और बात साफ़ करने के लिए उसके नीचे लाल स्याही से लकीर भी खींच देना। अण्डर लाइन कर देना, रेखांकित! अब साली हिन्दी भी सीखनी पड़ रही है। तुम हमारी मुसीबत क्या समझो! हाँ तो तुम्हारा उदाहरण क्या था?"

"मेरा उदाहरण यह था कि," फैशनेबल आदमी बोला, "आप अपने खजांची के नाम पत्र लिख दें कि वह पाँच सौ रुपये मुझे दे दे और वह मुझे रुपये न दे तो दोष किसका है? आपका या खजांची का?"

"खजांची का।" थानेदार गरजा, "बाई गॉड, खजांची का। वह साला ऐसा करेगा तो मैं उसका सर फोड़ दूँगा। नौकरी से निकलवा दूँगा साले को! क्या समझता है, वह अपने-आपको! बुलाओ उसको! कहाँ है वह?"

"यह उदाहरण था, थानेदार साहब!" थका हुआ आदमी बोला।

"ओ हाँ! यह उदाहरण था।" थानेदार बोला। फिर वह फैशनेबल आदमी की ओर मुड़ा, "तुम साले ऐसे घटिया उदाहरण क्यों देते हो, जिससे किसी की हानि हो जाए। अभी मैं खजांची को नौकरी से निकाल देता तो? उसका ज़िम्मेदार कौन होता? मेरे जी में आता है कि तुम्हारी ही खाल खींच लूँ। तुम मुझे बदमाश नज़र आते हो। अब बताओ तुमने वह उदाहरण किसलिए दिया था?"

"थानेदार साहब! आप मेरी पूरी बात सुनें।" फैशनेबल आदमी बोला, "आपकी चिट्ठी पर भी यदि खजांची रुपये नहीं देता तो दोषी खजांची है, उसी प्रकार मेरे चेक पर यदि बैंक पैसे नहीं देता और चेक लौटा देता है तो दोषी कौन है? मैं या बैंक?"

"बैंक! आफ़ कोर्स बैंक!" थानेदार बोला।

"नहीं साहब।" थका हुआ आदमी बोला, "यहाँ एक अन्तर है। इनके एकाउण्ट में रुपये नहीं थे।"

"तो भी बैंकवालों का दोष है।" फैशनेबल आदमी बोला, "उन्होंने जब सब लोगों के एकाउण्ट में रुपये रखे तो मेरे एकाउण्ट में क्यों नहीं रखे? एक आदमी सारे सिपाहियों को रिश्वत दे और आपको न दे तो आप उसे क्या कहेंगे?"

"बदमाशी। यह साफ़-साफ़ बदमाशी है।" थानेदार बोला।

"यह बदमाशी ही नहीं है।" फैशनेबल आदमी बोला, "यह उससे भी बड़ी चीज़ है। यह पक्षपात है—भाई-भतीजावाद है। यह भ्रष्टाचार है। देश डूब रहा है.... ।"

"एक अन्तर और है।" थका हुआ आदमी बोला।

"क्या?" थानेदार ने पूछा।

"वह यह कि आप थानेदार हैं। यह थानेदार नहीं है। यह आपके साथ अपनी तुलना क्यों कर रहा है?"

थानेदार आगबबूला हो गया, "मेरे साथ तुलना करता है! बराबरी करता है! बदमाश! बैंक का कोई दोष नहीं है, तुम्हारा दोष है!"

फिर वह थके हुए आदमी की ओर मुड़ा, "बयान ज़ारी रखो।"

"तो साहब! काफ़ी झगड़े के बाद इन्होंने मुझसे कहा कि मैं इनके घर आकर अपने रुपये ले जाऊँ।" थका हुआ आदमी बोला, "तब मैं इनके घर पहुँचा। इन्होंने दरवाज़ा खोलकर मुझे भीतर बुला लिया और पूछा कि मैं क्या चाहता हूँ। मैंने कहा कि केवल अपने रुपये चाहता हूँ और चाहता हूँ कि रुपये देने के बाद ये मुझसे कोई वास्ता न रखें।"

"फिर क्या हुआ?" थानेदार ने पूछा।

"फिर इन्होंने कहा कि ये रुपये ला रहे हैं। ये भीतरी कमरे में गये और एक बड़ा-सा चाकू ले आये। जब तक मैं सँभलूँ, इन्होंने मुझ पर दो वार कर दिये। इन्होंने मेरी हत्या का प्रयत्न किया। मर्डर....।"

"तुम साले हत्या करने चले थे?" थानेदार ने फैशनेबल आदमी से पूछा, "तुम एक शरीफ़ आदमी को मार डालना चाहते थे!"

"देखिए, आप उनका पक्ष ले रहे हैं।" फैशनेबल आदमी बोला, "आपने मुझसे पूछा ही नहीं कि मैंने ऐसा क्यों किया।"

"क्यों किया?" थानेदार ने पूछा।

"मैंने इनको देखते ही हज़ार रुपये के नोट इनको देने चाहे थे। पर इन्होंने कहा कि हमारा झगड़ा तो रुपयों का है, पर वैसे तो हम मित्र ही हैं। अब जब मैं इनके रुपये वापस कर रहा हूँ तो इनका और मेरा झगड़ा ही क्या। इसलिए हम घर के भीतर मैत्रीपूर्ण वातावरण में बैठकर बातचीत ही कर लें। मैं इनकी बातों में आ गया और ये मेरे घर में आ गये। फिर जानते हैं कि क्या हुआ?" फैशनेबल आदमी फिर नाराज़ हो गया था।

"क्या हुआ?" थानेदार ने पूछा।

"फिर इन्होंने मेरी बेटी और माँ दोनों को छेड़ा। मैं यह नहीं सह सका। गुस्से में भीतर से चाकू ले आया और उन्माद की अवस्था में मैंने इन पर चाकू चला दिया।" फैशनेबल आदमी, थके हुए आदमी को घूर रहा था।

"तो तुमने इनकी बेटी और माँ को छेड़ा?" थानेदार ने थके हुए आदमी को घूरा, "तुम जानते हो कि किसी की बेटी और माँ को छेड़ना कितना बड़ा अपराध

है? इसके लिए यदि तुम्हारी हत्या भी हो गयी होती, तो कुछ नहीं होता। अभी तो तुम्हें दो ही चाकू लगे हैं। जाओ, घर चले जाओ।"

"इनसे पूछिए," थका हुआ आदमी बोला, "इनकी बेटी और माँ की आयु क्या है?"

"क्या है?" थानेदार ने पूछा।

फैशनेबल आदमी हकलाया, "जी, मेरी माँ की आयु सत्तर वर्ष है और मेरी बेटी की तीन महीने।"

थका हुआ आदमी हँसा, "मेरी आयु तीस वर्ष है। तीस वर्षों का एक व्यक्ति तीन महीने की बच्ची या सत्तर वर्ष की वृद्धा को छेड़ेगा?"

"क्यों बे!" थानेदार बोला, "साले, हमें उल्लू बनाता है? इस आयु की बच्ची या वृद्धा को तो मैं भी नहीं छेड़ता। साले, यह तो फिर भी शरीफ़ आदमी है।"

"आपकी बात और है थानेदार साहब!" फैशनेबल आदमी बोला, "आप तो सरकारी आदमी हैं। आप छेड़ें भी तो क्या! पर यह किसी की बेटी और माँ को क्यों छेड़ता है?"

"क्यों छेड़ते हो?" थानेदार ने पूछा।

"इनसे पहले पूछिए कि मैंने इनकी बेटी और माँ को कैसे छेड़ा?"

"हाँ बताओ साले, कैसे छेड़ा?" थानेदार बोला।

फैशनेबल आदमी बोला, "जब ये हमारे घर में आये तो मेरी माँ और मेरी बेटी सो रही थीं। ये बहुत ज़ोर-ज़ोर से बोले, चीख़े-चिल्लाये और वे लोग जाग पड़े। अब बोलिए वे लोग छेड़े बिना जाग गये क्या? उनका दिमाग़ ख़राब था?"

"तो छेड़ने का मतलब है जगाना?" थका हुआ आदमी बोला।

"छेड़ना अपराध ज़रूर है।" थानेदार बोला, "किसी को जगाना अपराध नहीं। मेरी घरवाली मुझे रोज़ सवेरे जगा जाती है।"

"नहीं साहब! जगाना पूर्णतः अपराध है।" फैशनेबल आदमी बोला, "आपकी घरवाली की बात और है, वह थानेदार की पत्नी है। वैसे तो किसी को जगाना घोर अपराध है।"

"कैसे?" थानेदार ने पूछा।

"देखिए, भगतसिंह देशवासियों को जगाने के अपराध में फाँसी पर चढ़े। राजगुरु, सुखदेव, खुदीराम बोस, आज़ाद और इस देश के सारे शहीद देश को जगाने के अपराध में मृत्यु को प्राप्त हुए।"

"वह अँग्रेज़ों के समय की बात है।" थका हुआ आदमी बोला, "स्वतन्त्रता के बाद किसी को जगाना अपराध नहीं रह गया है।"

"हाँ साहब! स्वतन्त्रता के बाद समय बदल गया है।" थानेदार बोला, "अँग्रेज़ों का समय होता तो मैं आपको कुर्सी पर न बैठाकर फ़र्श पर बैठाता और दस जूते

आपके सिर पर मारता। समय बदल गया है साहब!"

"समय तो बदल गया है।" फैशनेबल आदमी बोला, "आप देखिए, गोडसे को इसलिए फाँसी हुई कि उसने महात्मा गाँधी को समाधि से जगाने की कोशिश की थी। केनेडी भाइयों को गोली इसलिए मारी गयी, क्योंकि वे अपने देश को जगा रहे थे। देखिए, प्रत्येक आन्दोलन में नेताओं को दण्ड मिलता है, क्योंकि वे किसी न किसी को जगाने का प्रयत्न करते हैं। चीन को हम अपना शत्रु मानते हैं, क्योंकि उसने हमें जगाने का प्रयत्न किया। पाकिस्तान हमारा शत्रु है, क्योंकि वह हमें सोने ही नहीं देता। अमरीका, रूस और दूसरे बड़े देश इस देश के सबसे बड़े मित्र हैं, क्योंकि उन्होंने सदा इस देश की जागृति का विरोध किया। वे चाहते थे कि यह देश सोया रहे। और उदाहरण दूँ?" उसने पूछा।

"नहीं।" थानेदार बोला, "मैं कनविंस हो गया हूँ और बोर भी। तुम साले कहीं टीचर हो जाओ। इतने उदाहरण दोगे तो सारे लड़के बोर होकर सो जाएँगे।"

"किसी को सुलाना अपराध नहीं है।" फैशनेबल आदमी बोला।

"तुम ठीक कहते हो।" थानेदार ने कहा और वह थके हुए आदमी की ओर मुड़ा, "इसने तुम्हें केवल छुरा मारने की कोशिश की है, सरकार को पता लगता तो तुम्हें गोली मार देती। अब मेरी बात मानो।"

"क्या?" थके हुए आदमी ने पूछा।

"इसके घर जाओ और इसकी बेटी और माँ को सुलाओ। या फिर इसे अनुमति दो कि यह छुरा मारकर तुम्हें सुला दे। सोना सेहत के लिए अच्छा होता है। जाओ, भागो, मुझे सोने दो।"

और अपनी दोनों टाँगें मेज़ पर रखकर थानेदार सो गया।

अनागत

सन् 2000 में फ़रवरी महीने की एक सुहानी सुबह!

राजधानी की पार्लियामेण्ट स्ट्रीट पर से एक जुलूस गुज़र रहा है। सड़क पूरी तरह से भीड़-भड़क्के में खो गयी है। दूर-दूर तक सर ही सर नज़र आ रहे हैं, जैसे हरी-भरी फ़सल पर टिड्डी-दल उतर आया हो।

यह जुलूस कोई बड़ी विचित्र-सी चीज़ है। दूर से कभी तो वह एक बहुत बड़े स्टैथेस्कोप-सा लगता है, कभी इंजेक्शन की सिरिंज-सा, कभी हाजमे की दवाई की आठ खुराकों वाली बड़ी शीशी-सा। उसके पास से टिंक्चर आयोडीन और स्पिरिट की मिली जुली गन्ध आ रही है। जुलूस की मिली-जुली आवाज़ें ऐसी लगती हैं, जैसे फटती हुई पट्टियाँ कराह रही हों, या सिरिंज में से सीत्कार करती हुई दवा निकल रही हो।

जुलूस के पास सारा आवश्यक साजो-सामान है। उन्होंने झण्डे उठाये हुए हैं जिन पर रेड क्रास बना हुआ है। बड़े-बड़े वस्त्र-पट हैं, जिन पर नारे लिखे हुए हैं।

वे ही नारे ज़ोर-ज़ोर से बोले जा रहे हैं।

"ऐसी सरकार...." एक आदमी चिल्लाता है।

"नाश हो।" शेष सब लोग, बूढ़ी औरतों के समान हाथ हिला-हिलाकर कोसते हैं।

"पेट भरने को दो...." नेता फ़िल्मी अन्दाज़ में पेट पर हाथ मारता है।

"रोटियाँऽऽऽ।" टिड्डियाँ पीछे-पीछे टर्राती हैं।

"हम नहीं खाएँगे।" पहला व्यक्ति सर मारता है।

"विटामिन की गोलियाँऽऽऽ।" टिड्डियाँ कहती हैं।

संसद भवन के सामने पहुँचकर जुलूस में कुछ विशेष हलचल होती है, जैसे किसी ने कौड़ियों को मुट्ठी में अच्छी तरह फेंटकर उछाल दिया हो। जुलूस एक सभा का रूप धारण कर लेता है।

सभा में भाषण आरम्भ होते हैं :

पहला भाषण

मैं पूछता हूँ, आपसे, देश से, समाज से और सरकार से। जब नौकरियाँ नहीं हैं इस देश में, तो हमारी पीठ पर डॉक्टर का ठप्पा लगाकर हमें किसी और प्रकार की मेहनत-मज़दूरी करने से क्यों रोका जा रहा है। अब जब हम डॉक्टर बन ही गये हैं तो हम क्या करेंगे? हम सिवाय डॉक्टरी के और कुछ नहीं कर सकते। हमें नौकरियाँ दो, नहीं तो सरकार छोड़ दो।

दूसरा भाषण

भाइयो! मैं कहता हूँ कोई इन कसाइयों से पूछे, जब तुम्हारे देश में इतने मरीज़ ही नहीं हैं तो दुनिया-भर के मेडिकल कॉलेज क्यों खोल रखे हैं। यदि ये नये-नये मेडिकल कॉलेज इसी प्रकार खुलते रहे और इतने ही डॉक्टर प्रतिवर्ष बनते रहे तो डॉक्टर गली-गली, मुहल्ले-मुहल्ले फेरी लगाते दिखाई पड़ेंगे—'कान का इलाज करने वाला। बुखार ठीक करने वाला। दस्त का एक पुड़िया में इलाज करा लोऽऽऽ।'

भाइयो! यह सब कुछ असन्तुलित राजनीति के कारण है। जो शासन देश की जनसंख्या को बढ़ने से रोकने के लिए परिवार-नियोजन का आन्दोलन इतने ज़ोर-शोर से चला रहा है, वह डॉक्टरों की जनसंख्या बहुत अधिक बढ़ने से रोकने के लिए कोई नियोजन आरम्भ क्यों नहीं करता?

भाइयो! मेरी यह माँग है कि या तो मेडिकल कॉलेज बन्द किये जाएँ, या फिर प्रत्येक कॉलेज से दस से अधिक डॉक्टर एक वर्ष में न निकलने दिये जाएँ।

तीसरा भाषण

भाइयो या डॉक्टरो! क्यों नौकरियाँ माँग किसी के गुलाम बनते हो? या मेडिकल कॉलेज बन्द करवा क्यों वहाँ के प्रोफ़ेसरों की नौकरियाँ छीनते हो। मेरा नारा है, न नौकरी माँगो, न किसी की नौकरी छीनो।

तुम्हें रोज़ी चाहिए न! वह मिलेगी। बिना मेडिकल कॉलेज बन्द करवाये या बिना नौकरी किये भी मिलेगी और आज भी मिल सकती है साथियो! तुम्हारी राह में न एम्प्लायमेण्ट एक्सचेंज बाधा है और न मेडिकल कॉलेज। तुम्हारी राह तो राजनीति ने छेक रखी है।

आज यदि राजनीति की गन्दी चालें बन्द हों और लोगों को मिलावट मिली चीज़ें खाने को दी जाएँ तो मरीज़ कई सौ गुना अधिक होंगे और आपको रोज़ी मिलेगी। मलेरिया, चेचक, हैजा इत्यादि बीमारियों के विरुद्ध अभियान बन्द किये जाएँ तो मरीज़ इतने होंगे कि आप सबका पेट भरकर भी बच जाएँगे। इसलिए व्यापारियों को खाने की चीज़ों में मिलावट के लिए खुली छूट दी जाय और भयंकर बीमारियों

के विरुद्ध चलाये गये आन्दोलन बन्द किये जाएँ।

डॉ. नारंग अपने क्लिनिक के सामने खड़े अपनी दाढ़ी नोच रहे हैं।

"कोई नहीं। कोई साला नहीं।" वे गुनगुनाते हैं, "कोई आया? नहीं, कोई राहगीर होगा, गुज़र जाएगा। अब यहाँ कोई नहीं, कोई नहीं आएगा।"

सामने से सहाय साहब अपनी साइकिल पर मुन्ने को सामने बैठाये हुए, सीट पर से उस पर यों झुके चले आ रहे हैं, जैसे क्रिकेट के मैदान में गेंदबाजी करने वाले हों।

"अब इसे नमस्ते भी करनी पड़ेगी।" डॉ. नारंग की आत्मा अपमान की पीड़ा से, घायल चमगादड़ के समान फड़फड़ाने लगी।

"नमस्कार सहाय साहब!" डॉ. नारंग के चेहरे पर, आस्तिक हिन्दू के बाध्य हो गोमांस खाने के बाद की प्रतिक्रिया है।

"नमस्कार!" सहाय साहब ने झूमते हुए ऊँट के समान, अफ़सरी अदा से सिर हिला दिया।

"सवेरे-सवेरे किधर?" डॉ. नारंग ने ट्रैफिक के सिपाही के समान ज़बरदस्ती उनका मार्ग रोक लिया।

"मुन्ने को हल्का-सा जुकाम है।" सहाय साहब की पवित्र आत्मा जुकाम जैसी गलीज़ चीज़ का नाम लेते ही काँप गयी, "सोचा ज़रा डॉक्टर को दिखा लाऊँ।"

"आइए-आइए!" डॉ. नारंग के दाँतों की चमक ने सूर्य की किरणों को धोबिया पछाड़ दिया।

"नहीं!" सहाय साहब की नाक कुछ और ऊँची हो गयी, "हम सदर तक जा रहे हैं डॉ. शर्मा के पास। सुना है वे अच्छे डॉक्टर हैं।"

डॉ. नारंग के चेहरे पर कठोरता का यवनिका-पतन हुआ, "हद करते हैं साहब आप भी। मेरे मुहल्ले का मरीज़ डॉ. शर्मा कैसे देखेंगे। झगड़ा हो जाएगा। इस मुहल्ले का डॉक्टर मैं हूँ। आप मेरे पेट पर लात मारकर दूसरे डॉक्टर के पास नहीं जा सकते।" सहसा ही डॉ. नारंग का चेहरा गुम हो गयी गाय का-सा दीन हो गया, "सहाय साहब! आपको अपने इस सेवक की उपेक्षा नहीं करनी चाहिए। आख़िर हम भी तो यहाँ हैं। दूसरे, आपके मुहल्ले की नाक नहीं कट जाएगी?"

"नहीं साहब, नहीं!" सहाय साहब चिहुँककर बोले, "आप दवाई की शीशी के साथ एक लिफ़ाफा तक मुफ़्त नहीं देते। वैसे भी आपकी दवाई उतनी ताजा नहीं होती। और फिर जुकाम की बात है, कोई बड़ा बिल नहीं बनेगा।"

"जुकाम हो या छींक!" डॉ. नारंग बोले, "दो पैसे हम ही कमा लेंगे, तो क्या बुरा है। मैं यदि पैसा-दो पैसा ज़्यादा ले भी लेता हूँ तो क्या हुआ, जनाब! खुराक पूरी नापकर देता हूँ। दूसरों के समान बेईमानी नहीं करता।"

"कुछ भी हो साहब! हम तो डॉ. शर्मा के पास ही जा रहे हैं।" और सहाय साहब ने पतलून के पहुँचे को लपेट, उस पर क्लिप लगा लिया।

"मैं कहता हूँ आप नहीं जा सकते।" डॉ. नारंग कुछ तेज़ आवाज़ में बोले। सहाय साहब का मुन्ना ज़ोर-ज़ोर से रोने लगा, "यह आदमी पापा को डाँट रहा है आँऽऽ। सब लोग मेरे पापा को डाँटते रहते हैं आँऽऽ।"

सहाय साहब जेब से रूमाल निकालकर मुन्ने की नाक साफ़ करने लगे।

उन्होंने साइकिल के पैडल पर पैर रखा और साइकिल को ठेल दिया।

डॉ. नारंग ने दौड़कर पीछे से साइकिल को पकड़कर घसीटा, "मेरे पेट पर लात मारकर कहाँ जा रहा है बे!"

डॉ. नारंग और सहाय साहब में हाथापाई होती रही और सहाय साहब का मुन्ना ज़ोर-ज़ोर से रोता रहा, "यह आदमी मेरे पापा को मार रहा है आँऽऽऽ।"

सहाय साहब के हाथों से साइकिल छूटकर गिर पड़ी।

डॉ. नारंग उनके मुन्ने को गोद में उठाकर अपने क्लिनिक में घुस गये, "कैसे नहीं कराएगा इलाज? मैं भी देखूँगा।"

"हाय, मेरा सर फोड़ दिया।" सहाय साहब पीछे से चिल्लाये, "ख़ून! ख़ून! देखो ख़ून निकल आया।"

"अच्छा! अच्छा! तेरी भी पट्टी करता हूँ।" डॉ. नारंग चीख़कर बोले।

"आज का दिन अच्छा है। सवेरे-सवेरे दो-दो केस।" उनका सर प्रसन्नता में स्प्रिंगदार गुड़िया के समान हिल रहा था।

डॉ. शर्मा ने सरसों के तेल की अच्छी तरह मालिश की और आँगन में दो ईंटें समानान्तर रखकर कसरत करने लगे।

अभी चार-पाँच डण्ड ही लगाये थे कि उनकी पत्नी फुंकारती हुई आ गयी, "कनौडिया तेल का डब्बा रसोई से कौन लाया?"

"मैं लाया हूँ।" डॉ. शर्मा उठकर बैठ गये।

"क्यों लाये? पकौड़े तलने हैं क्या?" उनकी पत्नी ने हाथ झटककर पूछा।

"नज़र नहीं आता, मालिश की है।" डॉ. शर्मा ने डाँटा, "सुबह-सुबह झगड़ा ज़रूरी है क्या?"

"झगड़ा मैं करती हूँ कि तुम?" पत्नी बोली, "ख़रीदते वक़्त तो एक किलो का डब्बा ख़रीदने में कष्ट होता है और मालिश करते हुए आध-आध किलो तेल औंधा देंगे। तुम डॉक्टर हो कि पहलवान?"

"बात यह है," डॉ. शर्मा अपनी पत्नी के पास आ गये, "आज डॉ. नारंग के मुहल्ले में एक केस देखने जा रहा हूँ। झगड़ा होने का अन्देशा है। अब कोई भी डॉक्टर यह बर्दाश्त नहीं करता कि दूसरे मुहल्ले का कोई डॉक्टर उसके मुहल्ले

में आए। एक तो लोग बीमार ही बहुत कम पड़ते हैं। बीमार हो जाएँ तो डॉक्टर के पास नहीं जाते। जो लोग डॉक्टर को बुलाते हैं, वे भी दूसरे मुहल्ले का डॉक्टर बुला लें तो मुहल्ले का डॉक्टर भूखा मर जाएगा।"

दंगा-फसाद ही करना है तो दो-चार गुण्डे पाल लो।" पत्नी ने मुँह बनाया।

"ठीक कहती हो," डॉक्टर शर्मा बोले, "वह भी है ध्यान में मेरे। डॉ. नागपाल ने चार गुण्डे रख भी छोड़े हैं, पर मेरी आय अभी उतनी नहीं हुई। इसलिए तब तक तो खुद ही कसरत करूँगा।"

"इससे तो पान की दुकान ही लगा लो।" पत्नी तेल का डब्बा उठा रसोई में चली गयी।

विजय बाबू दुविधा में खड़े के खड़े रह गये। किसके पास जाएँ?

सामने तीन-तीन डॉक्टरों की दुकानें साथ-साथ थीं। डॉ. नागपाल, डॉ. वर्मा और डॉ. पासी—तीनों के बड़े-बड़े बोर्ड लगे हुए थे। विजय बाबू निर्णय नहीं कर पा रहे थे कि किसके पास जाएँ। साधारण-सी खाँसी-जुकाम की शिकायत थी। डॉ. नागपाल का नाम अधिक था। डॉ. शर्मा की डिग्रियाँ अधिक थीं और डॉ. पासी की फीस सबसे कम थी। कौन-सी बड़ी बीमारी थी। कोई भी ठीक कर देगा। तो क्यों न डॉ. पासी के पास जाएँ, पैसे कम ख़र्च होंगे।

उन्हें डिग्रियों और नामों से क्या करना था? उन्हें तो अपनी तक़लीफ़ दूर करनी थी और जहाँ से वह कम-से-कम पैसों से हो, वहीं से ठीक है।

वे डॉ. पासी की दुकान की ओर बढ़े।

तभी डॉ. नागपाल अपनी दुकान से बाहर निकले। उन्होंने विजय बाबू को देखा।

"आइए! आइए विजय बाबू!" उन्होंने आगे बढ़कर हाथ मिलाया, "कहिए, कैसे आना हुआ?"

और वे उनका हाथ पकड़े-पकड़े अपनी दुकान की ओर बढ़े।

तब तक अपनी दुकानों के भीतर बैठे हुए डॉ. वर्मा और डॉ. पासी ने भी किसी डॉक्टरी यन्त्र से या अपनी सहज व्यापार-बुद्धि से सूँघ लिया कि कोई मरीज आया है। वे दोनों भी दुकानों के दरवाज़े पर खड़े हो गये।

"आइए! विजय बाबू! हमारे यहाँ शुद्ध और सस्ती दवाइयाँ मिलती हैं।" डॉ. पासी ने हाँक मारी।

"विजय बाबू! मेरी दवाइयाँ सब विदेशी हैं।" डॉ. वर्मा बोले, "वे पहाड़गंज में बनी हुई नकली लेबलों वाली नहीं हैं।"

उन्होंने डॉ. नागपाल पर दृष्टि पसारी।

विजय बाबू रुक गये। वे अपने निर्णय के विषय में सोच रहे थे।

"डॉक्टर साहब! मैं....।" उन्होंने डॉ. नागपाल से कुछ कहना चाहा।

"आप मेरे मरीज़ को ज़बरदस्ती नहीं ले जा सकते डॉ. नागपाल।" डॉ. पासी लपके।

"यह धक्केशाही नहीं चलेगी।" डॉ. वर्मा झपटे।

"मुझे छोड़ो। मुझे छोड़ो।" विजय बाबू चीख़ रहे थे।

तब तक तीनों डॉक्टर गुत्थमगुत्था हो चुके थे और विजय बाबू को पता नहीं था कि उनके हाथ किसने पकड़ रखे हैं, उनकी टाँग उखाड़ने के फेर में कौन-सा डॉक्टर है और उनकी गर्दन किसकी उँगलियों के दबाव में चीख़ रही है।

उस सारे हंगामे और धक्कमपेल में वे चारों डॉ. नागपाल की दुकान के भीतर पहुँच गये थे और विजय बाबू लम्बी मेज़ पर लेटे हुए थे।

क्षण-भर को तीनों डॉक्टर उन्हें छोड़कर कहीं ग़ायब हो गये।

विजय बाबू को कुछ राहत मिली। वे उठ बैठे। उन्होंने नज़र घुमाकर देखा, तीनों में से एक भी डॉक्टर वहाँ नहीं था। उन्होंने दोनों बाँहों को एक-दूसरे की सहायता से दबाया। टाँगों की थोड़ी-सी मालिश की और गर्दन की स्थिति जानने के लिए उँगलियाँ वहाँ तक पहुँचायी ही थीं कि तीनों डॉक्टर एकसाथ ही अवतरित हो गये।

फिर वही धींगामस्ती आरम्भ हो गयी। कौन क्या कर रहा था—किसी को पता नहीं चला।

इंजेक्शन की सिरिंज विजय बाबू की बाँह में घुसी तो वे चीख़कर उठ बैठे, पर तब तक एक कैपसूल और दो उँगलियाँ उनकी हलक तक घुसपैठ कर चुकी थीं। और कोई मिक्स्चर की शीशी उनके नथुनों से चिपककर आधा मिक्स्चर नाक में उँड़ेल चुकी थी।

विजय बाबू को स्वयं पता नहीं चला कि इनमें से किसके कारण उनमें अद्‌भुत बल आ गया और वे तीनों डॉक्टरों को धक्का मारकर उछले और दुकान से बाहर आ गये।

अगले ही क्षण, ऐन चौराहे के बीच ट्रैफ़िक कांस्टेबल के स्थान पर विजय बाबू खड़े थे और चीख़-चीख़कर कह रहे थे।

"भाइयो!

अब अन्याय और नहीं सहा जाता। संविधान में जहाँ हमें और मौलिक अधिकार दिये गये हैं, वहीं हमें अपना डॉक्टर चुनने की स्वतन्त्रता का भी अधिकार मिलना चाहिए।

मैं आज मौलिक अधिकार-सुरक्षा-संघ के निर्माण की घोषणा करता हूँ। संघ का कार्यालय मेरे घर पर ही रहेगा। आप लोग सदस्य बनकर मुझे बल दें।

हमारा कार्यक्रम आज से ही आरम्भ होता है। हम डॉक्टरों द्वारा अपने मौलिक अधिकारों के भंग के विरुद्ध संसद भवन के सामने प्रदर्शन करेंगे।

रोगी एकता—ज़िन्दाबाद!"

दिल्ली-पुलिस के महानिदेशक के कार्यालय में बहुत भीड़ थी। पुलिस की विभिन्न शाखाओं के सभी ऊँचे अधिकारी उपस्थित थे। एक विचित्र-सी गम्भीरता वहाँ छायी हुई थी, जैसे इण्टरव्यू के लिए बुलाये गये नौकरी के प्रत्याशी-समूह पर छायी होती है।

महानिदेशक कमरे में आये तो सब लोग चुपचाप उठ खड़े हुए और उनके संकेत पर वैसे ही चुपचाप बैठ गये।

महानिदेशक ने किसी प्रकार की भूमिका के बिना ही कहना आरम्भ किया, "आप जानते हैं कि हमारे नगर की स्थिति बहुत भयंकर हो उठी है। देश की राजधानी होने के कारण हमारा उत्तरदायित्व अन्य नगरों की पुलिस से अधिक है।

"इस समय स्थिति अत्यन्त विकट है। पिछले दिनों विभिन्न स्थानों पर कुछ ऐसी घटनाएँ हुई हैं, और उन घटनाओं की संख्या बढ़ती ही जा रही है, जिससे गृहमन्त्री तक चिन्तित हो गये हैं।

"पिछले सप्ताह पथराव की घटनाएँ बहुत बढ़ गयी हैं। कोई दिन ऐसा नहीं जाता, जब नगर के विभिन्न भागों में आधे दर्जन स्थानों पर पथराव की घटनाएँ न हों। पथराव की घटनाएँ पहले भी होती थीं, पर तब बात और थी। कहीं प्रदर्शन हो, जुलूस निकले, सभा हो—उसमें गड़बड़ होती थी और भीड़ पथराव करती थी। पर अब अकारण ही बिना किसी बात के पथराव हो जाता है। आज तक इसका कोई कारण ही हम खोज नहीं पाये हैं। होता यह है कि जहाँ कहीं सौ-दो सौ आदमी हों—वहाँ कहीं से एक दल पहुँच जाता है और भीड़ पर पथराव कर ग़ायब हो जाता है। समझ में नहीं आता कि भरे बाज़ारों में वे लोग कहाँ से आते हैं और कहाँ ग़ायब हो जाते हैं। पत्थर कहाँ से आ जाते हैं और आख़िर यह पथराव क्यों होता है, किन लोगों पर होता है।

"एक दूसरी प्रकार की घटनाएँ और भी विचित्र हैं। इस प्रकार भीड़ के बीच कोई भी व्यक्ति चीख़ मारकर उछल पड़ता है। फिर वह शोर मचाना आरम्भ कर देता है कि किसी ने उसे सुई चुभायी है। भगदड़ मच जाती है। भीड़ वाला स्थान। किसी को भी रोकना कठिन हो जाता है। उस धक्कमपेल में कुछ लोग घायल हो जाते हैं और वह व्यक्ति जिसे सुई चुभायी गयी होती है, घर पहुँचने तक अवश्य ही बीमार पड़ जाता है।

"तीसरी प्रकार की घटना, सबसे अधिक भयंकर है। पिछले एक सप्ताह में चार बार दिल्ली के विभिन्न पम्पिग स्टेशनों पर आक्रमण हुए हैं और नगर में वितरित

होने के लिए साफ़ किये गये जल में रोगों के कीटाणु मिलाने के प्रयत्न किये गये हैं।"

वे रुककर कुछ क्षण उपस्थित अधिकारियों को देखते रहे, फिर बोले, "इन तीन प्रकार की घटनाओं में अभी तक कोई अपराधी पकड़ा नहीं गया है। पर सन्देह यह है कि राजधानी में कुछ विदेशी एजेण्ट सक्रिय हो उठे हैं और यहाँ के सामान्य जन-जीवन में अव्यवस्था फैलाने का प्रयत्न कर रहे हैं।

"आपको यहाँ बुलाकर इसलिए कष्ट दिया गया है कि आप स्थिति की गम्भीरता को समझें और उसके प्रति सचेत रहें। कोई प्रश्न...?"

और उनकी दृष्टि फिर उपस्थित अधिकारियों पर जम गयी।

विजय बाबू ने अपने सामने खड़े सेल्समैन को घूरकर देखा। वह घरेलू आवश्यकता की चीज़ें बेचने के लिए आया था।

"तुमको पता है, तुम्हें फ्लू है और ऐसी अवस्था में तुम्हें अपने घर से बाहर क़दम नहीं रखना चाहिए?" उन्होंने पूरी ताक़त से चीख़कर पूछा।

"जी!" सेल्समैन का चेहरा बुखार से तप रहा था और उसकी आँखें चढ़ी हुई थीं। वह खाँसते हुए बड़ी धीमी आवाज़ में बोला, "हमारी कम्पनी हमें छुट्टी नहीं देती। अभी मैं कन्फर्म्ड नहीं हूँ। नौकरी का मामला है। इसलिए ऐसी हालत में भी निकलना ही पड़ता है।"

विजय बाबू पर उसकी दीनता का कोई प्रभाव नहीं पड़ा। वे पहले से भी तेज़ आवाज़ में चीख़े, "तुम ग़रीब हो या बदमाश हो! जान-बूझकर फ्लू की इन्फैक्शन घर-घर फैला रहे हो ताकि अधिक-से-अधिक लोग बीमार पड़ें। बता, किस डॉक्टर ने भेजा है तुझे?" और विजय बाबू ने ज़ोर का धक्का देकर उसे फ़र्श पर गिरा दिया।

वह अचकचाया-सा फ़र्श पर पड़ा उन्हें देखता रहा। उसे फिर खाँसी आ गयी। वह काफ़ी देर तक खाँसता रहा और खाँसकर बोला, "आप मुझे ग़लत समझे। किसी के बीमार होने से मुझे क्या लाभ! मैं ग़रीब आदमी हूँ। अपने बाल-बच्चों के लिए रोटी कमाने निकला हूँ। किसी को बीमार करने नहीं।"

विजय बाबू ने उसे ज़ोर की एक ठोकर मारी, "उल्लू के पट्ठे! तू ऐसे नहीं बताएगा।"

वह रो पड़ा। उसकी आँखों से आँसू बह-बहकर गिरते रहे। विजय बाबू ने उसकी टाँग पकड़ी और मरे हुए कुत्ते की तरह घसीटते हुए बाहर गली में उसे ले आये। उसे बीच गली में पटककर वे ज़ोर-ज़ोर से चीख़ने लगे, "देखो! रोगी-एकता संघ के सदस्यो! देखो। अब डॉक्टर यहाँ तक बदमाशी पर उतर आये हैं। वे बीमार और रोगी लोगों को पैसे देकर भले आदमियों के घर भेज देते हैं, ताकि वे लोग इन्फैक्शन फैलाएँ और उनके ग्राहक बढ़ाएँ। देखो, देखो!"

और उन्होंने गली में पड़े ठण्ड से ठिठुरते सेल्समैन को एक ठोकर और जमा दी।

लोग अपने-अपने घरों से निकलकर गली में जमा होते जा रहे थे। सब लोग घृणा से उस सेल्समैन को देख रहे थे। किसी के हाथ में पत्थर था, किसी के पास लकड़ी की छड़ी थी और कोई-कोई लोहे की छड़ ले आया था।

उस बढ़ते हुए शोर-शराबे में सेल्समैन बार-बार जीभ से अपने होठ गीले करके धीरे-धीरे कह रहा था, "मैं ग़रीब आदमी हूँ। मैं अपने बच्चों के लिए रोटी कमाने.... ।"

उसकी बात कोई नहीं सुन रहा था। उसके चारों ओर भीड़ बढ़ती जा रही थी और भीड़ के साथ शोर भी तेज़ से तेज़तर होता जा रहा था।

गृहमन्त्री पत्रकार-सम्मेलन के सामने वक़्तव्य दे रहे थे :

"राजधानी में ये घटनाएँ बढ़ती चली गयीं। पर ये सारी घटनाएँ कुछ इतनी भिन्न थीं कि उनमें कोई तालमेल ही नहीं बैठ रहा था। देखने से ऊपरी तौर से यही लगता था कि कुछ विदेशी एजेण्ट हमारी राजधानी में अव्यवस्था और अराजकता फैलाने का प्रयत्न कर रहे हैं।

"पर हमारी पुलिस ने अपनी छानबीन से कुछ इससे भी गहरे अपराध के रोमांचक तथ्यों का उद्घाटन किया है। अपनी छानबीन के पश्चात् पुलिस इस निष्कर्ष पर पहुँची है कि इस नगर के कुछ लोगों ने मिलकर एक गुप्त संस्था बनायी है। इस संस्था का कार्य यह है कि अपने प्रयत्नों से लोगों को अधिक-से-अधिक संख्या में रोगी और घायल किया जाए—वह चाहे भीड़ पर पथराव करके हो, लोगों में रोग के कीटाणु इंजेक्ट करके हो अथवा पीने के पानी में ज़हरीली दवाएँ और रोगों के कीटाणु मिलाकर हो।

"और इन कार्यों का उद्देश्य केवल इतना है कि रोगियों की कमी के कारण, जो अधिकांश डॉक्टर भूखे मर रहे हैं, उन्हें रोज़गार मिल सके और उनकी रोटी का प्रबन्ध हो सके।"

गृहमन्त्री थोड़ा सस्पेंस देकर बोला, "आपको जानकर आश्चर्य होगा कि इस नगर के अधिकांश डॉक्टर इस संस्था के सदस्य हैं और कल रात के अपने छापों में, पुलिस ने नगर के विभिन्न खण्डों में से डेढ़ सौ डॉक्टर बन्दी कर लिये हैं।"

"डेढ़ सौ!" कई पत्रकार कोरस के स्वर में चीख़ पड़े।

संकट और संस्कृति

मैंने तो केवल एक गंजी पत्नी का पति होने से बचने का प्रयत्न भर किया था, पर कैंची चल गयी भारतीय संस्कृति पर। बात मेरी समझ से परे है, पर है यही बात। भारतीय संस्कृति को व्यर्थ इधर-उधर टाँग अड़ाते फिरने की बड़ी बुरी आदत है। जहाँ कहीं कैंची, चाकू, छुरी चलती है—वहीं बीच में संस्कृति आ धँसती है। परिणाम यह होता है कि और किसी को तो कुछ होता नहीं, व्यर्थ ही संस्कृति घायल होती रहती है। नंगे पैर रहें तो पैरों को कष्ट होता है, कपड़े के जूते पहनें तो जेब को कष्ट होता है, क्योंकि पैसे अधिक ख़र्च होते हैं; और यदि चमड़े के जूते पहनें तो हमारी संस्कृति को कष्ट होने लगता है।

हुआ यूँ था कि मेरी पत्नी के बाल रोज़-रोज़ झड़ते जा रहे थे और वह गंजी होती जा रही थी। एक ओर मैं प्रसन्न भी था कि अब मुहल्ले के लोग उसे कम घूरेंगे तो दूसरी ओर इस आशंका से भी पीड़ित था कि लोग मुझे गंजी स्त्री का पति कहेंगे। और मेरी पत्नी जी-जान से इस बात में जुटी हुई थी कि किसी प्रकार लोगों को यह पता न चले कि वह गंजी हो रही है। उसके लिए वह दिन-भर हेयर-हण्टिंग करती थी। कभी बाज़ार से बने-बनाये जूड़े लाती थी और कभी पड़ोस के बच्चों की माँओं से, बच्चों की कंघी करने में निकले हुए बाल माँग लाती थी।

जब मेरी पत्नी सौन्दर्य-प्रसाधनों के नाम पर गन्दी चीज़ों के संकलन पर उतर आती है तो मेरी फैशन-बुद्धि जाग पड़ती है। मैंने उसे सुझा दिया कि वह अपने बाल कटवा ले। फैशन के नाम पर वह पराभूत हुई और जाकर बाल कटवा आयी। मुहल्ले की स्त्रियों ने उसकी बुद्धि पर काफ़ी आँसू बहाये कि उसने अपना अच्छा-ख़ासा रूप बिगाड़ लिया; और पश्चात्ताप में अगले ही दिन और आधी दर्जन औरतें जाकर अपने-अपने बाल कटवा आयीं।

जब यह सब हो रहा था और मैं अपनी पत्नी का मॉरल ऊँचा बनाये रखने के लिए उसके प्रति अपना प्यार जताने पर पिछले कार्यक्रम से दुगुना समय लगा रहा था, पत्नी के सामने दूसरी बाल-कटी स्त्रियों का मज़ाक़ उड़ा रहा था और उनके मुँह पर उनकी प्रशंसा कर रहा था—तब मैं यह नहीं जानता था कि इसका परिणाम

क्या होगा। गीता में निष्काम कर्म का उपदेश देते हुए भी भगवान श्री कृष्ण नहीं जानते थे कि महाभारत का परिणाम क्या होगा। हुआ क्या, संसार का नाश हुआ, यदुकुल समाप्त हुआ और यदुकुल की स्त्रियों को अमीर लोग लूटकर ले गये। और मेरे साथ क्या हुआ : मुहल्ले के आधा दर्जन भले लोगों से, (उनकी स्त्रियों को बाल कटाने के लिए प्रोत्साहित करने के अपराध में) लड़ाई हो गयी और भारतीय संस्कृति पर कैंची चल गयी, वह अलग।

भारतीय संस्कृति पर कैंची चलने का पता मुझे काफ़ी देर बाद चला। मेरे एक मित्र हैं। हमारे नगर में भारतीय संस्कृति की सोल एजेंसी उन्हीं के पास है। बहुधा वे थोक के भाव, उसे लोगों की भेंट चढ़ाते रहते हैं। उस दिन भी संस्कृति का कोई छोटा-मोटा पैकेट देने आये थे कि मेरी पत्नी को देखकर भौचक रह गये। बड़ी करुण वाणी में बोले, "भाभी जी! आपने क्या कर डाला? आपने अपनी संस्कृति क्यों छोड़ दी?"

मैं अपनी पत्नी के बचाव को आया। एकदम मूर्खों के समान बोला, "बाल कटवाये हैं, संस्कृति तो नहीं छोड़ी।"

पर मैं समझ गया कि संस्कृति पर कैंची चल चुकी थी।

यारों ने एक दिन पकड़ा और कैबरे नाच दिखाने ले चले। मैं बहुत छटपटाया। बोला, "भई, मैं शरीफ़ आदमी हूँ। मुझे क्यों पाप के पंक में घसीटते हो। बीवी-बच्चे वाला आदमी कैबरे देखता अच्छा नहीं लगता।" पर वे लोग नहीं माने। उल्टे मुझ पर ख़ूब हँसे। कहने लगे, "देखो साले को! एडवांस्ड इतना है कि बीवी समेत मुहल्ले की सात औरतों के बाल कटवा दिये और अब कैबरे देखते हुए हनुमानजी का भक्त ब्रह्मचारी बन जाता है।"

मेरी एक न चली। यारों ने कैबरे नाच दिखाया। कनाट प्लेस में बैठाकर मुर्गा खिलाया और घर लाकर शराब पिलायी। किसी बात से उन्हें रोक नहीं पाया। पत्नी के बाल जो कटवा दिये थे।

पर सबसे बड़ा झटका मुझे स्वयं मेरी पत्नी ने दिया। उसने लाकर अपने गहनों का डब्बा मेरे हाथ में पकड़ा दिया। बोली, "बैंक चले जाइए और इन गहनों को लॉकर में रख आइए।"

"अब इनकी आवश्यकता नहीं रही?" मैंने पूछा।

बोली, "बाब्ड बालों के साथ ये सोने के गहने नहीं चलते। अब पर्ल्स का सेट लूँगी।"

मैं समझ गया कि कैंची बड़ी होशियार थी। बालों और संस्कृति को काटकर अब मेरी जेब काटने को तैयार थी। संस्कृति के कट जाने पर चिन्ता की कोई विशेष बात नहीं थी। आदमी कटी-फटी संस्कृति के साथ भी जी सकता है। पर कटी जेब के साथ जीना सम्भव नहीं है, और विशेषकर मुझ जैसे आदमी के लिए। पत्नी के

कटे बाल और पति की कटी जेब एकसाथ नहीं चलती।

जेब के संकट ने फिर फैशन-बुद्धि को झकझोरा। जेब के संकट को मैं दुनिया का सबसे बड़ा संकट मानता हूँ। नाजी संकट से भी बड़ा। नाजी संकट से दुनिया बच गयी, पर जेब के संकट से नहीं बच सकती। इस संकट से बचाने वाला एक ही देवता है—फैशन! यूरोप को कपड़े के संकट से मिनी-स्कर्ट ने उबार लिया। भारत को अन्न-संकट से भिक्षु फैशन ने बचा लिया।

मैंने पत्नी को समझा दिया कि नया फैशन है—सादगी। कोई गहना नहीं, कोई चमक-दमक नहीं। भोली पत्नी मेरी बातों में आकर बावरी मीरा बन गयी। उसने गहने और चमक-दमक छोड़ दी। पर मैं फिर नहीं जानता था कि इस फैशन का परिणाम क्या होगा—जैसे भारत यह नहीं जानता था कि तटस्थता के फैशन का परिणाम क्या होगा!

हुआ यह कि पत्नी ने अपनी सारी मूल्यवान साड़ियाँ अपनी बहनों में बाँटने का संकल्प कर लिया; क्योंकि जरी और गोटे के कारण साड़ियों में चमक-दमक थी। चमक-दमक की चीज़ें अब फैशन में नहीं थीं और वह फैशनेबल बनी रहना चाहती थी।

इस बार जेब का संकट पिछली बार से भी अधिक भयंकर था। गहनों से उसे टाला जा सकता था, पर कपड़ों से नहीं टाला जा सकता था। और जरी वाली साड़ियाँ बाँटने के पश्चात् उसके पास कुछ नहीं बचा था। वह सादगी के फैशन को अपनाकर, अपनी गरिमा बनाये रखने के लिए सादा-सी नज़र आनेवाली तीन-चार सौ की टसर की साड़ियाँ ख़रीदने पर तुली हुई थी।

और तब इस मुकाम पर मुझे अपनी संस्कृति की याद आयी। चिन्ता से गंजी होती हुई मेरी अपनी खोपड़ी में यह बात आयी कि अपनी संस्कृति पर कैंची चलवाकर मैंने अच्छा नहीं किया। अपनी समस्याओं के लिए विदेशी समाधान बहुधा जेब का संकट पैदा करते हैं। आख़िर वेदों, पुराणों, रामायण और महाभारत के समय में भी स्त्रियाँ अवश्य गंजी होती होंगी। जब लोग अपनी संस्कृति से पूछकर कोई देसी इलाज कराते होंगे। हो सकता है ब्राह्मी आँवला तेल ही इसका इलाज हो।

दूसरी बात भी मेरी समझ में आ रही थी। मैंने कबीर की बात न मानते हुए सारे वेद-पुराण पढ़ डाले हैं। मैंने इस कैंची से संस्कृति को बचाने का मार्ग तो पाया ही है, जेब को कटने से बचाने की समस्या भी कुछ-कुछ सुलझ गयी है। मेरा दावा है कि आप सारे संस्कृत-साहित्य में जेब पर आये संकट का वर्णन कहीं नहीं पाएँगे। उन लोगों ने वैसे मोक्ष प्राप्त किया हो या न किया हो; पर जेब के संकट से वे मुक्त थे।

बात यहाँ भी संस्कृति की है, जीवन जीने की पद्धति की है। हमने विदेशी संस्कृति अपनायी तो सारे संकट आये। न पतलून पहनते, न जेबें होतीं, न जेबों

पर संकट आते। न रहे बाँस, न बजे बाँसुरी। वास्तव में विदेशी संस्कृति ने हमारा बेड़ा गर्क़ किया है। मैंने जब पच्चीस रुपये का कपड़ा ख़रीदकर दर्ज़ी को अपना नाप दिया था और दर्जी ने मेरे नाप के अनुसार उस कपड़े पर कैंची चलायी थी, तो मैं क्या जानता था कि कैंची कपड़े को नहीं काट रही, संस्कृति को काट रही है और संस्कृति कटने पर जेब का संकट आता है। तभी बाज़ार से धोती ख़रीदकर पहन ली होती तो कितना अच्छा होता। न कपड़े पर कैंची चलती, न संस्कृति कटती, न जेब पर संकट आता।

रिसर्च-एक्सपीरिएंस

क : रिसर्च-एक्सपीरिएंस की महिमा

उसको एक कॉलेज में नौकरी मिल गयी। मुझे नहीं मिली। वह उस नौकरी के लिए क्वालिफाइड था। मैं नहीं था। उसके पास दो वर्षों का रिसर्च-एक्सपीरिएंस था। मेरे पास नहीं था। उसने अपनी थीसिस की एक पंक्ति भी नहीं लिखी थी—थीसिस लिखने की तैयारी में एक पंक्ति भी नहीं पढ़ी थी। पर उसके पास दो वर्षों का एक्सपीरिएंस हो गया था। उसने दो वर्ष पहले विश्वविद्यालय में पंजीकरण करवा लिया था। मैंने पंजीकरण नहीं करवाया था और थीसिस के लिए सामग्री इकट्ठी करता रहा था। पर रिसर्च-एक्सपीरिएंस तो पंजीकरण के बाद से होता है; पढ़ने-लिखने से नहीं। वैसे ही जैसे स्कूटर के लिए बुकिंग करवानी पड़ती है—फिर अपने-आप बारी आ जाती है। उसने बुकिंग करवा रखी थी, उसे नौकरी मिल गयी। और मैं स्कूटर के लिए पैसे इकट्ठे करता रह गया।

उसने मुझे बताया था कि अभी लगभग सात-आठ वर्ष और वह थीसिस का काम नहीं करेगा। इस प्रकार वह अपने लिए रिसर्च-एक्सपीरिएंस के दस वर्ष इकट्ठे कर लेगा। मैं समझ गया कि मैं पिछड़ गया हूँ। मैं जिस गति से काम कर रहा हूँ, उससे पंजीकरण के दो वर्षों के भीतर ही मेरा थीसिस पूरा हो जाएगा। ज़िन्दगी-भर मैं अपना रिसर्च-एक्सपीरिएंस दो वर्षों से अधिक नहीं बता सकूँगा और वह बिना हाथ हिलाये दस वर्षों का एक्सपीरिएंस पा जाएगा। इसी ढंग से वह जीवन में कितने ही स्कूटर ख़रीद लेगा और मैं पैसे ही इकट्ठे करता रह जाऊँगा।

ख : चौबीस घण्टों का रिसर्च-एक्सपीरिएंस

मेरी पत्नी ने ठीक सवेरे सात बजे, मेरी फ़ाइलों के साथ मुझे रिसर्च करने के लिए घर के दरवाज़े से बाहर कर दिया। मैं भी बड़ी फुर्ती से बस स्टैण्ड पर आया। वहाँ रोज़ के समान कोई बस नहीं थी। मैं जानता था कि मैं घण्टे-डेढ़ घण्टे यहाँ रहूँगा तो कहीं बस मिलेगी। दिल्ली से अपने मतलब की बस को पाना भी बेटी के लिए

सुयोग्य वर पाने से कम सौभाग्य की बात नहीं है। तो घण्टे-डेढ़ घण्टे खड़ा रहूँ या कोई और सवारी ले लूँ? पर स्कूटर या टैक्सी लेने का विचार वैसे ही छोड़ दिया, जैसे मास्टर बनकर समाज में सम्मान पाने का विचार छोड़ दिया था। पत्नी ने घर से चलते हुए साफ़ शब्दों में कह दिया था, "देखो! बस में ही आना-जाना, चाहे कितना ही समय लग जाए। स्कूटरों-टैक्सियों पर पैसे ख़र्च मत करना, तुम रिसर्च करने जा रहे हो, कोई कमाई करने नहीं जा रहे।"

मैं बड़ा बरखुरदार क़िस्म का पति हूँ। पत्नी की कही हुई बात वैसे ही याद रखता हूँ, जैसे बन्दर अपने नचानेवाले के आदेश याद रखता है। मैंने सोचा, यहीं स्टैण्ड पर बैठ जाते हैं। बस डेढ़ छोड़ दो घण्टों में मिली, तो भी घाटे में नहीं रहूँगा। बैठे-बिठाये दो घण्टों का रिसर्च-एक्सपीरिएंस हो जाएगा। जब से यह सूत्र हाथ लगा है, मैं बहुधा जिस-तिस बस स्टॉप पर बैठा, आती-जाती महिलाओं को घूरता रहता हूँ, और रिसर्च-एक्सपीरिएंस इकट्ठा करता रहता हूँ।

पुस्तकालय में पहुँचकर अपना परिचय दे, डिप्टी डायरेक्टर का कमरा ढूँढ़, उनमें पत्रिकाएँ देखने की अनुमति प्राप्त करने में दो घण्टों का एक्सपीरिएंस और जुड़ गया। जब तक मैं पत्रिकाओं वाले कमरे में पहुँचा तब तक कुल मिलाकर पाँच घण्टों का एक्सीरिएंस मैं प्राप्त कर चुका था।

एक बहुत बड़ा कमरा था। उसमें सीमेण्ट के शेल्फ ही शेल्फ बने हुए थे। उसमें ढेरों पत्रिकाओं के नये-पुराने हज़ारों अंक पड़े हुए थे। उन पर बहुत सारी धूल पड़ी हुई थी। बहुत दिनों से किसी ने उन्हें छुआ नहीं था।

मैं एक-एक पत्रिका उठाकर उसे झाड़ता था। फिर उसकी सूची देखकर उसे वापस उसकी जगह पर रख देता था। एक शेल्फ झाड़ते-झाड़ते मुझे तीन घण्टों का एक्सपीरिएंस और मिल चुका था।

कुछ देर बाद एक व्यक्ति आकर मेरे सामने खड़ा हो गया। थोड़ी देर मुझे देखता रहा, फिर बोला, "क्या कर रहे हो?"

"रिसर्च कर रहा हूँ।" मैंने कहा।

"जैसी रिसर्च तुम कर रहे हो, वैसी तो मैं पाँच वर्षों से कर रहा हूँ।" वह बोला।

मैं उस रिसर्च स्कालर के सामने नतमस्तक हो गया। पूछा, "आप कौन हैं?"

"पुस्तकालय का सेवक हूँ।" वह बोला, "पुस्तकों की धूल झाड़ने का काम करता हूँ। पर जितनी सफ़ाई से तुम झाड़ते हो, उतनी सफ़ाई से मैं नहीं झाड़ सकता।"

"यहाँ और लोग भी यही काम करते हैं क्या?" मैंने पूछा।

"सभी यही करते हैं।" उसने बताया।

मैं अपने आपको कुछ ऊँचा आदमी समझ रहा था। मैंने पुस्तकालय के सेवकों

को देखा तो मेरा अहंकार चूर हो गया। वहाँ लोग तीस-तीस वर्षों से रिसर्च-एक्सपीरिएंस प्राप्त कर रहे थे और उनकी कोई पूछ नहीं थी। मेरे उस मित्र ने दो वर्षों के रिसर्च-एक्सपीरिएंस से कॉलेज में नौकरी पा ली थी। कहीं ये लोग आवेदन-पत्र भेज दें तो अपने एक्सपीरिएंस के बल पर रीडर से कम नियुक्त नहीं होंगे। पर मैंने उन्हें यह बात बतायी नहीं।

मैं बड़ी हीन भावना में फँस गया। इस स्थान पर मेरा एक्सपीरिएंस सबसे कम था। मैं उन लोगों की गुरुता से दब-सा गया था।

जब दिन-भर रिसर्च करके चलने लगा तो मैंने कुल मिलाकर ग्यारह घण्टों का एक्सपीरिएंस इकट्ठा कर लिया था। इस सारे समय में मैंने एक पत्रिका में से पौने दो पृष्ठ पढ़े थे और तीन पंक्तियाँ अपनी फ़ाइल में उतार ली थीं। अपनी थीसिस में कहीं उद्धृत करने के लिए।

मैं एक और बात से प्रसन्न था। ग्यारह घण्टों का किसी को पता ही नहीं चलेगा। विश्वविद्यालय वाले इसे मेरा एक दिन का एक्सपीरिएंस मानेंगे और एक दिन में चौबीस घण्टे होते हैं। तेरह घण्टे धाँधली में ही पा लिये।

मेरे चलने से पहले पुस्तकालय के डिप्टी डायरेक्टर भी कहीं से घूमते-घामते उस कमरे में आ गये। वे अपने उस घूमने-घामने को राउण्ड लेना कहते हैं और उसे ही अपना काम मानते हैं। यानी उन्हें पुस्तकालय में इधर से उधर घूमने का ही वेतन मिलता है।

उन्होंने मुझे देखा। मुस्कराये और बोले, "आप अपने साथ कुछ और रिसर्च स्कालर नहीं ला सकते? ऐसे तो आपको सारी शेल्फें झाड़ते हुए महीना लग जाएगा, तीन-चार और आ जाएँ तो सप्ताह-भर में ही काम हो जाएगा, पुस्तकालय के नौकर बहुत नालायक हैं।"

मैं बोलना चाहा, मेरी जीभ लड़खड़ा गयी। मैं उन्हें बताना चाहता था कि यहाँ के नौकरों का रिसर्च-एक्सपीरिएंस सुन-सुनकर मैं हीन भावना में फँस गया हूँ और अपने भविष्य से काफ़ी निराश-सा हो गया हूँ। मैं जिस किसी से कहूँगा, वह यहाँ नहीं आएगा।

ग : एक्सपीरिएंस बाँटनेवाली अलमारी उर्फ मन्दिर गुणवन्ती देवी का

मैं अपनी हीन भावना से पीड़ित, मुँह लटकाये हुए, अपने गाइड के पास आया। उन्होंने पूछा, "क्या बात है? तुम्हारा चेहरा रिजेक्टेड थीसिस के समान कान्तिहीन क्यों है?"

मैंने उन्हें बताया, "मैं हीन भावना से पीड़ित हूँ।"

"पान खाया करो।" वे बोले, "पान खानेवाला व्यक्ति कभी हीन भावना से

पीड़ित नहीं होता। भरे पेटवाला स्वयं को दूसरों से ऊँचा समझता है। पान खाने वाला सदा ही 'खा' रहा होता है, इसलिए अच्छा खाया-पिया, भरे पेट का आदमी भी उसे अपने सामने भूखा लगता है। इसलिए वह हीन भावना से पीड़ित नहीं होता।"

"पर मुझे रिसर्च-एक्सपीरिएंस चाहिए।" मैं वैसे ही रोते हुए बोला।

"रिसर्च-एक्सपीरिएंस जितना चाहोगे मिलेगा।" वे बोले, "मैं भी सोच रहा था, तुम्हारा थीसिस जल्दी पूरा हो जाएगा। उसे मैं पाँच सालों तक सँभालकर अपनी गोदरेज की अलमारी में रख दूँगा। उससे तुम्हे पाँच साल का रिसर्च-एक्सपीरिएंस मिलेगा और मुझे रिसर्च गाइड करने का एक्सपीरिएंस। दोनों के लाभ की बात है।"

मैंने गोदरेज से उस अलमारी की ओर बड़ी धार्मिक भावना से देखा। मैंने उसके सामने घुटने टेककर हाथ जोड़ दिये।

मेरे गाइड भी श्रद्धा को जान गये। बोले, "यह अलमारी बड़ी गुणवन्ती है। इसलिए लोगों को पन्द्रह-पन्द्रह वर्ष का रिसर्च-एक्सपीरिएंस दिया है। इससे मिलकर लोग सीधे प्रोफ़ेसर बने हैं। मैंने इसका नाम गुणवन्ती रखा है।

मैंने गुणवन्ती देवी को साष्टांग प्रणाम किया। मुझे वे सरस्वती का ही अवतार लग रही थीं।

रिश्तों से बढ़कर

वह मेरे सामने बैठा हुआ मुझसे कह रहा है, "आप मेरे लिए, पिता से भी बढ़कर हैं।"

वह इन्कमटैक्स के एक चक्कर में फँस गया है और इन्कमटैक्स अफ़सर मेरा मित्र है। इसलिए वह मुझे बता रहा है कि मैं उसके लिए उसके सगे बाप से भी बढ़कर हूँ। उसके अपने बाप के विषय में जो मौलिक विचार हैं, उनसे मैं भलीभाँति परिचित हूँ—इसलिए उसके साथ इस प्रकार के रिश्ते की चर्चा से प्रसन्न नहीं हूँ। अपने बाप के सन्दर्भ में वह मवाद से लबालब भरा हुआ, अत्यन्त पका हुआ फोड़ा है। किसी के ज़रा-सा छूते ही बहने लगता है, "अजी हमारे बाप की क्या बात है! जीवन-भर जो कमाया, वह उड़ाया। साले ने यह भी ध्यान में नहीं रखा कि ये जो पिल्ले मैंने पैदा कर सड़कों पर फेंक दिये हैं, इनके लिए भी मेरा कोई दायित्व है; और अब वह बूढ़ा हो गया है, बीमार रहता है इसलिए चाहता है कि सौ नहीं तो पचास रुपये महीना तो उसे अवश्य ही भेजूँ।"

अब वह मेरे सामने बैठा, मुझे अपने बाप से बढ़कर मान रहा है। बाप से बढ़कर मानने का अर्थ है कि वह मुझे ठीक-ठीक अपना बाप नहीं मान रहा। वह जानता है कि प्रत्येक बाप समय आने पर बूढ़ा हो जाता है; और बूढ़े लोगों में एक निहायत बुरी आदत यह होती है कि वे बहुधा बीमार रहते हैं और चाहते हैं कि उनका इलाज उनके बेटे कराएँ। वह मेरे बुढ़ापे और बीमारी के इलाज का बोझ अपने सिर नहीं लेना चाहता, इसलिए मुझे बाप नहीं मान रहा, बाप से बढ़कर मान रहा है।

बहुत पहले मेरे साथ एक और ऐसी ही घटना घटी थी। तब मैं उम्र में काफ़ी छोटा था, इसलिए कोई मुझे बाप से बढ़कर नहीं मान सकता था, पर एक साहब ने मुझे बेटे से बढ़कर माना था। वे मेरे पड़ोस में रहा करते थे। बेचारे बूढ़े आदमी थे और अधिक भाग-दौड़ नहीं कर सकते थे। घर में कोई मिलने आ जाता तो बाज़ार से नीबू या कोका-कोला मँगाने के लिए मेरे पास दौड़े आते। मैं अपने घर आनेवाले

को तो टाल जाता था, पर उनके घर आनेवालों के लिए भाग-भागकर बाज़ार से चीज़ें ला देता था।

हर बार वे अपने बूढ़े-निरीह चेहरे पर ढेरों कृतज्ञता उँड़ेलते और बड़ी गद्गद आवाज़ में कहते, "आप मेरे लिए बेटे से बढ़कर हैं।"

मैं बहुधा उनके विषय में सोचा करता था—आख़िर यह व्यक्ति मुझे अपना बेटा क्यों नहीं मानता—बेटे से बढ़कर क्यों मानता है?

उनके घर उनकी बेटी की शादी थी। मैं बेटे से बढ़कर था, इसलिए तम्बू लगवाता रहा, प्लेटें धुलवाता रहा, खाना पकवाता रहा। पर शादी में उनका बेटा भी दूसरे शहर से आया था। बेटा बाहर से आया था, इसलिए वे सज्जन और उनका सारा परिवार बेटे की आवभगत में लग गया; और मैं चूँकि बेटे से बढ़कर था, इसलिए बैरों से सिर मारता रहा। बेटा आया, उसने सरसरी नज़र से कुछ देखा और अपनी अप्रसन्नता प्रकट कर दी। मिनटों में उसने मेरी सारी व्यवस्था में हेर-फेर कर दिया। उसकी प्रचारित आज्ञाओं का धड़ाधड़ पालन होने लगा; और चूँकि मैं बेटे से बढ़कर था, इसलिए मेरी आपत्तियों की ओर किसी ने ध्यान नहीं दिया।

उनके बेटे ने बहन को उपहार में दो सौ रुपयों की साड़ी दी, मैं बेटे से बढ़कर था, इसलिए पीछे कैसे रहता? दोस्तों से उधार लेकर तीन सौ की साड़ी ले आया। शादी समाप्त हो गयी तो वह बेटी की शादी की ख़ुशी में अपने बाप से पाँच सौ रुपयों का गर्म सूट ऐंठकर ले गया; और मुझसे बड़ी कृतज्ञतापूर्वक हाथ मिलाते हुए उन्होंने कहा, "आपके बिना शादी का सारा प्रबन्ध ही सम्भव नहीं था। मैं आपका आभार कैसे प्रकट करूँ, आप मेरे लिए बेटे से भी बढ़कर हैं।"

बाद में मैंने सुना कि लड़का अपने माँ-बाप से बहुत झगड़ा था कि उन्होंने उससे पूछे बिना अपनी जीवन-भर की जमा-पूँजी उसकी बहन के विवाह पर क्यों ख़र्च कर दी। अब वे लोग उसे क्या देंगे? क्या वे चाहते हैं कि वह कंगाल का कंगाल रह जाए। झगड़ा कुछ ज़्यादा ही बढ़ गया था और लड़का आपे से बाहर हो गया था। उसने माँ-बाप से रिश्ता तोड़ने तक की धमकी दी थी। तब उन सज्जन ने उसे शान्त करने के लिए, शहर के पुराने हिस्से में बना अपना मकान उसके नाम लिख दिया था और कहा था कि वह उसे किरायेदारों से ख़ाली कराकर बेच डाले। बेटे का मन तो रखना ही था—जायदाद क्या बेटे से बढ़कर होती है?

अगले ही महीने मुझे अपनी बीमा पालिसी की अर्द्धवार्षिक किस्त देनी थी—पाँच सौ रुपये। सौ रुपये तो मेरे पास थे, पर शेष चार सौ रुपये? बहुत सोच-विचारकर मैंने उनका दरवाज़ा खटखटाया, आख़िर मैं उनके लिए बेटे से बढ़कर था। मेरी बात सुनकर वे बड़ी मासूमियत से मुसकराये, "क्या बताएँ कोहली साहब! मेरे पास तो पचास रुपये भी नहीं हैं। यूँ समझिए, बेटी की शादी ने कमर ही तोड़ दी है हमारी।"

मैं चुपचाप निष्कर्ष निकालता हुआ लौट आया था।

कुछ-कुछ निष्कर्षों पर मैं पहुँच भी गया हूँ। समझने लगा हूँ 'बेटे से बढ़कर' का तात्पर्य होता है, बेटे के अधिकारों से वंचित वह व्यक्ति, जिसे बेटे के सारे कर्तव्यों को निभाना होगा। 'बढ़कर' एक अर्थशास्त्रीय फ़ार्मूला है, जिस रिश्ते के साथ यह जोड़ दिया जाता है, उसे उस रिश्ते के समस्त आर्थिक अधिकारों से वंचित कर दिया जाता है। जब मैं पहली बार अपनी पत्नी को अपनी माँ से मिलाने ले गया तो मेरी माँ ने मेरी पत्नी को तीन बार चूमा था और अपनी छाती में भींचकर अपनी ममता उँड़ेली थी, "बहू! तू मुझे अपनी बेटी से बढ़कर है?"

मैं तभी समझ गया था कि माँ ने मेरी पत्नी को समझा दिया है कि उसे अपनी सास की सेवा, बेटी के समान निश्छलता से करनी है, किन्तु उसे बेटी के आर्थिक अधिकारों से वंचित किया जा रहा है। तब से माँ को जब कोई तकलीफ़ हुई, उन्हें मेरी पत्नी की याद आयी और जब-जब उनके हाथ में कोई अच्छी साड़ी आयी, कोई गहना आया—वह उन्होंने अपनी बेटी को दे दिया। बेटी से बढ़कर, अपनी बहू को उन्होंने उसके गुणों की प्रशंसा से मालामाल कर रखा है।

मेरे पड़ोसियों का नौकर अत्यन्त सौभाग्यशाली है। ऐसे अच्छे स्वामी बहुत कम नौकरों को ही मिल पाते हैं। वे उसे अपने बच्चे से बढ़कर मानते हैं। वह चौदह वर्षों का लड़का सुबह मुँह-अँधेरे कड़ाके की सर्दी में एक कमीज़ और एक फटी हुई बिना बाँहों के स्वेटर में ठिठुरता हुआ दूध लेने जाता है। दूध लाकर गर्म करता है और सफ़ाई, झाड़-पोंछ में लग जाता है। जब ज़रा सूर्य निकल आता है तो चाय बनाकर रजाइयों में दुबके सारे परिवार को पिलाता है। फिर नाश्ता बनाता है। कपड़े धोता है। बर्तन साफ़ करता है। साहब को नहाने के लिए गर्म पानी देता है; और साहब बाथरूम से फुफकारते हुए निकलते हैं, "किसी के साथ बहुत अच्छे होना भी ठीक नहीं। हम इसे अपने बच्चे से बढ़कर मानते हैं और यह है कि चाहता है, हमें निमोनिया हो जाए। अबे सूअर के बच्चे! इतने ठण्डे पानी से कौन नहाता है सर्दियों में? हमें मारना चाहता है तू?"

इधर सुना है कि यूरोप-अमरीका में लोगों में बहुत सारी आध्यात्मिक भावना उमड़ पड़ी है। अपनी यान्त्रिक भौतिकता से तंग आ गये हैं बेचारे। वे सब लोग भारत की ओर भागते चले आ रहे हैं। दिल्ली की सड़कों पर सैकड़ों हिप्पी लड़के-लड़कियाँ गलबहियाँ डाले मस्त घूमते-फिरते नज़र आते हैं। मैं बस में बैठा हुआ, कनाट प्लेस से गुज़र रहा था कि देखा, गोरे हिप्पियों का एक दल कुछ भारतीय काले, नंगे, भिखमंगे-से बच्चों को अपने साथ चिपकाये पार्क में से गुज़र रहा था। वे बच्चे काले भारतीय न होते तो मैं उन्हें भी हिप्पी ही मान लेता—वे भी उन्हीं हिप्पियों के समान नंगे थे, उन्हीं के समान उनकी जटाएँ बढ़ी हुई थीं, और उन्हीं के समान वे पिछले छः महीनों से नहाये-धोये नहीं थे।

भारत के अध्यात्म में डूबा एक हिप्पी मुझसे भी टकरा गया। मैंने अपने रूखे अन्दाज़ में उससे पूछ लिया, "विदेशी होकर तुम हमारे देश में क्या करने आये हो?" वह कुछ नाराज़-सा होकर बोला था, "हमें विदेशी मत कहो। भारत अध्यात्म का घर है। आध्यात्मिक चिन्तन करनेवाले प्रत्येक व्यक्ति के लिए यह अपने देश के समान है। हमारे लिए भारत अपने देश से बढ़कर है।"

और मैं उसी दिन से इन हिप्पियों से डरा बैठा हूँ। ये भारत को अपने देश से बढ़कर मान रहे हैं। ये भारतवालों को गाँजा-चरस, अफीम-हशीश खिला रहे हैं। ये यहाँ के भेद बाहर भेज रहे हैं। ये यहाँ स्मगलिंग का धन्धा कर रहे हैं; पर जिस दिन भारत ने इनके सामने हाथ फैलाया, उसी दिन ये कह देंगे, "हम तुम्हें क्या दें, तुम हमारे लिए अपने देश से बढ़कर हो।"

कुछ अबंगालियों ने बँगलादेश को अपने देश से बढ़कर माना था, बंगालियों को उन्होंने अपने भाइयों से बढ़कर माना था; और आज भी उन लोगों की करतूतों को याद कर-करके वह देश बिलख रहा है। रोज़ सामूहिक क़ब्रें खोद-खोदकर निकाली जा रही हैं, खोपड़ियों, हड्डियों और कंकालों के टनों-टन तुल रहे हैं; और साधारण बँगला-देशी अपने परिवार के खोये हुए सदस्यों का पता उनसे पूछ रहा है, जिन्होंने उस देश को कभी अपने देश से बढ़कर माना था।

कुछ पड़ोसी देशों को हमारे कुछ नागरिक अपने देश के नागरिकों से बढ़कर प्यारे लग रहे हैं और मेरा मन इस बात से सहमने लगा है। बात यह है कि वे नागरिक सेनापतियों से बढ़कर सेनापति हो गये हैं। उनको लगता है कि देश की भूमि के इंच-इंच के लिए मरने का नारा सैनिक दृष्टि से अत्यन्त मूर्खतापूर्ण है। भारत को लद्दाख में अपनी सेना रखकर अनावश्यक ख़र्च करने की क्या आवश्यकता है? वह धरती इस योग्य नहीं है, जितना उस पर ख़र्च हो रहा है। भला उतनी ऊँची जगह को जीतने कौन आएगा?

मैंने उनसे पूछ लिया था, "तिब्बत को जीतने कोई क्यों आ गया था?"

"इतिहास बताता है, तिब्बत पहले चीन का ही भाग था। इसलिए उस पर चीन का पूरा अधिकार बनता है।" उन्होंने मुझे बताया था।

"वैसे तो इतिहास यह भी बताता है कि पाकिस्तान नामक देश पहले भारत का अंग था। कभी अफ़ग़ानिस्तान ही नहीं, लंका, बर्मा तथा दक्षिण-पूर्वी एशिया के देश भी भारत के अंग थे। तो इसका क्या तात्पर्य है कि भारत उनको जीत ले?"

"क्यों जीत ले?" वे नाराज़ हो गये, "तुम साले फ़ासिस्ट हो। हमेशा लड़ाई की बात करोगे। देशभक्ति का यह अर्थ कहाँ है कि हम पड़ोसियों से लड़ते रहें। तुम अपने को बहुत देशभक्त समझते हो। हम देशभक्त से भी बढ़कर हैं।"

अब मैं उन्हें क्या बताता, मैं भी उन्हें देशभक्त से बढ़कर ही समझ रहा था।

बाढ़ का नियन्त्रण

मैंने बाढ़-नियन्त्रक के दफ़्तर में टेलीफ़ोन किया। उधर से किसी ने रिसीवर उठाकर कहा, "कहिए।"

"यमुना में बाढ़ आयी है।" मैंने कहा।

"मालूम है।" उस व्यक्ति ने उत्तर दिया, "हमने भी सवेरे समाचार-पत्र में पढ़ा था।"

"यहाँ पानी से घिरे हुए पेड़ पर टँगे हुए दो आदमी चिल्ला रहे हैं।" मैंने कहा।

"इसमें चिल्लाने की क्या बात है, कोई एवरेस्ट पर तो चढ़े नहीं हैं। पेड़ पर ही तो चढ़े हैं।" वह बोला।

"वे बाढ़ में घिरे हुए हैं।" मैंने बताया, "और सहायता के लिए पुकार रहे हैं।"

"अच्छा! हम अभी प्रबन्ध करते हैं।" और उसने रिसीवर रख दिया।

थोड़ी ही देर में वहाँ पुलिस का फ्लाइंग स्क्वैड आ पहुँचा। उनकी गाड़ी रुकी और दो-तीन सिपाही और एक सब-इंस्पेक्टर फुर्ती से गाड़ी में से कूद पड़े।

"किसने टेलीफ़ोन किया था?" सब-इंस्पेक्टर भीड़ की ओर देखकर चिल्लाया।

"मैंने किया था।" मैं आगे बढ़ आया, "जल्दी से उन आदमियों को पेड़ से उतारिए, नहीं तो वे लोग डूब जाएँगे। पानी बढ़ता जा रहा है।"

"जितना पूछा जाए, उतना जवाब दो। साले सब खुद को इण्टेलिजेण्ट ही समझते हैं।" सब-इंस्पेक्टर ने मुझे डाँटा, "फ़ोन तुमने किया था?"

"जी हाँ!"

"अपनी मर्जी से किया था या किसी और हरामज़ादे ने करवाया था?" उसने पूछा।

"अपनी इच्छा से किया था।"

"किसी के घर से किया था या पब्लिक बूथ से?"

"पब्लिक बूथ से।"

"ठीक है।" वह फिर बोला, "उन सालों को पेड़ पर चढ़े तुमने स्वयं देखा

था कि किसी और उल्लू के पट्ठे ने बताया था?"

"मैंने स्वयं देखा था।" मैंने कहा।

"वे लोग पेड़ पर अपनी इच्छा से चढ़े थे या किसी ने चढ़ाया था?" उसने मुझे घूरा।

"मुझे पता नहीं।" मैंने कहा, "मैंने उन्हें चढ़ते हुए नहीं देखा। चढ़े हुए देखा है।"

"तुम्हारा अनुमान क्या है?" उसने मुझे और ज़ोर से घूरा।

"मेरा अनुमान है कि बाढ़ के पानी से बचने के लिए स्वयं चढ़े होंगे।"

"चलो बे!" सहसा सब-इंस्पेक्टर सिपाहियों की ओर मुड़ा, "यह भी साला कोई पुलिस-केस है। अपनी मर्जी से पेड़ पर चढ़े हैं, जब जी चाहेगा उतर आएँगे। कैसा ज़माना आ गया है, पुलिस का काम सालों को पेड़ से उतारना ही रह गया है?"

मैंने बाढ़-नियन्त्रक के दफ़्तर में फिर टेलीफ़ोन किया और सूचित किया कि पुलिस पूछताछ करके जा चुकी है और वे दोनों आदमी बाढ़ में घिरे पेड़ पर लटक रहे हैं और पानी बढ़ता जा रहा है।

उधर से उत्तर मिला, "आप घबराएँ नहीं। पुलिस पूछताछ करने गयी थी। अब, जबकि आरम्भिक पूछताछ हो चुकी है, हम फायर बिग्रेड को भेज रहे हैं। वे लोग आकर उन्हें पेड़ से उतारेंगे।"

मैं फिर भीड़ के साथ खड़ा प्रतीक्षा करने लगा।

थोड़ी देर में घण्टी बजाते हुए फायर ब्रिगेड दौड़ा आया।

"किसने फ़ोन किया था?" फायर ब्रिगेड के कप्तान ने पूछा।

"मैंने!"

"क्या बात है?"

"दो आदमी उस पेड़ पर टँगे हैं।" मैंने बताया, "उन्हें उतारना है।"

"पेड़ पर ही तो टँगे हैं, कोई चाँद पर तो नहीं टँगे।" वह बोला, "उतर आएँगे। तुम्हें जल्दी क्या है?"

"पानी बढ़ रहा है।" मैंने उसे समझाया, "उन्हें उतारा नहीं गया तो, वे पानी में डूब जाएँगे।"

"लगाओ बे सीढ़ी।" उसने अपने साथियों की ओर देखकर आज्ञा दी और फिर बड़बड़ाया, "पता नहीं ये साले हिन्दुस्तानी ऐसी जगहों पर क्यों चढ़ जाते हैं, जहाँ से उतर नहीं सकते। उधर वे रूस-अमेरिका वाले चाँद से भी स्वयं ही उतर आते हैं।"

"वहाँ तक सीढ़ी नहीं पहुँच सकती।" मैंने उसे समझाया, "वह पेड़ सड़क पर नहीं है। यमुना की बाढ़ के पानी में घिरा हुआ है और आध मील पानी के भीतर है।"

"सीढ़ी नहीं पहुँच सकती?" वह फिर बड़बड़ाया, "अच्छा, रस्सा फेंको।"

"आध मील लम्बी रस्सी हमारे पास नहीं है।" उसके एक साथी ने बताया।

"छोटी है या बड़ी है?" उसने पूछा।

"छोटी है।" उत्तर मिला।

"फिर तो बात नहीं बनेगी।" उसने कहा, "अच्छा, गोताख़ोर को कहो गोता मारे।"

गोताख़ोर, अपने कील-काँटे से लैस, आकर उसके पास खड़ा हो गया, "कहाँ गोता मारूँ साहब?"

"पेड़ के पास।" उसने कहा।

"वे लोग अभी डूबे नहीं हैं।" मैंने उसे बताया, "पेड़ पर चढ़े बैठे हैं। यह गोताख़ोरों का काम नहीं है।"

"देखो!" वह नाराज़ हो गया, "तुम हमारी हर बात में टाँग मत अड़ाओ। हमारे पास तीन ही चीज़ें हैं—सीढ़ी, रस्सी और गोताख़ोर। यदि उन दोनों को पेड़ से उतारना है तो या तो पेड़ तक सड़क बनवाओ या पानी को सूखने दो। जब हमारी गाड़ी पेड़ के पास पहुँच सकेगी, हम अपनी सीढ़ी से उन्हें उतार लेंगे। या फिर उनसे कहो कि वे लोग हमसे इतनी दूरी पर आ जाएँ, जितनी लम्बी हमारे पास रस्सी है। हम अपनी रस्सी फेंककर उन्हें बाहर खींच लेंगे। या फिर उनको कहो कि वे लोग किनारे के पास कहीं डूब जाएँ, हमारा गोताख़ोर उनके शवों को निकाल लेगा।"

"इनमें से कुछ भी नहीं हो सकता।" मैं बोला।

"तो न हो," वह बोला, "हम जा रहे हैं। चलो बे जहाँ पब्लिक सहयोग ही न दे, वहाँ हम क्या कर सकते हैं!"

और जैसे घण्टी बजाते वे आये थे, वैसे ही लौट गये।

मैंने बाढ़-नियन्त्रक के दफ़्तर में फिर टेलीफ़ोन किया।

"फायर ब्रिग्रेड वाले भी लौट गये हैं।" मैंने कहा।

"फिर?" उसने पूछा।

"कोई मोटर-बोट भेजिए।" मैंने कहा।

"मोटर-बोट भी है हमारे पास।" उसने कहा, "पर छोटी मोटर-बोट इस तेज़ बहाव में नहीं चल सकेगी। बड़ी मोटर-बोट पुल के उस पार है, इस पार नहीं आ सकेगी। मीडियम साइज़ अभी ख़रीदी नहीं गयी। वैसे अगली बाढ़ से पहले हम ख़रीद लेंगे, आशा है। अगली बाढ़ तक यदि वे लोग वहीं टँगे रहे, तो मैं अवश्य मीडियम साइज़ मोटर-बोट भेजूँगा। आपको वचन देता हूँ।" वह थोड़ा रुककर बोला, "और एक बात और है। अब फिर टेलीफ़ोन मत कीजिएगा। मेरी छुट्टी का समय हो गया है। अब यहाँ टेलीफ़ोन उठाने वाला भी कोई नहीं होगा। वैसे वे पेड़ पर चढ़े बन्दर आपके रिश्तेदार तो नहीं हैं ?"

"नहीं।" मैंने कहा।

"तो फिर जाकर सो रहिए।" उसने रिसीवर रख दिया।

रात को मैंने रेडियो पर समाचार सुने। आकाशवाणी से ज़ोरदार घोषणाएँ हो रही थीं : "यमुना की बाढ़ को रोकने के लिए सरकार सामरिक धरातल पर प्रबन्ध कर रही है। अब तक की सूचनाओं के अनुसार बाढ़ में घिरे सारे पशुओं को सुरक्षित स्थानों पर पहुँचा दिया गया है।"

मन्दिर और स्कूल

हमारे मुहल्ले का भी भाग्योदय हुआ। हमारे मुहल्ले के एक व्यक्ति को सत्य का साक्षात्कार हुआ। सत्य को आमने-सामने देखकर वह बहुत बौखलाया और महीना-भर मुहल्ले में इधर-उधर मँडराता फिरा। परिणाम यह हुआ कि मुहल्ले में एक कमेटी बन गयी। कमेटी का नाम था मन्दिर-कमेटी। मन्दिर-कमेटी जब मेरे घर आयी तो मुझे उस व्यक्ति के सत्य के साक्षात्कार करने की कथा मालूम हुई थी।

उन्होंने बहुत भेद-भरे स्वर में मुझे बताया, "आपको पता है, हमारे मुहल्ले में कोई मन्दिर नहीं है।"

"नहीं है तो क्या हुआ?" मैंने पूछ लिया।

उन्होंने कहा, "भगवान रहेगा कहाँ?"

मैंने पूछ लिया, "आपका भगवान एक ही है न?"

उन्होंने स्वीकार कर लिया कि एक ही है।

"फिर तो वह एक ही जगह रहेगा, गली-गली उसका मन्दिर बनाने का क्या लाभ?" मैंने पूछ लिया।

उन्होंने कहा, "भगवान रहेगा तो एक ही जगह, पर उसका स्थान तो हर मुहल्ले में होना ही चाहिए। इतनी बात तो आप मानेंगे न?"

"मैं समझ गया," मैंने उन्हें बताया, "मैं एक सज्जन को जानता हूँ जो स्वयं सपरिवार बम्बई में रहते हैं, किन्तु दिल्ली, जयपुर और चण्डीगढ़ आदि नगरों में उन्होंने बड़ी-बड़ी कोठियाँ किराये पर ले रखी हैं। हज़ारों रुपये किराये के प्रतिमास देते हैं, पर उन कोठियों में रहता उनका चौकीदार ही है, या फिर उनके मित्र विहार करते हैं। पर सज्जन तो अपना इन्कम टैक्स बचाने के लिए ऐसा करते हैं, आपके भगवान को ऐसी क्या आवश्यकता आ पड़ी है। क्या यह भी इन्कम टैक्स का मामला है?"

"सरकार भी तो जगह-जगह रेस्ट-हाउस बनाती है, वह क्या इन्कम टैक्स बचाने के लिए है?" वे नाराज़ हुए।

"सरकार के पास फ़ालतू पैसा है।" मैंने कहा, "वह बनवा लेती है।"

"हमारे मुहल्ले के भगवान को दूसरे मुहल्ले के मन्दिर में रहना पड़ता है। यह क्या शर्म की बात नहीं है?" उन्होंने पैंतरा बदला।

"और हमारे मुहल्ले में जो स्कूल नहीं है और हमारे बच्चों को दूसरे मुहल्लों के स्कूलों में पढ़ने जाना पड़ता है...।" मैंने कहा।

"आपकी बात बहुत ठीक है।" कमेटी ने मुझे बताया, "पर भगवान को हमारे मुहल्ले में एक मन्दिर न मिला और वह इस मुहल्ले से रूठ गया तो?"

"और यदि हमारे बच्चे स्कूल न होने के कारण अपने मुहल्ले से रूठ गये तो?" मैंने पूछा।

"वह तो ठीक है, पर भगवान को रहने के लिए मन्दिर तो चाहिए।" वे बोले।

"यह भी ठीक है, पर बच्चों को पढ़ने के लिए स्कूल भी तो चाहिए।" मैंने कहा।

"तो?" इस बार उन्होंने पूछा।

"यदि बच्चों को पढ़ने के लिए स्कूल न मिला तो हमारे बच्चे आवारा हो जाएँगे।" मैंने कहा, "भगवान को रहने के लिए मन्दिर न मिला तो उसके आवारा बनने की कोई सम्भावना है क्या?"

उन्होंने अचरज से मुझे देखा और हँस पड़े, "मज़ाक़ छोड़िए। आख़िर हमें अर्थात् समाज को मिलने-जुलने के लिए कोई स्थान भी तो चाहिए। आप मन्दिर में जाएँगे तो अच्छे-अच्छे लोगों से मिलेंगे।"

मैं कुछ-कुछ कन्विंस हो चला। वस्तुतः मन्दिर में अच्छे लोग ही होते हैं। पर अच्छे लोगों की परिभाषा क्या है? मैंने कहा, "मैं कई मन्दिरों में गया हूँ, वहाँ या तो बूढ़ी स्त्रियाँ होती हैं या फिर श्रद्धालु वृद्ध! क्या कम आयु के लोगों में कोई अच्छा आदमी नहीं होता?"

"होते हैं। उन्हें भी हम खोज निकालेंगे।" वे हँस पड़े, "पहले मिलने का स्थान तो होने दीजिए।"

"मिला तो स्कूल में भी जा सकता है।" मैंने कहा "फिर स्कूल में मिलने से कुछ चर्चा होगी, वाद-विवाद होगा, मानसिक विकास होगा।"

"देखिए।" वे तमककर बोले, "मुझे आपकी यह मानसिक विकास वाली योजना एकदम पसन्द नहीं है। जिसे आप मानसिक विकास कहते हैं, मैं उसे बदतमीजी और विद्रोह मानता हूँ।"

"तो आप मानसिक विकास को पसन्द नहीं करते?"

"नहीं।"

"तो मन्दिर किसलिए बनवा रहे हैं?"

"आत्मा के विकास के लिए।"

"आत्मा के विकास से क्या होगा?" मैंने पूछा।

"आपके मानसिक विकास से क्या होगा?" उन्होंने पूछा।

"हमारे बच्चे कल समझदार युवक बनेंगे। अपने घर-बार और देश को अच्छी तरह चलाएँगे।" मैंने कहा।

"और आत्मा के विकास से यह देश महात्माओं से भर जाएगा।" वे बोले।

"महात्मा लोग स्वयं कमाते नहीं हैं।" मैंने कहा, "खाते देश का हैं और काम भगवान का करते हैं। उन सारे महात्माओं को खिलाएगा-पिलाएगा कौन?"

"भगवान!"

"भगवान इतना शक्तिशाली है क्या?" मैंने पूछा।

"भगवान सर्वशक्तिमान है!" उन्होंने कहा।

"तो उसके मन्दिर की चिन्ता आप क्यों करते हैं?" मैंने कहा, "भगवान सर्वशक्तिमान है, अपना मन्दिर स्वयं बनवा लेगा। हमारे बच्चे बड़े अशक्त हैं। स्वयं कुछ नहीं कर सकते, उनके लिए एक स्कूल बनवा दीजिए।"

"हमने प्रत्येक काम का ठेका नहीं ले रखा है।" वे बोले, "स्कूल बनवाना सरकार का काम है।"

"आपको यह किसने बताया कि मन्दिर बनवाना आपका काम है?" मैंने पूछा।

"देखिए।" उन्होंने मुझे समझाया, "आप बहुत ज़िद्दी मालूम पड़ते हैं। स्कूल तो चारों ओर अपने-आप ही खुलते जा रहे हैं—अच्छे-अच्छे स्कूल, अँग्रेज़ी माध्यम के स्कूल। पर मन्दिर अपने आप नहीं बनते, मन्दिर बनवाने पड़ते हैं, ताकि अपने आप खुले उन स्कूलों में पढ़ने वाले बच्चे बड़े होकर मन्दिर भी जा सकें।"

मैंने भी उन्हें समझाया, "जिन बच्चों का आपको इतना ध्यान है और जिनके बड़े होने पर, उनकी आवश्यकता पूरी करने के लिए आप मन्दिर बनवा रहे हैं, अपने आप खुले स्कूलों में पढ़कर जब वे बड़े होंगे तो आपके मन्दिरों के बैरी बन चुके होंगे। पहले मन्दिर जाने वालों को सँभालिए, फिर मन्दिर बनवाइएगा।"

"यदि कोई मन्दिर नहीं आना चाहता तो न आए। हमारा क्या बिगड़ता है?" वे बोले।

"तो फिर मन्दिर किसके लिए है?" मैंने पूछा।

"भगवान के लिए।" उनका उत्तर था।

"तो चन्दा भी जाकर भगवान से माँगिए।" मैंने कहा।

"आप नास्तिक हैं।" वे बोले।

"और आप अगली सारी पीढ़ी को नास्तिक बना और बनवा रहे हैं।" मैंने कहा।

"आप झगड़ालू हैं।" वे बोले।

"आप अदूरदर्शी हैं।" मैं बोला।

और कमेटी ने गुस्से में आकर मेरा नाम सूची से काट दिया। अब जब कभी मन्दिर बनेगा, मुझे उसमें घुसने भी नहीं दिया जाएगा।

कैनोपी का स्वयंवर

अँग्रेज़ों का विचार था (शायद) कि वे इस देश में सदा के लिए या, कम-से-कम, काफ़ी लम्बे अरसे के लिए रहेंगे। इसीलिए उन्होंने अपने लिए एक नगरी बसायी--नयी दिल्ली, दफ़्तर बनाया--नया सचिवालय। और गवर्नर-जनरल के लिए वह महल बनाया, जिसे आजकल भारतीय लोग राष्ट्रपति-भवन कहते हैं। उसी सड़क पर, आगे चलकर, राष्ट्रपति-भवन के ठीक सामने, कश्मीरी दरवाज़े, अजमेरी दरवाज़े, दिल्ली दरवाज़े, लाहौरी दरवाज़े इत्यादि की नकल में एक दरवाज़ा बनवाया, जिसका नाम रखा गया--इण्डिया गेट! वह आज भी इण्डिया गेट ही कहलाता है।

इस पिछड़े हुए देश का एक बड़ा पुराना रिवाज़ है कि द्वार के बाहर द्वारपाल बैठाया जाता है। पर (शायद) अँग्रेज़ों के यहाँ यह रिवाज़ नहीं है। (अपने-अपने रिवाज़ हैं, कोई किसी को क्या कहे) उन्होंने इण्डिया गेट के बाहर, यानी ठीक दरवाज़े पर एक छत्री बनवायी--कैनोपी! और उसके नीचे जार्ज पंचम की मूर्ति स्थापित कर दी!

जार्च पंचम उस कैनोपी में बैठे-बैठे अपने पुत्रों का ऐश्वर्य देखते रहे! पर जब अँग्रेज़ भारत को राजनीतिक स्वतन्त्रता देकर चलने लगे तो पंचम का मन कुछ डगमगा-सा गया।....

महात्मा गाँधी के स्वदेशी आन्दोलन ने जार्ज पंचम को अपने देश की बहुत याद दिलायी।

"ठहरो, मैं भी चलता हूँ।" जार्ज ने कहा।

सम्राट के सामने कोई क्या कहता? उनका विरोध कोई कैसे करता? पर जाते हुए अँग्रेज़ों के चेहरों से स्पष्ट झलक रहा था कि उन्हें जार्ज पंचम का भी साथ चल पड़ना अच्छा नहीं लगता, जैसे अपने मित्रों से मिलने जाते हुए पति को पत्नी के साथ चिपक जाना अच्छा नहीं लगता।

जार्ज पंचम ने अपनी जूतियों में पैर डाले। वे कैनोपी से निकलने ही वाले थे कि एक गोरे, कोमल हाथ ने उनकी बाँह पकड़ ली।

जार्ज ने घूमकर देखा, ब्रिटिश संस्कृति खड़ी, बड़े माशूक़ाना अन्दाज़ में मुस्करा रही थी, "तुम भी चले गये तो मेरी देखभाल यहाँ कौन करेगा?"

जार्ज चिन्तित हो गये। फिर उन्होंने सँभलकर पूछा, "तुम साथ नहीं चल रहीं?"

"नहीं!" वह मुस्करायी। उसकी मुसकान बड़ी आकर्षक थी।

"अच्छा!" और जार्ज फिर अपनी जगह पर बैठ गये।

भारत सरकार अपने कमरे में टहल रही थी, एक सिरे से दूसरे सिरे तक! वह क्षुब्ध नहीं थी, चिन्तित भी नहीं थी। बस अभ्यासवश टहल रही थी। उसे भविष्य के विषय में कुछ सोचने के लिए इसी प्रकार टहलना पड़ता था। आदत थी, और क्या...

नया-नया उत्तरदायित्व था। बहुत-सी नयी-नयी बातें थीं। नये-नये काम थे। अधिक समय तो यही सोचते हुए निकल जाता था, कि क्या करे और क्या न करे?

"...हाँ, जार्ज पंचम भी बैठे हैं।" सरकार ने सोचा, "पर उनका क्या करना ....अब अँग्रेज़ तो यहाँ से चले ही गये हैं। आख़िर जार्ज पंचम भी अब किसे देख-देखकर बैठे रहेंगे, बोर होकर चले जाएँगे!...वैसे भी अब सम्राट का प्रतिनिधि, कोई अँग्रेज़ गवर्नर-जनरल तो आएगा नहीं। कोई-न-कोई भारतीय ही राष्ट्रपति होगा। राष्ट्रपति की सवारी इधर से निकला करेगी, तो जार्ज पंचम सवारी की शोभा देख-देखकर जल-भुन जाएँगे। खुद ही उठकर चल देंगे—और क्या?"

"...वैसे भी," सरकार ने टहलते-टहलते, रुककर सोचा, "अपने भूतपूर्व स्वामी से अशिष्ट व्यवहार करना अच्छा नहीं है!"

"तो?" सरकार के सामने प्रश्न था।

"तो क्या," सरकार ने स्वयं से कहा, "उन्हें अपने हाल पर छोड़ दो, चले ही जाएँगे, बैठे थोड़ी रहेंगे।"

सरकार ऐसे ही बहुत सारी बातों को स्वतः निश्चित मान लेती है।...आदत है उसकी।

लोगों ने सोचा, सरकार नेताओं की है और नेता समझदार होते हैं; तो समझदारों की बात मानो और स्वीकार कर लो कि जार्ज पंचम अपने-आप बोर होकर यहाँ से चल देंगे। और वैसे भी अँग्रेज़ अपने देश में हमारे नेताओं की मूर्तियाँ स्थापित कर रहे हैं। सारा संसार कहता है कि यह उनकी उदारता है, तो फिर हम ही क्यों अपनी दासता के प्रमाणों को हटाकर अपनी ओछता का प्रमाण दें। बैठे रहें, बैठे रहें, कब तक बैठे रहेंगे...।

पर (कम-से-कम, इस देश में) इतिहास अपने आपको दुहराता है और हमें इतिहास की पुनरावृत्ति देखने का शौक़ है। मुग़लों ने भी समझा था कि ये स्वयं

ही चले जाएँगे और वे नहीं गये—हमने भी समझा था कि चले जाएँगे, पर वे नहीं गये।

जब जार्ज पंचम ने हद ही कर दी—बोर होने के आसार ही नहीं दिखाये और उनका धैर्य देख-देखकर जनता उनसे बोर होने लगी तो नेताओं की सरकार डर गयी। भई जाहिल देश की अशिष्ट जनता का क्या भरोसा। नमकहराम हैं सब—भूतपूर्व स्वामी का अपमान भी कर सकते हैं। कोई अलकतरा भी पोत सकता है, कोई तोड़-फोड़ भी सकता है। अच्छा है, जार्ज पंचम को हटा दिया जाए।

तो सरकार ने बहुत सारी क्षमा-प्रार्थना के पश्चात् जार्ज पंचम को उस कैनोपी से हटा लिया। कैनोपी से किसी को कुछ लेना-देना नहीं था। वह वहीं खड़ी रही। पर जार्ज को यदि इण्डिया गेट के सामने, सरकार की देख-रेख में खड़े रहने पर भी ख़तरा था तो देश में कहीं भी ख़तरा हो सकता है। जनता तो एक जैसी ही थी, यहाँ से वहाँ तक!

तो जार्ज पंचम को सम्पादक द्वारा अस्वीकृत रचना के समान सखेद, सधन्यवाद विलायत लौटा दिया गया!

उस रात एक बड़ी विचित्र घटना घटी। ऐसी आशा किसी को भी नहीं थी, इसलिए उसके बचाव के लिए कोई प्रबन्ध भी नहीं किया गया था। हुआ यह कि रात होते ही वह कैनोपी, श्मशान में रोती हुई किसी सद्यः विधवा के समान चीत्कार करने लगी। वह विलाप कर रही थी—"हाय! मेरा सुहाग लुट गया। हाय! मैं ख़ाली हो गयी। मुझे मेरा पति दो। उसे नहीं लौटा सकते तो कोई और पुरुष दो! मैं अकेली नहीं रह सकती। हाय! मेरी रातें नहीं कटतीं...।"

देश के किसी कोने में कोई रोए, कोई विलाप करे तो उसे अनसुना किया जा सकता है। वैसे ही सारी दुनिया जानती है कि दिल्ली कानों से कुछ-कुछ बहरी है—ऊँचा सुनती है। इसलिए कई बार सुनकर भी अनसुना करने का स्वाँग भर लेती है। पर, बीच दिल्ली के कलेजे में, राष्ट्रपति-भवन के सामने उसका मार्ग रोके कैनोपी चीत्कार कर रही थी। उसे अनसुना करने का नाटक कोई कैसे करता?

एक बात और भी हुई। देश के सारे बड़े व्यक्तियों को लगा कि यह कैनोपी तो हाथ में जयमाल लिये, स्वयंवर में खड़ी राजकुमारी के समान है। क्या पता किस पर इसका मन आ जाए और यह उसका वरण कर ले। और इस बात को कोई भी अस्वीकार नहीं कर सकता था कि इण्डिया गेट की गोद में बैठी यह कैनोपी जिसका वरण कर लेगी, वह तत्काल बड़ा आदमी बन जाएगा। यहाँ तो प्रत्येक व्यक्ति मोहनी के स्वयंवर में नारद हो रहा था। पैंतालीस करोड़ व्यक्ति उचक रहे थे, "देख कैनोपी! मुझे देख। देख, मैं कैसा बाँका जवान हूँ। देख, मैं तेरा प्रेमी! मैंने जार्ज पंचम को यहाँ से हटाया है—केवल तुझे पाने को। देख, अरे देख...।"

यह तो अराजकता की स्थिति थी। कोई भी व्यक्ति ख़ाली कैनोपी में, जार्ज पंचम के स्थान पर खड़ा हो सकता था। नेताओं को दिल के दौरे पड़ने लगे। तत्काल नेताओं की सभा बुलायी गयी।

एक बात पर सब सहमत थे कि उस कैनोपी में किसी महान् व्यक्ति की मूर्ति स्थापित की जानी चाहिए। दूसरी बात पर भी वे सहमत हो गये (आश्चर्य!) कि महान् व्यक्ति चिन्तक, योद्धा या कलाकार नहीं हो सकता—महानता केवल राजनीतिज्ञों की बपौती है! अतः वहाँ किसी राजनीतिक नेता की मूर्ति ही स्थापित हो सकती है।

पर तीसरी बात पर वे सहमत नहीं हो पाये! प्रत्येक नेता यह चाहता था कि उसे ही वहाँ स्थापित किया जाए! इस पर कौवों की पंचायत के समान ख़ूब झगड़ा मचा। कोई किसी को क्या रोकता, सभी बड़े नेता थे—काफ़ी बड़े-बड़े। जब काफ़ी काँव-काँव हो चुकी तो दो नेताओं के नाम चुन लिये गये? वे नाम इतने बड़े थे कि बाक़ी नेताओं को धीरे-धीरे चुप हो जाना पड़ा। क्या करते बेचारे!

पर मूर्ति तो एक ही स्थापित करनी थी। दो नेताओं में से किसी एक को कैसे चुना जाए?

सहसा, दोनों में से जो अधिक उदार नेता थे, वे खड़े हो गये। बोले, "सज्जनो! मैं अपने मित्र के पक्ष में, उस कैनोपी में स्थापित होने का अधिकार एक शर्त पर छोड़ने को तैयार हूँ।"

"क्या?" नेताओं ने बिगड़े कोरस के स्वर में पूछा!

आख़िर भारत देश है। आदर्शवादी लोग यहाँ नहीं होंगे तो कहाँ होंगे। त्याग, बलिदान, उदारता—ये तो इसी देश में पाये जाते हैं। सब नेताओं को आशा हो गयी कि अब यह समस्या सुलझ गयी। चलो इस देश की एक समस्या तो सुलझी। अगले वर्ष गणतन्त्र दिवस के भाषणों के लिए मसाला हो गया...

"वह यह कि," उदार नेता बोले, "...कि मेरे मित्र को तो उस कैनोपी में स्थापित कर दिया जाए। और मैं...और मैं चूँकि प्रदर्शन में विश्वास नहीं रखता। छिपकर, गुप्त रूप से जनता की सेवा में ही मेरा विश्वास रहा है, इसलिए उस कैनोपी वाली सड़क पर ही, उससे हटकर, उस दीवार के पीछे मुझे राष्ट्रपति-भवन में स्थापित कर दिया जाए...।"

सहसा नेताओं का ध्यान एकदम पलट गया।...वे लोग क्या करने जा रहे थे? ...उस कैनोपी का महत्त्व तो सब समझ रहे थे। सब ही उसमें स्थापित होने के इच्छुक भी थे। पर यह...यह ख़तरा? इसकी ओर तो किसी का ध्यान ही नहीं गया था। यह तो किसी ने सोचा ही नहीं था कि उस कैनोपी में जिसको भी स्थापित किया गया, वह अवसर देखकर, लोगों की आँख बचाकर सीधा चलता हुआ राष्ट्रपति-भवन में घुसकर वहाँ स्थापित हो जाएगा।...तो फिर?...उस कैनोपी में तो कोई ऐसा ही व्यक्ति

स्थापित होना चाहिए, जो राष्ट्रपति-भवन की ओर देखता तो रहे, पर ललचायी हुई नज़रों से न देखे। और वह कभी उसमें घुसपैठ का प्रयत्न न करे...

यह काम तो कोई सन्त ही कर सकता था—जो राष्ट्रपति भवन को देखता तो रहे, पर उसमें घुसने का प्रयत्न न करे। इण्डिया गेट के बाहर बैठा-बैठा ही सब कुछ देखा करे। राजनीतिज्ञों में ऐसा सन्त कौन होगा?

एक ही, निश्चित उत्तर था—हमारे बापू! राष्ट्रपिता! महात्मा गाँधी! भला राष्ट्रपिता, राष्ट्रपति के भवन में क्यों जाएँगे?

नेता लोग तीसरी बात पर भी सहमत हो गये—"उस कैनोपी में महात्मा गाँधी को प्रतिष्ठित किया जाए।"

उस रात सहेलियों से कैनोपी को सूचना मिल गयी कि उसकी बातचीत महात्मा गाँधी से पक्की हो चुकी है, लगभग सगाई ही समझो। अब उसे रोने की आवश्यकता नहीं थी। वह अब उजड़ी माँग वाली विधवा नहीं थी। उसका भविष्य अन्धकारमय नहीं था। वह अब यतीम और निराश्रित नहीं थी—वह तो राष्ट्रपिता की वाग्दत्ता थी। उसके पास प्यार करने को कोई था। वह उसके विषय में सोच सकती थी, उसका नाम सुनकर शरमा सकती थी, उसके चारों ओर भविष्य के सपने बुन सकती थी....

उस रात इण्डिया गेट के बाहर कोई नहीं रोया। कल की रातवाला वह भयानक श्मशान आज बड़ा रोमानी हो उठा था। वहाँ हल्की-हल्की ढोलक पर सोहाग गाये जा रहे थे और सहेलियों की चुहल के साथ-साथ हँसी की मधुर आवाज़ें अठखेलियाँ करती फिरती थीं।

दूसरे दिन वहाँ वास्तुकार आये, मूर्तिकार आये। आख़िर कैनोपी का विवाह था! साधारण बात नहीं थी। पूरी तैयारियाँ होनी चाहिए थीं। काफ़ी चहल-पहल रही....

कभी कोई कैनोपी का रूप देखता, कोई आकार देखता, कोई उसकी ऊँचाई देखता, कोई चौड़ाई। मूर्ति इतनी ऊँची हो, इस मुद्रा में हो, इस दिशा में हो, पत्थर का यह रंग हो...

कैनोपी को लगा, कोई दर्ज़ी उसके जोड़े का नाप ले रहा है, कोई सुनार उसके चूड़े के लिए उसकी कलाई नाप रहा है, कोई उसकी चुनरी का रंग पसन्द कर रहा है, कोई गोटे का भाव कर रहा है।

कैनोपी शरमा-शरमाकर मुसकराती रही और जब उससे न रहा गया तो उसने चुन्नी अपने मुँह में ठूँस ली। यह हँसी भी मोई कैसी बेवक़्त...

पर वास्तु-विशेषज्ञ निराशा से सर हिला रहा था। "ओह नो! इट इज़ इम्पासिबल।

यह सम्भव ही नहीं है। आप लोगों ने यहाँ बापू की मूर्ति स्थापित करने का फैसला कैसे कर लिया? यह देखिए....” और उसने हाथ में पकड़ी छड़ी से कैनोपी को छुआ, “लुक एट इट! इसे देखें! यह तो शुद्ध राजकीय छत्र है। राजसी ठाठ है। यह तो सम्राट की मूर्ति के ही उपयुक्त है। इसमें लँगोटीधारी बापू कैसे जँचेंगे? ओह नो! किसी प्रकार भी उचित नहीं है। झोंपड़ी के बाहर मोगल गार्डन नहीं लगाया जा सकता, अकाल-पीड़ित कंकाल के चित्र को सुनहरे फ्रेम में नहीं मढ़ा जा सकता, जन-नेता महात्मा गाँधी की मूर्ति राजसी कैनोपी में कैसे फबेगी? ओह नो!...”

कैनोपी ने सुना, पण्डित कह रहा था, “कन्या राजकुमारी है। राजा की बेटी है, सम्राज्ञी होने के लिए जन्मी है। फ़क़ीर के साथ इसके नक्षत्र नहीं मिलते...यह कंचन की काया, ये रसीले होठ...ये मदभरे नयन...ये क्या संन्यासी के साथ सजेंगे ...नहीं यह जोड़ी नहीं सजती, यह विवाह नहीं होगा...।”

उस रोज़ कैनोपी का सुहाग दूसरी बार उजड़ा।

आज कैनोपी प्रेत हो गयी! उसकी चीख़ें इण्डिया गेट की नहरों में कँपकँपी उठाने लगीं। वह भयानक हो गयी! खप्पर ख़ाली है! किसका ख़ून पिऊँ?

नेताओं की सभा जुड़ी! सबके चेहरे उड़े हुए थे। उन्होंने तो समझा था कि बापू सँभाल लेंगे। भला ऐसी भी कोई समस्या हो सकती है, जो बापू के नाम से शान्त न हो? विचित्र ज़माना आ गया। रामबाण औषधियाँ भी निरर्थक हो रही हैं। बापू भी अपने बेटों की समस्या नहीं सुलझा पा रहे...

तो?

आख़िर एक महान् नेता उठे। बोले, “बन्धुओ! आप लोग बहुधा ये भूल जाते हैं कि आप लोग भारतीय हैं।”

“नहीं, यह झूठ है।” लोगों ने ज़ोरदार नारे लगाये, “यह हम पर झूठा लांछन है। हम अपने महान् देश को कैसे भूल सकते हैं? हम अपनी राष्ट्रीयता को कैसे भूल सकते हैं...।”

“बन्धुओ! मेरा मतलब यह नहीं था।” महान् नेता बोले, “हम अपनी औकात भूल जाते हैं। वह कैनोपी अँग्रेज़ों ने बनायी थी और उन्होंने ही उसमें जार्ज पंचम की मूर्ति स्थापित की थी। अब आप यह कैसे सोच सकते हैं कि आप अँग्रेज़ों के कामों को सुधार सकते हैं, आप उनकी चीज़ों को परिवर्तित कर सकते हैं, आपकी भाषा उनकी भाषा की जगह ले सकती है, आपकी मूर्तियाँ उनकी मूर्तियों का स्थान ले सकती हैं...आप लोगों का यह दुस्साहस!” महान् नेता क्रोध में थर-थर काँप रहे थे।

अन्य नेताओं ने महान् नेता के तेज के सामने हाथ जोड़े, घुटने टेके और

भक्तों की भीड़ के समान बोले, "धन्य प्रभु, धन्य! अब आप ही हमें कोई मार्ग दिखाएँ।"

"अब अपनी भूल स्वीकार करो!" महान् नेता बिजली के समान कड़के, "और अँग्रेज़ों से यह प्रार्थना करो कि वे लोग दया करके जार्ज पंचम की मूर्ति तुम्हें लौटाएँ और उसी मूर्ति को उस कैनोपी में पुनः स्थापित करो।"

"धन्य प्रभु, धन्य!" नेताओं ने उनकी आरती की, "ऐसा ही होगा।"

और सब नेता विलायत भेजा जाने वाला पत्र लिखने पर जुट गये।

खोज़ ग़रीबी के कारणों की

मुझे जिनसे मिलाया गया, वे योजना-आयोग में थे। हमें एक-दूसरे से मिलकर बहुत प्रसन्नता हुई। किसी से मिलते हुए मैं नेपोलियन हो जाता हूँ, जो नये द्वीप पर उतरकर अपनी नौकाएँ जला चुका होता है। मेरे पास विकल्प कोई नहीं होता। मुझे प्रसन्न होना ही पड़ता है, अगला चाहे योजना आयोग में हो, या स्मगलिंग रैकेट में।

"आप अभी तक रिटायर नहीं हुए? आपकी आयु तो काफ़ी लगती है।" मैंने पूछा।

उन्होंने मुझे ऐसे देखा, जैसे मैंने अपने स्वभावानुसार फिर कोई अशिष्ट बात कह दी हो।

महिलाओं से आयु की बात करना अशिष्टता है, यह मैं जानता था; पर उनसे मिलकर मैंने अनुभव किया कि सरकारी अधिकारियों से उनकी आयु की बात करना भी उतनी ही डिग्री की अशिष्टता है। आयु की बात से जहाँ महिलाओं के रूप के भ्रम के टूटने की आशंका होती है, वहाँ सरकारी अधिकारी की जेब तथा अधिकार का भेद भी उघड़ सकता है। वैसे महिलाओं और सरकारी नौकरी में कोई-न-कोई बात समानान्तर अवश्य है। किराये पर मकान देते हुए भी लोग ये ही दो प्रश्न पूछते हैं—आपके साथ कोई स्त्री भी है क्या? तथा, आप सरकारी नौकर हैं न? ये दोनों ही बातें शराफ़त का प्रमाणपत्र हैं।

उन्होंने कहा, "आयु से क्या होता है साहब! हम तो रिटायर नहीं होंगे। मेरिटोरियस लोगों को रिटायर नहीं किया जाता।"

मैं समझ गया, वे रिटायर नहीं होंगे। वे योजना-आयोग को ही रिटायर करने के चक्कर में होंगे। कहावत है न—या तो डर जाओ या डरा दो।

"आप वैज्ञानिक हैं?" मैंने बात आगे चलायी। अपने यहाँ 'मेरिट' की बात केवल विमान के क्षेत्र में ही होती है—शेष स्थानों पर केवल सीनियोरिटी की ही पूछ है।

"जी नहीं।" वे बोले, "मैं अर्थशास्त्री हूँ।"

मुझे एक बात सूझ गयी। अपने देश में 'शास्त्री' शब्द 'सरनेम' के रूप में ख़ूब प्रचलित हो गया है। अब नवीनतान्वेषी लोग उसमें परिवर्तन कर सकते हैं। रामसरूप शास्त्री के स्थान पर वे रामसरूप अर्थशास्त्री भी लिख सकते हैं। एक बार फैशन हो गया तो यह सरनेम चल निकलेगा। इस शब्द में काफ़ी सम्भावनाएँ हैं।

पर मैंने अपनी सूझ की बात उनसे कही नहीं। बहुधा लोग मेरी अत्यन्त मौलिक उद्भावनाओं को झेल नहीं पाते। वे मुझे मुँहफट समझ लेते हैं और मैं उन्हें मूर्ख मान लेता हूँ। दो व्यक्ति एक-दूसरे के विषय में ब्रिलियेण्ट निष्कर्षों पर पहुँच जाएँ, तो बातचीत दीमक-खायी लकड़ी के समान टूट जाती है।

मैंने व्यावहारिक व्यक्ति के समान अपनी उपेक्षा कर, उनको महत्त्व प्रदान किया, "तो आपने अवश्य यह खोज की होगी कि अपने देश के लोग इतने निर्धन क्यों हैं?"

"अवश्य। वस्तुतः मेरा तो स्पेशल फ़ील्ड यही है।" वे आबनूस के कुन्दे के समान गम्भीर हो गये, "इस निर्धनता का मूल कारण यह है कि वे लोग अँग्रेज़ी नहीं पढ़ते।"

"अँग्रेज़ी का ग़रीबी से क्या सम्बन्ध?" मैं अर्थशास्त्रीय समस्या की भाषा-वैज्ञानिक व्याख्या से चौंक उठा।

"सम्बन्ध तो मानने से होता है।"

"अच्छा। आपकी बात का प्रमाण?"

"चन्द्रग्रहण तथा सूर्यग्रहण सम्बन्धी ज्योतिषियों की भविष्यवाणियों का प्रमाण?" उन्होंने प्रतिप्रश्न किया।

"प्रमाण? परिणाम। जब वे कहते हैं, तभी ग्रहण लगता है।"

"वैसे ही मेरी बात का प्रमाण भी उसका परिणाम है। आप अपने समाज में देख लीजिए—धनी वे ही लोग हैं, जो अँग्रेज़ी पढ़ते हैं, अँग्रेज़ों की तरह सोचते, अँग्रेज़ों की तरह रहते हैं।"

"पर इसका कारण?" मैंने पूछा।

"कारण बड़ा सीधा है।" वे बोले, "जो अँग्रेज़ी पढ़ता है, वह उदार हो जाता है। सारे विश्व को अपना ही मानता है। और उदारता से धन मिलता है।"

"कैसे?" मैंने फिर पूछा।

"जो अँग्रेज़ी नहीं पढ़ता, वह कोई देशी भाषा पढ़ेगा।" वे आवेश में बोले, "लोग आज तक यही नहीं समझ पाये कि देशी भाषाओं के साथ एक अनिवार्य बुराई यह जुड़ी हुई है कि वे व्यक्ति को संकुचित बना देती हैं। व्यक्ति केवल अपने देश की ही भलाई सोच सकता है। व्यक्ति केवल अपने देश के प्रति ही ईमानदार रह जाता है।"

"तो क्या हुआ?"

"क्या नहीं हुआ?" वे बोले, "अर्थशास्त्र का मूल सिद्धान्त है कि धन 'वस्तु' बेचकर नहीं, अपनी आत्मा और अपना देश बेचकर कमाया जाता है। देशभक्त इन दोनों में से कुछ भी नहीं बेच सकता।" वे अपने अनुभव के गौरव में मण्डित मुसकराये, "यदि कहीं मैं भी इस चक्कर में पड़ जाता तो सही योजनाओं के कारण देश उन्नति कर चुका होता, योजना आयोग बन्द हो चुका होता; और मेरे बच्चे भी एवेरेज और कमीने लोगों के बच्चों के समान अपने परिश्रम की रोटी खा रहे होते।"

"ठीक! ठीक!" मैं उनसे एकदम सहमत होते हुए बोला, "पर आपको यह नहीं लगता कि ग़रीबी के कुछ और कारण भी हो सकते हैं?"

"भगवान के रूप के समान कारण अनेक हैं।" उन्होंने मुझे बताया, "ग़रीब लोग आलसी हैं। वे काम करना नहीं चाहते।"

मैं अपने स्वभावानुसार आपत्ति करने के स्थान पर उनहें अपने अनुभव सुनाने लगा, "देखिए, मैं अभी पिछले दिनों ही दक्षिण बिहार की सैर करके लौटा हूँ। मैंने देखा है कि छोटा नागपुर के आदिवासी लोग, सुबह-सबेरे नहा-धोकर तैयार हो जाते हैं और दोपहर का खाना साथ लेकर, जाकर जमशेदपुर के बाज़ारों में अपना श्रम बेचने के लिए बैठ जाते हैं। कोई भी व्यक्ति दैनिक मज़दूरी देकर उनसे काम करवा सकता है। वे तो हर प्रकार का काम करने के लिए तैयार हैं। वे क्यों निर्धन हैं?"

"बड़ी सीधी बात है।" उन्होंने उत्तर दिया, "वे आलसी और कामचोर हैं इसलिए बाज़ार में जा बैठते हैं। परिश्रमी होते तो कोई इण्डस्ट्री खोलते, बिजनेस करते, एक्सपोर्ट-इम्पोर्ट का लाइसेंस लेते, शराब के ठेके के लिए प्रयत्न करते, स्मगलिंग का धन्धा करते। पैसा क्या सड़क के किनारे बैठने से मिल जाता है?"

मैं अपने अज्ञान पर पानी-पानी हो गया।

"एक जिज्ञासा और है।" मुझे सहसा एक विचार आया, "क्या ऐसा सम्भव नहीं है कि उन्हें पैसा कमाने का सही ढंग बताया जाए; और सही प्रकार के काम करने के लिए सरकार उन्हें कुछ धनराशि उधार दे?"

"यह सम्भव नहीं है।" उन्होंने सिर हिला दिया।

"क्यों?"

"इसलिए कि यदि उन्हें धन दिया गया, वे लोग उसकी शराब पी जाएँगे। वे ग़रीब के ग़रीब रह जाएँगे और सरकार का धन व्यर्थ ही नष्ट हो जाएगा।"

"यह आप किस आधार पर कह रहे हैं?" मैंने पूछा।

"थोड़ा-बहुत आप भी पढ़े तो होंगे ही, तभी तो कॉलेज में लड़कों को पढ़ाते हैं?"

"जी हाँ। पी-एच.डी. हूँ।" मैंने बताया।

उन्होंने मेरी अम्माँ की मौसी के समान मुँह बिचकाया, जो मेरी पढ़ाई से निराश

होकर कहा करती थी, "अरे पगले! इससे तो अच्छा था कि बी.ए. ही कर लेता। यह तू क्या कर बैठा।"

मुझे अपनी ओर जिज्ञासु दृष्टि से ताकते देखकर, उन्होंने मुझे धैर्यपूर्वक समझाना शुरू किया, "अँग्रेज़ी की एक कहावत है, 'मनी करप्ट्स'। धन आदमी का चरित्र नष्ट कर देता है। अब अँग्रेज़ी में कही गयी बात ग़लत तो हो नहीं सकती। तो यह सिद्ध हुआ कि आदमी तभी तक चरित्रवान है, जब तक वह निर्धन है। पैसा आते ही आदमी चरित्रहीन हो जाता है। अब आप ही बताइए कि देश के लाभ की दृष्टि से चरित्र आवश्यक है या धन?"

"चरित्र?" मैं बोला।

"तो आप क्यों चाहते हैं कि ग़रीबों को धन देकर उनका चरित्र नष्ट किया जाए। हाथ में धन आते ही वे लोग तरह-तरह की बुराइयों में पड़ जाएँगे। देश की आर्थिक स्थिति बिगड़ जाए तो समझिए कुछ नहीं बिगड़ा, पर देश की नैतिकता नष्ट हो गयी, तो हम ईश्वर को क्या मुँह दिखाएँगे।"

मुझे उस ईश्वर-भीरु व्यक्ति के चेहरे पर भगवत्कृपा का प्रकाश दिखा। मैंने पूछा, "आपका अपनी नैतिकता के विषय में क्या विचार है?"

वे शालीनता से मुसकराकर बोले, "दूध के धुले तो हम भी नहीं हैं भाई। पर हम सोचते हैं कि जिन लोगों का चरित्र भ्रष्ट हो चुका, उनका तो हो चुका, कम से कम शेष लोगों को तो बुराइयों से बचाया जाए। हमने धन रूपी पाप कुछ एक लोगों तक सीमित कर दिया है, कि शेष लोग धनियों को देखकर शिक्षा ग्रहण करें और इस कुपथ पर पड़ें ही नहीं। देश को चरित्रवान लोगों की बहुत आवश्यकता है।"

"चरित्रहीन धनी वर्ग का हम क्या करें?" मैंने पूछा।

"उन पर दया करें। वे बेचारे अपने पाप की आग में जल रहे हैं।"

मैं निरुत्तरता का मौन ओढ़े बैठा रहा।

वे कुछ देर तक मुझे घूरते रहे और फिर घूरना स्थगित कर, स्नेह-विह्वल स्वर में बोले, "अच्छा भाई! बहुत बहस हो गयी। बोलो, क्या लोगे? देसी भी पी लेते हो या केवल अँग्रेज़ी ही लेते हो?"

अमरीकन जाँघिया

माथुर साहब खुली छत पर खड़े थे। सारा शरीर नंगा था। हनुमानजी के लँगोट के बराबर, छोटा-सा लाल रंग का जाँघिया पहन रखा था।

मैं संकुचित हो गया, जैसे पेटीकोट में घर से गली में निकल आयी किसी औरत को देखकर सकुचा जाता हूँ। ऐसी स्थिति में मेरी दृष्टि उन पर नहीं पड़नी चाहिए थी। शायद वे बाथरूम से निकले थे, अभी भीतर जाकर कपड़े पहन लेंगे। पर, वे अपनी छत का मध्य भाग छोड़ आगे आ गये, ताकि गली के जिन कोनों से वे देखे नहीं जा सकते थे, वहाँ भी देखे जा सकें।

मेरे पोंगापन्थी मन को बुरा लगा। मैं एक भले आदमी को, भरे मुहल्ले में, इस प्रकार नंग-धड़ंग खड़ा नहीं देख सका। आँखें झुका लीं और चाल तेज़ कर दी।

"अजी कोहली साहब! नज़रें चुराये कहाँ भागे जा रहे हैं?" वे सीढ़ियाँ उतरकर गली में आ गये।

मैंने अपने मन को डाँटा, 'अबे नंगा वह है और शरमा तू रहा है। मर्द बन।'

"आपसे कौन आँखें मिला सकता है माथुर साहब।"

"क्यों जी! ऐसी क्या बात है?" उन्होंने अपने लाल जाँघिए पर प्यार का हाथ फिराया।

"नंगे से तो खुदा भी घबराता है। हम तो फिर आपके मुहल्ले के एक आदमी भर हैं।"

उन्होंने अपने भद्दे, थुलथुल शरीर पर गर्व-भरी एक दृष्टि डाली, "अजी वह तो यूँ ही ज़रा गर्मी लग रही थी, इसलिए बाहरी कपड़े उतार दिये।"

"हाँ साहब! आप लोगों को अधिकार है, जब चाहें, अमरीकनों के समान बीच चौराहे अपने कपड़े उतार दें।"

"आप तो मज़ाक़ कर रहे हैं।" वे मेरे मज़ाक़ पर हँस पड़े, "वैसे यह आपको मानना पड़ेगा, आजकल गर्मी बहुत पड़ रही है।"

"जब आप अमरीकन एम्बैसी में नहीं थे, तब तो आप सारी गर्मियाँ धोती-बण्डी में ही काट देते थे।"

उनके चेहरे पर मलाल आ गया। अपने उन दिनों की चर्चा शायद उन्हें अच्छी नहीं लगी थी।

"तब की बात कुछ और थी साहब! पर अब गर्मी सचमुच ही अधिक हो गयी है।"

"हाँ, हो तो गयी है।" मैंने कहा, "अमरीका ठण्डा देश जो ठहरा।"

वे हँसकर मुझे ऐसे टाल गये, जैसे कोई हाथ हिलाकर मक्खी उड़ा देता है।

अब तक मैं कुछ धृष्ट हो गया था। पूछा, "इम्पोर्टेड है?"

"क्या?"

और फिर मेरा तात्पर्य समझ, उन्होंने अपने लाल जाँघिये को बड़े प्यार से सहलाया, "हाँ! हमारी एम्बैसी के मिस्टर किथकिन अमरीका लौट रहे थे। अपना सामान वे ले जाना चाहते नहीं थे। उन्होंने अपनी चीज़ों की नीलामी की। उसी में से ले लिया है।"

"काफ़ी ऊँची बोली दी होगी।"

उनके स्वर में आकस्मिक आवेश भर उठा, "अजी साहब! पूछिए मत। बोली तो यूँ ऊपर चढ़ रही थी, जैसे दिल्ली में ज़मीन के भाव चढ़े हैं। लोग टूटे पड़ रहे थे। मैं तो एकदम निराश हो गया था। पर लगता है, ग्रह अच्छे थे। भगवान ने सहायता की। हायेस्ट बिण्ड मेरी ही रही।"

"न मिलता, तो आपको काफ़ी तक़लीफ़ होती।"

"हाँ, मन को समझा लेते कि अपनी क़िस्मत में ही नहीं था। पर मिल ही गया।"

वे अत्यन्त प्रसन्न थे।

"फिटिंग बढ़िया है।" मैंने मुग्ध दृष्टि से जाँघिये को देखा।

"हाँ! काफ़ी कम्फर्टेबल है।"

"कोई हिन्दुस्तानी दर्ज़ी तो ऐसी चीज़ क्या बनाएगा!"

"अजी! राम का नाम लो।" उन्होंने मुँह बनाया, "यहाँ किस साले को कपड़े सीने का शऊर है। पता नहीं क्या करते हैं; लोग घास छीलते-छीलते कपड़े सीने लगते हैं।"

वे फिर जाँघिये को निहारने लगे थे।

"इसी समस्या के मारे मैं धोती बाँधता हूँ। फिटिंग की तो समस्या नहीं है न।"

"हाँ, दर्जियों की हालत से तो आप बच जाते हैं, पर सच पूछा जाए तो धोती कोई ड्रेस नहीं है। उसमें आदमी नंगा होता रहता है।"

"हाँ साहब! जाँघिये की और ही शान है। और वह भी अमरीकन जाँघिया।" मैंने हथियार डाल दिये।

वे ऐसी मुग्ध दृष्टि से जाँघिये को पी रहे थे, जैसे कोई नया प्रेमी अपनी प्रेमिका के रूप को पीता है।

"ऐसा शेड आपको भारत में नहीं मिलेगा।" मैंने फिर चर्चा आरम्भ की।

"मैंने एक-एक दुकान छान मारी है।" वे तुरन्त मुझसे सहमत हो गये, "ऐसा रंग तो दूर, इसके आसपास का भी कोई रंग नहीं मिला। खास अमरीकन फ़ार्मूले पर बना हुआ है। अपने देसी रंग तो इसके पासँग भी नहीं हैं।"

"इसकी चमक लाजवाब है।"

"अजी दो पतलूनों में भी इसकी चमक नहीं छिपती। नीचे पहनकर दफ़्तर जाता हूँ तो पतलून के भीतर से अपना रंग दिखाता है। बिना बताये ही सब लोग जान जाते हैं कि इम्पोर्टेड है।"

"पता नहीं हिन्दुस्तानी लोग कपड़े में ऐसी चमक क्यों नहीं ला सकते।" मैंने आह भरकर कहा।

"अजी, ऐसी चमक लाने के लिए बड़ी डेवलप्ड इण्डस्ट्री होनी चाहिए। अपना देश अभी बहुत पिछड़ा हुआ है।" सहसा उन्होंने आवाज़ दबाकर भेद-भरे स्वर में कहा, "बिना ईमानदारी और कठिन परिश्रम के इण्डस्ट्री आगे नहीं बढ़ सकती और अपने यहाँ ईमानदारी तो ईमानदारी, कैरेक्टर ही सिरे से ग़ायब है। आपसे क्या छिपाना...आप अपने ही आदमी हैं। मेरे सेक्शन में छः अमरीकन हैं और हम दो हिन्दुस्तानी। पर ऊपरी आमदनी केवल हम दोनों की ही है...।"

मैंने बड़ी करुण दृष्टि से उसे देखा, वह आदमी अपने अमरीकन जाँघिये की प्रशंसा में अपने आपको नंगा करता जा रहा था।

"आप इस जाँघिये को पहनकर सोते भी हैं, या केवल गली में खड़े होते समय ही इसे पहनते हैं?" मैंने पूछ लिया।

"कभी-कभी पहनकर सो भी जाता हूँ।" वे आश्वस्त होकर मुसकराये, "सोने में एकदम तक़लीफ़देह नहीं है।"

"पर ऐसी शानदार चीज़ पहनकर सोने से क्या लाभ?" मैंने टोका, "जल्दी घिस जाएगा। इसे तो आपको केवल विशेष अवसरों के लिए सँभालकर रखना चाहिए। ऐसे जाँघिये कौन-से रोज़ मिल जाते हैं।"

"आप कहते तो ठीक हैं कोहली साहब।" वे मुझसे सहमत हो गये, "पर इम्पोर्टेड चीज़ लेने का लाभ तो तभी है, जब उसका पूरा उपयोग किया जाए। मैं उन लोगों में से नहीं हूँ, जो इम्पोर्टेड कपड़े वार्डरोब में टाँगकर अपनी शान बढ़ाते हैं। मैं तो उनसे कसकर काम लेने के पक्ष में हूँ...।"

"फिर भी, पहनकर सोने...।" मेरा स्वर काफ़ी पीड़ित था।

"बात यह है भाईजान।" वे बोले, "कि यह जाँघिया मल्टीपर्पज़ है। इसे नाइट सूट के समान भी पहना जा सकता है, यह ईवनिंग सूट का काम भी देता है, इसे

आप सूट के नीचे पहनकर दफ़्तर भी जा सकते हैं। यानी जहाँ जैसे जो सूट करे।"

"तो यह अमरीकन पालिसी के अनुसार ही बनाया गया है।"

"बिल्कुल! बिल्कुल!!"

"पर इसे पहनकर सोने से आपको मच्छर नहीं काटते?"

वे बड़प्पन से मुसकराये, "अब देखिए, फ़ारेन ड्रेस पहनने से अपने देश की क्लाइमेट में कुछ न कुछ तक़लीफ़ तो उठानी ही पड़ती है। मच्छर तो काटते ही हैं।"

"हाँ जी। ये एशियाई कीड़े-मकोड़े अमरीकनों का एकदम लिहाज़ नहीं करते। अब देखिए, वियतनामियों ने अमरीका की क्या गत बना रखी है...।"

"वह तो पालिटिक्स की बात है।" वे बोले।

अर्थात् वह उनके जाँघिये की बात नहीं थी। अतः उसमें रुचि नहीं थी।

"भाभी के लिए आपने कोई अमरीकन ड्रेस नहीं ख़रीदा? आख़िर उन्हें भी तो गर्मी लगती होगी।" मैंने पूछा।

"हें-हें!" वे हँस पड़े, "वे भी मुझसे इसी बात को लेकर नाराज़ हैं। पर कैसे ख़रीदता। मिस्टर किथकिन तो कुँवारे ही हैं। वैसे मैं सोच रहा हूँ, किसी को लिखकर सीधे वहीं से मँगवा लूँ।"

"ज़रूर-ज़रूर।" मैंने सलाह दी, "सीधे अमरीकन प्रेज़िडेण्ट को ही लिखिए। वे तो कब से इस कोशिश में हैं कि सारे देश उनके जाँघिये पहनने के लिए नंगे हो जाएँ।"

"आपकी बड़ी आर्थोडाक्स थिंकिंग हैं। इसे आप नंगा होना कहते हैं।" वे मेरी नादानी पर हँस दिये।

"नहीं, नंगा तो मैं हूँ। आँखें उठाकर पूरी तरह आपकी ओर देख भी नहीं सकता।"

उन्होंने मेरी बात का एकदम बुरा नहीं माना। परोपकार की भावना से प्रेरित होकर तुरन्त बोले, "आपको पसन्द हो तो आपके लिए भी कोई जुगाड़ लगाऊँ। कुछ जाँघिये रफू होने के लिए दर्ज़ी के पास गये हुए थे। तब नहीं बिके थे, अब बिकेंगे।"

"भगवान ऐसी मुसीबत की घड़ी न लाए। इतनी गर्मी का लगना राष्ट्रीय हित में नहीं है।"

"आप तो बात को फिर पोलिटिकल लेवल पर ले गये।" वे बोले, "मैं तो दोस्ताना बात कह रहा था।"

"आपकी दोस्ती के पालिटिक्स को भी लोग समझने लगे हैं।"

वे पहली बार पूरी तरह उदास हो गये। उनके चेहरे पर निक्सन की निराशा और क्षोभ था। एक काला देश, उनकी सहायता के प्रस्ताव को ठुकरा रहा था।

साहित्य के मुज़ाविर

डॉ. विद्वान् ने एक हाथ में अपना भारी-भरकम झोला उठाया और दूसरे हाथ में गमछे में बँधी गठरी; यातना के स्पष्ट चिह्न अपने चेहरे पर चिपकाये वे लदे-फँदे गधे के समान इण्टरव्यू-कक्ष में प्रवेश कर गये।

"दण्डौत।" उन्होंने खड़े-खड़े सेलेक्शन कमेटी पर गोला दागा।

"यह इतनी रद्दी आप किसलिए उठा लाये हैं?" सेलेक्शन कमेटी के चेयरमैन ने पूछा।

डॉ. विद्वान् अपनी नाराज़गी को खुशामदी मुसकान लपेटकर हजम कर गये।

"जी, ये रचनाएँ हैं श्रीमान जी।"

"तो इन्हें ढोने की क्या आवश्यकता थी? आप सूची ले आते। यदि सारे प्रत्याशी आप जैसे हुए तो इण्टरव्यू-कक्ष कबाड़ी बाज़ार लगने लगेगा।"

डॉ. विद्वान् हतप्रभ नहीं हुए। बोले, "आपका मज़ाकिया स्वभाव तो दूर-दूर तक प्रसिद्ध है। वैसे सूची लाने से काम नहीं चलता। सूची तो तब लाता, जब कोई रचना प्रकाशित होती। प्रकाशित तो कोई हुई नहीं ससुरी। इसलिए मूल पाण्डुलिपियाँ ही ले आया।"

"अच्छा, बैठिए।"

उन्होंने कुरसी पर अपनी गठरी और झोला रख दिया और कमेटी को हाथ जोड़ दिये।

"आप बैठिए, डॉ. विद्वान्।" चेयरमैन ने कहा।

"नहीं जी! हमारी विद्या कुरसी पर बिराज रही। ठीक है। हम तो ठाड़े ही आपकी चाकरी बजाएँगे।"

संकेत पाकर चपरासी, दूसरी कुरसी रख गया और डॉक्टर साहब बैठ गये।

"आप पी-एच.डी. हैं?" इस बार यूनिवर्सिटी एक्सपर्ट ने पूछा।

"जी! आपकी दया से।" डॉक्टर साहब ने भक्ति-भाव से हाथ जोड़ दिये।

"आपने थीसिस स्वयं लिखा था?"

"जी नहीं! टाइप करवाया था।"

"ओह-हो! टाइप तो करवाया था। पर टाइप करवाने से पहले लिखा भी तो होगा। किसने लिखा था?" एक्सपर्ट हल्का-सा खीझ गये।

"जी! मैंने लिखा था।"

"तो आप पी-एच. डी. अपने काम से हुए या मेरी दया से?"

"जी! एक्कै बात है। दोनों में फरक ही क्या है।"

"क्या विषय है?" एक्सपर्ट ने पैंतरा बदला।

"श्री हनुमानजी के मन्दिर वाली रामचरितमानस की प्रति की ज़िल्द बँधावन की कला का वैज्ञानिक अनुशीलन।"

"इस विषय का साहित्य से क्या सम्बन्ध?" एक्सपर्ट फिर कुछ नाराज़ हुए, "आप हिन्दी-विभाग में रीडर के पद के लिए इण्टरव्यू देने आये हैं या ज़िल्दसाज की नौकरी लेने?"

"आप भी मज़ाक़ करते हैं।" डॉ. विद्वान् ने खीसें निपोर दीं, "मेरे विषय का सम्बन्ध साहित्य से अधिक साहित्य की रक्षा से है। उस महान् ग्रन्थ की उस पवित्र प्रति की आज तक जिस ज़िल्द ने रक्षा की, मैंने उसके एक-एक टाँके का साहित्यिक एवं वैज्ञानिक अनुशीलन किया है।"

एक्सपर्ट बोर हो गये। मन में सोचा साले, टाँके का ही अध्ययन करना था, तो दर्ज़ी हुआ होता। पर बोले, "अच्छा, यह बताइए डॉक्टर साहब! थीसिस के अतिरिक्त भी आपकी कोई रचना है, या आप मात्र एक थीसिस लिखने के लिए ही अवतरित हुए थे?"

"जी! मैंने एक रिसर्च पेपर भी लिखा है।" डॉ. विद्वान् ने मग्न होकर अपनी गठरी उठायी और अपने सामने मेज़ पर रखकर टटोलने लगे।

"ऐ! इसको हटाओ और अपना ज्ञान-दीप्त चेहरा देखने दो।" एक्सपर्ट बोले, "क्या विषय है, रिसर्च पेपर का?"

"महान् साहित्यकार रहीम खानख़ाना के मक़बरे में स्थित विभिन्न क़ब्रों के रूपाकार का तुलनात्मक अनुशीलन।"

"कहाँ प्रकाशित हुआ है?"

"मेरी आत्मा में। मेरे हृदय में।"

"मैं पूछ रहा हूँ किसी जगह छपा भी है?"

"जी, छपेगा कैसे। चारों ओर तो आपको छोड़कर, शेष लोगों ने भ्रष्टाचार फैला रखा है। बिना मित्रता और रिश्तेदारी के कोई सम्पादक रचना छापता ही नहीं। इसलिए वह रचना कहीं नहीं छपी। मैंने सोचा था, आप से पूछूँगा कि इस देश में रिसर्च करने का क्या लाभ है? ऐसा बढ़िया मैंने रिसर्च पेपर लिखा और वह कहीं छपता ही नहीं। बताइए उस रिसर्च पेपर का मैं क्या करूँ?"

"उसे महान् साहित्यकार श्री रहीम खानख़ाना के मक़बरे में दफ़ना आइए।"

"जी?" डॉ. विद्वान् पहले हतप्रभ हुए, फिर मुसकराये, "हमारे लोगों में यह धारणा प्रचलित है कि आप जैसा विट हमारे शहर में मुझे छोड़ और किसी में नहीं है।"

"मुझे भी यही लग रहा है," एक्सपर्ट सहमत हुए, "अब आप बताइए, आप में सर्जनात्मक प्रतिभा का भी कोई अंश है?"

"जी!" डॉ. विद्वान् लाज से लाल हो गये, "इस प्रश्न का सम्बन्ध मेरे विशिष्ट अध्ययन के क्षेत्र से तो नहीं है। पर, फिर भी आपने पूछा है, तो मैं पीछे तो हटूँगा नहीं। उत्तर तो दूँगा ही। जी, वैसे तो सर्जनहार केवल ऊपर वाला ही है, पर उसी की कृपा से मैंने इस ज़माने में भी सात बच्चे पैदा किये हैं।"

"धत् तेरे की!" एक्सपर्ट झुँझला गये, "मेरा मतलब आपकी इस सर्जनात्मक प्रतिभा से नहीं था। मैं पूछ रहा था, कुछ रचनात्मक कार्य....।"

"जी हाँ!" डॉ. विद्वान् बोले, "अभी मैंने अपनी घरेलू बाड़ी में तीन मन आलू उपजाकर पुरस्कार जीता है।"

"मैं पूछ रहा हूँ," एक्सपर्ट बुरी तरह नाराज़ हुए, "आप कविता करते हैं?"

"जी, कविता-फविता से मेरा कोई सम्बन्ध नहीं है। ऐसा शोहदों-चोट्टों का काम मैं नहीं करता।"

"कहानी लिखते हैं?"

"क़िस्से-कहानियों में मुझे कोई रुचि नहीं है। अफ्यूनियों का काम है। ऐसे ही बैठे-ठाले।"

"आप साहित्य के अध्यापक—रीडर की नौकरी चाहते हैं।" एक्सपर्ट ने कहा, "और कविता-फविता से आपका सम्बन्ध नहीं है, क़िस्से-कहानियों में आपको रुचि नहीं है, तो आप करते क्या हैं?"

"रिसर्च! शुद्ध रिसर्च!!"

"रिसर्च किस पर?"

"साहित्य पर!"

"और साहित्य क्या है?"

"कविता, कहानी, उपन्यास...।"

"और आपका इनसे कोई सम्बन्ध नहीं है?"

"जी नहीं।"

"तो हम यह नौकरी आपको न देकर, किसी ऐसे व्यक्ति को क्यों न दें, जिसको साहित्य से लगाव है?"

"लगाव होना और चीज़ है, और साहित्य के विषय में जानना और चीज़ है।" डॉ. विद्वान् भड़क उठे, "साहित्य के विषय में तो वही जानता है, जो रिसर्च करता है।"

"आपका विचार है कि ताजमहल बनवाने वाले इंजीनियर से, ताजमहल का मुज़ाविर, ताजमहल से अधिक जानता है?"

"जी हाँ! ज़रूर!" डॉ. विद्वान् अत्यन्त आत्मविश्वास के साथ बोले, "इंजीनियर ने ताजमहल बनवाया होगा, पर यह तो मुज़ाविर ही जानता है कि उसकी कौन-सी जाली फ़ारसी-शैली की है, कौन-सा फूल किस पत्थर का बना है...इत्यादि।"

"तो आप साहित्य के मुज़ाविर हैं?" एक्सपर्ट ने पूछा।

"जी! जी हाँ!"

"आपके पास साहित्य मक़बरा बनकर ही आया होगा। जीवन्त वस्तु तो वह रह नहीं गयी होगी?"

"जी हाँ! जी हाँ! ज़रूर!"

"आप जानते हैं कि मुज़ाविर न तो नया ताजमहल बनवा सकता है, न पुराने ताजमहल में सुधार कर सकता है। बैठा पुराने समय को याद करता है और भीख माँगता है?"

"जी! उसकी आवश्यकता ही नहीं है। जो ताजमहल एक बार बन चुका, अब वैसा और नहीं बन सकता।"

"साहित्य के विषय में क्या विचार है आपका डॉक्टर साहब?"

"जो साहित्य हमारे ऋषि-मुनि रच गये हैं, वैसा साहित्य अब और नहीं लिखा जा सकता।"

"आपने वह साहित्य पढ़ा है?"

"जी! पढ़ने की क्या आवश्यकता है। वह तो मेरे रक्त में घुला-मिला है।"

"नया साहित्य?"

"वह पढ़ने योग्य ही नहीं है।"

"तो अब साहित्य पढ़ने की आवश्यकता नहीं है?"

"जी नहीं।"

"और लिखने की भी नहीं?"

"जी नहीं!"

"साहित्य पढ़ाने की ज़रूरत है?"

"वह तो है जी!"

"बिना पढ़े पढ़ाया जाए?"

"जी, बिना पढ़े। रिसर्च करके!"

"अच्छा डॉक्टर साहब!" एक्सपर्ट बोले, "क्यों न हम विश्वविद्यालय में साहित्य का विभाग ही बन्द कर दें। बेकार-सी तो चीज़ है।"

"जी! मुझे नौकरी देने के बाद आप चाहें तो बन्द करवा दें।"

"उसकी आवश्यकता नहीं पड़ेगी डॉ. विद्वान्!" एक्सपर्ट बोले, "यदि आपको

हमने नौकरी दे दी तो आप अपने-आप ही विभाग बन्द करवा देंगे। लोग विश्वविद्यालय में घूमने आया करेंगे तो आप मक़बरों के मुज़ाविर के ही समान, लोगों को बताया करेंगे—"जी! यह वह स्थान है, जहाँ कभी साहित्य पढ़ाया जाता था।' अच्छा, अब जाइए। चपरासी! दूसरे आदमी को बुलाओ!"

सापेक्ष दर्शन

वे मुझसे नाराज़ नहीं थे, पर फिर भी मेरे विरुद्ध बोल रहे थे। कुछ लोगों के लिए यही सहज होता है कि वे बिना नाराज़गी के भी केवल विरोध में ही बोल सकते हैं। और मुझे स्वयं अपने ऊपर भी आश्चर्य हो रहा था कि वे मेरे विरुद्ध बोल रहे थे और मैं न केवल चुपचाप सुन रहा था, बल्कि कहीं-न-कहीं मैं उनसे सहमत भी था।

असल में वे मुझे अपना सापेक्ष दर्शन समझा रहे थे। मैंने भूल से उसे एक बार सापेक्षवाद कह दिया था, पर उन्हें दर्शन के स्तर से उतरकर वाद के स्तर पर आना अच्छा नहीं लग रहा था। वे चाहते थे कि उनके सिद्धान्त को 'दर्शन' ही माना जाए। मैंने भी विशेष ज़िद नहीं की। मान गया कि दर्शन ही होगा।

तो उनके सापेक्ष दर्शन का जीवन के सुख के साथ सीधा सम्बन्ध था। उसके अनुसार महात्मा बुद्ध ने जहाँ दुख को मिटाने की बात की थी, वहीं वे सुख को भी मिटा बैठे थे। सापेक्ष दर्शन शुद्ध सुखवादी था और पूरी तरह उपयोगी, जैसे कोई पेटेण्ट दवा!

"देखिए! बड़ी साधारण-सी बात है।" वे बोले, "एक लकीर खींची गयी तो उसे छोटी करने के दो दर्शन हैं : एक बौद्ध दर्शन, दूसरा सापेक्ष दर्शन। बौद्ध दर्शन कहता है उस लकीर को रबर से मिटा दो और सापेक्ष दर्शन कहता है कि उसके ऊपर बड़ी लकीर खींच दो, वह लकीर अपने-आप छोटी हो जाएगी। बौद्ध दर्शन नास्तिक है, इसलिए मिटाने की बात करता है, सापेक्ष दर्शन आस्तिक है, इसलिए बनाने की बात करता है।"

"पर जीवन के सुख से इसका क्या सम्बन्ध है?" मैंने पूछा।

"है।" उन्होंने बताया, "एक बार बी.ए. के विद्यार्थियों को पूछा गया कि अँग्रेज़ी के लैम्ब (Lamb) शब्द का क्या अर्थ है। लड़कों में इस शब्द को लेकर मतभेद था। जो अर्थ उन्होंने बताये, वे थे—भेड़िया, शेर, भालू, ऊँट, हाथी, भेड़ तथा बकरी। उनके परीक्षक इस बात से बहुत दुखी हुए। अपने क्षोभ में उन्होंने यही बात मुझे बतायी तो मैं सापेक्ष दर्शन के कारण, दुखी होने से बच गया। मैंने छोटी लकीर

पर बड़ी लकीर खींच दी। सोचा, कितनी खुशी की बात है कि सारी क्लास को मालूम है कि लैम्ब किसी पशु को ही कहते हैं। नहीं तो वे लैम्ब का अर्थ आदमी या देवता भी समझ सकते थे।"

उन्होंने गर्व-भरी दृष्टि से मुझे देखा और मैं मन-ही-मन मान गया कि उनका गर्व उचित था। और साथ-ही-साथ मेरे सामने सत्य उजागर होता गया। मेरे लिए उनका दर्शन बुद्धत्व प्राप्ति का कारण हो गया।

कहीं पढ़ा था कि किसी विदेशी ने अपने देश में आकर कहा था कि "मैं अपने देश में तो नास्तिक था, पर भारत में आकर आस्तिक हो गया हूँ। यदि ईश्वर नहीं है तो इस देश और इसकी सरकार को कौन चला रहा है?" मैं भी एक सामान्य भारतीय होने के नाते, अपने राष्ट्रीय चरित्र के अनुरूप, उस विदेशी की बात में आ गया था। मान बैठा था कि इस देश और देश की सरकार को ईश्वर ही चला रहा है।

पर आज मेरे सामने प्रश्न है कि यदि देश की सरकार को ईश्वर चला रहा था तो नेहरू और शास्त्री की मृत्यु कैसे हो गयी? वस्तुतः सरकार को सापेक्ष दर्शन ही चला रहा था और सापेक्ष दर्शन का विरोध करने के कारण इन प्रधानमन्त्रियों की मृत्यु हो गयी। सारा फ्रण्टियर, सिन्ध, बलोचिस्तान, आधा पंजाब और आधा बंगाल पाकिस्तान ले गया। नेहरूजी पर कोई प्रभाव नहीं पड़ा। उनके सापेक्ष दर्शन ने कह दिया—कोई बात नहीं, बाक़ी देश तो पाकिस्तान नहीं ले गया। यदि कहीं सारा ले जाता तो हम क्या करते? पाकिस्तान ने कश्मीर पर पंजा जमाया, एक टुकड़ा तोड़कर ले गया। नेहरू जी ने सोचा, चलो अच्छा है, श्रीनगर तो नहीं गया न! जब चीन ने हाथ मारा तो यह न सोच सके कि चलो नेफा गया, आसाम तो बच गया न। बात दिल को लगा ली और चल बसे।

शास्त्री जी आये। पाकिस्तान के साथ युद्ध हुआ। जब तक सोचते रहे—चलो युद्ध ही है न, विश्वयुद्ध तो नहीं, तब तक तो जीतते गये और जैसे ही युद्ध बन्द करने ताशकन्द गये, लौटे ही नहीं।

हमारे पिछले प्रिंसिपल थे—सापेक्ष दर्शन के विरोधी। लड़कों ने कैण्टीन को आग लगा दी तो उन्हें दिल का दौरा पड़ गया। नये आये, फिर कैण्टीन को आग लगी—हँसकर बोले, "मैं तो खुश हूँ कि कॉलेज बच गया।" एक लड़के ने लेक्चरर को थप्पड़ मार दिया तो बोले, "टीचर की इज़्ज़त बच गयी। लड़का उसे जूता भी मार सकता था।" किसी ने किसी को छुरा मार दिया। हम सब चिन्तित हो गये। आप हँसकर बोले, "बच गये। छुरे से एक ही आदमी मरा। गोली चलती तो बहुत-से मारे जाते।" कॉलेज में लड़कों ने ख़ूब पटाखे चलाये। पढ़ना-पढ़ाना असम्भव हो गया। इस अनुशासनहीनता से हमें रात-भर नींद नहीं आयी। आप हँसकर बोले, "शुक्र करो पटाखे थे, बम नहीं थे। नहीं तो कॉलेज ही तहस-नहस हो जाता।"

अब मुझे पक्का विश्वास हो गया है कि इन्हें दिल का दौरा कभी नहीं पड़ेगा।

हम सवेरे अख़बार लेकर बैठते हैं तो हमारी तबीयत ख़राब होने लगती है। कहीं चोरी हो गयी, कहीं डकैती हुई, कहीं बलात्कार हुआ, कहीं हत्या हुई। हम बड़े क्षुब्ध से अपने पड़ोसी दारोगा साहब की ताड़ना करते हैं—"क्या करती है आपकी पुलिस?" पर वे भी सापेक्ष दर्शन के विश्वासी हैं। तड़ से उत्तर देते हैं, "अब भी कलकत्ता से बहुत अच्छी हालत है हमारी।" मैं कहता हूँ, "चोरी हो गयी।" वे कहेंगे, "बच गये, नहीं तो डाका भी पड़ सकता था।" मैं कहता हूँ, "वह भी हो गया।" वे कहते हैं, "खुश रहो, बलात्कार नहीं हुआ।" मैं कहता हूँ, "वह भी हो गया।" वे कहते हैं, "हत्या भी हो सकती थी।" मैं चिल्ला उठता हूँ, "एक परिवार के छह व्यक्ति मारे गये।" वे हँसते हैं, "भगवान का शुक्र करो, दो बच गये। आठों को मार डालते तो क्या होता।"

मेरे एक मित्र घर आये। मैंने शिकायत की, "अच्छे दोस्त हो। छह महीने बाद आये हो।" उत्तर में बोले, "साल में एक बार भी तो आ सकता था। उस हिसाब से दुगुनी विज़िट्स हो गयी।" फिर पूछा, "तुम्हारा दूसरा बच्चा कहाँ है?" मैंने कहा, "वह बेचारा गुज़र गया।" उन्होंने कोई सहानुभूति नहीं दिखायी। हँसकर बोले, "शुक्र करो दूसरा बच गया।" मेरे हाथ-पैरों में पट्टियाँ बँधी देखीं तो फरमाया, "क्या हुआ?" मैंने बताया, "मोटर साइकिल का एक्सीडेण्ट हो गया। सारा शरीर छिल गया है।" वे बोले, "भले बचे, नहीं तो हड्डियाँ टूट जातीं तुम्हारी।"

जगजीवन राम नाम के एक बड़े नेता ने दस वर्षों तक आयकर नहीं दिया। लोगों ने बहुत हुड़दंग मचाया तो भारत सरकार मुसकरायी, "ख़ैर मनाओ दस वर्षों तक ही नहीं दिया, बीस वर्षों तक न देते तो तुम क्या कर लेते?" लोगों ने कहा, "चलो आयकर नहीं दिया, न सही। पर ऐसे व्यक्ति को तुमने दल का अध्यक्ष क्यों बना दिया।" उत्तर आया, "खुश रहो, उसे प्रधानमन्त्री नहीं बनाया, नहीं तो तुम क्या कर लेते।"

एक कुशल सम्पादक ने मेरी कहानी में कुछ काट-छाँट कर दी। मैंने पत्र लिखा, "आपने इस कहानी की दस महत्त्वपूर्ण पंक्तियाँ नहीं छापी हैं।" उत्तर आया, "हम चाहते तो सारी कहानी न छापते!"

आधुनिक लड़की की पीड़ा

बहुतों को है, उसे भी हो सकती है, पर मुझे ऐसी कोई ग़लतफ़हमी नहीं है। वह युवती भी थी और उदास भी, पर मुझे वह उदास होकर भी सुन्दर नहीं लगी। फ़िल्में देखता हूँ, इसलिए ऐसी ग़लतफ़हमियाँ कम पालता हूँ। बेकार के दुःखों को मैं लिफ्ट नहीं देता; न प्यार के नाम पर न कला के नाम पर। कई बार मेरी चप्पल का कील विद्रोह कर अपने स्थान से ऊँचा उभर आया है। उससे मेरी उँगली या एड़ी पीड़ित भी हुई है। पर उस पीड़ा से मैं कोई रचना नहीं लिख पाया। उस कील का इलाज कला नहीं, मोची ही है।

वह लड़की दुखी थी। उसका दुख भी कलात्मक नहीं भौतिक ही था। वैसे तो वह मेरे पास साहित्यिक एवं कलात्मक समस्याएँ लेकर ही आयी थी, पर वे अधिक चल नहीं पायीं। साहित्यिक समस्याएँ अपनी औकात बड़ी जल्दी समझ लेती हैं। एक डॉक्टर साहब ने पूछा था, “साहित्यिक कृतियों के सुसृजन की सूक्ष्म प्रक्रिया के विभिन्न आयामों के कलात्मक धरातल...।” मैंने टोक दिया, “भाईजान! आदमी की भाषा में पूछिए। डॉक्टरी भाषा कहीं और के लिए उठा रखिए।” उन्होंने पूछा, “रचना का जन्म कैसे होता है?” मैंने कह दिया, “जैसे सन्तान का जन्म होता है।” वे कला को भूल गये, उन्हें अपनी भौतिक पीड़ा याद आ गयी–विवाह के दस वर्षों के पश्चात् भी सन्तानहीन थे। उठकर चल दिये। साहित्य को एकदम भूल गये। बच्चे के विचार ने सारी पोथियाँ फाड़कर उनका अस्तित्व मिटा दिया। माया मिट गयी, ब्रह्म रह गया।

इस लड़की ने बात उतनी ऊँचाई से आरम्भ नहीं की थी, पर बात शुद्ध साहित्यिक ही थी। बोली, “देखिए! प्रेमचन्द का युग बहुत पीछे छूट गया है, अब कोई अच्छा साहित्यकार अपनी रचनाओं में दहेज की समस्या का चित्रण नहीं करता। पर हमारी जाति अब भी इतनी पिछड़ी हुई है कि लड़के तिलक में दस-दस हज़ार रुपये माँगते हैं।”

जी में आया, कहूँ–बड़े मूर्ख हैं तुम्हारी जाति के लड़के। साहित्य पढ़ते नहीं होंगे। साहित्य पढ़ते तो उन्हें मालूम होता कि साहित्य में अब दहेज की समस्या नहीं

है। प्रेमचन्द के समय की बात और थी। साहित्य पिछड़ा हुआ था, इसलिए प्रेमचन्द ने दहेज की समस्या जैसी घटिया समस्या साहित्य में उठायी। साहित्य में समस्या उठी तो लोग दहेज लेने लगे। न लेते तो प्रेमचन्द का साहित्य अप्रामाणिक होने का भय था। तब मजबूरी थी। अब, जब कोई साहित्यकार यह समस्या नहीं उठाता, तो दहेज क्यों माँगते हो। अच्छे लड़के वे ही होते हैं जो जीवन में केवल वे समस्याएँ उठाते हैं, जिनकी चर्चा साहित्य में होती है।

पर यह कह नहीं पाया। समझ गया, वह कुछ और कह रही थी—वह सुन्दर है, एम.ए. पास है, (तथाकथित) अच्छे परिवार की है, उसकी आयु पच्चीस से ऊपर हो चुकी है, पर विवाह है कि होने पर ही नहीं आ रहा। विवाह हो गया होता तो बच्चे खेलाती, सास-ननद से लड़ती, पड़ोसिनों से चिढ़ती, अपने तीन वर्ष के लड़के की बहू और उसके दहेज की बात सोचती। पर नहीं हुआ, तो साहित्य से सिर मारना पड़ रहा है।

मुझे उससे सहानुभूति नहीं हुई। मेरी दुष्टता इस सीमा तक पहुँच गयी है कि शिकायती लोगों के साथ शिकायत करने नहीं बैठता, उलटे उन्हें ही कुरेदना शुरू कर देता हूँ।

पूछा, "आप तो स्वयं को पिछड़ा हुआ नहीं मानतीं?"

वह बड़ी ज़ोर से खिलखिलाकर हँसी। मेरी मूर्खता के लिए परिहास-भरी दृष्टि मुझ पर डाली। एक बार अपना सर्वेक्षण किया और बोली, "मैं अपनी जाति की अन्य लड़कियों के समान पिछड़ी हुई होती, तो आपके पास इस प्रकार नहीं आ सकती थी।"

"तब आपके आने का कोई और प्रकार होता क्या?"

"नहीं, आ ही नहीं सकती थी। आप मेरे लिए पराये पुरुष होते; और हमारी जाति की लड़कियाँ, पराये पुरुषों से बात तक नहीं करतीं।"

उसने बात स्पष्ट नहीं की। पता नहीं, वह मुझे पराया नहीं मानती थी या पुरुष नहीं समझती थी। सीधे-सीधे पूछ बैठता, तो पता नहीं क्या उत्तर मिलता। बात लपेटकर कही—

"पर आप...।"

"मैं तो अपनी आधुनिकता के लिए बदनाम हूँ।" फिर वह हँसी, "मैंने अपने बाल कटवा दिये हैं। लुंगी और बेल-बाटम पहनती हूँ। दुपट्टे को एकदम छोड़ दिया है। आप मुझे पिछड़ी हुई कैसे कह सकते हैं?"

नहीं कह सकता था। बाल कटवा देने पर कोई पिछड़ा हुआ कहाँ रह जाता है। बंगाल और तमिल प्रदेश में विधवाएँ अपने बाल कटवा देती हैं। वे पिछड़ी हुई कहाँ हैं?

"तो आप आधुनिका हैं और अपनी जाति के पिछड़ेपन से लड़ना चाहती हैं?"

"जी हाँ।"

"साहित्यिक धरातल पर या व्यावहारिक धरातल पर?"

"दोनों धरातलों पर।"

मुझे उसके भोलेपन पर दया आयी। कितनी सीधी लड़की है। सोचा, उसे चेता दूँ, "मुश्किल में पड़ जाएँगी। साहित्य में आधुनिक होना है तो संस्कृति के संकट की बात कीजिए। शब्दों के अर्थहीन हो जाने का नारा लगाइए। बहन-भाइयों के अवैध सम्बन्धों की बात कीजिए। साहित्य में दहेज की बात उठाएँगी तो लोग आपको आधुनिक नहीं मानेंगे।"

"न मानें।" उसने बड़ी दृढ़ता से कहा।

समझ गया कि लड़की शहीद होने के लिए ही पैदा हुई है।

"तो आपके लिए यह क्यों आवश्यक है कि आप अपनी जाति में ही विवाह करें? क्या आपको यह नहीं लगता कि जात-बिरादरी का विचार बड़ा पिछड़ा हुआ विचार है?"

वह हतप्रभ-सी होकर मेरा चेहरा देखने लगी। लगा, उसकी जगह पर उसकी दीदी आ बैठी है। निश्चित रूप से वह सोच रही थी कि मैं उसका चरित्र भ्रष्ट करने का प्रयत्न कर रहा हूँ।

"तो आप चाहते हैं कि मैं किसी ब्राह्मण या कायस्थ से विवाह कर लूँ?"

वह मुझ पर व्यंग्य कर रही थी। अभी पिछले दिनों की एक पढ़ी-लिखी महिला ने मुझ पर व्यंग्य किया था, 'जाइए, जाइए, कोई पुस्तक पढ़िए।' अपनी ओर से वह उतनी ही सन्तुष्ट थी, जितनी वह कोई भद्दी-सी गाली देकर या 'जाइए, जाकर जुआ खेलिए।' कहकर हो सकती थी।

मैंने लड़की के व्यंग्य का बुरा नहीं माना। समझाया, "यदि आपको कोई अच्छा ब्राह्मण या कायस्थ लड़का मिला है, तो अवश्य कर लें।"

वह मेरी भूल पर उत्तेजित हो उठी, "इस प्रकार तो कल आप यह भी कह देंगे, कि किसी मुसलमान या ईसाई के लड़के से शादी कर लूँ।"

मैं फिर भी अपनी भूल नहीं समझा। अड़ा रहा, "यदि आपको कोई मुसलमान या ईसाई लड़का पति के रूप में पसन्द आ जाए, तो अवश्य कर लीजिए।"

उसने छिपी दृष्टि से चारों ओर देखा। शायद देख रही थी कि उसे मेरे साथ ऐसी बातें करते, किसी ने देख तो नहीं लिया। उसका आधुनिक चेहरा काफ़ी घबराया हुआ-सा था।

थोड़ी देर वह मौन बैठी रही। शायद सोच रही थी, सब कुछ छोड़कर जिस एक चीज़ को उसने पकड़ा था, उस आधुनिकता की कसौटी पर मैंने उसे फेल कर दिया था। धीरे-धीरे उसने अपना खोया हुआ आत्मविश्वास जगाया। बोली, "मान लीजिए कि मैं किसी दूसरी जाति के लड़के से विवाह करने को तैयार हो भी जाऊँ, तो मेरे माता-पिता कैसे मानेंगे!"

मैं ही भूल पर था। पता नहीं था कि यह लड़की श्रवणकुमार है।

"आपको पिछड़ेपन से लड़ना है न?"

"जी हाँ।"

"पिछड़ा हुआ कौन है?"

"जाति, समाज।"

"और आपके माता-पिता?"

मेरे प्रश्न से उसका काफ़ी मनोरंजन हुआ दिखता था। वह मुसकराकर बोली, "वे लोग तो बहुत पढ़े-लिखे हैं। पापा ने तो एकदम मॉडर्न ढंग की कलमें रखी हुई हैं। मूँछें भी ठोढ़ी की ओर झुकी हुई, लेटेस्ट फ़ैशन की हैं।"

इसके माता-पिता पढ़े-लिखे हैं, अतः पिछड़े हुए नहीं हैं। जिन लड़कों से वह विवाह करने की सोच रही है, वे पिछड़े हुए हैं—तो क्या वे पढ़े-लिखे नहीं हैं? वह अनपढ़ लड़के से विवाह करने की सोच रही है? मैंने नया प्रश्न पूछकर उसे नयी दिशा नहीं दी। पिछली बात को ही आगे बढ़ाया।

"ख़ैर, आपको बिरादरी से बाहर विवाह करने से तो जाति नहीं रोक रही, आपके माँ-बाप रोक रहे हैं। मैं समझ नहीं पा रहा हूँ कि पिछड़ा हुआ कौन है और आप लड़ना किससे चाहती हैं?"

मेरा पाँव भूल से कुत्ते की पूँछ पर पड़ गया था।

वह एकदम बौखला उठी, "मैं उनसे कैसे लड़ सकती हूँ। उन्होंने मुझे जन्म दिया है। पाला-पोसा है। प्यार दिया है। पढ़ाया है। आप शायद नहीं जानते, हमारे देश में माँ-बाप का कितना ऊँचा स्थान है।"

मैं सचमुच ही अपनी संस्कृति से भ्रष्ट हो रहा था। घबराहट में पूछ बैठा, "तो समाज से लड़ने के नाम पर, आप अपने पड़ोसियों से लड़ेंगी क्या?"

"नहीं। पड़ोसियों से क्यों लड़ूँगी। मैं कोई पागल हूँ क्या? लड़ूँगी उनसे, जो स्वयं पिछड़े हुए हैं और समाज को अपने पिछड़ेपन से बाँधे रखना चाहते हैं।"

"वे तो आपके माता-पिता ही हैं।"

वह फिर मौन हो गयी। अब तक निश्चित रूप से मेरे विषय में उसकी धारणा काफ़ी ख़राब हो गयी होगी। माँ-बाप से लड़ना, तौबा-तौबा। जो लोग उसकी शादी करेंगे। उधार लेकर शामियाने लगवाएँगे, पाँच सौ आदमियों को खाना खिलाएँगे और ढेर सारा दहेज देंगे। मैं अवश्य ही उसका भविष्य बिगाड़ने पर तुला हुआ था।

सहसा वह मुझ पर झपटी। इस बार उसने पूछा कुछ नहीं, मुझे ही उपदेश दिया। शायद वह मेरा भविष्य सुधारना चाहती थी।

"आप क्या पुराने ढंग के कपड़े पहने हुए हैं। पुराने ढंग के बाल रखे हुए हैं। आप अपने पिछड़ेपन से क्यों नहीं लड़ते। आधुनिक क्यों नहीं बनते?"

मैंने खिसियानी बिल्ली के पंजे की उपेक्षा कर उसे फिर कुरेदना आरम्भ किया।

"आधुनिकता का सम्बन्ध व्यक्ति के कपड़ों और बालों से है या उसके चिन्तन

और व्यवहार से?"

उसने उत्तर नहीं दिया। चेहरा नीचे झुकाये, फ़र्श को देखती रही। उसका चेहरा साधारण भारतीय विद्यार्थी का चेहरा था, जो अध्यापक को कहता है—'बक, जो बकना है। पूछ मत।'

मैंने फिर नहीं पूछा, कह दिया, "आप अपने दर्जी और नाई से आधुनिकता सीखती हैं, मैं चिन्तकों, दार्शनिकों तथा अपने जीवन के अनुभव से।"

वह युद्ध-नीति में चतुर निकली। नये मोर्चे पर रुद्ध होकर, पुराने मोर्चे पर लौट गयी, "मैं ग़ैर-बिरादरी के लड़के से शायद शादी कर ही लूँ, पर पापा मेरे लिए दूसरी बिरादरी से लड़का चुनेंगे ही नहीं।"

"पर यही क्यों ज़रूरी है कि आपके लिए लड़का पापा चुनें?"

"तो और कौन चुनेगा?"

"क्यों, आप स्वयं नहीं चुन सकतीं?"

उसने मुझे फिर घूरकर देखा। लड़कियों के चरित्र को बिगाड़ने वाली मेरी यह बात भी उसे पसन्द नहीं आयी थी। वह मेरे पास आकर अवश्य ही पछता रही थी। ऐसे दुश्चरित्र व्यक्ति से बात करने का क्या लाभ, जो कहता है कि लड़की के लिए वर पिता न ढूँढ़े, लड़की स्वयं खोजे। आधुनिक होने का अर्थ राष्ट्र-विरोधी होना तो नहीं है। चरित्र के सम्बन्ध में लेखक बहुत विश्वसनीय होते भी नहीं।

वह नहीं बोली। मैं ही बोला, "लगता है आपकी आधुनिकता त्वचा के ऊपर ही ऊपर है—त्वचा के नीचे आप सनातन ही हैं।"

"नहीं। ऐसी बात तो नहीं है। पर आप स्वयं ही सोचिए। कोई भी लड़की अपने लिए लड़का नहीं खोजेगी! लड़के सड़कों पर पड़े तो मिलते नहीं हैं, न ही बाज़ार में बिकते हैं।"

हाँ, लड़कों की दुर्लभता की बात मैंने नहीं सोची थी। विश्वविद्यालय में हज़ारों लड़के देखता हूँ, सोचता था शायद इनको भी कोई लड़की चुन लेगी। पर शायद वे शादी के लिए नहीं हैं, विश्वविद्यालय के लिए होंगे।

"आपके पिताजी कहाँ खोजेंगे?" मैंने पूछा।

"क्यों?" प्रश्न में अपने पिताजी की असमर्थता की गन्ध पाकर वह क्षुब्ध हो उठी, "नाते-रिश्तेदार हैं, उनके दफ़्तर के लोग हैं, मिलने-जुलने वाले हैं। और कुछ नहीं, तो समाचारपत्रों के मैट्रीमोनियल के कालम हैं। आख़िर और लोग अपनी बेटियों के लिए वर कहाँ खोजते हैं।"

"आप भी विश्वविद्यालय में पढ़ी हैं। एक दफ़्तर में काम करती हैं। गली-मुहल्ला है, नाते-रिश्तेदार हैं, सखी-सहेलियाँ हैं; और समाचारपत्र हैं। आप क्यों नहीं खोज सकतीं?"

"मेरी चायस अच्छी होगी, यह ज़रूरी तो नहीं है।"

अबोधता का कवच बड़ी काम की चीज़ है, कर्त्तव्य की हर गोली छाती से फिसल जाती है।

"तो इसकी क्या गारण्टी है कि आपके पापा की चायस अच्छी ही होगी?"

"वे बड़े हैं। समझदार हैं। उन्हें जीवन का अनुभव है। गारमेण्ट में सेक्शन आफ़िसर हैं।"

"तो फिर पुरानी पीढ़ी ही अधिक समझदार हुई न। उनकी बुद्धि आपकी आधुनिक बुद्धि से अधिक विश्वसनीय है। उनकी बात मान जाइए—वे कहते हैं दहेज लेने-देने में कोई बुराई नहीं है।"

"नहीं, यह बात नहीं है।" वह मेरी मूर्खता पर झल्ला उठी, "पर आप ही सोचिए, एक जवान लड़की अपने लिए स्वयं लड़का खोजती फिरे तो क्या अच्छा लगेगा?"

सोचा, कहूँ, जवान लड़की ही अच्छी लगेगी, बच्ची या बुढ़िया अपने लिए लड़का खोजेगी तो अच्छा नहीं लगेगा।

पर कहा, "एक लड़की अपने लिए नौकरी खोजे, अपनी पसन्द की साड़ी खोजे, अपने रहने के लिए मकान खोजे...तो आपको कोई आपत्ति है?"

"ये तो ज़रूरत की चीज़ें हैं।"

"तो शादी ज़रूरत नहीं है?"

वह अचकचाकर मुझे देखने लगी...। दिन-रात ज़रूरत की अनुभूति को लिये फिरते हुए, कैसे कह दे कि शादी की ज़रूरत नहीं है; और होते हुए अपने मुँह से कैसे कह दे कि है। आख़िर तो लड़की है। बाल कटा दिये हैं तो क्या हुआ! दुपट्टा छोड़, लुंगी पहन ली तो क्या हुआ! आत्मा शाश्वत है, वह कभी नहीं बदलती। आख़िर तो एक महान् देश की आदर्श नारी है। उसे देश की लाज बचानी है। उसकी आत्मा को कभी जवाब भी तो देना है। अपनी शादी के लिए, देश को तो बदनाम नहीं किया जा सकता।

मैंने फिर कुरेदा, "समाज में पुरुष और नारी बराबर हैं न?"

"जी।" उसके चेहरे पर कुछ तेज झलका।

"साधारण से साधारण पुरुष भी बड़ी सुविधा से, अपने मुँह से स्वीकार कर लेता है कि शादी उसकी आवश्यकता है...।"

वह फिर कुछ नहीं बोली। चुपचाप मुझे देखती रही। पर उसकी आत्मा उनकी आँखों की राह मुझे गालियाँ देती रही, "दुष्ट मनुष्य! मैं तेरे पास साहित्य-चर्चा के लिए आयी थी। मुझे क्या पता था कि तू मुझे कुलटा बनने का पाठ पढ़ाएगा...।"

"अच्छा, मैं चलती हूँ।" सहसा वह उठ खड़ी हुई।

"नमस्कार।" मैंने कहा।

पर उसने उत्तर नहीं दिया।

घर

"आपका घर है?" उन्होंने पूछा।

"बना रहा हूँ।" मैंने उत्तर दिया। जानता था कि कह दूँगा कि नहीं है, तो भी वे मेरी कोई सहायता नहीं करने वाले। फिर भी स्वयं को इतना दीन-हीन क्यों दिखाया जाए।

"प्लाट ले लिया है?" उन्होंने फिर पूछा।

"नहीं! सगाई कर ली है।" मैंने उत्तर दिया।

उन्होंने भौचक होकर मुझे देखा, "क्या मतलब?"

"सगाई कर ली है। विवाह हो जाएगा। पत्नी आ जाएगी तो घर भी बन जाएगा। कहा है न कि 'घरनी बिन घर भूत का डेरा'।"

वे न तो साहित्य से परिचित थे, न हिन्दी से। पर तुलसीदास से वे फिर भी परिचित थे। उन्होंने डाक-टिकट पर तुलसीदास का चित्र देखा था और 'मानस चतुश्शती समिति' को पचास रुपये चन्दा दिया था। इनसे अधिक भारत और भारत की लोकोक्तियों के विषय में वे कुछ नहीं जानते थे। इसलिए समझ नहीं पाये कि मैं क्या कह रहा हूँ।

बोले, "मैं समझा नहीं। कोई प्लाट-व्लाट?"

"प्लाट एक था।" मैं शालीनता से बोला, "पर उस पर मैंने एक उपन्यास लिख दिया है।"

पर मेरी शालीनता को भी उन्होंने मेरी उद्दण्डता ही माना। आगे बात करने की आवश्यकता उन्होंने नहीं समझी।

पर ग़ालिब-खस्ता के बग़ैर कौन-से काम बन्द है'—उन्होंने बात आगे नहीं चलायी तो कोई बात टूट थोड़ी गयी। बात आगे चली और हमारा विवाह हो गया। पत्नी आ गयी तो घर बन गया; पर उन सज्जन को मैं नहीं भूला। वे एक मकान की बात कर रहे थे—यह मुझे अब समझ में आया। साथ ही समझ गया कि वे लोग अधिक समझदार होते हैं जो घर से पहले मकान बनाते हैं और जो प्लाट पर उपन्यास

लिखने के स्थान पर ईंट-गारे का भवन खड़ा करते हैं।

तब मैं उन्हीं लोगों की शरण में गया, जिन्होंने मकान बना रखे थे। रहने के लिए मकान तो चाहिए ही था, अपना न सही, किराये का ही सही।

मकान-मालिक ने पूछा, “आप विवाहित हैं?”

अब मैं समझा कि मैं किस दुश्चक्र में फँस गया हूँ। विवाह के बिना मकान नहीं और मकान के बिना विवाह नहीं।

बोला, “जी हाँ!”

“कुछ काम करते हैं?”

“जी हाँ! मैं तो यही समझता हूँ।”

“क्या मतलब?” वे नाराज़ होने को हुए।

“जी! बात यह है कि अपने देश में हर कोई यह मानता है कि जो कुछ वह करता है, वही काम है; अन्य लोग जो कुछ करते हैं, वह भाड़ झोंकना ही है।”

“मेरा अभिप्राय यह नहीं है।” मकान-मालिक बोले, “मैं पूछ रहा हूँ कि आप कोई नौकरी करते हैं? कुछ वेतन मिलता है? किराया चुकाने की स्थिति में हैं?”

“जी! सौभाग्य से मैं और मेरी पत्नी—दोनों ही नौकरी करते हैं।” मैंने कहा, “नौकरी बड़ी अच्छी है हमारी- हर महीने वेतन मिलता है। किराया हम अवश्य चुका दिया करेंगे।”

मकान-मालिक भला आदमी था, उसने हमारा कहना मान लिया। ‘एक ने कही और दूजे ने मानी, कहे गुरु नानक दोनों ज्ञानी।’ सम्भव है, इधर-उधर पूछ-पड़ताल भी की हो—पर पर्दे में। बैंकों के समान निर्लज्जता से उसने यह नहीं कहा कि अपने दफ़्तर से लिखाकर लाइए कि आप वहाँ काम करते हैं और वेतन भी पाते हैं।

वह न केवल कहा ही मान गया, वरन् उसने हमें मकान भी दे दिया। तो साहब! शामत हमारी यह आयी कि हमने गर्मी की छुट्टियों में उस मकान में प्रवेश किया। हमारी ओर से तो कोई कमी थी नहीं, पर लोग इसे गृह-प्रवेश नहीं मानते। आम जनता का विचार है कि ‘गृह-प्रवेश’ केवल अपने बनाये हुए मकान में ही हो सकता है। ख़ैर, मैं हठ नहीं करता कि उसे गृह-प्रवेश ही माना जाए। पर हमारे मकान-मालिक की हठ यह थी कि उसे गृह-प्रवेश नहीं माना जाए, नहीं तो मकान हमारा हो जाएगा। इसलिए उसकी बात मानकर हम बिना आम और अशोक के पत्तों की बन्दनवार बाँधे उस मकान में प्रवेश कर गये।

कॉलेज में गर्मी की छुट्टियाँ थीं। बाहर लू चलती थी और धरती तपती थी। हम पहाड़ पर क्या जाते। सारी जमा-पूँजी विवाह में ही समाप्त हो गयी थी। हनीमून की सलाह बहुतों ने दी थी, पर ‘हनीमून-एलाउंस’ किसी ने नहीं दिया। कहते हैं कि उसका रिवाज़ नहीं है।

इन्हीं रिवाज़ों के दोहरेपन में हम मारे गये साहब! जिस चीज़ का रिवाज़ था, अर्थात् दहेज़ का—वह हमने लिया नहीं, क्योंकि हम पुराने रिवाज़ों को तोड़ना चाहते थे। यह क्रान्ति हमारे ससुराल वालों को बहुत भायी थी, पर हमारे मायके वाले कुछ विशेष प्रसन्न नहीं थे। हमने अपनी क्रान्ति के चक्कर में अपनी भाभियों और मौसियों-चाचियों को अपनी ससुराल वाली साड़ियों से वंचित कर दिया था।...तो पुरानी परम्परा हमने तोड़ दी, पर नयी परम्परा स्थापित नहीं कर पाये; इसलिए हनीमून-एलाउंस हमको नहीं मिला और हमारी क्रान्ति फ्लाप हो गयी। हमने तय किया कि हम दिनभर पढ़ाई करेंगे तो गर्मियों के पहाड़-जैसे दिन, पहाड़ पर जाए बिना भी कट ही जाएँगे। दूसरा ऐतिहासिक संकल्प हमने यह किया कि पुरानी परम्पराएँ तोड़ने की त्रासदी करने के स्थान पर हम नयी परम्पराएँ स्थापित करेंगे—पुरानी परम्पराएँ इस दौड़ में पिछड़ जाएँगी, थककर बैठ जाएँगी और फिर सिसक-सिसककर अपने आप ही प्राण दे देंगी।

पर बात हनीमून की नहीं हमारे मकान-मालिक और गर्मी की छुट्टियों की त्रासदी की थी।...

एक सप्ताह में ही हमारे मकान-मालिक ने पिछले आँगन में से एड़ियाँ उठा-उठाकर हमारे फ्लैट में झाँकना शुरू कर दिया, "अजी कोहली साहब, घर पर ही हैं क्या?"

इन गर्मियों के पहाड़-जैसे लम्बे तपते दिन हम पति-पत्नी से पुस्तकों के पृष्ठ उलट-उलटकर तथा एक-दूसरे के मुखड़े देख-देखकर कट नहीं रहे थे। मिलने-जुलने वाले कोई विशेष हमारे थे नहीं। अविवाहित पुरुष को कौन अपने घर बुलाता है और कौन उसके घर आता है! अब विवाह हुआ तो आशा थी कि लोग हमसे मिलने भी आएँगे और हमको बुलाएँगे भी। पर ये सब तो अभी भविष्य की कामनाएँ थीं। इस समय तो अतिथि सचमुच ही हमारे लिए देवता था। सोचा, चलो, मकान-मालिक ही सही। पर वे सीढ़ियाँ ही नहीं चढ़े। हाँ, शाम को सामने की घण्टी बजी। बाहर झाँका तो फिर वही थे, "अजी कोहली साहब घर पर ही हैं क्या?"

थोड़ा ताव तो आया कि डपटकर पूछूँ, 'आप हमारे अध्यापक हैं या थानेदार! सुबह-शाम हाजरी लगाने चले आते हैं।' पर कहा कुछ नहीं। उनके मकान में हमारा नया-नया गृह-प्रवेश हुआ था। अभी उनके और हमारे सम्बन्ध हनीमून-स्टेज पर ही थे।

इस सन्दर्भ में मुझे कुछ सम्बन्धों की त्रासदी भी याद आती है। मेरा सिद्धान्त है कि मकान-मालिक और किरायेदार के सम्बन्ध, पति-पत्नी के सम्बन्धों के समान्तर चलते हैं। पहले किरायेदार बोलता है और मकान-मालिक सुनता है—यह उनके सम्बन्धों की हनीमून-स्टेज है; फिर मकान-मालिक बोलता है और किरायेदार सुनता है—यह सम्बन्धों की मध्यावस्था है; अन्त में मकान-मालिक और किरायेदार दोनों

बोलते हैं और सारा मुहल्ला तो मुहल्ला, पुलिस और कोर्ट-कचहरी भी सुनते हैं—यह उनके सम्बन्धों की प्रौढ़ावस्था है।

तो अपने मकान-मालिक से हमारे सम्बन्ध अभी हनीमून-स्टेज पर ही थे, इसलिए झगड़ना उचित नहीं समझा—यद्यपि बोलने का अधिकार हमें था। मधुर वाणी में कहा, "आइए साहब! आप सुबह भी पूछकर ही रह गये—आये नहीं।"

"नहीं, आऊँगा नहीं!" अस्वीकार में भी उनका स्वर बहुत मीठा था, "बस सोचा, ज़रा पूछ लूँ—घर पर ही हैं न?"

मेरी समझ में उनका यह पूछना न आया और छह दिनों तक नहीं आया। सातवें दिन सपत्नीक सीढ़ियाँ चढ़ आये। हमने समझा कि भगवान आ गये। यद्यपि इतना धर्म-ज्ञान हमें तब भी था कि भगवान ऊपर से उतरते हैं, नीचे से सीढ़ियाँ नहीं चढ़ते। पर जब से समाचारपत्रों में समाचार पढ़े हैं कि किसी आश्रम या फाउण्डेशन के भगवान अस्वस्थ होकर अमरीका चले गये हैं और वहाँ उनकी शल्य-चिकित्सा होने वाली है तब से यह भी मान लिया है कि भगवान गली में से आवाज़ देकर सीढ़ियाँ चढ़कर भी आ सकते हैं।

स्वागत किया, "पधारिए!"

"देखिए साहब! हमारी बात का बुरा मत मानिए!" वे स्वयं बुरा माने हुए-से लगे, "आपके मकान लेने से पहले कहा था कि आप दोनों यानी आप और बहनजी...."

"मेरी बहनजी....?" मैंने टोका।

"नहीं! जी नहीं!! आप और हमारी बहनजी," उन्होंने मेरी पत्नी की ओर संकेत किया, "दोनों ही नौकरी करते हैं।..."

उनकी इस मुद्रा को देखकर मेरे मन में विदेशी मुद्रा की बात उभर आयी। सारा राष्ट्र आज विदेशी मुद्रा के पीछे पड़ा है—पाउण्ड हो, डालर हो, दीनार हो... कुछ हो, पर हो विदेशी मुद्रा। मुझे अपने मकान-मालिक की मुद्रा काफ़ी विदेशी-सी लग रही थी। उनके इस विकृत चेहरे को देखकर मेरे मन से विदेशी मुद्रा का रहा-सहा आकर्षण भी जाता रहा। इससे तो उनकी वह देशी खीसें निपोरती मुद्रा ही अच्छी थी। पर भारतीय रिज़र्व बैंक फिर भी विदेशी मुद्रा के पीछे पड़ा है। ऐसी-तैसी रिज़र्व बैंक की...

सारे देश ने अँग्रेज़ी का मुखौटा ओढ़कर विदेशी मुद्रा बना रखी है। हिन्दी-भाषी अँग्रेज़ी अध्यापक समाचारपत्रों में हिन्दी को गालियाँ दे-देकर अपनी विकृत वाणी से धड़ाधड़ विदेशी मुद्रा अर्जित करते जा रहे हैं और हमारी पहचान में ही नहीं आ रहे—और एक हमारे मन्त्रीगण हैं कि रोज़ देश के उद्योगपतियों और व्यवसायियों को विदेशी मुद्रा अर्जित करने की प्रेरणा देते रहते हैं। अँग्रेज़ी के अध्यापकों की विदेशी मुद्रा ने ही हमारे कलेजे छलनी कर रखे हैं—उद्योगपति और व्यवसायी भी

उधर ही बह गये तो हमारा क्या होगा?

ख़ैर, मैंने अपनी देशी मुद्रा बनाये रखी और शान्ति से कहा, "आपको मेरी पत्नी के नौकरी करने पर क्या आपत्ति है?" यहाँ तक आते-आते शायद मैंने भी थोड़ी-सी विदेशी मुद्रा अर्जित कर ली थी, "देखिए साहब। मकान-मालिक यह आपत्ति तो कर सकता है कि हम उसके मकान में भैंस न पालें, शराब न पिएँ, मांस-मछली न खाएँ। चलिए, मैं यह भी सहन कर लूँगा कि हम आपके मकान में रहते हुए प्याज़ और लहसुन भी न खाएँ—पर आप मेरी पत्नी की नौकरी पर आपत्ति करेंगे, तो इसे मैं हरगिज बर्दाश्त नहीं करूँगा..."

"कोहली साहब!" उन्होंने मेरी बात काटी।

"भाड़ में गये कोहली साहब!" अब तक मैं पूरी तरह हनीमूनातीत मुद्रा में आ चुका था, "यह हमारा घरेलू मामला है। पत्नी की नौकरी के सम्बन्ध में तो मैंने अपने पिताजी का कहा भी नहीं माना। आप कह लें कि मैं जोरू की कमाई खाता हूँ। मुझे कोई आपत्ति नहीं होगी। जब करोड़ों स्त्रियाँ अपने पति की कमाई पर जीवित रहती हैं, तो दो-चार पुरुष यदि अपनी पत्नियों की कमाई पर आश्रित हों तो कौन-सा आसमान फट जाएगा? वैसे मैं अपनी पत्नी की कमाई पर आश्रित नहीं हूँ। मैं भी तो कमाता हूँ। वह अपने लिए कमाती है, और मैं अपने लिए कमाता हूँ। या कह लीजिए, हम दोनों एक-दूसरे के लिए कमाते हैं। यदि हम दोनों नौकरी नहीं करेंगे तो हमारा गुज़ारा कैसे चलेगा, हम आपके मकान का इतना किराया कहाँ से देंगे?..."

"एग्ज़ैक्टली!" इस बार वे अँग्रेज़ी में बोले, "मैं भी यही कह रहा था। आप दोनों नौकरी पर तो जाते नहीं हैं। मैं पिछले सप्ताह-भर से चैक कर रहा हूँ—आप दोनों हर समय घर पर ही होते हैं। फिर आप मेरा किराया कहाँ से देंगे?"

अब उनकी देशी मुद्रा मेरी समझ में आयी।

"आजकल हमारी छुट्टियाँ चल रही हैं।" मैंने उन्हें समझाया, "जुलाई में कॉलेज खुलेंगे तो हम जाया करेंगे।"

"स्कूल में पढ़ावें हैं।" उनकी पत्नी ने उन्हें अपनी कुहनी से टहोका दिया।

"पता नहीं साहब! कैसी-कैसी नौकरियाँ हैं दुनिया में।" उन्होंने बड़ी विवश मुद्रा में कहा, "पहले एक साहब रहते थे। ऐसे ही, आप लोगों की तरह घर पर पड़े रहते थे और कहते थे कि वे किसी रियासत के राजकुमार हैं। अन्त में दस महीने का किराया ले भागे।"

"हम नहीं भागेंगे।" मैंने उन्हें आश्वासन दिया, "अब आये हैं तो यहीं रहेंगे और आपका किराया नियमित देंगे।"

वे आश्वस्त हो गये, पर उनकी पत्नी आश्वस्त नहीं हुईं। इसका पता हमें तब चला, जब उन्होंने सुबह-शाम हमारे घर में झाँकना शुरू किया।

एक दिन वे मेरी पत्नी से पूछ भी बैठीं, "आपकी शादी हो गयी, बहनजी?"

मेरी पत्नी का भौचक मुद्रा में मुँह खुल गया, "क्या कह रही हैं आप?"

"बुरा न मानना," वे क्षमा-याचना के ढंग से बोलीं, "हम भी गृहस्थ हैं। बाल-बच्चे वाले हैं। दुनिया देखी है, पर तुम जैसी ब्याहता तो देखी ही नहीं।"

मेरी पत्नी का चेहरा उतर गया। उसका हाथ अपने माथे पर चला गया। वह न माँग में सिन्दूर डालती है और न माथे पर बिन्दी लगाती है। उसकी माँ और मेरी सास कई बार उसे टोक भी चुकी हैं। फिर उसकी दृष्टि अपनी कलाइयों पर गयी, जहाँ चूड़ियाँ तो दूर, आज उसकी घड़ी भी नहीं थी, "जी!..."

"हाँ!" मकान-मालिक की पत्नी बोली, "पहले वो राजकुमार और राजकुमारी यहाँ रहें थे, तो रोज सुबह-शाम लड़ें थे। पड़ोस में शर्मा की बहू ब्याही आयी तो वह लड़ै है। इधर खन्ना की पत्नी रोज़ पिटै है। तुम लोग न लड़ो हो, न मार-पीट ...ब्याह हो गया बहनजी, तुम्हारा? आखिर घर-गिरिस्ती की बात है। जहाँ चार बर्तन हों, आपस में टकरावें ही हैं। तुम्हारी तो आवाज़ भी कभी हमारे कान में नहीं पड़ी। कहीं भाग-भगा कर तो...।"

मुझे अपने मकान-मालिक की पत्नी की बात जँच गयी। ठीक ही तो कह रही थी बेचारी : पति-पत्नी लड़ पड़ें तो एक प्रकार की त्रासदी होती है और न लड़ें तो दूसरी प्रकार की।

सुना है, हमारे मकान-मालिक भी आजकल कुछ अस्वस्थ हैं। उन्हें मेरे इस आश्वासन में कि मैं उनका मकान छोड़कर भागूँगा नहीं, उनको मकान हड़प लेने का मेरा षड्यन्त्र दिखाई पड़ रहा है।

प्रेम

कहाँ तो वह मेरी बात भी नहीं सुनती थी और कहाँ उस दिन बोली, "मैं तैयार हूँ। जहाँ तुम्हारा मन चाहे, ले चलो।"

मेरे मस्तिष्क की कार्य-प्रणाली दिल्ली टेलीफ़ोन-व्यवस्था से बहुत साम्य रखती है। उसकी स्वीकृति पायी और इधर ग़लत लाइन मिल गयी। मेरे मन में अपनी माँ का चेहरा उभरा। कब से माँ कह रही है, "बेटा! वह कौन-सा दिन होगा जब तू एक चाँद-सी बहू मुझे ला देगा।" मेरे मन ने कहा, 'यही अवसर है नरेन्द्र कोहली। दोनों की इच्छाएँ पूरी कर दे। इसकी इच्छा है कि इसे कहीं ले चल और माँ की इच्छा है कि उसे बहू ला दे। बस! अब सोच मत। सास-बहू का मिलाप करा दे।'

ऐसा सुखी भी कौन होगा, जैसा कि उस समय मैं था : एक ओर प्रिया तैयार खड़ी थी—'ले चल जहाँ चाहे।' और दूसरी ओर माँ बाँहें फैलाये खड़ी थी—'ले आ बेटा, जिसे चाहे।'

"जी तो चाहता है," मैं बोला, "तुम्हें अपनी माँ के पास ले चलूँ।"

"मुझे अपने लिए रिज़र्व कर लेना चाहते हो?" वह मुसकरायी।

"हाँ! ताकि फिर तुम कहीं और न जा सको।"

"अच्छा, इस कार्यक्रम को कुछ दिनों के लिए अभी स्थगित ही रखो," वह बोली, "मुझे एक काम याद आ गया है।"

मैं एक सहृदय प्रेमी के समान उसकी बात मान गया और वह चली गयी। गयी तो ऐसी गयी कि भगवतीचरण वर्मा के उपन्यास का नाम हो गयी, अर्थात्—वह फिर नहीं आयी।

तब समझ नहीं पाया था; पर आज मैं समझता हूँ कि वह क्या था। वस्तुतः शृंगार और वात्सल्य का मिश्रण बड़ी भयंकर भूल है। शृंगार और वात्सल्य का सम्बन्ध—बहू और सास का सम्बन्ध है। काव्यशास्त्र की इसी भ्रान्ति में मार खा गया। भला बहू जाकर सास के पास रहना क्यों चाहेगी?

नारी-मनोविज्ञान का मेरा ज्ञान ख़ासा अधकचरा और आउट आफ़ डेट है। उसके इस वाक्य का अर्थ दस वर्ष बाद मेरी समझ में आया और वह भी यारों के

समझाने पर आया। वह कह रही थी कि किसी होटल में ले चलो, किसी रेस्ट्राँ में ले चलो, किसी थियेटर में ले चलो, किसी पार्क में ले चलो। और मैंने उसके सम्मुख सास के पास चलने का प्रस्ताव रख दिया। साहित्य के रसराज शृंगार रस के विषय में पढ़-पढ़कर आँखें फोड़ लीं और जीवन में जब व्यवहार का अवसर आया तो वात्सल्य ज़ोर मार गया। यह रसों की त्रासदी भी...

पर मेरे साथ प्रेम के क्षेत्र में एक यही त्रासदी हुई हो—ऐसी बात नहीं है। ऐसी कुछ त्रासदियाँ और भी हैं।

हम कॉलेज के टूर पर निकले हुए थे। वह अकसर मेरे साथ ही घूमती थी। मेरे साथ ही बातें करती थी। अब बस में भी वह मेरे साथ ही बैठी। थोड़ी देर तो मेरी टाई और मेरे बालों की प्रशंसा करती रही, फिर बोली, "मुझे नींद आ रही है। ज़रा सीधे होकर बैठ जाओ।"

मैंने भौचक हो उल्लू के समान उसकी ओर देखा—'सीधे बैठ जाओ' तक तो ठीक था। माँ भी यही कहा करती थी कि मैं झुककर बैठता हूँ। ऐसे कमर झुक जाती है। मुझे सीधे होकर बैठना चाहिए। बाद में ड्रिल-मास्टर से लेकर क्लास-टीचर तक सबने यही कहा था, 'सीधे बैठो!' आज वह भी चाहती थी कि मैं सीधा बैठा करूँ तो क्या हर्ज है? दिन-भर के घूमने-फिरने से थका हुआ तो था, पर उसकी बात मानकर सीधे बैठना ही श्रेयस्कर था। किन्तु उसकी नींद से मेरे सीधे बैठने का क्या सम्बन्ध? मन तर्कशास्त्र की ओर भागने की जगह पर काव्यशास्त्र की ओर भागा। समझ गया कि यह असंगति अलंकार है—कारण कहीं होता है, कार्य कहीं और होता है। नींद उसे आ रही थी और सीधा मुझे बैठना था। असंगति अलंकार का ऐसा सुन्दर, जीवन्त और आधुनिक उदाहरण सामने देख मैं गद्गद हो उठा। मेरा ध्यान उसकी ओर से हटकर परीक्षा की ओर चला गया। परीक्षा में यदि असंगति अलंकार के विषय में पूछा गया तो यही उदाहरण लिखूँगा। परीक्षक भी चित हो जाएगा...

अभी तो मेरा ध्यान परीक्षाफल और उसके आधार पर मिलने वाली नौकरी तक जाता, पर उसकी हरकत से मेरी चिन्तन-प्रक्रिया में बाधा पड़ी, विचारों की शृंखला टूट गयी और मेरा ध्यान पलट आया। हुआ यह कि मेरे सीधे बैठते ही उसने अपना सिर मेरे कन्धे से टिका दिया था और सोने के लिए आँखें बन्द कर ली थीं....

मेरा मस्तिष्क काव्यशास्त्र के खेत को चरना छोड़, सरपट भागता हुआ नागरिकशास्त्र में जा घुसा! यह कैसा शिष्टाचार है। इसे नींद आयी है तो मैं तन कर रात-भर ड्यूटी पर बैठा रहूँ कि मेमसाहब की नींद में विघ्न न पड़े। यह कैसा समाज है—स्वार्थी। केवल अपनी ही सुविधा का ध्यान है, दूसरे के आराम की तनिक भी चिन्ता नहीं। एक आदमी को आराम से सोने के लिए दूसरे का कन्धा चाहिए

और दूसरे को ज़रा ढीले होकर बैठने की भी सुविधा नहीं...

पर मैं न तो इस अशिष्टता के लिए फटकार सका, न नागरिकशास्त्र पर व्याख्यान दे सका। मेरे कन्धे से टिकी वह बड़ी प्यारी लग रही थी। मन भी पिघल रहा था और वह कन्धा भी, जिससे लगी वह सो रही थी। दूसरा कन्धा अपने भाग्य पर आठ-आठ आँसू रो रहा था...पर तभी मेरी आत्मा ने मुझे धिक्कार दिया, 'दुष्ट! तू मनुष्य कहलाने का अधिकारी नहीं है। एक अबला नारी, सैर-सपाटे से थकी-हारी, यदि तेरे सहारे से कुछ विश्राम कर लेना चाहती है तो तेरे मन में दूषित विचारों का मेला लग रहा है। तेरे घर में माँ-बहन नहीं हैं क्या? यह मानव-तन क्यों पाया है तूने, यदि कष्ट में किसी की तनिक सहायता भी तू नहीं कर सकता....'

आत्मा के धिक्कार का तत्काल प्रभाव हुआ। मेरे भीतर का सोया हुआ सामाजिक कार्यकर्ता जाग उठा और प्रेमी पुरुष सो गया। मैंने अपनी चेतना को जगाया और उसे याद दिलाया—यह शरीर दूसरों की सेवा के लिए ही था। विशेषकर यह कन्धा तो बना ही इसीलिए था। मैंने वहीं बैठे-बैठे भीष्म-प्रतिज्ञा की कि यह कन्धा आज से जन-कल्याण के लिए ही अर्पित है—चाहे किसी कन्या के सोने के लिए काम आए, या किसी की अर्थी उठाने के। आज से जो भी मेरा कन्धा माँगेगा—यह उसी को अर्पित होगा...

पर उसे शायद नींद नहीं आ रही थी। वह सीधी होकर बैठ गयी और ध्यान से मेरा चेहरा देखने लगी। कदाचित् देख रही थी कि उसके द्वारा मेरे कन्धे का उपयोग मुझे बुरा तो नहीं लगा। सामान्यतः तो ऐसी हरकत मुझे बुरी ही लगती है। मैं अपना शेविंग सेट तो किसी और को देता नहीं, अपना कन्धा कैसे दे देता! पर उस क्षण मेरी आत्मा उदात्तता और उदारता के ऊँचे से ऊँचे शिखरों पर उड़ रही थी, इसलिए उसके द्वारा अपने कन्धे के इस दुरुपयोग के लिए मैंने अपनी अप्रसन्नता नहीं जतायी। बड़ी उदारता से बोला, "सो जाओ। सो जाओ। मैं बुरा नहीं मानूँगा।"

उसकी आँखों में मेरे प्रति प्रशंसा का भाव नहीं जागा। वह मुझे ऐसे देख रही थी जैसे मैं आदमी न होकर छछूँदर या ऊदबिलाव होऊँ। फिर जैसे स्वयं को बलात् संयत कर बोली, "मुझे नींद नहीं आ रही।"

जी में आया, उससे कहूँ कि नींद नहीं आ रही तो थोड़ी देर के लिए किसी और सीट पर जा बैठे, मैं ही अपनी कमर सीधी कर लूँ। पर तत्काल ही मेरे विवेक ने मुझे धिक्कारा। वह स्त्री है, कोमल है। मैं पुरुष हूँ, कठोर हूँ। मुझे ऐसा नहीं करना चाहिए।

"क्यों? नींद क्यों नहीं आ रही?" मैंने पूछा।

"सिर में कुछ दर्द है।" वह बोली, "लगता है, ज्वर भी हो गया है। तुम मेरा सिर दबा दोगे?"

इच्छा हुई कि उसे बता दूँ कि अभी-अभी मैंने स्वयं को दूसरों के कष्ट-निवारण

के लिए समर्पित किया है और थोड़ा-बहुत ज्ञान अपने जीवन के आदर्शों का भी दे दूँ। पर उसके सामने ज़ुबान खुल नहीं पायी। मन में जाने कैसी गुदगुदी हो रही थी। वह मुझसे अनुचित लाभ उठा रही थी, फिर भी अच्छी लग रही थी।

हल्के से बोला, "दबा दूँगा।"

"थैंक यू।" वह बोली।

और इससे पहले कि मैं कुछ समझ सकता, वह अधलेटी-सी हो गयी और अपना सिर उसने मेरी गोद में रख दिया। मुझे अपनी दादी और अपने पिताजी याद आ गये। बचपन से ही वे लोग मुझसे सिर दबवाते रहे हैं। मेरी घण्टे-घण्टे की मेहनत के पश्चात् हल्की-सी प्रशंसा कर देते, "तुम बहुत अच्छा सिर दबाते हो।"

अपनी गोद में लेटी वह मुझे अपनी दादी लग रही थी। मैं अब इसका सिर दबाता रहूँगा और यह आराम से सो जाएगी। मेरी दादी भी यही किया करती थी। मैं उसका सिर दबाता रहता और वह खर्राटे लेती रहती। मेरी कलाइयाँ दुख जातीं और उसके कान पर जूँ तक नहीं रेंगती। अपने कोमल और भीरु बच्चे को इस शोषण से बचाने के लिए मेरी माँ अपनी सास से डरती-डरती, दरवाज़े के पीछे से ही मुझे उठ आने का इशारा करती तो मैं उठने का साहस करता। पर मेरे उठते ही किसी जादू से मेरी सोयी हुई दादी की नींद उचट जाती और वह करवट बदलकर कहती, "कहाँ जा रहा है?"

मैं चिन्तित हो उठा : मैं सिर दबाता रहा और यह सो गयी, तो मेरा क्या होगा? यहाँ तो मेरी माँ भी नहीं है जो अपनी सास के पंजे से मुझे छुड़ाने का प्रयत्न करती और यह मेरी दादी की दादी मेरी गोद में सिर रखे, आराम से लेटी हुई थी....

मैंने मन को समझाया। अपने आदर्शों को याद किया और उसका सिर दबाना आरम्भ किया। पर थोड़ी ही देर में मैं अपने मन के पाप को पहचानने लगा। उसका सिर दबाते-दबाते मेरी अँगुलियाँ बहक-बहककर उसके गालों तक जाने लगी थीं। मैंने भयभीत दृष्टि से उसकी ओर देखा : कहीं उसे मालूम तो नहीं हो गया? पर नहीं! उसकी नींद, मेरी दादी की नींद से बहुत भिन्न थी। उसे मालूम नहीं हो रहा था कि मैंने उसके गालों को छुआ था। वह बड़ी सन्तुष्ट मुद्रा में, आँखें बन्द किये निश्चिन्त पड़ी थी।

मैंने अपने मन को धिक्कारा : एक परायी स्त्री ज्वरग्रस्त हो, उसके सिर में पीड़ा हो रही हो; वह मुझसे सहायता माँग रही हो और मुझमें पाप जाग रहा है। धिक्कार है मुझे! किसी की विपत्ति का लाभ उठाना कहाँ की मानवता है!...बस, इतना ही धिक्कार पर्याप्त हुआ। फिर मेरे सात्त्विक मन में तनिक भी पाप नहीं जागा। मैं पूरी निष्ठा से उसकी दवा करता रहा और वह चुपचाप पड़ी रही। पर जब उसकी नींद मेरी दादी की नींद से भी लम्बी हो गयी और मैं रोगी की

सेवा-शुश्रूषा से ऊब गया तो सहायता के लिए मैंने अपने साथियों की ओर याचना-भरी दृष्टि से देखा। किन्तु, उनमें से किसी को भी मेरी स्थिति पर दया नहीं आयी, न लड़कों को, न लड़कियों को (कितना कठोर है यह समाज और कितने दुष्ट होते हैं लोग!)। उल्टे वे लोग परिहास की मुद्रा में मुसकराते जा रहे थे। अन्ततः मुझे कहना ही पड़ा, "भई! कोई आ जाओ। इसकी तबीयत ठीक नहीं है।"

पर तभी वह उठकर सीधी बैठ गयी। घूरकर यूँ देखा, जैसे मेरी कठोर भर्त्सना करने वाली हो। किन्तु वह इतनी कृतघ्न कैसे हो सकती थी? क्रोध में भी उसके मुख से मेरे लिए प्रशंसा का ही वाक्य निकला, "तुम्हें काव्यशास्त्र ही समझ में आ सकता है।"

मुझे यह अधूरी प्रशंसा अच्छी नहीं लगी। आत्मप्रशंसा को दोष मानते हुए भी शालीनता की सीमा के भीतर से बोला, "नहीं, भाषा-विज्ञान में भी अधिकतम अंक मेरे ही थे।"

उसने सिर पीट लिया, "कौन-सी भाषा समझते हो तुम! मैं तुम्हारे निवेदन की प्रतीक्षा में हृदय थामे, बेशर्मों के समान तुम्हारी गोद में पड़ी थी और तुम अपने मित्रों को मेरा सिर दबाने के लिए बुला रहे थे...बौड़म कहीं के...!"

और तब हमारी समझ में आया कि हमारे जीवन में प्रेम की एक और त्रासदी घट गयी है...

मेरे साथ प्रेम की एक छोटी-सी त्रासदी और भी घटी है—पर वह बस में नहीं, रेलगाड़ी में घटी थी। इस त्रासदी को उसकी पूर्ण समग्रता में समझने के लिए आपको थोड़ा-सा वातावरण का वर्णन भी सुनना पड़ेगा।

उन दिनों भी अभी मैं कॉलेज में ही पढ़ता था। उस दिन कहीं बाहर जाना पड़ रहा था...जब बात इतनी खुलकर हो रही है, तो फिर आपसे क्या छुपाना। भैया के साथ भी प्रेम की त्रासदी घट रही थी। भाभी मायके जाकर बैठ गयी थीं और भैया के पत्रों का उत्तर नहीं दे रही थीं; इसलिए मुझे जाना पड़ रहा था। मुझे जाकर देखना था कि भाभी स्वस्थ तो हैं।

वह यात्रा भी बड़ी त्रासद थी साहब! बिना आरक्षण का रेल का डिब्बा और कुम्भ के मेले जैसी भीड़। अभी तो सन्ध्या का ही समय था, पर यात्रा रात-भर की थी। सोच रहा था कि रात कैसे कटेगी कि प्लेटफ़ार्म पर वह आती दिखाई दी। जैसा कि प्रेमकथाओं में होता है—वह हमारे कॉलेज में पढ़ती थी। पर साहब! मैं अपनी रचना को घटिया रोमानी रचना नहीं बनाना चाहता इसलिए पहले से ही स्पष्ट कर दूँ कि वह मेरी कक्षा में नहीं थी। मुझसे दो साल पीछे थी; और जब तक मैं पढ़ता रहा, वह मुझसे दो साल पीछे ही रही; अर्थात् हमारी दूरी निरन्तर बनी ही रही। पर उस दिन वह निकट आ गयी। जिस खिड़की की सीट के साथ मैं तना बैठा था,

उसी के पास आकर वह रुक गयी और मुझे देखकर मुसकरायी।

मैंने पहले तो गर्दन घुमाकर इधर-उधर देखकर पुष्टि की कि वह मुझे देखकर ही मुसकरा रही है न! जब पुष्टि हो गयी कि मुसकान मेरे लिए ही थी तो मेरे कान गर्म होने आरम्भ हो गये।

वह मुसकराकर ही नहीं टली। बोली, "नमस्ते!"

शिष्टाचार का मारा मैं बोला, "नमस्ते!"

उसने परिचय कराया, "ये मेरे पिताजी हैं।"

समझ नहीं पाया कि यदि उसके साथ उसके पिताजी हैं तो मैं क्या करूँ। मैंने तो उससे पूछा भी नहीं था कि उसके साथ यह पुरुष कौन हैं। उसे मुझको स्पष्टीकरण देने की क्या आवश्यकता थी कि वह कोई पर-पुरुष नहीं—उसके पिताजी हैं। कोई किसी के साथ घूमता रहे, मुझे किसी से क्या लेना-देना। मैं कोई फ़िल्मों में चित्रित समाज हूँ कि दूसरों के निजी मामलों में हस्तक्षेप करता फिरूँ। कोई अपने पिता के साथ घूमे या अपने बच्चों के पिता के साथ--मुझे किसी से क्या लेना-देना...

इससे पहले कि मैं कठोर स्वर में पूछूँ कि ये तुम्हारे पिताजी हैं, तो मैं क्या करूँ—'राम की शक्ति-पूजा' की दुर्गा के समान मेरी माँ की मूर्ति मेरे मन में उदित हुई और वह वाक्य बोली, जो ऐसे प्रत्येक अवसर पर मैं बचपन से सुनता आ रहा हूँ, 'नमस्ते करो!'

"नमस्ते जी!" मैंने आज्ञा का पालन किया।

इस बार उसके पिताजी बोले, "बेटा! बड़ा अच्छा हुआ, तुम मिल गये। गाड़ी में इतनी भीड़ है और ये बच्चे अकेले जा रहे हैं।"

और तब पहली बार मेरा ध्यान उसके पास खड़े एक छोटे लड़के और लड़की की ओर गया।

"इन्हें ज़रा अपने पास बैठा लो।" उसके पिताजी ने कहा, "ये लोग अपनी अटैची पर बैठ जाएँगे। तुमको कष्ट नहीं देंगे।"

एक बार तो मन में भारतीय यात्री जागा। इच्छा हुई, डाँटकर कह दूँ—'यहाँ भी कोई जगह नहीं है। मैं स्वयं भी बड़ी कठिनाई से फँसा बैठा हूँ। आप इन्हें कहीं और ले जाइए।'

पर कह देना सरल था क्या? वह मुझसे एक फुट की दूरी पर खड़ी मुझे देख-देखकर निरन्तर मुसकराये जा रही थी। उसके छोटे भाई-बहन याचना-भरी दृष्टि से मुझे देख रहे थे। कॉलेज में जब से उसे देखा था, बात करने का कोई बहाना ढूँढ़ता रहा था। आज अवसर मिला है तो रेल का भारतीय यात्री बन जाऊँ?

अवसर से चूकना मूर्खता है और अवसर के पीछे भागना अवसरवादिता। समझ नहीं पा रहा था कि मूर्खता तथा अवसरवादिता में से श्रेष्ठ क्या है।...लगता

है कि उसके पिताजी मेरे द्वन्द्व को समझ गये थे। वे नहीं चाहते थे कि मैं अन्तर्द्वन्द्व की इस भयानक यातना में पड़ा अधिक देर तक कष्ट पाऊँ। वे दयानिधान बनकर मुझे इस पीड़ा से उबारने के लिए आगे बढ़े।

उन्होंने अटैची उठाकर मेरी ओर बढ़ायी, "लो बेटा! पकड़ो।"

मन में एक बड़ा मधुर चित्र जागा कि मेरा और उसका विवाह हो गया है। उसके पिता हमें विदा करने आये हैं और उसके कपड़ों की अटैची मुझे पकड़ा रहे हैं।

मैंने आपसे कहा न कि मुझे ठीक समय पर ठीक बात कभी नहीं सूझती।

ऐसे रोमानी क्षणों में मेरा समाज-सुधारक जाग उठा। जी में आया कि चीख़ा ही नहीं पड़ूँ, बल्कि उन्हें डाँटकर कहूँ, 'मैं दहेज का कट्टर विरोधी हूँ। मैं दहेज में कुछ नहीं लूँगा। यदि आप मुझे बाध्य करेंगे तो मैं दहेज के साथ-साथ आपकी लड़की को भी छोड़ जाऊँगा...।'

यह तो अच्छा हुआ कि उसकी मुसकान की उपस्थिति में मेरी वाचालता हवा हो गयी थी और मैं कुछ बोल नहीं पा रहा था। यदि कहीं कुछ बोल पड़ता तो अनर्थ ही हो जाता। मैं होश में आया। अपने भीतर के समाज-सुधारक के सिर पर एक चपत जमायी और चुपचाप हाथ बढ़ाकर अटैची थाम ली। उसके पश्चात् उसका हाथ भी थामा (जीवन-भर के लिए नहीं, खिड़की के मार्ग से गाड़ी में आने के लिए, सहायतार्थ)।

फिर उसके पिताजी चले गये। अब उसका और उसके भाई-बहन का अभिभावक मैं ही था। तब पहली बार मुझे ज्ञात हुआ कि और अनेक गुणों के साथ-साथ, मुझमें एक बहुत अच्छे अभिभावक के भी गुण हैं। मैं सतर्क हो गया। मुझे उनके लिए स्थान बनाना ही था, चाहे मुझे कितना ही कष्ट क्यों न हो।

पर उसने मुझे अधिक कष्ट नहीं होने दिया। उसने पैरों के पास अपनी अटैची बिछा दी और उस पर अपने छोटे भाई-बहन को बैठा दिया। स्वयं वह दीवार से टिककर खड़ी हो गयी।

मैं यह कैसे सहन करता! उसे बैठने के लिए जगह न मिले और मैं आराम से बैठा रहूँ? मैं उठकर खड़ा हो गया।

"यहाँ बैठ जाओ।"

उसने मुझे देखा और मुसकरायी। ऐसी मुसकान मैंने पहले कभी नहीं देखी थी। लगा, मेरे शरीर का सारा रक्त सनसनाने लगा है। वह आगे बढ़ी। उसने मेरा हाथ पकड़कर मुझे सीट पर बैठाया और स्वयं खिड़की की ओर मुझसे सटकर बैठ गयी।

यह तो अद्भुत अनुभव था– जिससे दो बातें करने को सारा कॉलेज तरसता था, वह यहाँ मुझसे इस प्रकार सटी बैठी थी। इस दृश्य को कॉलेज का कोई लड़का देख ले, तो जलकर घटना-स्थल पर ही मर जाए।

कॉलेज का लड़का तो कोई मरा नहीं, मेरे भीतर का समाज-सुधारक जल मरा। उसने बिना चेतावनी दिये ही लाठी-चार्ज कर दिया, 'साले! शर्म से डूब क्यों नहीं मरते? उस भली लड़की को बैठने की जगह नहीं मिल रही है। वह तुम्हें कष्ट नहीं देना चाहती, इसलिए तुम्हारे साथ बैठ गयी और तुम उससे सटे जा रहे हो। किसी की मजबूरी का ऐसे लाभ उठाना चाहिए। छि...!'

दुत्कार इतनी बढ़ी कि मैं डर गया। कहीं ऐसा न हो कि इससे परेशान होकर मैं चलती गाड़ी से कूद जाऊँ।

मैंने स्वयं को सँभाला और यथासम्भव दूसरी ओर खिसकता गया। पर मुझे लगा कि मेरे साथ बैठी हुई वह ठोस नहीं, तरल पदार्थ है। जितना मैं खिसकता था, उतनी वह फैल जाती थी। उसका स्पर्श इतना मादक था कि सिर भन्नाने लगा था। एक ओर मन पिघलता जा रहा था और दूसरी ओर विवेक लताड़ता जा रहा था। परिणाम जाने क्या होता कि उसकी छोटी बहन कुनमुनायी, "हम दीदी के साथ बैठेंगे।"

मेरा जाग्रत विवेक आगे बढ़ा। मैं उठ खड़ा हुआ। बच्ची को उठाया और उसके साथ सीट पर बैठा दिया। किन्तु, उसकी ओर देखा तो जानने में क्षण भी नहीं लगा कि फिर त्रासदी हो गयी थी। अपनी नन्ही बहन को सुविधाजनक स्थान पर बैठी देखकर वह तनिक भी प्रसन्न नहीं दीख रही थी। उसकी आँखों में मेरे लिए इतनी लताड़ थी, जितनी मेरे विवेक की कल्पना से भी बाहर थी...

मेरे जीवन की नाटकीय त्रासदियाँ

मेरी किशोरावस्था की त्रासदियाँ बड़ी भयंकर हैं। यह वह वय है, जिसमें स्मरण-शक्ति बड़ी प्रखर होती है। कुछ भुलाये ही नहीं भूलता। अभी याद करने बैठूँ तो मेरी स्मरण-शक्ति पाठकों के लिए त्रासदी हो जाए। एक से बढ़कर एक, बढ़िया से बढ़िया त्रासदियाँ याद आने लगेंगी। पर इतनी सारी त्रासदियाँ याद कर क्या करूँ—जिनके आँकड़ों से लगने लगे कि मेरा जीवन अपने-आप में एक त्रासदी है; जबकि मैं जानता हूँ कि सत्य यह नहीं है। यदि ऐसा होता तो मैं भी कवियों के समान नारा लगाता—'मैं अपने कन्धों पर अपना सलीब ढो रहा हूँ—' या, 'मैं अपने कन्धों पर अपनी लाश ढो रहा हूँ—' ढोने को चाहे, अपना थैला न ढोया हो। कुछ ऐसे ही तथ्यों के कारण मैंने आँकड़ाशास्त्र तथा कवि के निष्कर्षों को कभी गम्भीरता से स्वीकार नहीं किया।

पर बात कवियों तथा आँकड़ाशास्त्र की नहीं, मेरी किशोरावस्था की त्रासदियों की थी। मेरी किशोरावस्था की सबसे बड़ी त्रासदी रंगमंच रहा है। रंगमंच से मेरा अभिप्राय सीधे-सीधे नाटक से ही है। नाटक में न चुना जाना मेरी त्रासदी नहीं रही—जैसा कि पाठक समझ रहे होंगे। मेरी त्रासदियाँ तो नाटक के लिए चुने जाने के बाद आरम्भ होती हैं। आज कोसता हूँ उन घड़ियों को, जब मुझे नाटक में अभिनय करने के लिए चुना गया था।

कॉलेज में पहुँचा तो नाटक में अभिनय करने को बहुत व्याकुल था। मुझे व्याकुलता के भयंकर दौरे पड़ते हैं—कभी ग्रहण के, कभी त्याग के। पर ठीक समय पर ठीक दौरा मुझे कभी नहीं पड़ा। विवाह के पूर्व ग्रहण (सूर्य-ग्रहण नहीं, कन्या-ग्रहण) का दौरा पड़ा था और विवाह के पश्चात् त्याग की व्याकुलता का दौरा अनेक बार पड़ चुका है : पर घर में एक ओझा निरन्तर उपस्थित है, जो सारे दौरे झाड़ देता है। तो कॉलेज में अभिनय करने की व्याकुलता का दौरा पड़ा था। किसी ने चेहरे से व्याकुलता भाँप ली होगी; तभी तो मुझे चुन लिया गया और नाटक के अन्त में मंच पर उपस्थित हो, एक वाक्य बोलकर लौट आने का महत्त्वपूर्ण दायित्व सौंप दिया। दौरे की स्थिति थी। मैंने प्रस्ताव तत्काल स्वीकार कर लिया। स्वयं को

समझा लिया कि महान् बनना है तो किसी काम को छोटा मत समझो। तो उस भूमिका को ही क्यों छोटा मानता। नाटक की नायिका (जैसा कि होना ही चाहिए था) बी.ए. अन्तिम वर्ष की छात्रा थी। मैं अभी प्रथम वर्ष में ही आया था, इसलिए उसकी दृष्टि में नगण्य जीव था। उसके व्यवहार से स्पष्ट था कि मैं उसे तनिक भी पसन्द नहीं आया था। वह उस नाटक में भी मुझे अपने भाई के रूप में भी स्वीकार नहीं कर पायी थी। पर त्रासदी यह नहीं थी...

मुझे अपनी माँ से भरपूर वात्सल्य मिला है, इसलिए सीनियर लड़कियों से प्रेम-व्यवहार चलाने की तृष्णा मुझमें कभी नहीं रही। और जब कभी किसी सीनियर लड़की ने ऐसा प्रयत्न किया है, मुझे श्रृंगार के स्थान पर हास्य की अनुभूति हुई है। पर वे क़िस्से फिर कभी सुनाऊँगा। अभी तो नाटक की नायिका की चर्चा चल रही है।...और इस नाटक की नायिका तो सुन्दर भी नहीं थी। ईमानदारी की बात यह है कि मुझे भी उसके साथ का यह रिश्ता तनिक भी पसन्द नहीं आया था। उसकी उपेक्षा मेरे लिए कुछ अर्थों में सुखद ही रही थी पर त्रासदी यह भी नहीं थी...

इस नाटक की त्रासदी थर्ड वर्ल्ड में घटित हो रही थी। नायक महोदय का व्यवहार मेरे प्रति अत्यन्त स्नेहपूर्ण था। उन्हें नायिका-ग्रहण की व्याकुलता का दौरा बड़े ज़ोर से पड़ा हुआ था, इसलिए वे नायिका के साथ मेरे इस नाटकीय सम्बन्ध को पूर्णतः यथार्थ धरातल पर ग्रहण कर रहे थे। नाटक तो जैसे-तैसे समाप्त हो गया, पर उसके प्रभाव जीवन में बहुत दूर तक चलते गये। जैसा कि होना चाहिए था, नायिका का विवाह नायक महोदय से नहीं हो सका। (इसमें नायिका के पिता का कोई दोष नहीं था, उसने शायद चाहा भी था। नायिका को ही यह लार टपकाता नायक पसन्द नहीं आया था। उसकी सहज इच्छा का सम्मान करते हुए उसका विवाह कहीं और कर दिया गया था)। इधर नायक महोदय, नायिका का तो कुछ बिगाड़ नहीं पाये, मुझसे रुष्ट अवश्य हो गये। कह नहीं सकता, उसके मन में कौन-सी तर्क-शृंखला थी : क्या वह चाहते थे कि नायिका का नाटकीय भाई होने के नाते मैं उसका विवाह उनसे करवाने का सक्रिय प्रयास करता—जो मैंने नहीं किया? वे कदाचित् मेरी प्रकृति को नहीं समझते। मैंने तो सिवाय अपने और किसी के भी विवाह में कभी कोई रुचि नहीं ली। मेरा तो सिद्धान्त ही है, न दूसरे के विवाह में हस्तक्षेप करो, न किसी को अपने विवाह में हस्तक्षेप करने दो। यह 'जियो और जीने दो' की तर्कपूर्ण परिणति है। पर वे नायक महोदय न सिद्धान्त को समझते थे, न तर्कशास्त्र को। न उस नायिका को और न मुझे। वे समझते थे कि नायिका की रुचि जितनी मुझमें होनी चाहिए थी, उससे अधिक हो गयी थी। जो भी हो, नायक महोदय से मेरे सम्बन्ध आज तक उतने ही कटु चले आ रहे हैं। और इस कटुता के लिए वे ही पछता रहे हों तो पछता रहे हों, मुझे सम्बन्धों के पश्चात्ताप में अधिक विश्वास नहीं है। सम्बन्धों की त्रासदी और किसे कहते हैं।

ऐसी ही त्रासदी एक अन्य नाटक में भी हुई। दूसरे नाटक के समय तक मैं पर्याप्त उन्नति कर चुका था; अर्थात् नायिका के भाई से स्वयं नायक बन चुका था। इस नाटक की नायिका उस समय तो काफ़ी आकर्षक ही लगी थी—उस समय तक सावन के अन्धे को हरा-ही-हरा सूझने लगा था— अर्थात् हर युवती अच्छी लगने लगी थी। आज पन्द्रह वर्षों बाद उनमें से कोई दिख जाती है तो अपनी युवावस्था का नेगेटिव ही दिखाई पड़ती है और मैं अपनी पीठ ठोंकता हूँ कि भले बचे, इससे विवाह नहीं किया। आज जाने वह नायिका कैसी लगे। इस नायक-नायिका-सम्बन्ध में बड़ी त्रासदी है साहब! लोगों ने हमसे पूछे बिना ही हमें प्रेमी-प्रेमिका मान लिया। मुझे नायिका के साथ देखते तो मुसकराकर दूर हट जाते। अकेला देखते तो मुसकराकर पूछते, "आज अकेले ही हो? वह साथ छोड़ गयी?" नायक बनने के चक्कर में हम एकदम अकेले हो गये। नायक क्या बने, यार-दोस्तों को खलनायक दिखाई पड़ने लगे। न कोई हमें साथ बैठाये, न हमारे साथ बैठे : "तुमको फ़ुर्सत कहाँ होगी? तुम्हारी तो हीरोइन आती होगी।"

और इधर, नायिका थी कि एकान्त होते ही अपने मंगेतर की कहानियाँ इस प्रकार सुनाने लगती जैसे मच्छरों को भगाने के लिए 'फ्लिट' छिड़का जाता है।... वह देखने में कैसा है, क्या काम करता है, क्या चाहता है...। मैं नायिका को समझाना चाहता था कि मुझे उसके मंगेतर में कोई रुचि नहीं है; पर हरिनारायण आप्टे ने ठीक ही कहा है : 'कौन ध्यान देता है।' वह पूरी नायिका थी—अर्थात् वन-वे ट्रैफिक! बोलती धारा-प्रवाह थी। सुनने वाला चैनल थी ही नहीं। मित्रों को समझाना चाहता था कि मुझे इस नायिका में कोई रुचि नहीं है—पर उधर भी कौन सुनता था। नायक बनकर, मुझ पर दोहरी त्रासदी घट रही थी और मैं था कि किसी को हाले-दिल समझा ही नहीं पा रहा था—उन्हीं दिनों मैं समझ पाया कि ट्रैजिक हीरो किसे कहते हैं।

उस समय तो मैं इतनी ही त्रासदी से परेशान था—यह नहीं समझ रहा था कि वह तो रिहर्सल-मात्र था—असल नाटक तो आगे आने वाला था।—हुआ यह कि मैं बी.ए. कर पंजे झाड़कर निकल गया। कॉलेज छूटा तो छूटा, एम.ए. करने के चक्कर में नगर भी छोड़ दिया। उस प्रवास में हमारी भूतपूर्व नायिका के जो पत्र आये, वे और बड़ी नाटकीय त्रासदी लिये हुए थे। उसने लिखा था, उसे अकेली देखकर लोग आवाज़ें कसते हैं। कुछ तो सहानुभूति भी दिखाते हैं कि मैं उसे छोड़ भागा। बेवफ़ा कहीं का। यह भी कोई तरीक़ा है। उसने लिखा था कि मुझ पर बेवफ़ाई के ये आरोप उसे अच्छे नहीं लगते। उसे मुझसे सहानुभूति थी। और मैं सोचता रहता कि कृष्ण मथुरा चले गये तो राधा भी उन्हें ऐसे ही पत्र लिखा करती होगी।

मैं भी बहुत परेशान रहा, बेवफ़ाई की त्रासदी से। अब मैं बैठा हूँ दिल्ली में और बदनाम हो रहा हूँ जमशेदपुर में। किसे-किसे समझाने जाऊँ, कि इसमें बेवफ़ाई

का कण भी नहीं है। जिसे लोग हमारा प्रेम समझ बैठे थे, वह तो अपने अध्यापकों के निर्देशन में की गयी हमारी एक्स्ट्रा कैरिकुलर एक्टिविटी थी। भला एक्स्ट्रा कैरिकुलर एक्टिविटी में बेवफ़ाई का क्या काम! बेवफ़ाई तो एक्स्ट्रा कैरिकुलम में ही नहीं है। पर वापस लौटकर अपनी वफ़ा का प्रमाण देने का प्रयत्न करता तो नाटक में नहीं–जीवन में भयंकर त्रासदी घट जाने की सम्भावना थी।...

यह त्रासदी यही रुक जाती, तो भी रो-धोकर मैं उसे भूल ही जाता। जब और इतनी झेली हैं, तो इसी की उपेक्षा क्यों करते हो? पर करनी विधाता की यह हुई कि उसी नाटक में एक खलनायक महोदय भी थे। जब तक नाटक-वाटक होते रहे, तब तक तो वे ख़ासे भलेमानस बने रहे; पर जब मेरे साथ सारी त्रासदियाँ घट चुकीं, तो उन्होंने ताबूत में अन्तिम कील ठोंकी। उन महाशय ने हमारी नायिका से विवाह रचा लिया। अब साहब, लगी दुनिया हम पर थू-थू करने। "देखो, साला कैसा हीरो है, विलेन इसकी हीरोइन को उड़ा ले गया और यह खड़ा देखता रहा। न उसे गोली मार सका, न स्वयं मर सका।" मैंने बहुत चाहा कि उन्हें समझाऊँ, "यारो! वह नाटक में विलेन था तो क्या हुआ! वैसे तो भला आदमी है। देश के संविधान के अन्तर्गत दी गयी स्वतन्त्रताओं के अनुसार वह किसी भी कन्या से प्रेम करने अथवा विवाह करने को स्वतन्त्र है।" पर किसी ने मेरी नहीं सुनी। अपना ही बैण्ड बजाते गये...

तब से आज तक, घोर आस्तिक भक्तों के समान ईश्वर से एक ही प्रार्थना करता रहा हूँ कि "हे प्रभु! ऐसी नाटकीय त्रासदी मुझ पर तो ढायी सो ढायी, अब और किसी पर मत ढाना।"

पर कहाँ मानता है वह ! हम नाटक के प्राम्प्टर के समान अपने डायलाग प्राम्प्ट करते रहे हैं, पर वह सुनता ही नहीं। पता नहीं, उसने कोई स्क्रिप्ट याद कर रखी है या इम्प्रोवाइज़ करता चलता है।

हुआ यह कि हमारी नाटकीय प्रसिद्धि ने दिल्ली में भी हमारा साथ नहीं छोड़ा। मैं तो एम.ए. में पढ़ाई कर अच्छा परीक्षाफल लाने के चक्कर में था, पर यारों ने धर पकड़ा। पकड़ा क्या साहब, नायक ही बना दिया। इस बार नायिका थी भयंकर तुनुक-मिजाज़। अच्छा-ख़ासा जानती थी कि मेरा प्रेम कहीं और चल रहा है, फिर भी मुझसे लड़ती ही रहती थी कि कहीं मैं उसके निकट जाने का प्रयत्न न करूँ। बस, यहीं से दोहरी त्रासदी आरम्भ हो गयी।...जिन्होंने उसे मुझसे झगड़ते देख लिया, उन्होंने मुझे झगड़ालू घोषित कर दिया, "साला! अपनी हीरोइन से भी झगड़ा करता है।" और जिन्होंने उसे मुझसे झगड़ते नहीं देखा–वे दूसरा भ्रम पालने लगे। इसी वर्ग में मेरी अपनी सगी प्रिया भी थी। एक ओर नाटक के रिहर्सल चल रहे थे–दूसरी ओर मेरे जीवन की नाटकीय त्रासदियाँ। दिन-भर मैं रिहर्सल में नायिका से लड़ता और शाम को कहीं एकान्त ढूँढ़कर अपनी प्रिया के सामने नाक रगड़ता। बरा साहब!

हम अब दुइ पाटन के बीच पिस रहे थे और साबुत बचने की कोई आशा नहीं थी।

मेरी प्रिया मुझ पर बेवफ़ाई का आरोप लगा मुझसे दूर भाग रही थी और नायिका के प्रेमी महोदय, मुझसे अपनी प्रिया की रक्षा करने के लिए मुझसे चिपकते जा रहे थे। परिणामतः, जब वे नाटक में और कुछ नहीं कर सके तो प्राम्प्टर बन गये। इससे कुछ तो निर्देशक महोदय सन्तुष्ट हुए और कुछ सन्तोष मुझे भी हुआ कि नायिका स्वयं को सुरक्षित पाकर मुझसे झगड़ा नहीं करेगी। उसके प्रेमी महोदय स्वयं घटना-स्थल पर उपस्थित रहेंगे तो हमसे बदगुमानी नहीं पालेंगे। फिर प्रेमी के साक्षात् उपस्थित रहने पर, रिहर्सलों के पश्चात् न तो हमें नायिका को चाय पिलाने का दायित्व ढोना पड़ेगा और न उसे घर छोड़ने जाने का नैतिक कर्तव्य निभाना होगा। जिसकी ड्यूटी है, वह स्वयं बजाता फिरेगा। हम क्यों बन्दर की बला अपने सिर लें...

पर हम क्या जानते थे कि यह नाटक फिर मेरे साथ, हार्डी के उपन्यासों की त्रासदी करने जा रहा है।

एम. ए. करते-करते ही नायिका और उसके प्रेमी का विवाह हो गया। और साहब! मित्रों ने फिर मुझे शोक-सन्देश भेजने प्रारम्भ कर दिये, "भाई! क्या ज़माना है। लोगों को दोस्ती का भी ख़याल नहीं रहता।" कुछ लोगों ने मुझे ही दोषी पाया, "तुम साले! फिसड्डी ही रह गये। तुमसे तो प्राम्प्टर ही प्राम्प्ट निकला।" जब कभी मैंने किसी को समझाने का प्रयत्न किया, तो उसने प्रखर वक्रता से उत्तर दिया, "हाँ-हाँ, अंगूर खट्टे हैं।"

तंग आकर मैंने सोचा कि कुछ ऐसा करूँ कि फिर नाटकीय त्रासदी मुझे न छू पाए। एक ही मार्ग सूझा कि जीवन की त्रासदी को अंगीकार कर लूँ। बस—झटपट विवाह कर लिया। मैं अपनी ओर से बहुत सन्तुष्ट था कि मैंने नाटकीय नायिकाओं से मुक्त हो, अपने जीवन की नायिका को पा लिया है। पर यारों का दृष्टिकोण ही और था। उनका विचार था कि नाटक के प्राम्प्टर की नियुक्ति कर ली है...अब स्थिति यह है कि घर के भीतर जो कुछ बोलता हूँ, मेरी पत्नी मानती है कि मैं नाटक कर रहा हूँ; और घर से बाहर जो कुछ बोलता हूँ, उसे यार लोग मेरी प्राम्प्टर की वाणी मानते हैं...

लिखते-लिखते कलम रुकने लगी है...इसलिए नहीं कि रचना लम्बी हो गयी है...आशंका जाग उठी है, नाटकीय त्रासदियों की चर्चा करते-करते कहीं जीवन की त्रासदी का मार्ग तो प्रशस्त नहीं कर रहा...जब पत्नी इन कन्फैशंस को पढ़ेगी तो बखेड़ा नहीं मचाएगी, 'पहले तो कभी चोंच नहीं खोली। मुझे खोले में रख विवाह कर लिया। और कब बुढ़ापे में ससुर अपनी प्रेमकथाएँ लिखने बैठे हैं।'...इस आशंका के मारे इसी क्षण निर्णय कर लिया है कि सम्पादक महोदय से प्रार्थना करूँगा कि इस कन्फैशन को प्रकाशित करें तो नीचे यह अवश्य छापें कि रचना के सारे पात्र

काल्पनिक हैं। पर अपने सम्पादक भी क्या कम हैं? सम्पादकीय त्रासदियों के विषय में मैं फिर कभी लिखूँगा। पर इस समय तो यही भय सता रहा है कि अपनी टिप्पणी में उन्होंने यदि लिख दिया कि 'नरेन्द्र कोहली की इसी रचना के सारे पात्र काल्पनिक हैं; अन्य रचनाओं के विषय में हम कुछ नहीं कह सकते', तो मैं अपनी अन्य प्रेम-कथाओं के विषय में क्या सफ़ाई दूँगा। या उन्होंने अधिक कृपा की और लिख दिया कि 'इस रचना के, लेखक समेत सारे पात्र काल्पनिक हैं।' तो मैं अपने अस्तित्व की रक्षा कैसे करूँगा?...

मुझे अपने जीवन की त्रासदियों का कोई अन्त नहीं दीखता...

ख़ाली हाथ

मैं उनके घर गया तो वे शरम से पानी-पानी हो गये। आँगन तक गीला हो गया। तब कहीं जाकर मेरी समझ में आया कि अपने भारतवर्ष की नदियों में बाढ़ केवल वर्षा से ही नहीं आती। लोग यदि इस प्रकार पानी-पानी होने लगे, जैसे कि वे हो रहे थे, तो नदियों पर ही क्या तालाबों और नालियों तक पर बाँध बाँधने की स्थिति आ जाएगी।

उनसे नहीं रहा गया तो बोले, "बड़ी शरम की बात है।"

"क्यों? क्या कोई बहुत घटिया काम कर बैठे हैं आप?" मैंने पूछा।

"हमने ख़्वाहमख़्वाह कर दिया," उन्होंने मुझे डाँटा, "हम तो तुम्हारी हरकतों से लज्जित हैं।"

"हरकतें मेरी और लज्जित आप हैं!" मैंने चकित होकर कहा।

"अब तुममें तो शर्म है नहीं, तो हमें ही लज्जित होना पड़ेगा।" वे इस अन्दाज़ में बोले जैसे कह रहे हों कि तुम तो हो कंगाल, तुम्हारे पास पैसा है नहीं, तो हमें ही ख़र्च करना पड़ेगा।

मैं तत्काल मान गया। दुनिया का काम तो रुकता नहीं। हम नहीं करेंगे, तो कोई और करेगा।

"क्या अपराध हो गया मुझसे?" मैंने पूछ ही लिया।

"इतनी बड़ी ख़ुशी हुई और आप ख़ाली हाथ चले आये!"

अब पानी-पानी होने की बारी मेरी थी। अपनी समझ पर झुँझला रहा था, जो यह तय नहीं कर पा रही थी कि उनसे ख़ुशी की बड़ाई-छुटाई लेकर उलझूँ या ख़ाली हाथों को लेकर। अन्त में निर्णय किया कि ख़ुशी तो भाववाचक संज्ञा है। उसकी कोई ठोस कसौटी हो नहीं सकती। जाने वे किस ख़ुशी की बात कर रहे हैं। कहीं उन्होंने अपनी सूक्ष्म बुद्धि से ख़ुशी का आकार बड़ा सिद्ध कर ही दिया, तो मुझे परेशानी में डाल देंगे। और मित्रों के घर जाकर उनसे उलझना वैसे भी भले आदमियों का ढब नहीं है, इसलिए मैंने उलझने को टाल दिया। उसका एक ही ढंग मुझे आता है।

अपने देश में दर्शनशास्त्र बहुत उपयोगी वस्तु है। जहाँ स्पष्ट बात न करनी हो, वहाँ आदमी दार्शनिक हो जाता है। किसी को टालना हो तो दर्शनशास्त्र, मक्खियों को भगाने वाली दवा का काम करता है। हमारे एक परिचित सेठजी आयकर अधिकारियों के सम्मुख वक़्तव्य दे बैठे कि उनके मकान में कोई किरायेदार नहीं है। आयकर अधिकारी गुप्तचर विभाग से स्थानान्तरित होकर आया लगता था। उसने किरायेदार को ढूँढ़कर सेठजी के सम्मुख ला खड़ा किया। झूठा वक़्तव्य देने के कारण जब जेल जाने की स्थिति आ पहुँची तो लालाजी दार्शनिक हो गये। बोले, “कौन किसका मालिक और कौन किसका किरायेदार जी। सबै भूमि गोपाल की। भगवान ही सबका मालिक है। उसी का यह मकान है। उसी के वे किरायेदार हैं। हमको किसी से क्या लेना-देना!”

“मकान भगवान का है तो किराया आप क्यों लेते हैं? रसीद आप क्यों देते हैं?” आयकर अधिकारी तीखा पड़ा, “मैं कहूँ, यह किराया मुझे दे दो, तो आप दे देंगे?”

सेठजी ने अपनी दार्शनिक मुद्रा नहीं बदली। अपनी टेक पर अड़े रहे, “अरे, हम ठहरे उसके चौकीदार। मालिक का पैसा चौकीदार किसी और को कैसे दे देगा। हमसे यह बेईमानी नहीं होगी।”

मैं भी दार्शनिक हो गया, “आदमी ख़ाली हाथ ही आता है, और ख़ाली हाथ चला जाता है।” मैं बोला, “पर मैंने तो किसी को लज्जित होते नहीं देखा। सिकन्दर भी...”

पर उन्होंने सिकन्दर की बात, मुझे पूरी नहीं करने दी। बोले, “आदमी दुनिया में ख़ाली आता है, किसी भले आदमी के घर तो ख़ाली हाथ नहीं आता।”

मुझे उनके भले आदमी होने में काफ़ी सन्देह था। पर मैंने अपना सन्देह प्रकट नहीं होने दिया। बोला, “ख़ाली हाथ नहीं आना चाहिए, तो क्या छड़ी लेकर आता? पर अभी तो मैं बूढ़ा नहीं हुआ। और वर्षा ऋतु भी नहीं है कि हाथ में छतरी ही ले आता।”

“अच्छा, अब बनो मत!” उन्होंने भी अपनी सूक्ष्म नीति त्याग दी। ठोस उदाहरण देते हुए बोले, “हाथ में मिठाई का डिब्बा लेकर आते तो कितने सुशोभित होते तुम्हारे हाथ!”

मुझे अपनी माँ की सीख याद आ गयी। बोला, “पर वह तो बहन-बेटी के घर जाओ तो ख़ाली हाथ नहीं जाते, मिठाई या फल ले जाते हैं। पर तुम्हारी पत्नी तो न मेरी बहन है न बेटी...।”

“भाभी तो है!”

मैंने तो इस विषय में भी बहस उचित नहीं समझी, नहीं तो वे सूची लम्बी करते जाते। कह देते कि अधिकारियों के घर भी मिठाई लेकर जाते हैं, अध्यापकों

के भी, ब्राह्मणों के भी...मिठाई खाने वाले इस देश में इतने लोग हैं, और मिठाई इतनी महँगी है कि मैं रोज़ समाचारपत्र इस अपेक्षा से पढ़ता हूँ कि कभी तो सरकार ऐसा कानून बनाएगी कि मिठाई ख़रीदने के लिए इन्कमटैक्स क्लियरेंस प्रस्तुत करना अनिवार्य हो जाए।

पर, समय सदा एक-सा नहीं रहता। एक दिन मेरे उन मित्र के घर भी खुशी हुई। नहीं! उनके घर लड़का पैदा हुआ। उनका तलाक हो गया। फूले नहीं समा रहे थे। अपनी खुशी बाँटने कचहरी से सीधे हमारे घर चले आये थे।

"इतनी खुशी की बात है और तुम ख़ाली हाथ चले आये।" मैंने उन्हीं के अन्दाज़ में कहा।

"ख़ाली हाथ!" वे हँसे, "ख़ाली हाथ कौन गधा आया है? हाथ में ब्रीफकेस है और ब्रीफकेस में तलाक के काग़ज़! क्या समझे?"

मैं बहुत कुछ समझ गया। मनुष्य दुनिया में ख़ाली आता है और ख़ाली हाथ दुनिया से चला जाता है। पर, जब तक दुनिया में रहता है, हाथ में एक ब्रीफकेस अवश्य झूलता रहता है। ख़ाली हाथ आना-जाना तो ठीक है, पर यहाँ ख़ाली हाथ रहना ठीक नहीं है। अपने लिए आदमी कुछ न कुछ माँगता ही रहता है। कभी-कभी तो मुझे लगता है कि मनुष्य ने ईश्वर का सृजन ही इसलिए किया है कि उससे कुछ न कुछ माँगता रह सके। महत्त्वाकांक्षी लोगों की बात छोड़िए, वे तो ऐश्वर्य ही माँगते रहते हैं। तो बहुत महत्त्वाकांक्षी नहीं भी हैं, वे भी ईश्वर से कहते हैं, कुछ तो दे—चल! एक ब्रीफकेस ही दे। अब यह दूसरी बात है कि ब्रीफकेस कभी ख़ाली नहीं रहता। जो व्यक्ति ईश्वर से छोटी-सी चीज़ माँगता है, वह ब्रीफकेस ही माँगता है, किन्तु (फ़िल्मों के समान) सौ-सौ के नोटों की गड्डियों से भरा हुआ। जैसे मेरी पत्नी जीवन में बस दो वक़्त की रोटी माँगती है, चाहे पाँच तारों वाले किसी भी होटल में मिल जाए।

तो मेरे मित्र भी अपनी इतनी बड़ी खुशी के बाद, हमारे घर ख़ाली हाथ नहीं आये हैं, ब्रीफकेस झुलाते हुए आये हैं। ब्रीफकेस के बावजूद मुझे न केवल उनके हाथ ख़ाली दिखाई पड़ रहे थे, मुझे तो उनका घर भी ख़ाली-ख़ाली दिखाई पड़ रहा था। और उन्हें लग रहा था कि पत्नी खोकर कोई बड़ा ख़जाना उनके हाथ आ गया है। उस समय उन्हें मौसम बड़ा सुहावना लग रहा था; अतः आते ही उन्होंने 'भाभी जी' से चाय की फ़रमाइश कर दी। दुनिया-भर की धूल फाँक आये थे; अतः उन्हें भूख भी ख़ूब लगी थी। वैसे भी उन्हें 'भाभीजी' के हाथ की पकी चीज़ें बड़ी स्वादिष्ट लगती थीं। 'भाभीजी' के प्रति इस प्रशंसा-भाव के कारण उनकी खुशी में मिठाई हमें ही खिलानी पड़ गयी।

पर बात तो हाथों के ख़ाली होने की है। एक अन्य मित्र हैं हमारे, जिनकी दृष्टि दूसरों के ख़ाली हाथों पर नहीं अपने हाथों पर है। उनकी जेब में भारी वेतन

वाला पर्स है; घर से भी सम्पन्न हैं; और फिर अभी कुँवारे हैं। प्रतिदिन दो-चार रिश्ते प्रस्तावित होते रहते हैं। कुँआरी कन्याओं के अभिभावक उन्हें 'चाय' और 'खाने' पर बुलाते ही रहते हैं। हमें उनकी दसों अँगुलियाँ घी में दिखाई पड़ती हैं और वे अपने हाथ झटक-झटककर अपने ख़ाली हाथों को रोते हैं। हम महीने के अन्तिम दिनों में ख़ाली हाथ होते हैं, और वे पूरे महीने का वेतन जेब में डालकर भी स्वयं को ख़ाली हाथ ही अनुभव करते हैं। बहुत शोध किया तो पता चला कि वे अपने हाथों को तब तक ख़ाली ही मानते रहेंगे, जब तक किसी गोरी की कोमल कलाई उनके हाथ में नहीं आ जाएगी। पहली बार पता चला कि उनके हाथ ही ख़ाली नहीं हैं, बेचारे आज तक स्वयं को दिल से भी दिवालिया ही मानते रहे हैं। स्वयं बढ़कर किसी की कलाई थाम नहीं सकते थे, इसलिए प्रतीक्षा में थे कि कोई भला आदमी स्वयं ही कन्यादान करे। उनकी इच्छापूर्ति के लिए लोग इच्छुक भी बहुत थे; किन्तु तब उन महाशय की दृष्टि अपने ख़ाली हाथों को भूलकर गोरी की सुन्दर कलाई को नहीं, उस पर पहनायी गयी सोने की चूड़ियों और अँगुलियों में पहनी हीरे की अँगूठियों को गिनने लगती थी। परिणाम यह है कि आज तक बैठे अपने ख़ाली हाथों को रो रहे हैं।

और एक वह वर्ग है जो अपने हाथों को ख़ाली रखने के लिए संघर्ष कर रहा है। प्रत्येक व्यक्ति उनकी ओर आश्चर्य से देखता है और पूछता है, "ख़ाली हाथ?" वे कहते हैं, "हाँ! ख़ाली हाथ!" पूछो, "क्यों?" तो उत्तर देते हैं, "बस में खड़े होने के लिए, उसकी छत में लगा डण्डा पकड़ना होता है, इसलिए।" उनसे कहो कि विश्वविद्यालय की उपाधि इन हाथों में पकड़ाने के पहले, इन हाथों में हम एक-आध पुस्तक भी पकड़ाना चाहते हैं; इसलिए तुम बस का डण्डा छोड़कर एक पुस्तक पकड़ लो।" पर वे अपने हठ पर अड़े हैं, "पुस्तक पकड़ ली तो बस छूट जाएगी। और बस ही वह वाहन है जो विश्वविद्यालय तक पहुँचाता है। पुस्तक किसी वाहन का नाम नहीं है, वह कहीं नहीं पहुँचाती। वह हाथों को केवल उलझा देती है।"

सारा देश इस वर्ग के हाथ में पुस्तक पकड़ाने को छटपटा रहा है; पर यह वर्ग मेरे मित्र के सम्प्रदाय का अनुयायी है, वह अपने परीक्षक के घर ख़ाली हाथ नहीं जाना चाहता। रास्ते में हलवाई की दुकान पड़ती है। वहीं से वह मिठाई का डिब्बा पकड़ लेता है। न वह ख़ाली हाथ परीक्षक के घर जाता है, न वह शरम से पानी-पानी होता है। इसलिए न कभी उसका आँगन भीगता है, और न कभी उसकी आँखें।

परीक्षक

प्रधानमन्त्री ने देश के किसानों को और कुलपति ने डॉ. रामलुभाया को दिल्ली बुलाया।

किसानों ने क्या किया, वह अलग बात है; पर डॉ. रामलुभाया ने बुलावा आने पर टिकट ख़रीद ली। यात्रा के लिए गाड़ी में अपना स्थान आरक्षित करा लिया था। पर, जब वे दिल्ली जाने के लिए स्टेशन पर पहुँचे, तो उन्होंने देखा कि जिस बर्थ पर सोते हुए वे अकेले दिल्ली जाना चाहते थे, उस पर बैठकर छः किसान और छः लाठियाँ—मिलकर दिल्ली जा रहे थे। कण्डक्टर ही क्या रेलवे का कोई आदमी भी दिखाई नहीं पड़ रहा था।

"मुझे दिल्ली जाना है भाई!" वे रुआँसे होकर बोले।

"तो चलो न!" छः के छः किसान कोरस में बोले।

"तो मेरी सीट से उठो न!"

रामलुभाया की यह बात किसानों को नहीं भायी। वे मुँह बनाकर बोले, "हमने तो दिल्ली जाने के लिए किसी को सीट से नहीं उठाया।"

"पर यह सीट तो मैंने रिज़र्व करायी है।" रामलुभाया फिर बोले।

"रिज़र्व करायी है।" एक नया किसान आगे बढ़ आया, "तुम साले अकेले दिल्ली जाओगे और इन छः को यहीं उतार जाओगे।" उसने रामलुभाया को घूरा, "तुम साथ चलो तो प्रधानमन्त्री के सात किसान दिल्ली जाएँगे। तुम अकेले जाओगे तो छः किसान कम हो जाएँगे। तुम प्रधानमन्त्री के विरोधी हो क्या?"

रामलुभाया ने आसपास देखा और डर गये। प्रधानमन्त्री के विरोधी होने का साहस वे नहीं कर पाये। बोले, "नहीं! मैं तो किसान-रैली में जा रहा हूँ।"

"तो चलो!"

"कैसे चलूँ?" अभ्यासवश फिर रामलुभाया के मुख से निकला।

"किसान-पद्धति से चलो।" उत्तर मिला।

रामलुभाया किसान-पद्धति से जब दिल्ली पहुँचे, तो वेश-भूषा से पूरे किसान लग रहे थे। गाड़ी चौदह घण्टे लेट हो गयी थी। स्टेशन पर उन्हें लेने कोई आया

नहीं था। जिस मौखिक परीक्षा के लिए वे दिल्ली आये थे, उसका समय भी निकल गया था। फिर भी उन्होंने भैया के घर जाकर कपड़े बदल ही डाले। भैया पुलिस में डी.एस.पी. थे; इसलिए उनका घर पुलिस लाइन्स में था। और दिल्ली विश्वविद्यालय पुलिस लाइन्स से अधिक दूर नहीं है। वे विश्वविद्यालय में सामने कुलपति के समान जाकर खड़े हो गये।

"जाओ! जाओ! यह लाल क़िला नहीं है।" कुलपति रुष्ट स्वर में बोले।

रामलुभाया कुछ समझ नहीं पाये। बोले, "जी!"

"कुतुब मीनार भी नहीं है।"

"मैं समझा नहीं।" रामलुभाया बोले, "वह मौखिक परीक्षा...?"

"दिल्ली में देखने लायक वे ही स्थान हैं भाई।" फिर कुछ सोचकर कुलपति बोले, "किसान-रैली में आये हो?"

"नहीं जी!"

"किसान नहीं हो?"

"नहीं जी! मैं हूँ डॉ. रामलुभाया, फ्राम पटना-यूनिवर्सिटी।"

"किसान नहीं हो?" कुलपति को विश्वास नहीं हो रहा था।

"नहीं!"

"तो धोती क्यों बाँधे हो?"

"धोती बाँधने से कोई किसान हो जाता है क्या?"

"हाँ! हो जाता है।" कुलपति पूरे आत्मविश्वास के साथ बोले, "किसान-रैली में लाखों लोग धोती बाँधकर ही गये हैं।"

"राष्ट्रपति भी तो धोती बाँधते हैं।" रामलुभाया को और कोई तर्क नहीं सूझा।

"वे भी किसान ही हैं।" कुलपति बोले, "उनकी अपनी मान्यता है कि मूल रूप से वे किसान ही हैं, वैसे बाई दि वे राष्ट्रपति भी हैं।"

रामलुभाया को भी बात सूझ गयी। बोले, "तो मैं बाई दि वे यूनिवर्सिटी का प्रोफ़ेसर हूँ। इस समय अपने मूल काम किसानी को छोड़ बाई दि वे वाला काम करने आया हूँ। अर्थात् आपने मुझे पी-एच.डी. के एक शोधार्थी को मौखिक परीक्षा लेने के लिए बुलाया था।"

"तो हिन्दी डिपार्टमेण्ट का काम होगा!"

"जी हाँ।"

"मैं पहले ही समझ गया था।" कुलपति अपनी समझ पर प्रसन्न हुए, "वे ही लोग ऐसी भाषा बोलते हैं।"

"अच्छा तो अब उस शोधार्थी अर्थात् कैण्डीडेट को बुलाइए। परीक्षा हो जाए।" रामलुभाया बोले।

"वह लड़का तो घर चला गया है।" कुलपति बोले, "तुम आये जो नहीं।"

"तो कल फिर हो जाएगी परीक्षा।"

"नो, डॉ. रामलुभाया!" कुलपति रामलुभाया को घूरकर बोले, "कल सुबह आठ बजे एकेडेमिक काउंसिल की मीटिंग है। तुमको अगर अपना रेल-भाड़ा और परीक्षक की फीस लेनी है, तो सुबह आठ बजे से पहले उसकी परीक्षा ले लेना।"

"तो उस लड़के को ख़बर भिजवाइए कि शाम को वह आ जाए।"

"उसके पास टेलीफ़ोन नहीं है।" कुलपति बोले।

"तो तार भिजवाइए।"

"तार शाम तक नहीं पहुँचेगा।" कुलपति बोले, "यह इण्डिया है।"

रामलुभाया के मस्तिष्क में ख़तरे की घण्टी बजने लगी। लड़के का तो कुछ नहीं बिगड़ेगा, उसकी परीक्षा तो कभी-न-कभी हो ही जाएगी, पर रामलुभाया के सात सौ रुपये डूब जाएँगे।

"तो आप उसकी खोज करवाइए। उसे किसी प्रकार सूचना भिजवाइए।" रामलुभाया कुछ नाराज़ होकर बोले, "यह आपका काम है।"

कुलपति ने उन्हें हल्के से घूरा और अत्यन्त शान्त स्वर में बोले, "डॉ. रामलुभाया! अपनी औकात पहचानो। तुम्हें परीक्षक मैंने बनाया है।"

"यस सर!" रामलुभाया अपनी औकात पहचान गये।

मुँह लटकाये डॉ. रामलुभाया पुलिस लाइन्स में भैया के घर पहुँचे तो पाँच बज चुके थे।

"किसान रैली में घिर गये थे क्या?" भैया ने पूछा।

"नहीं! कुलपति ने डाँटा है।"

"मारें ससुर के दो डण्डे!" भैया का पुलिसियाना तेज जाग उठा, "हमारे यहाँ होते हुए तुम्हें कोई कैसे डाँट सकता है!"

रामलुभाया ने भैया को सारी बात समझायी।

"तो अब क्या करना है?" भैया ने पूछा।

"वह लड़का किसी तरह मिल जाता तो!" रामलुभाया बोले, "पर उसके घर टेलीफ़ोन नहीं है और उसका घर बहुत दूर है।"

"उसका पता है?"

"हाँ, पता तो है।"

"तो दो!"

रामलुभाया ने लड़के का पता दे दिया।

भैया ने पता देखा, "हूँ! कालकाजी! अच्छा ठीक है।"

भैया ने टेलीफ़ोन उठाया। कालकाजी थाने का नम्बर मिलाया, "हैलो सक्सेना! हाँ भाई मैं बोल रहा हूँ डी.एस.पी. लाइन्स! सुनो एक लड़का है तुम्हारे इलाके में। उसने पी-एच.डी. का थीसिस जमा किया है। उसे रात तक मेरे घर पर हाजिर करो।"

"यस सर!" उधर से सक्सेना ने कहा, "पता बता दीजिए। शाम तक साला सिर के बल हाजिर होगा।"

भैया ने पता लिखा दिया और सक्सेना ने कार्रवाई चालू कर दी।

"मोतीराम!" उसने सिपाही को पुकारा।

"जनाब!" मोतीराम ने आकर सलामी ठोंकी।

"यह एक व्यक्ति है राजाराम!" सक्सेना ने बताया, "इसने पी-एच.डी. का थीसिस जमा किया है, इसे डी.एस.पी. लाइन्स के सामने हाजिर करना है। जाकर लाओ इसको। साला सीधे से न आए तो बाँध कर लाओ।"

मोतीराम चल पड़ा। उसे आज जल्दी घर जाना था, पर अब यह काम आ पड़ा।

"अब तक तो साले गाँजा, चरस, अफीम, चीनी, सीमेण्ट, सोना-चाँदी जमा करते थे," वह सोचता हुआ जा रहा था, "अब थीसिस भी जमा करने लगे। पता नहीं, कैसा नशा है यह साला।"

जब तक मोतीराम राजाराम के घर तक पहुँचा, तब तक उसका पारा काफ़ी चढ़ चुका था, "भरी गर्मी में खटा दिया सालों ने।'

उसने भरपूर गुस्से में दरवाज़ा खटखटाया। एक महिला ने दरवाज़ा खोला और एक वर्दीधारी सिपाही को खड़ा देखकर चौंकी, "क्या बात है?"

"बात क्या है?" मोतीराम चिढ़कर बोला, "थीसिस जमा किया है या नहीं? कहाँ है राजाराम? बुलाओ उसको।"

महिला केवल इतना ही समझ पायी कि सिपाही राजाराम को पूछ रहा है। बोली, "वे घर पर नहीं हैं।"

"जब हम द्वार पर खड़े हों तो कोई भी घर पर नहीं होता।" मोतीराम बोला, "हम ऐसे ही नहीं टल जाते। हमें रोज़ ही तुम जैसों से वास्ता पड़ता है। बताओ, कहाँ है वह, उसे शाम तक थाने में हाजिर करना ही है।"

महिला ने कुछ साहस बटोरकर कहा, "तुम तो ऐसे कह रहे हो, जैसे उन्होंने कोई अपराध किया है।"

"अपराध नहीं किया क्या?" मोतीराम ने डाँटकर पूछा, "थीसिस जमा किया है या नहीं?"

"किया है।"

"तो और अपराध क्या होता है?" मोतीराम ने रौब दिखाया, "लाओ, उसे हाजिर करो, नहीं तो घर की तलाशी लूँगा।"

भीतर से घर के लोग आ गये और बाहर से मुहल्ले के। शोर मच गया—"क्या हुआ?"

"थाने से राजाराम की बुलाहट है।"

"क्यों? क्या किया उसने?"

"थीसिस जमा किया है।"

मुहल्ले के चौधरी बीच में पड़े। मोतीराम को विश्वास दिलाया कि राजाराम सचमुच घर में नहीं है। इस बात की जमानत ली कि वह भागकर कहीं नहीं जाएगा। घर आते ही उसे थाने में हाजिर किया जाएगा।

"तो बताओ, वह कहाँ गया है?"

लोगों ने महिला की ओर देखा।

महिला ने पता बता दिया।

मोतीराम पता लेकर थाने पहुँचा। रपट दी, "मुल्ज़िम फ़रार है। घरवालों ने यह पता दिया है।"

सक्सेना ने मोतीराम को डाँटा, "तो थाना क्या तुम्हारी माशूक़ा का घर है? यहाँ लौटकर आने की क्या ज़रूरत थी। जाओ, जनकपुरी जाओ और उस उल्लू के पट्ठे को लेकर आओ।"

मोतीराम मन-ही-मन राजाराम को, सक्सेना को और अपनी नौकरी को गालियाँ देता हुआ जनकपुरी के थाने पहुँचा। वहाँ से एक सिपाही साथ लिया और बताये हुए पते पर जा धमका।

अपने मित्र के साथ, उसके ड्राइंग-रूम में बैठा हुआ राजाराम पकड़ लिया गया।

"चल बे!"

"क्यों भाई! मैंने क्या किया है?"

"थीसिस जमा किया या नहीं?"

"हाँ! थीसिस तो जमा किया है।" राजाराम बोला, "आज मौखिक परीक्षा भी होनी थी; पर परीक्षक ही नहीं आया। अब सोच रहा हूँ, इस वर्ष डिग्री कैसे मिलेगी।"

मोतीराम ने उसे एक धौल जमाया, "चल बे चल! सब-कुछ हो जाएगा। थाने में तेरी पूछताछ सक्सेना साहब करेंगे....।"

"पर उसके लिए तो डॉ. रामलुभाया आनेवाले थे।" राजाराम चिल्लाया, "तुम लोग मुझे कहाँ ले जा रहे हो?"

"रामलुभाया को ही हम थानेदार का डण्डा कहते हैं।" मोतीराम ने उसे धक्का दिया, "और डिग्री तो हम देंगे ही तुझे। आज क्यों, अभी! सारी डिग्रियाँ देंगे। थर्ड डिग्री समेत।"

राजाराम और उसका मित्र शोर मचाते रहे; पर वह शोर दुल्हन की विदाई पर लड़की वालों का रोना ही सिद्ध हुआ। राजाराम को तो मोतीराम घसीटकर ले ही गया।

सक्सेना के सामने राजाराम हाजिर किया गया, तो उसने ऊपर से नीचे तक

उसे परखा, "साले! देखने में तो बड़े मस्कीन-से लगते हो पर हो लालबुझक्कड़।" उसने मोतीराम की ओर देखा, "पहनाओ साले के हाथ में लोहे की चूड़ियाँ, और भी हसीन लगेगा। अबे, यह जमाख़ोर है। थीसिस जमा करता है साला।"

"थानेदार साहब!..." राजाराम ने कुछ कहना चाहा।

"चुप बे!" सक्सेना ने उसे डाँट दिया, "जो कुछ कहना है, डी.एस.पी. साहब के सामने कहना।"

सक्सेना ने फ़ोन मिलाया, "सर! मुल्ज़िम थाने में खड़ा है। अभी भेज दूँ? बड़ी मुश्किल से हाथ आया है। जनकपुरी तक जाना पड़ा।"

"वह मुल्ज़िम नहीं है।" डी.एस.पी. बोले, "पर उसे अभी भेज दो तुरन्त! घर भी मत जाने देना। सीधे यहीं भेजो। देर हो गयी तो ग़ज़ब हो जाएगा।"

"मैं मामले की गम्भीरता समझता हूँ साब।" सक्सेना बोला, "आपके अण्डर काम करके कुछ सीखा है साब हमने! अभी भेजता हूँ।"

"यू आर ए गुड ब्वाय!" डी.एस.पी. साहब ने शाबाशी दी, "तुरन्त भेज दो। हम इन्तज़ार कर रहे हैं।"

डॉ. रामलुभाया ने राजाराम को अपने सामने पाया तो उनकी जान में जान आयी—उनके सात सौ रुपये डूबने से बच गये थे।

उन्होंने पहला प्रश्न पूछा तो राजाराम उनके पैरों पर गिर पड़ा, "गुरुदेव! मौखिक परीक्षा जितनी मन आये लीजिए, पर पूछताछ मत करना।"

अगले सप्ताह राजाराम समाचारपत्र में अपना परीक्षाफल ढूँढ़ रहा था। तीसरे पृष्ठ पर छठे कालम में एक समाचार था : 'साठ वर्ष की महिला की हत्या।' उसके नीचे समाचार था, 'कार-चोरों का गिरोह पकड़ा गया।' और तब उसकी आँखों को देखने को मिला, 'राजाराम को पी-एच.डी. की उपाधि मिली।'

राजाराम चिन्तित हो उठा। पुलिस लाइन्स में उसकी मौखिक परीक्षा हुई थी। हत्या और चोरी के साथ उसकी डिग्री का समाचार आया था। अब डिग्री कौन-सी मिलेगी उसे...थर्ड ?...

त्रासदी कहनेवाले की

बहुत सोच-विचार और माथापच्ची के बाद विज्ञापन का बोर्ड तैयार हो पाया था। फिर भी मिल के प्रचार-विभाग का चित्रकार जो चाहता था, चित्रित नहीं कर पाया था। वह चाहता था कि चित्र में अपनी प्रेमिका को, अपनी मिल के बने हुए कपड़े पहने हुए दिखाए। इससे मिल का विज्ञापन तो होगा ही, साथ ही अपनी प्रेमिका का सुन्दर-सा चित्र बनाने और उसे दिल्ली के सबसे बड़े चौराहे पर प्रतिष्ठित करने की अपनी इच्छा भी पूरी कर पाएगा। किन्तु, उसके मैनेजर ने उसे अपने मन की नहीं करने दी थी। मैनेजर का विचार था कि दिल्ली की सड़कों पर इतनी सुन्दरियाँ खुलेआम घूमती हैं कि सुन्दरी को एक विज्ञापन में देखने के लिए कोई देहाती भी एक क्षण को नहीं रुकेगा। मैनेजर चाहता था कि कोई बहुत ही आकर्षक चित्र बने। ऐसा कि चलता आदमी तो रुक ही जाए; लोग अपने मित्रों को अपनी कारों में भर-भरकर लाएँ और पोस्टर दिखाएँ। प्रचार-अधिकारी का विचार था कि ऐसा तो तभी हो सकता है जब उस लड़की के साथ-साथ एक लड़का भी बनाया जाए। उसने भी उन्हीं की मिल के बने कपड़े पहने हुए हो। और लड़की लगभग लड़के की गोद में बैठी हुई हो। चित्रकार को उनके विचार सुनकर बहुत बुरा लगा था। उसने अपने मन में तभी तय कर लिया था कि अब वह उस लड़की का चेहरा अपनी प्रेमिका के समान न बनाकर, मैनेजर की पत्नी के समान बनाएगा।

मैनेजर और प्रचार-अधिकारी की बातचीत और आगे बढ़ी थी और वे लोग दो निष्कर्षों पर सहमत हो गये थे। पहला निष्कर्ष यह था कि उन लोगों ने सूटों का कपड़ा बनाने वाली मिल चलाकर, विज्ञापन की दृष्टि से बहुत बड़ी भूल की है। उन्हें तो भीतरी कपड़े बनाने की मिल चलानी चाहिए थी; और दूसरा नगर-निगम की, अश्लील विज्ञापनों की रोकथाम की नीति के विषय में था। उनका हार्दिक मत था कि नगर-निगम नंगे विज्ञापनों का निषेध कर विज्ञापनदाताओं की धार्मिक स्वतन्त्रता पर रोक लगा रहा है। विज्ञापनकर्ता आलिंगन, चुम्बन या उसके आगे की प्रक्रिया न दिखाएँ तो फिर विज्ञापन का ही क्या अर्थ?

अन्त में विज्ञापन का एक नमूना तैयार हुआ। एक लड़का और लड़की ही

बनाये गये। दोनों ने उसी मिल के बने हुए कपड़े के सूट पहन रखे थे। वे दोनों अत्यन्त निकट खड़े थे। दोनों ने मिलकर अपने चारों हाथों में एक साफ्टी आइसक्रीम पकड़ रखी थी और दोनों के होठ आइस्क्रीम को छू रहे थे। यह आइसक्रीम के माध्यम से लिया गया चुम्बन था।

मैनेजर, प्रचार-अधिकारी और चित्रकार—तीनों ही बहुत प्रसन्न थे। उन्होंने नगर-निगम तथा अन्य विभागों के अधिकारियों की समस्त सावधानियों को अँगूठा दिखा दिया था और अब वे इस विज्ञापन को चौराहे पर प्रतिष्ठित करने जा रहे थे।

विज्ञापन लगा, तो सचमुच आते-जाते लोगों की दृष्टियाँ उसकी ओर उठती रहीं। मैनेजर अपनी कार में, चार-अधिकारी और चित्रकार के साथ बैठा मुग्ध भाव से विज्ञापन और उसके दर्शकों को देखता रहा और अपनी सफलता पर प्रसन्न होता रहा।

थोड़ी देर में उन तीनों की दृष्टि विज्ञापन के दो विशिष्ट दर्शकों पर जम गयी। वे दो थे : एक वयस्क था और एक बच्चा। कदाचित् पिता-पुत्र ही रहे हों। वे बड़ी देर से विज्ञापन को देख रहे थे और आपस में बातचीत कर रहे थे। लगता था, जैसे वे किसी बहस में पड़ गये हैं।

मैनेजर और उसके साथियों को उत्सुकता हुई। वे लोग कार से उतर आये और उन दोनों दर्शकों से इतनी दूर पर खड़े हो गये कि उनकी बातें तो सुन सकें, किन्तु उनकी दृष्टि में न पड़ें।

उन दोनों के बीच एक विकट विवाद चल रहा था। स्वर में कुछ-कुछ आवेश भी था और वे दोनों ही अपने तर्कों से एक-दूसरे को सहमत करने का प्रयत्न कर रहे थे।

"पापा! मेरी बात मानो।" बच्चा कह रहा था, "यह साफ्टी आइसक्रीम का ही विज्ञापन है। नहीं तो दोनों एक ही आइसक्रीम क्यों खाते?"

"नहीं बेटे!" बाप ने अपने आवेश को सायास दबाते हुए कहा, "यह कपड़े की मिल का विज्ञापन है। देखो! नीचे अँग्रेज़ी में लिखा हुआ है कि सभी स्मार्ट लोग इसी मिल के बने कपड़े पहनते हैं।"

"तो फिर दोनों ने एक ही कमीज़-पतलून क्यों नहीं पहनी?" बच्चे ने ज़िद की।

"कपड़े तो सब अलग-अलग पहनते हैं।" बाप ने बताया।

"आइसक्रीम भी तो सब अलग-अलग खाते हैं।" बच्चे ने कहा।

"तो फिर यह दोनों का ही विज्ञापन होगा।" पिता ने ऊबकर कहा।

बच्चा एक क्षण तो भौचक-सा खड़ा पिता के चेहरे को देखता रहा, फिर सहसा प्रसन्न होकर बोला, "इस बार आपको ठीक बात सूझी है। यह विज्ञापन दोनों का ही है।"

"कपड़े और आइसक्रीम दोनों का विज्ञापन एक साथ करने का क्या अर्थ?" बाप ने अपनी खीझ प्रकट की।

"क्यों, अर्थ तो इतना साफ़ है।" बच्चे ने पिता को समझाया, "क्या आप इतना भी नहीं समझ सकते कि यह विज्ञापन कह रहा है कि इस मिल का कपड़ा इतना महँगा है कि इसे ख़रीदने के बाद इस लड़के और लड़की के पास इतने भी पैसे नहीं बचे कि वे लोग दो आइसक्रीमें ख़रीद सकते। बेचारों को एक से ही काम चलाना पड़ रहा है।"

मैनेजर और उसके साथियों ने आगे की बातचीत नहीं सुनी। वे समझ गये कि उनके विज्ञापन का वक्रोक्ति अलंकार हो गया है।

वक्रोक्ति अलंकार काव्यशास्त्रियों के अनुसार वहाँ होता है, जहाँ कहने वाला कुछ और कहे और सुनने वाला कुछ और समझे। यह अपने देश का सबसे अधिक लोकप्रिय अलंकार है।

रामलुभाया ने नगर-निगम से साइकिल, स्कूटर और कार-पार्किंग का ठेका लिया। जहाँ पार्किंग बनायी गयी थी, उसके सामने पटरी थी। लोग अधिकांशतः पटरी पर ही साइकिल और स्कूटर खड़े कर देते थे। रामलुभाया को विशेष आय नहीं हो रही थी। उसने नगर-निगम से पूछा, "मुझे पार्किंग का बोर्ड कहाँ लगाना है?" नगर-निगम का उत्तर अत्यन्त स्पष्ट था, "मूर्ख! इतना भी नहीं जानते। बोर्ड पार्किंग के बाहर लगाया जाता है।" नगर-निगम के कहने का अर्थ क्या है, इसकी चिन्ता रामलुभाया को नहीं थी। वह वही समझा, जो उसे समझना चाहिए था। उसने पार्किंग का बोर्ड स्टैण्ड के बाहर लगाया–पटरी के खम्भे पर! परिणामतः पटरी पार्किंग में आ गयी और वहाँ खड़े साइकिलों और स्कूटरों के भी वह पैसे वसूल करने लगा।

पार्किंग के विस्तार के साथ, रामलुभाया की बुद्धि का भी थोड़ा विस्तार हुआ। संयोग से उसके स्टैण्ड के सामने वाली सड़क पर दस फुट आगे ट्रैफिक की बत्तियाँ लगी हुई थीं। भीड़भाड़ के समय बत्ती लाल हो जाती तो कुछ सवारियों को पार्किंग के सामने भी रुकना पड़ता। रामलुभाया तुरन्त अपनी टिकटों वाली कापी लेकर वहाँ पहुँचता, "तीस पैसे।"

"क्यों?" स्कूटर-सवार पूछता।

"आपने पार्किंग में गाड़ी खड़ी की है।"

"मैं लाल बत्ती के कारण रुका हुआ हूँ।" स्कूटर-सवार झल्लाकर कहता।

"किसी कारण से रुके हों।" रामलुभाया कहता, "स्कूटर खड़ा करने पर ही पैसे लगते हैं। चलते स्कूटर से तो मैं भी पैसे नहीं माँगता।"

पर अधिकांश स्कूटर सवार वक्रोक्ति का ही सहारा लेते और रामलुभाया के कहे का कुछ और अर्थ समझते। वे उसे पागल समझ, धकियाकर आगे बढ़ जाते।

काव्यशास्त्र का ज्ञान मुझे ज़रा कम है; किन्तु व्यवहार में वक्रोक्ति के दो भेद हैं। पहला अपनी सुविधा के कारण अर्थभेद करना और दूसरा अपनी असुविधा के कारण अर्थभेद करना। रामलुभाया की वक्रोक्ति पहले प्रकार की थी और स्कूटर-सवार की दूसरे प्रकार की।

कभी-कभी ऐसी वक्रोक्तियाँ काफ़ी ऊँचे स्तर पर होती हैं। कहते हैं कि क्रान्ति से पहले जब जनता ने अपने जुलूसों और प्रदर्शनों में यह कहा था कि उन्हें रोटी उपलब्ध नहीं होती तो फ्रांस की रानी ने समझा था कि उन्हें केक उपलब्ध हो रहे हैं। अँग्रेज़ों के भारत आने पर जब कुछ सुविधाकांक्षियों ने उनके सामने नाक रगड़ी थी तो अँग्रेज़ों ने उसे भारत की जनता का श्रद्धा-प्रदर्शन समझ लिया था।...

इतना लिखने के पश्चात् मैं डर गया हूँ। कहीं ऐसा तो नहीं कि काव्यशास्त्रियों ने कुछ और ही कहा हो और मैं अपनी सुविधा के कारण उसका कुछ और ही अर्थ समझ रहा होऊँ...।

परेशानियाँ

रामलुभाया की परेशानियों का इतिहास बहुत पुराना है। गिरते-पड़ते स्कूल की पढ़ाई पूरी कर, जब कॉलेज में प्रवेश पाने के लिए रामलुभाया ने फ़ार्म भरकर प्रिंसिपल की मेज़ पर रखा था, उसी क्षण उसने अपनी परेशानियों के साम्राज्य की नींव रखी थी।

रामलुभाया के चाचाजी उसी कॉलेज में पढ़ाने की नौकरी करते थे। वह बड़ा मस्त था कि चाचाजी तो हैं ही। आजकल तो वैसे भी 'स्टाफ-युग' चल रहा था। प्रत्येक संस्था बनती तो 'जनता' के लिए है, पर हो जाती है 'स्टाफ' की। और उसके चाचाजी तो केवल स्टाफ नहीं थे...क्योंकि स्टाफ तो चपरासी होता है...वे तो अध्यापक थे। पर जब प्रिंसिपल ने फ़ार्म पर 'प्रवेश-निषेध' की पर्ची चिपका दी तो रामलुभाया बहुत नाराज़ हुआ। उसे कॉलेज में प्रवेश नहीं मिलता, न सही; किन्तु चाचा-भतीजावाद के युग में चाचाजी के कॉलेज में भतीजे का अपमान हो; यह तो प्रलयंकारी अनर्थ हुआ। रामलुभाया अपना अपमान तो फिर भी सह जाता, पर युग का अपमान कैसे सहता!

उसने कॉलेज में किसी से बात करने की आवश्यकता नहीं समझी। किसी प्रचण्ड राष्ट्र के झण्डे के समान फड़फड़ाता हुआ अपने चाचाजी के पास चला गया, "चाचाजी! आपके कॉलेज वाले मुझे एडमिशन नहीं दे रहे!"

पर जाने चाचाजी की समाधि कितनी गहरी थी कि 'सती-दाह' जैसे इस काण्ड से भी वे विचलित नहीं हुए। बोले, "कितने प्रतिशत अंक हैं तुम्हारे?"

"बयालीस प्रतिशत!" रामलुभाया ने अपने कीर्तिमान की घोषणा की।

"एडमिशन सम्भव नहीं है।" चाचाजी ने इतनी सहजता से कह दिया जैसे कहा हो, 'बेटा! चाय पी लो।'

"क्यों?" रामलुभाया जैसे अन्तरिक्ष से गिर पड़ा।

"क्योंकि तुम्हारे अंक बहुत कम हैं।" चाचाजी ने उसे डाँटा, "कैसे डफर हो, इतनी-सी बात भी नहीं समझते।"

"पर आप वहाँ पढ़ाते हैं!" जामवन्त ने हनुमान को उसके बल की याद दिलायी, "आप स्टाफ हैं।"

पर चाचाजी को नहीं चेतना था, नहीं चेते। वे अपनी औकात को अच्छी तरह जानते थे, "मै वहाँ नौकरी करता हूँ।"

"आप चाहें तो किसी लड़के को एडमिट नहीं करा सकते?"

"कॉलेज मेरे बाप का नहीं है।" चाचाजी माया के बन्धनों से काफ़ी मुक्त थे, "विश्वविद्यालय के बनाये हुए नियमों के अनुसार वहाँ लड़कों को प्रवेश दिया जाता है। यह काम प्रवेश-समिति करती है; और प्रिंसिपल उनकी राय पर ही चलते हैं।"

अब तक तो रामलुभाया परेशान ही था, पर अब नाराज़ भी हो गया। उसकी नाराज़गी विश्वविद्यालय और कॉलेज के विरुद्ध तो थी ही, पर सबसे अधिक नाराज़ वह अपने चाचाजी से था, "चाचाजी अपने-आपको बड़ा आदमी समझते हैं। किसी की कोई सहायता नहीं करना चाहते। डरते हैं कि कोई और पढ़-लिखकर उनके समान बड़ा आदमी न बन जाए। हैल विथ हिम एण्ड हिज़ कॉलेज। अब मैं पढ़ूँगा ही नहीं।"

रामलुभाया की पढ़ाई आगे नहीं चली : वह कहता है कि उसने किसी और कॉलेज में प्रवेश चाहा नहीं, पर मेरा उससे मतभेद है। मेरा विचार है कि उसे प्रवेश मिला नहीं।

कई वर्षों के बाद एक दिन जब वह मेरे घर आ धमका तो बहुत प्रसन्न था। कुछ तो उसकी प्रसन्नता छुतहा रोग रही होगी, और कुछ एक लम्बे अन्तराल के बाद, अपने एक पुराने सहपाठी को इस प्रकार अपने सामने खड़ा देख मैं प्रसन्न हो गया।

पूछा, "भई! कैसे हो?"

"सेवानगर में एक कोठी ख़रीद ली है।" वह बोला, "गाड़ी भी ख़रीदी है। बाहर खड़ी है, चलकर देखो।"

वह मुझे घसीटकर बाहर ले आया। देखा, एक चमचमाती एम्बैसेडर कार मेरे दरवाज़े पर खड़ी थी। मैं बहुत प्रभावित हुआ।

"नयी है क्या?" मैंने पूछा।

"नयी नहीं लग रही क्या?" उसने ट्रक ड्राइवर के अन्दाज़ में कहा, "कोई नयी गाड़ी इतनी चमकाकर तो दिखा दे।"

मैं समझ गया, बहुत चमकने वाली गाड़ी नयी नहीं होती।

"कौन-सा मॉडल है?" मैंने पूछा।

"मॉडल तो बहत्तर का ही है, पर है ब्रैण्ड न्यू!"

मैं रामलुभाया की तर्क-पद्धति का अनुसरण कभी नहीं कर पाया : बहत्तर का मॉडल सन् पचासी में ब्रैण्ड न्यू कैसे हो सकता है! स्वयं को रोक नहीं पाया। पूछ ही बैठा, "नया कैसे है?"

“बहुत कम चली है। लगभग नहीं के बराबर। और जो कुछ घिसा-घिसाया था, वह तो मैंने बदल ही डाला है।”

मेरे मन में उसके तर्क के समानान्तर एक उदाहरण जागा, “कोई पुरुष नौकरी न करे तो पचास के वय में पन्द्रह वर्ष का माना जाएगा क्या?”

“तुम हमेशा गधों वाली बात ही करोगे।” मेरे तर्कों का शमन उसके इस एक वाक्य से ऐसे हो गया, जैसे दमकल से आग का शमन हो जाता है।

मैं चुप हो रहा। उसकी तर्क-प्रणाली में एकदम कोरा जो था।

“आकर किसी दिन हमारी कोठी देखो।” वह अपने उल्लास को छिपा नहीं पा रहा था, “कैसी चमक रही है। टीक की लकड़ी लगायी है, फ़र्श पर मार्बल का पत्थर, दीवारों पर धौलपुर का पत्थर, रैम्प पर करेजी का पत्थर। बस कोठी में पत्थर ही पत्थर कर दिया है। ऐसा पेण्ट कराया है कि सारे टाउन के अन्दर किसी दूसरे ने नहीं कराया। फण्टास्टिक वाली कोठी है।”

कोठी के नाम पर मैं कुछ ऐसा रौब में आया कि मन में एक पूरा चित्र खींच डाला : वर्तुल मार्ग पर एक बड़ा-सा फाटक। बाहर लकड़ी के डब्बे में खड़ा खुखरी वाला नेपाली दरबान। सामने ड्राइव-वे और गैरेज। चारों ओर विस्तृत लान। दो सीढ़ियाँ चढ़कर चबूतरा। फिर बरामदा, प्रवेश-द्वार, बड़े-बड़े कमरे। भीतर खुला आँगन। बीचोंबीच बना सरोवर, जिसमें फव्वारे चल रहे हों।

सोचा, गर्मियों की इन छुट्टियों में बाहर क्यों जाएँ। चलकर सप्ताह-दो सप्ताह रामलुभाया की कोठी में ही रहा जाए।

मन में उभरे कोठी के चित्र की प्रामाणिकता परखने के लिए पूछा, “कितना बड़ा प्लाट है?”

“एक सौ पाँच गज का।” गर्व से उसकी छाती प्लाट से भी अधिक चौड़ी हो गयी, “ऐसी बनायी है कि लोगों की आँखें गड़ी-की-गड़ी रह जाएँ।”

कोठी के बड़प्पन और कार की नवीनता सुनकर मेरा मन बुझ गया। पर इस सन्दर्भ में कुछ कहकर उसका दिल दुखाना व्यर्थ था। इतने वर्षों के बाद एक पुराना मित्र मिला था। स्वयं चलकर मेरे घर आया था। फिर वह इतना प्रसन्न था, तो मैं ही क्यों रंग में भंग डालता?

पूछा, “काम क्या कर रहे हो, जिसमें इतनी चाँदी बरस रही है?”

“काम क्या है, सप्लाई का धन्धा है।” वह बोला।

“दुकान है?”

“नहीं!” वह बोला, “अबे दुकान क्या करनी है। एक कम्पनी के परचेज़ अफ़सर का पी.ए. मेरा कज़न है। बस उसी को पटा रखा है। हल्का माल सप्लाई कर देते हैं, चेक भारी-भरकम मिल जाता है। कुछ परचेज़ अफ़सर का, कुछ पी.ए. का और कुछ मेरा।”

"ऐसे में तो कम्पनी मिट जाएगी।" मुझ पर उपदेश का भूत सवार हो गया, "वह परचेज़ अफ़सर गाय का दूध नहीं पी रहा, उसका रक्त पी रहा है। जब गाय नहीं रहेगी तो वह दूहेगा किसे?"

मेरे उपदेश का उस पर उल्टा प्रभाव पड़ा। उसकी नाक ऐसे सिकुड़ गयी, जैसे उसे कोई भीषण दुर्गन्ध आयी हो। बोला, "आजकल ग्वालों में रहते हो या कसाइयों में?"

"क्यों?"

"गाय दूहने और गाय को मारने की बात कर रहे हो।"

"मैं तो कम्पनी के बनने-बिगड़ने की बात कर रहा था।"

"कम्पनी बिगड़ जाएगी तो मैं तो बन जाऊँगा न!"

"कितना बना रहे हो?"

"बस, बन ही रहा है।" वह बोला, "जो नहीं बना, वह भी बन जाएगा।"

"शादी हो गयी?"

"हाँ, हो गयी!" वह बोला, "पर हुई बड़ी मुश्किल से है।"

"क्यों? मुश्किल से क्यों?" मैंने जिज्ञासा की, "लड़की की शादी में तो कठिनाई होती है, पर लड़के की शादी में और कठिनाई!" फिर कुछ समझकर मैंने स्वयं ही पूछ लिया, "दहेज में कुछ बहुत ज़्यादा माँग रहे थे क्या? वहाँ भी भावी ससुराल को मिटाकर स्वयं को बनाने का धन्धा तो नहीं चला रखा था?"

"वह भी था ही।" उसने स्वीकार किया, "मेरी माँ अपने कमाऊ पूत को सस्ते में, किसी परायी लड़की को हैण्ड-ओवर करने को तैयार नहीं थी पर कठिनाइयाँ और भी थीं। कोई लड़की मुझे चुड़ैल लगती थी, किसी लड़की को मैं राक्षस नज़र आता था। किसी लड़की के माँ-बाप, मेरे माँ-बाप को गधे चराने वाले लगते थे; और कहीं लड़की के माँ-बाप को मेरे माँ-बाप घसियारे।"

"फिर शादी हो कैसे गयी—घसियारों को घसियारे मिल गये क्या?"

"नेम-व्रत, पूजा-पाठ। बिरादरी के चौधरियों की ख़ुशामद और फ़ाइनली मेरे माँ-बाप द्वारा दहेज की रकम में डिसकाउण्ट की घोषणा।"

"कॉलेज वालों ने तेरे एडमिशन के समय ही नम्बरों में डिसकाउण्ट की घोषणा कर दी होती तो तेरी शादी साल-दो साल में वैसे ही हो जाती। सारा दोष कॉलेज वालों का ही है।"

मैंने अपनी ओर से लाखों रुपयों की बात कही थी, पर वह मुझसे एकदम सहमत नहीं हो पाया। बोला, "नहीं। दोष कॉलेज वालों का नहीं है। मैं ही पागल था।"

"क्यों?" रामलुभाया का यह शालीन रूप देखकर मैं चकित रह गया। उसने जैसे पैसा कमाया है, वैसे ही कहीं से कुछ समझदारी भी बटोर ली है क्या?

"आजकल मैं ख़र्च घटाने की नहीं, आय बढ़ाने की सोचता हूँ। उसमें लगता ही क्या है! ज़रा-सी हेरा-फेरी बढ़ा दो, बस पैसा ही पैसा। वैसे ही तब यदि मैंने उनके परसेण्टेज को नीचे लाने के स्थान पर अपना परसेण्टेज़ बढ़ाने की बात सोची होती तो मुझे तुरन्त प्रवेश मिल जाता।"

"पर अंकों पर परसेण्टेज़ बढ़ाना तुम्हारे वश में था क्या?"

"सीधे ढंग से अधिक अंक लाने की सोचता तो नहीं ला सकता था, जैसे आज सीधे ढंग से कमाने की सोचूँ तो कमाई नहीं बढ़ा सकता। पर जैसे आज पैसों के लिए हेरा-फेरी करता हूँ, वैसे ही तब अंकों के लिए हेरा-फेरी कर सकता था। नक़ल की मात्रा बढ़ा देता, तो अंकों की संख्या बढ़ जाती।...पर यार! तब तो मेरी शादी होती ही नहीं।"

"क्यों?" मैं हैरान रह गया, "अधिक अंक आते, कॉलेज में प्रवेश मिलता। तुम बी.ए. एम.ए. कुछ करते; तो कई लड़कियों वाले तुम्हारे यहाँ चक्कर काटते।"

"वे तो चक्कर काटते," वह बोला, "पर मेरी माँ मेरे दहेज की रक़म इतनी बढ़ा देती कि मेरी शादी होती ही नहीं।"

"बड़ी विचित्र बात है," जाने क्यों मैं कह गया, "कि माँ ही अपने बेटे के विवाह में आड़े आए।"

"विचित्र क्या है इसमें?" रामलुभाया ने घूरकर मुझे देखा, "सीधे-सीधे बिजनेस की बात है। मकान और दुकान दूसरे के लिए ख़ाली करने से पहले कोई भी व्यक्ति पगड़ी माँगता है। जितने मौक़े की जगह होगी, उतनी ही पगड़ी ऊँची होगी।"

"बेटे का विवाह क्या मकान ख़ाली करने जैसा है?" मैंने भरसक उसे डपटा।

"ऊपर से तो नहीं लगता, पर बात वही है।" वह पूर्ण आत्मविश्वास के साथ बोला, "सास, बहू के पक्ष में बेटे पर से अपना क़ब्ज़ा हटाती है या नहीं? बहू बेटे का क़ब्ज़ा लेती है या नहीं?"

"तुम दुकान हो या मकान?"

"मैं गोदाम हूँ।" वह हँसा, "ताला लगा गोदाम। किसी को भी पता नहीं है कि गोदाम में क्या भरा है। सास भी ब्लाइण्ड ही खेलती है और बहू भी।..."

मामला कुछ ज़्यादा ही टेक्निकल होता जा रहा था।

"ख़ैर!" मैंने उसकी बात काट दी, "अब तो हो गयी न शादी!" सहसा मुझे बात का अगला सूत्र सूझ गया, "बच्चे?"

"हाँ!" मेरी अपेक्षा के विपरीत रामलुभाया कुछ चहककर बोला, "शादी हो गयी तो बच्चा ही होने पर न आए, जैसे धन्धा तो चले पर उसका लाभ हाथ न आए।"

"फिर?"

"फिर क्या!" वह बोला, "माताजी ने आदेश दे दिया कि दूसरा विवाह कर

लो। उन्हें अपनी पिछली बहू से छुटकारा और एक भरा-पूरा नया दहेज सामने दिखाई दे रहा था।"

"तुम्हारे लिए भी तो वह बोनस ही था।"

"नहीं! दूसरा विवाह होने की नौबत नहीं आयी।" पता नहीं, वह प्रसन्न था या उदास, "उससे पहले ही एक पुत्र-रत्न का जन्म हो गया।"

"चलो! अच्छा हुआ।" मैंने कहा, "नहीं तो व्यर्थ ही घर टूटता।"

"घर तो टूट ही चला था।" रामलुभाया मुसकराया, "मुझे तो जीवन में पहली बार अपनी माँ के रण-कौशल का ज्ञान हुआ। वह बूढ़ी, निरीह और असहाय-सी स्त्री कैसी रण-बाँकुरी हो उठी थी उन दिनों। कैसे-कैसे मोर्चे बाँधे, कैसी-कैसी ब्यूह-रचना की, आरोप जुटाये, कैसे-कैसे हथियार जमा किये...वाह! मज़ा आ गया।"

"तो तुम्हारी पत्नी रह कैसे पायी तुम्हारे घर में?"

"रह पायी!" रामलुभाया बड़े उत्साह में बोला, "वह तो ऐसी रही कि राज करने लगी—मुझ पर भी और मेरी माँ पर भी।..."

मैं आश्चर्य से उसकी ओर देखता रह गया।

"वह मेरी माँ के करतब चुपचाप देखती रही, जैसे कोई उस्ताद किसी नौसिखिये के पैंतरे देखता है; और जिस दिन अम्मा के एक सम्भावित समधी मुझे देखने आने वाले थे, उस दिन उसने चुपके से एक प्रसिद्ध लेडी डॉक्टर का सर्टिफ़िकेट निकालकर मेरे सामने धर दिया। उस लेडी डॉक्टर ने प्रमाणित किया था कि मेरी पत्नी में किसी प्रकार की कोई कमी अथवा शारीरिक दोष नहीं था। वह माँ बन सकने में पूरी तरह सक्षम थी। मैंने सर्टिफ़िकेट देखा और घूरकर पूछा, 'मैं क्या करूँ इसका?' उसने अत्यन्त शान्त भाव से उत्तर दिया, 'इसका अर्थ समझो', 'क्या है इसका अर्थ?' मैंने कुछ क्रुद्ध होकर पूछा। 'नहीं समझे?' उसने उसी प्रशान्त मुद्रा में मुझे समझाया, 'इसका अर्थ है कि तुममें ही कोई कमी है, जो हमारी सन्तान नहीं हो रही।' जी में आया कि खींचकर एक चाँटा दूँ उसे, हरामज़ादी मुझमें क़मी बता रही है! पर मामला इतना नाजुक था कि बहस का कोई स्कोप नहीं था। न ही उसे प्रमाणित कर दिखाने का चैलेंज दिया जा सकता था। नहीं तो वह अपना स्त्रीत्व और मेरा हिजड़ापन साबित कर मेरे मुँह पर कालिख पोत देती। साली ने डाक्यूमेण्टरी प्रूफ़ तो पर्स में रख छोड़ा था। दूसरा प्रूफ़ लाने के लिए भी उठकर कहीं चल देती।" उसने रुककर मुझे देखा, "डॉक्टरी सर्टिफ़िकेट के सामने कोई क्या कह सकता है। डॉक्टर चाहे तो मुर्दे को जीवित होने का सर्टिफ़िकेट दे दे और न चाहे तो जीवित को भी मुर्दा ही बता दे।..."

"फिर?" मैंने उसके डॉक्टरी विश्लेषण में रुचि नहीं ली।

"फिर क्या! माँ के नये समधियों के आने से पहले ही मैं अपनी पत्नी को ले उड़ा। जितनी मिठाइयाँ माँ ने नये समधियों को खिलाने के लिए मँगवा रखी थीं,

उनसे कहीं ज़्यादा मैंने अपनी पत्नी को खिलायीं। उसे दिल्ली के हर रेस्ट्राँ में खाना खिलाया। उसके साथ जाकर हर मन्दिर में नाक रगड़ी। हर ज्योतिषी को अपनी जन्म-कुण्डली दिखायी। पत्नी के कहे अनुसार हर व्रत-उपवास किया। पचासों तरह की अँगूठियाँ पहनीं...और...और पत्नी से छुपकर कई डॉक्टरों की सलाह ली...और अन्त में ये पुत्र-रत्न आये।...और भैया! अब हम तुम्हारी शरण में आये हैं।"

"मेरी शरण में क्यों भाई?" मेरी बुद्धि कोई असम्भव कल्पना करने में लगी हुई थी।

"यार! उसका किसी स्कूल में एडमिशन करवा दो।"

"क्यों? क्या हो गया?"

"होना क्या है," वह बोला, "हालत मेरी शादी वाली हो रही है। किसी स्कूल को हमारा बेटा पसन्द नहीं आता, और कोई स्कूल हमारे बेटे की माँ को पसन्द नहीं आता।"

"कैसा स्कूल चाहते हो?"

"अरे कोई हो जाए।" वह बोला, "हमें कौन-सा उसे कोई पण्डत-शण्डत बनाना है।"

"नगर निगम का स्कूल... ।"

"अरे गोली मारो।" वह बोला, "वहाँ तो भंगी पढ़ते हैं। मैं अपने बच्चे को वहाँ नहीं भेजना चाहता।"

मैं जल्दी ही समझ गया। बोला, "और जिस स्कूल में तुम उसे भर्ती कराना चाहते हो, वहाँ वाले तुम्हें भंगी समझते हैं। है न?"

"बिल्कुल ठीक!" वह मुसकराया, "तुम आदमी समझदार हो। अब फटाफट कहीं सोर्स भिड़ा दो।"

"मैं तो कॉलेज में पढ़ाता हूँ।" मैंने भागने का प्रयत्न किया, "स्कूलों के विषय में मैं क्या जानूँ।"

"बको भी मत और बनो भी मत!" वह मेरी अपेक्षा से अधिक चतुर हो चुका था, "स्कूल और कॉलेज में क्या फ़र्क है? कॉलेज में पढ़ाते हो तो स्कूल में पढ़ाने वालों को भी जानते ही होंगे। मैं यदि खारी बावली में काम करता हूँ तो यह थोड़ा है कि सदर बाज़ार वालों को नहीं जानता। ख़ूब जानता हूँ।"

"कोशिश करूँगा!" मैंने उसे टालना चाहा।

"चालू काम तो करो मत!" वह हँसा, "हम बिजनेस में हैं। जो डण्डा लेकर हमको मारने दौड़ता है, उसकी जेब में से भी रुपया-दो रुपया उड़ा ही लेते हैं। तुम जैसे कल्मी लोग भी हमें टाल दें तो फिर हम खा-कमा चुके।"

"कैसा स्कूल चाहिए भाई! तुम्हें?" मैंने हथियार डाल दिये।

"अँग्रेज़ी स्कूल।" वह बोला, "ऐसा स्कूल, जहाँ हिन्दी-शिन्दी तो आसपास

दिखाई ही न पड़े।...बड़ी तैयारी की है हमने, अँग्रेज़ी स्कूल के लिए।" उसने अपनी बायीं आँख दबायी, "मेरी पत्नी अँग्रेज़ी जानती नहीं, नहीं तो मुन्ने की तो मदर-टंग ही अँग्रेज़ी हो जाती। पर कसर फिर भी कोई नहीं छोड़ी हमने।"

"बच्चे के साथ घर में अँग्रेज़ी बोलते हो क्या?" मैंने पूछा।

"नहीं!" वह बोला, "बोलते तो हिन्दी ही हैं, पर ऐसी हिन्दी जिसमें हिन्दी कम से कम हो।"

"कैसे?" मैं समझ नहीं पाया।

वह हँसा, "बाबा! नोजी पोंछो। बाबा! चेयर पर बैठकर स्पून से खाओ...।"

"इससे तो तुम लन्दन के भारतीयों की ही हिन्दी-पंजाबी बोल लेते।"

लगा, उसके मुँह में पानी आ गया, "कैसे?"

मैंने नमूना बताया, "अच्छा फिर थिंक-थाट कर लो, ईवनिंग में किसी पब में मीटते हैं।"

वह निढाल हो गया, "किसी ने पहले इशारा किया होता तो ऐसी ही हिन्दी सिखाता।"

"तो अब ही क्या बिगड़ गया है?" मैंने कहा, "आज से शुरू कर दो। स्कूल खोजते-खोजते वह निपुण हो जाएगा।"

"उसके लायक कोई स्कूल तो मिले।"

मैंने कुछ देर सोचकर कहा, "शेख सराय में एक नर्सरी है...।"

"नहीं यार!" वह बोला, "चिराग़ दिल्ली वहाँ से पास है, मदनगीर भी। मैं ऐसे ग़रीब-गुर्बा मुहल्लों के निकट अपना बच्चा नहीं भेजना चाहता। ग़रीब लोग चोर होते हैं।"

"चोर होते तो ग़रीब ही क्यों रह जाते?" मैंने पूछा।

"अब बहस नहीं करना चाहता, पर मैं अपने बच्चे को वहाँ नहीं भेजूँगा।"

"अच्छा, ग्रेटर कैलाश में?..."

"हाँ, ग्रेटर कैलाश ठीक है। मुहल्ले का नाम ही अँग्रेज़ी में है।" उसने कहा, "इंग्लिश मीडियम है?"

"हाँ, इंग्लिश मीडियम!"

"ठीक है।" वह बोला, "वहाँ की टीचरें क्रिश्चन हैं?"

"मैंने कभी पूछा तो नहीं। पर शायद ईसाई नहीं हैं। पर यदि हों भी तो तुम्हारा बच्चा ईसाई तो नहीं हो जाएगा।" मैंने उसे डाँट दिया।

पर रामलुभाया मेरी डाँट से हतप्रभ नहीं हुआ। उल्टे उसकी बात ने मुझे हतप्रभ कर दिया, "मैं तो क्रिश्चन टीचरों का स्कूल खोज रहा हूँ गुरु! वे लोग अच्छा पढ़ाती हैं।"

मैं हैरान रह गया : भला किसी के धार्मिक विश्वास से उसकी अध्यापन-क्षमता

का क्या सम्बन्ध? यह रामलुभाया तो प्रकारान्तर से मुझे भी अयोग्य शिक्षक घोषित कर रहा है, क्योंकि मैं ईसाई नहीं हूँ। पर उससे उलझना व्यर्थ था। टालने का एक ही तरीक़ा था कि कोई स्कूल सुझाकर उससे मुक्ति पा ली जाए।

मैंने उसे एक दूसरा स्कूल सुझाया, जिसमें निश्चित रूप से ईसाई अध्यापिकाएँ ज़्यादा थीं।

"देसी ईसाई हैं या ऐंग्लो-इण्डियन?" उसने तपाक से पूछा।

"भारतीय ईसाई हैं।" मैंने बताया, "मलयाली हैं।"

"नहीं!" उसकी नाक चढ़ गयी, "ईसाई हैं तो क्या हुआ, हैं तो देसी ही। मैं ऐसे स्कूल में अपने बच्चे को नहीं भेजना चाहता।"

"हाँ! एक और स्कूल है।" मेरे मन ने कम्प्यूटर की-सी तेजी से एक और स्कूल ढूँढ़ निकाला, "उसकी मालिक, संचालिका और प्रिंसिपल एक फ्रेंच महिला हैं।"

"फ्रेंच!" उसकी आँखों में चमक आ गयी, "अरे वह तो ऐंग्लो-इण्डियन से भी बढ़ गयी। वेरी गुड! कहाँ है वह स्कूल?"

"पास ही है।"

"तुम उसे जानते हो?"

"उससे सीधा परिचय तो नहीं है।" मैंने बताया, "पर कई बार उसे देखा अवश्य है। सादी-सी बूढ़ी औरत है। वर्षों से भारत में रह रही है और एकदम भारतीय हो गयी है। साड़ी..."

मेरी दृष्टि उठी तो पाया कि रामलुभाया के चेहरे पर पतझड़ छा गया है। पूछा, "क्या हुआ?"

"साड़ी वाली बूढ़ी मेम में मेरी कोई रुचि नहीं है।" वह बोला, "मैं अपने बच्चे को स्मार्ट टीचरों के पास भेजना चाहता हूँ। गोरी-गोरी, कटे बालों वाली ऐंग्लो-इण्डियन या अँग्रेज़ लड़कियाँ हों, स्मार्ट! एकदम स्मार्ट! ऊँचे-ऊँचे फ्राक या स्कर्ट पहनती हों। उनकी गोरी-गोरी पिण्डलियाँ देखकर सीने में दर्द होने लगता हो। गिटपिट अँग्रेज़ी बोलती हों। बच्चे का बाप मिलने जाए, तो मुसकराकर उसका स्वागत करती हों।"

"तुम्हें बच्चे की पढ़ाई का प्रबन्ध करना है या रोमांस लड़ाना है?" मैं कुछ खीझा।

"मुझे अपने बच्चे को ऊँची सोसायटी के लायक बनाना है।" वह बोला, "मैंने सुना है कि तुम्हारे पड़ोस में छोटे बच्चों का कोई ऐसा स्कूल है, जहाँ सिर्फ़ मेमें पढ़ाती हैं और केवल गोरे बच्चे पढ़ते हैं।"

याद करने के लिए मुझे थोड़ा प्रयत्न करना पड़ा, "हाँ, है तो!" मैं बोला, "एक छोटा-सा स्कूल है, जहाँ विदेशी दूतावासों के कर्मचारियों के बच्चे पढ़ते हैं।"

"वही! वही!" वह बोला।

"पर वहाँ गोरे बच्चे कम हैं।" मैंने बताया, "वहाँ तो अफ्रीकी और एशियाई देशों से आये हुए, दूतावासों के साधारण कर्मचारियों के बच्चे अपना समय काटने जाते हैं। वहाँ पढ़ाई-वढ़ाई कुछ नहीं होती।"

"पढ़ाई चाहिए किसको।" उसका आत्मबल जाग उठा, "तुमने इतना पढ़कर क्या पाया? अभी तक किराये के मकान में रहते हो, दिल्ली मिल्क-स्कीम का दूध पीते हो, बाज़ार से ख़रीदकर सस्ते सिले-सिलाये कपड़े पहनते हो, बाज़ारी पिसा हुआ आटा खाते हो और डी.टी.सी. की बसों में धक्के खाते हुए यात्रा करते हो...।"

मैंने उसकी बात पर विचार किया। वह ठीक कह रहा था : उसका अपना मकान था, जिसे वह कोठी कहता था। वह भैंस का ताजा दूध दुहाकर लाता था। किसी देहात से गेहूँ मँगवाकर उसका आटा पिसवाता था। अपनी पसन्द का कपड़ा ख़रीदकर अपनी पसन्द के दर्ज़ी से उसे सिलवाता था और अपनी बहत्तर मॉडल की तेरह साल पुरानी ब्रैण्ड न्यू ऐम्बैसेडर कार में घूमता था...। और यह ठीक बात है कि उसने पढ़ाई नहीं की...

"तो बच्चे को स्कूल में भर्ती क्यों करवाना चाहते हो?"

"स्मार्टनेस के लिए!"

"ओह!" मैंने कहा, "तो तुम अपने शाहज़ादे को इसी स्कूल में भर्ती करवा दो; पर फीस वे कसकर लेते हैं।"

"फीस की चिन्ता मत करो।" उसने कहा, "तुम भर्ती करवा दो। फीस भी दे देंगे। और यदि उन्होंने चाहा तो दस-बीस हज़ार रुपये डोनेशन के भी दे देंगे।..."

मैंने आश्चर्य से उसकी ओर देखा।

"हाँ!" उसने अपनी बायीं आँख दबायी, "इतनी हैसियत है मेरी। यही तो बिजनेस के ठाठ हैं कि दस-बीस हज़ार रुपये कोई अर्थ नहीं रखते।"

मैंने उसे देखा : यह आदमी, जिसे अपनी नाक साफ़ करने की भी तमीज़ नहीं है, वह उतनी रक़म को कुछ समझता ही नहीं—जितनी रक़म मुझ जैसे कितने ही लोगों का स्वप्न है।

और सहसा जैसे उसे दौरा पड़ा : वह हाथ जोड़कर इस मुद्रा में मेरे सामने खड़ा हो गया, जैसे मेरा संकेत पाकर अभी अपनी नाक से ज़मीन पर लकीरें खींचने लगेगा, "तुम उसे किसी प्रकार भर्ती करवा दो यार। मेरे बच्चे तेरा गुण गाएँगे।"

उसकी अतिशय दीनता पर मुझे लज्जा आने लगी। मुझे लगा, उसकी यह मुद्रा मुझे अपमानित कर रही है। मैं किसी भी रूप में इस योग्य नहीं था कि वह मुझे इस प्रकार हाथ जोड़ता।

"मैं उस स्कूल में किसी को नहीं जानता," मैंने अपनी बात साफ़ की, "न वे लोग मुझे जानते हैं। मैं तो केवल इतना जानता हूँ कि यहाँ एक ऐसा स्कूल है। तुम चाहते हो तो मैं तुम्हें वहाँ ले चलता हूँ।"

"हाँ, ले चलो।" वह अब तक उसी प्रकार दीन बना खड़ा था, "पर वहाँ यह ज़रूर बता देना कि तुम प्रोफ़ेसर हो।"

"अच्छा!"

मैं रामलुभाया और उसके बेटे को उस स्कूल में ले गया; पर वहाँ जाकर कुछ भी कहने की नौबत ही नहीं आयी। फाटक पर ही कई बच्चों को आते-जाते देख, रामलुभाया चौंक उठा, "इन बच्चों ने टाई नहीं बाँध रखी?"

मैंने आज तक इस ओर ध्यान नहीं दिया था। अब देखा : बच्चों ने बहुत प्यारे-प्यारे सुन्दर और मूल्यवान कपड़े पहन रखे थे, टाई किसी बच्चे ने नहीं बाँधी थी। उस स्कूल में शायद वर्दी का बन्धन नहीं था, तभी तो इतना वैविध्य था कपड़ों में।

"इन बच्चों ने टाई क्यों नहीं बाँध रखी?" रामलुभाया प्रायः विक्षिप्त-सा बोल रहा था। पता नहीं वह मुझसे पूछ रहा था या अपने-आप से।

मैंने उसे इस विक्षिप्तावस्था से उबारने के लिए कहा, "इनकी स्कूली वर्दी नहीं है।"

"वर्दी नहीं है।" वह अपना सिर पीटने को तैयार खड़ा था, "मैं तो वह स्कूल खोज रहा था, जहाँ लड़के ही नहीं, लड़कियाँ भी टाई बाँधती हों और यहाँ वर्दी ही सिरे ये ग़ायब है। और तुम कहते हो यहाँ ऐम्बेसियों के इम्प्लाइयों के बच्चे पढ़ते हैं। रब्बिश! इससे तो हमारे मुहल्ले की ममटियों में खुले गिटपिट कानवेण्ट ही अच्छे हैं। चाहे बच्चे की नाक बह रही हो, पर टाई तो वह बाँधता ही है।"

मेरी समझ में कुछ नहीं आया। मैंने कहा, "तुम अपने बच्चे को टाई बाँधकर भेज देना।"

"नहीं! टाई कम्पलसरी होनी चाहिए। चलो।"

उसने बच्चे को अपने पड़ोस में खुले किसी गिटपिट कानवेण्ट में ही भरती करवा दिया और अपने बच्चे को अँग्रेज़ी सिखाने के लिए कानवेण्ट की प्रिंसिपल की ट्यूशन लगवा दी। कहते हैं कि वह प्रिंसिपल पहले किसी बड़े स्कूल में बच्चों को घर से स्कूल लाने और स्कूल से घर तक पहुँचाने वाली बुलावी थी।

मैं, मेरी पत्नी और चमेली का फूल

मेरी चमेली की बेल में जब फूल आने लगे तो मैं भी कवियों और प्रेमियों के समान भावुक हो उठा। सुबह-सुबह झरा हुआ एक फूल उठाकर दो-चार बार सूँघा तो उसकी महक से मन ही नहीं आत्मा तक गमक उठी। उसे सूँघने-भर से तृप्ति नहीं हुई तो उस फूल का और अच्छा उपयोग ढूँढ़ने निकला। पर मन तो पहले से भावुक हो रहा था। ऐसे में उपयोगिता के नाम पर चमेली का इत्र या तेल बनाने की बात सूझने से रही। उपयोग के रूप में एक ही बात मन में आयी कि चमेली का यह निष्कलंक उज्ज्वल फूल अपनी पत्नी को भेंट करूँ तो कितनी प्रसन्न होती! सोचेगी कि इस उम्र में भी मेरा पति किशोर प्रेमी की तरह मेरा ध्यान रखता है। जाने कहाँ से मेरी खोपड़ी में डेल कारनेगी आन घुसा। मुझे लगा कि उसने अवश्य कहीं कहा होगा कि अपनी पत्नी को प्रसन्न रखने के लिए सुबह-सुबह उसे एक-आध फूल भेंट करना चाहिए।...वैसे डेल कारनेगी को मैंने विशेष पढ़ा-वढ़ा नहीं है। बचपन में हमारे पड़ोस में एक नेगी साहब रहते थे, जो मुझे कभी नहीं भाये। इसीलिए मुझे डेल कारनेगी भी रास नहीं आया, पर मैं जानता हूँ कि वह मित्र बनाने के लिए ऐसे ही आडम्बरपूर्ण घटिया नुस्ख़े बताता रहता है।

मेरी मति भ्रष्ट हुई और डेल कारनेगी मेरी खोपड़ी पर चढ़ बैठा। मैं चमेली का वह फूल लिये-लिये अपनी पत्नी के पास पहुँचा। मैंने फूल उसकी ओर बढ़ाया तो उसने पकड़ तो लिया पर प्रश्नवाचक दृष्टि से मेरी ओर देखा, 'क्या करूँ?'

मैं समझ गया कि उसने डेल़ कारनेगी को नहीं पढ़ा है। इसलिए फूल चाहे उसके हाथ में पहुँच गया हो, पर मेरा प्यार उस तक नहीं पहुँचा।

कुछ तो कहना ही था। बोला, "सूँघकर देखो। कितनी अच्छी गन्ध है।"

"चमेली में अच्छी गन्ध होती है।" उसने दो-एक बार फूल सूँघा और उसे पास पड़े क्रोटन के पत्तों के बीच टिका दिया।

मेरी खोपड़ी से डेल कारनेगी उतर गया और वहाँ मद-मोह, काम-क्रोध जाने क्या-क्या सवार हो गया। मैंने कुछ कहा नहीं, पर डेल कारनेगी को पढ़े बिना भी मेरी पत्नी अपनी सहज बुद्धि से समझ गयी कि मैं नाराज़ हो चुका हूँ।

बोली, "दो-तीन बार सूँघ लिया। अब इससे अधिक क्या करती मैं उसका?" मैं कुछ नहीं बोला।

"तुम्हारे अन्दर यही एक बड़ा दोष है।" वह बोली, "अपने-आप से इतना प्यार करते हो कि जीवन का सारा सन्तुलन बिगड़ जाता है। व्यक्ति को इतना स्वकेन्द्रित तो नहीं होना चाहिए।"

मैं तत्काल समझ नहीं पाया कि मेरे उपहार का अपमान कर मेरे ही चरित्र को लांछित करने का अधिकार उसे कैसे मिल गया।

"इसमें स्वकेन्द्रित होने की बात कहाँ से आ गयी?"

"और नहीं तो क्या," वह लगभग रुआँसी हो गयी, "अपनी तो हर बात को इतना महत्त्व देते हो कि दूसरा तुम्हारे सामने एकदम छोटा हो जाता है।"

"क्या कर दिया मैंने?" अब मुझे अपना ही बचाव करना पड़ गया।

"ऐसे ही झड़ा हुआ चमेली का एक फूल दे दूँगी और कहूँगी, 'लो प्रियतम! इसको स्वीकार करो।' फिर देखूँगी कि तुम क्या करते हो।"

स्थिति मेरी समझ में आ गयी। कल उसने सचमुच ही एक फूल मुझे टिका दिया—जो वह सचमुच ही टिका देगी—तो क्या करूँगा उसका? तावीज़ में मढ़वाकर गले में पहने फिरने से तो रहा! और एक-आध मढ़ा भी लूँ तो क्या? यहाँ तो रोज़ फूल झड़ेंगे।

मुझे अपनी स्थिति साफ़ करनी पड़ी, "ऐसी बात नहीं है, प्रियतमे! तुम मुझे कुछ ग़लत समझ रही हो।"

"हाँ, ग़लत समझ रही हूँ।" वह मुँह बिचकाकर बोली, "कह दो तुम मुझसे नाराज़ नहीं हो।"

"नाराज़ तो नहीं हूँ।" मैंने महात्मा बुद्ध का मध्यम मार्ग खोज निकाला, "हाँ! मेरा मन कुछ-कुछ बुझ अवश्य गया था।"

"क्यों बुझ गया था तुम्हारा मन!" उसने मुझे ललकारा, "इसीलिए तो कि मैंने तुम्हारा दिया हुआ चार पंखुड़ियों का यह फूल अपने जूड़े में नहीं लगाया...?"

सहसा मेरी बुद्धि सुवासित हो उठी। मुझे उत्तर सूझ गया था।

"यह बात नहीं है।" मैं पूरे आत्मविश्वास के साथ बोला।

"तो क्या बात है?"

"तुम्हारे विषय में सोचकर ही दुखी हो गया था।"

"क्या सोचा मेरे विषय में?" उसने फिर पूछा।

"तुमने फूल को क्रोटन के पत्तों में टाँक दिया न!"

"हाँ-हाँ!" वह बोली।

"उससे तुमने अपना सारा भविष्य बिगाड़ लिया।"

वह हँस पड़ी, "किसी देवता का प्रसाद था कि माथे पर चढ़ा लेती?" वह

रुकी और फिर बोली, "हाँ, वैसे भी तो पति देवता ही होता है।"

"नहीं, यह बात नहीं है।" मैं फिर बोला, "तुम यह सोचो कि फूल को क्रोटन में टाँककर क्या कर दिया।"

"क्या कर दिया?" वह कुछ उग्र हो उठी, "दो-चार बार सूँघ लिया। अब इससे ज़्यादा मैं फूल का कर भी क्या सकती थी? ज़िन्दगी-भर उसे हाथ में लिये-लिये सूँघती तो रह नहीं सकती थी।"

"यही तो कमी रह गयी तुममें। तुम्हारा इतिहास का अज्ञान आड़े आ गया।" मैंने कहा, "ज़िन्दगी-भर फूल को हाथ में लिये-लिये यदा-कदा सूँघती रहती तो तुम बादशाह अकबर, जहाँगीर, शाहजहाँ या नूरजहाँ हो सकती थीं।"

"और?" उसने पूछा।

"पर तुमने अपनी इच्छा से फूल क्रोटन में टाँक दिया।" मैंने कहा, "फूल क्रोटन में नहीं टाँका, देश की बादशाहत गँवा दी।"

"तो?" वह कुछ नाराज़ होने लगी थी।

"न सूँघती रहती, हाथ में पकड़े-पकड़े।" मैंने अपनी बात आगे चलायी, "आख़िर तुम्हें बर्तन माँजने होते हैं, आटा माँड़ना होता है, सब्ज़ी बनानी होती है। तुम अपना हाथ फूल में कैसे उलझाये रह सकती हो?"

"क्यों उलझाये नहीं रह सकती?" इस बार वह काफ़ी विनीत हो चुकी थी, "तुम बर्तन-भाँडे, चूल्हे-चौके से मुक्त कर दो—फिर देखो, दिनभर बैठी फूल सूँघती रहूँगी।"

मैं चौंक गया। हमारी बातचीत ख़तरनाक क्षेत्र की ओर बढ़ रही थी। इसी दिशा में बढ़ते रहे तो वह अभी घर में नौकर रखने की पुरानी माँग, नये सिरे से रखकर सत्याग्रह करने बैठ जाएगी।

"उसे रहने दो।" मैं टाल गया, "शाहों का युग तो चला गया। अब प्रजातन्त्र का युग है। तुम उसे शेरवानी में टाँक लेतीं तो पण्डित जवाहरलाल नेहरू या ज्ञानी जैलसिंह बन सकती थीं।"

"शेरवानी पहनने की अनुमति है मुझे?" पत्नी ने डाँटा, "कुर्ते के साथ तो चूड़ीदार पहनने नहीं देते, शेरवानी के साथ पहनने लगूँगी तो मुझे घर से ही निकाल दोगे।"

मैं अटका, "चलो कोई बात नहीं। फूल को बालों में लगा लेतीं तो सलमा सुलतान ही बन जातीं। न सही फ़िल्म स्टार, चलो टी.वी. स्टार ही सही।"

मैं डर रहा था कि वह मुझे फिर डाँट देगी कि जब वह मॉडलिंग करना चाह रही थी तो मैंने उसे रोक दिया। तब उसे अच्छा-भला मॉडलिंग का अवसर मिल रहा था और यदि मैंने उसे न रोका होता तो वह मॉडलिंग से सीधे बम्बई के किसी फ़िल्म-स्टूडियो में पहुँची होती...पर यह उत्तर मेरी पत्नी को नहीं सूझा वैसे उसे बहुत

अच्छे-अच्छे उत्तर सूझते हैं और मुझे हमेशा यह सूझता है कि दूसरा मुझे क्या कहेगा।...

मेरी पत्नी बोली, "एक बात भूल रहे हो कि वे सारे उदाहरण जो तुमने दिए हैं, ग़लत हैं। मैं चाहे तुम्हारे दिये फूल को हाथ में रखती, शेरवानी में लगाती या जूड़े में टाँकती—उनमें से कुछ भी नहीं बन सकती थी, जो तुम चाहते हो।"

"क्यों?" मैं नाराज़ हुआ, "दूसरे लोग फूल को हाथ में पकड़े-पकड़े सूँघते रहने से बादशाह बन सकते हैं, तो तुम क्यों नहीं बन सकतीं।"

"क्योंकि उसके लिए गुलाब का फूल चाहिए।" वह तमककर बोली, "और तुमने मुझे चमेली का फूल पकड़ाया था।"

मैंने सिर पर हाथ मारा कि हाय! मैंने चमेली के स्थान पर गुलाब की बेल क्यों नहीं लगायी।...पर तभी मुझे एक प्रचलित चुटकुला याद आ गया।

एक व्यक्ति बीस वर्ष यूरोप में रहकर भारत लौटा और गाँव देखने के शौक में टहलता हुआ नगर से बाहर चला गया। वहाँ खेतों में बैठा एक किसान खुरपी से घास-वास छील रहा था। तभी आकाश पर एक विमान प्रकट हुआ। किसान बड़ी देर तक ध्यान से उसे देखता रहा, फिर बोला, "बाबूजी! यह क्या है?"

उस व्यक्ति का मन विषाद और करुणा से उतना ही भर गया जितना वाल्मीकि का मन क्रौंच-वध देखकर भरा था। कितना पिछड़ा है हमारा देश! दुनिया वाले बृहस्पति और शुक्र पर जा रहे हैं और हमारा भारतीय किसान विमान को भी नहीं जानता।

"यह विमान है।" उस व्यक्ति ने बड़े धैर्यपूर्वक बताया।

"वह तो मैं जानता हूँ।" किसान बोला, "मैं तो पूछ रहा हूँ कि यह मिग है या जोगुआर।"

इस बार सिर पर हाथ मारने की बारी उस व्यक्ति की थी।

मुझे लग रहा था कि मेरी पत्नी वही किसान है और मैं इतिहास ग्रन्थों में बीस वर्षों तक जीकर लौटा हुआ वह व्यक्ति!

काटने की संस्कृति

टेलीफ़ोन की घण्टी बजी। मैंने रिसीवर उठाकर कहा, "कहिए।"

उन्होंने कुछ कहने से पहले पूछना बेहतर समझा, "आप सेवेन डबल वन सेवेन सिक्स जीरो फाइव से बोल रहे हैं?"

"जी हाँ!" मैंने कहा।

"कौन बोल रहे हैं?"

"मैं नरेन्द्र कोहली बोल रहा हूँ जी।"

तब उन्होंने अपना भेद खोला, "मैं नेहरू प्लेस के टेलीफ़ोन एक्सचेंज़ से बोल रहा हूँ। आपका एक पेण्डिग बिल है सात सौ नवासी रुपयों का। आपने वह बिल जमा क्यों नहीं कराया?"

ज़रा सोचना पड़ा कि वे किस बिल की चर्चा कर रहे हैं। जो बिल भेजता है, उसे कुछ भी सोचना नहीं पड़ता। पर भुगतान करने वाला बिना सोचे कैसे रह सकता है...दिमाग़ पर ज़ोर दिया तो याद आया—बहुत पहले एक बार हमारा ग्यारह सौ रुपयों का एक बिल आ गया था। वह बिल आम तौर पर आनेवाले बिलों का चार गुना था। इतना महँगा टेलीफ़ोन रखने की क्षमता मुझमें नहीं है। पहले तो मैंने घरवालों से पूछताछ की, कुछ डाँट-डपट भी की; पर इतना अधिक बिल आने का भेद नहीं खुला। तब मैंने टेलीफ़ोन विभाग से सम्पर्क साधा। मैंने प्रतिवाद किया तो उन्होंने सामान्य बिल की राशि लेकर शेष राशि के लिए छानबीन का वचन दे दिया। मेरे हिसाब से वह छानबीन अभी तक चल रही थी, क्योंकि न चलने या उसके थम जाने की कोई सूचना मुझे थी नहीं। इस बीच में हम अपना पिछला मकान भी छोड़ आये थे। वह फ़ोन भी नेहरू प्लेस एक्सचेंज के हवाले कर आये थे और अब शक्तिनगर एक्सचेंज़ से नया फ़ोन ले चुके थे।

"हाँ, एक बिल था तो!" मैंने पूरी ईमानदारी से स्वीकार कर लिया, "उसकी तो छानबीन चल रही थी न!"

"हमने आपको रिग्रेट-लेटर भेज दिया है।

"मुझे वह पत्र मिला नहीं।" मैंने कहा।

"आपके पिछले पते पर गया होगा।" और उसका स्वर डाँटयुक्त हो गया, "आप वहाँ थे ही नहीं तो आपको मिलेगा कैसे?"

"जब आप जानते हैं कि मैं वहाँ नहीं था," मैंने बड़ी शालीनता से कहा, "तो आपने पत्र वहाँ क्यों भेजा?"

"एकार्डिंग टू रूल्स पत्र उसी पते पर जा सकता है, जो हमारे पास यहाँ दर्ज है। और हमारे पास आपका पिछला पता ही तो दर्ज था। मालूम तो हमें आपका नया पता भी था, पर वह पता दर्ज नहीं माना जा सकता। मालूम होने और दर्ज होने में फ़र्क़ होता है।" सहसा उनका स्वर प्रखर हो गया, "आप कल तक बिल जमा करा दीजिए, नहीं तो आपका नया फ़ोन कट जाएगा।"

मैं अवाक् हो गया। शुक्रवार की दोपहर को सूचना दी जा रही है कि शनिवार को अपने घर से कम-से-कम तीस किलोमीटर दूर वाले एक्सचेंज़ में रुपये जमा कराओ, नहीं तो फ़ोन कट जाएगा। रुपये भी कितने—सात सौ नवासी—यानी मेरी तरफ से तो आठ सौ! शुक्रवार कौन-सा? तेईस मार्च! एक तो महीने का अन्त फिर वित्त-वर्ष का अन्त! वैसे ही किसी महीने की तेईस तारीख को कभी अपने पास आठ सौ रुपये नहीं हुए और यहाँ तो वित्त-वर्ष का भी अन्तिम सिरा था। इन्कमटैक्स और प्राविडेण्ट फण्ड के चक्कर में पिछले दो महीने से वेतन के नाम पर कुल दो-दो सौ रुपये मिले थे। दो सौ रुपयों में तो दोनों बच्चों की स्कूल की फीस भी पूरी नहीं होती, महीने का ख़र्च कहाँ से चलता! हम ही जानते हैं कि पिछले दो महीने कैसे कटे थे।...और वह कह रहा था कि कल सुबह तक आठ सौ रुपये जमा कराओ।

"आप चम्बल घाटी से बोल रहे हैं?" मैंने साहस करके पूछ ही लिया।

"मैंने आपसे कहा न कि मैं नेहरू प्लेस एक्सचेंज़ से बोल रहा हूँ।"

"आपके हाथ में दोनाली बन्दूक है क्या?" मैंने फिर पूछा।

वह भन्ना गया, "क्या अनाप-शनाप बक रहे हैं आप?"

"अनाप-शनाप नहीं बक रहा हूँ," मैंने अपना धैर्य नहीं छोड़ा, "ठीक ही तो पूछ रहा हूँ। आप एक्सचेंज़ से बोल रहे होते तो कहते कि हमने अपनी इन्क्वायरी पूरी कर ली है। हमारे हिसाब से वह बिल ठीक है। आपको अपनी ओर से कुछ कहना हो तो सात दिन के अन्दर अपनी शिकायत भेज दीजिए। कुछ नहीं कहना हो तो सात दिन में बिल जमा करा दीजिए।"

"वही तो कह रहा हूँ।" वे झल्लाकर बोले।

"वही कैसे कह रहे हैं।" मैंने कहा, "आप तो पिस्तौल निकाले मेरे सामने खड़े हैं कि तुरन्त निकाल नहीं तो गोली दाग दूँगा। यह तो चम्बल घाटी का तरीक़ा है, दिल्ली शहर की तो रीति यह है नहीं।"

"हमने आपको बाईस फ़रवरी को पत्र लिख दिया था।" उन्होंने सफ़ाई दी,

"आज चौबीस मार्च है। और आप क्या चाहते हैं?"

"मैंने आपसे कहा न कि मुझे आपका कोई पत्र नहीं मिला।"

"तो उसके लिए हम ज़िम्मेदार नहीं हैं।"

मैं भौचक्का होकर हाथ में पकड़े चोंगे को घूरता रहा—ज़ब डाक-तार विभाग अपने काम के लिए ज़िम्मेदार नहीं है तो उनके काम के लिए मैं कैसे ज़िम्मेदार हो सकता हूँ?...

अचानक मुझे एक बात सूझी, "यदि मैं आपको कहूँ कि मैंने भी आपको चेक भेज दिया था तो?"

"हमें चेक नहीं मिला है।"

"मुझे भी आपका पत्र नहीं मिला है।" मैंने कहा।

"तो हम आपका फ़ोन काट रहे हैं, आपसे जो कुछ कटता हो, आप काट लीजिए।" और उस भले आदमी ने रिसीवर रख दिया।

मैं क्या काटता? अपने दाँतों से अपने होठ काट लिये, गनीमत है कि जीभ नहीं काटी।

पहले केवल कुत्ता या साँप काटते थे, अब हर सरकारी विभाग काटता है। पिछले महीने मेरे साथ यही सब कुछ बिजली वालों ने किया था। उनका मेरी तरफ़ बारह रुपये पचहत्तर पैसे का हिसाब निकलता था। और उनकी ज़िद थी कि मैं बिल जमा कराऊँ, नहीं तो वे बिजली की लाइन ही नहीं काटेंगे, मीटर भी उतारकर ले जाएँगे।

मैं जाकर उनके अधिकारियों से मिला था और निवेदन किया था, "मैंने जब आपसे अस्थायी कनेक्शन लिया था तो तीन सौ रुपये सेक्योरिटी जमा करायी थी...।"

"हमारे सिर अहसान किया था क्या?" उन्होंने मेरी बात बीच में काट दी थी, "सब जमा कराते हैं।"

"मैंने छः महीने पहले वह कनेक्शन कटा दिया था और आपका मीटर लौटा दिया था।"

"तो?" उन्होंने मुझे घूरा।

"आपकी ओर मेरे तीन सौ रुपये निकलते हैं। कृपया वे मुझे लौटा दिये जाएँ।"

"बनिये की दुकान है क्या?" वे नाराज़ हो गये, "जब मन आया, आकर बैठ गये—पैसे लौटाओ। हमारे गल्ले में धरे हैं कि उठाकर दे दें। अरे हर काम का एक प्रोसीजर होता है। दफ्तरी कार्रवाई होगी। बिल बनेंगे। चेक कटेंगे। डाक से भेज देंगे।"

"तो यह बारह रुपये पचहत्तर पैसों का बिल मेरे तीन सौ रुपयों में से आप नहीं काट सकते हैं?" मैंने कहा।

"हम आपकी बिजली का स्थायी कनेक्शन काट सकते हैं।" वे बड़ी निर्लज्जता से बोले, "चुपचाप बिल जमा करा दीजिए।"

मेरी समझ में नहीं आया कि यह विश्व का कौन-सा तर्क था कि मुझे उनसे तीन सौ रुपये लेने थे और बारह रुपये पचहत्तर पैसे देने थे; पर वे मुझे धमका रहे थे और मैं हाथ जोड़ रहा था। मैं न उनके कान काट सकता था, न गला—वे मेरी बिजली के तार काटने को तैयार बैठे थे। 'यह कौन धौं पाटी पढ़े हो लाला। मन लेहू पै देहू छटाँक नहीं', गाता हुआ मैं घर आ गया था।

काटने का अधिकार केवल सरकार को है। कनेक्शन काटे, जेब काटे या गला काटे...। जल विभाग ने मुझे सूचना दी कि मेरा मीटर ख़राब है, उसे मैं ठीक करवाऊँ। मैं एक भले और अच्छे नागरिक के समान जाकर जलविभाग के अधिकारी से मिला और उनसे अपनी कठिनाई कह सुनायी, "मीटर की मरम्मत के लिए मुझे मीटर उतरवाना पड़ेगा और हो सकता है कि मीटर की मरम्मत में एक-आध सप्ताह लग जाए। ऐसे में मैं एक सप्ताह पानी के बिना रह नहीं सकता और बिना मीटर के एक सप्ताह पानी लेता रहूँ तो यह सरकारी पानी की चोरी होगी।"

अधिकारी बड़ा शरीफ़ और उपभोक्ताओं के साथ सहानुभूति रखने वाला था। बोला, "यदि आप इस समस्या का स्थायी समाधान चाहते हैं तो अपने प्राइवेट मीटर के स्थान पर नगर निगम का मीटर लगवा लीजिए। हमारा मीटर होगा तो उसकी मरम्मत की जिम्मेदारी हम पर ही होगी। आपको कोई चिन्ता ही नहीं करनी पड़ेगी।"

मैं तत्काल प्रसन्न हो गया। तुरन्त निर्णय कर बोला, "तो आप आज ही अपना मीटर लगा दीजिए।"

वह मेरी सरलता पर हँस पड़ा। हँसा तो वह मेरी मूर्खता पर था, पर मैं इसे जानते हुए भी 'सरलता' शब्द का ही प्रयोग करता हूँ। मुझे बुरे भावों के लिए भी अच्छे शब्दों का प्रयोग करना अच्छा लगता है। वैसे तो यह सबको ही अच्छा लगता है, पर अपनी-अपनी पद्धति है। जैसे बहू को 'सास' शब्द बहुत अश्लील लगता है इसलिए वह उसे 'मदर इन ला' कहती है; छात्र को 'पुस्तक' शब्द बहुत भद्दा लगता है इसिलए वह उसे 'बुक' कहता है; पति को 'पत्नी' या 'वाइफ़' दोनों ही शब्द अमर्यादित लगते हैं इसलिए वह उसे 'मिसेज' कहता है। पर मेरी पद्धति अपनी ही भाषा में दूसरा शब्द खोजने की है—अँग्रेज़ी पर्यायों में मेरा बहुत अधिक विश्वास नहीं है।

वह फिर मेरी सरलता पर हँसा। बोला, "आपकी इच्छा मात्र से ही तो नगर निगम का मीटर नहीं लग जाएगा। उसके लिए आपको तीन सौ पैंसठ रुपये जमा कराने होंगे। हाँ, मैं आपकी इतनी सहायता अवश्य कर सकता हूँ कि आपके रुपये जमा होते ही मैं एक सप्ताह में आपका मीटर लगवा दूँ।"

मैं सोचता रह गया कि पैसे जमा करने के बाद यदि यह अधिकारी सहायता

न करे तो मीटर उसी वर्ष में लगेगा या अगले वर्ष में?

खैर, मैंने सरकार की मनोवांछित धनराशि जमा करा दी। उस अधिकारी के वचनानुसार एक सप्ताह में मीटर भी लग गया। पर उसके तीसरे महीने ही मुझे फिर सूचना दी गयी कि मेरा मीटर ख़राब है, मैं उसकी मरम्मत करा लूँ।

एक निरीह नागरिक इस देश में कर ही क्या सकता है, सिवाय अधिकारियों की शरण में जाने के! मैं उनके दफ़्तर पहुँचा। पिछले भले अधिकारी का स्थानान्तरण हो चुका था और वहाँ एक नयी मूर्ति विराजमान थी। मैंने निवेदन किया, "मुझे सूचना दी गयी है कि मेरा पानी का मीटर ख़राब है।"

"तो हम क्या करें?" अधिकारी ने मुझे डाँटा, "सूचना की पुष्टि करें। जब सूचना दी गयी है तो ठीक ही दी गयी है। मीटर ख़राब ही होगा। उसकी मरम्मत कराओ, नहीं तो पानी बन्द। कनेक्शन काट देंगे। ऊपर से बहुत सख़्त ऑर्डर है। कुछ समझे?"

"पर वह मीटर तो नगर निगम का है।" मैंने फरियाद की।

"और भी अच्छा है।" वे हँसे। मुझे लगा, जैसे कोई बैल हँस रहा हो। "अपना मीटर काटने का अधिकार और भी अधिक है।"

"अपना मीटर काटने का अधिकार आपको है," मैंने उन्हें समझाने की धृष्टता की, "पर उसकी मरम्मत की ज़िम्मेदारी भी आपकी ही है।"

"आप हमको हमारी ज़िम्मेदारियाँ मत समझाइए।" वे नाराज़ हो गये, "अपनी बात हम ख़ूब समझते हैं।"

"समझते होते तो मीटर की मरम्मत करा चुके होते, मुझे सूचनाएँ न भिजवाते रहते।" मैंने ज़रा डपटकर कहा। उन्होंने मुझे घूरकर देखा, "सोच-समझकर बात कीजिए। मीटर की मरम्मत हो न हो, कहीं आपकी मरम्मत न हो जाए।"

मैं कुछ सहम गया, "मैंने कुछ अनुचित कहा क्या?"

"सरकार या सरकारी अधिकारियों को उनका कर्तव्य याद दिलाना अनुचित ही होता है श्रीमान् जी!"

चाहे ऊपर से मैंने प्रकट न किया हो, पर मन-ही-मन महान् व्यक्ति के सम्मुख मैं नतमस्तक हो गया। बातों-ही-बातों में कितना बड़ा सूत्र उसने मेरे हाथों में थमा दिया था। भविष्य में मुझे अपने व्यवहार को इसी सूत्र से अनुशासित करना चाहिए। यह अधिकार केवल सरकार का है कि वह हमको हमारा कर्तव्य याद दिलाए। हम कौन होते हैं, सरकार माई-बाप को कुछ भी याद दिलाने वाले!

मैंने विनीत भाव से हाथ जोड़ दिये "अपनी भूल के लिए क्षमा चाहता हूँ। पर वैसे ही अपना सामान्य ज्ञान बढ़ाने के लिए सैद्धान्तिक प्रश्न पूछ सकता हूँ?"

"अवश्य पूछिए।" अधिकारी ने कुछ इस अन्दाज़ से कहा, जैसे कहा—अवश्य पूछो वत्स।

"यदि एक मीटर नगर निगम का हो और नगर निमग उसका किराया उपभोक्ता से लेता हो और यदि वह मीटर ख़राब हो जाए फिर भी नगर निगम का अधिकारी उसकी मरम्मत न कराना चाहे तो उसका क्या कारण हो सकता है?" मैंने पुनः हाथ जोड़े, "इतना ध्यान रहे श्रीमन्! कि इस प्रश्न का न आपसे कोई सम्बन्ध है, न मुझसे! यह तो बस एक सैद्धान्तिक प्रश्न मात्र है।"

"मैं समझ गया।" अधिकारी को तनिक भी क्रोध नहीं आया, "जब कभी ऐसा हो तो समझ जाओ कि स्टोर में मीटर नहीं है कि ख़राब मीटर बदला जाए और मरम्मत के लिए भेजा जाए।"

"पर यदि नगर निगम के स्टोर में मीटर नहीं है तो दोष नगर निगम का है। उसका दण्ड उपभोक्ता को क्यों दिया जाता है?" मैंने दीन भाव से कहा, "यह भी एक सैद्धान्तिक प्रश्न ही है।"

"नियम! नियम यह है कि मीटर ख़राब होने पर उपभोक्ता को आर्थिक दण्ड दिया जाए।" अधिकारी शान्त मुद्रा में बोला, "यह भी नियम है कि बिना मीटर के उपभोक्ता को पानी न दिया जाए। पर कहीं कोई नियम ऐसा नहीं है जो यह बताता हो कि स्टोर में मीटर न होने पर नगर निगम का क्या किया जाए...।" सहसा अधिकारी की मुद्रा बदल गयी, "बहुत हो गया। अब और सैद्धान्तिक प्रश्न मत पूछना।"

"तो व्यावहारिक समाधान ही बता दीजिए श्रीमन्!" मैंने हाथ जोड़ दिये।

"व्यावहारिक समाधान है मिस्त्री रामलुभाया!" अधिकारी ने कहा, "अब तुम जाओ।"

मैंने मिस्त्री रामलुभाया को खोजा। वह कैण्टीन में बैठा चाय पी रहा था। मैंने उसे अपनी समस्या अच्छी तरह समझायी।

"पच्चीस रुपये लगेंगे।" वह बीड़ी का धुआँ मेरे मुँह पर फेंकते हुए बोला।

"पर मीटर तो नगर निगम का है।" मैंने कहा, "फिर पैसे किस बात के लगेंगे?"

"तो नगर निगम से ही ठीक करवा लो।" वह बीड़ी का धुआँ उड़ाता हुआ चल दिया, जैसे रेल का इंजन चल पड़ा हो।

"तुम नगर निगम नहीं हो क्या?" मैं हताश होकर उसके पीछे भागा।

"वैसे तो मैं मिस्त्री रामलुभाया हूँ, पर आवश्यकता होने पर मैं नगर निगम भी हो जाया करता हूँ।" उसने मुझे अपना विराट् रूप दिखाया।

"मैं समझा नहीं।" मुझसे कहे बिना नहीं रहा गया।

"समझ जाओगे।" वह बड़ी आत्मतुष्टि से बोला, "अभी जो व्यक्ति तुम्हारे सामने खड़ा पच्चीस रुपये माँग रहा है, और तुम उसे मना कर रहे हो, वह मिस्त्री रामलुभाया है।" उसने बड़ी ऊँचाई से मुझ पर दृष्टि डाली, "और जब मैं तुम्हारा

मीटर काट कर पानी बन्द करने आऊँगा तक मैं नगर निगम होऊँगा।"

मैं उसका संकेत समझ गया। उसे मनाकर अपने साथ घर ले गया। चाय-पानी पिलाया। नकद पच्चीस रुपये दिये। उसने मीटर निकाल लिया और पानी का सीधा कनेक्शन कर दिया।

उसने मुझे देखा और मुसकराकर बोला, "अब जितने दिन मीटर मरम्मत के लिए वर्कशाप में पड़ा रहेगा, उतने दिन मुफ़्त पानी पियो।" उसने बड़ी आत्मीयता से अपनी बायीं आँख दबायी।

"और किसी ने रिपोर्ट कर दी तो?" मैंने घबराकर पूछा।

"कौन रिपोर्ट करेगा?" उसका विराट् रूप फिर प्रकट हो गया था, "मैं ही मीटर लगाने वाला हूँ, मैं ही मीटर उतारने वाला हूँ। मैं ही रिपोर्ट करने वाला हूँ, मैं ही रिपोर्ट फाड़ने वाला हूँ। मैं ही पानी देने वाला हूँ, मैं ही पानी रोकने वाला हूँ।"

"धन्य हो मिस्त्री रामलुभाया तुम।" मैंने उसे नमन किया।

तब मुझे मिस्त्री रामलुभाया मिल गया था, जो पानी काट भी सकता था, जोड़ भी सकता था। पर, फ़ोन के सन्दर्भ में मुझे ऐसा कोई आदमी नहीं मिला जो दोनों काम कर सकता हो। फ़ोन काटने वाले को तो मैं जानता था, जोड़ने वाले को नहीं जानता था। अतः दूसरे दिन बिल जमा कराने के लिए पहुँच गया।

जब आठ सौ रुपये जमा करा दिये थे तो सोचा अपनी कुछ और समस्याएँ भी सुलझा लूँ जो मेरे आलस और संकोच के कारण अब तक उलझी पड़ी थीं।

मैं उनके जन-सम्पर्क अधिकारी के पास गया, पर पहुँच नहीं पाया। चपरासी ने बाहर ही रोक दिया, "साहब पब्लिक से तीन और चार बजे के बीच में मिलते हैं।"

"पर वे तो जन-सम्पर्क अधिकारी हैं।" मैंने कहा, "उन्हें तो हर समय हमसे मिलने को तैयार रहना चाहिए।"

"उन्हें और कोई काम नहीं है क्या कि हर समय तुमसे मिलने को तैयार रहें।" चपरासी ने मुझे डाँटा, "हर समय तो कोई अपनी बीवी से भी मिलने को तैयार नहीं होता, तू क्या उससे भी ख़ास चीज़ है?"

इन प्रश्नों का उत्तर देने से ज़्यादा सुविधाजनक मेरे लिए यह था कि मैं तीन बज लेने की प्रतीक्षा ही कर लेता।

मैं तीन बजे जन-सम्पर्क अधिकारी के दरबार में उपस्थित हुआ, "हमने ग्रेटर कैलाश से वैशाली में शिफ्ट किया है।"

"किया होगा।" उसने कहा।

"हमारा फ़ोन भी नेहरू प्लेस से शक्तिनगर एक्सचेंज़ में शिफ्ट हुआ है।"

फ़ोन की बात सुनकर वह सावधान हो गया, "तो?"

"शिफ्टिंग के समय नेहरू प्लेस वालों ने हमसे फ़ोन के साथ-साथ डायरेक्टरी भी ले ली थी।"

"अच्छा किया था।" वह बोला, "चिट्ठी ले लें और लिफ़ाफ़ा न लें, यह भी कोई बात है!"

"इन्होंने तो अच्छा ही किया," मैं बोला, "पर शक्तिनगर एक्सचेंज़ वाले हमको डायरेक्टरी नहीं दे रहे हैं।"

"क्यों?"

"वे कहते हैं कि वे केवल नये कनेक्शन के साथ डायरेक्टरी देते हैं। शिफ्टिंग केसेस में वे डायरेक्टरी नहीं देते।"

"वे रूल्स नहीं जानते!" उसने उत्तर दिया।

"यही बात वहाँ का जन-सम्पर्क अधिकारी आपके एक्सचेंज़ के विषय में कहता है।" मैंने कहा।

"आप उससे तर्क नहीं कर सकते क्या?"

"नहीं! मैं आपमें से, किसी से भी तर्क नहीं कर पाता हूँ।" मैंने स्वीकार किया।

"क्यों?"

"क्योंकि आपमें से जिसके मुँह से जो निकल जाता है, वही आपके विभाग का नियम बन जाता है। फिर आप लोग नियमों के बहुत पक्के हैं।"

"हाँ, याद आया।" वह बोला, "हमारा नियम है कि हम किसी उपभोक्ता को दो मिनट से अधिक का समय नहीं देते। आपका समय हो गया है। अब आप जाइए।"

"एक बात और सुन लीजिए।" मैंने उठते-उठते कहा, "नियम यह है कि जन-सम्पर्क अधिकारी को शालीन होना चाहिए।"

वह शालीन हो गया, "कहिए।"

"नेहरू प्लेस एक्सचेंज़ में जब हमने फ़ोन वापस किया और शक्ति नगर एक्सचेंज़ ने जब हमको फ़ोन दिया, इसके बीच दो महीने तक हमारे पास फ़ोन नहीं था।"

"नहीं रहा होगा।" उसने कहा।

"तो फिर आप मुझसे उन दो महीनों का भी किराया क्यों ले रहे हैं?"

"नियम यही है।" उसने कहा।

"पर आपने मुझे फ़ोन क्यों नहीं दिया? फ़ोन देते तो किराया ले लेते।"

उसने बहुत गम्भीरता से मुझे देखा, "हम किराया लेना शुरू करते हैं तो लेते ही चले जाते हैं। आपके पास फ़ोन होने न होने का उससे कोई सम्बन्ध नहीं है।"

"ऐसा क्यों है?" मैंने पूछा।

"क्योंकि नियम यही है।"

"ऐसा नियम क्यों बनाया गया?" मैंने हठ किया।

"यह तो हमारा एकाउण्ट्स अफ़सर बताएगा। जाइए उससे मिलिए। मेरा कलेजा काफ़ी चबा चुके आप।"

मैंने उसे आश्चर्य से देखा। मुझे लग रहा था कि मैं अपना ख़ून पी रहा हूँ और वह कह रहा था कि मैं उसका कलेजा चबा रहा हूँ।

मैं एकाउण्ट्स अफ़सर से मिलने गया। पर वहाँ भी एक चपरासी बैठा था। बोला, "एकाउण्ट्स अफ़सर का पब्लिक से मिलने का टाइम सुबह दस से ग्यारह है।"

मैं कुछ नहीं बोला। अपना कार्यक्रम वहीं काट दिया और घर लौट आया।

त्राहि-त्राहि

नयी दिल्ली रेलवे स्टेशन के बाहर कभी भीड़ कम होती ही नहीं। जाने किसने इस सदा-सुहागन धरती को दूधों नहाने और पूतों फलने का ऐसा सच्चा आशीर्वाद दे दिया है कि वह प्रशासन को भी भारी पड़ने लगा है।

वहीं मैं एक बस में बैठा। बस भरी हुई थी। दिल्ली में बसें भरी हुई ही होती हैं, ख़ाली तो लोगों के पेट हैं। मेरे आगे की सीट पर एक महिला बैठी हुई थीं। सम्भ्रान्त महिला थीं। उन्होंने लिपस्टिक भी लगा रखी थी। मेरी नज़र शायद उन पर न भी पड़ी होती। इसलिए नहीं कि मैं नारी-सौन्दर्य की ओर आकृष्ट नहीं होता, बल्कि इसलिए कि वे किसी भी दृष्टि से असाधारण नहीं थीं।

बस चली तो उन्होंने एक सन्तरा छीलकर उसके छिलके खिड़की से बाहर सड़क पर दे मारे। ठीक भी था। भारतीय संविधान के अधीन एक स्वतन्त्र नागरिक के रूप में उन्हें पूरा अधिकार था कि वे अपने सन्तरे के छिलके अपने देश में कहीं भी फेंकें। सन्तरा उनका, छिलका उनका, देश उनका—मैं खामख़ाह। पर मुझसे रहा नहीं गया। मुँह से निकल गया, "किसी को लग जाता तो?"

यद्यपि मैंने उन्हें सुनाने के लिए नहीं कहा था, पर वे बड़ी दयालु थीं। उन्होंने मेरी बात सुन ली। उनकी त्योरियाँ चढ़ गयीं। नासिकापुट फड़कने लगे। काव्यशास्त्र में रौद्र रस के जितने भी लक्षण हैं, सब उनके चन्द्रमुख पर प्रकट हो गये।

बोलीं, "लग जाता...तो?"

वैसे तो मेरे पास उनका ही कोई उत्तर नहीं था, पर उनके इस 'तो' का एकदम ही नहीं था। हक्का-बक्का रह गया। प्रयत्न करके अपनी किंकर्तव्यविमूढ़ता से उबरा तो इतना ही कहने की बुद्धि जुटा पाया, "उसे बुरा लगता।"

उनकी भंगिमा कुछ और उग्र हो उठी, "उसे लगता। तुझे क्यों लगा...?"

मेरी चिन्तन-प्रक्रिया आरम्भ हो गयी। ठीक कह रही हैं—जिसे छिलका लगता, उसे बुरा लगता। मुझे क्यों बुरा लगा? मेरा और उसका सम्बन्ध ही क्या है? मानवीय संवेदना तो अब हमारे समाज में दोष-स्वरूप ही कहीं-कहीं पायी जाती है। उसकी

तो भर्त्सना होनी ही चाहिए। किसी बलात्कारी को कोई भला आदमी रोकता है कि 'भाई, इस स्त्री के साथ अत्याचार न करो', तो बलात्कारी भी कुछ ऐंठकर कहता है, 'क्यों? तेरी बहन लगती है क्या?'

"तुझे तो दूसरों के मामले में टाँग अड़ाने की बुरी आदत है," उनका स्वर बहुत ऊँचा हो गया था और बस के भीतर बैठी सारी आँखें हम पर ही टिकी थीं, "मुझे तो नहीं मारा। छिलका ही मारा, कोई पत्थर तो नहीं मारा। किसी का सिर नहीं फूटा, तो मेरा दिल क्यों टूटा..." उनके कवित्व की दाद देने का मन हो रहा था, पर स्थिति बड़ी नाजुक हो उठी थी। सारी बस की आँखें मुझे सन्देह के डंक चुभो रही थीं।

एक ने पूछ ही लिया, "क्या बात है, भाई साहब?"

"जी, इन्होंने सन्तरे का छिलका बाहर फेंका, तो मैंने इतना ही कहा कि किसी को लग जाता। ये तो मुझसे ही लड़ने लगीं।" मुझे अपनी सफ़ाई देनी पड़ रही थी।

"तेरा तो दिमाग़ ख़राब है।" वे इतने विश्वास से बोलीं, जैसे मुझे वर्षों से जानती हों, "कोई इतना भी बदतमीज़ होता है कि बिना देखे छिलके फेंक दे।"

"तो आप यह कह देतीं कि मैंने देख लिया था।"

"क्यों कह देती?" उनका स्वर ऊँचा उठा, "तुझे बताना ज़रूरी था क्या?"

"आप ही चुप कर जाइए भाई साहब!" एक लहीम-शहीम पहलवान ने अत्यन्त भयभीत स्वर में मुझे सलाह दी।

महिला की बमबारी से बचने के लिए मैं तो कोई आड़ खोज ही रहा था। भयभीत पहलवान की बात मानकर मैं चुप हो गया। पर वे गोले दागती ही रहीं, "बदतमीज कहीं का।...दूसरों के मामलों में टाँग अड़ाने की बुरी आदत...।" साथ ही साथ वे सन्तरे के बीज बस के अन्दर ही थूकती जा रही थीं! सन्तरा ख़त्म हो गया, पर वे अपना गुस्सा नहीं थूक पायीं।

इस बुरी आदत ने मुझे पहले भी एक जगह पिटवाया था। तब हम लोग रेल में यात्रा कर रहे थे। हममें से एक साहित्य के स्वनामधन्य आलोचक भी थे। उन्होंने बीज वाले बड़े अंगूर का दाना मुँह में डाला। काव्यशास्त्रीय भंगिमाओं में उसका रस चूसा—जैसे वे आम तौर पर लेखकों का ख़ून चूसा करते थे—अंगूर का बीज साफ़-सुथरे फ़र्श पर थूक दिया।

"अरे, बीज फ़र्श पर क्यों थूक दिया!" अपनी बुरी आदत के कारण मुझसे टोके बिना नहीं रहा गया।

"उग आएगा क्या?" उन्होंने हेला के साथ पूछा।

समझ गया कि कम्पार्टमेण्ट के फ़र्श के गन्दे होने की उन्हें कोई चिन्ता नहीं थी। उन्हें चिन्ता थी तो बस यही कि कहीं कम्मार्टमेण्ट में अंगूर की बेल न उग आए। वैसे अंगूर की बेल के उग आने को मैं आज तक चिन्ताजनक नहीं मान

पाया हूँ। हो सकता है कि उन्हें यह आशंका हो कि बेल उग जाने पर उन्हें शायिका से उठाकर बेल पर टाँग दिया जाएगा।

उनके प्रश्न का उचित उत्तर मुझे नहीं सूझा। मैंने सफ़ाई के महत्त्व पर एक सीधा-सादा भाषण दे डाला। उन्हें बुरा लगा। बोले, "यही तो बुरी आदत है तुममें, सब जगह उपदेशक बने रहते हो।"

स्वीकार करने के सिवा और कोई चारा ही नहीं था कि ऐसा ही है। मैं आज तक यह समझ ही नहीं पाया कि कोई व्यक्ति कैसे अपने घर को तो साफ़ रखता है पर बस, ट्रेन और सड़कें गन्दी करता फिरता है! इसी समस्या का समाधान पाने के लिए मैंने दूसरों के मामले में टाँग अड़ाने वाली अपनी बुरी आदत का एक बार और सदुपयोग किया था।

कॉलेज के स्टाफ-रूम में मैं अपने एक मित्र के साथ बैठा था। मित्र सिगरेट के रूप में अपना पैसा फूँक रहे थे और धुएँ के रूप में अपनी चिन्ता उड़ा रहे थे। सहसा उन्होंने कालीन पर सिगरेट की राख झाड़ी और जाने क्या हुआ कि सिगरेट को कालीन पर पटककर अपने जूते के तले से उसे कुचल दिया।

मैं जान नहीं सका कि सुलगते सिगरेट से कालीन का तन जला या नहीं, पर मेरा मन अवश्य जल गया।

"घर में इस तरह से ग़न्दगी फैलाते हो तो तुम्हारी पत्नी तुम्हें कुछ नहीं कहती?"

अपनी ओर से मैंने ट्रम्प कार्ड चला था। पर यह ज्ञान तो मुझे मित्र के उत्तर से ही मिला कि संसार में सब लोग अपनी पत्नियों से मेरे ही समान नहीं डरते। आज भी कुछ शेरदिल मर्द हैं, जो अपनी पत्नी से डरते तो नहीं ही हैं—उसे डराकर भी रखते हैं।

"नो फियर्स!" मित्र ने उत्तर दिया, "घर में घुसते ही ऐसी त्राहि-त्राहि मचवा देता हूँ कि किसी को कुछ कहने का साहस ही नहीं होता।"

अब यह कला मेरी भी समझ में आ गयी है। आज का युग त्राहि-त्राहि मचवाने का ही है। कितना भी अनुचित काम किया जाए, पर साथ त्राहि-त्राहि मचवा दी जाए, तो आपका अनुचित काम भी उचित में बदल जाता है।

धक्का

उसकी दुकान से बाल कटवाने के अपने पन्द्रह वर्षों के इतिहास में उस दिन पहली बार न केवल वह मेरी ओर देखकर मुसकराया, बल्कि उसने हाथ जोड़कर नमस्ते भी कर दी। मैं सही मानों में बगलें झाँकने लगा। मेरी समझ में कुछ नहीं आया कि मैं क्या करूँ। एक बार तो सोचा कि वापस लौट चलूँ। शुरू-शुरू में मुझे उससे काफ़ी शिकायत रही थी कि न वह नमस्ते करता है, न मुझे देखकर उसकी आँखों में कोई पहचान उभरती है। मैं वहाँ बाल कटवाने जाता हूँ, नाक कटवाने नहीं। ऐसी जगह जाने का क्या लाभ, जहाँ बाल कटाई ही नहीं बख़्शीश भी दो और नाई नमस्ते तक न करे। मैं गुस्से में उसकी दुकान छोड़ गया था। पर जो दूसरा नाई मैंने ढूँढ़ा था, वह न केवल नमस्ते करता बल्कि हँस-हँसकर इतना बोलता-बतियाता था कि उसके शब्दों के साथ उसके मुख से झरने वाले तुषार-कणों से मेरे बाल गीले हो जाते थे। मुझे सन्देह था कि उससे बालों में एक प्रकार की दुर्गन्ध भी आने लगी है। इसीलिए मैं वापस अपने इस नाशुक्रे नाई के पास लौट आया था।

तो अपनी 'नमस्ते' और रहस्यमयी मुसकान से जब वह मेरे मन में काफ़ी हलचल मचा चुका तो धीरे से प्रशंसात्मक भाव से बोला, "साब! हम तो आज तक पकड़ ही नहीं पाये।"

मेरी समझ में नहीं आया कि वह किसे पकड़ने की बात कर रहा है। समाचार-पत्रों में कई प्रकार के लोगों के पकड़े जाने की चर्चा रोज़ ही रहती है। और अब तो उसकी इतनी आदत पड़ गयी है कि किसी दिन वैसा समाचार न हो तो समाचारपत्र रसहीन ही नहीं स्वादहीन भी लगने लगता है। चोरी-चकारी, हत्या-बलात्कार, काला-बाज़ार-जमाख़ोरी, तस्करी-राजनीति इत्यादि में लोग पकड़े ही जाते हैं; पर उनमें कोई साहित्यकार नहीं होता। साहित्यकार तो विद्रोही लेखन के आरोप में ही पकड़े जाते हैं। हाँ, अब तो एक ज़माने से कोई इस आरोप में भी नहीं पकड़ा गया। पता नहीं लेखकों में विद्रोह नहीं रहा या पकड़ने वालों में बुद्धि नहीं रही। हाँ, अपवादस्वरूप उस दिन एक ख्यात लेखक के जालसाज़ी के आरोप में कुख्यात होने का समाचार भी छपा था। मैं डरा, कहीं मेरी दाढ़ी के कारण मेरा

नाई मुझे पहचानने में भूल तो नहीं कर रहा।...पर नाई का साहित्यकारों को पकड़ने से क्या सम्बन्ध—बालों में टहलती जुँओं को पकड़ने से चाहे हो।

पर थोड़ी ही देर में स्पष्ट हो गया कि उसकी रुचि न साहित्यकारों में थी, न उन्हें पकड़ने-पकड़ाने में। उसकी दृष्टि तो मेरी दाढ़ी पर गड़ी थी। मेरी कलमों से लेकर गालों तक की दाढ़ी सफ़ेद थी और उसके नीचे काली।

नाई हँसकर बोला, "दाढ़ी भी रँगवा लेते।"

मेरा मन 'भी' शब्द पर अटक गया। दाढ़ी भी...यानी?

मैंने उसकी ओर जिज्ञासा-भरी दृष्टि से देखा।

वह मुसकराया, "बाल कहाँ से रँगवाते हैं, मैं तो आज तक पकड़ ही नहीं पाया।"

"मैं बाल रँगवाता नहीं हूँ भाई!" मैंने घिघियाकर कहा। मुझे उसका यह आरोप उतना ही बुरा लगता था, जितना किसी पतिव्रता को व्यभिचार का आरोप लगता है।

वह अविश्वास से हँसा, "तो फिर दाढ़ी ही क्यों सफ़ेद हो गयी, सिर के बाल क्यों नहीं हुए?"

मुझमें एक बहुत बड़ी दुर्बलता यह है कि मुझे सही समय पर सही बात नहीं सूझती। और यदि पहले से सोच-समझ न रखा हो तो मुँह से बात निकलती ही नहीं। दाढ़ी और बालों की सफ़ेदी का तुलनात्मक अध्ययन पहले से न कर रखा होने के कारण मैं अपने नाई के तर्क का उत्तर नहीं दे पाया। चुप बैठा रह गया।

उसका साहस बढ़ गया। बोला, "मेरी बात मानिए साब! या तो दाढ़ी भी रँगवा लीजिए या बाल ब्लीच करवा लीजिए। ऐसा ब्लैक एण्ड वाइट चेहरा अच्छा नहीं लगता।"

मैं समझ गया कि मेरे नाई का सौन्दर्य-बोध एकरूपतावादी है। वह जीवन में वैविध्य बर्दाश्त नहीं करेगा। इस प्रकार के लोग मुझे अच्छे नहीं लगते; पर खुशी मुझे इस बात की थी कि मेरी दाढ़ी देखकर उसकी चुप्पी टूटी थी। और धीरे-धीरे मुझे मालूम होता गया कि मेरी दाढ़ी ने उसी की नहीं बहुतों की चुप्पी तोड़ी थी। दाँत भींचकर चुप बैठे रहने वाले साहित्यिक आलोचकों के जबड़े भी खुल गये थे।

यह सच है कि शायद ही मेरी किसी पुस्तक की इतनी चर्चा हुई हो; जितनी इन दिनों मेरी दाढ़ी की हो रही है। एक के बाद एक पुस्तक छपकर आती रही और यार लोग चुप्पी लगाये बैठे रहे। किसी ने पुस्तक देखी ही नहीं, किसी ने देखकर भी अनदेखी कर दी। किसी को स्वयं दिखायी तो भी उसने उसे एक ओर ठेल दिया और पुस्तक की चर्चा के स्थान पर बोले, "आज गर्मी बहुत है। अब वर्षा तो हो ही जानी चाहिए।"

मन में आया कि कहूँ, 'मेरे लेखन को अनदेखा करने की नौटंकी बहुत हो ली; अब कुछ चर्चा भी हो जाए।'

पर दाढ़ी के साथ एकदम ऐसा नहीं हुआ। दाढ़ी किसी को दिखानी नहीं पड़ी। सबको अपने-आप ही दिखाई पड़ने लगी, जैसे उगता सूरज सबको दीख जाता है। उगते सूरज और बढ़ती दाढ़ी में पता नहीं कोई समानता है या नहीं—पर चर्चा दोनों की होती है। किसी आलोचक को नहीं लगा कि दाढ़ी की चर्चा से नरेन्द्र कोहली स्थापित हो जाएगा। पुस्तक की चर्चा में यह ख़तरा उन्हें रात-भर सोने नहीं देता था। इससे यह भी सिद्ध हुआ कि दाढ़ी बड़ी गुट-निरपेक्ष चीज़ है। साहित्यिक गुटबाज़ी यहाँ घुटने टेक देती है।

मज़ेदार बात यह है कि जिन पुस्तकों को वर्षों ख़ून जलाकर लिखा था, उनके विषय में तो किसी ने पूछा नहीं और दाढ़ी के विषय में तत्काल पूछ बैठे, "इतना सृजन कैसे कर लिया भाई?" जब वे एक चीज़ का श्रेय मुझे दे ही रहे थे तो मैं क्यों अकड़ता। विनीत स्वर में बोला, "इसमें मेरा तनिक भी श्रेय नहीं है।"

"यह कैसे हो सकता है।" वे बोले, "हम तो अपने चेहरे पर कभी इतनी सघन दाढ़ी नहीं जमा पाये।"

वे पूछते तो मैं उन्हें बता देता कि वे अच्छी कृति भी क्यों नहीं रच पाये, पर बात केवल दाढ़ी की थी। मैंने रहस्य बता दिया, "दाढ़ी को मूड़ना बन्द कर दो।" इच्छा थी उन्हें बता देता कि साहित्य को मूड़ना बन्द कर दो तो अच्छी कृति भी रच लोगे। पर बिना माँगे दान करने के लिए मन नहीं माना।

"ओह!" वे बोले।

उनका 'ओह' मुहल्ले की महिलाओं के चेहरों पर 'उई अल्ला!' या 'हाय राम!' के अन्दाज़ में आया। एक ने शालीनता से कहा, "भाई साहब! बुजुर्ग नज़र आने लगे हैं आप!" दूसरी ने कुछ अधिक आत्मीयता दिखायी, "क्या समझ रहे हैं अपने आपको! एकदम बुढ़ऊ लग रहे हैं। चलिए मुड़ाइए इसे।"

अब मेरी पत्नी भी बोली, "देख रहे हैं न आप! गली की एक भी औरत को आपकी दाढ़ी वाली सूरत नहीं भायी।"

मन में आया कि पूछूँ कि बिना दाढ़ी वाली सूरत किसी को भायी थी क्या? पर पूछा नहीं। पत्नियों से इतने वैज्ञानिक प्रश्न नहीं पूछे जाने चाहिए।

इस क्षेत्र में अपनी दृष्टि कुछ ज़्यादा ही साफ़ है। कोई संकोच नहीं होता मुझे। कह दिया, "गली की औरतों को पसन्द आने के लिए दाढ़ी नहीं बढ़ायी है मैंने!"

कह तो दिया, पर साथ ही साथ इस वाक्य के खतरों का आभास भी हो गया। इसमें एक ओर तो गली की स्त्रियों के प्रति अपमान और अवमानना का भाव था, दूसरी ओर पत्नी को सन्देह हो सकता था कि जिसकी पसन्द के कारण दाढ़ी रखी है, वह गली के बाहर है। संयोग कुछ ऐसा हुआ कि गली के बाहर से जो

टिप्पणियाँ आयीं, वे दाढ़ी के पक्ष में थीं; अर्थात् बाहरी महिलाओं का सौन्दर्य-बोध दाढ़ियाना था। अब मेरी पत्नी और गली की महिलाएँ एक ओर हैं और विपक्ष गली के बाहर है।

पर मैं अपनी इस छोटी-सी नवजात (कमजात नहीं) दाढ़ी को भौगोलिक सीमाओं या क्षेत्रीयता में उलझाना नहीं चाहता। (अभी वह इतनी बड़ी है भी नहीं कि कहीं उलझ सके।) मैंने तो सदा संकीर्णताओं का विरोध किया है। मेरी रुचि इस बहस में अधिक है कि दाढ़ी के कारण मैं नोबेल प्राइज विजेता पाकिस्तानी वैज्ञानिक मुहम्मद इसलाम लगता हूँ या नोबेल प्राइज विजेता अमरीकी उपन्यासकार अर्नेस्ट हेमिंग्वे। इससे कम में मेरी कोई रुचि नहीं है। पर मेरी समझ में यह भी नहीं आ रहा कि मेरी दाढ़ी से लोगों को कला और विज्ञान का ही आभास क्यों होता है—मेरे पड़ोसी की दाढ़ी से तो उन्हें क्रान्ति करनेवाली तोपों की गूँज सुनायी देती थी। उसने दाढ़ी क्या मुड़ाई कि क्रान्ति को ऐसा धक्का लगा कि वह सौ वर्ष पीछे खिसक गयी।

शायद इससे भी बड़ा धक्का मेरी दाढ़ी देखकर शर्मा जी को लगेगा। शर्माजी से मेरा परिचय काफ़ी पुराना है। जब वे पहली बार विदेश से लोटे तो उन्होंने बहुत उल्लसित होकर मेरी ओर स्कॉच ह्विस्की की एक बोतल बढ़ा दी। मैंने ऐसे देखा जैसे ह्विस्की की बोतल न हो, बैंगन हो। पूछा, “क्या है यह?”

वे खिल उठे। अपने स्वर को दुगुना ऊँचा करके बोले, “मैं जानता था कि चखना तो दूर, अरे तुमने कभी देखी भी न होगी।”

“हाँ, नहीं देखी।” मैं बोला, “पर यह है क्या?”

“अरे ह्विस्की है। स्कॉच ह्विस्की!”

“मैं नहीं पीता।” मैं बोला, “मेरे किस काम की?”

वे ताव खा गये, “साले! घामड़! स्कॉच ह्विस्की का अपमान करता है। अब तक नसीब नहीं हुई, तो अब पी! पी नहीं सकता तो किसी को पिलाकर अहसान चढ़ा। कुछ न कर सके तो बेचकर सौ-दो सौ रुपये कमा ले।”

पर मैंने बोतल को हाथ नहीं लगाया। बोला, “तू इसे ले जा यार! मुझे नहीं चाहिए।”

शर्मा जी ने ऐसा बुरा मुँह बनाया जैसे धोखे में छिपकली चबा गये हों।

पर अगली बार वे मेरे लिए फ्रांसीसी आफ्टर शेव लोशन ले आये।

“अरे भाई! यह क्या ले आये।” मैं बोला, “ये सब चीज़ें मेरे उपयोग की नहीं हैं।”

“तुम्हारे उपयोग का कुछ है भी दुनिया में?” वे बोले, “चुपचाप ले लो! और दाढ़ी मूड़ने के बाद इससे अपने गालों को सुगन्धित किया करो।”

मित्र का आग्रह था। शीशी थाम ली। कभी-कभार किसी विशेष समारोह में

जाना होता तो पत्नी याद भी दिला देती, "वह शर्मा जी वाला आफ्टर शेव लोशन लगा लो।"

आज्ञाकारी पति हूँ। उसकी बात मान लेता था।

पर अब?

आफ्टर शेव लोशन अब भी घर में पड़ा है। मैं एक पूरी शीशी भी काम में नहीं ला सका। जब कभी झाड़-बुहार करते हुए, पत्नी की दृष्टि उस पर पड़ जाती है, वह एक बार आग्नेय दृष्टि से मेरी दाढ़ी को भी निहार लेती है। उसकी मुझे विशेष चिन्ता नहीं है। चिन्ता तो मुझे शर्मा जी की है। अगली बार जब वे विदेश से मेरे लिए कोई नफ़ीस-सा आफ्टर शेव लोशन लेकर लौटेंगे तो मेरी दाढ़ी को किस दृष्टि से देखेंगे वे?

दुर्घटना

मैं दफ़्तर जाने के लिए तैयार होकर बाहर निकला ही था कि मेरी पत्नी दौड़कर मेरे सामने ज़मीन पर घुटनों के बल ऐसे आ बैठी जैसे लोग मुग़ल बादशाहों के सामने बैठा करते थे। उसने मेरे पैर भी पकड़ लिये। मैंने यह दृश्य आज तक केवल फ़िल्मों में ही देखा था। इसलिए इसे पत्नी का व्यवहार न मानकर उसका अभिनय ही माना। पर घर का बरामदा कोई मंच तो था नहीं। यहाँ अभिनय का क्या अर्थ? या यह रिहर्सल मात्र है क्या? रिहर्सल का क्या अर्थ है, उपयुक्त स्थान के अभाव में कहीं भी सम्पन्न हो जाती है।

पूछा, "क्या बात है?"

"तुम्हें मेरी कसम! मेरे सिर की कसम!" वह बड़े मैलोड्रैमेटिक अन्दाज़ में बोली। मैं डरा, कहीं फ़र्श पर सिर ही न दे मारे। बोली, "आज दफ़्तर साइकिल पर मत जाओ।"

"क्यों?" मैंने अपनी भौचक स्थिति से उबरने का प्रयत्न किया, "साइकिल में पंक्चर है क्या?"

"नहीं!" उसकी आँखों में आँसू तैर आये, "मेरी बात को मज़ाक़ में मत टालो। मुझे अनाथ करने का प्रयत्न मत करो।"

मैं घबराया, "क्या बात है भाई! कुछ मालूम भी तो हो!" मेरी कल्पना ने छलाँग लगायी, कल दफ़्तर में अपनी साथी क्लर्क सुषमा के साथ बैठकर मैंने लंच खाया था। किसी ने इस घटना की सूचना धर्मपत्नी के कानों में डाल दी होगी। उसीसे परेशान होगी बेचारी। सोचती होगी कि कहीं मैं उसे छोड़ न जाऊँ। यह नहीं समझती कि उसे छोड़कर जाऊँगा भी कहाँ। अब मुझे और स्वीकारेगी भी कौन? पर वह दफ़्तर जाने से तो रोक नहीं रही थी--बस साइकिल ले जाने से मना कर रही थी।

"देखो!" उसने मुझे बड़ी करुण दृष्टि से देखा, जैसे उस जिगर का सारा दर्द अपनी आँखों में उँड़ेल दिया हो, जिसके बारे में कहा गया है, 'सारे जहाँ का दर्द हमारे जिगर में है।' "मैंने तुम्हारा साप्ताहिक भविष्य पढ़ा है।"

"तो क्या हुआ," मैंने कुछ और अटपटाकर पूछा, "क्या इस सप्ताह दफ़्तर से साइकिल के चोरी जाने का योग है?"

"नहीं!" वह बोली, "तीव्रगामी वाहन से दुर्घटना का भय है।"

"ओह!" मैंने इतना ही कहा, पर मन में पचासों बातें घूम गयीं। किस युग में रहती है यह मेरी पतिपरायणा पत्नी! यह साइकिल को भी 'तीव्रगामी' वाहन मानती है। यह तो तय था कि मुझे उसकी बुद्धि के अनुसार नहीं चलना है, पर मुझे अपनी बुद्धि से तो सोचना ही था और मेरी सोच तो विज्ञान से लेकर भाषा-विज्ञान तक एक साथ घूम गयी। क्या अर्थ था इस वाक्य का? मैं तीव्रगामी वाहन पर चलूँगा तो दुर्घटना का भय है, तीव्रगामी वाहन मुझ पर आ चढ़ेगा? यदि मैं साइकिल पर जाऊँ तो बस मुझे कुचल सकती है, या बस में जाऊँ तो वह दुर्घटनाग्रस्त हो सकती है और मैं मर सकता हूँ। यदि मैं दफ़्तर जाऊँ ही नहीं, घर में ही बैठा रहूँ तो कोई तीव्रगामी वाहन, जैसे आकाश पर उड़ता हुआ विमान मेरे घर पर गिर सकता है। किसी मित्र के घर जा बैठूँ, दफ़्तर चला जाऊँ—विमान तो कहीं भी गिर सकता है। तो अपना या अपने किसी मित्र का घर क्यों ध्वस्त कराऊँ? विमान को मुझ पर ही गिरना है तो मैं दफ़्तर में ही जा बैठूँ। कम-से-कम मेरे घर का तो नुकसान नहीं होगा। गेरा तो जो होगा, सो होगा ही।

पत्नी से पूछा "तो दफ़्तर न जाऊँ?"

"दफ़्तर जाने से कौन रोक रहा है।" वह बोली।

उसकी आवाज़ की थरथराहट में से बोलती घबराहट को मैं पहचान रहा था। मेरा दफ़्तर न जाना उसे पसन्द नहीं था। दफ़्तर नहीं जाऊँगा तो मित्रों के घर चला जाऊँगा और उनकी पत्नियों से बतियाऊँगा। वहाँ नहीं जाऊँगा तो पान की दुकान पर बैठूँगा और सौन्दर्यशास्त्र की दृष्टि से आती-जाती सुन्दरियों का वर्गीकरण करता रहूँगा।

"तो दफ़्तर कैसे जाऊँ? पैदल?" मैंने पूछा।

"नहीं! नहीं!!" वह और भी घबराकर बोली। इस घबराहट का कारण पहले से भी अधिक स्पष्ट था। बात यह है कि जब कभी हम दोनों एक साथ चलते हैं तो वह हमेशा पिछड़ जाती है और मैं उसे तीव्रगामी वाहन दिखाई पड़ने लगता हूँ।

"तो कैसे जाऊँ!"

"आज बस पर चले जाओ।" उसने नकद साठ पैसे मेरी हथेली पर धर दिये। इस लक्ष्मीरूपा स्त्री को देख मेरे मन में आया कि काश! कहीं इसके मन में मेरी सुरक्षा के विचार से टैक्सी का ध्यान आया होता तो वह मेरी हथेली पर टैक्सी का किराया रख देती। मैं बस में चला जाता और जो पैसे बचते, उसमें कुछ चाय-वाय...

पर मन ने धिक्कारा; पत्नी और सरकार में कुछ तो भेद करना चाहिए।

सरकार के ही समान पत्नी को लूटने की इच्छा कोई अच्छी बात तो नहीं है। हर समय ख़र्च और बिल की हेरा-फेरी।

बस में बैठा तो तीव्रगामी वाहन की बात सोच, थोड़ा-सा भय मन में जागा पर फिर मैंने अपने-आप से तर्क करना शुरू किया : तीव्रगामी वाहन का क्या तात्पर्य? विज्ञान-बुद्धि ने ज़ोर मारा कि ज्योतिष के अर्थ को भी समय के अनुसार ग्रहण करना चाहिए। अरे ये बसें और कारें क्या तीव्रगामी वाहन हैं? तीव्रगामी वाहन हैं सुपर सॉनिक विमान, रॉकेट, अन्तरिक्ष यान...

बस यही मेरे मन ने निर्णय कर लिया कि न तो मैं इन तीव्रगामी वाहनों में इस सप्ताह यात्रा करूँगा और न उनके मार्ग में आऊँगा। मेरा यह निश्चय इतना पक्का था कि वह केवल चिन्तन के धरातल तक सीमित नहीं रहा। वह मेरे कर्म में उतर आया। दफ़्तर पहुँचते ही मैंने एक प्रार्थनापत्र लिखा :

अन्तरिक्ष यात्रा अधिकारी
भारत सरकार
नयी दिल्ली

श्रीमन्!

मैं अपने कुछ निजी कारणों से इस सप्ताह अन्तरिक्ष यान में यात्रा करने में असमर्थ रहूँगा। कृपया अन्यथा न मानें और मुझे इस सप्ताह के लिए अन्तरिक्ष यात्राओं में अनुपस्थित रहने की अनुमति प्रदान करें।

सधन्यवाद,

भवदीय,
नरेन्द्र कोहली

पत्र को डाक में छोड़कर मैं निश्चिन्त हो गया। मेरी ओर से पूरी क़िलेबन्दी थी। अब तीव्रगामी वाहन मेरा कुछ नहीं बिगाड़ सकते थे।

पर मेरे निश्चिन्त रहने से क्या होता है। मेरे उस एक छोटे-से पत्र ने अनेक लोगों को चिन्तित कर दिया। डीलिंग क्लर्क के पास जब मेरा पत्र पहुँचा तो उसने रजिस्टर के पृष्ठ उलटे और इस सप्ताह अन्तरिक्ष उड़ान के लिए जाने वालों की सूची में मेरा नाम ढूँढ़ा। पर वहाँ मेरा नाम नहीं था। उसने फिर ढूँढ़ा; पर उसे फिर मेरा नाम नहीं मिला। मेरे नाम में एक बड़ी विकट विशेषता है—जिस सूची में मेरा नाम लिखा न गया हो, उस सूची को हज़ार बार पढ़ा जाए तो भी उसमें मेरा नाम नहीं मिलता। और सरकारी सूचियों से तो मेरा ऐसा घनिष्ठ सम्बन्ध है कि यदि किसी सूची में मेरा नाम भला आदमी लिख भी दे, तो पढ़ने वाले को वह नाम कभी भी वहाँ दिखाई नहीं देता।

तो उस क्लर्क को मेरा नाम सूची में मिला नहीं। उसने मेरा साप्ताहिक भविष्य तो पढ़ा ही नहीं था, उसने तो केवल सरकारी सूची ही पढ़ी थी। उसकी समझ में

यही आया कि मेरा पत्र छुट्टी के लिए प्रार्थनापत्र था, और छुट्टी कोई तब ही माँगता है, जब उसकी ड्यूटी होती है। अर्थात् इस सप्ताह नरेन्द्र कोहली नामक व्यक्ति को अन्तरिक्ष उड़ान का दायित्व सौंपा गया था और वह ठीक आम सरकारी कर्मचारी के समान काम को टाल रहा है, इसलिए बहाना मारकर छुट्टी चाह रहा है।...तो इसका अर्थ यह हुआ कि इस व्यक्ति का नाम इस हफ़्ते उड़ानें भरने वालों की सूची में होना चाहिए था, पर है नहीं। निश्चित रूप से ऐसी सूची तैयार करने वाले की असावधानी के कारण हुआ है। सूची उसके सेक्शन अफ़सर ने तैयार की थी। अतः यह सेक्शन अफ़सर की ही भूल थी।

वह कर्मचारी ही क्या जो अपने अधिकारी की भूल का सदुपयोग न करे। क्लर्क उठकर अण्डर सेक्रेटरी के पास जा पहुँचा, "साहब! इस अन्तरिक्ष यात्री का नाम इस उड़ान-सूची में नहीं है। सेक्शन अफ़सर साहब अपनी सीट पर नहीं हैं इसलिए यह मैटर आपके नोटिस में ला रहा हूँ। अब आप जैसा आदेश दें।"

अण्डर सेक्रेटरी ने मेरा पत्र देखा, सूची देखी और फिर क्लर्क का मुखड़ा देखा, "काम तो यह सारा सीक्रेट ही है, पर इतना सीक्रेट भी नहीं है कि उड़ानें भरने वाले का नाम उड़ान-सूची में भी छिपाकर रखा जाए। तुम्हारा यह सेक्शन अफ़सर एकदम नाकारा है। अभी इसे मीमो भिजवाता हूँ। पर तब तक तुम इस उड़ाकू की फ़ाइल ढूँढ़कर लाओ।"

क्लर्क ने बहुत सिर मारा, पर उस ग़रीब को जब अपनी सूची में मेरा नाम तक नहीं मिला तो अलमारी में फ़ाइल कहाँ से मिल जाती। उसने टाप घबराहट में अण्डर सेक्रेटरी को तुरन्त सूचना दी कि उस उड़ाकू की फ़ाइल भी रिकार्ड से ग़ायब है। इसका अर्थ यह हुआ कि यहाँ कोई भयंकर षड्यन्त्र चल रहा है, जो हमारी उड़ानों को सैबोटेज करना चाहता है। उसने इस उड़ाकू का नाम सूची में से हटाने के पहले ही उसकी फ़ाइल भी ग़ायब कर दी है और इसका अनुमान है कि इस लड़ाकू से सम्बन्धित सारे डाक्यूमेण्ट्स भी ग़ायब कर दिये होंगे। यह तो संयोग से उड़ाकू की एप्लिकेशन आ गयी, नहीं तो किसी को इस बात का पता भी न चल पाता और उड़ान के समय उड़ाकू ग़ायब पाया जाता। यह राष्ट्रीय महत्त्व और प्रतिष्ठा का प्रश्न है और देशद्रोह का अत्यन्त शोचनीय काण्ड भी। कृपया इस सम्बन्ध में तत्काल ऐक्शन लिया जाए।

अण्डर सेक्रेटरी ने क्लर्क की टिप्पणी पढ़ी तो उसके हाथों के तोते उड़ गये। भारत सरकार के अति गोपनीय विभाग के अत्यन्त गुप्त कार्यालय में यह घपला! बात तत्काल ऊपर तक पहुँचा दी गयी।

मन्त्रालय के मन्त्री ने तत्काल जाँच करवायी और यह सत्य खोज निकलवाया कि नरेन्द्र कोहली नामक व्यक्ति का नाम पत्रिकाओं की विषय-सूची में तो कभी-कभी होता है, कभी-कभी प्रकाशकों की पुस्तक-सूची में भी होता है।

अधिकांशतः वह बैंकों और सरकारी महकमों से उधार माँगने वालों की सूची में होता है, पर अन्तरिक्ष उड़ानें भरने वालों की सूची में वह कभी नहीं होता। इस जाँच से सब लोग बहुत सन्तुष्ट हुए पर भारत सरकार का सतर्कता विभाग अत्यन्त चिन्तित हो उठा। वह तर्क कर उठा कि आखिर नरेन्द्र कोहली जैसे साधारण व्यक्ति को यह कैसे मालूम हो गया कि इस सप्ताह भारत कोई अन्तरिक्ष यान छोड़ने वाला है? इस व्यक्ति को इस सूचना का मिलना निश्चित रूप से प्रमाणित करता है कि कहीं से गोपनीय सूचनाएँ भी बाहर निकल रही हैं और यह बहुत गम्भीर बात है।

नरेन्द्र कोहली को पकड़ मँगाने के आदेश ज़ारी हुए तो पहली बार मेरी कल्पना में यह जागा कि पत्रिकाओं में छपने वाला साप्ताहिक भविष्य कैसे सच प्रमाणित होता है और तीव्रगामी वाहनों से दुर्घटना का भय मुझे किस रूप में था।

बयालीसवीं वर्षगाँठ पर

ठीक अपनी बयालीसवीं वर्षगाँठ के दिन मुझे पता चला कि मेरी एक टाँग लम्बी है और एक छोटी। यदि मैं बाल-कथाओं की उस शैली में कहूँ, जिसमें राजकुमारी एक ही साथ हँसती भी है और रोती भी है; तो कहना पड़ेगा कि यह सोचकर मुझे सुख हुआ कि लम्बी टाँग के नाम से मैं लम्बा आदमी कहलाऊँगा, और दुःख यह सोचकर हुआ कि छोटी टाँग के कारण मैं नाटा माना जाऊँगा। पर थोड़े-से चिन्तन के पश्चात् मैं शीघ्र ही इस निष्कर्ष पर पहुँच गया कि टाँगों की इस लम्बाई-छोटाई से मेरे क़द के विषय में लोगों की मान्यता पर कोई भी प्रभाव नहीं पड़ने जा रहा; क्योंकि न तो मेरी लम्बी टाँग अन्य पुरुषों की तुलना में लम्बी थी, न छोटी, उनकी तुलना में छोटी थी। हुआ केवल इतना ही था कि मेरी अपनी दोनों टाँगें बराबर नहीं थीं।

अपने शरीर के सम्बन्ध में जब मुझे यह महत्त्वपूर्ण सूचना प्राप्त हुई तो मुझे अपने ऊपर बड़ी हैरानी भी हुई कि कैसे मैं बयालीस वर्षों तक, बावजूद अपनी छोटी-बड़ी टाँगों के, इतने सन्तुलित ढंग से चलता रहा हूँ कि मुझे स्वयं ही पता नहीं चला कि मेरी दोनों टाँगें बराबर नहीं हैं। उन लोगों की पर्यवेक्षण शक्ति पर बड़ा आश्चर्य हुआ, जो इतने वर्षों से मुझे देख रहे थे और कभी जान नहीं पाये कि मेरी दोनों टाँगें बराबर नहीं हैं।

यह ज्ञान मुझे बड़े ही विचित्र ढंग से मिला। हुआ यह कि सूट सिलवाने की तो अपनी औकात ही नहीं थी। शामत के मारे हम अपनी बयालीसवीं वर्षगाँठ पर, मुहल्ले के दर्ज़ी से एक पतलून सिलवा बैठे। पतलून सिलकर आयी तो हम उसे पहन भी बैठे। अपनी यह बड़ी बुरी आदत है कि नया कपड़ा आया नहीं और हमने पहना नहीं। यह नहीं कि बेचारा सिलकर आया है। थका होगा। ज़रा वार्ड-रोब में आराम ही कर ले। सिलकर आने और चलकर आने में कोई इतना अन्तर तो है नहीं कि चलकर आनेवाला तो थक जाए और सिलकर आनेवाला न थके।

इसका अर्थ यह नहीं है कि नया सिला कपड़ा हम पहन लेते हैं और पुराना वार्ड-रोब में टँगा रहने देते हैं। कपड़ा पुराना हुआ नहीं, कि हमने किसी को दिया

नहीं। कपड़े को पुराना हुआ हम मानते ही तब हैं, जब हमारा नौकर उसे घर की झाड़-पोंछ के लायक नहीं मानता। हम उन शरीफ़ लोगों में नहीं हैं, जिनके वार्ड-रोब में टँगे सूट वर्षों, परकीया के समान उन्हें रिझाने का प्रयत्न करते रहते हैं और वे पलटकर उनकी ओर देखते भी नहीं हैं। हमारे वार्ड-रोब तो साहब आज तक चिर वैधव्य ही भोग रही है और आगे भी भोगेगी।

तो, नयी सिलकर आयी पतलून हमने तुरन्त पहन ली। पहनकर शीशे के सामने जाने की नौबत नहीं आयी, वैसे ही नज़र झुकाकर देखा...नज़र झुकाने से अभिप्राय संकुचित होना या शरमाना नहीं है। बस नीचे की ओर देखा तो पाया कि पतलून की एक टाँग दूसरी से लम्बी है। ऐसा लगा हमें अज्ञानवश ही था; पर जब तक ज्ञान का प्रकाश आकर अज्ञान के अन्धकार का नाश नहीं कर दे तब तक अज्ञान की बात ही सत्य मानी जाती है। तो हमने भी यही मान लिया कि उस दर्ज़ी ने हमारी पतलून ख़राब कर दी है। बेवकूफ़ कहीं का—हर समय गले में नापने का फीता लटकता रहता है, पर उससे पतलून को नापता तक नहीं है। फीता न हुआ, साहित्य अकादमी का पुरस्कार हो गया, जिसके गले में मर्जी लटका दो। कम से कम नापने का फीता तो ठीक आदमी के गले में लटकाना चाहिए।...वैसे भी दर्ज़ी के विषय में अपनी धारणा एकदम अच्छी नहीं है। मैं सदा से मानता आया हूँ कि दर्ज़ी वह व्यक्ति होता है, जो सीने के नाम पर आपके क़ीमती-से-क़ीमती कपड़े को ख़राब करने का पारिश्रमिक आपसे सिलाई के नाम पर वसूलता है।

तो साहब! हम चल दिये टेलर मास्टर नामक उस सज्जन से मिलने। यह नाम बड़ा ही भ्रामक है। मैं वर्षों तक, गले में लटकाये इस व्यक्ति को 'मास्टरजी' सम्बोधन के कारण किसी स्कूल का अध्यापक ही समझता रहा था और मन ही मन कुढ़ता रहा था कि यह स्कूल में पढ़ाने क्यों नहीं जाता—हमेशा दर्ज़ी की दुकान पर अड्डा क्यों लगाये रहता है। बात केवल 'मास्टर' तक ही नहीं है। 'टेलर' भी ऐसा ही बखेड़े वाला शब्द है। मुझे जानकर बड़ा धक्का लगा था कि 'टेलर इंस्ट्रूमेण्ट कम्पनी' से दर्ज़ी का कोई सम्बन्ध नहीं है। टेलर किसी अमरीकी सज्जन का नाम है। अमरीकी लोग नाम रखने के क्षेत्र में जाने इतने घामड़ क्यों हैं!

दर्ज़ी के पास पहुँचकर मैंने पतलून की टाँगें छोटी-बड़ी होने की शिकायत की तो उसने मुझे ठीक वैसे ही देखा, जैसे चिड़ियाघर में अपने पिंजरे के सामने आ खड़े हुए अतिथि को उल्लू देखता है।

"मैं आपकी बड़ी इज़्ज़त करता हूँ मास्टर साहब!" कॉलेज में पढ़ाने की नौकरी करने के कारण वह मुझे 'मास्टर साहब' कहता है, "पर आज कह ही लेने दीजिए कि आप जैसा भकुआ आदमी भी मैंने नहीं देखा।"

"क्या मतलब?" यद्यपि मैंने बरसों पहले अपनी पत्नी से भी नाराज़ होना छोड़

दिया था, पर आज नाराज़ होने का मन हो ही आया—"आप होश में तो हैं मास्टर जी!"

"जी, आप खुद भी देखिए न!" दर्ज़ी ने कहा, "आप यह तो देख नहीं रहे कि आपकी एक टाँग छोटी है और एक बड़ी। पतलून की शिकायत करने यहाँ तक आ पहुँचे।"

"मेरी एक टाँग छोटी है और एक बड़ी?" मैंने उसे डाँटने का प्रयत्न किया, "मुझे आज तक किसी ने नहीं कहा।"

"देखिए साहब! मैं आपके साथ बहस नहीं करना चाहता।" वह बड़े ही नम्र स्वर में बोला, "कुछ होने के लिए किसी का कहना आवश्यक नहीं होता।"

"कोई न भी कहे तो मुझे तो मालूम होता।" मैंने अपने क्रोध को बनाये रखने का प्रयत्न किया, "बयालीस वर्षों तक मेरी टाँगें छोटी-बड़ी नहीं थीं तो आज कैसे हो सकती हैं?"

"जब किसी दिन डॉक्टर आपको कहेगा कि आपको कैंसर या हृदय-रोग है तो उसको यही कहिएगा कि आज तक नहीं था तो अब कैसे हो गया?" उसने उल्टे मुझे ही डपट दिया।

"तुम डॉक्टर हो क्या?" मैं उससे दबा नहीं।

"डॉक्टर क्या होता है," वह तनिक भी नहीं सहमा, "वह शरीर के भीतर के दोषों को बताता है, हम उसके बाहरी दोषों को बताते हैं। शरीर के एक-एक खम को बताते हैं जनाब।"

मेरे सामने ज्ञान का एक नया संसार खुल रहा था। दर्ज़ी और डॉक्टर एक ही चीज़ हैं, वह मुझे आज ही पता चला था। मैं डॉक्टरों का बड़ा सम्मान करता हूँ, उसी क्षण से मेरे मन में दर्जियों का सम्मान भी जाग उठा।

"डॉक्टर तो रोगों को दूर करता है, तुम भी कुछ करते हो क्या?" मैंने उससे पूछा।

"डॉक्टरों से ज़्यादा।" वह बोला, "वह तो रोगों को ही ठीक करता है, हम तो दोषों को भी ठीक करते हैं।"

"मैं समझा नहीं।" मैं विनीत होकर पूछा।

"कार्य-पद्धति में गड़बड़ हो जाए, यानी फंक्शनल डिफ़ेक्ट, तो उसे डॉक्टर ठीक करता है।" वह बोला, "पर रचना दोष यानी मैन्युफैक्चरिंग डिफ़ेक्ट को तो हम ही ठीक करते हैं।"

"जैसे?"

"एक साहब का एक कन्धा ऊँचा था और एक नीचा," उसने बताया, "दुनिया का कोई डॉक्टर उनके कन्धों को बराबर नहीं कर सका। यहाँ तक कि अमरीका के सर्जन भी असफल हो गये। वह बेचारा इस दुःख में तड़प-तड़पकर आधा रह

गया।" वह मुस्कराया, "मेरे पास आकर रोया कि हज़ारों रुपये लुटा चुका, पर किसी ने कन्धे बराबर करके नहीं दिये। मैंने उसे तसल्ली दी और कुल चार सौ रुपयों में दोनों कन्धे बराबर कर दिये।"

"कैसे?" मैं आयुर्विज्ञान के इतिहास के इस चमत्कार को सुनने के लिए बहुत आतुर हो उठा था।

"बहुत आसान है मास्टर साहब!" उसने मुसकराकर मुझे आँख मारी, "एक कोट सी दिया, जिसमें छोटे कन्धे की ओर ख़ूब रुई भर दी, इसे अँग्रेज़ी वाले पैडिंग कहते हैं न! बस दोनों कन्धे बराबर हो गये।"

"मेरा भी कोई इलाज है क्या?" मैंने मानवता के उस नये मसीहा से पूछा।

"क्यों नहीं!" वह पूरे आत्मविश्वास के साथ मुसकराया, "अब आप बूढ़े हो रहे हैं। दुनिया भर के रोग आपको घेरेंगे। आपका थोड़ा-बहुत इलाज डॉक्टर भी करेंगे, पर ज़्यादा काम तो हम ही आएँगे।"

मैं उसकी ओर देखता रह गया, बोला कुछ नहीं।

"अभी तो आपके लिए एक ऐसी पतलून भी देता हूँ, जिसकी एक टाँग लम्बी हो और एक छोटी। बस दोनों टाँगें पूरी ढक जाएँगी। कोई जान भी नहीं पाएगा कि आपकी टाँगें छोटी-बड़ी हैं।" उसने क्षमा-याचना की-सी मुद्रा बनायी, "श्रीमन्! यह कष्ट तो आपको हमारी ईमानदारी के कारण हुआ। हम अपनी ईमानदारी छोड़ देते तो आपको कोई कष्ट नहीं होता।"

मैं भकुआ सरीखा उसकी ओर देखता रहा।

"अब देखिए न!" वह बोला, "इस साल अपनी दुकान का कैलेण्डर हमने छपवाया है, उस पर लिखवा दिया है, 'ऑनिस्टी इज़ आवर बेस्ट पॉलिसी।' बस, इसी मजबूरी में हम अपनी ईमानदारी नहीं छोड़ पाते। नहीं तो हमारे लिए क्या मुश्किल था, आपकी पतलून की टाँगें पहले से ही छोटी-बड़ी सी देते, तो आपको कष्ट न होता। पर जब तक आप हमें विशेष रूप से आदेश न दें, हमारी ईमानदारी का तकाजा यही है कि हम आपकी दोनों टाँगें बराबर ही सिएँ। आप इस असुविधा के लिए बुरा न मानें श्रीमन्!"

मुझे वह संसार में अपना सबसे बड़ा शुभचिन्तक लगा और ईमानदार कितना था! एक ऐसा ही ईमानदार दुकानदार मुझे पहले भी एक बार टकरा गया था।

मैंने उसकी दुकान से अपने बच्चे के लिए डेढ़ सौ रुपये का एक खिलौना ख़रीदा था। खिलौना ख़रीदकर मैंने उससे कहा था, "दाम कुछ तो कम कीजिए। आपको नहीं लगता कि आप ज़्यादा पैसे माँग रहे हैं?"

"आप ठीक कह रहे हैं।" वह बोला था, "दाम है तो कुछ ज़्यादा ही। मैं कम कर भी सकता हूँ। पाँच रुपयों में आपको कोई फ़र्क़ नहीं पड़ेगा। फ़र्क़ मुझे भी नहीं पड़ेगा। पर कम करने से सिद्धान्त टूट जाएगा।" उसने दुकान में लगे एक बोर्ड

की ओर मेरा ध्यान खींचा, "देखिए, हमने लिख रखा है 'एक दाम', यानी फिक्स्ड प्राइस। क्या आप चाहेंगे कि कुल पाँच रुपयों के लिए किसी का सिद्धान्त टूटे? आप स्वयं सोचिए, सिद्धान्त बड़ा है या पाँच रुपये?"

मैं उससे सहमत हो गया कि सिद्धान्त के सामने पाँच रुपये कोई चीज़ नहीं है। सिद्धान्त के लिए तो लोगों ने अपने प्राण दे दिये थे। मैं क्या पाँच रुपये नहीं छोड़ सकता था।...मैंने पाँच रुपये छोड़ दिये।

और यह मेरा दर्ज़ी था कि मेरी ख़ातिर अपने सिद्धान्त भी तोड़ने को तैयार बैठा था। मेरी इच्छा हुई उसके चरण छू लूँ।

"इतना ही नहीं," वह बोला, "अब बुढ़ापे में आपकी कमर भी झुकेगी। हम आपको ऐसा कोट सी देंगे, जिसे पहनकर पीछे से आपकी झुकी कमर या कूबड़—कुछ भी दिखाई नहीं देगा। जिस किसी पर आपको अच्छा प्रभाव डालना हो, हमारा कोट पहनकर, उसकी ओर पीठ कर, खड़े हो जाइएगा।"

मुझे वह दर्ज़ी अपनी भविष्य-निधि-सा प्यारा लगा। कितना ख़याल है उसे मेरा!

उन दिन घर लौटकर सन्त कवियों के समान मैंने स्वयं को नीच और पापी घोषित करके बहुत धिक्कारा। कितना दुष्ट हूँ मैं! दर्जियों के विषय में कितने दूषित विचार थे मेरे!

उनके घर आग लगी

सूचना मिली कि उनके घर में आग लग गयी है और एक पूरा कमरा जल गया है। अपना कलेजा ठण्डा हो गया। सोचा, उनके घर रोज़ ऐसा हो। भगवान की यह कृपा बार-बार उनपर हो। पर थोड़ी ही देर में समझ आ गया कि अपनी खुशी ऐसे नहीं सँभलेगी। इस खुशी को स्थायी बनाने के लिए आवश्यक है कि अपनी सहानुभूति प्रकट करने के बहाने उनके घर जाया जाए। उनका उड़ा हुआ चेहरा, उनकी सूजी हुई आँखें, उनकी बँधी हुई हिचकियाँ...वाह! तबीयत खुश हो जाएगी। साले! हमसे जलते थे न! जो हमसे जलेगा, उसका घर ऐसे ही जल जाएगा...

अपने यहाँ बड़ा अच्छा प्रचलन है। खुशी के अवसर पर किसी के घर जाओ न जाओ, पर शोक के अवसर पर अवश्य जाओ। खुशी के अवसर पर जाओ तो अगला अपनी प्रसन्नता में बहुत ऊँचाई पर उड़ रहा होता है। आपको वह कुछ समझता ही नहीं। आप भी उस वातावरण में स्वयं को छोटा महसूस करने लगते हैं; और उत्सव से लौटते हैं तो उदास होकर। इसके विपरीत जब शोक के मौक़े पर जाते हैं तो अगला अपने दुख से बेहाल होता है। उस समय अपनी दीन-हीन अवस्था के कारण, वह आने वाले प्रत्येक व्यक्ति को अपने से बड़ा, प्रसन्न और श्रेष्ठ मानता है। जब आप अपनी सहानुभूति प्रकट कर लौटते हैं तो बहुत प्रसन्न होते हैं कि वह देखो भाग्य का मारा कैसे सिर पटक-पटककर रो रहा था और हम हैं कि भाग्य पर सोना बरस रहा है... इसलिए हमारे पूर्वजों ने कहा है कि किसी की खुशी में जाओ न जाओ, पर उनके शोक में अवश्य जाओ। मैं भी अपना सुख दुगुना करने के लिए उनके घर चला।

मृत्यु के अवसर पर भी तम्बू तो लगते ही हैं। तम्बू के भीतर किराये की विभिन्न मेज़ों पर उनकी जली हुई चीज़ें रखी थीं और उनके साथ-साथ चित्र लगे हुए थे, कि जलने के पूर्व वे वस्तुएँ कैसी थीं। लग रहा था जैसे उनके घर आग न लगी हो, हड़प्पा की खुदाई से निकली चीज़ों की प्रदर्शनी लगी हो।

भीड़ में घिरे प्रसन्न वदन वे लोगों को बता रहे थे कि आग उनके वीडियो से शुरू हुई थी। मेरे मन ने तत्काल प्रतिक्रिया प्रकट की : उच्च श्रेणी की आग

थी। वीडियो से पैदा हुई थी। अँगीठी या सिगरेट-बीड़ी से शुरू होने वाली टुच्ची आग नहीं थी। वीडियो की आग! वाह! पता नहीं वीडियो जर्मनी में बना था, जापान में या अमरीका में। उससे लगी आग, झारसुगुड़ा में बनी बीड़ी की आग से तो भिन्न होगी ही।

"अरे! आपको नहीं पता कि हमारे पास वीडियो था।" वे किसी से कह रहे थे, "नहीं! नया-नया नहीं था। काफ़ी पुराना हो गया था। नये का मूल्य तो कुल साठ हज़ार है। वह बढ़िया क्वालिटी का था—पुराना। उसका मूल्य बाज़ार में पचहत्तर हज़ार था।"

मैं फिर एक झटका खा गया। यह टोटका तो मुझे आज तक किसी ने बताया ही नहीं था। मैं तो अपनी हर चीज़ को नया बताना चाहता था। पर नयी चीज़ें जैसे-जैसे घटिया सिद्ध होती जा रही हैं, बाज़ार में पुरानी चीज़ों का भाव बढ़ता जा रहा है। कुछ दिनों में लोग हनीमून के लिए जाएँगे और लोगों को बताएँगे कि वे अपने विवाह की सिलवर जुबली मना रहे हैं।

इस सन्दर्भ में मुझे एक घटना याद आ रही है। मैं यात्रा कर रहा था और मेरे एक सहयात्री लगातार अपने जीवन के सिद्धान्तों की श्रेष्ठता का बखान करते जा रहे थे। अनेक सिद्धान्तों के पश्चात् उन्होंने घोषणा की, "मेरा परखा हुआ है कि किसी का बच्चा गोद लेने से अपना बच्चा भी हो जाता है।"

"आपने कैसे परखा है?" किसी ने पूछा।

"अजी! मैंने तो अपने विवाह के तीन महीने बाद ही अपने छोटे भाई का बच्चा गोद ले लिया था।..."

वे शायद अभी और भी कुछ कहते, पर मेरे मन में एक जिज्ञासा उठी, "आपके छोटे भाई का विवाह आपसे पहले हो गया था क्या?"

वे कैसे स्वीकार कर लेते कि वे इतने निखट्टू थे कि उनके अविवाहित रहते ही उनके छोटे भाई का विवाह हो गया था। बोले, "नहीं जी! हमारा विवाह साथ-साथ ही हुआ था।"

"तो फिर जब आपके विवाह को तीन महीने हुए थे, तो आपके भाई के विवाह को भी तीन ही महीने हुए होंगे!"

"जी हाँ! जी हाँ!" लगा, वे गणित में काफ़ी कच्चे हैं।

"आपके भाई को बच्चा दहेज में मिला था क्या?"

वे सज्जन भी शायद अपने भाई के बच्चे के पुरानेपन की श्रेष्ठता सिद्ध कर रहे थे; पर ख़ैर, बात पुराने वीडियो की थी...

"समय से फायर ब्रिगेड नहीं आ पाया क्या?" मैंने विधिवत् शोक प्रकट करने की तैयारी की।

"फायर ब्रिगेड तो समय से पहले ही आ गया था..."

"समय से पहले?" मैंने टोका।

"जी हाँ?" वे बोले, "आग तो अभी लगी भी नहीं थी कि फायर ब्रिगेड आकर खड़ा हो गया। हमारे लल्लू को जानते हैं न वे लोग।"

"जी हाँ! लल्लू बहुत बड़ा आदमी है भाई।" मैं सहमत हो गया, "तभी तो उनको पता लग गया कि यहाँ आग लगनेवाली है। होनहार बिरवान के होत चीकने पात! साधारण आदमी की झुग्गी जलकर स्वाहा हो जाती है, तब कहीं पता चलता है कि यहाँ आग नाम की वस्तु लगी थी।"

"हाँ साहब! आग लगने और लौकी लगने में फ़र्क़ है। आग जब आकाश को छूने लगती है तब पता चलता है। लौकी के तो फूल आते हैं तो पता चल जाता है कि लौकी लगेगी।"

"तो फिर उन्होंने आग बुझायी क्यों नहीं?" मैंने यूँ ही पूछ लिया।

"कोशिश तो उन्होंने की।" वे बोले, "पर उनसे कहाँ बुझती। अरे ऐसी दमकल से इम्पोर्टेड वीडियो की आग कहीं बुझी है क्या?"

"आपने शिकायत नहीं की कि इतना घटिया दमकल क्यों भेजा, जिससे एक छोटी-सी आग नहीं बुझी?"

"शिकायत की ज़रूरत ही क्या थी। आग-मन्त्री का सन्देश अपने-आप आ गया था। उसे किसी को भेजकर मँगवाना भी नहीं पड़ा था। हमारे घर में लगी आग के विषय में सुनकर उन्हें बहुत कष्ट हुआ था। वे शर्म से पानी-पानी हुए जा रहे थे।..."

"उनके पानी से भी आग नहीं बुझी?"

"साधारण आग थी क्या कि उनके पानी से बुझ जाती?" वे गौरव से अपनी गर्दन अकड़ाकर बोले, "विदेशी वीडियो की आग थी साहब! ऐसी ज़बर्दस्त कि उसने मन्त्री महादेय का पानी ही सुखा डाला।" क्षण-भर के लिए एक रौबदार मौन ने उन्हें घेर लिया, "उन्होंने कहलवाया है कि जब हमारा घर जल चुकेगा तो वे मलबा देखने स्वयं आएँगे।..."

"आपका पूरा घर तो जला ही नहीं," मैंने शोक प्रकट किया, "मलबा भी कोई ख़ास नहीं है। अब मन्त्री महोदय कैसे आएँगे!"

"हाँ! यह कसर तो रह ही गयी।" पहली बार उनके चेहरे पर मलाल आया, "पर चलो, फिर सही।"

मैं उनका हौसला देखकर दंग था। पर दंग खड़े रहने से कहीं दंगा न हो जाए, यह सोचकर पूछा, "यह आग-मन्त्री किस विभाग के मन्त्री हैं साहब! कभी इनके विषय में सुना नहीं।"

"सुना क्यों नहीं।" वे झल्लाकर बोले, "अभी-अभी तो आपने हमसे सुना। आपकी भी झूठ बोलने की आदत गयी नहीं कोहली साहब!" वे मुसकराए,

"आग-मन्त्री का विभाग बहुत बड़ा है। लोगों के घरों के चूल्हों में आग जले न जले, उनके हृदय में ईर्ष्या की आग यह जलाता रहता है; हृदय चाहे देशी हो, चाहे विदेशी। इसके अनेक विभाग हैं : घरेलू विभाग, मनोविज्ञान विभाग..."

वे शायद अभी और अनेक विभागों की चर्चा करते, किन्तु मैंने उन्हें बीच में ही टोक दिया। टोकना कई दृष्टियों से आवश्यक हो गया था। पहले वे विभागों के नाम बताते और फिर उनकी व्याख्या करते। भाषण लम्बा हो सकता था। देर होती जा रही थी और मैं अभी तक अपना शोक और संवेदना ही प्रकट नहीं कर पाया था।

बोला, "किसी और मन्त्री का सन्देश नहीं आया?"

"घरेलू मन्त्री का भी आया है।" वे बोले, "घर जला है न हमारा। बड़े हाई लेबल पर कमेटी बनी है, जो इस पर विचार कर रही है कि यह मामला आग-मन्त्रालय का है या घर मन्त्रालय का। दो मन्त्रालय इन्वाल्व हो गये हैं। मामला कुछ कम्पलिकेटेड हो गया है। जब तक यह तय न हो जाए कि मामला किस मन्त्रालय का है, तब तक कोई ऐक्शन नहीं हो सकता।"

मैंने उनसे पूछा नहीं कि इसमें 'ऐक्शन' क्या हो सकता है—जाने वे कोई गहरी बात कह देते, जो मेरी समझ से बाहर होती। अपनी समझ से बाहर की बातें सुनकर मैं ही आपे से बाहर हो जाता हूँ और तब कोई-न-कोई ऐसी बात हो जाती है, जो शिष्टाचार से बाहर होती है।

बात को दूसरी ओर मोड़ने के लिए मैंने कहा, "यदि सम्भव हो तो आप आग मन्त्रालय को एक सुझाव दे दें।"

"क्या?" उनको अपने लपटदार भाषण के बीच मेरा बोलना अच्छा नहीं लगा था।

"वे लोग अपने मन्त्रालय में एक-एक शोध-विभाग भी खोल लें।"

"क्यों?"

"क्योंकि जहाँ भी आग लगेगी, वह मामला आग मन्त्रालय के पास आएगा और तब प्रश्न उठेगा कि आग किसमें लगी? आग में एक बुराई यह है कि वह अपने-आप जलती ही नहीं। कभी गैस को जलाती है, कभी लकड़ी-कोयले को और कभी किसी के कलेजे को। फिर आग बुझाने के लिए, जो पानी ख़र्च होगा, उसका बिल कहाँ से आएगा? उसके बाद जो मलबा या राख होगी, वह किसकी सम्पत्ति होगी? ऐसे अनेक विषय हैं, जिन पर शोध करना पड़ सकता है.."

उनको मेरी बात पसन्द नहीं आयी, इसलिए नाक पर बैठी मक्खी के समान मेरी बात को उड़ाकर बोले, "घर मन्त्री ने कहलवाया है कि वे भी एक जाँच कमेटी बैठाने वाले हैं कि आख़िर आग को इतना साहस कैसे हुआ कि आपके मकान को लग गयी! क्या उसने आपका मुहल्ला नहीं देखा। वी.आई.पीज़ का मुहल्ला है। और

फिर आपके घर का नम्बर। एकदम एम. पीज़ और मिनिस्टरों वाला। इन नम्बरों में भी आग लगने लगी तो फिर देश का गुज़ारा कैसे चलेगा?"

"आपको यह नम्बर मिला कैसे?" पास खड़े एक सज्जन ने पूछा।

"अरे हमारे लल्लू की ख़ातिर!" वे मुसकराये, "ऐसी कौन-सी खुराफ़ात है, जो हमारा लल्लू नहीं करता, इसी से बड़े-बड़े लोगों तक पहुँच है।"

"हाँ! जी आपका लल्लू बड़ा आदमी है।" मैंने स्वीकार किया।

"बड़ा आदमी।" वे बोले, "जिस-जिस रिपोर्टर को ख़बर मिली, वही अपने दफ़्तर की तरफ़ भागा और फटाफट अपने अख़बार में ख़बर छाप दी। पुलिस वालों को पता चला तो उनके फ़ोन आने शुरू हो गये। पुलिस कमिश्नर ने स्वयं फ़ोन किया लल्लू को कि हाय! आग का मामला हमारे विभाग से सम्बन्धित क्यों न हुआ। हम आग को भी हथकड़ियाँ लगा देते।" उन्होंने आत्म-गौरव से लपलपाती एक दृष्टि मुझ पर डाली, "इन दिनों ऐसी व्यस्तता है कोहली साहब! कि क्या कहें! साँस लेने की मोहलत नहीं है। जिधर देखो, बस इस आग की ही चर्चा है।"

मुझे लगा, रावण बेचारा व्यर्थ कल्पता फिरा। अरे उसकी लंका में जब आग लगी थी तो आकाश तक उठी थी और दुनिया ने उसे देखा था। अब इनको देखकर क्या कहूँ, "जैसे इनके दिन फिरे वैसे ही सबके फिरें।"

मैं घर लौटा तो बहुत पीड़ित था : भला अपने शत्रुओं के घर उनके उत्सव पर जाने का क्या लाभ!

मैं कहाँ रहता हूँ...

वे मुझसे पूछ रहे हैं कि मैं कहाँ रहता हूँ, और मैं इस सोच में हूँ कि मैं कहाँ रहता हूँ। मेरे लिए यह प्रश्न उतना ही भारी पड़ रहा है, जितना कि ईश्वर कहाँ रहता है।

यह दिक़्क़त केवल दर्शनशास्त्र के कारण नहीं है। यह मैं इसलिए कह रहा हूँ, क्योंकि हमारे एक परिचित का कहना है कि संसार के सारे अज्ञान, अस्पष्टता और मूर्खता का कारण दर्शनशास्त्र है। कोई भी शरीफ़ आदमी अच्छी तरह जानता है कि उसका नाम रामलुभाया है और वह किसी ख़ास नगर के एक मुहल्ले की एक गली के एक मकान की किसी ख़ास मंज़िल के एक निश्चित कमरे में रहता है। पर, दर्शनशास्त्र उसे समझा देता है कि वह दूसरों को तो नहीं ही पहचानता, अपने-आप को भी नहीं जानता। क्योंकि वह रामलुभाया तो है ही नहीं। यह तो शुद्ध आत्मा है; और शुद्ध आत्मा, परमात्मा से भिन्न नहीं है। इसलिए वह स्वयं परमात्मा है।

रामलुभाया को जब पहली बार अपने परमात्मा होने का पता चला तो वे अपनी भूतपूर्व मूर्खता पर सिर धुन-धुनकर रोये। अपने परमात्मा होने के समाचार को जानकर उनका मन उत्फुल्ल हुआ। सोचा, इस खुशी में अपने मित्रों को एक अच्छी-सी पार्टी दे दें। अरे, पड़ोस के घसीटाराम ने अपने अपर डिवीज़न क्लर्क होने पर पार्टी दे डाली थी, तो रामलुभाया तो ईश्वर हो गये हैं। हो क्या गये हैं—वे हैं ही ईश्वर। यह दूसरी बात है कि उन्हें इसका पता नहीं था। यह तो वैसी ही बात हुई जैसे बचपन की कहानियों में किसी लकड़हारे को वर्षों लकड़ियाँ काटने के पश्चात् यह पता चलता था कि वह वस्तुतः राजकुमार है। उसकी माँ किन्हीं कारणों से उसे पैदा होते ही, जंगल में फेंक गयी थी। तो यह उस लकड़हारे की पदोन्नति नहीं है। यह तो अज्ञान से ज्ञान में आ जाने की स्थिति है। अन्धकार का पर्दा चिर जाने का परिणाम है।

तो रामलुभाया भी अज्ञान से ज्ञान की स्थिति में आ गये थे। उनकी आँखों के सामने से माया का पर्दा हट गया था। तो इतनी बड़ी उपलब्धि के बाद, वे यदि

अपने मित्रों को एक पार्टी भी न दें तो उनके समान ओछा आदमी कौन होगा!

श्रीमती रामलुभाया को पता चला कि उनके पति एक ज़बर्दस्त पार्टी देने वाले हैं तो वे बहुत चिल्लायीं, "अरे ईश्वर ही बने हो, कौन-सी लाटरी खुली है?"

रामलुभाया चकित, क्या ईश्वर बनकर भी उन्हें अपनी पत्नी की धौंस सहनी होगी? फिर रामलुभाया होने में ही क्या बुराई थी?

रौब से बोले, "ईश्वरत्व बड़ा है या लाटरी?"

"लाटरी!" पत्नी के मन में कोई सन्देह नहीं था।

रामलुभाया तत्काल समझ गये कि यह उनकी पत्नी नहीं, माया है—शुद्ध माया! यदि वे डटकर न लड़े तो यह माया, उनके ईश्वरत्व को भी पछाड़ देगी।

"कैसे?" उन्होंने पूछा।

"लाटरी निकलने से घर धन से भर जाता है," श्रीमती रामलुभाया ने कहा, "और ईश्वर बनने से गाँठ का पैसा भी ख़र्च हो जाता है।"

"अरे वह घसीटाराम..." रामलुभाया कह रहे थे, पर श्रीमती रामलुभाया ने उन्हें टिकने नहीं दिया, बोलीं, "अपर डिवीज़न क्लर्क ही लोगों को पार्टियाँ देता है। ईश्वर ने कभी किसी को पार्टी नहीं दी।"

रामलुभाया की आँखों के सामने से अज्ञान का एक और पर्दा हटा : ठीक तो कह रही है। ऐसा तो न कभी सुना, न देखा न ही समाचार-पत्रों में पढ़ा कि ईश्वर ने कभी किसी को पार्टी दी हो। रामलुभाया से चूक होते-होते रह गयी। बच गये। यदि पार्टी दे दी होती तो अपर डिवीज़न क्लर्क का धर्म निभाते और उनके ईश्वरत्व का पतन होता। उनकी पत्नी ने झगड़ा कर, अपने पति की नाराज़गी का जोख़िम मोल लेकर भी उन्हें ज्ञान का मार्ग दिखाया था जैसाकि बाबा तुलसीदास की पत्नी ने किया था। अब रामलुभाया सोचते हैं तो उनकी समझ में आता है कि अब तक हर पार्टी देने वाला उन्हें अपर डिवीज़न क्लर्क क्यों दिखाई पड़ता था।

उनका मन चाहा कि अपनी पत्नी के पाँवों पर गिरकर न केवल क्षमा माँगें वरन् उसका धन्यवाद भी करें। पर तुरन्त चेत गये। अब ईश्वर हो गये हैं तो ईश्वर के समान ही व्यवहार भी करना चाहिए। ईश्वर कहीं पत्नी के पैरों में गिरता है? या क्या ईश्वर कहीं किसी का धन्यवाद करता है? परम्परा तो यही है कि लोग ही ईश्वर का धन्यवाद करें।

उन्होंने क्षमा नहीं माँगी; पर उनकी पत्नी का इस ओर ध्यान ही नहीं गया। वह तो इसी से प्रसन्न थी कि पार्टी टल गयी थी और महीने का बजट लड़खड़ाने से बच गया था।

पर तभी रामलुभाया का ईश्वर-बोध कुछ और आगे बढ़ गया। उनकी समझ में अच्छी तरह आ गया कि ईश्वर होकर उन्हें ईश्वर के ही समान रहना चाहिए—रामलुभाया के समान नहीं। रामलुभाया एस-362 में रहे तो कोई बात नहीं।

उसे कहीं तो रहना ही है, तो एस-362 ही क्या बुरा है। पर ईश्वर तो वहाँ नहीं रह सकता। ईश्वर यहाँ रहा तो कब तक छिप पाएगा। लोग मिलने आने लगेंगे। मिलने आएँ तो कोई बात नहीं, पर वे चाहेंगे कि उन्हें चाय भी पिलायी जाए। यद्यपि वे अच्छी तरह जानते हैं कि ईश्वर किसी को चाय नहीं पिलाता। पर इन सामाजिक बुराइयों का वे क्या करें—लोग ईश्वर के घर में भी यही अपेक्षा लेकर जाते हैं कि उन्हें खिलाया-पिलाया जाए—उनकी ख़ातिर की जाए।

जो लोग मिलने नहीं आ पाएँगे—वे पत्र लिखेंगे। डाकिया भी जान जाएगा कि एस-362 में ईश्वर रहता है। बेकार में ही फ़ोन कट जाएगा। भला ईश्वर को फ़ोन की क्या आवश्यकता?

तो फिर ईश्वर होकर वे कहीं भी रहें—लोग तो उनके पास आएँगे ही और ईश्वर से कोई केवल मिलने तो आता नहीं है—उससे कुछ न कुछ माँगने ही आता है। इससे बचा नहीं जा सकता। हर पद की अपनी एक मजबूरी होती है।

रामलुभाया चिन्तित हो उठे। पद का महत्त्व होता है, तो पद का अपना दायित्व भी होता है। सहसा रामलुभाया को कुछ सूझा। उन्हें ऐसे स्थान पर रहना चाहिए, जहाँ लोग सुबह-शाम उनसे माँगने तो आएँ; पर साथ-ही-साथ मन में यह विश्वास लेकर आएँ कि उनकी बात मानी नहीं जाएगी। और ऐसा स्थान केवल एक ही है—मन्दिर।

रामलुभाया कपड़ों की एक छोटी-सी अटैची और हल्का-सा बिस्तर लेकर मन्दिर में जा पहुँचे। पुजारी ने उन्हें बड़े ध्यान से देखा : मन्दिर में किसी का आना न नया था, न विचित्र! लोग आते ही रहते थे। रामलुभाया ही इससे पहले कई बार आ चुके थे। पर अटैची और बिस्तर...मन्दिर के इतिहास में अटैची और बिस्तर लेकर आने वाला भक्त यह पहला ही था।

रामलुभाया ने एक ओर बिस्तर लगाया और लेटने जा रहे थे कि पुजारी बौराया हुआ बोला, "ऐ, क्या कर रहे हो?"

रामलुभाया का तेज जागा; यह ईश्वर का पुजारी ईश्वर से इस प्रकार बात कर रहा है। डपटकर बोले, "ढंग से बात करो। अपनी औकात पहचानो और मुझे पहचानने में भूल मत करो।"

उनके तेज से पुजारी कुछ हतप्रभ हुआ। बोला, "अरे बाबूजी! ख़ूब पहचानता हूँ आपको। आप एस-362 में रहते हैं। पर इस बोरिया-बिस्तर का क्या अर्थ? क्या बबुआइन ने घर से धकिया दिया है?"

रामलुभाया पुजारी की बुद्धि पर मुसकराये, "नहीं, बबुआइन ने नहीं धकियाया। मैं ही घर छोड़कर चला आया हूँ।"

"क्यों?" पुजारी हैरान था।

"मुझे वस्तुस्थिति का ज्ञान हो गया है।" रामलुभाया बोले।

"क्या वस्तुस्थिति?" पुज़ारी ने पूछा।

"मेरा वास्तविक घर यह है, वह नहीं जहाँ मैं आज तक रह रहा था।"

"मन्दिर तुम्हारा घर कैसे हो सकता है?" पुजारी हतप्रभ था।

"क्योंकि मुझे ज्ञात हो गया है कि मैं ईश्वर हूँ। अहं ब्रह्मास्मि! और ईश्वर का घर यह मन्दिर है, एस-362 नहीं।"

अब तक पुजारी काफ़ी कुछ सँभल चुका था। बोला, "तुम्हारे ईश्वर होने में रत्ती भर भी आपत्ति नहीं है; पर यह मन्दिर तुम्हारा घर नहीं हो सकता।"

"क्यों! क्या मन्दिर ईश्वर का घर नहीं है?"

"मन्दिर में ईश्वर की मूर्ति होती है।" पुजारी बोला, "घर तो यह हम पुजारियों का होता है। हम यहाँ रहते हैं।"

"तो तुम रहते चलो!" रामलुभाया उदारता से बोले।

"रहते चलो तो ऐसे कह रहे हो जैसे यह मन्दिर तुम्हारे बाप की जागीर है।" पुजारी कुछ रुष्ट था, "यह मेरा घर है, मैं तुम्हें यहाँ नहीं रहने दूँगा।"

तभी रामुलभाया की आँखों के सामने से माया का एक और पर्दा हट गया। तो मन्दिरों की यही महिमा है। जो व्यक्ति दिल्ली में अपने लिए पच्चीस गज़ ज़मीन का टुकड़ा न ख़रीद सके, वह सार्वजनिक ज़मीन पर क़ब्ज़ा कर मन्दिर बना ले और फिर उसमें रहने लगे।

रामलुभाया दुखी हो गये : कैसी विडम्बना है कि मन्दिर पर नामपट्ट तो उनका है और रहता उसमें पुजारी है।

रामलुभाया के ठीक विपरीत घटना मेरे साथ घटी है। हम दोनों—मैं और मेरी आत्मा नहीं, मैं और मेरी पत्नी ठीक-ठाक रह रहे थे अपने घर में। पहले तो मैंने उसे विश्वास दिलाया जैसा कि हर पति कहता है कि मैं उससे बहुत प्रेम करता हूँ। पर जब उस पर प्रेम का असर होना बन्द हो गया तो मैंने उसे समझाया कि उसकी पूजा करता हूँ। मुझे अपना पुजारी जान वह तो प्रसन्न हो गयी, पर मेरे जीवन में एक त्रासदी घट गयी। हुआ यह कि तभी मैंने कहीं पढ़ लिया कि "जहाँ नारी की पूजा होती है, वहाँ देवता रहते हैं।" मेरे घर में नारी की पूजा हो रही थी, इसलिए मेरे घर में भी देवता ही रहते होंगे। और यहीं से त्रासदी शुरू हो गयी, कि यदि मेरे घर में देवता रहते हैं, तो आख़िर मैं कहाँ रहता हूँ? वैसे तो मैं यह समझता हूँ कि मैं अपने ही घर में रहता हूँ—पर जब वहाँ देवता निवास करते हैं तो निश्चित रूप से मैं वहाँ नहीं रहता हूँ। जब पुजारी और रामलुभाया रूपी ईश्वर एक साथ नहीं रह सके तो मैं इन अनजान देवताओं के साथ कैसे रह सकता हूँ? और फिर मेरा मकान मालिक दो लोगों को तो यहाँ रहने ही न देगा। वह इसे 'सबलेटिंग' का केस बना देगा।

अपनी शंका मिटाने के लिए मैंने देखा कि बाहर नाम-पट्ट भी मेरा ही था और

घर के भीतर सामान भी मेरा ही था—पर रहते यहाँ देवता थे। तो फिर मैं कहाँ रहता हूँ? अब मेरे सामने एक रास्ता तो यह है कि मैं देवताओं पर मुक़दमा दायर करूँ कि जिस मकान का किराया मैं देता हूँ, उसमें वे लोग क्यों रहते हैं। दूसरा मार्ग यह है कि मैं पत्नी की पूजा करनी छोड़ दूँ—देवता अपने-आप मेरे घर से चले जाएँगे। पर डरता हूँ कि कहीं पूजा बन्द होने से यह देवी भी चली गयी तो?

अब यही सोचा है कि बजाय इस मकान को देवताओं से ख़ाली कराने के मैं यही खोज क्यों न करूँ कि जब इस मकान में वे रहते हैं, तो आख़िर मैं कहाँ रहता हूँ? और उसका किराया कौन देता है?

उपहार

रजा शाह पहलवी ने तेहरान छोड़ा और अपने मालिक मकान से मेरा झगड़ा हो गया। यह झगड़ा न इकलौता है न आख़िरी! जब-जब धर्म की हानि होती है, तब-तब पृथ्वी पर भगवान का अवतार होता है, वैसे ही जब-जब संसार में कहीं कोई दंगा-फ़साद होता है, अपने मकान मालिक से मेरे सम्बन्ध बिगड़ जाते हैं। बंगाल में संयुक्त मोर्चा सरकार आए, युगाण्डा में से ईदी अमीन भारतीयों को खदेड़े, काबुल में रूसी फौज़ों का प्रवेश हो या इंग्लैण्ड में रंग-भेद का दंगा, अपने मालिक मकान के साथ मेरे सम्बन्धों पर इसका प्रभाव अवश्य पड़ता है। अन्तर्राष्ट्रीय हलचल और अपने मकान मालिक से मेरे झगड़े के इस कार्य-कारण सम्बन्ध का भेद या तो तुलसीदास जानते थे या फिर किराये पर मकान दिलाने वाले दलाल। राम का जन्म अयोध्या में होता है और लंका में शोक छा जाता है। दुनिया में दंगा कहीं होता है, मकानों का किराया दिल्ली में बढ़ जाता है, क्योंकि वहाँ से भारतीयों के दिल्ली लौट आने की सम्भावना बढ़ जाती है।

जब-जब ऐसा होता है संसार की संचार-व्यवस्था के विकास के दोष मैं प्रकट रूप से देखने लगता हूँ। दिल्ली मेरे पड़ोसी मेरे मकान मालिक को बढ़े हुए किराये की सूचना देते हैं और उसका पत्र मेरे नाम आ जाता है, जिसमें किराया बढ़ाये जाने की प्रार्थना होती है। मेरी समझ में आज तक नहीं आया कि किरायेदारों की कोई संस्था, कहीं किसी के विस्थापित होने वाले लोगों को उनके विस्थापन के पहले उन्हें सूचना क्यों नहीं देती कि दिल्ली में पहले ही किराये बहुत अधिक हैं—विस्थापित हो जाने की स्थिति में कृपया वे दिल्ली की ओर न आएँ।

आख़िर शेष देशों की राजधानियों के मकान मालिकों ने क्या अपराध किया है कि संसार के झगड़ों का लाभ उनको न पहुँचे। मैं मकान मालिकों की सार्वकालिक और सार्वदेशिक समता में विश्वास करता हूँ—उनमें कोई बड़ा और कोई छोटा नहीं है। सबको समान लाभ होना चाहिए। इसलिए अन्य नगरों में मकानों के किराये बढ़ाने के लिए विस्थापितों और प्रवासियों को दिल्ली के अतिरिक्त, संसार के दूसरे नगरों में भी जाना चाहिए।

यदि किरायेदारों का कोई संगठन यह महत्त्वपूर्ण कार्य नहीं कर पा रहा तो अन्य नगरों के मकान मालिकों में ही इतनी बुद्धि होनी चाहिए कि वे संसार की विकसित संचार-व्यवस्था का लाभ उठाकर यह प्रचारित कर सकें कि उनके नगरों में मकानों के किराये कितने कम हैं, ताकि संसार के विस्थापित उनके नगरों में जाकर दोहरा लाभ उठा सकें।

पर इस संचार-व्यवस्था का लाभ मेरे पड़ोसी ही उठाते हैं। मैं भी इसी संचार-व्यवस्था का लाभ उठाकर अपने मकान मालिक को लिख देता हूँ कि मैं किराया बढ़ाने में असमर्थ हूँ। वह मेरे बैंक-खाते में से किराये की बढ़ी हुई दर के हिसाब से मेरा पैरा तो नहीं निकलवा सकता, पर उसे अपने घाटे की मद में डाल लेता है। जैसे-जैसे और जितना-जितना उसका घाटा बढ़ता जाता है, वैसे-वैसे और उतनी ही मात्रा में मेरे प्रति उसका आक्रोश भी किसी खाते में जमा होता जाता है।

घाटे और आक्रोश के इस सानुपातिक विकास के सवाल अभी हमारे गणित-शास्त्र में नहीं पढ़ाये जाते। पर मेरे जैसे लोग कक्षा में गणित पढ़ें न पढ़ें, अपने जीवन में व्यावहारिक गणित अवश्य पढ़ते हैं। घाटे और आक्रोश के इन अनुपातों का मैंने पूर्ण वैज्ञानिकता से अध्ययन किया है और मैंने मानवता के लाभ के लिए कुछ बहुत ही लाभदायक और व्यावहारिक निष्कर्ष प्राप्त किये हैं, जो न्यूटन के निष्कर्षों से किसी भी प्रकार कम ठोस नहीं हैं। इन निष्कर्षों के आधार पर गणित का नोबल पुरस्कार प्राप्त करने की बात मैं बाद में सोचूँगा। मैं इतना स्वार्थी नहीं हूँ कि देश के पहले मैं अपनी बात सोचूँ। मैं अपनी राष्ट्रीय भावना और देशप्रेम के कारण पहले देश के बच्चों का गणित सुधार लेना चाहता हूँ। इसलिए देश के गणितशास्त्रियों से मेरा निवेदन है कि वे इस विषय-सम्बन्धी एक नया अध्याय गणित की पाठ्य पुस्तकों में जोड़ें और उसमें बच्चों से इस प्रकार के प्रश्न पूछें :

"कनाडा में के.के.के. संगठन का आन्दोलन सफल होने पर नरेन्द्र कोहली के मकान मालिक का अपने किरायेदार के विरुद्ध कितना आक्रोश जमा होगा?"

बड़ी कक्षाओं में इसमें यह भी जोड़ा जा सकता है कि कनाडा में कितने भारतीय हैं, उनमें से कितनों का घर दिल्ली में है, इत्यादि। इस प्रकार यह सांख्यिकी की एक नयी शाखा होगी। वे लोग चाहें तो मकान मालिक के ब्लड प्रेशर, किरायेदार की दिल की धड़कन जैसे शरीरवैज्ञानिक विषय भी जोड़े जा सकते हैं। बाज़ार दर और घाटे के प्रश्न से उसे वाणिज्य का प्रकाश भी दिया जा सकता है। इस प्रकार इस क्षेत्र में गणित की आधुनिक और विभिन्न विषय-सहभागिनी शाखा का निर्माण किया जा सकता है।

पर विज्ञान मनुष्य के लिए है, मनुष्य विज्ञान के लिए नहीं। और मनुष्य को शान्ति बहुत प्यारी है। मैं विश्व शान्ति का सबसे जुझारू सिपाही हूँ। यह दूसरी बात

है कि इसका पता न नोबल-शान्ति-पुरस्कार के निर्णायकों को है और न नेहरू-शान्ति-पुरस्कार के निर्णायकों को। युद्ध संसार के किसी कोने में हो, मेरी जान निकलने लगती है। संसार में कहीं गोली चले, वह मेरा मोर्चा होता है। संसार में कहीं शान्ति-वार्ता हो, मेरी शुभकामनाएँ उनके साथ हैं। युद्ध और किरायेदार की सुख-शान्ति में वैपरीत्य सम्बन्ध है। इराक-ईरान युद्ध से भी किराये बढ़ते हैं और पाकिस्तान-बँगलादेश संघर्ष से भी। युद्धों से सदा मकान मालिक का ही भला होता है। किरायेदार उसमें सदा पिसता है। मैं तब तक विश्व शान्ति के लिए लगातार और अनवरत संघर्ष करता रहूँगा, जब तक मैं इस मकान में किरायेदार के रूप में रह रहा हूँ। यदि कभी मेरा अपना मकान हो गया तो फिर शायद मुझे विश्व शान्ति की इतनी आवश्यकता न रहे।

पर इस मतभेद, विरोध और झगड़े के बावजूद पिछले दिनों मेरे मालिक मकान ने अमरीका में छपी वेदान्त की एक पुस्तक उपहारस्वरूप भेज दी। अन्तर्राष्ट्रीय राजनीति में तो यह सन्धि का एक 'फीलर' है, पर मेरी प्रसन्नता का कारण और ही था। मैंने सोचा, कैसा नासमझ व्यक्ति है, मेरा मकान मालिक। एक तो अपनी लाखों की सम्पत्ति नाममात्र के किराये पर मुझे दे गया है और फिर अमरीकन पुस्तकों के उपहार भेज रहा है। दर्शन भारतीय है तो क्या हुआ, पुस्तक तो अमरीकन है। भारत में यह दो-तीन सौ से कम क्या होगी। इतना तो मैं एक महीने में उसके मकान का किराया भी नहीं देता हूँ।

पर मैं नहीं जानता था कि मेरे साथ उपहार की त्रासदी घट रही है।...यह मकान जब बना था तो पच्चीस हज़ार का था, पर अब आठ लाख का हो चुका था। मैं पिछले बीस वर्ष से इसमें अपने मकान के समान रह रहा हूँ और वह अमरीका में किराये के मकानों में धक्के खा रहा है। हम दोनों जानते हैं कि अब मुझे इस मकान से निकाला नहीं जा सकता। मकान उसके नाम था, पर वास्तविक मालिक तो मैं था। अब देखो न, उपहार के रूप में उसने मुझे किराया भेजना भी आरम्भ कर दिया था।

उसकी भेजी हुई वेदान्त की पुस्तक पढ़ने में मुझे वैसा ही मज़ा आ रहा था, जैसा दूसरे के मकान में बिना किराया दिये रहने में आता है। मज़ा आया तो पुस्तक अच्छी लगी। अच्छी क्या लगी, दुनिया के सारे भेद मेरी समझ में आ गये। मैं समझ गया कि मकान न उसका था न मेरा! जब मकान उसका था ही नहीं तो उस पर मैंने क़ब्जा कहाँ किया। और जब मैंने उसका कुछ लिया ही नहीं तो हमारा झगड़ा कैसा। मेरा मन आर्द्र हो गया। मुझे याद आया, 'सबै भूमि गोपाल की'। फिर मेरे मन में इक़बाल की पंक्ति आयी, 'जो ज़ेरे आसमान है, वह माल-ए-ज़मीं है।' ज़मीन हमारी नहीं है, हम ज़मीन के हैं। हम उस पर क्या क़ब्जा करेंगे वह हम पर कब्ज़ा करेगी। इस ज्ञान के बाद मैं एक झूठे क़ब्जे पर दूसरा झूठा क़ब्जा करने के लिए

तैयार नहीं था। मैंने तत्काल मकान ख़ाली करने का संकल्प कर लिया।

मेरी पत्नी ने माथा पीट लिया : जो काम मकान मालिक स्वयं नहीं कर सका था, अपने किराये के गुण्डों, पुलिस और कचहरी से नहीं करवा सका था, वह उसने एक उपहार के माध्यम से करा लिया था। अब मेरी पत्नी मान गयी है कि वेदान्त-दर्शन किसी मकान मालिक की खोपड़ी की उपज है। यह दर्शन दूसरों की जायदाद पर कब्ज़ा करने वालों के छक्के छुड़ाने के लिए ही रचा गया है। वह वेदान्त की विरोधिनी तो हुई ही है—दर्शनशास्त्र और पुस्तक मात्र की शत्रु हो गयी है। अब वह उपहार को तो इस दृष्टि से देखती है, जैसे वह मकान ख़ाली कराने का परवाना मात्र हो।

पर इतना कच्चा मैं भी नहीं हूँ, जितना वह मुझे समझती है। स्त्रियों में यह एक बहुत बड़ी बीमारी है : अपने पति को दुनिया का सबसे बड़ा भकुआ समझती हैं ये। उन्हें सदा डर लगा रहता है कि उनके पति को कोई भी ठगकर ले जाएगा। इतने सीधे हैं 'वे' कि जो स्त्री चाहे चला ले जाए और जो पुरुष प्रयत्न करे ठग कर ले जाए।

पर बात ऐसी नहीं है। दर्शन और अध्यात्म का तो बहाना ही था। मुझे अर्थशास्त्र का एक रहस्य समझ में आ गया था :

मेरे दो मित्र मिलने आये—उनमें एक अर्थशास्त्री थे और दूसरे अनर्थशास्त्री। अर्थशास्त्री ने बताया कि यह मकान अब ख़ाली तो होगा नहीं। मैं समझ लूँ कि मेरे मकान मालिक ने आठ लाख का यह मकान मुझे उपहार रूप में दिया है। इस प्रकार मुझे आठ लाख का लाभ हुआ है।

पर अनर्थशास्त्री सहमत नहीं हुए। बोले, "तुम्हारे साथ जो लोग दिल्ली आये थे, उन लोगों ने दस रुपये गज़ ज़मीन में कोठियाँ बनायी थीं। अब उन कोठियों की क़ीमत पचास-पचास लाख है। अपनी लागत निकालकर उन्हें अब उसमें उनचास लाख का लाभ हुआ है। तुमने बनायी होती तो तुम भी अब तक उनचास लाख रुपया कमा चुके होते।"

"पर मैंने बनायी तो नहीं न!" मैंने उत्तर दिया।

"क्यों नहीं बनायी तुमने?"

"कौन झंझट करे यार!"

"नहीं!" वे बोले, "तुम्हारे मकान मालिक ने तुम्हें यह मकान उपहार में दे दिया इसलिए।" उन्होंने मुझे समझाया, "तुम्हें यह मकान उपहार में न मिलता। तुम दिल्ली में धक्के खाते तो अपने-आप पैसे का जुगाड़ कर मकान बनाते और आज उनचास लाख का लाभ कमाते। तुम्हारे मकान मालिक ने आठ लाख रुपये का उपहार देकर तुम्हारे हाथ में आये उनचास लाख तुमसे छीन लिये। इस प्रकार तुम्हारा सीधा-सीधा इकतालीस लाख का घाटा हुआ है। अब भी समय है, चेत जाओ। इस

मकान को ख़ाली करो, धक्के खाओ, अपना मकान बनाओ और लाभ कमाओ।"

मेरी समझ में उनका गणित आ गया। वस्तुतः मेरे मकान मालिक ने मेरे साथ धोखा ही धोखा किया था—मकान को उपहार मानूँ तो भी; और पुस्तक को उपहार मानूँ तो भी। यह उपहारों के इतिहास में विश्व की सबसे बड़ी त्रासदी थी।

अपने घर में उपहार लेने से यह त्रासदी घट गयी, पर मेरे पड़ोस में पिछले दिनों उपहार न देने से एक त्रासदी घट गयी लगती है।

श्रीमती शर्मा ने बाज़ार में एक साड़ी पसन्द कर ली, पर शर्माजी इतने कोरे निकले कि उन्होंने वहीं, घटनास्थल पर, ऑन-द-स्पाट मना कर दिया कि वे अपनी पत्नी को साड़ी उपहार में नहीं देंगे। पत्नी को उपहार नहीं देंगे का तात्पर्य यह नहीं था कि वे उपहार किसी पड़ोसन को देंगे। उनका अभिप्राय यह था कि वे किसी को भी उपहार नहीं देंगे, क्योंकि इन दिनों वे कुछ आर्थिक तंगी का अनुभव कर रहे थे।

शर्माजी के इस निर्णय से मैं भी नाराज़ हो गया और श्रीमती शर्मा भी। मैं तो इसलिए नाराज़ हुआ कि जिस देश में ऊँचे-से-ऊँचे धरातल पर, बड़े-से-बड़े अधिकारी के द्वारा कोई निर्णय ऑन-द-स्पाट नहीं लिया जाता, उस देश में यह ससुर शर्मा ऑन-द-स्पाट निर्णय लेने की ज़हालत कैसे कर सकता है। अरे कोई कमेटी बैठाओ, कोई मीटिंग करो। रपट आने दो। उसका विश्लेषण करो। यह क्या बदतमीजी है—ऑन-द-स्पाट! धत्! राष्ट्रीय परम्परा का यह अपमान मेरे लिए असह्य था। मैं ऐसे आदमी का मुँह नहीं देखना चाहता—मुँह तो क्या उस आदमी को ही नहीं देखना चाहता।...पर इसका अर्थ यह तो नहीं है कि उसकी सुन्दरी पत्नी को भी नहीं देखना चाहता।

उनके घर गया तो पता चला कि श्रीमती शर्मा की नाराज़गी का कारण, शर्माजी का राष्ट्रीय नीति के विरुद्ध काम करना नहीं था। अपने रूठने का कारण ऊपरी तौर पर तो उन्होंने यही बताया था कि शर्माजी ने सबके सामने उपहार देने से इनकार कर उनका अपमान किया था; पर भीतरी बात कुछ और थी। भीतरी बात उन्होंने मुझे अलग से बतायी : उसका विचार था कि जो पुरुष अपनी पत्नी को एक साड़ी का उपहार भी न दे सके, उसके समान नाकारा आदमी दूसरा कौन हो सकता है। और एक नाकारा आदमी से श्रीमती शर्मा प्यार नहीं कर सकती थीं।

इस मोर्चे पर मैंने जमकर श्रीमती शर्मा का साथ दिया। शर्माजी को मैंने उससे भी कहीं अधिक नाकारा सिद्ध कर दिया, जितना कि उन्हें श्रीमती शर्मा समझती थीं। वे तो इतना ही कहती थीं कि वे अपने घर की अर्थव्यवस्था सँभाल पाने में असमर्थ थे; पर मैं जानता था कि वे अपनी पत्नी को सँभाल पाने में भी असमर्थ थे। पहले, पुरुष के हाथ से पत्नी निकलती है और फिर अर्थव्यवस्था। पत्नी अपने हाथ में रहे तो अर्थव्यवस्था की क्या मजाल कि वह साली हाथ से निकल जाए।

मेरे मन में अत्यन्त स्पष्ट था कि उपहारों के मामले में शर्मा कितना मूर्ख व्यक्ति था। पत्नी को एक साड़ी का उपहार नहीं दिया और पड़ोसी को पत्नी का उपहार दे दिया। एक मेरा मकान मालिक है कि एक पुस्तक का उपहार देकर, अपना हाथ से निकला मकान लौटा लेता है; और एक शर्मा है कि एक साड़ी बचाकर पत्नी को हाथ से निकल जाने देता है। अन्तर्राष्ट्रीय दंगों से मैं हमेशा घाटे में रहता था, पर पड़ोस के इस घरेलू दंगे में मैं लाभ देख रहा था। अन्तर्राष्ट्रीय शान्ति के लिए जान लड़ा देने वाले मेरे मन ने, अपने पड़ोस के घर में कभी शान्ति नहीं माँगी।

पर शर्माजी के दफ़्तर में जाने कैसा दंगा हुआ कि उनके बॉस ने उन्हें उपहार में एक प्रमोशन दे दी। इस प्रमोशन से उनका वेतन बढ़ा, गाड़ी मिली, ड्राइवर मिला, टेलीफ़ोन मिला और दफ़्तर से चपरासी के नाम पर एक घरेलू नौकर मिल गया। देखकर यह नहीं लगा कि शर्माजी की प्रमोशन हुई है, लगा उनका विवाह हुआ है—अरे इतना सामान तो किसी को दहेज में भी नहीं मिलता। और फिर जहाँ दहेज आता है, वहाँ दुल्हन भी आती ही है। श्रीमती शर्मा अपने पति के पास लौट गयीं। उधर शर्माजी की प्रमोशन हुई और इधर मेरी पत्नी मुझे नाकारा समझने लगी। अरे जिसके हाथ से, मिली-मिलाई पड़ोसन निकल जाए—वह पुरुष नाकारा तो हुआ ही। अब मैं अपने दफ़्तर में लिखकर देने वाला हूँ कि कृपया मुझे भी किसी अच्छी-सी प्रमोशन का उपहार दिया जाए, नहीं तो मेरे घर की सुख-शान्ति जाने किसके घर उपहार में चली जाए। घर में दंगा हो और कुछ लोग विस्थापित होकर अन्य मुहल्लों के मकानों के किराये बढ़ाकर, उनके मालिकों को लाभ पहुँचाएँ—यह मुझे एकदम पसन्द नहीं है।

द कॉलेज

भारत की राजधानी दिल्ली। इसी दिल्ली का एक कॉलेज। कॉलेज काफ़ी बिखरा-बिखरा है। लड़के-लड़कियों के बहुत सारे दल इधर-उधर फैले हुए हैं। पतलूनें कसी हुई और चपटी हैं। कमीज़ों के तीन-चार बटन खुले हुए हैं। भीतर से गन्दी-गन्धाती बनियान नज़र आती है। आस्तीनें रुई की बत्ती के समान लपेटी हुई हैं और सींकों जैसी बाँहें नज़र आ रही हैं। किसी के भी हाथ में कोई कॉपी-किताब नहीं है। किसी-किसी ने दो-चार काग़ज़ और एक-आध किताब मोड़-तोड़कर अपनी जेबों में ठूँसी हुई है या हाथ में डायरी जैसी कोई चीज़ पकड़ रखी है।

लड़कियों ने चुस्त कमीज़ें और सलवारें पहन रखी हैं या फिर साड़ियाँ हैं, जो शरीर को बहुत आकर्षक रूप में प्रस्तुत कर रही हैं। शक्लों पर मनहूसियत है और सिरों पर ऊँचे-ऊँचे रूखे बाल। हाथों में बड़े-बड़े पर्स हैं। उन पर्सों के भीतर की बात इस उपन्यास का लेखक नहीं जानता (या उनके विषय में लिखना नहीं चाहता)।

ये अमीर और पढ़े-लिखे, सभ्य-सुसंस्कृत पेरेण्ट्स के बच्चे हैं।

एक और दल भी है। इस दल में लड़के भी हैं और लड़कियाँ भी। उनके कपड़े ढीले-ढाले और शैबी हैं। बालों में सरसों का तेल लगा हुआ है और काफ़ी चपटी कंघी की हुई है। लड़कियों ने कसी हुई कुरूप चोटियाँ कर रखी हैं। इन लोगों के हाथों में बहुत सारी पुस्तकें हैं। ये लोग कॉलेज की लायब्रेरी में बैठते हैं। सबसे डरते हैं। किसी से मन की बात नहीं कहते। न ऊँचा बोलते हैं, न ऊँचा हँसते हैं। ये कॉलेज के बैक्वर्ड लोग हैं। एकदम डल और भोंदू समझे जाते हैं। इनसे कोई बात करना भी पसन्द नहीं करता। ये लोग ऐसे मूर्ख हैं, केवल पढ़ने के लिए ही कॉलेज आते हैं।

ये ग़रीब और अनपढ़ माता-पिताओं के बच्चे हैं।

दो

कॉलेज का एक दूसरा अंग उसकी बिल्डिंग है। बहुत लम्बी-चौड़ी बिल्डिंग है। सारी

खिड़कियों के शीशे टूटे हुए हैं। ये पिछले विद्यार्थी-जागरण के चिह्न हैं। इस कॉलेज के एक प्रोफ़ेसर ने एक लड़के से कहा था और लड़के ने दूसरे कॉलेज में पढ़नेवाले अपने एक दोस्त लड़के से कहा था, "माई डियर यार! सारा स्टूडेण्ट-अनरेस्ट साला तुम्हारे कॉलेज तक ही आकर रुक गया। हमारे हिस्से में कुछ नहीं पड़ा। नो, पापे! दिस इज़ नॉट गुड। कुछ अनरेस्ट हमारे कॉलेज में भी भेजो। वी विल मदद यू!"

दूसरे दिन, दूसरे कॉलेज के पाँच-सात लड़के और बाक़ी न पढ़नेवाले उन लड़कों के दोस्त लड़के—कुल मिलाकर चालीस-पचास लड़के—आये थे। उन्होंने पत्थर मार-मारकर खिड़कियों के सारे शीशे तोड़ दिये थे।

इस कॉलेज के उसी प्रोफ़ेसर ने पुलिस को टेलीफ़ोन किया था। उसी लड़के ने अपने कॉलेज के लड़कों की ओर से पथराव का विरोध किया था। पुलिस आयी थी। लड़के और उन लड़कों के दोस्त लड़के भागकर पुलिस के पास गये थे कि बाहर के लड़के आकर उनको पत्थर मार रहे हैं। पथराव रुक गया था। पुलिस चली गयी थी और इस कॉलेज में भी स्टूडेण्ट्स-जागृति और छात्र-अनरेस्ट आ गया था।

बिल्डिंग के कमरों के भीतर डेस्क और कुर्सियाँ एक-दूसरे के ऊपर पड़ी हैं, जिसका मतलब है कि थोड़ी देर पहले कुछ लड़के यहाँ बैठे हुए थे। जब वे आपस में मिलकर बैठते हैं तो धींगा-मस्ती ज़रूर करते हैं। एक-दूसरे को कुर्सियाँ और डेस्क फेंककर ज़रूर मारते हैं। न भी मारें तो फ़र्नीचर की उठा-पटक तो करते ही हैं। ऐक्टिव और स्मार्ट स्टूडेण्ट्स किसी कमरे को ठीक-ठाक नहीं रहने देते।

बिल्डिंग की दीवारों पर चाक और पेंसिलों से और कहीं-कहीं कोयले से भी ढेर सारी चित्रकारी की गयी है। इससे दीवारें अजन्ता और एलोरा की गुफाओं के समान चित्रमयी हो गयी हैं। अधिकांश स्थानों पर परिवार-नियोजन से सम्बद्ध बहुत सारी बातें लिखी गयी हैं। सरकार का काम है, अतः जनता भी करती है। इस देश का युवक वर्ग अब अपना कर्तव्य समझने लगा है। युवक वर्ग जागृत है।

तीन

उस बिल्डिंग के एक कोने में एक बड़ा-सा कमरा है। उसके दरवाज़ों पर बड़ी-सी चिक लटक रही है और उस चिक से छनकर बहुत-सा शोर बाहर आ रहा है, जो बरामदों में तैरता हुआ सारी बिल्डिंग में फैल जाता है।

चिक के भीतर शोर और भी ज़्यादा है। यहाँ कोई किसी को शोर मचाने से नहीं रोकता। यहाँ सच्चा स्वराज्य है। यहाँ वे लोग बसते हैं, जो केवल बोलते हैं, सुनते नहीं हैं। यह स्टाफ-रूम है।

खिड़कियों के कपड़े वर्षों बाद धुलने गये हैं, अतः वर्षों बाद लौटेंगे। इसीलिए

बाहर से कभी भी कोई चिड़िया या कौवा आकर खिड़की की सलाखों पर बैठ जाता है।

इस समय खिड़की की उन्हीं सलाखों में से एक पर बैठा हुआ एक कौवा बकवास कर रहा है।

और साथ-साथ स्टाफ-रूम में कुर्सियों पर बैठे, सूट-बूटवाले लोग बकवास कर रहे हैं।

"स्टूडेण्ट्स में इनडिसिप्लिन बहुत बढ़ रहा है।"

"देश में ग़रीबी बहुत बढ़ रही है।"

"ग़रीबी नहीं, महँगाई बढ़ रही है।"

"आपका दिमाग़ ख़राब है।"

"दिमाग़ ख़राब होगा आपका! हम सही बात कह रहे हैं, क्योंकि डालडा खाते हैं।"

"एक्सेलसियर पर 'यहूदी की बेटी' लगी हुई है।"

"कल साला सब्ज़ीवाला सड़े हुए टिण्डे दे गया।"

"काँग्रेस के राज में सड़े टिण्डे नहीं बिकेंगे तो और क्या बिकेगा!"

"महाशय! पाँच सौ श्लोक याद हैं मुझे।"

"आपकी क्या बात है! आप तो डिक्शनरी हैं, जनाब!"

"इन्हें उठवाकर पुस्तकालय में रखवा दो।"

"सुरैया ज़्यादा अच्छा गाती है लता से।"

"बकवास बन्द करो।"

और कौवा बकवास बन्द करके उड़ गया!

चार

कॉलेज के समीपी बस-स्टैण्ड पर एक लड़का और एक लड़की खड़े हैं। वे दोनों आपस में प्रेम करते हैं और पिछले ढाई वर्षों से करते आ रहे हैं—भविष्य की बात स्टूडेण्ट्स यूनियन जाने। लड़का बहुत सीरियस है अपने इस प्रेम में। पहले वर्ष इसी प्रेम के कारण उसकी अटेनडेंस शॉर्ट हो गयी थी। दूसरे वर्ष प्रेम की अथाह गहराइयों में डूबे रहने के कारण वह पढ़ाई में गोता खा गया था और अब तीसरे वर्ष भी वह प्रथम वर्ष का ही होनहार विद्यार्थी है। कोई उसकी पढ़ाई के विषय में पूछे तो बताता है, "थर्ड इयर इन फ़र्स्ट इयर। अण्डरस्टैण्ड?"

लड़की बेवफ़ा है। प्रेम में बहुत नॉन-सीरियस है। पहले वर्ष भी पास हो गयी थी, दूसरे वर्ष भी। अब वह बी.ए. के अन्तिम वर्ष में थी। लड़का उससे नाराज़ है। लड़की को नाराज़गी की कोई चिन्ता नहीं है। वैसे भी अब इस कॉलेज में उसके

तीन महीने शेष हैं। इतने समय तक तो वह बिना प्रेम के भी जीवित रह सकती है। एम.ए. में जाकर वह किसी और से प्रेम कर लेगी। एक ही दुकान से सदा प्रेम करनेवाला बोर हो जाता है।

"कल तुम मेरे लिए रुकी क्यों नहीं?" लड़का नाराज़गी से पूछता है।

"मेरी छुट्टी हो गयी थी तो तुम क्यों नहीं आये?" लड़की उससे भी ज़्यादा तुनककर कहती है, "डिसओबिडियेंस! इनसबार्डिनेशन!"

"तब तो मेरी क्लास हो रही थी न।" लड़का पिघलकर गन्दे फुटपाथ पर बह जाता है, "मेरी अटेनडेंस इस साल भी शॉर्ट है न।"

"अटेनडेंस ज़्यादा ज़रूरी है या मैं?" लड़की उसे अदा से देखती है। शायद दोनों इकॉनोमिक्स पढ़ते हैं।

—और लड़का शहीद हो जाता है। उसके ख़ून के परनाले बहने लगते हैं।

बगल से बस गुज़रती है—उड़-उड़कर कहेगी ख़ाक सनम...

"तुम मेरा इन्तज़ार कर लेती।" लड़के के ख़ून के परनाले में से आवाज़ आती है।

"मैं बसों की इन्तज़ार में ही इतनी थक चुकी हूँ," लड़की की वाणी में देश का भविष्य बोलता है, "कि मैं और किसी का इन्तज़ार नहीं कर सकती।"

लड़की बस में बैठ जाती है। लड़का फुटपाथ पर बिकते धूल और मसाले से भरे अमरूद ख़रीदकर खाने लगता है।

पाँच

दो लड़के आते हैं, उसी बस-स्टैण्ड पर।

फुटपाथ पर बैठे सिगरेटवाले से कहते हैं—"यार! एक-एक बीड़ी दे दे ज़रा।"

"मैं बीड़ी नहीं बेचता, सा'ब!" सिगरेटवाला खालिस अँग्रेज़ी लहजे में कहता है।

"तो अँग्रेज़ी बीड़ी दे दे, यार। नाराज़ क्यों होता है!" एक लड़का कहता है।

सिगरेटवाला बिना कुछ बोले, नथुने फुलाये हुए उन्हें दो सिगरेटें दे देता है।

एक लड़का सिगरेट जलाता है!

दूसरा कहता है, "अबे! वह वर्मा आ रहा है पीछे।"

"आने दे।" पहला धुआँ उड़ाकर कहता है, "हम कॉलिज से बाहर हैं और फिर वर्मा इस साल मेरी कोई क्लास नहीं लेता। साला पिछले साल लेता भी था तो मैं उसकी क्लास अटेण्ड नहीं करता था।"

"पर उसके साथ जमूरिया है। वह मेरी क्लास लेता है।" दूसरा भी सिगरेट सुलगा लेता है, "कोई बात नहीं। मैं उधर पीठ किये रहूँगा। जब मैं उसे नहीं देखूँगा तो वह कैसे देखेगा मुझे।"

वर्मा और जमूरिया चुपचाप गुज़र जाते हैं।

लड़के स्टैण्ड के ए.टी.आई. से मज़ाक करने लगते हैं, "ताऊ! कोई बस आएगी कि तुम्हारे इस डिब्बे में आग लगा दें?"

"अबे, यह बूथ है।" ए.टी.आई. कहता है, "भैंस के कट्टो! इसे डिब्बा कहते हो!"

"नहीं ताऊ! यह तो तेरा बँगला है, कोठी है, महल है—साला ताजमहल है! इसी में तेरी क़ब्र बनेगी।" एक दूसरे से कहता है, "आ बे, आ, ताऊ का कफ़न बनवा लाएँ!"

"तुम्हारी माँ..." ए.टी.आई. की आँखों में वात्सल्य उमड़ आता है।

छह

दूसरे दिन या शायद उसी दिन। कुछ ठीक याद नहीं। प्रो. जमूरिया स्टाफ-रूम से निकलते हैं।

"गुड आफ़्टरनून, सर!" भीड़ में से एक लड़का कहता है।

"गुड आफ़्टरनून!" प्रो. जमूरिया के होठों पर चाँदनी खिलती है, दाँतों पर केसर चमकता है, आँखों में कीचड़ से सने हुए कमल खिलते हैं, "क्या कर रहे हो यहाँ?"

"यूँ ही, सर!"

"अच्छा, ए, सुनो।" प्रो. जमूरिया उसे कन्धे से पकड़कर एक ओर ले जाते हैं, "प्रिंसिपल तो बहुत नाराज़ हैं तुम लोगों से। तुम लोग स्ट्राइक क्यों नहीं कर देते? निकाल बाहर करो इसे! क्या फ़ायदा है ऐसे प्रिंसिपल का!"

"हमें तो पता ही नहीं था, सर! हम कल से ही स्ट्राइक कर देंगे।" लड़का गुस्से में कहता है।

"हाँ, कर दो।" प्रो. जमूरिया के होठों पर किरणें थिरकने लगती हैं, "पापा कैसे हैं तुम्हारे?"

"ठीक हैं, सर!" लड़का कहता है, "आपको याद कर रहे थे।"

"अच्छा।" प्रो. जमूरिया प्लाईमाउथ जैसी लम्बी मुसकान बिखेरते हैं, "उनसे कहो, ह्विस्की की दो-एक बोतलों का इन्तज़ाम कर दें। आर्मीवालों के लिए क्या मुश्किल है।"

"अच्छा, सर!"

"अच्छा, भई!"

प्रो. जमूरिया इठलाते हुए आगे बढ़ जाते हैं। जाते-जाते प्रिंसिपल के कमरे

के सामने रुकते हैं। सतर्क नज़रों से आसपास देखते हैं, फिर चिक उठाकर प्रिंसिपल के कमरे में घुस जाते हैं।

"सर! कॉलेज में यह सब क्या हो रहा है?"

"क्या हो रहा है?" प्रिंसिपल साहब पूछते हैं।

"सुना है, लड़के स्ट्राइक करने की धमकी दे रहे हैं।" प्रो. जमूरिया सूचना देते हैं।

"अच्छा!" प्रिंसिपल साहब आश्चर्य दिखाते हैं, "मुझे तो कोई इन्फर्मेशन नहीं है।"

"लीजिए!" प्रो. जमूरिया अपनी मेढक जैसी आँखें फाड़कर उनमें लगा कीचड़ दिखाते हैं, "आपको कोई बताता नहीं? सारे कॉलेज में हवा उड़ी हुई है। अब यदि स्टाफ ही प्रिंसिपल का साथ न दे तो एडमिनिस्ट्रेशन कैसे चलेगा!"

एडमिनिस्ट्रेशन नहीं चलता, पर प्रो. जमूरिया चल पड़ते हैं, "आई थिंक, इसके पीछे वर्मा साहब का हाथ है।"

"अच्छा!" प्रिंसिपल चिन्ता में डूब जाते हैं।

छह और सात के बीच का अध्याय

एक लड़की कॉलेज के गेट से बाहर निकलने लगती है। दूसरी रोकती है, "कहाँ चली?"

"घर।" पहली उत्तर देती है।

"अभी से?" दूसरी को आश्चर्य होता है।

"थक गयी हूँ।" पहली कहती है।

"अच्छा! अभी तो तुमने एक भी पीरियड अटेण्ड नहीं किया है।" दूसरी जिरह करती है।

"तुम सबको अपनी तरह मत समझा करो।" तीसरी भाष्यकार बन जाती है।

"क्यों?" दूसरी पूछती है।

"भई, कॉलेज में रहना इसके लिए बहुत स्ट्रेन का काम है।" तीसरी समझाती है दूसरी को, पहली के विषय में, "जब से कॉलेज में आयी है, डेढ़ सौ लड़कों को हैलो कर चुकी है। पाँच सौ बार इसे मुसकराना पड़ा है। बात एक से करती है, देखती दूसरे को है। इस तरह से होठ भी थकते हैं और आँखें भी। इतने हार्ड वर्क से आदमी बिना पीरियड अटैण्ड किये ही थक जाता है।"

"अच्छा, जा!" दूसरी अनुमति देती है पहली को। पहली चली जाती है। दूसरी गेट पर खड़े चपरासी को बाहर खड़ी रेढ़ी से कुल्चे-छोले लाने के लिए भेज देती है। तीसरी चपरासी के स्टूल पर बैठ मुग्धा-सी मुसकराने लगती है।

सात

"समाचार है कि प्रो. खत्री आई.ए.एस. में आ गये हैं।"

प्रो. खत्री ने जब से आई.ए.एस. की परीक्षा दी है, तब से स्टाफ के आधे लोगों से बात करनी छोड़ दी है, "सिली पीपल! कौन बात करे इनसे! आज यह बाक़ी के आधे स्टाफ से भी नहीं बोल रहे हैं। नाऊ ही इज़ फुल फ्लेज्ड आई.ए. एस. ऑफ़िसर!"

"गधा है साला! लेक्चररशिप छोड़कर सरकार की जूतियाँ चाटने जा रहा है।"

"अरे, समझदार लोग तो आई.ए.एस. की नौकरी छोड़-छोड़कर आ रहे हैं। सोंधी को...!"

"चुप बे जनसंघी!"

"जनसंघी तेरा बाप!"

"अच्छा, चल, तू मेरा बाप!"

एक कोने में इण्टेलेक्चुअल लोग बैठे हैं। चेहरों पर श्मशान-भूमि है। हाथों में सिगरेट। एक कुर्सी पर बैठे हैं, दूसरी पर पैर रखे हैं। कोई किसी से बात नहीं करता। बहुत ज़्यादा आवाज़ होने पर उनींदी आँखों से दूसरे को देखकर धुआँ उड़ा देते हैं।

अपने साइज़ से बहुत बड़े कपड़े पहने, यह स्टाफ-रूम के 'स्क्रेअर-क्रो' हैं। इनके पास कोई नहीं फटकता।

दूसरे कमरे में लोग एक-दूसरे को कॉम्प्लिमेण्ट दे रहे हैं।

"तेरे जैसा हरामी भी कोई नहीं देखा।"

"नहीं गुरु! हम क्या हैं तेरे सामने!"

"साले, खत्री आई.ए.एस. हो गया और तू यहाँ घास छील रहा है।"

"आई.ए.एस. हमसे कोई बड़ी चीज़ है क्या?"

"और नहीं कम है?"

"तेरे जैसे थ्रूआउट थर्ड क्लास, जो स्कूल में चूतड़ घिसकर यहाँ आये हैं—उनके लिए होगी बड़ी चीज़। यहाँ तो फ़र्स्ट क्लास फ़र्स्ट हैं यूनिवर्सिटी के। जब परीक्षा में बैठ जाएँ, आई.ए.एस. हो जाएँ।"

"अरे भई चपरासी, इन्चार्ज आफ़ स्टाफ-रूम! इन्हें ठण्डा पानी पिलाओ।"

आठ

स्मार्ट लड़के और लड़कियों की मीटिंग हो रही है।

"हम स्ट्राइक करेंगे।"

"हाँ, हम स्ट्राइक करेंगे।"

"अत्याचार हम नहीं सह सकते।"

"क्यों सहें हम अत्याचार!"

"नहीं चलेगी लाठी-गोली की सरकार।"

"बात क्या है, भाइयो?" एक भोंदू लड़का पूछता है।

"तुम्हें यह भी नहीं मालूम?"

"नहीं।"

"हमारे पास अच्छी लेबोरेटरी नहीं है।"

"हमारे पास कैण्टीन नहीं है।"

"इस कॉलेज की बिल्डिंग में कमरे कम हैं।"

"हमें हर हफ्ते पिक्चर नहीं दिखाई जाती।"

"हमें पिकनिक पर नहीं ले जाया जाता।"

"हमें बिना पुस्तकों के क्लास में नहीं आने दिया जाता।"

"हम क्लास में नहीं जाते तो हमें हाजिरी नहीं दी जाती।"

"जो भोंदू पढ़ते हैं, उन्हें पास कर दिया जाता है।"

"हमारी परीक्षाएँ क्यों होती हैं?"

"तो क्या करें?" फिर प्रश्न उठता है।

"स्ट्राइक!"

"स्ट्राइक!!"

"हाँ, स्ट्राइक।"

"फर्नीचर तोड़ दो। लेबोरेटरी को आग लगा दो! कैण्टीन के तम्बू को भी जला दो।" स्मार्ट लड़के-लड़कियों का नेता कहता है।

लोग चले जाते हैं।

नेता अपनी गर्ल-फ्रेण्ड के साथ पिक्चर देखने चला जाता है।

कॉलेज में स्ट्राइक हो जाती है।

नौ

कॉलेज का हाल खचाखच भरा है। आज वादविवाद-प्रतियोगिता है। विषय है—'भारत को एटम बम नहीं बनाना चाहिए।' भाषण होते हैं :

पहला भाषण

एटम बम नहीं बनाना चाहिए। नहीं बनाना चाहिए। एकदम नहीं बनाना

चाहिए। कहता हूँ, नहीं बनाना चाहिए। बल्कि मैं कहता हूँ कि एकदम नहीं बनाना चाहिए...

तालियाँ...तालियाँ...तालियाँ...

दूसरा भाषण

एटम बम नहीं बनाना चाहिए, क्योंकि बच्चे उसके धमाके से डर जाते हैं। और हमें अपने बच्चे बहुत प्यारे हैं। बच्चे देश का भविष्य हैं। बच्चे आँखों का नूर हैं। बच्चे दिल का सरूर हैं। बच्चे...

तालियाँ...तालियाँ...तालियाँ...

तीसरा भाषण

एटम बम नहीं बनाना चाहिए। क्योंकि दीपावली के अवसर पर जब एटम बम बनता है तो बच्चे एटम बम ही ख़रीदते हैं और मेरे पड़ोसी का व्यापार फेल हो जाता है, क्योंकि वह केवल फुलझड़ियाँ बनाता है। मुझे अपने पड़ोसी से प्यार है। ईसा मसीह ने कहा था, 'अपने पड़ोसियों से सदा प्यार करो...'

तालियाँ...तालियाँ...तालियाँ...

जजों का निर्णय—एक को प्रथम पुरस्कार, एक को द्वितीय पुरस्कार और एक को तृतीय पुरस्कार। जिसे जो चाहें, दे दें।

दस

भोंदू लड़के-लड़कियों का दल बहुत परेशान है। परीक्षा सिर पर आ गयी है। उनकी तैयारी पूरी नहीं हुई है। उन्हें अध्यापकों ने इतना अधिक पढ़ाया है, इतनी सारी किताबें हैं पुस्तकालय में, वे सवेरे से शाम तक लगे रहते हैं, तब भी उनके नोट्स पूरे नहीं हुए हैं। वे परीक्षा कैसे देंगे। अभी वे अपना कोर्स ही कवर नहीं कर पाये हैं।

स्मार्ट लड़के-लड़कियाँ बहुत प्रसन्न हैं। न कभी उन्होंने क्लास अटेण्ड की, न नोट्स लिये। मन को यह समझा दिया कि लायब्रेरी में कोई पुस्तक ही नहीं है। वे पढ़ाई से बहुत थक गये हैं, इसलिए आज पिकनिक पर जा रहे हैं।

कॉलेज में वे ऑन ड्यूटी समझे जाएँगे।

वर्मा साहब परेशान हैं। कॉलेज में इस वर्ष छुट्टियाँ इतनी अधिक हुई हैं कि एक्स्ट्रा क्लासें लेकर भी कोर्स पूरा नहीं कर पा रहे हैं। परीक्षा सिर पर है। क्या होगा? विद्यार्थी देश का भविष्य हैं और वह देश के भविष्य का निर्माण कर रहे हैं। उन्हें अपना कर्तव्य पूरी निष्ठा से निभाना चाहिए।

प्रो. जमूरिया भी बहुत परेशान हैं। वह क्लासें नहीं लेते, फिर भी ये भोंदू लड़के-लड़कियाँ ट्यूटोरियल लिख-लिखकर उन्हें दिये जाते हैं और उनकी मार्किंग के लिए उन्हें अपनी पत्नी से लॉटरी निकालने के लिए कहना पड़ता है। उनकी पत्नी उनसे नाराज़ हो जाती है। विद्यार्थी जाएँ भाड़ में! पत्नी का प्रसन्न रहना अधिक आवश्यक है। पत्नी रातों की नींद है, दिन का चैन है। पत्नी ख़ुश हो तो ख़ुदा ख़ुश।

सब ही बहुत परेशान हैं।

ग्यारह

प्रेमी लड़के ने फुटपाथ पर से अमरूद लेकर खाया है। उसके पेट में दर्द हो रहा है। तबीयत बहुत ख़राब होने पर वह टैक्सी में घर की ओर चल पड़ता है। तीन-चार स्टॉप पार करते ही वह अपनी प्रेमिका की बस को पीछे छोड़ जाता है। बस में खिड़की के साथ लगी बैठी अपनी प्रिया को देखता है। अमरूद हज़म हो जाता है। तबीयत ठीक हो जाती है।

अगले स्टॉप पर वह टैक्सी छोड़ देता है और बस की प्रतीक्षा करने लगता है। बस आती है। लड़की लड़के को देखती है। बस से उतर आती है। उसके साथ एक भोंदू लड़की भी है।

"यहाँ क्या कर रहे हो?" लड़की पूछती है।

"तुम्हें बताना भूल गया था कि आज के ईवनिंग शो की दो टिकटें लेकर आया हूँ।"

"चलो, फिर चलें।"

लड़के की लाश साथ चलती है और पूछती है, "इस बीमारी को साथ क्यों लायी हो?"

"इसके नोट्स परीक्षा में मेरी मदद करते हैं।"

तीनों एक टैक्सी में बैठकर 'ओडियन' पहुँचते हैं। भोंदू लड़की के हाथ में एक किताब देकर, उसे पार्क की एक बेंच पर बैठाकर, दोनों हाल में चले जाते हैं। भोंदू लड़की किताब पढ़कर नोट्स लेती रहती है। लड़का-लड़की पिक्चर देखते रहते हैं।

बारह

बस-स्टैण्डवाले दोनों लड़के सिगरेट पीकर बस में जा बैठते हैं। उनके चार और साथी भी आ जाते हैं। बस चलती है तो छहों अपनी सीट छोड़कर गेट पर आ जाते हैं और घण्टी बजाकर बस रोक देते हैं।

"क्या है?" कण्डक्टर पूछता है।

"हम ग़लती से इस बस में आ गये हैं।" लड़के कहते हैं।

"तो उतर जाओ।"

पहला लड़का उतरता है।

दूसरा लड़का उतरता है।

तीसरा लड़का उतरता है।

चौथा लड़का उतरता है।

पाँचवाँ लड़का उतरता है।

छठा लड़का उतरता है।

"दोजखी साले!" कण्डक्टर घण्टी देता है। बस चल पड़ती है।

"रोको-रोको!" छहों लड़के फेफड़ों का पूरा ज़ोर लगाकर, एक साथ सियारों की तरह चीख़ते हैं। कण्डक्टर घण्टी देता है। ब्रेक लगती है। चक्के घिसटकर रुक जाते हैं।

"अब क्या है?" कण्डक्टर झल्लाकर पूछता है।

"ग़लत बस है तो क्या हुआ! हमने सोचा, इसी में चलेंगे।" लड़के कहते हैं, "हमें तुमसे इश्क हो गया है, यार! तुम्हारे बिना कैसे जीएँगे।"

"तो आओ फिर! तुम्हें हनीमून पर ले चलूँ!" कण्डक्टर दाँत पीसता है।

पहला लड़का चढ़ता है।

दूसरा लड़का चढ़ता है।

तीसरा लड़का चढ़ता है।

चौथा लड़का चढ़ता है।

पाँचवाँ लड़का चढ़ता है।

छठा लड़का चढ़ता है।

कण्डक्टर बड़बड़ाता रहता है। लड़के हँसते हैं। उनके साथ-साथ देश का भविष्य हँसता है। हँसने से टूथपेस्ट ज़्यादा बिकती है।

बारह और तेरह के बीच का अध्याय

पहली लड़की थकावट के कारण दूसरे दिन भी कॉलेज नहीं आती है। दूसरी लड़की के लिए कुलचे और छोले लेकर चपरासी लौट आया है। लड़की ने उन्हें खा लिया है और पानी पीकर डकार भी ले चुकी है (दि अनरोमैण्टिक गर्ल)!

तीसरी लड़की की मुसकान उसके होठों से चिपककर रह गयी है (ह्वाट ए बोर!)

तेरह

मीटिंग हुई। सबकी। स्मार्ट लड़के-लड़कियों की। भोंदू लड़के-लड़कियों की और अध्यापकों की। मीटिंग में फर्नीचर तोड़नेवाले, लेबोरेटरी में आग लगानेवाले और कैण्टीन जलानेवाले लड़कों को माफ़ कर दिया गया। इन कामों में उनका बहुत समय नष्ट हो गया था और पढ़ने का समय उन्हें एकदम नहीं मिला था, इसलिए उन्हें एक कमरे में अलग बिठाकर परीक्षा में आनेवाले प्रश्न लिखा दिये गये। उन प्रश्नों के उत्तर तैयार करने के लिए भोंदू लड़के और लड़कियों के नोट्स उनसे लेकर, इन्हें दे दिये गये।

उनमें से एक-आध लड़के की कमीज़ आग लगाते हुए झुलस गयी थी। उसे नयी कमीज़ ख़रीदने के लिए कॉलेज से पैसे दिये गये। सहानुभूति में उसकी फीस भी माफ़ कर दी गयी। लेबोरेटरी की चीज़ें टूट चुकी थीं, इसलिए साइंस के सारे विद्यार्थियों को बिना परीक्षा लिये ही पास कर दिया गया। कैण्टीन जल गयी थी, इसलिए खाना खाने की छुट्टी पन्द्रह मिनटों से बढ़ाकर दो घण्टों की कर दी गयी, ताकि लड़के घर जाकर खाना इत्यादि खाकर, यदि लौटना चाहें तो लौट सकें।

स्ट्राइक करवाने के अपराध में प्रो. वर्मा को कॉलेज से निकाल दिया गया।

उपसंहार

प्रो. खत्री आई.ए.एस. के इण्टरव्यू में फेल हो गये। आजकल वह सबसे बात करते हैं।

बस-स्टैण्डवाले लड़के-लड़की की नाराज़गी दूर हो गयी है।

बस में बैठनेवाले छह लड़के रात को नौ बजे घर पहुँचे।

पहली लड़की की थकावट दूर नहीं हुई।

दूसरी लड़की रोज़ कुलचे-छोले खाती है। चपरासी से मँगवा तो रोज़ लेती है, पर उसे कभी चखने के लिए भी नहीं कहती।

तीसरी लड़की अब भी मुसकराती रहती है।

भोंदू लड़के-लड़कियाँ पढ़ते हैं।

स्मार्ट लड़के-लड़कियाँ पिकनिक पर जाकर, फ़िल्मी गानों के साथ ट्विस्ट करते रहे।

प्रो. जमूरिया को स्ट्राइक के विषय में प्रिंसिपल की सहायता करने के लिए हैड ऑफ़ दि डिपार्टमेण्ट बना दिया गया।

प्रो. वर्मा ने नौकरी के अभाव में कॉलेज के सामने पान-सिगरेट की दुकान खोल ली, साथ ही फ़िल्मी गानों की पुस्तिकाएँ—टीका समेत—भी रख लीं।

कॉलेज फिर उसी ढर्रे पर चलने लगा।

अस्पताल

मेडिकल कॉलेज के अस्पताल के बोर्ड के बाद मैदान ही मैदान है। कहीं वसन्त है, कहीं उजाड़। उन मैदानों-उद्यानों के बीच अस्पताल की बिल्डिंग एक ओर इस प्रकार पड़ी है, जैसे लिखने की बड़ी, दोहरे दराजोंवाली मेज़ के नीचे कहीं ढाँक-छिपाकर रद्दी की टोकरी रख दी गयी हो। वैसे बिल्डिंग अपने में डरी-सहमी, साफ़-सुथरी और सुन्दर है। बिल्डिंग के बीचोंबीच, गेट पर एक गन्दा-सा चौकीदार बहुत ही चमकदार ड्राइंगरूम की सेण्टर टेबल पर पड़े पोंछे के गन्दे कपड़े का आभास देता है।

गेट के सामने एक टैक्सी, मकड़े के जाल में फँसी मक्खी के समान भर्राती है, भर्र...र्र। टैक्सी में से एक साहब और साहबिन निकलते हैं। एक छोटा-सा बच्चा साहब की गोद में है, एक साहबिन की।

वे गेट के भीतर घुसने लगते हैं, तो तेजी से जाती हुई कार के मार्ग में, रेलवे क्रासिंग के फाटक के समान चौकीदार की टाँग आ पड़ती है, "कहाँ जाना है?"

"चिल्ड्रन वार्ड।" साहब कहता है, "बच्चे बीमार हैं।"

"पेशेण्ट को जाने से तो हम नाहीं रोकते।" चौकीदार कहता है, "पर तुमको जाना है तो पास दिखाओ।"

"अजीब आदमी हो!" साहबिन कहती है, "बच्चे बीमार हैं। उनको अस्पताल में भरती कराना है। पास एडमिट कराने से पहले कहाँ से बनेगा?"

"अच्छा!" चौकीदार मजमा लगानेवाले बाज़ीगर के समान खरखराता है, "तो कौन-सा बच्चा बीमार है?"

"दोनों बीमार हैं।" साहब दीन होकर कहते हैं, "देर मत करो, नहीं तो बच्चे मर जाएँगे।"

साहब की आँखों से छत के बरसाती परनाले के समान आँसू गिरते हैं। चौकीदार की सरकारी जूती उसमें भीग जाती है। वह ऊदबिलाव का-सा मुँह बनाकर अपने स्टूल पर बैठ जाता है।

"भीतर जाना है तो पास बनवाओ।" वह श्रद्धापूर्वक अस्पताल संहिता के मन्त्र उच्चरित करता है।

"तो पास बना दो।" साहब अपने आँसुओं का स्विच ऑफ कर देते हैं।

"पास भीतर जाकर बनता है।" चौकीदार झींककर कहता है।

"तो भीतर जाने दो।"

"बिना पास के भीतर नहीं जा सकते।"

और साहब अपना एप्रोच भिड़ाने लगते हैं।

दो

साहब तथा साहबिन अर्थात् बच्चों के बाप और माँ भक्तिभाव से काउण्टर पर बैठे क्लर्क के सामने खड़े हैं।

"इन बच्चों को एडमिट कराना है।" बच्चों के बाप कहते हैं।

"दूसरे बच्चे के माँ-बाप कहाँ हैं?" क्लर्क बच्चों की माँ से पूछता है। वह बच्चों के बाप को देखना भी नहीं चाहता।

"दूसरा बच्चा भी हमारा ही है।" बच्चों का बाप कहता है।

"मज़ाक़ मत करिए।" क्लर्क अपच के कारण गन्दी जीभ निकालकर कहता है, "यह भी कोई होलसेलवाली एजेंसी की बात है।"

वह ज़ोर का डकार लेता है, हरिओम कहता है। दराज़ से निकालकर चूरन खाता है। चूरनवाली डिबिया दराज़ में रखता है। फिर दराज़ को बन्द करता है...खटाक्...

"बच्चे जुड़वाँ हैं।" बच्चों का बाप लज्जित हो जाता है।

"उम्र क्या है?" क्लर्क तोप दागता है।

"चौबीस दिन।" बच्चों का बाप झटके से उबरकर बड़ी बठिनाई से कह पाता है।

क्लर्क फ़ार्म तैयार करता है और कहता है, "दो सौ रुपये एडवांस जमा करवा दीजिए।"

बच्चों के बाप का मुँह ऐसे खुल जाता है, जैसे कठपुतली के जबड़ों के धागों को अनाड़ी हाथों ने छेड़ दिया हो।

क्लर्क अपना पेन, पेन-स्टैण्ड के बदले बच्चों के बाप के खुले मुँह में रख देता है।

"दुनिया के किसी अस्पताल में ऐसा नहीं होता।" बच्चों का बाप अपने मुँह से क्लर्क का पेन निकालकर अपनी जेब में रख लेता है।

"यह अस्पताल दुनिया में नहीं, चाँद पर है।" क्लर्क बच्चों की माँ की ओर ताकता है।

बच्चों के बाप के मुँह पर फिर महात्मा बुद्ध की करुणा उभरती है, "साहब!

आप मज़ाक़ कर रहे हैं और इधर मेरे बच्चे मर रहे हैं। मैं बच्चों को घर से ऐसी बुरी अवस्था में लाया हूँ। ऐसे समय में मैं दो सौ रुपये कहाँ से बटोरता।"

क्लर्क बच्चों के बाप के दुःख से रो पड़ता है। फिर बच्चों का बाप रो पड़ता है। दोनों गले लग जाते हैं। हिचकियाँ बँध जाती हैं। फिर दोनों चुप होकर थोड़ी देर मुहुज्जत करते हैं :

"चिक चिक।"

"चिक चिक।"

"हू हू।"

"हा हा।"

"शट-अप!"

"मैनर्स प्लीज़!"

"लैंग्वेज प्लीज़!"

"मारूँगा।"

"पीटूँगा।"

"अबे, जा बे जा।"

"तेरी..."

"जब तक पैसे जमा नहीं कराओगे, इलाज नहीं होगा।" क्लर्क पागल भैंसे की तरह डकराकर कहता है।

"मेरे बच्चे मर गये तो तुम जेल जाओगे।" बच्चों का बाप औरतों के समान आँखें भींचकर रोनी सूरत बनाकर, मच्छर की तरह भिनभिनाता है।

"जेल में जाएगा मेडिकल सुपरिण्टेण्डेण्ट।" क्लर्क दराज़ बन्द करता है, जैसे मेडिकल सुपरिण्टेण्डेण्ट को अन्दर कर जेल का दरवाज़ा बन्द किया हो।

बच्चों का बाप एप्रोच की खोज में पैर पटकता फट-फट करता निकल जाता है।

"ईडियट साला...!"

तीन

ट्रीटमेण्ट रूम में दोनों बच्चों को मेज़ पर लिटा दिया जाता है।

"इनको क्या तकलीफ़ है?" डॉक्टर नर्स से पूछता है।

"ये मेरे बच्चे नहीं हैं।" नर्स डॉक्टर को आँख मारती है।

"इनको डायरिया है।" बच्चों का बाप कहता है।

"आपसे किसी ने पूछा?" नर्स बिल्ली की तरह पंजा झाड़ती है।

डॉक्टर एक बच्चे का सिर टटोलता है। बड़ी देर तक बच्चे का सिर प्यार

से सहलाता रहता है और खिड़की से बाहर देखता रहता है।

फिर डॉक्टर धीरे से कहता है, "लाओ।"

नर्स कहती है, "लाओ।"

बच्चों का बाप कहता है, "लाता हूँ।"

वह दरवाज़े से बाहर निकल जाता है।

बाहर से झाँककर वह पूछता है, "क्या लाऊँ?"

"जो डॉक्टर साहब ने माँगा है।" नर्स कहती है।

"ब्लेड लाओ, बाज़ार से ब्लेड लाओ।" डॉक्टर खिड़की के बाहर देखता हुआ कहता है और बच्चे का सिर सहलाता रहता है।

दोनों बच्चे चीख़-चीख़कर रोते रहते हैं।

चार

बच्चों का बाप लौटकर देखता है कि अस्पताल के गेट के सामने काफ़ी भीड़ लगी है। वह लोगों की ओर देखता है और फिर भीतर जाने लगता है।

"क्या है? कहाँ जा रहे हो?" चौकीदार रास्ते में टाँग अड़ा देता है।

"भीतर जाना है।" बच्चों का बाप कहता है, "मेरे बच्चे ट्रीटमेण्ट-रूम में पड़े हैं।"

"अभी ठहरो।" चौकीदार झपाक से उसे हटा देता है, "बाक़ी लोग भी तो खड़े हैं। सबके बच्चे ट्रीटमेण्ट-रूम में ही पड़े हैं। पड़े रहेंगे, उन्हें कोई उठाकर नहीं ले जाएगा।"

बच्चों का बाप भीड़ में मिल जाता है।

"क्या बात है?" वह एक उजबक से पूछता है।

"मिनिस्टर आ रहे हैं।" उजबक के मुँह से लार टपक पड़ती है।

"तो सालों ने रास्ता बन्द कर दिया है।" बच्चों का बाप बड़बड़ाता है, "मेरे बच्चे भीतर मर जाएँगे। अबे भीतर कोई मिनिस्टर को गोली मार सकता है, तो यहाँ भी मार सकता है।"

"गोली मारने से कौन रोकता है!" मेडिकल सुपरिण्टेण्डेण्ट सीढ़ियों से अवतरित होकर कहता है, "हम तो कहते हैं कि हमारे अस्पताल के भीतर गोली मत मारो।"

पाँच

"आप कहाँ ग़ायब हो गये थे!" झगड़ालू पत्नी के सामने डॉक्टर बच्चों के बाप को डाँटता है।

"अस्पताल में कोई मन्त्री आनेवाले थे, इसलिए रास्ता बन्द था।" बच्चों का बाप कहता है, "वे दफ़ा हुए तो मैं भीतर आया।"

"और सैर करो।" डॉक्टर छिपकली के समान सिर हिलाता है, "तुम्हारा एक बच्चा मर गया है।"

"एक मर गया!" बच्चों का बाप हँसता है, "आधी इन्कमटैक्स कंसेशन गोल; दूसरा कब मार रहे हो, डॉक्टर?"

"दूसरा इतनी जल्दी नहीं मरेगा।" डॉक्टर कहता है, "आयी एम सॉरी। पहला डिहायड्रेशन से मरा, उसकी वेन नहीं मिली। तुम ब्लेड जल्दी ले आते, तो हम दूसरे का सिर शेव करके उसके सिर की वेन से फ्लुइड देने का प्रयत्न करते। उसी प्रयत्न से उसके सिर की वेन काटकर उसे मार सकते थे। पर तुमने देर कर दी, तब तक उसकी टाँग की वेन मिल गयी और वह बच गया। सो सॉरी।"

छह

बच्चों का बाप घर जाने के लिए अस्पताल से बाहर निकलता है।

स्कूटर रिक्शा के स्टैण्ड पर स्कूटरों की भीड़ है।

"क्यों भाई, किसकी बारी है?" वह पूछता है।

"बारी की क्या बात है, तुमको जाना कहाँ है?" स्कूटर स्टैण्ड उससे पूछता है। उसकी मूँछें ऐंठी हुई हैं और उसकी जेब से चाकू झाँक रहा है।

"डिफेंस कॉलोनी।" बच्चे के बाप को स्कूटर स्टैण्ड की जगह चाकू ही नज़र आता है।

"ले चलेंगे।" स्टैण्ड बच्चे के बाप को कॉलर पकड़कर अपनी करुणा के सागर में गोते देता है, "एक रुपया अस्सी पैसे लेंगे।"

"नहीं।" बच्चे का बाप रात के अँधेरे में स्कूटर स्टैण्ड से लड़ने की मूर्खता करता है, "मीटर से चलना है तो बात करो।"

वह चलने लगता है।

"अच्छा, चलो। डेढ़ रुपया।" स्कूटर स्टैण्ड उसे पुकारता है, "उससे कम एकदम नहीं।" स्वर में धमकी है।

"नहीं तो न सही।" बच्चे की मृत्यु ने उसका मस्तिष्क असन्तुलित कर दिया है।

वह आगे बढ़कर टैक्सी स्टैण्ड से टैक्सी ले लेता है।

"साला पूँजीपति!" स्कूटर स्टैण्ड कहता है, "ग़रीब आदमी के पेट पर लात मारकर चला गया।"

सात

जीवित बच्चा ट्रीटमेण्ट-रूम में पड़ा है। उसकी टाँग में सुई लगी हुई है और पास स्टैण्ड पर ग्लूकोस की बोतल टँगी हुई है। बूँद-बूँद कर ग्लूकोस बच्चे के भीतर जा रहा है।

बच्चे के माँ-बाप बच्चे के दोनों ओर बैठे हैं।

रातभर वे बैठे रहते हैं। पलक तक नहीं झपकते। न एक-दूसरे को प्यार करते हैं, न बात ही करते हैं—बेवकूफ़, बोर साले!

रातभर कोई डॉक्टर या नर्स उनके एकान्त में बाधा नहीं डालता—हाउ कंसीडरेट!

बारह बजते हैं।

एक बजता है।

दो बजते हैं।

साढ़े तीन बजते हैं।

"चार बजे इसे दवाई देनी है।"

"नर्स आएगी क्या?" बच्चे का बाप पूछता है।

"पता नहीं।" बच्चे की माँ कहती है, "इसे दूध कब देंगे वे लोग?"

"नर्स आएगी तो पूछेंगे।"

साढ़े चार बजे बच्चे का बाप नर्स को जगाता है, "सिस्टर, बच्चे को दवाई दे दो।"

"तुम ही दे दो न।" नर्स कहती है।

"कौन-सी दूँ?" वह पूछता है।

"अलमारी खोलकर, जो शीशी पसन्द आये, वह ले जाओ।" नर्स कहती है।

वह जाने लगता है।

"ठहरो।" नर्स कहती है, "जाता कहाँ है। हमको जगाया, अब सुलाकर जाओ।"

बच्चे का बाप बैठकर नर्स को थपकने लगता है।

आठ

रात-भर भूख से चीख़-चीख़कर सबेरे छह बजे बच्चा निढाल होकर चुप हो जाता है।

"सो गया?" नर्स आकर पूछती है।

"हाँ।" बच्चे की माँ के गालों पर आँसू आ जाते हैं—एक ही बच्चे की मृत्यु से घबरा गयी पागल!

"इसे दूध कब मिलेगा, सिस्टर?" वह पूछती है।

"सात बजे डॉक्टर से पूछेगा।" नर्स कहती है, "अभी वह सोया है।"

"तो अभी क्या करना है?" बच्चे की माँ नाराज़ होकर पूछती है।

"अभी थर्मामीटर लगाएगा।" नर्स कहती है।

"अभी मत लगाओ, सिस्टर।" बच्चे की माँ दीन होकर नर्स का स्कर्ट पकड़ लेती है, "अभी-अभी सोया है।"

"हमारा कपड़ा छोड़ दो।" नर्स कहती है, "सेफ्टी पिन नहीं लगाया है। थर्मामीटर तुम लगा लो।" वह माँ के मुँह में थर्मामीटर ठूँस देती है और अपने काग़ज़ पर लिखती है–टेम्प्रेचर : नार्मल।

नौ

रात-भर स्टूल पर बैठे-बैठे बच्चे के बाप की कमर थक जाती है। वह टेक लगाने के लिए नज़र इधर-उधर दौड़ाता है। दीवार के पास जाने के लिए वह स्टूल खिसकाता है।

एक आदमी दौड़ा-दौड़ा हाँफते हुए गैंडे के समान ट्रीटमेण्ट-रूम में घुस आता है।

"तुम मिनिस्टर की आँखें फोड़ोगे क्या?" वह बच्चे के बाप से पूछता है।

"मैं कोई संसद सदस्य हूँ क्या?" बच्चे का बाप पूछता है।

"तुम खट-खट क्यों कर रहे थे?" वह आदमी छींककर पूछता है।

बच्चे का बाप अपने रूमाल से मुँह पर से उस आदमी की थूक के छींटे पोंछता है।

"मैंने पहलू बदला था।" वह कहता है।

"तुम दल चाहे बदल लो, पर पहलू मत बदलो।" वह आदमी गिरगिट की तरह गर्दन अकड़ाकर कहता है, "नीचे के कमरे में मिनिस्टर की आँख का ऑपरेशन हो रहा है। तुम खट-खट करोगे तो उसकी आँख फूट जाएगी।"

"आँख फूटने से वह मर जाएगा क्या?" बच्चे का बाप स्कूली बच्चों के समान भोली जिज्ञासा करता है।

"नहीं, वह मरेगा नहीं।" वह आदमी कहता है, "बड़ा बेशरम है साला!"

"तो क्या लाभ!" बच्चे का बाप स्टूल पर यूँ तह हो जाता है, जैसे हवा निकल जाने से डनलप का तकिया हो जाता है।

दस

"मैं बाथरूम हो आऊँ?" रात-भर का जागा हुआ, बच्चे का बाप ऊँघती हुई बच्चे

की माँ से कहता है। उसने दोनों हाथों से अपना पेट पकड़ रखा है।

"हो आओ।" बच्चे की माँ कहती है, "पीछे से अगर बच्चा मर जाए तो क्या करूँ?"

"चुपचाप सो जाना।" बच्चे का बाप कहता है, "रात-भर की जागी हुई हो, पर मुझे बाथरूम में बता आना, ताकि मैं वहाँ निश्चिन्त होकर बैठ सकूँ। जल्दी में मेरा पेट साफ़ नहीं होता।"

वह जाता है और लौट आता है।

"क्या हुआ?" बच्चे की माँ पूछती है।

"यह चिल्ड्रन वार्ड है या फिमेल वार्ड?" बच्चे का बाप कहता है, "सारी टट्टियों में खून सने चिथड़े भरे पड़े हैं। खिड़कियों के पीछे गन्दे पैड रखे हुए हैं।"

"तुम लौट क्यों आये?" बच्चे की माँ पूछती है।

"बाथरूम में पानी नहीं है।" बच्चे का बाप कहता है, "बेसिन में जमादार ने बाँस समेत अपना पोंछा सजाया हुआ है।"

"तो क्या करना है?"

"करना क्या है, जब बीमार पड़ूँगा डॉक्टर स्वयं एनिमा दे लेगा।"

ग्यारह

सात बजते हैं।

"सिस्टर, तुमने डॉक्टर से बच्चे के दूध के बारे में पूछा?" बच्चे की माँ पूछती है।

"हाँ।" नर्स का सिर बर्मी पंखे की तरह हिलता है, "डॉक्टर बोला दूध दे दो।"

"तो दो फिर।" बच्चे की माँ की आँखों के सूखे पर भाखड़ा डैम का पानी छा जाता है।

"हम कहाँ से दें?" नर्स मक्खी उड़ाने के अन्दाज़ में हाथ झटकती है, "हास्पिटल का दूध छह बजे ख़त्म हो जाता है।"

"तो अब क्या होगा?" बच्चे की माँ प्रश्नचिह्न बन जाती है।

"कल सुबह दूध मिल जाएगा।" नर्स के होठों पर खाद्यमन्त्री की मुसकान ट्विस्ट करती है।

"कल तक बच्चा भूखा मर जाएगा।" बच्चे की माँ कहती है।

"तो क्या हुआ? दूध हम तब भी देगा।" नर्स मुसकराती है।

बारह

बड़ा डॉक्टर वार्ड का राउण्ड लेने आता है।

उसके पीछे-पीछे पन्द्रह डॉक्टर चल रहे हैं। बड़े डॉक्टर की दृष्टि झुकती है, वे फ़र्श पर बिछ जाते हैं। खिसकती है, वे बह जाते हैं।

"डिफिकल्ट केस।" बड़ा डॉक्टर कहता है।

"वेरी डिफिकल्ट, सर!" जुलूस कोरस में कहता है।

छोटा-सा ट्रीटमेण्ट-रूम डॉक्टरों के जुलूस से भर जाता है। वे बच्चे के चारों ओर, गुड़ की भेली पर मक्खियों के समान घिर आते हैं। साँस लेना मुश्किल हो जाता है।

"बच्चे को अटेण्ड कौन कर रहा है?" बड़ा डॉक्टर पूछता है।

"हम दोनों।" बच्चे के माँ-बाप कहते हैं, जैसे स्कूली बच्चे गाँव के स्कूल में समवेत स्वर में पहाड़े बोलते हैं।

"एक बात मैं आपसे कहूँगा।" बड़ा डॉक्टर उपदेश देने की मुद्रा में पद्मासन लगाकर बैठ जाता है।

"मेरा अपना बच्चा होता तो भी मैं यही कहता। अधिक आदमी कमरे में न रहें, बच्चे को इन्फैक्शन का डर होता है। आप दोनों में से एक आदमी ही भीतर रहे। एक बाहर चला जाए।"

बच्चे का बाप डॉक्टरों के जुलूस पर दृष्टि डाल उनकी संख्या का अन्दाज लगाता हुआ बाहर चला जाता है।

तेरह

शाम के पाँच बजते हैं और बच्चे का बाप अस्पताल के गेट पर पहुँचता है।

"अन्दर मत आइए। रुक जाइए।" मेडिकल सुपरिण्टेण्डेण्ट हाथ जोड़कर बैल के समान हँसता हुआ उसके सामने खड़ा हो जाता है।

"क्या बात है?" बच्चे का बाप बच्चे के लिए लायी गयी दवाई में से एक घूँट पीकर पूछता है।

"आज पी.एम. आनेवाली हैं।" उत्तर मिलता है।

"कितने बजे?"

"आठ बजे।"

"पर अभी तो पाँच ही बजे हैं।" बच्चे का बाप दवाई की शीशी सुपरिण्टेण्डेण्ट के हाथ में देकर उसके पैरों में झुक जाता है और उसके बूटों के तस्मे खोलने लगता है।

"भाई, तस्मे मत लेना, जुराबें चाहे ले जाना। वे अस्पताल से ही मिली हैं।" सुपरिण्टेण्डेण्ट वैसे ही हाथ जोड़कर कहता है।

बच्चे का बाप खड़ा होकर एक सिगरेट सुलगा लेता है। पर सिगरेट समाप्त

हो जाती है और प्राइम मिनिस्टर के आने में पौने तीन घण्टे शेष हैं।

बच्चे के बाप को सिगरेट की निरर्थकता समझ में आ जाती है। वह पैदल चलकर नाँगलोई पहुँचता है। वहाँ से एक हुक्का ख़रीदता है। उसे पीता-पीता अस्पताल वापस आता है। गेट पर बैठकर वह और सुपरिण्टेण्डेण्ट हुक्के के कश लेते हैं और पी.एम. के लिए वेट करते हैं।

चौदह

बच्चे को दवा पिलाने के लिए नर्स आती है।

"चम्मच दो।" वह मुँह उठाकर ऐसे कहती है, जैसे ऊख के खेतों में बनाये बिलों में पानी भर जाने पर, भीगी चुहिया अपनी थूथनी ऊपर उठाकर उसे सुखाने के लिए हिलाती है।

"मैं अपनी रसोई घर पर ही छोड़ आयी हूँ।" बच्चे की माँ कहती है।

नर्स बच्चे के दोनों गालों को दबा, दवा की शीशी उसमें उलट देती है।

बच्चा एक बार खूँ करता है और दवा सारी की सारी उलट देता है—क्रिमिनल। ग़रीब देश के बच्चे को क्या अधिकार है कि वह दवा नष्ट करे, जो दूसरे देशों से भीख के रूप में उसके देश को दी गयी हो।

"ओह सिस्टर!" बच्चे की माँ भारत माता के समान सिर ठोंक लेती है : राष्ट्रीय अपमान—लेखक को अगले गणतन्त्र पर पद्मश्री तो अवश्य मिलना चाहिए।

"हैव आई वामिटेड?" नर्स के मुख से अस्पताल से चुराये विटामिनों की गन्ध आ रही है, "लुक एट द लेडी।"

वह बाहर चली जाती है।

पन्द्रह

बच्चे का बाप हुक्का पीकर, पी.एम. के जाने के बाद अस्पताल में आता है।

बच्चे की माँ रोते-रोते उससे लिपट जाती है।

"नो रोमांस, प्लीज़!" डॉक्टर कहता है।

"क्या हुआ?" बच्चे का बाप पूछता है।

"आपका झंझट ख़त्म हुआ।" नर्स कहती है, "आपका दूसरा बच्चा भी मर गया। कांग्रेचुलेशंस!"

"थैंक्यू।" बच्चे का बाप कहता है, "भगवान इसी प्रकार सबके बच्चों को मारे। बहुत दिनों से मैं रात को ठीक से सोया नहीं था। अब सोऊँगा।"

"घर चलो। घर चलो।" बच्चे की माँ चीख़ती है।

"आप घर नहीं जा सकते।" बड़ी नर्स आ जाती है, "पहले हॉस्पिटल का बिल पे करो।"

"कितना बिल है?" बच्चे का बाप जेब से पर्स निकालता है। पर्स के साथ उसकी जेब से सुपरिण्टेण्डेण्ट की जुराबें निकल आती हैं।

"बिल एकाउण्टेण्ट बताएगा।" बड़ी नर्स कहती है।

"एकाउण्टेण्ट कब आएगा?" बच्चे का बाप पूछता है।

"कल सवेरे दस बजे।" नर्स बताती है।

"तो रात को मैं अस्पताल में रहूँ?" वह पूछता है।

"नहीं। रात को हॉस्पिटल में रहने का परमिशन नहीं है।" नर्स कहती है, "डोण्ट यू नो द रूल्स?"

"तो मैं घर जाऊँ?" बच्चे का बाप फिर पूछता है।

"नहीं। बिल पे किये बिना नहीं जा सकता।" बड़ी नर्स चिंघाड़ती है।

सोलह

बरामदे में भीड़ लगी है।

बच्चे का बाप भी खड़ा देख रहा है।

"मैं हिन्दुस्तानी हूँ तो क्या हुआ!" एक आदमी चीख़ रहा था, "उल्लू के पट्ठो! तुम्हें क्या हक था कि मेरी टूटी हुई हड्डी को जोड़ने के लिए देसी हड्डी लगा देते।"

"शोर मत करो।" नर्स डाँटती है।

"बिलैती हड्डी क्यों नहीं लगायी?" वह आदमी अपनी हड्डियाँ चटखाता है, "हमारे देश के शहीदों ने अँग्रेज़ों की हत्याएँ इसलिए तो नहीं की थीं कि तुम मुझे देसी हड्डी लगाओ। मुझे किसी अँग्रेज़ की हड्डी क्यों नहीं लगायी?"

"तुमको सूअर की हड्डी लगाएगा।" नर्स कहती है, "तुम चलो तो!"

सत्रह

एकाउण्टेण्ट बिल बनाता है।

"दो बच्चे थे न आपके?" वह फ़ाइल में से बच्चे के बाप की जन्मकुण्डली निकालता है।

"जी।" बच्चे का बाप कहता है।

"एक उसी दिन मर गया था?" एकाउण्टेण्ट की आँखों में ज्ञान का कैम्प फायर जलता है।

"जी।" बच्चे का बाप श्रद्धा से नतमस्तक होकर सुपरिण्टेण्डेण्ट की जुराबें

एकाउण्टेण्ट को पहना देता है।

"उसको हमने थोड़ी ऑक्सीजन दी थी, पर उसका मैं कुछ भी चार्ज नहीं कर रहा।" दयानिधान एकाउण्टेण्ट कहता है, "और स्पेस्मिण्डन ड्राप्स, दो बूँदें। एक बोतल तीन रुपयों की। दो बूँदें आठ आने की। मल्टी-विटामिंस, तीन बूँदें। एक बूँद पौने तेरह आने की। रोज़ का दूध...।

"कितने पैसे और दूँ?" बच्चे का बाप पूछता है।

"आपने दो सौ रुपये एडवांस जमा करवाये थे। आपका बिल एक सौ दस रुपये हुआ।" एकाउण्टेण्ट बताता है, "आपका बिल रिफण्डेबल है। आपको हम नब्बे रुपये वापस देंगे।"

"दीजिए।" बच्चे का बाप खुशी से दोनों हाथ फैला देता है, जैसे मन्दिर में प्रसाद लिया जाता है।

"पर रुपये वापस करने में पन्द्रह-बीस दिन तो लग ही जाएँगे।" एकाउण्टेण्ट कहता है, "और जब तक आपको रुपये वापस नहीं मिलेंगे, मैं आपको बिल पेड की चिट नहीं दे सकता और जब तक आपको वह चिट नहीं मिलेगी, तब तक आप अस्पताल से बाहर नहीं जा सकते।"

अठारह

"भाई मेरे!" बच्चे का बाप चौकीदार से कहता है, "मैं पन्द्रह-बीस दिनों तक यहाँ क़ैद हूँ। तुम चाहो तो घर चले जाओ। मैं तुम्हारी जगह ड्यूटी कर दूँगा।"

"पर मेरे स्टूल पर बैठने का पन्द्रह दिनों का किराया लगेगा।" चौकीदार कहता है।

"स्वीकार।" बच्चे का बाप ताशकन्द और कच्छ समझौते पर एक साथ ही हस्ताक्षर कर देता है।

"अच्छा।" बच्चे का बाप कहता है, "अब उस टैक्सीवाले को कह दो कि मैं घर नहीं जा रहा, इसलिए टैक्सी वापस ले जाए।"

"नहीं।" चौकीदार कहता है, "मैं टैक्सी ले जाता हूँ। पन्द्रह दिनों के बाद वापस ले आऊँगा, बिल तुम दे देना। स्वीकार हो तो बोलो, नहीं तो मेरा स्टूल दे दो।"

"स्वीकार! स्वीकार!!" बच्चे का बाप हाथ जोड़ देता है, "तुम मुझसे अपना स्टूल मत छीनो।"

द लाइफ़

अफ़सरों का मुहल्ला। खाता-पीता आसूदा घर।

अँधेरा अभी विदा नहीं हुआ। सुबह साढ़े चार बजे का समय।

खन्ना साहब के सिरहाने पड़ी घड़ी को दौरा पड़ता है—टर्र...र्र...र्र...

खन्ना साहब हड़बड़ाकर उठ बैठते हैं। अचकचायी नज़रों से इधर-उधर देखते हैं। क्षणभर तक उन्हें कुछ भी समझ नहीं आता। वह घड़ी की ओर देखते हैं। घड़ी मुसकराकर कहती है, "गुड मार्निंग!"

खन्ना साहब को घड़ी की बदतमीजी अच्छी नहीं लगती। वह नाराज़गी से उसका कान ऐंठ देते हैं। अलार्म बन्द हो जाता है।

वह उबासी लेते हैं। कैंची के दोनों ब्लेडों की तरह उनके दोनों जबड़े अलग हो जाते हैं। वह उस खुले मुख के सामने चुटकी बजाते हैं, जैसे हलक के कौवे को चिढ़ा रहे हों!

"हरि ओउ्म! हरि ओउ्म!" वह पलंग से उठ बैठते हैं।

श्रीमती खन्ना के सिरहाने खड़े होकर वह एकटक देखते हैं। फिर पुकारते हैं, "रत्ना!"

स्वर में प्यार ऐसे उमड़ता है, जैसे किसी बाँध के टूटने पर, बाँध का एकत्रित जल उमड़ता है।

श्रीमती खन्ना चौंककर उठ बैठती हैं। उनकी आँखें फटी हुई हैं। मुँह खुला है और दोनों हाथ छाती पर बँधे हुए हैं।

वह अनपहचानी नज़रों से खन्ना साहब के शरीर के आर-पार देखती रहती हैं।

एक आवारा मच्छर सुबह की सैर के विचार से उनके खुले मुँह में टहलता-टहलता चला जाता है।

मिसेज खन्ना की आँखों में लिफ्ट से खन्ना साहब की पहचान उतरती है और वह चिंघाड़ती हैं, "तुम्हें कितनी बार कहा कि मुझे इस प्रकार अचानक मत जगाया करो। ऐसे किसी दिन मेरा हार्ट फेल हो जाएगा।"

खन्ना साहब के चेहरे पर दीनता की मूसलाधार वर्षा होती है, "तेरा हार्ट फेल नहीं होता, भली लोक। पर तेरे चीख़ने से मेरा हार्ट फेल ज़रूर हो जाएगा।"

"अच्छा-अच्छा।" श्रीमती खन्ना के मुख से दुर्गन्ध का भभका उठता है।

वह अँधेरे में डरती हुई, हनुमान चालीसा का पाठ करती हुई रसोई में आती हैं। माचिस नहीं मिलती तो अपने आध्यात्मिक तेज से गैस जलाती हैं। एक चूल्हे पर चाय के लिए पानी और दूसरे पर रात का बचा हुआ दूध गर्म करने के लिए रखती हैं।

दो

खन्ना साहब के फ़्लैट की बालकनी। वहाँ उनचासों पवन चल रहे हैं यानी बालकनी में क्रॉस वेण्टिलेशन है। कमरों के समान घुटन नहीं है यहाँ। खन्ना साहब का नौकर निवारी चारपाई बिछाकर सोया हुआ है।

मिसेज़ खन्ना चाय का प्याला हाथ में लिये नौकर के सिरहाने खड़ी उसे जगा रही हैं, "चन्न उठ बेटे। उठ जा। दूध लेने जाना है न।"

नौकर आँखें खोलता है। उसका हाथ आकाश की ओर उठता है और मुख से ऋषि-वाणी प्रस्फुटित होती है, "चाय।"

श्रीमती खन्ना बड़े भक्तिभाव से उसके उठे हुए हाथ पर चाय का कप रख देती हैं।

नौकर चाय की चुस्की लेता है।

मिसेज़ खन्ना श्रद्धाभरी उत्सुकता से उसकी ओर देखती रहती हैं।

"डोल और पैसे दे जाइए।" नौकर आदेश देता है।

"बहुत अच्छा!" मिसेज़ खन्ना का सिर आज्ञा-पालन में झुक जाता है।

तीन

"मोया! मर जाना! रुड़ जाना! कंजर की औलाद! सूर दा बच्चा!" मिसेज़ खन्ना दाँत पीस-पीसकर गालियाँ दे रही हैं।

"बस! बस कर, भागवान!" खन्ना साहब सान्त्वना देते हैं, "बहुत हुआ, अब और श्लोक न पढ़।"

"देखो भला, कैसे हुकम चलाता है!" वह कहती हैं।

"तो निकाल दे न साले को!" खन्ना साहब सुझाव देते हैं।

"चुप!" मिसेज़ खन्ना डाँटती हैं, "ख़बरदार जो फिर ऐसी बात कही। उसे निकाल दिया तो काम करने तुम्हारी माँ आएगी श्मशान से उठकर।"

"तो?"

"तो क्या? हुकम बजाते चलो उसके।"

चार

खन्ना साहब का नौकर दूधवाले से कह रहा है, "देख चौधरी, दूध अच्छा देना।"

"तुझे क्या बे दूध से। दूध दें या भैंस का पेशाब। तुझे कौन खुद पीना है। दूध लेने आया है, जो देता हूँ ले जा।" दूधवाला रोब से कहता है।

"देख ताऊ।" नौकर जवाब देता है, "ऐसी बातें न किया कर। मैं और नौकरों की तरह नहीं..." और सहसा वह अपना डोल हटा लेता है, "यह दूध मैं नहीं लूँगा।" वह कहता।

"नहीं लेना तो डोल उठा और चलता-फिरता नज़र आ।" दूधवाला उसका डोल परे करके दूसरे लोगों को दूध देने लगता है।

नौकर अपनी आँखों से गुस्से के रॉकेट छोड़ता है, पर वे रास्ते में ही फिस्स हो जाते हैं, दूधवाले तक नहीं पहुँचते। वह लौट आता है।

पाँच

खन्ना साहब नाइट-सूट में, हाथ में डोल लिये बड़ी दीन मुद्रा में खड़े हैं और दूधवाले के प्रति निवेदन कर रहे हैं, "हे आदरणीय दूधवाले! हम अपने नौकर की सारी आज्ञाओं का पालन सिर्फ़ इसलिए करते हैं कि वह दूध ले आया करे और हमें सवेरे उठने का कष्ट न करना पड़े। अब अगर तुम उसको दूध नहीं दोगे तो हमारा काम कैसे चलेगा?"

दूधवाला अपनी आँखों में खाँटी दूध की-सी सफ़ेद झाग का-सा भोला भाव लेकर खन्ना साहब को देखता है और अपनी सफ़ाई देता है, "मेरे मेहरबान खन्ना साहब! आप मेरे ग्राहकों में से सबसे अच्छे हैं। आपने मेरे साथ कभी झगड़ा नहीं किया। आपने कभी मुझे डाँटा-डपटा नहीं। मैंने जितना पानी चाहा, आपके दूध में मिलाया, पर आपने मुझे ख़राब या जाली तो दूर, कभी पुराना नोट तक नहीं दिया। आप ही जैसे मेहरबान और शरीफ़ ग्राहकों के कारण मेरी चार भैंसों का दूध मिलाकर चार मन हो जाता है। इसलिए मेने मन में आपके लिए श्रद्धा वैसे ही जन्मी है, जैसे बरसात में केंचुएँ जन्मते हैं। इसलिए जनाब, मैं आपके नौकर को दूध ज़रूर देता हूँ, पर वह खुद ही लेकर नहीं गया।"

"क्यों?" खन्ना साहब दूधवाले को 'एवायड' करने के लिए ऐनक उतारकर उसके शीशों को साफ़ करने लगते हैं।

"कारण आपके नौकर की मूर्खता, सरकार!" दूधवाला कहता है, "आपका नौकर केवल मिडिल पास है। वह बिलैती चीज़ों की ख़ूबी नहीं जानता। देखिए, बाक़ी लोगों को मैं इन भैंसों का दूध देता हूँ, जो देसी हैं। इनके माँ-बाप देसी थे। फिर ये इसी देश में पली हैं। बिदेस से कभी घूमकर भी नहीं आयीं। और आपके नौकर को मैं हालैण्ड की भैंसों के दूध के पौडर में पानी मिलाकर यानी बिलैती दूध दे रहा था। पर वह साला तो देशभक्त है, बिलैती लेकर ही नहीं जाता।"

"कोई बात नहीं, मेरे प्यारे दूधवाले!" खन्ना साहब फिर से ऐनक लगा लेते हैं, "मुझे तुम्हारी समझदारी और नौकर की मूर्खता पर पूरा विश्वास है। तुम दूध दो!"

खन्ना साहब डोल पकड़कर एक घुटने के बल पर ऐसे बैठे जैसे सैनिक अफ़सर राष्ट्रपति से रेजिमेण्टल कलर लेने के लिए बैठते हैं।

छह

खन्ना साहब मिनिस्टरी में पहुँचते ही हैं कि डिप्टी सेक्रेटरी एक काग़ज़ लेकर आ पहुँचता है।

"क्या है?" खन्ना साहब पूछते हैं।

"सर! ख़बर आयी है कि नानक सागर बाँध टूट गया है।"

"ख़बर आयी है?"

"जी!"

"तो डिस्पैच क्लर्क को दे दो।"

"सर! उसने नोट लगाकर ख़बर अपर डिविज़न क्लर्क को भेज दी। अपर डिविज़न क्लर्क ने नोट लगाया और असिस्टेण्ट को भेज दी। असिस्टेण्ट ने नोट लगाया और सेक्शन ऑफ़िसर को भेज दी। सेक्शन ऑफ़िसर ने नोट लगाया और फ़ाइल अण्डर सेक्रेटरी को भेज दी। उसने भी नोट लगाया और फ़ाइल मेरे पास आ गयी। अब मैं..." डिप्टी सेक्रेटरी रुक गया।

"तुम सारा केस पुट-अप करो।" खन्ना साहब ने हुक्म दिया।

"सर! बहुत खोजने पर भी इस केस का कोई काग़ज़ कहीं नहीं मिला। हाँ, बाँध का एक नक्शा मिल गया है। पता नहीं वह इसी बाँध का है या किसी और बाँध का। पर है वह किसी बाँध का ही। वह मैंने फ़ाइल में लगा दिया है। अब मैं..."

"इस तरह के केस का कोई प्रिसिडेण्ट है?" खन्ना साहब ने पूछा।

"अभी तक कोई नहीं मिला, सर!"

"तो खोजो!"

"सर! इस ख़बर को आये पन्द्रह दिन हो चुके हैं। वहाँ बाँध के आस-पास का सारा इलाका बरबाद हो गया है।" डिप्टी सेक्रेटरी कहता है।

"यह मिनिस्टरी है, मिस्टर अगड़म-बगड़म!" खन्ना साहब दहाड़ते हैं, "बनिये की दुकान नहीं कि सारे फैसले हाथों-हाथ हो जाएँ।"

"अच्छा, सर!" डिप्टी सेक्रेटरी नानक सागर बाँध के पानी के समान ही कमरे में बह जाता है।

सात

खन्ना साहब को दफ़्तर भेजकर मिसेज़ खन्ना टैक्सी में अपनी सहेलियों के पास पहुँचती हैं। सहेलियों से मतलब वे औरतें जिनके पति पोज़ीशन में खन्ना साहब से कम न हों।

"तुमने सुना, कमला!" कृष्णा बोली, "मिसेज़ थापर ने अपने पति को घर से निकाल दिया है।"

"ओ, नो डार्लिंग!" कमला कहती है, "डोण्ट टेल मी दैट। आज सबेरे ही मिस्टर थापर इनसे मिलने आये थे।"

"हाउ सिली!" कृष्णा उत्तर देती है, "मिस्टर थापर इज़ आल राइट। वे मिसेज़ थापर के हस्बैण्ड नहीं, फाइनांसर हैं। मैं तो उसके हस्बैण्ड की बात कर रही हूँ, दैट ब्लडी खानसामा!"

"खानसामा!"

"हाँ! मिसेज़ थापर के सारे बच्चे उसी से हैं।"

"नो नो।"

"येस येस, माई डियर!"

"आओ, आओ। एक बात मैं सुनाऊँ।" मिसेज़ कपूर सबको अपने चारों ओर हुल्ला-हुप की तरह इकट्ठा कर लेती हैं, "जलोटा साहब के लड़के ने बम्बई से लिखा है कि पन्द्रह दिनों बाद उसकी पत्नी की कन्फाइनमेण्ट की एक्सपेक्टेड डेट है। वे दोनों वहाँ पहुँच जाएँ।"

"हैं!" मिसेज़ मिश्रा के चेहरे पर लेबर पेन्स उभर आती हैं, "मिसेज़ जलोटा ने पहले तो कभी चर्चा ही नहीं की।"

"उस बेचारी को ख़ुद ही पता नहीं था।" मिसेज़ कपूर के पास पूरा मसाला तैयार है, "जलोटा साहब ने सुपुत्र से पूछा कि उसने पहले क्यों नहीं बताया तो उसने लिखा कि उसे स्वयं मालूम नहीं था। वह तो एक दिन सवेरे उठकर उसने अपनी पत्नी को देखा तो वह उसे बड़ी डिस्फीगर्ड लगी। वह उसे डॉक्टर के पास ले गया तो डॉक्टर ने आठ महीनों की प्रेगनेंसी बता दी।"

"पर यह कैसे हो सकता है? दे काण्ट बी दैट इग्नोरेण्ट। दैट्स हर थर्ड प्रेगनेंसी।" मिसेज़ मिश्रा चीख़कर कहती हैं।

"अरे, वह बड़ा उल्लू का पट्ठा है।" मिसेज़ कपूर हँसकर अपने हलक का कौवा दिखाती हैं, "बाप को हमेशा से उल्लू समझता आया है।"

...सभा विसर्जित होती है सुनो वीर अनुमान...

आठ

पड़ोस की आया खन्ना साहब की बालकनी में दूज के चाँद की तरह झाँकती है, "डार्लिंग!"

"आ जाओ।" खन्ना साहब का नौकर कपड़े तह करता हुआ बाहर आता है, बुड्ढा-बुढ़िया दोनों चले गये।"

आया जंगला टाप आती है।

"बहारो फूल बरसाओ, मेरा महबूब आया है..." नौकर गाता है।

"हाऊ नॉटी!" आया फुदकती है।

"अन्दर चलो, डार्लिंग।" नौकर कहता है।

दोनों भीतर आते हैं।

नौकर के चेहरे पर क़ब्रिस्तान की धूल उड़ने लगती है। आँखों में वैसे ही पानी जमा हो जाता है जैसे बरसात के निकास के अभाव में दिल्ली की सड़कों पर जमा हो जाता है।

"मेरी जान!"

"मेरे प्राण!"

"आज मैं तुम्हें दूध नहीं पिला सकता।"

"क्यों, क्या ख़त्म हो गया?" आया के चेहरे का प्यार हिमालय की बर्फ़ के समान पिघलने लगता है।

"नहीं, डार्लिंग।" नौकर कहता है, "मेरा इडियट साहब आज इम्पोर्टेड दूध ले आया है। वह दूध तुम्हारे ताजमहल-से शरीर के लिए अच्छा नहीं। उससे तुम्हारा संगमरमर-सा रंग..."

"मैं..." आया कहती है।

"नाराज़ न हो, स्वीटी।" नौकर उसे मनाता है, "मैं तुम्हें कनॉट प्लेस में आइसक्रीम खिलाऊँगा।"

"चलो फिर।" आया कहती है।

"ऐसे नहीं।" नौकर सलाह देता है, "तुम भीतर जाकर हमारी मेमसाहब के कपड़े पहन लो। यह ब्रेज़ियर जरूर बदल लेना, नहीं तो शेप बढ़िया नहीं होगा।"

नौ

डिप्टी सेक्रेटरी फिर घबराया हुआ खन्ना साहब के पास आता है।

"क्या है?" खन्ना साहब कहते हैं, जैसे किसी अपरिचित को देखकर कुत्ता भौंकता है।

"सर! उस केस का कोई प्रिसिडेण्ट नहीं है।"

"क्यों नहीं है?"

"सर! पहले कभी कोई बाँध नहीं टूटा।"

"क्यों नहीं टूटा?"

"क्योंकि कोई बाँध बनाया ही नहीं गया था।"

"तो ऐसा करो..." खन्ना साहब अपनी पाइप जलाते हैं, "जिसने बाँध टूटने की न्यूज़ भेजी है, उसे एक लेटर लिखो और उसमें यह प्रोटेस्ट करो कि बिना प्रिसिडेण्टवाला केस हमारे पास क्यों भेजा गया?"

"सर! सर!!"...डिप्टी सेक्रेटरी सरसराता है।

"क्या है?" खन्ना साहब दहाड़ते हैं।

"सर! आजकल बहुत सारे केस बिना प्रिसिडेण्ट के आ जाते हैं। ज़माना बहुत ख़राब आ गया है, सर! घोर कलियुग है। पिछले दिनों एक ऐसा ही केस डिफेंस मिनिस्टरी में भी आया था।"

"क्या केस था?"

"सर! चीन ने हमारी सीमाओं पर अटैक किया था।"

"तो डिफेंस मिनिस्टरी ने क्या किया?" खन्ना साहब को समस्या का समाधान सूझता जाता है।

"सर!" डिप्टी सेक्रेटरी कहता है, "उन्होंने प्रोटेस्ट भेजा था।"

"तो तुम भी प्रोटेस्ट भेज दो।"

"अच्छा, सर!" डिप्टी सेक्रेटरी कहता है, "प्रोटेस्ट किसको भेजूँ?"

"हूँ!" खन्ना साहब सोचते हैं, फिर भभक उठते हैं, "हर बात मुझे ही बतानी है, तो तुम्हारा क्या काम? यू आर इनएफिशियेण्ट।"

"अच्छा, सर!" डिप्टी सेक्रेटरी कहता है, "मैं भी चीनवालों को प्रोटेस्ट भेज देता हूँ।"

"ठीक है।"

दस

खन्ना साहब का नौकर और पड़ोस की आया बस-स्टैण्ड पर खड़े चॉकबार खा रहे हैं।

"घण्टे-भर से कोई बस नहीं आयी।" पड़ोस की आया कहती है, "बड़े हरामी हैं ये बसवाले।"

"कौन हरामी नहीं है, मेरी जान!" खन्ना साहब का नौकर कहता है, "तुम नहीं हो या मैं नहीं हूँ, या हमारे साहब नहीं हैं!"

"हाँ, हम सब हरामी हैं।" पड़ोस की आया स्वीकार करती है।

दोनों मुँह में चॉकबार डाले, एक-दूसरे के प्रेम का आस्वाद लेते रहते हैं।

"वह बस आ रही है।" खन्ना साहब का नौकर कहता है।

"हाय! मेरी आइसक्रीम।" पड़ोस की आया चॉकबार जल्दी-जल्दी खाकर तिनका फेंक देती है।

बस आकर रुकती है।

सवारियाँ उतरती हैं।

वह ख़ाली हो जाती है।

पड़ोस की आया और खन्ना साहब का नौकर बस में चढ़ने लगते हैं।

"मत चढ़ो, मत चढ़ो।" कण्डक्टर कहता है।

"क्यों?" खन्ना साहब का नौकर पूछता है।

"यह बस डिपो जा रही है।" कण्डक्टर बताता है।

"हमें रास्ते में उतार देना।" पड़ोस की आया चॉकबार की मिठास के साथ कहती है।

"नहीं, नहीं।" कण्डक्टर कहता है, "हमारी ड्यूटी ख़त्म। बस में स्टाफ नहीं है। कहो तो अपने घर ले चलें...।"

"तेरी माँ..." खन्ना साहब का नौकर घूँसा तानकर कहता है।

"चल भई, चल!" बस कण्डक्टर घण्टी बजा देता है।

खन्ना साहब का नौकर दाँत पीसता रह जाता है।

पड़ोस की आया खिलखिलाकर हँस पड़ती है।

"यहाँ से मादर...ख़ाली ले जाएँगे, डिपो से फिर यहाँ तक ख़ाली लाएँगे, तब यहाँ से सवारी लेकर जाएँगे। सूअर के..." खन्ना साहब का नौकर कहता है।

"तब तक एक चॉकबार और खिलाओ!" पड़ोस की आया फ़रमायश करती है।

ग्यारह

"अजी, सुना आपने?" मिसेज़ खन्ना कहती हैं, "बूढ़े कागल ने शादी कर ली है।"

"शादी? कागल ने?" खन्ना साहब का मुँह फ़ाइल की तरह खुल जाता है।

"हाँ!"

"क्यों?"

"उनके लड़के के घर बेटा पैदा हुआ है।"

"तो?"

"बच्चे को पालने के लिए उनके लड़के को आया की ज़रूरत थी, इसलिए उन्होंने शादी कर ली।"

"वेरी गुड!" खन्ना साहब कहते हैं, "आइडिया तो अच्छा है। उसने पोता पालने के लिए शादी की। मैं सोचता हूँ, मैं पोता पैदा करने के लिए आया रख लूँ।"

"आपका तो दिमाग़ ख़राब है।" मिसेज़ खन्ना की आँखों में पति-प्रशंसा की बाढ़ आ जाती है।

बारह

खन्ना साहब का नौकर और पड़ोस की आया सबसे अगली सीट पर ड्राइवर के पीछे बैठे हैं।

पड़ोस की आया अपनी जगह पर बार-बार उचकती है।

"कितना तेज चलाता है न यह डलैवर।" वह कहती है।

ड्राइवर बस और तेज कर देता है।

सड़क के बीचोंबीच एक स्कूटर-रिक्शा आ जाता है।

"ओह, बस धीरे हो गयी।" आया शोक प्रकट करती है।

ड्राइवर ज़ोर-ज़ोर से हॉर्न बजाता है।

स्कूटर रिक्शा रास्ता नहीं देता। सड़क के बीचोंबीच चलता रहता है।

"हट जा बे चिलगोज़े की औलाद!" ड्राइवर कहता है, "मैं ठोकर मार दूँगा।"

स्कूटर-ड्राइवर रास्ता नहीं देता है।

पड़ोस की आया की निराशा बढ़ जाती है।

बस का ड्राइवर बस को स्कूटर-रिक्शा की बायीं ओर से निकालकर उसके बराबर आकर, हॉर्न का रबर खींचकर स्कूटर-रिक्शा के ड्राइवर को दे मारता है, "हटता क्यों नहीं बे मादर..."

वह बस रोक देता है।

आया बच्चों की तरह खिलखिलाकर हँस पड़ती है और तालियाँ बजाने लगती है।

स्कूटर-रिक्शा एक मिनट रुकता है और आगे बढ़ जाता है।

"अबे हरामी! हॉर्न तो दे जा।" ड्राइवर बस चलाता है।

स्कूटर-रिक्शावाला अपना स्कूटर एक गली में मोड़ लेता है।

"ले गया। साला हॉर्न ले गया।" ड्राइवर दाँत पीसता रहता है।

पड़ोस की आया हँसती रहती है।

तेरह

टेलीफ़ोन की घण्टी बजती है।

"हैलो!" मिसेज़ खन्ना रिसीवर उठाती हैं।

"माताजी! मैं बोल रहा हूँ, आपका नौकर।" आवाज़ आती है।

"हाँ, बेटे!"

"मैं रात का शो देखने जा रहा हूँ। रात को साढ़े बारह बजे तक लौटूँगा।" ऊपर से आवाज़ आती है, "मेरी चारपाई बाहर निकालकर उस पर बिस्तर कर देना। खाना भी थाली से ढँककर वहीं रख देना और तक़लीफ़ माफ़ करना।"

"नहीं, तक़लीफ़ की कोई बात नहीं, पुत्तर।" मिसेज़ खन्ना कहती हैं, "पर तुम आ जाना।"

"अच्छा जी!"

मिसेज़ खन्ना रिसीवर रख देती हैं।

रसोई में जाकर आटा गूँधती हैं।

"सूर दा बच्चा! औतरी दा पुत्तर!" वे मुँह-ही-मुँह में कहती हैं।

शफ़ा देनेवाले

उनके बाल छोटे-छोटे कटे हैं। रूखे और खुश्क़। इस तरह तने खड़े हैं जैसे जंगली सूअर के बाल। नाक के नीचे, ऊपर के होठ पर, सूम के धन के समान सहेजकर रखी गयी, गाय की कटी दुम के समान मूँछें हैं। चुस्त कमीज़ें, भड़कीली टाई, टाइट पतलून और नुकीले जूते हैं। चारों लड़के बने-सँवरे, शालीनतापूर्वक ऐसे बैठे हैं, जैसे देखने आनेवालों की प्रतीक्षा में लड़की बैठती है।

पैनेल्टी शॉट की तरह धचके से कम्पनी के डायरेक्टर कमरे में घुसपैठ करते हैं।

लड़के यूँ सर्राटे से खड़े होते हैं, जैसे चारों को एक साथ नीचे से तेज नुकीली कील चुभी हो।

आरती के धुएँ में लिपटी देव-प्रतिमा के समान, सिगार के धुएँ में ढँके डायरेक्टर उन्हें बैठने का संकेत करते हुए कहते हैं :

"यंगमैन! आपकी ट्रेनिंग समाप्त हुई। अब आपको फ़ील्ड में जाना है। आप चारों को उस एरिया में काम करना है, जहाँ हमारी कम्पनी की दवाइयाँ बहुत कम बिकती हैं। आपको कम्पनी को ज़्यादा सेल देनी है। नो सेल, नो जॉब! सेल नहीं बढ़ी, देन यू आर डिसमिस्ड। एनी कोएश्चेन?" डायरेक्टर का चेहरा खरबूजे का खेत बना हुआ है।

पर लड़कों का चेहरा वही रंग नहीं पकड़ता।

"बट, सर!" एक लड़के का हाथ टाई की नॉट पर जाता है, जैसे वह रेडियो का स्विच हो और रेडियो चलता है, "जब आप स्वयं मानते हैं कि वहाँ सबसे कम सेल होती है तो फिर कम सेल के कारण हम डिसमिस क्यों होंगे?"

"इसलिए, यंगमैन!" डायरेक्टर अपना रंग नये खरबूजे पर चढ़ाता है, "कि तुम लोग थर्ड क्लास बी. एस-सी. होकर भी सात सौ रुपये सैलरी लोगे, जबकि फ़र्स्ट क्लास बी. एस-सी. भारत सरकार की प्रयोगशालाओं में ढाई सौ रुपये लेता है। समझे?"

"यस, सर!" लड़का डायरेक्टर के श्याम रंग में रँग जाता है।

"बट, सर!" दूसरा लड़का बरसात में उगे कुकुरमुत्ते के समान खड़ा हो जाता है और टूटे रिकार्ड पर अटकी सुई के समान हकलाता है, "वहाँ यदि कोई बीमार ही न हो तो?"

"बीमार आदमी तभी होता है, जब बाज़ार में दवा आ जाती है।" डायरेक्टर कुकुरमुत्ते की सब्ज़ी बनाकर उसे खा जाता है, "हम दवाइयाँ भेज रहे हैं, अब वहाँ लोगों को बीमार पड़ना चाहिए। वहाँ के लोग अब तक बीमार इसलिए नहीं पड़ते, क्योंकि वे दवाइयाँ नहीं खाते। उन्हें दवाइयाँ खिलाओ।"

"यस, सर!" लड़का समुद्र की लहर के समान पीछे हट जाता है।

"और कोई सवाल?" डायरेक्टर अखाड़ेबाजों को हिन्द-केसरी के समान ललकारता है।

"बट, सर!" एक लड़का उठ खड़ा होता है, "दवाई तो वही बिकेगी जो डॉक्टर चाहेगा। और डॉक्टर दवा वैसी देगा, जैसी बीमारी होगी। इसलिए सब कुछ डॉक्टर और मरीज़ पर डिपेण्ड करता है।"

"नो, माई डियर!" डायरेक्टर का चेहरा सनमाइका के समान साफ़ है, उस पर लड़कों के प्रश्नों के दाग़ नहीं टिकते, "डॉक्टर को दवाई देनी है। दवा क्या वह अपने घर से लाएगा? वह वही दवा दे सकता है जो हम बनाकर मार्कीट में भेजते हैं। वह मरीज़ में उसी बीमारी के सिम्पटम देखेगा, जो दवा हमने बनायी है। डॉक्टर क्या चीज़ है!"

"यस, सर!" लड़का जाले में लटके मकड़े के समान गिर पड़ता है।

"कोई और सवाल?" डायरेक्टर पूछता है।

लड़के चुप रहते हैं।

"आप लोग जा सकते हैं। गुड लक!" डायरेक्टर के चेहरे पर एयर इण्डिया के महाराजा की-सी मस्ती है।

दो

तूफ़ान मेल, चलना सीखनेवाले बच्चे के समान ठुमक-ठुमक चल रही है और फ़र्स्ट क्लास के एक डिब्बे में, रसोई के कोने में गिर पड़े आलू के समान, कम्पनी का नया मेडिकल रिप्रज़ेण्टेटिव गुलाटी बैठा है।

डिब्बे में एकमात्र दूसरा मुसाफ़िर एक ठिगना-सा अधेड़ है, जो चर्बी चढ़े मेंढक के समान लगता है।

"घर जा रहे हैं?" सहसा मेंढक टर्राता है।

"नहीं, काम पर जा रहा हूँ।" गुलाटी अपने ब्रीफकेस को विजिटिंग कार्ड के रूप में उसके सामने कर देता है।

"क्या काम करते हैं?" मेढक फिर टर्राता है।

"मेडिकल रिप्रज़ेण्टेटिव हूँ।" गुलाटी सैनिक अफ़सर के रोब से उसे देखता है।

"ओह! दवाफ़रोश हैं।" मेढक की आवाज़ कानों को चुभने लगती है।

"जी, नहीं।" गुलाटी मेढक को पत्थर मारता है, "दवाएँ बेचता नहीं हूँ, डॉक्टरों को उनके बारे में बताता हूँ।"

"हाँ-हाँ!" मेढक की आँखों पर चर्बी की परत छा जाती है, "डॉक्टरों को मुफ्त दवाएँ बाँटते होगे।"

वह अपनी जगह से छलाँग लगा देता है, "कोई दवा हमें भी दे दीजिए। बाज़ार में तो बहुत महँगी बिकती हैं।"

गुलाटी मक्खी के समान पीछे सरकता है, उसे मेढक के स्थान पर छिपकली नज़र आने लगती है।

"हमारे लिए तो आप गौरमेण्ट की फ्री डिस्पेंसरी हैं।" मेढक अपने जस्ता-भरे दाँतों की नुमाइश करता है, "ही-ही! लाइए, हार्ट की कोई दवा है!"

"हार्ट की कोई दवा हमारी कम्पनी नहीं बनाती।" गुलाटी अपनी डिस्पेन्सरी बन्द कर, कम्पाउण्डर के समान हाथ झाड़ देता है, "वैसे इस समय मेरे पास कोई भी दवा नहीं है, सिर्फ़ लिटरेचर है, पढ़ेंगे आप?" उसकी आँखों में, बिना लाइसेंस के रेढ़ी लगानेवाले को डाँटता हुआ सिपाही है।

"कुछ तो दीजिए साहब!" मेढक अपना बरसाती आलाप लेता है, "हार्ट के लिए नहीं है तो डायबिटीज़ के लिए दीजिए, चलिए कोई विटामिन-शिटामिन दीजिए। कुछ नहीं तो औरतों के लिए ही दीजिए। मेरी बेटी को पीरियड भी खुलकर नहीं आता। गौरमेण्ट ने उसका भी कण्ट्रोल कर दिया है शायद..." वह रुककर खी-खी करता है।

गुलाटी की आँखों में पुलिस-चौकी बन जाती है।

"अच्छा, चलिए!" मेढक को फिर जुकाम होता है, "कोई डायरी-शायरी दीजिए। कोई स्टेशनरी की चीज़ दीजिए। कुछ तो दीजिए।" मेढक मन्त्री बनने के इच्छुक दल-बदलू का रूप धारण कर लेता है।

गुलाटी अपने दाँत, चक्की के पाटों के समान रगड़ता हुआ, पुलिस चौकी से अपना ट्रांसफर करा लेता है।

तीन

"डॉक्टर शाब! डॉक्टर शाब!" होटल का बैरा आता है, "मनीजर शाब का पेट में दर्द है।"

"तू बैरा है कि रेडियो!" गुलाटी कटखने कुत्ते के समान गुर्राता है, "सुबह-सुबह आ गया ख़बरें सुनाने।"

"शाब! मैं तो वक़्त की आवाज़ हूँ।" बैरा नसवार की चुटकी लेता है, "यह नसवार है, कहीं सलवार समझ लो। पंजाबी लोग से वैसे भी मैं बहुत डरता हूँ।"

"तू वक़्त की आवाज़ कैसे है बे?" गुलाटी के मन के दलदल में बैरे की बात धँस जाती है।"

"ब्रेकफास्ट, लंच और डिनर का वक़्त मैं बताता हूँ, शाब!" बैरा कहता है, "पर इस वक़्त मैं देने नहीं आया, लेने आया हूँ। जूठी प्लेटें नहीं, शाब! मनीजर के पेट के दर्द की दवा!" बैरे का चेहरा टिप के लिए पुकारती हुई ख़ाली प्लेट-सा लगता है।

"उसकी दवा है एक करारा घूँसा!" गुलाटी शेव का सामान बटोरने लगता है, "तू खुद दे लेगा कि मैं भेजूँ।"

गुलाटी सीज़र की लाश पर खड़े एण्टनी का भाषण देता है, "मैनेजर कहता है मैं डॉक्टर हूँ। मैं कहता हूँ मैं डॉक्टर नहीं हूँ। मुझे देखकर बीमार मत पड़ो। जाओ ...शेव के लिए गरम पानी लाओ।"

बैरा बिल लाने के उत्साह से लौट जाता है।

चार

गुलाटी शीशे के सामने बैठा शेव कर रहा है!

"टर...र्रा...र्रा...र्रा! पानी ठण्डाऽऽऽ है।...साले इण्डियन ब्लेड शेव के लिए नहीं टर...र्रा...र्रा...र्रा पेंसिल छीलने के लिए बनतेऽऽऽ हैं। वह...वा...वह...वा क्या बढ़िया ब्लेड है। यह तो मोचीऽऽऽ के काम भीऽऽऽ नहीं आएऽऽऽ गा। शेविंग क्रीम बनायी है, जैसे कपड़ेऽऽऽ धोनेऽऽऽ हों। इसको तो घास छीलने से पहले लॉन में उँडेऽऽऽल देनाऽऽऽ चाहिए। अच्छाऽऽऽ! अब आफ्टर शेव लोऽऽशन लगाओऽऽऽ। कभी हमारे बाप ने तो लगाया नहीं। क्रीम भी लगाओ!" वह शीशे में अपने प्रतिबिम्ब की आरती करता है, "साले घूरते क्यों हो? जब वेश्या का धन्धा अपनाया है, तो यार के पास जानेऽऽऽ से पहले शृंगार तोऽऽऽ करना ही पड़ेगा। और याद रखो कहना है क्याऽऽऽ। क्या? कहनाऽऽऽ है हमारी कम्पनी की दवाई अपच के लिएऽऽऽ और डायबिटीज़ के लिएऽऽऽ और...हत् तेरी! यहाँ से तो दाढ़ी बनी ही नहीं। इससे अच्छी शेव तो कोई मोची भी बना देगा। चलो, मन्दिर में चलें और पूजा करें। भगवान से प्रार्थना करें कि फिर से इस देश में अवतार ले और अच्छे ब्लेडों की फैक्टरी बनाएऽऽऽ!"

"चल, उठ, साले!" वह कानक्लुडिंग रिमार्क देता है, "बहुत हसीन है भी नहीं

तू! देर हो गयी तो डॉक्टर क्या कम्पाउण्डर भी तेरी शक्ल देखना पसन्द नहीं करेगा।"

वह अभिसार के लिए चल पड़ता है!

पाँच

कम्पाउण्डर का बेटा डिस्पेंसरी का दरवाज़ा खोलता है।

"अबे, रात को यहीं सोये थे क्या?" वह लाइन में लगे मरीज़ों का अभिवादन करता है।

"डॉक्टर साहब कब आएँगे?" जासूसी उपन्यासों में हत्या की रात गहरे सन्नाटे में उभरती चीख़ के समान आवाज़ आती है।

"अभी तो मैं आया हूँ।" कम्पाउण्डर का बेटा अपनी बाँसुरी बजाता है, "फिर मेरा बाप कम्पाउण्डर आएगा। फिर उसका बाप हाउस सर्जन आएगा। फिर उसका बाप बड़ा डॉक्टर आएगा। फिर उसकी अम्माँ लेडी डॉक्टर आएगी। फिर उसका भी बाप, मरीज़ों के कार्ड अन्दर ले जानेवाला छोकरा आएगा। तब तुम लोगों की अर्थी की तैयारी की जाएगी। तब तक तुम लोग अपने बाल-बच्चों, माँ-बाप से गले मिल लो और चलने की तैयारी कर लो।"

"लौण्डा मजाक बढ़िया करता है।" एक सफ़ेद टोपी, दीवार-घड़ी के पेण्डुलम की तरह गर्दन हिलाती है।

"जब डॉक्टर नहीं है, तो तुम यहाँ क्या करने आये हो?" देश की बीमार आत्मा कुएँ में टकराती, डूबती आवाज़ में पूछती है।

"अम्माँ के चूड़ीदार में नाला नहीं है, इसलिए यहाँ बैण्डेज़ लेने आया हूँ। बैण्डेज़ लेकर जाऊँगा। अम्माँ बिस्तर से निकलेंगी। रोटी बनेगी तब मेरा बाप कम्पाउण्डर रोटी खाकर यहाँ आएगा।" कम्पाउण्डर का लड़का देश की जन्म-कुण्डली बाँचता है।

छह

गुलाटी, लेडी डॉक्टर श्रीमती गुप्ता की चौखट पर सजदा करता है।

"अभी फ़ुरसत नहीं है।" दाई आकर कहती है, "या तो बैठ जाओ, या कल आओ।"

"क्या दो मिनट टाइम भी नहीं मिल सकता?" गुलाटी अपने दिल की प्लेट में कम्पनी की नयी डायरी रखकर बढ़ाते हुए, सन्तों की विह्वलता के साथ घुटने टेक, पंजों में पंजे फँसा, गिड़गिड़ाता है।

"डायरी देना अपनी माँ को!" दाई व्यावसायिक घोषणा करती है। "तुम्हारे जैसे कितने ही इन्हीं हाथों से पैदा करके माँ की गोद में डाल दिये।"

"अच्छा, मैं बैठ जाता हूँ।" गुलाटी अपनी जन्मगाथा सुनकर लज्जित हो जाता है।

दाई चाबी-भरी गुड़िया के समान लौट जाती है।

गुलाटी एक कुरसी में पसर जाता है।

"आपका कितना महीना है।" एक होनेवाली माँ हाँफती हुई फुफकारती है, "बैठने का बहुत शौक है, तो कुरसी साथ लाया कीजिए।"

गुलाटी खिसियाहट से हिनहिनाता लेडी डॉक्टर के कमरे में ऐसे घुस जाता है, जैसे किसी दुर्घटना के कारण कार पटरी पर लगे 'नो पार्किंग' वाले खम्बे से जा भिड़ती है।

"आपको लेबर पेंस शुरू हो गयी हैं क्या?" लेडी डॉक्टर श्रीमती गुप्ता उसकी कमीज़ उठाने के लिए हाथ बढ़ाती हैं।

"नहीं जी। डिलिवरी हो गयी है। ट्विंस हुए हैं।" गुलाटी कम्पनी के नामवाले पेन-पेंसिल की जोड़ी स्टेथेस्कोप पर रख देता है।

सात

कम्पाउण्डर पान चबाता हुआ आकर अपनी सीट पर ऐसे बैठ जाता है जैसे थान पर बँधी भैंस जुगाली करती है।

"बाप! बाप!! मैं मास्टर को ऑबलाइज करने स्कूल चला जाऊँ अब?" कम्पाउण्डर का बेटा, बाप की जेब से बटुआ निकाल लेता है।

"अबे ओ छछूँदर!" कम्पाउण्डर दूर से कौवे उड़ाने के अन्दाज़ में कहता है, "बटुआ क्यों निकाल रहा है, बाज़ार में हिन्दुस्तानी रुपये का अब कोई मूल्य नहीं है।"

"तो फिर आधी छुट्टी में जब सारे लड़के कुछ-न-कुछ खाएँगे तो मैं तुम्हारा पिण्डदान करूँगा क्या?" लड़का आध्यात्मिक बात करता है।

"शरबत ले जा, कबूतर, शरबत!" कम्पाउण्डर उसे विटामिन बी कम्पलेक्स की बन्द बोतल दे देता है।

आठ

डॉक्टर कपूर अपनी मेज़ पर पड़ा लिफ़ाफ़ा खोलता है।

"प्रिय डॉक्टर कपूर,

आपको यह सूचना देते हुए मुझे हर्ष हो रहा है कि आपको बड़े डॉक्टर के पद के लिए रिजेक्ट कर हमने आपको अधिक कार्य और ज़िम्मेदारी से बचा लिया है।

आप भी यह स्वीकार करेंगे कि मरीज़ पर दवाओं से भी अधिक प्रभाव डॉक्टर के व्यक्तित्व का पड़ता है। अतः इस देश के रोगियों के कल्याण को दृष्टि में रखते हुए हमने इस वर्ष की मिस इण्डिया को बड़े डॉक्टर के पद पर नियुक्त किया है। वे दवाएँ नहीं देंगी, किन्तु मरते हुए रोगी भी उनका मुख देख-देखकर जीते रहेंगे। इस प्रकार वे दवाओं का ख़र्च भी बचाएँगी और रोगियों को लम्बा जीवन भी प्रदान करेंगी।

आपको सौभाग्य के लिए पुनः बधाई!

भवदीय
स्वास्थ्य मन्त्री

पुनश्च : मिस इण्डिया अपने सौन्दर्य के प्रयोग से जितनी दवाओं की बचत करेंगी, उनमें से आधी को ब्लैक से बेचने का आपको पूरा अधिकार है।

स्वा. मं.

नौ

गुलाटी डॉक्टर कपूर के कमरे का परदा हटाकर बच्चों के समान चा करता है।

"बैठिए!" डॉ. कपूर एयर-होस्टेस की-सी मिठास से कहते हैं।

गुलाटी नाचते हुए भालू के समान गोल चक्कर काट जाता है, "सॉरी, डॉक्टर! कोई भी कुरसी नहीं है।"

"कुरसी क्या करोगे!" डॉक्टर की आँखों में सामान्य नायिका का निमन्त्रण है, "सिर-आँखों पर बैठो, मेरे दिल में बैठो। जगह की क्या कमी है!"

"हाउ स्वीट आर यू, डॉक्टर!" गुलाटी के चेहरे पर हँसिया-हथौड़ेवाला झण्डा फहराने लगता है।

"बात यह है, डॉक्टर! हमारी कम्पनी ने एक चमत्कार किया है।" उसके चेहरे पर आर्कमेदिज़ का न्यूड सौन्दर्य है, "एक टेबलेट रोज़ दें तो सप्ताहभर में रोग भाग जाएगा। मजाल है, फिर कभी अपच की शिकायत हो!"

"धन्वन्तरी की सन्तान!" डॉक्टर का मुखड़ा शरद पूर्णिमा में नहाये ताजमहल के समान शफ्फाफ है एकदम, "अपच इस देश में किसी को नहीं है। खाने को कभी किसी को भरपेट मिला है कि अपच हो।" उसके नथुने क्रुद्ध बैल की थूथनी के समान फुफकारते हैं, "दुआ दो अमरीका को कि देता है और लोग खाकर बीमार होते हैं। मेरा धन्धा भी चलता है और तुम्हारा भी।"

गुलाटी की साँस बिगड़े हुए स्कूटर के समान फट्-फट्-फट् करने लगती है।

"डॉक्टर साहब! एक और दवा है हमारी कम्पनी की।" वह इंश्योरेंस एजेण्ट और मास्टर की छड़ी से डरे हुए प्राइमरी स्कूल के बच्चे के मिश्रित भाव से कहता है, "बहुत अच्छी दवा है, डॉक्टर साहब! रोग एकदम भाग जाता है।"

डॉक्टर के चेहरे पर इसरायली जेट उड़ानें भरने लगते हैं, "कौन-से रोग की दवा?"

"डायबिटीज़ की, डॉक्टर साहब!" गुलाटी अपने गले में फँसे मेढक को निगल जाता है।

"चीनी तो राशन तक में नहीं मिलती, फिर डायबिटीज़ किसी को कैसे हो?" डॉक्टर फिर मुसकराता है (शिष्टता का दुश्मन साला)।

"तो आपके पास किस रोग के रोगी आते हैं?" गुलाटी के चेहरे पर अरब-क्रोध का सूर्य चमकता है।

"भूख के रोगी, भ्रष्टाचार के रोगी, किसी के अत्याचार से पीड़ित रोगी?" डॉक्टर गीता प्रेस की बस-सा नज़र आने लगता है।

"धन्धे की बात करो, डॉक्टर!" गुलाटी डॉक्टर कपूर की गोद में बैठ जाता है, "रोटी तुम्हें भी चाहिए और मुझे भी। रोगी तुम्हारे पास आएँगे और दवाई तुम्हें देनी है। दोगे वही, जो बाज़ार में मिलती है। तो फिर हमारी ही कम्पनी की दे दो। रोगी को अपने भाग्य से बचना है और अपने भाग्य से मरना है, न तुम्हारी डॉक्टरी से कुछ होगा, न मेरी दवाई से।"

"तुम पहले हरामज़ादे हो, जिसने इस ढंग से बात की है।" डॉक्टर कपूर उसके गले लग जाता है।

"लो फिर!" गुलाटी अपनी टाई और जूते, डॉक्टर की मेज़ पर उपहारस्वरूप रखकर चला जाता है।

दस

"यह दवा यहाँ नहीं मिलेगी।" कम्पाउण्डर शीशी को उठाकर परे मारता है, जैसे सरकारी ज़मीन पर बनायी गयी झुग्गी को पुलिस के सिपाही ठोकरें मारते हैं, "बीवी की चूड़ियाँ बेचकर यह बाज़ार से खरीदो!"

"दवा यहाँ से नहीं मिलती थी तो डॉक्टर ने लिखी ही क्यों?" मरीज़ बीमार कुत्ते की तरह खिसियाता है।

"उसे दूसरी दवाई का नाम मालूम नहीं है, इसलिए सबकी पर्ची पर एक ही दवाई लिख देता है।" कम्पाउण्डर डॉक्टर के ज्ञान का भाष्य करता है, "तुम यह ओलम्पिक मशाल पकड़ो और भागो।"

वह पर्ची भी मरीज़ को थमा देता है।

"मैं बड़े डॉक्टर से तुम्हारी शिकायत करूँगा!" मरीज़ टाँगों के बीच दुम दबाकर पीछे हटते हुए कुत्ते के समान भौंकता है, "अपने बेटे को टॉनिक की शीशियाँ पिला देते हो और हमें कहते हो दवा नहीं है!"

"जा, कह दे अपनी माँ के खसम को!" कम्पाउण्डर ढेर सारी पान की पीक मरीज़ की शीशी में उगल देता है, "दवा तो फिर भी मैं ही दूँगा। अगली बार ज़हर दे दूँगा। फिर अल्ला मियाँ से भी मेरी शिकायत करना ऊपर जाकर। अभी परसों ही नर्स ने एक मरीज़ को ग़लत इंजेक्शन देकर मार डाला है। लाश अभी तक मुर्दाघर के फ्रिज़ में पड़ी बर्फ़ जमा रही है। घरवाले ले तक नहीं गये। तुम्हारी आइसक्रीम भी उसी फ्रिज़ में जमेगी।"

"हरामज़ादा! कुत्ते का पिल्ला! उल्लू का पट्ठा! सूअर की औलाद...!" मरीज़ सहस्रनाम का जाप करता है।

ग्यारह

गुलाटी डॉ. मेहरा के दरबार में उपस्थित होता है।

"गुड मार्निंग, डॉक्टर! इस बार आपके लिए बहुत ही ब्यूटीफुल टेबल-डायरी लाया हूँ।" वह माल की खेप उतारता है।

"थैंक यू, मि. गुलाटी!" डॉ. मेहरा के चेहरे पर रोज़-गार्डन झलकें मारने लगता है, "पर साहब! आपकी कम्पनी दवा कोई अच्छी नहीं बनाती।"

"जवाब नहीं, डॉक्टर!" गुलाटी डॉक्टर का अपमानजनक रिमार्क थूक के साथ कैपसूल के समान निगल जाता है, "ये कैपसूल लीजिए। यह एशियन फ्लू को एक दिन में ग़ायब कर देगा। एक बार आजमाकर देखिए।"

वह कैपसूल की शीशी मेज़ पर ऐसे रखता है जैसे यू.एन.ओ. में ख्रुश्चेव ने मेज़ पर जूता रखा था।

डॉ. मेहरा शीशी उठाकर देखता-भालता है और घोषणा करता है, "मैं सौ रुपये की शर्त लगा सकता हूँ कि एशियन फ्लू में इस कैपसूल से रत्तीभर भी फ़ायदा नहीं होगा।"

"और मैं पाँच सौ रुपयों की शर्त लगा सकता हूँ कि इस कैपसूल से एशियन फ्लू एक दिन में उड़ जाएगा।" गुलाटी दंगल में उतरे मुर्ग़े के समान पर फड़फड़ाता है।

"डॉक्टर मैं हूँ कि तुम?" डॉक्टर मेहरा कोट से बाहर हो जाता है। कोट हैंगर पर टाँगकर वार्ड-रोब में चला जाता है।

"डॉक्टर तो तुम्हीं हो!" गुलाटी डॉ. मेहरा का कोट उसे वापस पहना देता

है, "पर तुम हो सिर्फ़ एम.बी.बी.एस.—डॉक्टरी की सबसे छोटी डिग्री। और हमारी लैब में कैमिस्ट्री के डी.एस-सी. बैठे रिसर्च कर रहे हैं। रिसर्च हम करते हैं, बीमारियाँ हम खोजते हैं, दवाएँ हम बनाते हैं। किस रोगी को कौन-सी दवा देनी है यह तुम्हें हम बताते हैं। और तुम लोग इस यतीमख़ाने से मुफ़्त में वेतन पाते हो। समझे?" गुलाटी अपना ब्रीफकेस डॉ. मेहरा के सिर से ज़ोर से छुआ देता है।

बारह

गुलाटी शाम के छह बजे ही आकर होटल के कमरे में सो जाता है।

दस बजे उसे वक़्त की आवाज़ आकर जगाती है, "डॉक्टर शाब, उठो। आपके ड्यूटी जाने का वक़्त हो गया।"

"थैंक यू, बैरा!" गुलाटी मुँह पर भिनभिनाती मक्खी को उड़ाने के अन्दाज़ में कहता है।

"डॉक्टर शाब!" बैरा मीनू बताने की शैली में कहता है, "आजकल मनीजर शाब बहुत कमज़ोर हो गया है। कोई दवाई?"

"उसे कहो गधी का दूध पिए। खच्चर के समान तगड़ा हो जाएगा।" गुलाटी जल्दी-जल्दी कपड़े पहनने लगता है।

वह फिर शीशे के सामने जा बैठता है और अपने प्रतिबिम्ब की आरती उतारने लगता है, "तो सालेऽऽ फिर से काम शुरूऽऽऽ। यह लेडी डॉक्टर मिस प्रभा भी बस अजीब चाकलेट है। सारी दुनियाऽऽऽ सो रहीऽऽऽ है और आप ड्यूटी पर हैं। घर पर किसी से बिलकुल नहीं मिलतीं। इस समय अस्पताल जानाऽऽऽ पड़ेगा। और जोरू के भाई, तुम सालेऽऽऽ फिर चौखटा सँवार रहे होऽऽऽ, जैसे जाते ही वह तुम्हें जूतों का हार पहनाएगी। वैसे तो मिस प्रभा है, पर होगी वह पैंतालीस वर्षों की दिलरुबा। डॉक्टर और मिस। वाह-वाह! ओह-ओह! क्या बात है! होती तो मिस ही हैं पर..."

सहसा वह माथा पीट लेता है, "ओ बाटा के बेटे! तुम्हें भी अभी ही मुझे ताकत का सर्टिफ़िकेट देना था।"

वह टूटा हुआ तस्मा उठाकर, वार्डरोब में टाइयों के साथ लटका देता है, "जब पतली टाई का फैशन आएगा, तो तुम्हें ही टाई बना लेंगे। सेल्समैनी में फैशन न किया तो क्या किया! ओ खसखस के दानेऽऽऽ..."

तेरह

"क्या रोमाण्टिक समय चुना है आपने मिलने का!" डॉ. मिस प्रभा कॉफ़ी का प्याला ऐसे पकड़ाती है जैसे उसके बटन-होल में गुलाब का फूल टाँक रही हो।

गुलाटी के मुँह से लार बहने लगती है।

डॉ. मिस प्रभा का चेहरा गेंदे के फूलों का गुलदस्ता हो जाता है।

"ऐसी बातें मत करिए, नहीं तो मैं शरमा जाऊँगा।" गुलाटी कैपसूल्स की एक शीशी निकाल लेता है, "फिर ये सारे विटामिन एक साथ खाकर मर जाऊँगा।"

"हाय! मेरी ड्यूटी में मत मरना।" डॉ. मिस प्रभा उसके कानों में स्टेथेस्कोप लगाकर उसको अपने दिल की धड़कन सुनाती हैं, "मैं नर्वस हो जाऊँगी। अभी सिर्फ़ हाउस सर्जन हूँ।"

"तुम्हारा हार्ट वीक है।" गुलाटी स्टेथेस्कोप उतारकर अपनी जेब में रख लेता है, "कल तुम्हें मैं इसके लिए एक टॉनिक ला दूँगा।"

"मेरा स्टेथेस्कोप कहाँ ले जा रहे हो?" डॉ. मिस प्रभा मीरा के समान पग घुँघरू बाँधकर नाचने लगती है, "मैं मरीज़ों को किससे पीटूँगी?"

"इसे छाती से लगाकर रात-भर तुम्हारे दिल की धड़कनें सुनूँगा।" गुलाटी एक बड़ा-सा डिब्बा मेज़ पर रख देता है, "रात को इसमें से कॉफी बनाकर पीना। बेबी फूड है। और किसी को मारना हो तो डिब्बा का डिब्बा दे मारना। कल मैं और ला दूँगा। मेरे पास बहुत रखे हैं।"

"अच्छा! कॉफ़ी के बाद एक बोतल ख़ून पीना पसन्द करोगे।" डॉ. मिस प्रभा की आँखों में प्रेम के बाँध बन जाते हैं, "मुँह से मत पीना, इंजेक्ट कर दूँगी। काफ़ी कमज़ोर लग रहे हो।"

"नहीं, ठीक है। टॉनिक पी लूँगा," गुलाटी मेज़ पर अपना दिल रखकर ब्रीफकेस उठा लेता है, "कल बाक़ी दवाओं की डिटेलिंग करने तुम्हारे घर आ जाऊँ? हमारी कम्पनी की बहुत सारी दवाएँ हैं।"

"आ जाना याद से।" डॉ. मिस प्रभा अपना प्यार गुलाटी में ट्रांस्फ़्यूज़ करती है, "न आए तो लव-इंजेक्शंस का पूरा कोर्स लेना पड़ेगा।"

चौदह

गुलाटी ब्रीफकेस खोलता है।

"यह डायरी तुम्हारे पापा के लिए है। यह पेन-पेंसिल का सेट तुम्हारे भाई के लिए। यह टेबल कैलेण्डर अपनी बहन को दे देना। ये डायबिटीज़ के कैपसूल हैं अम्माँ के लिए। यह टॉनिक तुम पीना, गाल शलगम जैसे हो जाएँगे। यह बेबी फूड बच्चों के लिए और प्रभा...!" कच्ची छत के समान उसकी आँखें चूने लगती हैं।

"ऐ हे! हाथ मत लगाना।" प्रभा बिल्ली के समान छलाँग लगाती है, "मैं अभी मेडिकल कॉटन लाती हूँ। नहीं तो कोई इन्फैक्शन हो जाएगी और कहोगे कि गूँ-त्रिखी हो गयी है।"

गुलाटी रुई से आँखें पोंछता है, जैसे दिल को सेंक कर रहा है, "आँखें पोंछनी ही हैं न! बैण्डेज़ तो नहीं करनी?"

"आँखों से ख़ून निकलेगा तो बैण्डेज करूँगी।" वह चक्षु-रोग सम्बन्धी पुस्तक पढ़ने लगती है, "पर तुम रोये क्यों?"

"हातमताई याद आ गया था।" गुलाटी धाड़ मारता है।

"क्या कहता था?" प्रभा सारे सिम्पटम नोट करती है।

"कहता था," गुलाटी करुण फ़िल्मी गीतों के रिकार्डों में डूब जाता है, "कहता था—तू महलों की रहनेवाली, मैं कुटिया का रहनेवाला...बता फिर तेरा-मेरा प्यार क्या?"

"ठहरो-ठहरो!" प्रभा उसकी पलकें उलथाकर देखती है, जीभ देखती है, "प्रेम के सिम्पटम बोलो।"

"प्रभा, मुझे तुमसे वह हो गया है।" गुलाटी दवाओं की डिटेलिंग करने लगता है, जिसके होने से हार्ट-बीट बढ़ जाता है, "ये हरे कैपसूल हमारी कम्पनी ने हार्ट-बीट के लिए ही बनाये हैं। वह हो गया है, जिसके होने से वह साला क्या कान लाल होते हैं और माथे पर पसीना आता है। ये पीले कैपसूल उन्हीं के लिए..."

"काफ़ी सीरियस है।" प्रभा कहती है, "केबन में ही रहना, अच्छी तरह देखभाल करूँगी। वार्ड में जाने की ज़िद मत करना। अब बताओ, रोये क्यों थे?"

"वह यूँ कि..." गुलाटी आँसुओं को न्यूट्रल गियर में डाल देता है, "मैं सिर्फ़ बी.एस-सी. हूँ और मेडिकल रिप्रेज़ेण्टेटिव हूँ और तुम एम.बी.बी.एस. डॉक्टर हो। तुम मुझसे शादी कर लोगी क्या?"

"हाय, शादी की बात मत करो—मर जाने के दिन आये।" प्रभा मेडिकल कॉटन रगड़कर गाल लाल कर लेती है, "मैं डॉक्टर हूँ और मुझे तीन सौ रुपये मिलते हैं। तुम्हें सात सौ मिलते हैं। तुमसे शादी करूँगी तो हमारी आय एक हज़ार रुपये हो जाएगी। किसी डॉक्टर से करूँगी तो छह सौ ही रह जाएगी। आओ, गाना गाएँ..."

फ़िल्मी : "प्यार हुआ इकरार हुआ..."

साहित्यिक : "बूझत स्याम कौन तू गोरी..."

क्लासिकल : "ऐं-ऽ-ऽऽऽऽऽऽऽऽ।"

"सुगम संगीत फिर गा लेंगे।" गुलाटी ब्रीफकेस उठाकर चल देता है।

पन्द्रह

"तुम्हारा ब्रीफकेस क्या हुआ!" प्रभा गुलाटी की नब्ज़ देखती है।

"कम्पनीवालों ने वापस ले लिया।" गुलाटी वेईंग-मशीन पर खड़ा हो जाता है, "पाँच पौण्ड कम।"

"बात क्या हुई?" प्रभा सिरिंज से अपना ख़ून निकाल लेती है।

"होना क्या था," गुलाटी अपने दिल का ऑपरेशन कर देता है, "मैं दवाओं की डिटेलिंग तुम्हारे पास करता रहा और दूसरे डॉक्टरों से मिलने की काल्पनिक रिपोर्टें भेजता रहा। उनमें से दो डॉक्टर मर चुके थे। डायरेक्टर ने अब उन्हीं को अपनी फ़र्म का रिप्रेज़ेण्टेटिव बना दिया है।"

"वेरी गुड! वेरी गुड! अब तुम मेरे कम्पाउण्डर बन जाना!" प्रभा उसे एपॉइण्टमेण्ट-लेटर लिख देती है। "या फिर कैमिस्ट की दुकान खोल लेना। हस्पताल की दवाएँ, तुम्हारी दुकान पर ट्रांसफर कर दिया करूँगी। हम और भी अमीर हो जाएँगे।"

प्रभा के चेहरे पर योजना-भवन स्थापित हो जाता है।

मुहल्ला

पार्वती के मकान में नये किरायेदार आये हैं। उसको उनके प्रति वैसी ही उत्सुकता है, जैसी किसी दुकानदार को दुकान पर लगे नये साइन-बोर्ड के लिए होती है।

दो ही जने हैं—पति-पत्नी। नयी-नयी शादी हुई है शायद। पार्वती हैरान है। आख़िर दो आदमियों को क्या आवश्यकता है इतने बड़े फ़्लैट की। दो तो बेडरूम ही हैं और एक बड़ा-सा ड्राइंग-डाइनिंग। ये दो जने क्या करेंगे इन तीन कमरों का। कहाँ-कहाँ पसरकर सोएँगे! तीनों कमरों के झाड़ू-पोंछे के ही दस रुपये देने पड़ जाएँगे। कहीं ऐसा तो नहीं कि ये भी पिछले किरायेदारों की तरह धोखा करें। पहले तो किराये पर फ़्लैट लें, फिर उड़न कबूतर हो जाएँ। वह भी कैसी बड़ी-बड़ी बातें करता था। कहता था, किसी नवाब का दामाद है। नवाब का दामाद न हुआ, नौटंकी का फरहाद हुआ। होगा न हरामज़ादा किसी नवाब का दामाद। पार्वती क्या करे उसका—न साले का अचार पड़े, न मुरब्बा। वह तो इतना ही जानती है कि वह कभी कमीन की औलाद था, कुतिया का बच्चा, मर्तबान की सन्तान! दो महीनों का किराया मारकर भाग गया। बड़ा आया नवाब का दामाद। सारा बाज़ार रोता है उस कोख को जिसने उसे जना। किसी के सौ रुपये ले गया, किसी के दो सौ। बना फिरता था नवाब का दामाद। हरामख़ोर...

पर ये नये किरायेदार? आदमी न हों, शब्दकोश हों! बड़ी-बड़ी बातें कर रहे थे अपनी शराफ़त की। पार्वती तो उन्हें अपने बाप के तब जाने, जब किराया समय से दें। किराये के मामले में तो शरीफ़ से शरीफ़ आदमी भी यों छिटकता है जैसे खसम की गोद में रण्डी।

वैसे शकल से शरीफ़ ही लगते हैं—पार्वती अपने-आपको समझाती है—गऊ के गऊ, सीधे-सादे। पर गऊ भी कालीन पर फोस कर दे तो? फिर भी पति की सरकारी नौकरी है। वह देखेगी, किराया कैसे खा जाते हैं!

वह उन्हें पुराने क़िस्से सुनाती है, "वह कलमुँहा समझता था कि यह औरत जात क्या करेगी।" मैंने कहा, "टाँगें चीरकर धर दूँगी। समझते क्या हो अपने-आपको!"

अपनी पेंसिलों जैसी टाँगें देखता हुआ किरायेदार उठकर दूसरे कमरे में चला जाता है।

"भाई साहब कहाँ चले गये?" वह दुखी होकर किरायेदारिन से पूछती है।

उसका मन गली की लँगड़ी कुतिया की तरह रोता है—हाय! इस देश का क्या होगा, जहाँ एक पुरुष नारी के मुख से टाँगों की बात सुनकर भाग जाता है।

उसका हृदय राष्ट्रीय गीत गाने लगता है।

"दूसरे कमरे में गये हैं। कुछ याद आ गया होगा।" किरायेदारिन उसे समझा देती है।

"अजीब आदमी है।" पार्वती का राष्ट्र-प्रेमी मन नीबू लगे दूध के समान फट जाता है।

दो

"यह औरत बहुत बदज़बान है।" पार्वती के जाने के बाद नया किरायेदार मुँह में पालक के साग का-सा स्वाद लिये, अपनी पत्नी को समझाता है, "इसे ज़्यादा मुँह मत लगाना!"

"मुँह तो क्या, मैं इसे पैर से भी नहीं लगाती।" पत्नी कहती है।

"घर ठीक करें?"

"हाँ, आओ।"

पति-पत्नी मिलकर अपने बक्स खोलते हैं। दो कपड़े निकालकर वार्डरोब में टाँगते हैं और दो बर्तन रसोई में रख आते हैं। बाक़ी बक्सों में किताबें नज़र आती हैं। वे लोग सारी अलमारियों में और शो-केसों में किताबें सजा देते हैं। डाइनिंगरूम में राइटिंग टेबल रख देते हैं और उस पर किताबें और फ़ाइलें ढेर कर देते हैं। किरायेदार अपना टाइपराइटर लेकर मेज़ पर आ बैठता है।

"मैं लोगों को सूचना दे दूँ कि हमने यहाँ शिफ्ट कर लिया है?" वह पूछता है।

"उन्हीं को देना, जिन्हें देनी है।" पत्नी कहती है, "उन्हें मत देना जिनके कारण हमें यहाँ शिफ्ट करना पड़ा है।"

टाइपराइटर चलने लगता है और चिट्ठियाँ टाइप होकर ऐसे निकलती हैं, जैसे गेहूँ पीसने की मशीन में से आटा झरता है।

पत्नी उस ढेर में से एक पत्र उठाकर पढ़ती है, जैसे चूल्हे पर चढ़े पुलाव में से एक दाना टोहकर उसके गलने का अन्दाज़ लगा रही हो।

"क्या कर रहे हो तुम?" वह कहती है, "इस घर का नम्बर एक सौ अठारह नहीं, अठारह सौ एक है। सबको ग़लत पता लिख रहे हो।"

"अच्छा!" नारे लगाते विद्यार्थियों की भीड़ को देखकर मशीन बन्द करते हुए बस-ड्राइवर के समान पति अपनी उँगलियाँ रोक देता है, "मेरी फिगर्स की मेमोरी बहुत कमज़ोर है। मैं ज़िन्दगीभर इससे परेशान रहूँगा। आज तक यही याद नहीं रह सका कि स्वयं को एक समझूँ कि दो। तुम पता ठीक कर दो।"

तीन

"सूअर की बच्ची! कुतिया कहीं की! आगे से ज़बान चलाती है।" शर्मा मिसेज़ शर्मा के गाल को थप्पड़ से सहला देता है, "फिर बकवास की तो चमड़ी उधेड़कर बाटा को दे आऊँगा। जूते बनाकर एक्सपोर्ट कर दी जाएगी। कमीनी कहीं की। क्या समझकर अकड़ती है मेरे सामने, औरत न हो पाँच सौ पौण्ड हवा भरा टायर हो।"

"तुम अपने बाप के हो तो आज मुझे मार डालो।" मिसेज़ शर्मा तड़पकर उठ बैठती हैं और शहीदों के समान छाती तान देती हैं, "मेरे बाप ने तुम्हें यह बनाया और तुम उस हरामज़ादी के पीछे मुझे पीटते हो। कुत्ते तुम हो, जिसकी किसी भी जवान लड़की को देखकर ख़राब वाशरवाले नल के समान लार चूने लगती है।"

"फिर बोली!" शर्मा प्यार के चाँटे से मिसेज़ शर्मा के दूसरे गाल पर भी रूज लगा देता है।

"मार तो अब!" मिसेज़ शर्मा, शर्मा के हाथ में, रीतिकालीन नायक के समान दन्तक्षत देती है।

तीनों बच्चे ज़ोर-ज़ोर से रोकर बाप की अकल का मातम कर रहे हैं, "हाय पापा! कुश्ती का मैच दिखाने से पहले लोगों से टिकट तो ले लो।"

"पूँजीवादी चालें नहीं चलेंगी। जनता पर टैक्स नहीं बढ़ने देंगे।" मुहल्ले के चौधरी कहते हैं, "टिकट लगायी तो बिना लाइसेंस के पहलवानी करने के लिए कमेटी से तुम्हारा चालान करवा देंगे।"

शर्मा मिसेज़ शर्मा को झटककर पिछले दरवाज़े से बाहर निकल जाता है और वह 'अभी न जाओ छोड़के' अन्दाज़ में बैठी रहती है।

"इस हरामज़ादी से कौन उलझे!" पिछली गली में शर्मा सोचता है।

चार

पार्वती अपने नये किरायेदारों के फ्लैट में पहुँचती है।

नया किरायेदार झाड़े-पोंछे ड्राइंगरूम-सा साफ़-सुथरा, सेण्टर टेबल पर पैर रखे कोई पुस्तक पढ़ रहा है।

"आइए, आइए! वह अपने पैर फ़र्श पर रख, सोफ़े पर सजकर सेण्टर टेबल

पार्वती के बैठने के लिए ख़ाली कर देता है।"

"आज आप दफ़्तर नहीं गये?" पार्वती के गाल ओरेंज-बार हो जाते हैं।

"हो आया हूँ।" किरायेदार की आँखों में शराब की बोतल की जगह फिनायल का डिब्बा देख लेने का-सा भाव आ जाता है।

"अभी तो बारह ही बजे हैं और आप दफ़्तर से हो भी आये हैं।" पार्वती के गाल चॉकबार में बदल जाते हैं, "अभी तो लोग पूरी तरह से गये भी नहीं।"

"मेरा आज एक ही पीरियड था।" किरायेदार कहता है, "मैं अपने कॉलेज के दफ़्तर में कह दूँगा कि मेरे टाइम टेबल की एक कॉपी आपको भी भेज दी जाए।"

"अच्छा!" पार्वती की समझ में कुछ नहीं आता, "बहनजी कहाँ हैं?"

"बेडरूम में हैं। बुला दूँ?" किरायेदार ऐसे पूछता है, जैसे बच्चा माँ से गोलगप्पेवाले को बुलाने की अनुमति चाहता है।

"नहीं! मैं ही भीतर चली जाती हूँ।"

पार्वती उठती है तो किरायेदार के पास सेण्टर टेबल पर अपना एक मन छोड़ जाती है। शरीर को वह उठा ले जाती है। उसे उनका बेडरूम देखने का भी शौक है और फिर पराये मर्द के पास अकेली औरत कितनी देर बैठ सकती है। अगली बार आएगी तो अपने पाँचों बच्चों का दस्ता साथ लेकर आएगी—वह सोचती है।

ग्राहक के जाने के बाद चीज़ों को यथास्थान रखने के अन्दाज़ में किरायेदार अपने पैर फिर मेज़ पर रखकर पुस्तक पढ़ने लगता है और पार्वती बेडरूम को ओब्लाइज करने चली जाती है।

"बहनजी! सो रही हो क्या?" वह हाँक लगाती है।

"नहीं-नहीं! आइए।" किरायेदार की पत्नी आँखें मलती हुई पलँग पर उठ बैठती है।

पार्वती अपने अड़तीस वर्ष पुराने शरीर को ठेलती हुई ले जाकर धम्म से पलँग पर अनलोड कर देती है, "भाई साहब क्या रोज़ ही इतनी ही देर के लिए दफ़्तर जाते हैं?"

"नहीं तो!" किरायेदार की पत्नी पलँग के दर्द को जान उसे सहलाती हुई कहती है, "आज उनका केवल एक ही पीरियड था।"

"अच्छा-अच्छा!" पार्वती फिर कुछ न समझकर मामला रफा-दफ़ा कर देती है, "आपसे शर्मा की वाइफ़ तो नहीं मिली थी?"

"कौन शर्मा की वाइफ़?" किरायेदार की पत्नी अपना अज्ञान दिखा देती है।

"तो नहीं मिली अभी आपसे!" पार्वती स्टार्ट हो जाती है, "अरे, यही हमारे पड़ोसवाली। कुतिया है एकदम! गली-गली मारी फिरती है। अभी नहीं मिली आपसे। मिलेगी तो बहुत कुछ कहेगी आपसे मेरे बारे में। कुत्तों की तरह भौंकती रहती है, तभी तो शर्माजी इतना पीटते हैं उसे। पर वह कहाँ मानती है। अब भला आप ही

बताओ, आपने कुछ देखा मुझमें ऐसा-वैसा?" वह किरायेदार की पत्नी को घूरने लगती है।

"कैसा?" वह बेचारी हैरान होकर पूछती है।

"देखो तो हरामज़ादी मुझे यूँ ही बदनाम करती फिरती है। कहती है कि इनके दोस्त मेरे पास आते हैं..."

"किनके दोस्त?" किरायेदार की पत्नी प्रश्न के बेलचे से अज्ञान की मिट्टी हटाती है।

"अरे, इन्हीं के, गुड्डी के डैडी के।" पार्वती की जीभ ट्यूबवेल की तरह सूचनाएँ उलीचने लगती है, "वे जर्मन गये हुए हैं न। तो पीछे अपने एक दोस्त से कह गये थे कि वे हमारी देखभाल करते रहें। अब मैं अकेली औरत हूँ। कहाँ-कहाँ ठोकर खाऊँगी। बच्चे हैं। घर है। इनकी देखभाल करनी पड़ती है। तो उनके वे दोस्त, गुड्डी के अंकल आ जाया करते हैं। और यह हरामज़ादी शर्मा की बीवी मुझे बदनाम करती है कि मैं गुड्डी के अंकल के साथ घूमती हूँ। मुझे यह सब ही करना था तो मैं गुड्डी के डैडी को जर्मनी क्यों भेजती!

"वैसे क्या बताऊँ आपको। शर्मा ने एक रण्डी रखी हुई है। इनके घर रोज़ मारपीट होती है। मारपीट तो आदमी-औरत में होती ही है। अब गुड्डी के डैडी मुझे नहीं मारते थे क्या? एक दिन नहाकर आये। कमीज का बटन टूटा हुआ था। बस एकदम नाराज़ हो गये। खींचकर मुझे एक चाँटा मार दिया। मेरा डब्बू मेरे पास खड़ा था। एकदम लिपट गया इनसे। कहने लगा, 'ख़बरदार डैडी, जो मेरी मम्मी को मारा।' इन्होंने छोड़ दिया। हँस पड़े। बोले, 'अब तेरा बचानेवाला भी आ गया है। अब आप बताइए कि इसमें कोई बुरी बात है?' " पार्वती का ट्यूबवेल आँखों के रास्ते भी चलने लगा लगता है।

"किसमें?" किरायेदार की पत्नी फिर पूछती है।

बड़ी कूढ़ मगज़ है—पार्वती मन में सोचती है—आजकल की सब पढ़ी-लिखी लड़कियाँ ऐसी ही होती हैं क्या?

"अजी, अपने घरवाले के हाथों मार खाने में?" वह पूछती है।

"जी, मैं क्या..."

और पार्वती फिर स्टार्ट हो जाती है, "आपको पता नहीं है, आपसे पहले जो किरायेदार यहाँ था, अरे वही नवाब का दामाद, बेटी...वह भी बहुत मारता था, अपनी घरवाली को। पर वह भी ऐसे ही मार नहीं खाती थी। दोनों पहले बैठकर शराब पीते थे। फिर अँग्रेज़ी में गिटपिट करते थे, फिर गालियाँ देते थे। वह मारधाड़ होती थी कि दारासिंह क्या करता होगा। मैंने कहा, 'भाई साहब...' और अब सामनेवाली मिसेज़ खन्ना कहती हैं कि उसने आज तक अपने घरवाले से मार ही नहीं खायी। झूठी हरामज़ादी..."

पाँच

मिसेज़ खन्ना मिसेज़ शर्मा से बहुत नाराज़ बैठी है। अच्छा है पिटती है साली। शर्मा को चाहिए, मार-मार इसका कचूमर निकाल दे। खाल उधेड़कर, उसकी रजाई बनाकर दान कर दे...

...बेबी गयी थी उसके घर तो पूछ रही थी, "बेबी, तेरे पापा जब से टूर पर गये हैं, कभी चिट्ठी लिखी है उन्होंने तेरी मम्मी को?"

"नहीं आण्टी! अभी तो कोई चिट्ठी नहीं आयी।" बेबी घर की ख़बरें बहुत लीक करती है।

"लिखेंगे कैसे! माँ तेरी पढ़ना भी तो जाने!" मिसेज़ शर्मा ने कहा था।

कमीनी औरत—मिसेज खन्ना सोचती है—बिलकुल बिल्ली है हरामज़ादी। ज़रा किसी का किया भला याद नहीं रखती। बड़ी आयी पढ़ाको मौसी। जैसे सारी दुनिया की विद्या इसी के पेट में समा गयी हो। चौथी पास है नहीं साली! बातें कैसी करती है।

उस दिन जब पार्वती ने इनकी इन्हीं बातों से तंग आकर अपना मकान ख़ाली कर देने के लिए कहा था तो कैसे दोनों मियाँ-बीवी आकर खन्ना साहब के पैरों के स्लीपर हो गये थे। तब खन्ना साहब ने वर्मा साहब पर दबाव डालकर उन्हें यह मकान दे दिया था। नहीं तो कौन देता उसे मकान। उधर मुहल्ले के नेपाली चौकीदार की झुग्गी के पास झोंपड़ी बनाकर रहना पड़ता। तो अकल आ जाती साली पढ़ी-लिखी को।...रख लेती अपनी झोंपड़ी का नाम इण्टरनेशनल कॉटेज..."

"मम्मी! मम्मी!" बेबी बाहर से आती है।

"क्या है?" मिसेज खन्ना पूछती हैं।

"मम्मी, देखो न! शर्मा आण्टी के बच्चे हमारे लेटर-बॉक्स में यह चिट्ठी डाल गये हैं।"

"किसकी चिट्ठी है?"

"शर्मा आण्टी के बच्चों ने लिखा है, मम्मी!" बेबी बताती है।

"डाकिये हैं साले! क्या लिखा है?" मिसेज़ खन्ना के भीतर जिज्ञासा बासी कढ़ी के समान उबलती है।

"लिखा है कि तुम लोग पाँच बार हमारे फ्रिज़ की बर्फ़ लेकर गये हो। फ्रिज़ तुम्हारे बाप का नहीं, हमारे बाप का है। उसके आठ आने पैसे दे जाओ!"

"तुम लोग भी एक चिट्ठी लिखकर उसके लैटर-बॉक्स में डाल आओ।" मिसेज़ खन्ना डिक्टेट कराती हैं, "हमने तुमको तीन बार चाय पिलायी है, भुखमरो! अपनी अठन्नी काटकर हमारे ढाई रुपये दे जाओ।"

छह

मुहल्लेभर में शोर है कि पार्वती को जर्मनी से पार्वते का पत्र आया है। बच्चों ने गली में घोषणा की है, हमारे डैडी की जर्मनी से चिट्ठी आयी है। उन्होंने बहुत अच्छी हैण्डराइटिंग में लिखा है, "मेरी प्राण-प्यारी पार्वती! तुम वहाँ चिन्ता मत करो। मैं बहुत जल्दी तुम्हें यहाँ बुला लूँगा। बच्चों को लेकर तुम आ जाना। मैं इन्तज़ाम कर रहा हूँ। तुम वहाँ बच्चों को अच्छे स्कूल में डाल दो। उनकी पढ़ाई अच्छी तरह होनी चाहिए, क्योंकि यहाँ के स्कूलों की पढ़ाई बहुत अच्छी तरह होती है। तुम भी अच्छी तरह अँग्रेज़ी पढ़ लो। तुम जब तक अँग्रेज़ी नहीं पढ़ोगी, तब तक तुम यहाँ नहीं आ सकतीं। तुम मुझको अँग्रेज़ी में पत्र लिखो, ताकि मैं समझ सकूँ कि तुम्हें अँग्रेज़ी आ गयी है और तब मैं तुम्हें यहाँ बुला लूँ..."

सारे मुहल्ले को मालूम है कि पार्वती को पार्वते की चिट्ठी सोमवार और बृहस्पतिवार को मिलती है। डाकिया भी सारी गली के घरों के लेटर-बॉक्स में चुपचाप चिट्ठियाँ डालकर चल देता है, पर मन्दिर के सामने से गुज़रते हुए थोड़ा-सा माथा ज़रूर झुकाता है और पार्वती के नाम की चिट्ठी डालते हुए गँडेरियोंवाले के समान ज़ोर की हाँक अवश्य लगाता है, "चिट्ठी ले लो!"

और फिर सारी गली में बच्चों का शोर सुना जा सकता है, "मम्मी, डैडी की चिट्ठी आयी है।"

पार्वती क्विंक की लाल रोशनाई के समान सुर्ख होती हुई नये किरायेदार की पत्नी से कहती है, "बहनजी! मेरे बच्चे मुझे दो ही बातों से चिढ़ाते हैं। एक तो कहेंगे–मम्मी, डैडी की चिट्ठी आयी है, दूसरे कहेंगे–मम्मी, अंकल आये हैं। जो इनके दोस्त हैं न! जो इनके पीछे से हमारी देखभाल करते हैं..."

किरायेदार की पत्नी अपने पति से कहती है, "यह बुढ़िया मुझे अपने इश्क के क़िस्से सुनाने आती है।"

सात

गुणवन्ती नये किरायेदार के दरवाज़े पर दस्तक देती है, "बहनजी! बहनजी!"

किरायेदार की पत्नी निकलकर देखती है। वह गुणवन्ती को चेहरे से पहचानती है। यह औरत पार्वती के मकान की दूसरी मंज़िल पर रहती है।

इस वक़्त क्या मुसीबत आ गयी?–किरायेदार की पत्नी सोचती है–यह बयालीस वर्ष की बुढ़िया भी मुझे बहनजी ही कहती है।

"बहनजी! आप ज़रा ऊपर चलें।" गुणवन्ती की आवाज़ बरसाती मेढक जैसी तेज़ है।

"क्या बात है?" किरायेदार की पत्नी मेढक से बहुत डरती है।

"हमारी लाडो बीमार है।" गुणवन्ती भजन गाती है, "भगतजी यहाँ हैं नहीं, टूर पर गये हैं। आप ज़रा देखिए, लाडो को कितना बुखार है।"

"आपने थर्मामीटर लगाया?" किरायेदार की पत्नी उबासी लेती है।

"मुझे थर्मामीटर देखना नहीं आता।" गुणवन्ती कहती है, "मैं पढ़ी-लिखी नहीं हूँ। भगतजी बहुत पढ़े-लिखे हैं, वे थर्मामीटर भी पढ़ लेते हैं। पर वे तो यहाँ हैं नहीं..."

थोड़ी देर में किरायेदार की पत्नी नीचे आकर किरायेदार को ऊपर ले जाती है, "जी, ज़रा देखिए तो सही! मेरी तो कुछ समझ में नहीं आता!"

किरायेदार लाडो को थर्मामीटर लगाता है। बुखार थर्मामीटर में भरता जाता है—एक सौ चार। वह नज़र उठाकर गुणवन्ती की ओर देखता है। गुणवन्ती की आँखों से आँसू सार्वजनिक सण्डास के खुले नल के समान बह रहे हैं। लाडो अपनी माँ के आँसू देखकर चीख़ों का संगीत देने लगती है।

"बहुत बुखार है क्या?" गुणवन्ती पूछती है।

"एक सौ है!" किरायेदार कहता है।

वह थर्मामीटर अपनी पत्नी को पकड़ाता है।

"मैं डॉक्टर के पास जा रहा हूँ। तुम यहीं बैठो।" वह चला जाता है।

आठ

गुड्डी के अंकल पार्वती के पास आये बैठे हैं। उनका स्कूटर बाहर खड़ा है। सब लोग पहचानते हैं कि यह स्कूटर किसका है।

"पार्वती! बच्चे कितने बजे सोएँगे?" अंकल बच्चों की देखभाल करते हैं।

"काफ़ी रात हो गयी है।" पार्वती कहती है, "बच्चे अब सोने ही वाले हैं, उन्हें नींद आ रही है। तुम भी अब घर जाओ।"

"अच्छा!" अंकल अपनी जगह से हिलते नहीं हैं।

"जाते क्यों नहीं!" पार्वती के गालों के सफ़ेद शलजम लाल हो जाते हैं, "जो काम तुम्हें करना था वह हो गया और इतनी रात तुम्हारा स्कूटर बाहर खड़ा सब देखते हैं। उसे किसी की नज़र लग गयी तो?"

"जो काम मैं करने आया था, वह बच्चों के जागते हुए नहीं हो सकता।" अंकल कहते हैं, "और स्कूटर कहो तो अन्दर रख दूँ?"

"नहीं! बाहर ही रहने दो।" पार्वती कहती है, "बाहर खड़ा है तो यह तो लगता है न कि तुम लौटनेवाले हो। भीतर कर दिया तो लोग तुम्हें लौटता देखने के लिए मेरे घर के सामने तम्बू गाड़कर सड़क ख़राब कर देंगे।"

दोनों चुप हो जाते हैं।

पार्वती के मन में बच्चों के प्रति खीज सीढ़ियाँ चढ़ती जाती है।

अंकलजी का मानसिक तनाव देश की आबादी की तरह बढ़ रहा है।

मातृभक्त बच्चे माँ की इच्छा का सैनिक सम्मान करते हुए एक-एक करके सोने लगते हैं।

खन्ना साहब मिसेज़ खन्ना को अपने गेट पर से दिखाते हैं, "देखो बत्ती बुझा रखी है और भीतर साले ऐश कर रहे हैं। वह साला यहीं है गुड्डी का अंकल। उसका स्कूटर बाहर खड़ा है। मुहल्ले में बदमाशी बढ़ रही है।"

"तुम्हें क्या पड़ी है, जो जासूसी करते हो!" मिसेज़ खन्ना कहती हैं, "जब पार्वता ही उसे अंकलजी को सौंप गया है, तो वह उसकी देखभाल क्यों न करे! तुम चाहोगे भी तो वह तुम्हें अपनी देखभाल करने नहीं देगी।"

"तुम अपनी बकवास बन्द करो। मुझे क्या करना है उस बूढ़ी फाफा का!" खन्ना साहब भीतर चले जाते हैं और मिसेज़ खन्ना के भीतर जाते ही, फिर बाहर आकर अपने गेट पर सन्तरी की ड्यूटी सँभालकर अंकलजी के स्कूटर को घूरने लगते हैं।

नौ

नया किरायेदार टैक्सी की गोद में बैठा लौटता है।

गुणवन्ती लाडो को गर्म कम्बल में लपेटती है। किरायेदार लाडो को गोद में उठाकर नीचे उतरता है। किरायेदार के साथ उसकी पत्नी भी टैक्सी में बैठती है। गुणवन्ती लाडो को अपनी गोद में ले लेती है और टैक्सी चल पड़ती है।

डॉक्टर थर्मामीटर लगाता है और लाडो तथा गुणवन्ती रोने लगती हैं।

"आप रोएँ नहीं।" किरायेदार रूमाल से अपने आँसू पोंछता है।

"इंजेक्शन लगा दूँ?" डॉक्टर पूछता है।

"डॉक्टर साहब को भी थर्मामीटर से बुखार का पता नहीं चला न, जो अब इंजेक्शन लगाकर देखेंगे!" गुणवन्ती किरायेदार की पत्नी से कहती है, "हमारे भगत जी थर्मामीटर से बुखार जान लेते हैं।"

"डॉक्टर आप हैं।" किरायेदार डॉक्टर से कहता है, "ज़रूरी समझें तो अवश्य लगा दें।"

"बच्ची का कपड़ा नीचे कर दें।" डॉक्टर अपनी आँखें मेडिकल-कॉटन से पोंछता है।

गुणवन्ती की शरारती बच्चे की सीटी के समान अनायास ही चीख़ निकल जाती है, "आप ही इसे सँभालें, भाई साहब! मुझसे यह सब नहीं होगा। मैं इंजेक्शन

नहीं लगवा सकती। आप भगत जी को तार देकर बुलवा लें। मुझसे नहीं होगा...”

“मैं आपको इंजेक्शन नहीं लगाने लगा।” डॉक्टर को रोते-रोते हिचकी आने लगती है। अपने कम्पाउण्डर की ओर देखकर वह कहता है, “पानी!”

किरायेदार लाडो को सँभालकर इंजेक्शन लगवाता है।

टैक्सी घर के बाहर आकर रुकती है तो बहुत सारे लोग गाँव के बच्चों के समान घिर आते हैं। खन्ना और मिसेज खन्ना आ जाते हैं। सामने से जलोटा, उसकी पत्नी और बच्चे आ जाते हैं। गुप्ता साहब की आया मरिया आ जाती है। पार्वती अंकलजी को विदा करने के लिए बाहर खड़ी थी, वह भी मिल जाती है।

“क्या हुआ?”

“क्या हुआ??”

“क्या हुआ???”

“ओह, की होया????”

बहुत सारी जिज्ञासाएँ मक्खियों के समान भिनभिनाती हैं।

“लाडो बीमार है।” किरायेदार सबको एक ही जवाब देता है।

“कितना बुखार है?” जलोटा साहब पूछते हैं।

गुणवन्ती अपनी मुट्ठी में पकड़ा रूमाल खोलकर उसमें से लाडो को लगाया गया थर्मामीटर निकालकर उसे पकड़ा देती है।

“आपसे हमारा परिचय नहीं हुआ।” खन्ना साहब पार्वती की ओर देखते हुए नये किरायेदार से कहते हैं।

“जी, मैं सेठी हूँ।” किरायेदार अपने नाम से कटाया हुआ डॉक्टर का बिल उन्हें दे देता है, “यूनिवर्सिटी में पढ़ाता हूँ।”

“आपसे मिलकर बहुत खुशी हुई, प्रोफ़ेसर साहब!” जलोटा अपने दाँत दिखाकर, जेब से बेबी टूथब्रश निकालता है और दाँत साफ़ करने लगता है।

“मैंने घड़ी में अलार्म लगा दिया है।” सेठी गुणवन्ती से कहता है, “जब अलार्म बजे आप लाडो को दवा दे दें।”

“या जब दवा दूँ तो अलार्म बजा दूँ?” गुणवन्ती पूछती है।

दस

“पार्वती तो वेश्या हो गयी है बेशरम।” खन्ना अपने घर में घुसते हुए कहता है, “आगे वह मरिया ही कम थी। अब तो वह कोनेवाली कोठी के नौकर की बेटी को भी पर निकल रहे हैं। पर यह साली तो बहुत बेशरम हो गयी है। नौ बजे बत्ती बन्द कर दी और साढ़े दस बजे अपने खसम को विदा कर रही थी। हरामज़ादी, कुतिया...!”

"बड़ी बेवकूफ़ औरत है यह गुणवन्ती।" सेठी अपनी पत्नी से कहता है, "यह अपनी बच्ची को कैसे सँभालेगी। बूढ़ी हो गयी पर थर्मामीटर तक इसे देखना नहीं आता। घड़ी में टाइम भी नहीं देख सकती और वह भगत चल दिया है टूर पर..."

"तुम भगत को तार ही दे दो।" उसकी पत्नी कहती है।

"वह तो मैं कल दे दूँगा। पर तार पहुँचने में और उसके वापस लौटने में कुछ देर तो लगेगी ही न। तब तक क्या होगा? कितने भक्ति-भाव से कहती है, 'भगत जी को तार दे दो...भगतजी जैसे टूर पर न गया हो, तीर्थ करने गया हो'..."

"यह प्रोफ़ेसर अच्छा आदमी लगता है।" जलोटा अपनी पत्नी से कहता है, "लाडो को डॉक्टर के पास ले गया। दवा ले आया। पर यह गुणवन्ती अजीब औरत है। हम बरसों से यहाँ रह रहे हैं और यह चली गयी प्रोफ़ेसर को बुलाने। हमने भी आख़िर बच्चे पालकर बड़े किये हैं, हमसे तो सलाह ले लेती। और यह पार्वती! इसे तो अपने खसमों से ही फुरसत नहीं है।"

"तुम्हें क्या तकलीफ़ है?" जलोटा की पत्नी कहती है।

"तकलीफ़ क्यों नहीं है!" जलोटा गुस्से में कहता है, "हमारे होते हुए वह मुहल्ले के बाहर से मर्द इम्पोर्ट करे, यह हमारी साफ़-साफ़ इन्सल्ट है।"

"बकवास मत करो!" जलोटा की पत्नी के स्वर में क्रोध एकदम नहीं है।

ग्यारह

पार्वती मिसेज़ सेठी के पास धरना दिये बैठी है।

"क्या बताऊँ, बहनजी!" वह बता रही है, "बड़े गुस्सेवाले हैं ये गुड्डी के अंकल! अरे, वही इनके दोस्त! जो इनके पीछे से हमारी देखभाल करते हैं। रात मुझसे लड़कर गये थे। सोचा था, अब कभी नहीं आएँगे। सुबह होते ही फिर आ गये। मैंने पूछा, 'अब क्यों आ गये?' तो कहने लगे, 'बस आ गये। तुम्हारे बिना दिल नहीं लगता।' बच्चों से तो उनका ऐसा दिल लग गया है कि आये बिना रह नहीं सकते।"

मिसेज सेठी चुपचाप उसे देखती रहती हैं।

"अच्छा बहनजी! मुझे ज़रा अँग्रेजी पढ़ा दो न! तुम तो पढ़ी-लिखी हो। मेरा तो कल से दिल काँप रहा है।" पार्वती कहती है, "इन्होंने...अरे, गुड्डी के डैडी ने जर्मनी से चिट्ठी में लिखा है, तुमने यदि अँग्रेज़ी नहीं पढ़ी तो तुम्हें कभी जर्मनी नहीं बुलाऊँगा। मैं तो बहुत पछता रही हूँ उन्हें भेजकर। मुझे क्या पता था कि यह मुसीबत सिर आएगी।" वह एक क्षण रुककर कहती है, "मर्द घर पर न हो तो लोग बदनाम करने लगते हैं। मेरी तो अपनी सास बदनाम करने लगी, इस कलमुँही मिसेज़

शर्मा के साथ मिलकर। कहने लगी कि तूने गुड्डी के अंकल को खसम बना लिया है। मैंने कहा, 'अम्माँ! अपनी बहू के बारे में ऐसी बात मुँह से नहीं निकालनी चाहिए और जब निकाली है तो भोग।' मैंने अपनी सास को भी गाँव भेज दिया और मिसेज़ शर्मा से भी मकान ख़ाली करवा लिया। ये हमारे किरायेदार थे न पहले। और फिर गुड्डी के डैडी को चिट्ठी में भी लिख दिया सबकुछ...तो आप अँग्रेज़ी पढ़ा देंगी मुझे?"

"आप अँग्रेज़ी पढ़ना क्यों चाहती हैं?" मिसेज़ सेठी पूछती हैं।

"अब देखो न! उन्हें तो भेज दिया जर्मनी।" पार्वती कहती है, "अब बच्चे यहाँ मुझसे सँभलते नहीं। मेरी तो जान आफत में आ गयी है। बच्चों की पढ़ाई के लिए मैं अकेली यहाँ रही और अब बच्चे हैं कि पढ़ नहीं रहे। वे देखेंगे कि बच्चों की पढ़ाई ठीक नहीं चल रही, तो मुझे तो वे मार ही डालेंगे। उन्हें जर्मनी क्या भेज दिया, मेरा तो जीवन ही वीरान हो गया।" पंक्चर ट्यूब में से हवा निकलने के समान पार्वती के फफकने का स्वर होता है, "अब वे कहते हैं कि मुझे बुलाएँगे ही नहीं। मुझे अँग्रेज़ी नहीं आती तो क्या करूँ। मेरा क्या दोष? हाय! ऐसे तो वे मुझे छोड़ ही देंगे।"

"रोइए मत!" मिसेज़ सेठी कहती हैं, "आप अँग्रेज़ी क्यों पढ़ना चाहती हैं? जर्मनी में कोई अँग्रेज़ी समझता ही नहीं, वहाँ तो लोग जर्मन बोलते हैं। अँग्रेज़ों के गुलाम हम रहे हैं, वे नहीं।"

"अच्छा!" पार्वती खुश हो जाती है, "तो वे मेरे साथ मज़ाक़ कर रहे होंगे। बड़े मज़ाक़िया हैं वे। अब आएँगे..."

"मैंने भी सुना है।" मिसेज़ सेठी बात टाल जाती हैं।

"क्या?"

"कि वे मजाक़िया हैं।"

"अरे बहनजी!" पार्वती बड़ी सतर्क आवाज़ में कहती है, "यहाँ सावधान रहना। सुनी-सुनायी बात पर विश्वास मत करना। यह मुहल्ला बहुत ही ख़राब है। गुणवन्ती से तुम होशियार ही रहना।"

"क्यों, क्या बात है?" मिसेज़ सेठी पूछती हैं।

"बात क्या है, उसकी नज़र तुम्हारे घरवाले पर है। और यह मुहल्ला तो है ही रण्डियों का। यह हमारा बगलवाला मकान है न। अरे, यही शर्मा वाला।"

"हाँ-हाँ!" मिसेज़ सेठी कहती हैं।

"उसमें पहले एक आदमी रहता था। क्या भला-सा नाम था—कबूतरा या कबूतर। रोज़ उसके घर में एक नयी औरत होती थी। मैं हैरान कि मामला क्या है। जिससे पूछो, 'तुम कौन?' वही कहे, 'मैं इनकी घरवाली।' मैं समझ गयी। मैंने सब मुहल्लेवालों से कहा, 'एक हो जाओ!' मुहल्लेवाले जमा हो गये। एक दिन रँगे हाथों पकड़ा गया कबूतरा। निकालकर बाहर किया।

"और अब वह मकान शर्मा के पास है। शर्मा ने भी एक रण्डी रखी हुई है। उसी के पीछे रोज़ मारपीट होती है। आपकी तो कमाल की नींद है। रात-भर आराम से सोती रहीं आप। नहीं तो यह सारा मुहल्ला जाग गया था। शर्मा वैसे तो अच्छा करता है। इस हरामज़ादी को पीटता है। पर वह बेटी...इसको इसी तरह पीटता रहा, तो यह किसी दिन किसी और के साथ भाग जाएगी...हाँ, वैसे आप इससे भी बचकर रहिएगा।"

"ग्रामोफ़ोन का घिसा हुआ रिकार्ड।" पार्वती के सीढ़ियाँ उतर जाने के बाद मिसेज़ सेठी कहती हैं।

बारह

गुणवन्ती का कीर्तन चल रहा है :

"अच्छा, मेरे बच्चे का हाल पूछने आयी। अरे, मैं कहती हूँ कीड़े पड़ेंगे कीड़े। इससे अच्छा था न आती हाल पूछने। सिर्फ़ तुम आयी, पार्वती। और कोई आया ही नहीं। या फिर आये तुम्हारे बच्चे..."

"क्या बात है?" सेठी अभी सोकर उठा था और नाइट-सूट में ही लाडो का हाल पूछने ऊपर चला आया था।

"होना क्या है, भाई साहब! यही पार्वती थी और कौन आया यहाँ!" वह आलाप लेती है।

"आप ज़रा धीरे बोलें।" सेठी अपनी बुश्शर्ट फाड़कर दोनों कानों में ठूँस लेता है, "बीमार बच्चे के पास इतनी ज़ोर से नहीं बोलना चाहिए।"

"ठीक है।" गुणवन्ती धीरे से कहती है और फिर ख़राब रेडियो के समान उसका वॉल्यूम अपने आप ऊँचा हो जाता है, "पचीस रुपये थे पूरे। चाँदी के नहीं, काग़ज़ के थे, पर फिर भी हज़म नहीं होंगे। मेरा क्या है, मैं तो सह जाऊँगी। पर यह कोई अच्छी बात तो नहीं है।"

"आप कैसे कहती हैं कि पैसे उन्होंने चुराये हैं?" सेठी कहता है, "कोई और भी तो आया हो सकता है। रात को इतने लोग थे। मैं भी था। सवेरे आपका दूधवाला भी आया था। मैं भी आया हूँ। हो सकता है, मैंने ही चुराये हों।"

"अरे नहीं, भाई साहब! आप तो मज़ाक करते हैं।" गुणवन्ती के भजन में आरोह आ जाता है, "मैंने अपने छोटे बटुए में पचीस रुपये डालकर यहाँ मेज पर रखे थे। और कोई नहीं आया। और किसी को चोरी की आदत भी नहीं है। यह पार्वती या उसके बच्चों में से ही किसी ने उठाये हैं। बच्चे की तबीयत पूछने के बहाने मेरे पचीस रुपये चुराकर ले गयी। हद है। अब आये तो कोई, टाँगें न तोड़ दीं तो! और किराया भी नहीं दूँगी इसे इस महीने। देखती हूँ कैसे लेती है...!"

"मैं डॉक्टर से दवाई ले आऊँ।"

गुणवन्ती की आवाज़ नीचे नहीं उतरती, सेठी घबराकर नीचे उतर जाता है।

तेरह

"मोची...।"

गली में से मोची की सवारी जा रही है।

"पानी पीओगे, भैयाजी?" गुप्ता की आया मरिया अपने बरामदे में खड़ी पूछती है, "ठण्डा है फ्रिज का।"

"नहीं!" मोची आगे बढ़ जाता है। वह नया है शायद। अभी मरिया के महत्त्व को नहीं जानता।

"न सही!" मरिया मुँह बनाती है। वहीं पैरों के भार उकड़ूँ बैठ जाती है और अंजली में बोतल का पानी उँडेलकर पीने लगती है।

"सूअर की औलाद!" अब मिसेज़ जलोटा अपने गेट पर से दाँत पीस रही हैं। उन्हें मरिया हमेशा से अपने बड़े लड़के के लिए ख़तरा लगती रही है।

"सब्ज़ीवाले भैया!" मरिया बोतल रखकर खड़ी हो जाती है, "कल सब्ज़ी तुम ख़राब दे गये। मेम साहब नाराज़ हो रही थीं। ऐसा मत किया करो, भैया! ऐसा तो ठीक नहीं।" वह फिर हँस देती है।

सब्ज़ीवाला साइकिल के पीछे बँधी टोकरी में पड़े गोभी के फूल की तरह खिल उठता है, "तुम्हें मैं ख़राब सब्ज़ी नहीं देता, आया जी! ऐसा मजाक करके मेरा दिल मत तोड़ो।"

"अच्छा जाओ, जाओ! मजाक नहीं करती।" मरिया कहती है, "पानी पियोगे? ठण्डा, फ्रिज का?"

"पिला दो?" सब्ज़ीवाला अपने दाँतों की वैसे ही प्रदर्शनी करता है जैसे डेण्टिस्ट के शोकेस में दाँतों का सेट पड़ा होता है।

मरिया पानी की बोतल लेने भीतर चली जाती है।

चौदह

मिसेज़ शर्मा मिसेज़ सेठी से जान-पहचान करने आयी हैं।

"आप नहीं जानतीं, बहनजी!" वह कहती है, "आप सेठी साहब को तो बचाकर ही रखें इस पार्वती से। अरे, इसका क्या है, इसे तो मर्द चाहिए और फिर सेठी साहब तो इतने सुन्दर हैं।" ठूँठ पर सूर्य की डूबती किरणों के समान उसके मुख पर शरम पसर जाती है, "क्या बताऊँ आपको! इसका कोई ठिकाना नहीं है।

चौकीदार है न वह दूसरे ब्लॉकवाला। वह आता है इसके पास! इसकी बत्ती काफ़ी देर तक जलती है। वह रात को आ जाता है। घण्टेभर इसकी चौकीदारी करने के बाद चला जाता है। इसकी देखभाल करने आता है। इसे जिस चीज़ की ज़रूरत होती है, दे जाता है। आदमी इसका परदेस में है, तो ज़रूरत तो इसे होगी ही न! पर कुछ सोचना तो चाहिए इसे। एक चौकीदार! छिः-छिः! लानत है! यह औरत है। कुतिया भी कुत्ते को देखभाल लेती है। यह तो..."

"आपके मकान के बारे में कह रही थी एक दिन..." मिसेज़ सेठी धीरे से गुनगुनाती हैं।

"हाँ, पहले यहाँ रहता था कोई।" मिसेज़ शर्मा कहती हैं, "उसके यहाँ रण्डियाँ आती थीं। उससे मकान ख़ाली करवा लिया गया। अजी, इसमें मकान का क्या दोष है। हम वहाँ रहेंगे तो क्या ख़राब हो जाएँगे। कोई पेड़ पर रहेगा तो लंगूर हो जाएगा क्या? वह तो ऐसे ही रोज़ नियम से बकवास करती है। आदत है उसकी। आप आइए न कभी हमारे घर।"

"आऊँगी।" मिसेज़ सेठी कहती हैं, "मैं तो अभी किसी को जानती भी नहीं।"

"मैं सबसे मुलाक़ात करवा दूँगी आपकी।" मिसेज़ शर्मा कहती हैं, "आप आइए तो! यहाँ तो एक से एक लोग हैं। मुहल्ले में कुछ बड़े ख़राब लोग भी आ गये हैं। वह कोनेवाली कोठी है न! वहाँ एक अकेला है मुस्टण्डा। रोज़ कार में किसी-न-किसी लड़की को लेकर आता है। शराब भी इतनी पीता है। क्या बताऊँ, आजकल तो लड़कियों का भी दिमाग़ ख़राब हो गया है। किसे क्या दोष दें। पीछे पड़ जाती हैं। न जात देखें, न पाँत। न ब्याहा, न कुँआरा..."

"कोनेवाले मकान में तो कोई घटिया-सा आदमी रहता है।" मिसेज़ सेठी कहती हैं।

"अजी, कहाँ!" मिसेज़ शर्मा अपनी आवाज़ को पाँच सौ पौण्ड वज़न से दबाकर कहती है, "वह तो नौकर है। एक बेटी भी है उसकी। दोनों बाप-बेटी मालिक की सेवा करते हैं। वह तीन सौ रुपये देता है इसको। आप ही देखें, लड़की की जवानी कपड़े फाड़ रही है। भला कुँवारी लड़की का ऐसा शरीर कहाँ। जब मालिक की उसको ज़रूरत नहीं होती, तो छत पर खड़ी गली में आने-जानेवालों से आँखें लड़ाती रहती है। बाक़ी समय तो उसके बेडरूम में ही घुसी रहती है।"

पन्द्रह

"हाय, मेरी बच्ची!" गुणवन्ती रो रही है, "तुझे क्या हो गया! हाय, भगतजी भी नहीं आये। हाय! क्या होगा? भगतजी मुझे जीता नहीं छोड़ेंगे। ओ मेरी बच्ची..."

"चुप कर न!" लाडो आँखें खोलकर धीरे से झिड़कती है और आँखें बन्द कर

लेती है, जैसे आँधी के झोंके से खिड़की खुले और फिर फटाक् से बन्द हो जाए।

गुणवन्ती के स्वर में बर्नोल की ठण्डक का-सा उत्साह आ जाता है, "तू बोली, मेरी बच्ची! कैसा जी है तेरा, लाडो!"

"चुप कर!" लाडो धमकी देती है, "ऐसे परेशान करेगी तो मैं मर जाऊँगी।"

"नहीं, लाडो! नहीं।" गुणवन्ती के चेहरे पर सियार के ब्याह की-सी धूप भी है और रिमझिम भी।

"क्या हाल है लाडो का?" सेठी पूछता है। वह भयभीत चूहे-सा अभी ऊपर आया है।

"ठीक है। आप ही देख लो, भाई साहब." गुणवन्ती कहती है, "मुझे तो कुछ समझ में नहीं आता।"

"रात को ठीक से सोयी लाडो?" सेठी पूछता है।

"यह सो जाती थी तो मैं घबरा जाती थी।" गुणवन्ती कहती है, "मैं रात-भर इससे बातें करने की कोशिश करती रही।"

"मम्मी मुझे सोने नहीं देती।" लाडो शिकायत करती है।

"बीमार बच्चे को आराम की ज़रूरत होती है।" सेठी कहता है, "उसे सोने दें। दवाई दे रही हैं?"

"हाँ जी।" गुणवन्ती पूछती है, "आपने भगत जी को तार दे दिया था?"

"दे दिया था।"

"सिंगल या डबल?"

"डबल।"

"क्या लिखा था?"

"लिखा था, लाडो बीमार है, जल्दी आ जाएँ।"

"अच्छा भाई साहब, देखा आपने!" गुणवन्ती का 'लीजिए फिर सुनिए' कार्यक्रम आरम्भ होता है, "कैसे चोर हैं यहाँ के लोग! पार्वती ने अभी तक मेरे पचीस रुपये नहीं लौटाये। सारी दुनिया जानती है, उसके बच्चों को चोरी की आदत है। मैं कहती हूँ, कीड़े पड़ेंगे..."

"बीमार बच्चे के सामने चिल्लाएँ नहीं।" सेठी उसका स्विच ऑफ़ कर देता है।

सोलह

पार्वती के घर सवेरे से दूसरे ब्लॉक के चौकीदार की ड्यूटी लगी हुई है।

"प्रभुदयाल!" बच्चे पूछते हैं, "मीट लाये?"

"हाँ, लाया हूँ।" चौकीदार मीटवाला लिफ़ाफ़ा पार्वती को देता है, "बीबी जी! मीट बनाओ।"

"आज मीट बनेगा।" चिल्लाते हुए बच्चे गली में भाग जाते हैं।

"प्रभुदयाल!" पार्वती कहती है, "राशन भी लाना है और आटा भी पिसाना है।"

"कर दूँगा।" प्रभुदयाल कहता है, "दिन में बच्चे सो जाएँगे कि रात को फिर आना पड़ेगा।"

"बच्चों को खेलने भेज दूँगी।" पार्वती कहती है, "पहले जो कहा है, वह तो कर।"

प्रभुदयाल हँसता है, "अच्छा, राशन कार्ड दे दो, बीबीजी।"

वह राशन लेने चला जाता है और पार्वती बालों में लगाने के लिए फूल तोड़ने लगती है।

सत्रह

मरिया अपनी मेमसाहब को सुना रही है :

"हमसे सेठी मेमसाहब ने कहा, 'मरिया, हमको भी अपना माफिक़ आया ला दो।' हमने बोला, 'मेमसाहब, आया मिल जाएगा। एक्सिलेण्ट कुछ भी होएगा। घर का सारा देखभाल करेगा। पर कपड़ा नहीं धोएगा और साहब का दिल नहीं बहलाएगा। हम लोग ऐसा काम नहीं करता।'"

"तब क्या कहा सेठी मेमसाहब ने?" मिसेज़ गुप्ता उत्सुकता से पूछती हैं।

"सेठी मेमसाहब बोला, 'ठीक है।' हम पूछा, 'पैसा कितना देगा?' तो वह पूछा, 'कितना लेगा?' हम बोला, 'खाना-कपड़ा, रहने का कमरा और सौ रुपया नगद'।"

"तब क्या बोला सेठी मेमसाहब ने?" मिसेज़ गुप्ता फिर पूछती हैं।

"कुछ नहीं बोला सेठी मेमसाहब। चुपचाप लौट गया।" मरिया कहती है।

"सब कमीने लोग हैं।" मिसेज़ गुप्ता कहती हैं, "न तौर न तरीक़ा। न रहने का ढंग, न बातचीत का। बड़े आये आया रखनेवाले! मरिया, तुझे मैंने कहा था न कि इस गली की औरतों से एकदम बात नहीं करनी है।"

"कहा था, मेमसाहब।"

"फिर क्यों की?"

"मेमसाहब!" मरिया कहती है, "वह अपने-आप हमसे बात किया। आगे से नहीं करेगा, मेमसाहब।"

"ठीक है।" मिसेज़ गुप्ता अपने कुत्ते की जुराबें निट करने लगती हैं।

"मेमसाहब!" मरिया फिर कहती है।

"हाँ।"

"आज शाम को टेलीविज़न देखेगा न?"

"हाँ।"

"मेमसाहब! हमारा पोस्टमैन भी देखना माँगता था। हम उसे आ जाने को बोला था।" मरिया कहती है।

"ठीक है, वह गली के बाहर का है।"

अठारह

"लाडो का क्या हाल है?" मिसेज़ सेठी पूछती हैं।

"ठीक है। आप देख लो। मुझे तो पता नहीं चलता।" गुणवन्ती कहती है, "सवेरे भाई साहब जो दवाई दे गये थे, वही दे रही हूँ। आप लोग बहुत सेवा कर रहे हैं लाडो की। और एक वह है, पार्वती। कमीनी! मेरे पचीस रुपये चुराकर ले गयी।"

"आप बीमार बच्चे के सामने ऐसी बातें न करें..." मिसेज़ सेठी की तबीयत ख़राब होने लगती है।

"वह तो ठीक है।" गुणवन्ती कहती है, "पर देखो कितना फरक़ है, शहर के लोगों में। मैं तो बहुत चिन्तित थी। आपने सब ठीक कर दिया। अब भगतजी आ जाएँ...अब देखो तो भगत जी कहते हैं कि सरकारी कोठी मिलने वाली है। हम कोठी ले लेंगे। मैं कहती हूँ, हमें कोठी का क्या करना है। वहाँ मैं कैसे रहूँगी अकेली? मुझे तो क्वार्टर चाहिए, जहाँ आसपास अपने जैसे भाई-बन्धु हों। एक आप हैं और एक जलोटा साहब। बड़े मिलनसार! नहीं तो सारा मुहल्ला कमीनों का है। आप जानती हैं..."

"क्या?" मिसेज़ सेठी पूछती हैं।

"मैंने तो रण्डी भी इसी मुहल्ले में आकर पहली बार देखी। यह शर्मावाला घर है न, इसमें पहले बहुत आती थीं। मैंने कभी कोई रण्डी नहीं देखी थी। मैंने भगतजी से कहा, 'हें जी, यह रण्डी कैसी होती है?' वे बोले, किसी दिन दिखा देंगे।

"एक दिन मैंने देखा, एक कार आकर इस घर के सामने रुकी। मैंने झाँककर देखा, उसमें एक लड़की बैठी थी। गोरी-चिट्टी लड़की। साड़ी बाँधे थी और दो चोटियाँ की हुई थीं। भगतजी बोले, 'यह रण्डी है।' मैं बोली, 'हें! नहीं जी। यह तो एक लड़की है।' वे बोले, 'रण्डी भी तो लड़की ही होती है।' सच कहती हूँ, बहनजी! मैंने जीवन में पहली बार वह रण्डी देखी थी। या फिर यह देखी है पार्वती। यह भी कम नहीं है किसी रण्डी से।"

उन्नीस

मीट बनकर तैयार हो गया है।

प्रभुदयाल राशन भी ले आया है। आटा भी पिसा लाया है।

"मम्मी, हमें मीट दो।"

"मम्मी, हमको रोटी दो।" बच्चे चिल्ला रहे हैं।

"देती हूँ, मरो! यहाँ बैठ जाओ।"

पार्वती ज़मीन पर चटाई बिछा देती है।

बच्चे अपनी-अपनी थाली और कटोरी लेकर पंगत में बैठ जाते हैं। पार्वती सबको दो-दो रोटियाँ देती है और कटोरी में मीट डाल देती है।

"मम्मी, हमको एक बोटी कम मिली है।"

"मम्मी, हमको तरी चाहिए।"

"मम्मी, देखो इसने मेरी बोटी ले ली।"

"चुप करो, भुक्खड़ो! चुप रहो।"

पार्वती मीट का पतीला लेकर भीतर चली जाती है।

प्रभुदयाल मेज़ पर बैठा इन्तज़ार कर रहा है।

"बच्चों को खेलने भेज दिया?" प्रभुदयाल ओलम्पिक खेलों में भारत के खिलाड़ियों की विजय के लिए बहुत चिन्तित है।

"खाना खा लें तो भेज देती हूँ।" पार्वती अपनी नायलॉन की साड़ी में से पेटीकोट पर बना हुआ लाल फूल दिखाती है।

बीस

मिसेज़ खन्ना मिसेज़ शर्मा से मिलने आयी हैं। वार्ता चौरासी वैष्णवन की।

"रात को खन्ना साहब की तबीयत ख़राब थी। हम रात-भर जागते रहे। उनकी खाँसी ही नहीं थम रही थी। रातभर गुणवन्ती की बत्ती भी जलती रही..."

"हाँ, उसकी लाडो बीमार है।" मिसेज़ शर्मा कहती हैं।

"अजी, सभी बीमार हैं।" मिसेज़ खन्ना हँसते हुए कस्टर्ड का डकार लेती हैं और अपनी बायीं आँख को ट्रैफिक की जलती-बुझती नारंगी बत्ती की तरह झपका देती हैं, "जलती बत्ती देखकर जलोटा साहब को भी नींद नहीं आयी। रात को दो बजे लाडो का हाल पूछने गये थे।"

"रात को दो बजे!" मिसेज़ शर्मा की आँखें रोलिंग शटर्स की तरह खट से खुल जाती हैं, "नहीं, तुम मज़ाक़ कर रही हो।"

"अरे नहीं, तुम्हारी कसम!" मिसेज़ खन्ना कहती हैं, "सच कह रही हूँ।

जलोटा आधा घण्टा वहाँ रहा। मैंने खन्ना साहब को भी दिखाया। नींद उन्हें भी नहीं आ रही थी। कहने लगे, 'लाओ, हम भी कुछ कर डालें।' और मुझे लगता है कि मैं फिर फँस गयी हूँ..."

"बड़ी बुरी बात है।" मिसेज़ शर्मा देश के पतन से बहुत दुखी हैं, "यह साली पार्वती को बदनाम करती थी और खुद क्या है? सब सालियाँ कोनेवाली कोठी के नौकर की बेटी और गुप्ता की आया मरिया जैसी होती जा रही हैं।"

"हमें क्या!" मिसेज़ खन्ना वैरागिन मीराँ के समान उदासीन हैं, "खुद भुगतेंगी।"

"हाँ!" मिसेज़ शर्मा अचानक रोशनी पाकर फड़फड़ाते चमगादड़ के समान चौंकती हैं, "तुमने कहा था तुम फिर फँस गयी हो?"

"हाँ!" मिसेज़ खन्ना के मुख पर लाल रंग का ईरानी कालीन बिछ जाता है।

"तुम्हारा क्या है, औरत थोड़ी हो, गाय हो। हर साल ब्याह जाती हो।" मिसेज़ शर्मा की जीभ लाल तिकोन बन जाती है।

"तुम्हें क्यों चिढ़ लगती है!" मिसेज़ खन्ना कहती हैं, "सबके घरवाले शर्मा के समान रण्डियों के पीछे थोड़े ही भागते हैं।"

इक्कीस

पार्वती मिसेज़ सेठी को डाक देने आयी है।

"बहनजी! आपकी चिट्ठियाँ।"

"सब हमारी हैं क्या?" मिसेज़ सेठी बात करने की औपचारिकता निभाती हैं।

"हाँ, आज तो सब आपकी हैं।" पार्वती चुने हुए पुराने रिकार्ड सुनाती है, "हमारी तो सोमवार और बृहस्पतिवार को ही आती हैं जर्मनी से। मैं तो बहुत पछता रही हूँ बहनजी, उनको भेजकर। क्या कहूँ! अब तो जीवन में कोई रस ही नहीं रहा। भला तुम ही बताओ, हफ्ते में दो चिट्ठियों से क्या होता है। चिट्ठियों के सहारे कोई कब तक जीवन काटेगा..."

पार्वती की आँखों से आँसुओं के साथ गीद बहने लगती है, "आज सवेरे से तो मन बहुत ही उदास है। उनकी बहुत याद आ रही है। कल रात-भर मैं सो नहीं पायी। रोती रही। तकिया भिगो डाला। अब सोच रही हूँ तकिया उधेड़कर उसकी रुई धूप में सुखा डालूँ, नहीं तो बदबू मारने लगेगा।"

मृतात्मा के शोक में क्षण-भर चुप रहने के समान रुककर वह कहती है, "वे यहाँ होते तो काहे को यह सब करना पड़ता। क्यों रोती मैं, क्यों मेरे बच्चे तरसते! आज तो घर में आटा भी नहीं था। भला हो प्रभुदयाल का! ग़रीब राशन भी ले आया और आटा भी पिसाकर दे गया, नहीं तो आज बच्चे भूखे ही रहते।

“वे यहाँ थे, तो हमारे पास अपना स्कूटर भी था न। स्कूटर पर टाँग धरी और चल दिये। आनन-फानन सारे काम हो जाया करते थे। कोई तकलीफ़ ही नहीं थी। अब पता नहीं वे दिन कब आएँगे।

“अब तो जान की मुसीबत ही है। कल बैंक जाना था, काम होता है तो जाना पड़ता है। क्या भला-सा नाम है उसका! बस मैं उसी के पास सीधी चली गयी। अरे वही, हमारी पुरानी किरायेदारिन का भतीजा। उसी ने, भगवान भला करे उसका, मेरा सारा काम जल्दी-जल्दी करवा दिया। फिर बोला, ‘चलिए, आपको चाय पिलाएँ।’ मैंने मना कर दिया तो बोला, ‘तो कोकाकोला पी लीजिए।’ पर पिलायी उसने, क्या भला-सा नाम है, गोल्ड स्पाट। उसने इतनी बार कहा तो फिर पीना ही पड़ा। अब उससे काम कराया था तो उसकी बात टाल तो नहीं सकती थी न। उसके साथ मुझे कितने ही लोगों ने देखा होगा। कोई यह तो नहीं सोचता कि अकेली औरत के साथ कितनी मुसीबत होती है। बातें बनाने को सभी तैयार...

“और अब तो कितने ही दिनों से बच्चों के अंकल भी नहीं आये!” विरह के सारे दरिया पार्वती के हृदय-हिन्द महासागर में गिरते हैं।

“दिल भी यारब्ब कई दिये होते...” मिसेज़ सेठी गुनगुनाती हैं।

बाईस

भगतजी मन्दिर में आ गये और सन्त समागम हो रहा है। गुणवन्ती के चहकने की आवाज़ लाउडस्पीकरवाले कीर्तन के समान गली के बाहर सुनाई पड़ने लगी है।

सेठी लाडो का हाल पूछने जाता है।

भगतजी उसके स्वागत में ‘कोएर मैट’ के समान बिछ जाते हैं।

“अच्छा, सेठी साहब!” वे पूछते हैं, “आपने मुझे तार सिंगल दिया था या डबल? गुणवन्ती कह रही थी कि आपने डबल तार दिया था और मुझे जो मिला, वह सिंगल ही था। एक रास्ते में झड़ गया लगता है।”

“बात यह है, भगतजी!” सेठी प्रार्थना करता है, “आपको सिंगल तार भी सवेरे ही मिलना था और डबल भी। मैंने सोचा, पैसे क्यों वेस्ट किए जाये, इसलिए सिंगल तार दिया। ये बहुत घबरायी हुई थीं, इसलिए इनको डबल बता दिया। वैसे इतनी घबराहट के मारे बहुत झूठ बोलना पड़ा। एक सौ चार बुखार को भी एक सौ ही बताता रहा।”

“तो इसका मतलब है, आप झूठे भी हैं?” गुणवन्ती दरवाज़े के पीछे से अपनी लजीली मुसकान थोक के हिसाब रो डिरपैच करती है।

“जी!” सेठी का चेहरा द्विवेदीकालीन गद्य बन जाता है।

“आपने बहुत काम किया!” भगतजी प्रार्थना में आँखें बन्द कर लेते हैं।

"आप नहीं थे, इसलिए करना पड़ा।" सेठी कन्फैस करता है, "अब आप आ गये हैं, इसलिए नहीं करूँगा।"

"हा-हा-हा।" भगतजी अनहदनाद करते हैं।

तेईस

शर्मा अभी-अभी हफ़्ताभर बाहर रहकर लौटा है और उसके घर में सरकस के टेण्ट गड़ गये हैं। चीख-चिंघाड़ शुरू हो गयी है। भीतर से कटखने कुत्तों के लड़ने का स्वर आ रहा है।

"मैं देखती हूँ तुम कैसे ले जाते हो!" मिसेज़ शर्मा पण्डित जवाहरलाल नेहरू के स्वर में चीन को चुनौती देती हैं।

"देखो, और जी भरकर देखो।" शर्मा कहता है, "और एक बात कान खोलकर सुन लो, यह घर मेरा है। यहाँ वही रहेगा, जिसे मैं चाहूँगा। तुम निकल जाओ यहाँ से, मैं तुम्हारी शकल नहीं देखना चाहता।"

"मेरी शकल नहीं देखना चाहते, जिसे तुम ब्याहकर लाये हो, जो तुम्हारे बच्चों की माँ है!" मिसेज़ शर्मा, शर्मा से भी एक फ्लोर ऊपर से बोलती हैं, "और उस कुतिया के तलवे चाटोगे जो किसी दिन तुम्हारे मुँह पर पेशाब करके चली जाएगी!"

"चुप, हरामज़ादी!" शर्मा के मुँह में पेशाब का स्वाद भर आता है।

"मैं आज ही ससुर जी को चिट्ठी लिखूँगी।" मिसेज़ शर्मा, शर्मा पर सण्डास की दुर्गन्ध छोड़ती हैं।

"चिट्ठी क्यों लिखती है, खुद ही क्यों नहीं चली जाती उस खूसट के पास! उसकी जवानी पर भी काई जमे।"

शर्मा उसे घसीटता हुआ पिछले स्टोर में धकेल देता है और दरवाज़े की कुण्डी लगा देता है।

बच्चे दरवाज़े के पास खड़े होकर उसकी दरार से अपना सजेशन भीतर डालते हैं "मम्मी, तुम अपने ब्वॉय फ्रेण्ड से डैडी की गर्ल फ्रेण्ड को क्यों नहीं पिटवातीं!"

शर्मा बाहर खड़े मज़दूरों को बुला लाता है। वे लोग डाइनिंग रूम में से फ्रिज़ उठाकर बाहर खड़े टैम्पो में रखते हैं और चले जाते हैं।

शर्मा उनके पीछे अपने स्कूटर पर चलता है : चल चल रे नौजवान...

"और खा ले बर्फ़। और माँग बर्फ़ के पैसे। कमीनी! कमज़ात!" मिसेज़ खन्ना अपने गेट पर खड़ी-खड़ी मिसेज़ शर्मा के सोहाग गाती हैं।

चौबीस

"चिट्ठी ले लो, मरिया जी!" डाकिया गुप्ता की आया को आवाज़ देता है।

"किसकी चिट्ठी है?" मरिया पेरी की मिठाई जैसी मीठी आवाज़ में पूछती है।

"यह तो चिट्ठी पढ़कर ही बता सकता हूँ।" डाकिया मरिया के हाथ से फिर बैरंग चिट्ठी झपट लेता है।

"नहीं, रहने दो!" मरिया उसके कन्धे पर हाथ रख, उसकी पकड़ पिघला लेती है और चिट्ठी वापस ले लेती है, "पानी पियोगे?"

"पानी क्यों पिलाती हो, मरिया जी?" डाकिया अपनी आँखों में बड़े-बड़े मनीऑर्डर भरकर कहता है।

"प्यास बुझाने को!" मरिया मुग्ध नायिका-सी भोली बन जाती है।

"हाय! प्यास ही तो बुझती नहीं।" डाकिया सारे मनीऑर्डर बैरंग लौटा देता है।

"ही-ही-ही।" मरिया बड़ी फिच्च से हँसकर, अपनी छत पर खड़ी कोने की कोठी के नौकर की बेटी को मुँह चिढ़ा देती है, "साली, अभी भी तेरे से मेरे आशिक ज़्यादा हैं।"

"मरिया!" मिसेज़ गुप्ता आवाज़ लगाती हैं।

"जी, मेमसाहब!" मरिया भीतर चली जाती है।

"किरासे बातें कर रही थी?" मिसेज़ गुप्ता पूछती हैं।

"किसी से नहीं, मेमसाहब!" मरिया कहती है, "शर्मा साहब अपनी वाइफ़ को पीट रहा था, उसी का शोर था।"

"अच्छा, भीतर बैठ। नहीं तो शर्मा वह फ्रिज़ लाकर तेरे आँचल में डाल देगा। कैसे-कैसे कमीने लोग आ बसे हैं इस कालोनी में।"

पचीस

अंकलजी का स्कूटर पार्वती के घर के बाहर खड़ा है।

"तुम पैदल क्यों नहीं आ जाते?" पार्वती कहती है, "अपना इश्तहार बाहर छोड़कर आना बहुत ज़रूरी है?"

"अपना इश्तहार न लाऊँ तो रात को ग्यारह बजे तेरी सेज से उठकर पैदल घर जाऊँगा?" अंकलजी को अपनी पैदल चलती बारात याद आती है।

"अच्छा बाबा!" पार्वती भारत सरकार के प्रोटेस्ट नोट की सख़्ती के साथ कहती है, "तुम बाहर लिखकर बोर्ड लटका आओ कि आज मैं पार्वती के साथ सोऊँगा?"

"बोर्ड तुम लटकाओ," अंकलजी की आवाज़ चीनी प्रोटेस्ट के बराबर हो जाती है, "कि तुम चौकीदारों के साथ भी सोती हो। कोई भी हो, बस मर्द होना चाहिए।"

"बकवास मत करो!" पार्वती कहती है, "तुम्हें क्या हक है ऐसी बकवास करने

का। नेम के पक्के हो तो जाओ अपनी औरत के पास सोओ। उसे पड़ोसियों के लिए छोड़कर मेरे पास क्या करने आते हो?"

"मैं तो तेरी देखभाल करने आता हूँ।" अंकलजी कहते हैं, "तू मेरे दोस्त की घरवाली न होती तो मैं क्यों आता तेरे पास!"

"दोस्त की घरवाली क्या इसीलिए होती है?" पार्वती विरोधी दल के नेताओं के समान पूछती है।

"और क्या दोस्त की पत्नी रण्डी बनने को छोड़ देने के लिए होती है! मैंने सोचा मैं तेरी ज़रूरत पूरी कर दूँ ताकि तू सती बनी रहे, इधर-उधर न झाँके।" अंकल जी मित्रता के लिए प्राण देने को प्रस्तुत हैं, "अब मुझे उसको जर्मनी में लिखना पड़ेगा कि तू यहाँ एकदम गली की कुतिया बन गयी है।"

"अच्छा, जा फिर चला जा। इसी स्कूटर पर बैठकर जर्मनी चला जा।" पार्वती भाप से भरे प्रेशर कुकर की तरह सिसक उठती है, "मैंने तुझे अपना सब कुछ दिया भड़वे! और अब तू मेरे पास बकवास करने आया है! मेरे चरित्र पर लांछन लगाता है! जा, चला जा!"

अंकलजी कुरसी पर बैठकर बार-बार पहलू बदलने लगते हैं।

पार्वती अंकलजी को बैठा छोड़, मिसेज़ सेठी के पास चली जाती है, "बहनजी! मैं तो उन्हें जर्मनी भेजकर बहुत पछतायी। देखो न, आज तो चिट्ठी भी नहीं आयी। अब कोई चिट्ठी के बिना भी कैसे रहेगा..."

प्रेशर कुकर की भाप निकलने लगती है।

छब्बीस

मिसेज़ खन्ना मिसेज़ जलोटा के पास गयी हैं।

"अब देखो न, बहनजी!" वह शिकायत करती है, "इस कॉलोनी में लोग जाने कैसे हो गये हैं। कोई किसी से मिलना ही नहीं चाहता। उधर मिसेज़ गुप्ता हैं, मजाल है किसी से मिल जाए। अपने बच्चों तक को किसी के बच्चों के साथ खेलने नहीं देती मुई! नकचढ़ी! मिसेज़ शर्मा भी अपने घर के झगड़ों के मारे निकलती ही नहीं। एक यह और आ गयी है मिसेज़ सेठी। दिनभर घर में घुसी रहती है। घर-घुसी पता नहीं क्या करती रहती है दिन-भर। वह सेठी भी जाता है और घण्टे-भर में लौट आता है। घर में घुसे क्या कीमियागिरी करते रहते हैं। एक बच्चा तक तो पैदा कर नहीं सके अभी तक..."

"पता नहीं क्या करते हैं ये।" मिसेज़ जलोटा अपना पूअर जनरल नॉलेज प्रदर्शित करती हैं, "गुणवन्ती के पास बहुत जाता था सेठी।"

"जाता होगा...उसके बेटे जैसा तो है।" मिसेज़ खन्ना वितृष्णा से कहती हैं,

"मेरा तो खट्टे-खट्टे मुण्ड खाने को जी करता है।"

"मिसेज़ खन्ना! तुम फिर...?" मिसेज़ जलोटा की जिज्ञासा में लाल तिकोन की डाँट है।

"हाँ!" मिसेज़ खन्ना के मुख पर वीर प्रसविनी धरती का गर्व है। थोड़ी ही देर में वहाँ अरब देशों का आक्रोश आ जाता है, "वह है न मिसेज़ शर्मा! वह कहती है, मैं गाय हूँ, हर साल ब्याही जाती हूँ। अब कोई उससे पूछे, तेरी तेरे खसम से नहीं बनती तो और भी किसी के घर में ख़ुशी न हो। और फिर क्या मेरे ही साथ है ये। वर्मा की बहू है, मिश्रा की बेटी है, जान की पत्नी है। मुझे तो लगता है कि अब सेठी की वाइफ़ भी..."

"हाँ जी! हाँ जी! लगता तो मुझे भी है।" मिसेज़ जलोटा देश की सम्मानित सरकार के समान अरब देशों की हाँ में हाँ मिलाती है।

सत्ताईस

"चोर कहीं की!" गुणवन्ती का अर्चना-कार्यक्रम गली के सारे मकानों पर फहरा रहा है, "महीना हो गया मेरे ५चीस रुपये नहीं लौटाये तूने। कीड़े पड़ेंगे, मैं कहती हूँ कीड़े...!"

"कीड़े पड़ेंगे तेरे!" पार्वती भारतीय संस्कृति का भाष्य करती है, "जो लोगों पर झूठी चोरी लगाती है। हम लाखों-हज़ारों में खेलनेवाले तेरे पचीस रुपये चुराएँगे। कमीनी! बदजात! तूने ज़िन्दगी में पहली बार पैसा देखा है, हमने नहीं।"

"मीट बना मीट!" गुणवन्ती का वॉल्यूम ऊँचा हो जाता है, "खसम को तेरे पता चले तो मुँह काला करके घर से निकाल दे!"

"मुझे निकाल भी दे, तो तुझे नहीं रखेगा।" पार्वती की हँसी में ट्रक का टायर फटने की ध्वनि है।

"प्रभुदयाल फिर आया है शायद!" मिसेज़ सेठी गुनगुनाती हैं।

"और भगतजी फिर टूर पर चले गये हैं शायद।" सेठी अपनी किताब लेकर बाथरूम में चला जाता है।

बस-स्टॉप पर

राजधानी के एक बस-स्टॉप पर बहुत भीड़ थी। प्रतीक्षा में खड़े रहनेवाले यात्रियों के लिए दिल्ली परिवहन के योग्य अधिकारियों ने लकड़ी का एक शेड बनवा रखा था। अपनी संस्कृति के समान ही, इस लकड़ी के शेड के बनवाये जाने के कारण के विषय में भी लोग एकमत नहीं हैं। एक स्वीकृत मत तो यह है कि यह शेड इसलिए बनवाया गया है कि बस की प्रतीक्षा के लिए अभिशप्त लोग, पंक्ति में खड़े होकर सर्दियों में धूप तथा गर्मियों में खुली हवा से वंचित रहें। एक अन्य विचार इसका सम्बन्ध एक पुरानी घटना से जोड़ता है। पहले जब यहाँ यह शेड नहीं था तो सर्दियों में ठण्ड खा, गर्मियों में धूप से पीड़ित हो तथा बरसातों में भीगकर लोग बड़े उदार मन से पीड़ित हो जाया करते थे। उन लोगों के कारण पास के अप्रतिष्ठित डॉक्टर की प्रैक्टिस ख़ूब चल निकली थी। एक दिन दिल्ली परिवहन के एक अधिकारी का उस डॉक्टर के साथ किसी बात पर झगड़ा हो गया। तब उस अधिकारी द्वारा डॉक्टर का काम ठप्प करने के लिए यह शेड बनवा दिया गया था। अपने यहाँ हानि पहुँचाने की दक्षता संसार-भर में अद्वितीय है। कहते हैं कि डॉक्टर ने लोगों के बीमार पड़ने के मौलिक अधिकार के हनन के इस प्रयत्न के विरुद्ध मुक़दमा भी किया था। पर बेचारा हार गया, क्योंकि मुक़दमा अस्पताल से नहीं, कचहरी से लड़ा जाता है और कचहरी में डॉक्टर का नहीं वकील का राज होता है। एक तीसरा प्रचलित मत यह है कि यह शेड दिल्ली परिवहन के उस अधिकारी ने बनवायी थी जो रिटायर्ड सैनिक अफ़सर था। वैसे, शेड के आकार को देखते हुए यह बात अधिक न्यायसंगत लगती है : शेड इतना कम चौड़ा है कि लोग वहाँ 'सिंगल फ़ाइल' में ही खड़े हो सकते हैं। न दो लोग एक साथ खड़े हो सकेंगे, न अनुशासन भंग होने की सम्भावना होगी।

सुबह सबसे पहले एक व्यक्ति यहाँ आया था। और निश्चित रूप से वह बस में चढ़ने के संकल्प के साथ ही यहाँ आया था—यह कोई ताजमहल तो है नहीं कि लोग इसे देखने आया करें। यद्यपि हमारे अधिकारी यही चाहते हैं कि लोग बस-स्टॉप को एक दर्शनीय स्थान ही मानें। पर जनता को एक बुरी आदत है कि वह

अधिकारियों की इच्छाओं का आदर नहीं करती और न उन्हें सहयोग देती है। इस संघर्ष का परिणाम यह हुआ है कि दिल्ली के बस-स्टॉप न तो बस में चढ़ने का स्थान बन गये हैं, न दर्शनीय वस्तु ही।

वह पहला व्यक्ति भले नागरिकों के समान आकर शेड में ही खड़ा हुआ था, और शेड के भी उस विशेष स्थान पर, जो शेड से बाहर निकलने का मार्ग माना जाता है और दिल्ली परिवहन के धार्मिक नियमों के अनुसार जहाँ बस को रुककर, शेड को दण्डवत करना ही चाहिए। यह दूसरी बात है कि बसें अब नास्तिक हो गयी हैं और दण्डवत् करना तो दूर, वे उसके सामने से इस फर्राटे से निकल जाती हैं जैसे मन्दिर के सामने से कोई मुसलमान और मस्ज़िद के सामने से कोई हिन्दू सिर ताने अपना विद्रोह जताने के लिए अकड़कर गुज़र जाता है।

पहले आनेवाले उस भले-से नागरिक ने अपने भोले मन में यह सोच लिया था कि जब पहली बस आकर रुकेगी तो उसमें चढ़ने में उसे कोई असुविधा न होगी। जैसे प्रेमचन्द के होरी के मन में अपने जीवन में ही गाय प्राप्त करने की चाँद-हठ थी, वैसे ही उस भोले नागरिक के मन में समय पर दफ़्तर पहुँच जाने की असम्भव साध थी। कुछ लोग इस असम्भव साध को क्रान्तिकारी विचार भी मानते हैं। देर से दफ़्तर पहुँचने की अपनी पवित्र परम्परा को तोड़कर समय से दफ़्तर पहुँचने का विचार अपने देश में उतना ही क्रान्तिकारी है जितना विदेशों की धमकियाँ सुनना बन्द कर अपने प्रतिरक्षा मन्त्री का विदेशों को धमकियाँ देना। (हे प्रभु! हमें क्षमा कर, हम नहीं जानते कि हम क्या कर रहे हैं। यदि हम भी धमकियाँ देनी आरम्भ कर देंगे तो धमकियाँ सुननेवाला कौन रह जाएगा। फिर दुनियावाले भारतीय कैसे कहेंगे। हे प्रभु! दुनिया को श्रोताओं के इस अकाल से उबार। नहीं तो धमकियों के साहित्य में भयंकर गतिरोध आ जाएगा।)

पर तभी वहाँ दूसरा व्यक्ति आ गया। पहले व्यक्ति को अपनी इच्छा पूरी होने में कुछ ख़तरा दीखने लगा। दूसरा व्यक्ति भी उसी देश का रहनेवाला था, जहाँ क्यू-पद्धति जहालत और दुर्बलता का प्रतीक मानी जाती है। हमारे राष्ट्रीय कवि ने कहा है न, 'सिंहन्ह के लँहड़े नहीं, हंसन्ह की नहीं पाँति।' तो अपने यहाँ एक-आध ही सिंह होता है जो दहाड़-दहाड़कर सो जाता है—शेष जनता हंस है, इसलिए पंक्ति में खड़ी नहीं होती। इसी कवि के दुष्प्रभाव से आज तक इस देश में 'क्यू-पद्धति' विकसित नहीं हो पायी है। मेरा सुझाव यह है कि जहाँ कहीं अधिकारी लोग लिखकर लगाएँ, 'कृपया पंक्ति में खड़े हों', वहाँ कोष्ठकों में यह भी लिख दिया जाना चाहिए : 'आप मनुष्य हैं, हंस नहीं; अतः पंक्ति में खड़ा होना आपके लिए कदापि लज्जाजनक बात नहीं है।'

तो पहले व्यक्ति ने दूसरे व्यक्ति के कान में डरते-डरते बड़ी शालीनता से फुसफुसाकर "भाई साहब! लाइन यहाँ से शुरू होती है।" वैसे ही कहा, जैसे कनॉट

प्लेस में विदेशी हिप्पियों के कानों में अपने देश के भले मानुष 'डालर-एक्सचेंज' या 'पाउण्ड-एक्सचेंज' फुसफुसाते रहते हैं। दूसरे व्यक्ति ने पहले व्यक्ति को उसी 'यू ब्लडी इण्डियन' मार्का दृष्टि से देखा, जैसे वे विदेशी हिप्पी अपने देश के भद्र लोगों को देखते हैं। पर इतनी शराफ़त उसने अवश्य दिखायी कि वह पहले व्यक्ति के आगे खड़ा नहीं हुआ। उसका वहाँ खड़ा होना एक दार्शनिक समस्या थी। ब्रह्म के सम्बन्ध में आज तक जितनी जिज्ञासाएँ हुई हैं, वे सारी जिज्ञासाएँ एक साथ ही उसके खड़े होने की समस्या पर लागू हो सकती थीं। संसार का कोई भी विशिष्ट दर्शक नहीं बता सकता था कि क्या वह 'क्यू' में खड़ा था? क्या वह 'क्यू' में पहले आदमी के आगे खड़ा था? क्या वह पहले आदमी के पीछे खड़ा था? क्या बस में पहले चढ़ने का अधिकार उस पहले व्यक्ति का था? इन सारी समस्याओं का समाधान केवल 'नेति-नेति' शैली में दिया जा सकता था; या फिर दूसरी शैली इस प्रकार हो सकती है : वह पंक्ति में खड़ा भी था, और नहीं भी खड़ा था; वह पहले व्यक्ति के आगे भी खड़ा था, साथ भी और पीछे भी। उसका बस में पहले चढ़ने का अधिकार था भी, क्योंकि वह पहले व्यक्ति के आगे खड़ा था; उसका बस में पहले चढ़ने का अधिकार नहीं भी था, क्योंकि वह पहले व्यक्ति के पीछे खड़ा था। वह वहाँ था भी, वह वहाँ नहीं भी था।

उसका वहाँ खड़े होने का ढंग बड़ा अभिव्यक्तिवादी था, अतः बड़ा कलात्मक था (क्योंकि कला अभिव्यक्ति का ही दूसरा नाम है)। उसका उस कलात्मक शैली में खड़ा होना बार-बार यह प्रकट कर रहा था, जैसे पहला व्यक्ति बाद में आकर उसके मार्ग में खड़ा हो गया हो; और उसके निकल भागने में बाधा डाल रहा हो। दो-एक बार तो जैसे उसकी इस अभिव्यक्ति को ग्रहण कर उसका हाथ पहले व्यक्ति को मार्ग से हटाने के लिए आगे भी बढ़ा था, पर फिर उसके कन्धे को छूकर रुक गया था, जैसे हमारे मन्त्रीगण शत्रुओं को उनके घर तक खदेड़ने की घोषणा कर अपनी सेना को फिर अपनी सीमा के इधर ही रोक रखते हैं।

पहला व्यक्ति जीवन के व्यावहारिक तथ्यों का कुछ अधिक जानकार निकला। वह जानता था यह संकल्प नहीं संकेत है; और जीवन में संकेतों को न समझने का अभिनय ही सबसे अधिक सुविधाजनक है, जैसे बड़े से बड़े चौराहे पर ट्रैफिक पुलिस के सुपरिण्टेण्डेण्ट की उपस्थिति में भी संकेत न समझने का बहाना कर लाल बत्ती के सामने भैंसें सड़क पार कर जाती हैं। उन्हें कोई नहीं रोकता। कोई रोकेगा भी तो वे 'बें-एँ-एँ' कहती हुई सिर झुकाकर आगे बढ़ जाएँगी। तो इस भैंस नीति का आश्रय ग्रहण कर पहला व्यक्ति, दूसरे व्यक्ति के उसे हटाने के प्रयत्नों की उपेक्षा करता रहा। दूसरे व्यक्ति ने अधिक बल नहीं दिया; और पहला व्यक्ति मनुस्मृति के अनुसार नहीं, भैंस-स्मृति के अनुसार, पंक्ति में दूसरे व्यक्ति से आगे खड़ा रहने

में सफल रहा। इसी से कहा भी है 'सत्यमेव जयते।' अर्थात् जो विजयी हो, वही सत्य है!

थोड़ी-सी देर में वहाँ तीसरा व्यक्ति आ गया, फिर चौथा, फिर पाँचवाँ। अब लोग भीड़ की ओर खिंचने की अपनी सहज वृत्ति के अन्तर्गत वहाँ आते-जाते थे और पहला व्यक्ति बार-बार उन्हें 'और बादल, और बादल, और बादल आ रहे हैं' शैली में देख लेता था। वह पहला व्यक्ति था इसलिए ऐसे देख रहा था। वहाँ अकस्मात् आ खड़ा हुआ दिल्ली परिवहन का एक कण्डक्टर उन्हें इस शैली में नहीं देख रहा था। उसकी दृष्टि में कुछ फ़र्क़ था (माइण्ड यू। वह भैंगा नहीं था)। उसकी दृष्टि में 'और पागल, और पागल, और पागल आ रहे हैं' का-सा भाव था।

बहुत सारे लोग आ गये थे और भीड़ हो गयी थी। पर भीड़ 'क्यू' में खड़ी थी, इसलिए सब 'भीड़ में अकेले' ही लग रहे थे। 'भीड़ में अकेले' का फ़ार्मूला उस व्यक्ति ने निकाला है, जो बहुत अनुशासन-प्रिय था। वस्तुतः यह फ़ार्मूला 'क्यू-पद्धति' के लिए संसार की सर्वश्रेष्ठ साहित्यिक अभिव्यक्ति है।

थोड़ी देर में उस पंक्ति ने एक साम्प्रदायिक रूप ग्रहण कर लिया, क्योंकि उसमें 'ऑफ़िस-गोअर' नामक एक सम्प्रदाय-विशेष के लोगों की बहुसंख्या हो गयी थी। वे सब आयु की दृष्टि से अधेड़ थे। 'यूनिफ़ार्म' या साम्प्रदायिक चिह्न के नाम पर उनके सिर गंज़े थे और वे लोग अपने सिर के मध्य भाग में स्थित 'सरस तामरस गर्भ विभा' को उतनी ही ममता से सहला रहे थे जितनी ममता से माँ अपनी पहली सन्तान के गालों को सहलाती है। अपवादस्वरूप कुछ चंचल लोग इस सिर-अँगुली-खिलवाड़ से पोलो ग्राउण्ड में दौड़ते घोड़ों का दृश्य भी प्रस्तुत कर रहे थे। उनको साम्प्रदायिक यूनिफ़ार्म की कुछ और विशेषताएँ भी थीं—उन सबकी आँखों पर ऐनक कुछ इस अन्दाज़ से रखी हुई थी जैसे किसी महल की बैठक के शोभा-गवाक्ष में कोई शरारती बच्चा अपना कोई टूटा हुआ खिलौना अड़ा दे। उनकी कमीज़ों के कालर उधड़े हुए थे और 'जाहि निकारो गेह तें, कस न भेद कहि देय' शैली में उनकी पारिवारिक सूचनाएँ दे रहे थे। निश्चित रूप से उनके कोई सुपुत्र विश्वविद्यालय में 'थर्ड-इयर-इन-फ़र्स्ट-इयर-पद्धति' में पिछले कई वर्षों से पढ़ रहे थे और स्वयं नयी कमीज़ें ख़रीदने पर अपनी पुरानी घिसी हुई कमीज़ें पिताश्री को उपहार दे देते थे, जो उनके गले पड़ी हुई थीं। उनकी कमीज़ों का कोई-कोई टूटा हुआ बटन यह भी बताता था कि सुपुत्र-सुपुत्रियों के पश्चात् अब उनकी सुपत्नी भी उनके हाथ से निकल चुकी थी; और स्वयं अपने बटन टाँकने में वे दक्ष नहीं थे। उनके हाथों में चमड़े के बड़े-बड़े बैग थे, जो सरकारी और ग़ैर-सरकारी काग़ज़ों से उसी प्रकार भरे पड़े थे, जैसे रद्दी-अख़बारवाले कबाड़ी का साइकिल से लटकता हुआ बोरा ठुँसा होता है।

वे सब लोग अपने शरीर को उसी प्रकार पंक्ति में लगाते जा रहे थे जैसे वे

अपनी मेज़ पर फ़ाइलों को आगे-पीछे जमा करते जाते हैं। और अपनी आदत के अनुसार उस प्रेमिका के समान एक भी बस अभी तक नहीं आयी थी, जो वचन देकर भूल जाती है। दिल्ली में लोगों को बसों ने वचन-भंग का इतना अभ्यासी बना दिया है कि यहाँ वचन-भंग करनेवाली प्रेमिका की इस अदा की ओर किसी का ध्यान ही नहीं जाता। बाहर की प्रेमिकाओं को दिल्ली के प्रेमी बहुत सहनशील लगेंगे और दिल्ली की प्रेमिकाओं को बाहर के प्रेमी अत्यन्त कठोर। प्रेम के संसार में बसों का इतना महत्त्वपूर्ण स्थान ग्रहण करना एक ऐतिहासिक घटना है, पर कमबख़्त इतिहासवालों ने इधर ध्यान ही नहीं दिया।

जब से पहला व्यक्ति आया था तब से अब तक तीन बसों के आने और आकर जाने का समय होकर बीत चुका था। चौथी का समय होनेवाला था। बस-स्टॉप पर खड़ा कण्डक्टरनुमा असिस्टेण्ट ट्रैफिक इन्सपेक्टर बार-बार अपनी घड़ी देख रहा था और फिर बार-बार वह काग़ज़ देख रहा था, जिस पर बसों के आने का समय लिखा हुआ था।

"क्यों साहब! बस नहीं आएगी?" थोड़ी-थोड़ी देर बाद कोई जिज्ञासा हवा में उड़ते किसी आवारा मच्छर के समान उसके कानों से आ टकराती थी।

"नहीं जनाब! आएगी कैसे नहीं।" वह मच्छर को झटक देता था।

"अभी तक आयी तो कोई नहीं।" घाव से उड़ायी गयी मक्खी के समान जिज्ञासा फिर आकर उसके कान पर बैठ जाती थी।

"आ रही हैं साहब! सब आ रही हैं।" वह मन्त्री-शैली में आश्वासन देता हुआ मक्खियाँ उड़ाता जाता था, "तीसरी बस दस मिनट लेट है, दूसरी पच्चीस मिनट और पहली चालीस मिनट। चौथी जब लेट होने लगेगी तो वह भी बता दूँगा।"

तभी वहाँ एक और व्यक्ति आया। वह पहले आनेवालों से कुछ भिन्न प्रकार की चीज़ था। वह एक पूर्ण युवक था। उसका सिर काले पौधों से हरा-भरा था, जैसे उस खोपड़ी में खासी खाद भरी हो—उसकी आँखों पर ऐनक भी नहीं थी अर्थात् जीवन का अनुभव उसे विशेष नहीं था। उसके ठीक-ठाक कॉलर और बटन बता रहे थे कि उसने अपनी पत्नी को अभी अधिक सिर नहीं चढ़ाया था और शायद सन्तान-सुख ने उसकी नयी कमीज़ें अभी उससे नहीं छीनी थीं। उसके हाथ में चमड़े का बैग भी नहीं था, अर्थात् वह नयी पीढ़ी के उस वर्ग का सदस्य था, जिसने रेलवेवालों की हल्के सफ़र करने की सलाह मान ली थी। उसके हाथ में एक लंच-बॉक्स था, जो 'मिनि-एज' में मिनि-हैण्डबैग कहला सकता था। वह भी दफ़्तर जा रहा था।

वह आकर पहले आदमी के पीछे बन गयी उस लम्बी-सी 'क्यू' में खड़ा नहीं हुआ। उसने एक बार देखा अवश्य कि पहले बहुत सारे लोग आये खड़े हैं और वे पंक्तिबद्ध होकर अनुशासित रूप में खड़े हैं। पर उसके क़दम पंक्ति की ओर बढ़े

ही नहीं—किसी युवक के क़दम पुरानी पीढ़ी की ओर नहीं बढ़ते, उसी के कैसे बढ़ जाते? पर भीतर-ही-भीतर उसका मन पीढ़ियों के संघर्ष से ऊपर उठा हुआ यह सोच रहा था कि यदि पंक्ति में जाकर खड़ा हो गया, तो उसकी बारी आते-आते दफ़्तर में लंच-टाइम हो जाएगा। वहाँ उसका युवा पीढ़ी से सम्बन्ध होने का लाइसेंस भी समय की गति को नहीं रोक पाएगा। तो वह क्या करे? उसकी आँखों में क्षण-भर के लिए द्वन्द्व का भाव झलका और फिर उसने अपनी आयडिआलॉजी बदल ली। उसकी आँखों में पंक्तिबद्ध लोगों के लिए वैसे ही घृणा भर आयी, जैसे भेड़िये की आँखों में भेड़ों के लिए भर आती है। उसने अँग्रेज़ी दृष्टि से उन काले भारतीयों की ओर देखा, होठ टेढ़े कर ज़रा-सा नाराज़ पीढ़ी की मुसकान मुसकराया; और फिर आकर शेड के मार्ग में फँसे उस पहले व्यक्ति की बगल में खड़ा हो गया।

पहले व्यक्ति का हाथ युवक के कन्धे की ओर इस प्रकार बढ़ा, जैसे जाला उतारनेवाला बाँस छत की नुक्कड़ों की ओर बढ़ता है, "भाई साहब! ज़रा लाइन में आ जाइए।"

युवक ने पहले व्यक्ति को पुलिस शैली में भरपेट घूरा और डकार लेने के स्थान पर उसका हाथ अपने कन्धे पर से इस प्रकार झटक दिया, जैसे वह पहले का हाथ न हो, सचमुच मकड़ा हो।

"तुमने मेरी धोबी-धुली कमीज़ को अपने गन्दे हाथ क्यों लगाये?"

पहला व्यक्ति सहम गया। उसने बारी-बारी, युवक के चेहरे, उसकी कमीज़ के छुए गये स्थान तथा अपने हाथ को देखा। बैंक-एकाउण्ट में संचित होती चली आती पूँजी के समान, अपने जबड़ों के बीच जमा हो आयी थूक को गटककर वह फँसी-सी आवाज़ में बोला, "मैंने तो केवल इतना ही कहा है कि आप लाइन में आ जाइए।"

"मुँह से कहना काफ़ी नहीं है क्या?" युवक ने नयी पीढ़ी के आक्रोश का मानवीकृत रूप प्रस्तुत किया, "मुझे बहरा समझ रखा है क्या? मेरी कमीज़ को छूने की क्या आवश्यकता थी? मालूम है, धोबी एक कपड़े की धुलाई आजकल पच्चीस पैसे नकद लेता है।"

"माफ़ कीजिएगा, ग़लती हो गयी।" पहला आदमी पीछे हट गया।

युवक बड़ी देर तक आमन्त्रण-भरी आँखों से घूरता रहा, पर जब पहला व्यक्ति कुछ नहीं बोला और झगड़ा किसी भी प्रकार आगे नहीं बढ़ सका, तो वह एकदम निराश हो गया। उसके मन में पहले व्यक्ति की नपुंसकता के प्रति घृणा भर आयी। उसने अपना चेहरा दूसरी ओर फिरा लिया और अपने क्रोध को शान्त करने के लिए, अपने होठों को गोलाकार बनाकर सीटी बजाने लगा।

पंक्ति में पीछे खड़े लोगों में कहीं जैसे मधुमक्खी का छत्ता छेड़ दिया गया। एक तेज़ भनभनाहट फैल गयी।

"देखिए साहब! धक्केशाही है साफ़-साफ़।"

"और क्या साहब! शराफ़त का तो ज़माना ही नहीं रह गया।"

"अजी छोड़िए भी। किसका नाम ले रहे हैं। शराफ़त तो अब म्यूज़ियम में रखने की चीज़ हो गयी है। पहले म्यूज़ियम में जाते थे तो बहादुरशाह की शेरवानी और जीनतमहल का लहँगा ही देखते थे। अब वहाँ एक नयी चीज़ रखी गयी है लाकर। कहते हैं पुराने वक़्तों की यादगार है कोई। उसका नाम शराफ़त है। पहले जिनके पास होती थी उन्हें शरीफ़ कहते थे। अब वह चीज़ मैनुफैक्चर नहीं होती। अगर किसी के पास पुराना स्टाक पड़ा भी हो तो वह प्रकट नहीं होने देता। क्योंकि अब उसे लल्लूपन समझा जाता है।"

भनभनाहट बढ़ती गयी। सब लोग कुछ-न-कुछ कह रहे थे, जैसे कोई सेमिनार हो रहा हो। पर कोई किसी से सम्बोधित नहीं था, इसलिए कोई किसी को सुन भी नहीं रहा था। युवक सब कुछ सुन रहा था, पर उससे क्या! उससे प्रत्यक्ष कुछ नहीं कहा जा रहा था, इसलिए वह सुन नहीं रहा था, उसे सुनाई पड़ रहा था। यह ओवर हियरिंग थीं, जो बहुत विश्वसनीय नहीं थी। जो लोग बोल रहे थे, वे बोल कम रहे थे, मन का गुबार अधिक निकाल रहे थे। शिकायतें तो वे अपने घर से लेकर आये थे, युवक तो एक निमित्त मात्र था जैसे स्थायी भाव तो वासना के रूप में सहृदय के मन में पहले से ही होता है, साहित्य तो उसे रसानुभूति में बदलने का निमित्त मात्र है। उसने सोच रखा था, जब कोई उससे सीधे बात करेगा, तब वह उससे निबट लेगा। पर उससे किसी ने कुछ नहीं कहा और उसे किसी से निबटने का कष्ट नहीं उठाना पड़ा।

थोड़ी देर के बाद मधुमक्खियाँ फिर से छत्ते पर आ बैठी थीं। भनभनाहट थम गयी थी। सब कुछ पूर्ववत् हो गया था। लोग अपनी आदत के अनुसार भूल गये थे कि पंक्ति के सबसे पहले व्यक्ति और उस युवक में कोई झगड़ा भी हुआ था और सारी पंक्ति भनभना कर रह गयी थी, किसी ने युवक को काटने का साहस नहीं किया था। यदि किसी के मस्तिष्क में पुरानी याद छिपकली के समान मुँह दिखाती भी थी तो युवक का चेहरा देखते ही छिपकली कहीं भाग जाती थी। अब वह युवक अकेला भी नहीं था। पूरी युवा पीढ़ी इकट्ठी हो गयी थी। उन सबके कपड़े पहले युवक के समान तंग और भड़कीले रंगोंवाले थे। सबकी मूँछें ऐंठी हुई थीं। कलाइयों में लोहे के मोटे-मोटे कड़े थे, जो कुछ और मोटे होते तो हथकड़ियाँ लगते। उन सबके हाथों में लंच-बॉक्स थे। वे लोग चीख़-चीख़कर बातें कर रहे थे, जैसे बस-स्टॉप पर न खड़े हों, संयुक्त राष्ट्र संघ की जनरल असेम्बली में खड़े हों। वे लोग बेबात की बात पर ज़ोर-ज़ोर से कहकहे लगा रहे थे, अर्थात् लाइफ़ इन्जॉय कर रहे थे। उनकी दृष्टि में फेफड़े थकाना और लाइफ़ इन्जॉय करना एक ही बात थी।

पंक्तिवाले लोगों ने कछुओं के समान अपने दफ़्तरों, अफ़सरों, फ़ाइलों, केसों, बीवियों, बच्चों और बढ़ती हुई महँगाई के खोल के नीचे अपना सिर छुपा लिया था। उनके लिए बाहर की दुनिया नहीं थी। वह युवक नहीं था। अतः वह झगड़ा भी नहीं हुआ था।

और वह वचन-भंजक प्रेमिका, बस, अभी तक नहीं आयी थी।

फिर जैसे सूर्य कुछ और ऊपर चढ़ आया। छोटे-मोटे पक्षी भी जाग गये। वे पेड़ों पर, पेड़ों के नीचे, तालाब के किनारे, खेतों में, सब जगह फैल गये और कलरव करने लगे। अर्थात् कॉलेज के लड़के-लड़कियाँ भी बस-स्टॉप पर आ गये। यह नयी नहीं अति नवीन पीढ़ी थी, इसलिए वे न तो पंक्ति में खड़े हुए, न उस झगड़नेवाले युवक के समान पंक्ति के समानान्तर जाकर खड़े हुए। वे लोग बस-स्टॉप पर दूर-दूर तक फैल गये थे, जैसे किसी समय महात्मा बुद्ध के उपदेश लेकर संसार में बौद्ध भिक्षु फैल गये थे। उन्हें देखकर यह नहीं लगता कि उन्हें कॉलेज जाने की कोई जल्दी है। वे जैसे सैर करने निकले थे, जितनी हो जाए, उसी से सन्तुष्ट हो जाते। उन्हें बातों की भूख थी। उनके जबड़े उसी गति से चल रहे थे, जैसे भूखी भैंस के जबड़े चारा निगलते समय चलते हैं। कॉलेज का क्या था, कॉलेज अपनी जगह खड़ा था, वह कहीं भागा नहीं जा रहा था। प्राध्यापक वहाँ आये होंगे, वे प्रतीक्षा कर लेंगे—उन्हें वेतन इसी बात का मिलता है। कोर्स उनके बाप को ख़त्म कराना पड़ेगा—नहीं ख़त्म होगा तो घटाना पड़ेगा। पर समय बीत गया और बातें नहीं हुईं, तो बातें अधूरी रह जाएँगी। बातें, बातें, बातें...

वे लोग पंक्ति के पास खड़े ही नहीं हुए, इसलिए उनका किसी से झगड़ा भी नहीं हुआ। पर उनके अवतार से बस-स्टॉप का वातावरण अछूता कैसे रह सकता था। संसार में कोई महान् घटना घटती है तो उसकी प्रतिध्वनि सब ओर सुनाई पड़ती है। पंक्ति में खड़े कछुओं ने अपनी लम्बी गर्दन खोल से निकाली, उन्हें देखा और गर्दन वापस खोल में खींच ली, पर इस बार खोल का रंग बदल चुका था। उस नये खोल के नीचे कॉलेजों में शिष्टता की जो हत्या हो गयी थी, उस पर शोकसभा हो रही थी। वहाँ ऐसा लग रहा था, जैसे लड़के का कॉलेज में भरती होना वैसा ही था, जैसे लड़के का चम्बल के बीहड़ों में जाकर डाकुओं के दल में मिल जाना। उन सारे खोलों के नीचे होनेवाली सभाएँ कुछ निष्कर्षों पर सहमत हो गयी थीं : कॉलेजों में आजकल पढ़ाई बिल्कुल नहीं हो रही थी। आज के ग्रेजुएट से तो अच्छी अँग्रेज़ी उनके समय का चौथी पास लिख लेता था। आजकल के तो एम.ए. पास भी अँग्रेज़ी में ठीक से एप्लिकेशन ड्राफ्ट नहीं कर पाते थे (निश्चित रूप से कलियुग आ गया था)। अब तो ज़माना ही बदल गया था। लड़के निर्लज्ज हो गये थे और लड़कियाँ उनकी भी अम्माँजान थीं। पंक्ति में खड़े हुए कछुए ने तो अभी कल ही एक लड़की को सिगरेट पीते देखा था। भगवान का अवतार तो अब होने ही वाला

था, क्योंकि धरती पर पाप बहुत बढ़ गया था।

और तभी दूर से, पहले साहित्य में जैसे वसन्त आया करता था, वैसे ही बस जैसी कोई सुहावनी चीज़ आती दिखाई दी। लोगों ने एड़ियाँ उठा-उठाकर, पंजों के बल खड़े होकर, आँखों के ऊपर हथेली से छाया कर, उसी परम्परागत मुद्रा में उधर देखा, जैसे भारतीय किसान आकाश पर बादलों को ढूँढ़ता है या सूरदास और नन्ददास की गोपियाँ मथुरा से आनेवाले मार्ग पर कृष्ण को देखा करती थीं। हज़ारों वर्षों से आज तक इस देश की मुद्रा नहीं बदली, वस्तु चाहे कितनी बदल गयी हो। वैसे बस हमारे जीवन में आज उतनी ही महत्त्वपूर्ण चीज़ हो गयी है, जितने महत्त्वपूर्ण गोपियों के लिए कृष्ण थे या भारतीय किसान के जीवन में बादल हैं। इससे सहज ही हम इस निष्कर्ष पर पहुँचते हैं कि जो चीज़ हमारे जीवन में अधिक महत्त्वपूर्ण हो जाती है, वह अवश्य ही मथुरा चली जाती है अर्थात् बाज़ार से ग़ायब हो जाती है। इसीलिए ज्ञानियों ने कहा है कि किसी भी चीज़ को अपने जीवन में इतनी अधिक महत्त्वपूर्ण मत बनने दो।

"पूरे सवा घण्टे बाद बस आयी है।" पहले व्यक्ति ने प्रेमिका से शिकायत करने की शैली में कहा।

"देखिए ए.टी.आई. साहब!" पंक्ति के एक अन्य कछुए ने खोल में से सिर निकाला, "अब लाइन से बस में चढ़ाइएगा। यह न हो कि हम तो खड़े के खड़े रह जाएँ और बाराती लोग बस में चढ़ जाएँ।"

बस रुकी तो पंक्ति में खड़े लोगों और पंक्ति के माथे पर खड़े ए.टी.आई. की ओर किसी का ध्यान नहीं गया। इस समय सामने बस खड़ी थी। बस से अधिक महत्त्वपूर्ण कुछ भी नहीं था। बस रुकी कि जैसे चुम्बक ने मिट्टी, रेत, चीनी और लोहे के कणों के ढेर में से लोहे के कणों को खींच लिया और शेष चीज़ें वहीं की वहीं पड़ी रह गयीं। लोग बस से वैसे ही चिपक गये थे, जैसे लोहे के कण चुम्बक से चिपकते हैं; और लोहे के कण पंक्ति के बाहर ही बाहर थे। पंक्ति में खड़े कछुए तो रेत के कण ही प्रमाणित हुए।

बस के सँकरे-से दरवाज़े आधा स्थान घेरे बस का कण्डक्टर खड़ा था, जो उन विषम परिस्थितियों में भी जनता को बस से उतरने और चढ़ने का प्रशिक्षण देने के लिए भाषण कर रहा था : "देवियो और सज्जनो! पहले उतरनेवालों को उतर जाने दीजिए और बाद में चढ़नेवाले चढ़ें। यदि आप बस में से सवारियाँ उतरने नहीं देंगे तो आपके लिए बस में जगह कैसे बनेगी? आप मेरी बात सुनें..."

पर उसकी कोई नहीं सुन रहा था। एक बृहदाकार डिक्शनरी जैसी महिला लोगों की बदतमीज़ी को कोसती हुई, उस आधे द्वार में से निकलने के लिए बड़ा जीवटपूर्ण प्रयत्न कर रही थी और शेल्फ में फँसी मोटी पुस्तक के समान तड़फड़ा

रही थी। तीन आदमी एक साथ बस के भीतर घुसने के लिए ज़ोर लगा रहे थे। परिणामस्वरूप किसी का सिर बस में सवार हो चुका था और धड़ अभी पंक्ति में ही खड़ा था; किसी का एक पैर बस के भीतर था और शेष शरीर बस के पहिये के सामने पड़े पत्थर के समान बस को चलने से रोक रहा था; किसी का सारा शरीर ठीक-ठाक सड़क पर था; पर उसका एक हाथ बस में किसी सीट को पकड़कर डटकर खड़ा था और बस की सवारियाँ इस बात पर बल दे रही थीं कि वे उस हाथ को साथ लेकर ही जाएँगी। इतने सारे लोगों के सामूहिक प्रयत्न के कारण एक विचित्र सन्तुलन स्थापित हो गया था, सब कुछ यथास्थिति था : न कोई बस में चढ़ पा रहा था और न ही कोई अब तक उतर सका था।

और फिर सहसा ही कुछ सरसराहट-सी हुई। कुछ लोग नीचे की ओर खिसके, कुछ ऊपर की ओर घिसटे। किसी को ज़ोर-ज़ोर से पुकारा गया, किसी को माँ...बहन...वाले श्लोकों से विभूषित किया गया, किसी ने चीख़ मारी, किसी ने छींक; और इस हंगामे के बीच कण्डक्टर ने घण्टी बजा दी।

बस अपनी जगह से बड़ी मर्यादापूर्वक हिल चुकी थी। कुछ लोग बस में सवार हो गये थे। कुछ दीवार से चिपकी छिपकलियों के समान सीखचों के साथ लटक गये थे। कुछ घिसट गये थे। और बहुत सारे लोग छिटककर पीछे हट गये थे। एक महिला धक्का खाकर गिर पड़ी थी—स्वयं उन्होंने लोगों को जो धक्के दिये थे, उन्हें पेण्डिग में डालकर नौजवानों की जवानी को कोस रही थीं, जो महिलाओं के धक्के भी शराफ़त से चुपचाप बर्दाश्त नहीं कर सकते थे।

आँधी रुकने के बाद जिस तरह धूल किसी सतह पर बैठ जाती है, वैसे ही बस के जाने के बाद शोर के कण धीरे-धीरे कहीं बैठ गये। वहाँ खड़े अधिकांश लोग अब भी वे ही थे, जो बस आने से पूर्व वहाँ खड़े थे, जैसे किसी बर्तन में पड़े पानी को जोर से हिलाने पर उसकी तह में पड़े बालू के कण चक्कर काटकर, पानी के शान्त होते ही फिर तह में जा बैठते हैं। पहला आदमी अब भी पंक्ति के सिरे पर मोर्चा सँभाले खड़ा था। लंच-बॉक्सवाला युवक और उसकी अपनी पीढ़ी के मित्र, दफ़्तर में देर हो जाने की आशंका से चिन्तित भुरभुराये-से इधर-उधर डोल रहे थे। और कॉलेज के लड़के-लड़कियाँ इस सारे भूचाल से अप्रभावित अब भी उसी प्रकार खड़े बातें कर रहे थे।

सब कुछ यथावत् था, कुछ नहीं बदला था। हाँ, लोगों की बातों का विषय बदल गया था। जिस प्रकार महात्मा गाँधी के आह्वान पर सारा देश एक साथ जुट गया था, वैसे ही बस-स्टॉप पर खड़े सारे जीव-जन्तु, एकजुट होकर राजधानी की परिवहन-व्यवस्था की सामूहिक निन्दा कर रहे थे।

"दिल्ली में बसें बहुत थोड़ी हैं। साले आदमियों की पैदावार तो रोक नहीं पाते, बसों की फेमिली प्लानिंग कर रखी है।" लंच-बॉक्सवाले युवक की मूँछें, प्रेमिका की

बेवफ़ाई से भग्नहृदय हो रही थीं।

पंक्ति में खड़ा पहला व्यक्ति युवक से कुछ नहीं कह रहा था। वह अपने-आपको ही समझा रहा था, "सारी अव्यवस्था का कारण लोगों का पंक्ति-विरोध है। जिस देश में लोगों को क्यू-सेंस नहीं होगी, वह खाक उन्नति करेगा। लोग चाँद पर जा रहे हैं और हम अभी तक क्यू नहीं बना पाये? यदि सब लोग क्यू में खड़े होने लगें, तो फिर इस प्रकार धक्के मारने या धक्के खाने की कोई आवश्यकता ही न रहे। हमें चाहिए कि हम जनता को जाग्रत करें। जनता को चाहिए कि वह आन्दोलन करे कि प्रत्येक बस-स्टॉप पर पुलिस का सिपाही हो, जो लोगों को क्यू में खड़े होने पर मजबूर करे; और जो क्यू में खड़ा न हो, उस साले को बन्द कर दिया जाए।"

अकाल मृत्यु

क्लर्क : अकाल मृत्यु! ब्राह्मण! झूठ मत बोलो; उसके लिए और लोग हैं। किस अकाल में मृत्यु हुई है तुम्हारे बेटे की? हमें ऐसी कोई सूचना नहीं मिली है कि देश में कहीं अकाल पड़ा है, और उसमें लोगों की मृत्यु हुई है। हम ऐसे समाचार अख़बारों में पढ़ते हैं और टाल जाते हैं। अख़बारों में छपे समाचारों का कोई महत्त्व नहीं है। उन्हें कुछ-न-कुछ छापना होता है, इसलिए छाप देते हैं—जैसे हमें कुछ बोलना होता है, इसलिए हम आकाशवाणी पर बोल देते हैं। जब तक सीधे हमें सूचना नहीं मिलेगी, तब तक हम मानेंगे ही नहीं कि कहीं अकाल पड़ा है और यह मैं तुम्हें लिखकर दे सकता हूँ कि जब तक हम स्वयं नहीं चाहेंगे, तब तक हमें सूचना मिलेगी भी नहीं और ऐसा हम क्यों चाहेंगे? *(एक क्षण के लिए रुक जाता है और अपने फेफड़ों की मशक हवा से पूरी तरह फुलाकर कहता है।)* और यदि बहस के लिए मान ही लिया जाए कि अकाल पड़ा भी है, तो हम क्या करें। अकाल या इस प्रकार की सारी घटनाएँ सर्वथा व्यक्तिगत घटनाएँ हैं। देश अथवा शासन को उससे कोई लेना-देना नहीं है। एक ही देश में, एक ही समय में जिस प्रकार भिन्न-भिन्न आयु के, विचार के तथा सामाजिक स्तर के लोग रहते हैं, उसी प्रकार भिन्न आर्थिक स्थिति के लोग भी होते हैं। जिसके पास बिल देने के लिए पैसा न हो, उसके लिए तो अशोका होटल में भी अकाल ही पड़ा होगा। जिसके पास धन होता है, उसके लिए बाड़मेर की मरुभूमि में भी मदिरा की धारा बहती है। अब तुम ही बताओ, अकाल क्या कोई सार्वदेशिक घटना है?

क्लर्क सिर उठाकर ब्राह्मण की प्रतिक्रिया जानने के लिए उसकी ओर देखता है। पर ब्राह्मण का ध्यान उसकी बात की ओर नहीं है। वह कहीं और अटका हुआ दिख रहा है।

क्लर्क : क्या सोच रहे हो?

ब्राह्मण : यह 'अशोका' क्या भारतीय शब्द है?

क्लर्क : भाषा-विज्ञान में तुम बहुत पिछड़े हुए लगते हो, ब्राह्मण! अशोका, लार्ड बुद्धा, लार्ड कृष्णा, लार्ड शिवा—ये सब भारतीय शब्द हैं। पर तुम यह क्यों पूछ रहे हो?

ब्राह्मण : *(अब भी किसी और लोक में है। उसकी आँखों में स्वप्न तैर रहे हैं। जीभ से चटखारा लेता हुआ कहता है।)* यह अशोका होटल क्या है? क्या यह तुम्हारा नन्दन कानन है?

क्लर्क : हाँ! यह नन्दन कानन है। जिनके पास पैसा है, उनका।

ब्राह्मण : तुम लोगों में इतना पक्षपात क्यों है, कलियुग के जीवो! नन्दन कानन में तो सभी जा सकते हैं।

क्लर्क : झूठ मत बोलो। शास्त्राज़ मैंने भी पढ़े हैं, ब्राह्मण! नन्दन वन में केवल वही जा सकता है, जिसके पास पुण्य हो। पुण्य या पुण्याज़—जो भी तुम कहना चाहो! मुझे मालूम नहीं है—और वैसे भी यह विषय शोध की अपेक्षा रखता है कि यह किस देश की करेंसी है। क्या तुम बता सकते हो?

ब्राह्मण : बता तो सकता हूँ। पर क्यों बताऊँ?

क्लर्क : तुम मुझे बता दो, तो मैं उस बात को दो हज़ार बार घुमा-फिराकर टाइप करवा लूँगा। वह मेरी थीसिस हो जाएगा। पी-एच.डी. हो गया तो यह क्लर्की छोड़ आचार्य हो जाऊँगा। यह रिसर्च बड़ी बढ़िया चीज़ है। यह आधुनिक युग की पारसमणि है। इस मणि के छूते ही महान् जड़बुद्धि लोग विश्वविद्यालयों के सिर पर चढ़कर नाचने लगते हैं। मैं उनके भ्रष्ट चरित्र का कैबरे देखता हूँ तो एकदम बौखला जाता हूँ।

ब्राह्मण : तुम बौखलाओ मत। मैं फिर से अपने बेटे की बात आरम्भ कर देता हूँ। मैंने अकाल-मृत्यु कहा था—अर्थात् समय से पूर्व मर जाना। तुमने उसका अर्थ दुर्भिक्ष तो नहीं समझा?

क्लर्क : ब्राह्मण! तुम मुझे भाषा के चक्कर में मत डालो। भाषा से रोटी अधिक महत्त्वपूर्ण है।

ब्राह्मण : मैं जानता हूँ, महान् क्लर्क! लोगों की रोटी छीनने के लिए ही तुमने उनकी भाषा छीन ली है। तुम यह बात अच्छी तरह जानते हो कि जिन लोगों के पास अपनी भाषा नहीं होती, उनकी रोटी भी उनके पास नहीं रहती।

क्लर्क : तुमने भाषा-विज्ञान की कोई मार्क्सवादी धारा निकाली है क्या? तुम भाषा को भी वर्ग-संघर्ष में घसीट लाये हो।...

क्षण-भर के लिए प्रकाश बुझकर फिर जल उठता है। क्लर्क अपनी जेबें टटोलता है। वह कुछ खोज रहा है। जब जेबों में

उसे अभीष्ट वस्तु नहीं मिलती तो मेज़ की दराज़ें खोजने लगता है।

ब्राह्मण : क्या खोज रहे हो?

क्लर्क : बात यह है, मेरा पेट्रोल ख़त्म हो गया लगता है। तुम इतनी लम्बी बहस करोगे, ऐसी आशा मुझे नहीं थी। वैसे आदमी मज़ेदार लगते हो, इसलिए बहस छेड़ना भी नहीं चाहता, नहीं तो मेरे पास चपरासियों की पूरी फौज़ है। एक बार कह दूँ तो धक्के मारते-मारते तुम्हें वापस रामायण तक पहुँचा आएँगे। इस काम का उन्हें बहुत शौक है।

ब्राह्मण : तो तुम खोज क्या रहे हो?

क्लर्क : बीड़ी! सरकार मेरी बीड़ी! दो घण्टों से तुम मेरा भेजा चाट रहे हो। और मैंने एक बीड़ी भी नहीं पी। जिस बहस में एक आदमी दूसरे का भेजा चाटे, उसे मैं नॉन-वैज बहस कहता हूँ, मांसाहारी बहस।

क्लर्क को मेज़ की दराज़ में बीड़ी मिल जाती है। वह बीड़ी सुलगाकर कश खींचता है।

ब्राह्मण : तुम कार्यालय में बीड़ी क्यों पीते हो?

क्लर्क : क्योंकि हुक्का पी नहीं सकता। भारी होता है न! बीड़ी को मैं पोर्टेबल हुक्का कहता हूँ। जेब में डालकर जहाँ मर्ज़ी ले जाओ।...पर इन बातों को छोड़ो—हम दफ़्तर में चाय क्यों पीते हैं, बीड़ी क्यों पीते हैं, अपना ख़ून क्यों पीते हैं...इन बातों को भूल जाओ। अपनी बात करो। कोई मज़ेदार बात।

ब्राह्मण : (*कुछ शान्त होकर*) मैं तुम्हारी राजधानी में आकर भी बहुत कुछ अतीत से जुड़ा हुआ हूँ, इसलिए मुझे तुम्हारी बहुत-सी बातें समझ में नहीं आती हैं। एक बात पूछूँ, बुरा तो नहीं मानोगे?

क्लर्क : मैं तुम्हारी प्रेमिका हूँ या पत्नी कि बुरा मान जाऊँगा। पूछने का हम बुरा नहीं मानते। संसद में भी हमने क्वेश्चन-ऑवर रखा हुआ है। हिन्दी में क्या कहेंगे—प्रश्न-घण्टा?

ब्राह्मण : मुझे मालूम नहीं है। मैं अनुवाद निदेशालय नहीं हूँ। अपना प्रश्न पूछूँ?

क्लर्क : पूछो। तुम्हें कुछ भी पूछने का अधिकार है। पर उत्तर देने-न-देने का अधिकार हमारा है।

ब्राह्मण : अच्छा। मत देना उत्तर। कह देना, इस प्रश्न का उत्तर लोकहित के विरुद्ध होगा।

क्लर्क : अबे, पूछ न। बैताल कहीं का! सस्पेंस कितना क्रियेट करता है।

ब्राह्मण : क्या तुम्हारे देश के नेताओं को अभी इतना भी ज्ञात नहीं हुआ कि भाषा

और रोटी में सम्बन्ध है? क्या वे नहीं जानते कि रोटी जागृति से मिलती है और जागृति अपनी भाषा से आती है? क्या जनहित के बिना, जन-जागृति आ जाएगी?

क्लर्क : मुझे ठीक मालूम नहीं है। मैं कभी इस चक्कर में नहीं पड़ा। सचाई तो यह है कि मुझे कभी भाषा की आवश्यकता ही नहीं पड़ी। मैं अपने दफ़्तर में बैठा पत्र लिखने का काम करता हूँ। मुझे अपने वे पत्र रटे हुए हैं—डियर सर, प्लीज़ रेफर टू योर लेटर नम्बर सो एण्ड सो, डेटेड सच एण्ड सच...। इसमें भाषा की आवश्यकता ही क्या है, यार?

ब्राह्मण : मेरी बात का उत्तर दो।

क्लर्क : हाँ! तुम्हारी बात! मेरा विचार है कि ये नेता लोग भी रोटी और भाषा का सम्बन्ध जानते हैं। वे जानते हैं कि जनता की रोटी जनता की भाषा से जुड़ी हुई है। जनता की भाषा आयी, तो जनता को तो अपनी रोटी मिल जाएगी पर नेताओं की अपनी रोटी छिन जाएगी—क्योंकि वे लोग स्वयं अँग्रेज़ी की रोटी खा रहे हैं।

ब्राह्मण : वे लोग जनभाषा से डरते क्यों हैं?

क्लर्क : वे कहते हैं, हिन्दी का मतलब है रामायण, महाभारत—अर्थात् संस्कृति। वे लोग संस्कृति से डरते हैं। वे लोग संस्कृतिहीन ऐसी भाषा चाहते हैं जैसी भाषा उनके अपने पास है—शब्द, केवल शब्द। खोखले। टीन के डिब्बे।...उनके अपने पास न तो विचार हैं, न सिद्धान्त, न चरित्र, न ज्ञान। उनके पास हैं शब्द एक परायी भाषा के। जनभाषा आ गयी तो उनका सारा नेतापन झाड़कर जनता उनको ज़ाहिल कह देगी।...पर ऐ ब्राह्मण! तुम यहाँ रिसर्च करने तो नहीं आये? यदि रिसर्च के चक्कर में आये हो तो अच्छा है कि यहाँ से कोई डिप्लोमा लो और विदेश चले जाओ। देशी रिसर्च तो देशी घास के बराबर भी मूल्य नहीं रखती।

ब्राह्मण : क्यों?

क्लर्क : क्योंकि देशी घास पेट तो भर सकती है, देशी रिसर्च अपने देश में किसी का पेट नहीं भरती। यार लोगों ने देशी भाषाओं के समान देशी रिसर्च को भी व्यर्थ करार दे दिया है।...पर पहले मेरी बात का उत्तर दो। क्या तुम रिसर्च करने आये हो?

ब्राह्मण : नहीं। मैं अपने बेटे की अकाल मृत्यु...।

क्लर्क : फिर अकाल मृत्यु?

ब्राह्मण : मेरा तात्पर्य है, असामयिक मृत्यु। मैं अपने बेटे की असामयिक मृत्यु के विषय में पूछने आया हूँ।

क्लर्क : मुझसे पूछने क्यों आये हो! (*अपनी बीड़ी फ़र्श पर बिछे टाट पर फेंककर*

पैर से कुचल देता है।) यह तो तुम्हें कोई भी डॉक्टर बता देगा। उसकी हृदयगति रुक गयी होगी, उसका रक्तसंचार बन्द हो गया होगा। यदि वह बुद्धिजीवी था, तो उसने हिन्दी की कोई फ़िल्म देख ली होगी।...क्या तुम्हें कोई डॉक्टर नहीं मिला?

ब्राह्मण का ध्यान उसकी बातों की ओर नहीं है। वह उस स्थान को देख रहा है, जहाँ क्लर्क ने अपनी बीड़ी फेंक, उसे अपने बूट से कुचला है। उस स्थान पर टाट थोड़ा-सा जल गया है, थोड़ी-सी राख है; और बीड़ी का टुकड़ा पड़ा हुआ बड़ी आपत्तिजनक चीज़ लग रहा है।

ब्राह्मण : *(क्लर्क को किंचित् नाराज़गी से देखता हुआ)* तुमने टाट क्यों जलाया?

क्लर्क : देश की भलाई के लिए।

ब्राह्मण : अपनी बात की व्याख्या करो।

क्लर्क : यदि पुराना टाट जलेगा नहीं तो नया कैसे ख़रीदा जाएगा! नया ख़रीदा नहीं जाएगा तो टाट का कारख़ाना बन्द हो जाएगा और वहाँ काम करनेवाले लोग बेकार हो जाएँगे। मैंने पुराना टाट नहीं जलाया है, अनेक लोगों को नौकरी का एक्सटेंशन-लेटर दिया है।

ब्राह्मण : और यह गन्दगी क्यों फैलायी?

क्लर्क : यह भी सफ़ाई कर्मचारी की नौकरी बनाये रखने के लिए। मेरे-जैसे लोग गन्दगी नहीं फैलाएँगे तो सफ़ाई कर्मचारी बेकार हो जाएँगे। यह गन्दगी फैलाना नहीं, सफ़ाई कर्मचारी-कल्याण-योजना है।

ब्राह्मण : तुम गन्दे, नीच और तर्क एवं ज्ञान का दुरुपयोग करनेवाले जन्तु हो।

क्लर्क : *(थोड़ी देर तक ब्राह्मण की खीझ पर मुसकराता है।)* मैंने तुमसे पूछा था, क्या तुम्हें कोई डॉक्टर नहीं मिला?

ब्राह्मण : डॉक्टर क्या होता है? त्रेता में ऐसा कोई शब्द मैंने नहीं सुना था।

क्लर्क : तुम बड़े विचित्र आदमी हो, यार! तुम डॉक्टर को नहीं जानते! डॉक्टर दो प्रकार के होते हैं : एक वे जो विश्वविद्यालयों में पाये जाते हैं। नाम के डॉक्टर होते हैं, पर सामान्यतः आजीवन रोगी रहते हैं। वे लोग पी-एच. डी. होते हैं। यह मत पूछना कि पी-एच.डी. क्या है। पी-एच.डी एक डिग्री है, जो नालायक लोगों के विश्वविद्यालय में घुसने का चोर दरवाज़ा है। जिस व्यक्ति के जीवन-भर किसी भी परीक्षा में प्रथम श्रेणी नहीं आयी, वह पी-एच.टी. करके अपने आपको न केवल विद्वान् कहलाने लगता है, वरन् स्वयं को विद्वान् मानने भी लगता है। वैसे एक दूसरी दृष्टि से देखा जाए तो पी-एच.डी. पढ़ाई-लिखाई का पूर्णविराम है। लोग पी-एच.डी. कर

लेने के बाद और पढ़ने-लिखने की आवश्यकता नहीं समझते। इस प्रकार जिस व्यक्ति को पूर्ण अनपढ़ बनाना हो, उसे पी-एच.डी. की डिग्री दे दी जाती है...।

ब्राह्मण : तुम्हारा भाषण समाप्त हो गया?

क्लर्क : अभी तो भाषण की भूमिका भी पूरी नहीं हुई।

ब्राह्मण : शुरू हो जाओ।

ब्राह्मण माथे पर हाथ मारता है और क्लर्क के पाँवों के पास ऐसे बैठ जाता है, जैसे अपनी क़िस्मत का स्यापा कर रहा हो।

क्लर्क : ऐसे डॉक्टरों के रोग के लक्षण सुनो। ऐसा रोगी वास्तविक विद्वान् को देखकर वैसे ही चिढ़ उठता है, जैसे कुत्ता चाँद को देखकर भौंकने लगता है। वह बहुधा ईर्ष्यालु होता है। अपने-आपको ध्रुव पण्डित मानता है और पैसे बटोरने पर उसका ध्यान वैसे ही केन्द्रित रहता है, जैसे सूअर का गन्दगी पर।...यह डॉक्टर जनता को धोखा भी देता है!

ब्राह्मण : कैसे?

मंच के अगले भाग का प्रकाश बुझ जाता है और पिछले भाग का प्रकाश जल उठता है। मूक दृश्य। एक रोगी ज़मीन पर लेटा है और चार-पाँच देहाती वेशभूषा के लोग नाइट सूट में खड़े एक परेशान व्यक्ति से उलझ रहे हैं।

क्लर्क
का स्वर : रामलुभाया भी ऐसा ही एक डॉक्टर है। उसके घर के बाहर नाम-पट्टिका लगी है—डॉक्टर रामलुभाया। एक रोज़ काफ़ी रात गये कुछ देहाती लोग एक रोगी को लेकर उसके पास आये। रामलुभाया बहुत चीख़ा-चिल्लाया कि मैं डॉक्टर तो हूँ, पर वैसा डॉक्टर नहीं हूँ, इसलिए रोगी को दवा नहीं दे सकता। देहातियों ने पूछा, 'कैसे डॉक्टर हो?' तो वह उन्हें समझा नहीं पाया। बस यही कहता रहा कि वह ऐसा डॉक्टर नहीं है। अन्त में यह मानकर कि रामलुभाया जान-बूझकर उनके रोगी को दवा नहीं दे रहा, उसे पचासों गालियाँ और दस-पाँच थप्पड़ देकर लौट गये।...

क्लर्क के स्वर के अनुकूल मूक क्रियाओं से अभिनय के साथ पिछला प्रकाश बुझ जाता है। मंच के अगले भाग पर प्रकाश जल उठता है।

ब्राह्मण : (*अत्यन्त उकताये हुए स्वर में*) अब दूसरे प्रकार के डॉक्टरों की बात करो।

क्लर्क : दूसरा डॉक्टर वह है जो शारीरिक रोगों का निदान करता है। वह पाँच

वर्षों तक मेडिकल कॉलेज में इस बात का कठिन अभ्यास करता है कि किस प्रकार अपनी बुद्धि पर विश्वास करना छोड़ यन्त्रों, औषध-निर्माता कम्पनियों तथा उनके मेडिकल रिप्रज़ेण्टेटिव लोगों की बातों पर विश्वास किया जाए। वह अपनी बुद्धि से न रोग को जान सकता है, न पहचान सकता है। यदि उसके यन्त्र रोग बताने में असफल हो जाएँ, तो वह मान लेता है कि रोगी का दिमाग़ ख़राब है। यदि उसके यन्त्र किसी रोग के लक्षण बता दें, तो औषध-निर्माता फ़र्मों के प्रतिनिधियों द्वारा पढ़ाई पट्टी के अनुसार, उन फ़र्मों का लाभ कराने के लिए महँगी-से-महँगीं दवा लिख देता है। रोगी यदि दवा न खाए तो रोग से मर जाता है और यदि दवा खा ले तो ग़रीबी से मर जाता है।

ब्राह्मण : *(दीन स्वर में)* हे महान् क्लर्क! कदाचित् तुम वैद्यों के विषय में कुछ कह रहे हो; पर मैं तुम्हारे युग का आदमी नहीं हूँ। मैं तुम्हारी कई बातें समझ नहीं पाता।

क्लर्क : यह तुम्हारा सौभाग्य है। इस सौभाग्य के लिए तुम्हारा अभिनन्दन करने को मन चाहता है। इन बातों को न समझना ही अच्छा है। जो आदमी इन बातों को जानता है और समझता है, उसमें यदि तनिक-सी भी ईमानदारी हो, तो वह निराशा से पीड़ित हो, आत्महत्या कर मर जाता है।

ब्राह्मण : अच्छा! मुझे उलझाओ मत! मुझे बताओ, मेरा पुत्र बाल्यावस्था में मृत्यु को प्राप्त क्यों हुआ? उसके लिए उत्तरदायी कौन है?

क्लर्क : तो तुम्हारा मतलब है कि अब मैं पूर्णतः गम्भीर होने का अभिनय करूँ। अच्छा भई, तुम्हारी ही इच्छा पूरी हो।...क्या वह स्वाभाविक मृत्यु से मरा है—मेरा मतलब है, नेचुरल डेथ हुई है या किसी दुर्घटना में मरा है?

ब्राह्मण : नहीं। वह दुर्घटना में नहीं मरा। उसका मरना अपने-आप में दुर्घटना अवश्य है। रात को ठीक-ठाक सोया था। प्रातः हमने उसे मरा हुआ पाया।

क्लर्क : तो स्पष्टतः वह प्राकृतिक मृत्यु को प्राप्त हुआ है। उसके लिए दोषी भगवान है।

ब्राह्मण : यह झूठ है! *(आवेश में)* मेरा आरोप है कि मेरे बेटे की बाल-मृत्यु का कारण शासन का पाप है।

क्लर्क : शासन किसी के जन्म के लिए उत्तरदायी नहीं, अतः वह किसी की मृत्यु के लिए भी उत्तरदायी नहीं है। भगवान किसी को जन्म देते हुए हमें कंसल्ट नहीं करता, न किसी की मृत्यु भेजते हुए हमसे अनुमति लेता है। उसके तानाशाही निर्णयों से हम एकदम तंग आ चुके हैं। वह मनमाने ढंग से सुपर पॉवर बन गया है। हर बार धक्केशाही से काम लेता है। हमारी प्रभुसत्ता का उल्लंघन करता है। हमारे विरोधपत्रों का कोई नोटिस नहीं

लेता। अब बताओ, हम क्या कर सकते हैं। तुमने कभी सोचा है कि कोई व्यक्ति पूरी आयु प्राप्त किये बिना क्यों मर जाता है? (*थोड़ा शरमाकर*) मरने से मेरा मतलब डेथ से है। किसी सुन्दर लड़की पर मरने की बात बीच में मत लाना। वैसे वह मरना भी शासन की प्रभुसत्ता की चिन्ता नहीं करता।

ब्राह्मण : (*गम्भीर मुद्रा में*) हाँ! मैंने ख़ूब सोचा है कि कोई पूर्णायु प्राप्त किये बिना क्यों मर जाता है। जब शासन बेईमान हो जाता है, जनता के धन का जन-कल्याण के लिए उचित प्रयोग न कर अपने विलास के लिए उसका व्यय किया जाता है, तो उत्पादन का सन्तुलन बिगड़ जाता है। लोगों को आवश्यकतानुसार खाने को नहीं मिलता। उनके भीतर रोग के कीटाणु घर करने लगते हैं। रोगों का निदान नहीं होता। उस दुर्बलता की अवस्था में व्यक्ति जीवन का संघर्ष चला नहीं पाता तो मर जाता है। उसके मरने के लिए तुम दोषी हो, सरकार दोषी है।

क्लर्क : नहीं! यह झूठ है। तुम्हें किसी ने बहका दिया है, ब्राह्मण! शासन के पाप से कोई नहीं मरता। (*आध्यात्मिक मुद्रा में*) जो मरता है, वह अपने पिछले जन्मों के कर्मों के कारण मरता है। अपने दुर्भाग्य के कारण मरता है, या अपनी बदपरहेजी के कारण मरता है।

ब्राह्मण : देश में बाढ़ किसके अपराध से आती है?

क्लर्क : निश्चित रूप से नदियों के दोष से। यदि वे इतना पानी न पिएँ, जितना वे पचा नहीं पातीं, तो बाढ़ कभी नहीं आए। पर वे लालच करती हैं, और अपनी इस बदपरहेजी में देश को भी ले डूबती हैं।

ब्राह्मण : और यदि शासन बाँध बाँध दे तो क्या बाढ़ रुक नहीं जाएगी?

क्लर्क : तुम सचमुच त्रेता के जन्तु लगते हो, ब्राह्मण! ये सब पुराने सिद्धान्त हैं। तुम ज़रा-से भी आधुनिक होते तो जानते कि अब प्रकृति के विरुद्ध कुछ भी करने को बुरा समझा जाता है। वह कृत्रिम होता है, और कृत्रिम चीज़ें अच्छी नहीं होतीं। अब हम यह मानते हैं कि प्रकृति का दमन मनुष्य में नये रोग उपजाता है। इसलिए उन रोगों से मुक्त हो स्वस्थ रहने की आड़ में मनुष्य समाज-विरोध का रोग पाल रहा है। मनुष्य प्रकृति की इच्छा के अनुसार नंगा रहना चाहता है। मैथुन एक प्राकृतिक क्रिया है, उसे छिपाया क्यों जाए? उन्नत देशों में यह कृत्य सामूहिक और सार्वजनिक रूप से किया जाता है।...और तुम पिछड़े हुए आदमी, आदिम युग के जीव यह चाहते हो कि उन्मुक्त नदियों को भी अनुशासन के बाँधों में बाँध दिया जाए। यह जनतन्त्र-विरोधी विचार हमें सर्वथा अमान्य है।

ब्राह्मण : महान् क्लर्क! तुम्हारी बातों में श्रोता को बहा ले जाने की, बहका ले जाने

की अद्भुत प्राकृतिक क्षमता है। तुम शायद इसी की रोटी खाते हो। अधम व्यवसाय है तुम्हारा। अपनी वाणी को दूसरों को भ्रान्त करने के दुष्ट कार्य में लगाना, कितना अनुचित है। (*ब्राह्मण दुःखी प्रतीत होता है।*) सूखा, अकाल, महामारी--इन सबको भी तुम प्राकृतिक प्रकोप सिद्ध कर दोगे। इनके विरुद्ध भी शासन को कुछ नहीं करना चाहिए? इनकी रोकथाम के लिए प्रयत्न करना क्या शासन का कर्तव्य नहीं है?

क्लर्क : कदापि नहीं। बाढ़, सूखा, अकाल, महामारी इत्यादि में मरनेवाले लोग अपनी मूर्खता से मरते हैं। उन्हें मरना ही चाहिए। उनको उनकी मूर्खता का दण्ड मिलना ही चाहिए। वे लोग नदी के किनारे रहते ही क्यों हैं? उन्हें नहीं मालूम कि नदियाँ इसलिए बनी हैं कि उनमें बाढ़ आए? नदी के किनारे, घर बनाकर रहनेवाला आदमी यदि अपने घर के बह जाने की शिकायत करता है, तो यह वैसा ही है, जैसे कोई व्यक्ति नल के नीचे बैठकर गीले हो जाने की शिकायत करे।...और सूखा तो पड़ता है भैया राजस्थान में। वहाँ जाकर बसते ही क्यों हो...

ब्राह्मण : महान् क्लर्क! एक बात मेरी भी सुन लो। (*वह बिना क्लर्क को देखे बोलता जाता है।*) सूखाग्रस्त क्षेत्र भारत में कहाँ है, यह मैं आज तक नहीं जान पाया हूँ। मेरी दृष्टि में यह कोई विशिष्ट क्षेत्र है ही नहीं। यह सम्पूर्ण भारत की विशिष्टता है। कहीं ज़मीन सूखी है, कहीं मन का रस सूख गया है, कहीं बुद्धि सूख गयी है, कहीं कर्तव्य बेचारा सूखकर लकड़ी हो गया है; और ईमानदारी तो सब कहीं से सूखकर शून्य में विलीन हो गयी है। कुल मिलाकर सूखापन हमारी राष्ट्रीय विशिष्टता है। सरकार नहीं चाहती कि यह सूखा कभी समाप्त हो, इसलिए उसने ब्लॉक डेवलपमेण्ट अफ़सर, जिलाधिकारी, राशन अधिकारी, एम.एल.ए., एम.पी., मन्त्री, ठेकेदार और पता नहीं कैसे-कैसे ब्लाटिंग पेपर सारे देश में फैला रखे हैं। जब कभी कोई जलधारा किसी ओर चलने लगती है, ये ब्लाटिंग-पेपर अपनी राष्ट्रीय भावना के कारण उस धारा को सोख लेते हैं। अतः आज तक यह सूखापन किसी एक प्रदेश में स्थिर नहीं हो पाया है; और न ही बच्चों का भूगोल-सम्बन्धी ज्ञान ही ठीक हो पाया है।

क्लर्क : (*ब्राह्मण की बात से सर्वथा अप्रभावित भाषण देने की पद्धति में*) मैंने तुम्हारी कोई बात नहीं सुनी है और मैं अपनी पिछली बात की कण्टिन्युएशन में बोल रहा हूँ।...महामारी फैलती है ग़रीब-गन्दे-गलीज़ लोगों की बस्तियों में। तुम्हें कौन कहता है वहाँ जाओ। ठाट से दिल्ली में रहो। देखो, न यहाँ बाढ़ आती, न सूखा पड़ता है, न अकाल, न महामारी। यहाँ हमारे पास है--शराब, जुआ, चोरी, हत्या, बलात्कार, डाका,

भ्रष्टाचार...! क्या नहीं है हमारे पास! सूखा, बाढ़ इत्यादि तो इधर आने का साहस नहीं कर सकते। आने की मूर्खता करेंगे तो शाहदरा में पकड़ लिए जाएँगे।

ब्राह्मण : (*आवाज़ एकदम ऊँची हो जाती है, जैसे वह कोई प्रयाण-गीत गानेवाला हो*) हाँ! तुम ठीक कहते हो क्लर्क, लोग अपनी मूर्खता से ही मरते हैं, या अपने पिछले जन्मों के कर्म से। नहर बनाने पर ख़र्च होनेवाले पैसे यदि तुम्हारे रिश्तेदारों के पेट में चले जाते हैं, जो मन्त्री भी हैं, संसद सदस्य भी हैं, ठेकेदार भी हैं और ब्लाक-डेवलपमेण्ट अफ़सर भी; और तब सूखा पड़ जाता है, तो जनता अपने पिछले जन्म के कर्मों से ही मरती है क्या? अन्न के बोरे गोदामों में छिपाकर अन्न का अभाव पैदा किया जाता है, चीज़ों का मूल्य बढ़ाया जाता है, तो जनता अपनी ही मूर्खता के कारण मरती है कि वह मन्त्री की सन्तान बन पैदा क्यों न हुई। तुम लोग विदेशों में सैर-सपाटे के लिए, अपने विलास के लिए, अपनी अगली पीढ़ियों को लुंज-पुंज पराश्रित बनाने के लिए धन जोड़ने को हर चीज़ इतनी महँगी करते जा...

क्लर्क : अगली बातचीत महँगाई पर होगी क्या? (*उबासी लेता हुआ एक चुटकी बजाता है।*)

ब्राह्मण : जिस पर तुम चाहो।

प्रकाश बुझकर जल उठता है। ब्राह्मण और क्लर्क शास्त्रार्थ की मुद्रा में प्रस्तुत हैं।

क्लर्क : महँगाई का शास्त्रीय विश्लेषण कर लें क्या?

ब्राह्मण : यह क्या होता है?

क्लर्क : शास्त्रीय विश्लेषण का अर्थ है, कुछ ऐसा कहना जिसका सम्बन्ध मुर्दों से, मृतक पुस्तकों से, अनसुने-अनजाने नामों से हो। इसमें कोई नयी बात नहीं कही जाती। काम की बात भी नहीं की जाती। सुननेवाले को समझ में कुछ नहीं आता और बोलनेवाले की विद्वत्ता का खासा रोब पड़ जाता है।

ब्राह्मण : समझ गया। अब तुम महँगाई का शास्त्रीय विवेचन करो।

क्लर्क : देखो! जब कोई अविकसित, पिछड़ा हुआ देश उन्नति करता है—तो वहाँ के लोगों का जीवन-स्तर ऊँचा उठता जाता है। जीवन-स्तर ऊँचा उठने का तात्पर्य है अधिक ख़र्च करने की क्षमता। जब लोगों की ख़र्च करने की क्षमता बढ़ती है तो ख़र्च बढ़ता है। ख़र्च बढ़ता है तो महँगाई बढ़ती है। इस प्रकार महँगाई बढ़ने का अर्थ है, देश का विकास! उन्नति!

समृद्धि! जिस देश में महँगाई नहीं बढ़ रही, वहाँ विकास नहीं हो रहा है। यदि हम लोगों में राष्ट्रीयता का थोड़ा-सा भी तत्त्व है, हम अपने देश से थोड़ा-सा भी प्रेम करते हैं, तो हमें अपने देश के विकास में सहयोग देना चाहिए। और उसका एक ही रास्ता है—देश में महँगाई को अधिक-से-अधिक बढ़ाया जाए। इस प्रकार जमाखोरी करनेवाले, कालाबाज़ारिये, मनमाना दाम बढ़ानेवाले व्यापारी—ये सब प्रथम श्रेणी के देशभक्त हैं। उन्हें 'भारत-रत्न' की उपाधि देकर योजना-मन्त्रालय में स्थायी रूप से रख लेना चाहिए।

ब्राह्मण : पर मैंने तो दूसरी बात सुनी है।

क्लर्क : क्या?

ब्राह्मण : मैंने सुना है कि महँगाई हम उस स्थिति को कहते हैं, जब लोगों की आय नहीं बढ़ती और बाज़ार में चीज़ें कम होती जाती हैं। जो लोग बहुत अधिक ख़र्च कर सकते हैं, उन्हें भी चीज़ें बड़ी कठिनाई से उपलब्ध होती हैं। ग़रीब आदमी पैसे के अभाव में भूखा मरता है—इसे तुम क्या कहते हो?

क्लर्क : यह सब तुम्हारा सुनने का दोष है। देखो, बात बड़ी सीधी है। आय बढ़ने से जीवन-स्तर ऊँचा नहीं उठता। जीवन-स्तर ऊँचा उठता है ख़र्च बढ़ने से। अतः यदि आय बढ़ी भी तो जीवन-स्तर कैसे उठेगा? इसलिए आय का बढ़ना कल्याणकारी नहीं है। वह जनता के हित में नहीं है, महँगाई जनता के हित में होती है। अतः जो तुम कह रहे हो, वह महँगाई नहीं है।

ब्राह्मण : वह क्या है?

क्लर्क : अनपढ़ लोगों का प्रलाप।

ब्राह्मण : (*अत्यन्त आहत होकर*) यह बताओ कि तुम लोगों ने विद्या और ज्ञान को, झूठ बोलकर जनता को बहकाने के काम में क्यों बदल दिया है? आज जो व्यक्ति जितना विद्वान् है, वह उतना बड़ा शब्दाडम्बरी क्यों है?

क्लर्क : हम विश्वविद्यालयों पर हर वर्ष करोड़ों रुपये ख़र्च करते हैं। तुम स्वयं सोचो, वह सारा रुपया क्या हम इसलिए ख़र्च करते हैं कि विश्वविद्यालयों में सत्य की खोज हो और वे जनता को जगाने का कार्य करें? ऐसा नहीं हो सकता, हम इतने मूर्ख नहीं हैं। जाग्रत जनता ख़तरनाक होती है। हमने विश्वविद्यालय इसलिए खोले हैं कि जनता उनके भ्रमजाल में अटकी, मुक्त होने के लिए छटपटाती रहे। युवा पीढ़ी तीन या पाँच वर्ष उन दीवारों के साथ टक्करें मारती रहे। जो विद्वान् सत्य बोलने का प्रयत्न करता दीखता है, उसके लिए हम एक नयी कुर्सी किसी विश्वविद्यालय में रखवा देते हैं।

वह बैठते ही चुप हो जाता है।

ब्राह्मण : वह बैठते ही चुप क्यों हो जाता है?

क्लर्क : प्रकृति की लीला है। बस हो, रेलगाड़ी हो, नौकरी की कुर्सी हो—कुछ भी हो, व्यक्ति बोलता तब ही तक है, जब तक खड़ा रहता है। बैठते ही उसकी जीभ इस भय से तालू से चिपक जाती है कि बोला तो फिर से उठाकर खड़ा कर दिया जाएगा।

ऋणी

मुझे आयकर अधिकारी ने बड़ा मधुर-सा पत्र लिखकर बुलाया था। मुझे विश्वास दिलाया गया था कि आजकल हमारे ये अधिकारी क़ानून पर चलनेवाले व्यक्ति को तनिक भी परेशान नहीं करते। मैं मान लेता हूँ कि मुझे सच ही बताया गया होगा। भला कोई झूठ क्यों बताएगा; और मैं तो क़ानून से तनिक भी हटकर नहीं चलता। इसलिए नहीं कि क़ानून तोड़नेवाले को दण्डित किया जाता है; बल्कि इसलिए कि क़ानून हमारी ही भलाई के लिए बने हैं। उन पर चलना अपना ही भला करना है। वैरो यह दूसरी बात है कि हमारे यहाँ क़ानून तोड़नेवाले को भी दण्डित नहीं किया जाता। यहाँ तो स्थिति है कि जो दे उसका भी भला, जो न दे उसका भी भला।

मैंने उस दिन देखा था लाल बत्ती की अवहेलना कर आगे बढ़ जानेवाले एक चालक को सिपाही ने रोका। चालक रुका और पचास रुपये देकर आगे बढ़ गया। सिपाही ने उसे कुछ नहीं कहा। दण्डित करने की तो बात ही नहीं आयी। एक दूसरे चालक ने लाल बत्ती पर गाड़ी दौड़ायी तो सिपाही ने उसे भी रुकने के लिए संकेत किया, किन्तु यह चालक सिपाही की भी उपेक्षा कर आगे बढ़ गया। सिपाही ने उसे कुछ नहीं कहा। दण्डित करना तो दूर उससे वे पचास रुपये भी नहीं लिये, जो पहले चालक की परम्परा से उसके बनते थे। इसलिए मेरे मन में दृढ़ बद्ध धारणा है कि अपनी सरकार का सिद्धान्त है कि जो माने उसका भी भला, जो न माने उसका भी भला।

फिर मैं तो माननेवालों में से हूँ। सिपाही को पचास की जगह सौ देकर भी प्रसन्न ही रहता हूँ कि उसने मुझे परेशान नहीं किया। वह यदि सौ रुपये लेकर भी न मानता, तो मैं उसका क्या बिगाड़ सकता था।

तो मैं सहज भाव से आयकर अधिकारी के पास जा पहुँचा। उसने हँसकर मुझसे हाथ मिलाया और बैठने के लिए कहा। मैं बैठ गया तो उसने पूछा, "आपने नया मकान बनवाया है?"

मैं प्रसन्न हो गया। इन दिनों जो मेरे नये मकान की चर्चा करता था मुझे वह भला आदमी लगने लगता था। मेरी इच्छा होती थी कि मैं उसे अपने घर की

एक-एक दीवार और एक-एक दरवाज़ा दिखाऊँ। फ़र्श और छतें दिखाऊँ। जब किसी को दिखाऊँगा नहीं, तो वह उसकी प्रशंसा कैसे करेगा? और प्रशंसा मुझे बहुत अच्छी लगती है। अपनी भी और अपने मकान की भी।

मैंने प्रसन्नतापूर्वक कहा, "जी हाँ, बनवाया तो है। आप देखना चाहेंगे क्या?"

वह हँसा, "अजी हमारे ऐसे भाग्य कहाँ! वह तो डी.डी.ए. वाले या नगरपालिकावाले देखेंगे! हमें तो आप यह बता दीजिए कि उसका ख़र्च क्या आया है। आपका कितना रुपया लग गया?"

मुझे वह अपने भाई-सा प्रिय लगने लगा। बेचारे को कितनी चिन्ता है कि कहीं मेरा सारा पैसा मकान में ही तो नहीं खप गया। कुछ तो बचाकर रखना ही चाहिए। आजकल तो ओपन हार्ट सर्जरी में ही डेढ़-दो लाख रुपया लग जाता है। शायद इसी को दिल खोलकर ख़र्च करना कहते हैं। जाने कब मेरा भी हृदय खुल जाए।

मैंने हँसकर कहा, "मैं जितना चाहता था उससे कुछ अधिक ही ख़र्च हो गया है। आप जानते हैं कि मकान और विवाह में मुट्ठी बन्द कर लेने से काम नहीं चलता।"

"मुझे भी ऐसा ही लगता है।" वह बोला, "फिर भी अन्दाज़न कितना ख़र्च हो गया होगा?"

"मेरी इच्छा तो थी कि पाँच लाख में बन जाए पर उसमें आठ ही ख़र्च हो गये। अब देखिए न, मकान कौन-सा रोज़-रोज़ बनता है। ऐसे में न मैं पत्नी की फ़रमाइश टाल सकता था, न बच्चों की ज़रूरत की उपेक्षा कर सकता था।"

"आप ठीक कहते हैं।" उसने बड़े घरबारी तरीक़े से कहा, "पत्नी और बच्चे ही प्रसन्न न हों तो फिर मकान बनवाना ही किसके लिए है।"

"ठीक कहते हैं आप।" मैं उससे तत्काल सहमत हो गया।

"पर ये पैसा आया कहाँ से?" उसने मुझसे पूछा।

मैं सँभल गया। हमारे सारे मित्रों में यही बड़ा रोग है। टटोल-टटोलकर पूछेंगे कि घर का ख़र्च कहाँ से चलाता हूँ। वैसे मकान बनानेवालों की यह मजबूरी भी है। पैसे होते नहीं और मकान बनवाना होता है, तो कहीं-न-कहीं से तो उधार लेना ही पड़ता है। इसलिए एक-दूसरे से पूछते रहते हैं कि पैसा कहाँ से उधार लिया। भविष्य-निधि, बीमा कम्पनी इत्यादि-इत्यादि से लिया गया। ऋण बताने में कोई परेशानी नहीं है। किसी की कोई सहायता हो जाए तो क्या बुराई है; किन्तु मैंने तो बहुत सारा पैसा अपने ससुराल से लिया था। भला यह भी कोई किसी को बताने की बात है। आयकर अधिकारी की शिष्ट और विनीत मुद्रा भी मुझे पिघला नहीं सकी। मैंने अपनी ओर से बहुत कठोर होते हुए कहा, "यह मेरा अपना निजी मामला

है। आप व्यक्तिगत अथवा सरकारी रूप में उसमें टाँग न ही अड़ाएँ तो अच्छा होगा।"

उसकी मुद्रा विकृत हो गयी। मेरी ओर देखकर बोला, "आप अपनी आय के साधन हमसे छिपा रहे हैं। कंसीलमेण्ट ऑफ फैक्ट्स। आपको जेल भी हो सकती है।"...

मैं चकरा गया। जाने क्या बात है कि जब भी मैं अपने कुछ सम्बन्धों को बताता या छिपाता हूँ तो मेरे लिए कोई-न-कोई संकट खड़ा हो ही जाता है...

पहले भी एक बार भविष्य-निधि अधिकारी ने मुझसे एक फॉर्म भरवाते हुए पूछा था, "आपका नाम?"

मैंने अपना नाम बता दिया था; क्योंकि मैं यह मानता हूँ कि मेरे माता-पिता ने मेरा नाम इसीलिए रखा था कि मैं उसे लोगों को बताऊँ। अब उस नाम को छिपाकर मैं अपने माता-पिता से विश्वासघात तो नहीं कर सकता। उस अधिकारी ने पूछा, "आपके उत्तराधिकारी का नाम?" मैं थोड़ी देर चिन्ता में पड़ गया। सामान्यतः उत्तराधिकारी तो पुत्र ही होता है किन्तु मैं नहीं चाहता था कि मेरे बाद मेरे भविष्य-निधि की राशि मेरे पुत्र को मिले। मैं तब भी मानता था; और आज भी यही मानता हूँ कि उस पर पहले मेरी पत्नी का अधिकार है। मैं नारी-जाति की उपेक्षा सहन नहीं कर सकता। इसलिए उत्तराधिकारी के रूप में मैंने अपनी पत्नी का नाम बता दिया। भविष्य-निधि अधिकारी ने मेरी ओर देखा और पूछा, "सम्बन्ध? रिलेशनशिप?"

मुझे क्रोध आया। वह कौन होता है मेरी और मेरी पत्नी के सम्बन्धों पर सन्देह करनेवाला अथवा उन पर प्रश्न उठानेवाला। मैंने बलपूर्वक कहा, "वेरी कॉर्डियल। बहुत अच्छे सम्बन्ध हैं हमारे।" उसने भी तमककर मेरी ओर देखा और बोला, "मुझे इससे क्या लेना-देना है कि आपके सम्बन्ध अच्छे हैं या नहीं। मुझे तो यह बताइए कि वह आपकी लगती क्या है?"

इच्छा तो हुई कि उसे एक थप्पड़ लगा दूँ। भला आदमी मेरी पत्नी के विषय में मुझसे पूछ रहा है कि वह मेरी क्या लगती है। पर क्रोध को संयत करके उसे बता ही दिया कि वह मेरी पत्नी है। उसे इतने पर भी सन्तोष नहीं हुआ। बोला, "किन परिस्थितियों में आप चाहेंगे कि आपका प्रॉविडेण्ट फण्ड आपकी पत्नी को न दिया जाए।" मेरी कल्पना ने सहस्रों परिस्थितियों का भ्रमण किया; किन्तु ऐसी कोई परिस्थिति मैं खोज नहीं पाया, जिसमें भविष्य-निधि की राशि मेरी पत्नी को न मिलकर उस अधिकारी की पत्नी को मिल सके। हताश होकर मैंने उसी से प्रश्न किया। कि क्या कोई ऐसी परिस्थिति हो सकती है, जिसमें मैं अपनी भविष्य-निधि अपनी पत्नी को न देना चाहूँ?

उसने मुझे इस प्रकार देखा जैसे मैंने कोई बेहद मूर्खतापूर्ण प्रश्न किया हो और

बोला, "यदि आपकी पत्नी दूसरा विवाह कर ले तो क्या आप अपनी भविष्य-निधि उसे देना चाहेंगे?"

वह एक विजेता के समान मुझे देख रहा था और मैं सोच रहा था कि क्या उसको यह कह दूँ कि ऐसा संकट उसे हो सकता है मुझे क्यों होगा। मुझे लगा कि उस अधिकारी की पत्नी किसी और के साथ भाग गयी है; इसलिए अब वह हर व्यक्ति से ऐसे प्रश्न करने लगा है।...किन्तु वह सरकारी अधिकारी था। मैं उसे सान्त्वना भी नहीं दे सकता था। सोचा : कहीं इस विषय में अधिक चर्चा हो गयी तो बेचारा कहीं रो ही न पड़े। मैं बात टाल गया बोला, "यदि मेरे जीवनकाल में मेरी पत्नी दूसरा विवाह करेगी, तो मैं उस समय उत्तराधिकारी का नाम बदलने के लिए जीवित बैठा होऊँगा। अभी से अपनी पत्नी पर ऐसा सन्देह क्यों करूँ।"

"और यदि वह आपकी मृत्यु के पश्चात् दूसरा विवाह कर ले तो?" उसने इस प्रकार मुसकराकर पूछा, जैसे मुझे चारों खाने चित करने में पूर्णतः सफल हो गया हो।

मैं फिर खीझ उठा...यह मेरी पत्नी को इतना मूर्ख क्यों समझता है कि वह मेरी मृत्यु के पश्चात् भविष्य-निधि की राशि लिये बिना ही किसी और से विवाह कर लेगी; और यह भविष्य-निधि की राशि उसे देने से मना कर सकेगा। पर यह सब मैंने उससे कहा नहीं। बोला, "यदि मेरी मृत्यु के पश्चात् वह मेरी भविष्य-निधि ले ले, और उसके पश्चात् दूसरा विवाह कर ले, तो क्या आप उससे वह राशि लौटा ले सकते हैं?"

इस बार उसने भौचक होकर मुझे देखा और बोला, "नहीं, ऐसा तो कोई नियम नहीं है।"

अब तक मैं उपदेशक की मुद्रा में आ चुका था। बोला, "अब तुम मेरी नहीं, अपनी बात सोचो। कल जब तुम मर जाओगे और तुम्हारी पत्नी निश्चित रूप से दूसरा विवाह करना चाहेगी तो उसको दहेज की आवश्यकता होगी, जोकि उसके पिता के न रहने के कारण जुटाया नहीं जा सकेगा। ऐसे में वह तुम्हारी भविष्य-निधि से ही नहीं, जीवन-बीमा की राशि से भी अपने दूसरे विवाह का दहेज बनाएगी। अतः इस प्रकार का प्रावधान होना चाहिए कि वह भविष्य-निधि उसको पति की ओर से दिया गया दहेज माना जाए, और वह राशि प्रत्येक अवस्था में पत्नी को ही मिले।"

मेरी इन उदार बातों से वह अधिकारी तनिक भी प्रसन्न नहीं हुआ। बोला, "तुम चाहो तो तुम्हारे इन तर्कों के कारण यहाँ मैं एक टिप्पणी लिख दूँ कि इस व्यक्ति का मानसिक सन्तुलन ठीक नहीं है। अतः इसे अपनी सम्पत्ति, भविष्य-निधि तथा पेंशन इत्यादि के सम्बन्ध में कोई निर्णय करने का अधिकार न दिया जाए।"

मुझे लगा, मैं उसकी पत्नी का भविष्य सुधारते-सुधारते अपना भविष्य बिगाड़

रहा था।...आज फिर कुछ वैसी ही स्थिति मेरे सामने आ गयी थी। मैं इस आयकर अधिकारी को शिष्टाचार के नियम सिखा रहा था कि इस स्वतन्त्र गणतन्त्र में प्रत्येक व्यक्ति को अपनी निजी बातों को गोपनीय रखने का पूरा अधिकार था; और वह मुझे कारावास के गुप्त जीवन की धमकी दे रहा था। अब मैं जेल तो जाने से रहा। मेरे ससुरालवालों को अच्छा लगे या बुरा मैं उनके और अपने मधुर सम्बन्धों को अब और गुप्त नहीं रख सकता। मुझे आयकर अधिकारी को बताना ही होगा कि मैं अपने ससुराल का कितना ऋणी हूँ।

सात बजे का संकेत

रामलुभाया ने मुझे भोजन के लिए निमन्त्रित किया।

"अपने घर का रास्ता तो समझा दो।" मैंने कहा।

"घर का रास्ता क्या करोगे।" वह बोला, "पार्टी तो होटल में है।"

"क्यों तुम्हारे घर में स्थान नहीं है क्या?"

"स्थान क्यों नहीं है।" वह बोला, "पर घर में वैसा भोजन हो नहीं सकता, जैसा मैं खिलाना चाहता हूँ।"

"तुम्हारी पत्नी वैसा भोजन पका नहीं सकती तो होटल से मँगवा लो।" मैंने परामर्श दिया, "पार्टी तो घर में ही रखो। तुम्हारे परिवार से भेंट हो जाएगी।"

रामलुभाया की आँखों में क्षोभ झलका, "मैं पार्टी उन लोगों को नहीं दे रहा, जिनके बीच रहता हूँ, उन लोगों को दे रहा हूँ, जिनके मध्य रहना चाहता हूँ।"

"जिन लोगों के मध्य रहते हो, उनसे प्रेम नहीं है तुम्हें?" मैं चकित था।

"नहीं! जिनसे प्रेम करता हूँ, उनके मध्य रह नहीं सकता।" रामलुभाया ने बताया, "वे धनी लोग हैं और महँगे मुहल्लों में रहते हैं।"

मैं चुप रह गया। रामलुभाया कोई नयी बात तो कह नहीं रहा था। वही पुरानी बात थी।

"कुमुदिनी जल में बसै, चन्दा बसै अकास।
जो जाही को भावता, सो ताही के पास॥"

"ठीक है, होटल में ही आ जाऊँगा।" मैं बोला, "क्या समय रखा है?"

"सात बजे!"

"सात बजे!" मैं चकित था, "सात बजे कौन खाना खाता या खिलाता है?"

"खाना तो साढ़े नौ बजे खाएँगे।" वह बोला, "सात बजे तो बुलाने का समय है।"

"सात बजे कौन आएगा।" मैं हताश हो रहा था।

"तो मैं ही कौन-सा आ जाऊँगा।" रामलुभाया ने कहा, "ब्यूटी पार्लर से आते-आते ही मेरी पत्नी आठ बजा देगी।"

"तो लोगों को सात बजे बुलाने का ही क्या शौक है तुम्हें?" मैंने कहा, "आठ बजे ही बुला लो।"

"नहीं! नहीं!!" वह मुझ पर झपट पड़ा, "समझते हो नहीं और बोलते जाते हो। आठ बजे बुलाने से लोग मान लेंगे कि आठ बजे उन्हें खाना मिल जाएगा। उस बात को तो समझ ही नहीं पाएँगे।"

"किस बात को?"

"जो मैं सात बजे के माध्यम से समझाना चाहता हूँ।"

वह भोजन के लिए बुला रहा है, इतना तो मैं समझ ही गया था। तो फिर वह और क्या समझाना चाहता है?

"नहीं समझे? उसने पूछा।"

"नहीं।"

"अरे भोजन से पहले कुछ पेय पदार्थ। तुम कुछ शर्बत-वर्बत पी लेना।"

"सात से साढ़े नौ बजे तक शर्बत पीऊँ और साढ़े नौ से दस बजे तक भोजन।" मैं बोला, "मैं पागल नहीं हूँ।"

"पागल तो नहीं हो; किन्तु मूर्ख हो।" वह बोला।

"इसमें मूर्खता की क्या बात है।" मैं कुछ रुष्ट हो गया था।

"मैं उस शर्बत की बात कर रहा हूँ, जो धीरे-धीरे पीया जाता है।" वह बोला, "ढाई घण्टे में तो दो-तीन प्याले भी नहीं पी पाओगे।"

"तुम मदिरा की बात कर रहे हो?" मैं उखड़ गया, "मैं मदिरा नहीं पीता।"

"इसीलिए तो तुम हाई सोसायटी का अंग नहीं बन पाते।" वह हँसा, "सदा वही रहोगे—पोंगा-पन्थी। पिछड़े हुए, बैकवर्ड क्लास।"

क्रोध तो मुझे बहुत आया कि वह मदिरा जैसी घटिया चीज़ को गौरवान्वित करने का प्रयत्न कर रहा है : किन्तु लड़ना उचित नहीं समझा। बोला, "चलो बैकवर्ड ही सही। मुझे पिछड़े वर्गों का आरक्षण दिला दो। कुछ तो लाभ हो।"

बात का रुख़ बदलने से वह कुछ हतप्रभ हुआ; किन्तु तत्काल सँभल गया, "कल सात बजे आ जाना। यदि ऊँची सोसायटी का लाभ लेना हो तो अँग्रेज़ी पी लेना। यदि पिछड़ेपन का लाभ लेना हो तो देसी पी लेना। कोई लाभ न उठाने की मूर्खता करनी हो तो नैतिकता का झण्डा लिये साढ़े नौ आना और खाना खाकर चुपचाप घर लौट जाना।"

सेक्यूलर

लड़की सुन्दर थी, पढ़ी-लिखी थी, अच्छी नौकरी में लगी हुई थी; और रामलुभाया की मंगेतर थी। फिर भी रामलुभाया ने सम्बन्ध अस्वीकार कर दिया। सगाई तोड़ दी। मुझे रामलुभाया का यह निर्णय अच्छा नहीं लगा। मेरा उस पर ऐसा कोई अधिकार नहीं था, जिससे मैं उस पर कोई दबाव डाल सकता। पर पूछ तो मैं सकता ही था। जिस देश में राह चलते व्यक्ति की पूरी जन्म-कुण्डली बाँच ली जाती है, उसमें एक परिचित भलेमानस से यह क्यों नहीं पूछा जा सकता कि एक अच्छी-भली लड़की से विवाह करना अस्वीकार कर वह उसका तिरस्कार क्यों कर रहा था।

उसने मुझे कारण नहीं बताया। कहानी सुनायी। बोला, "हम दोनों, मैं और तुम्हारी वह भली लड़की—मेरी मंगेतर—अपनी गाड़ी में जा रहे थे। लाल बत्ती पर मेरी गाड़ी रुके हुए भी दो-तीन मिनट हो चुके थे कि पीछे से किसी ने लाकर अपनी गाड़ी ठोंक दी। यद्यपि टक्कर बहुत ज़ोर की नहीं हुई थी और कोई विशेष क्षति भी नहीं हुई थी; पर कोई खड़ी गाड़ी को इस प्रकार दे मारे, यह मुझे अच्छा नहीं लगा। और फिर वह भलामानस न नीचे उतरा, न उसने मुझसे अपने इस कृत्य के लिए क्षमा-याचना ही की। अपनी जगह पर बैठा सिगरेट पीकर धुआँ उड़ाता रहा और उस उड़ते हुए धुएँ पर मुग्ध होता रहा।

"जब मैं स्वयं को रोक नहीं सका, तो गाड़ी का दरवाज़ा खोलकर नीचे उतरा।..."

मैं भी अपने-आपको रोक नहीं सका तो उसकी बात काटकर बोला, "मैंने गाड़ी टकराने की कथा बाँचने के लिए नहीं कहा था। मैंने तो मात्र यह पूछा था कि तुम उस लड़की से विवाह क्यों नहीं कर रहे?"

"वही बता रहा हूँ।" रामलुभाया बोला, "मैं पिछली गाड़ी के पास पहुँचा तो उस ड्राइवर ने कुछ इस अन्दाज़ से मुझे देखा, जैसे उसका कोई दोष तो है ही नहीं, कोई बात भी नहीं हुई है। मैंने उससे पूछा, 'तुमने गाड़ी क्यों मारी?' 'ओह! वेरी सिम्पल।' वह बोला, 'दिल्ली की सड़कों पर हो ही जाता है। इतनी गाड़ियाँ हैं कहीं-न-कहीं रगड़ ही जाती हैं।' 'तुम्हारी गाड़ी की ब्रेक ख़राब है?' मैंने पूछा। 'ब्रेक

ख़राब होगी तुम्हारी।' उसने भौंहें चढ़ाकर, कहा, 'और तुम्हारा तो दिमाग़ भी ख़राब है, जो इतनी-सी बात पर उठकर लड़ने चले आये। कभी गाड़ी चलायी नहीं क्या दिल्ली की सड़कों पर।' " उसने धुआँ मेरे मुँह पर उछाल दिया।

मैं हक्का-बक्का रह गया। कोई इतना भी दुष्ट हो सकता है, मैं कल्पना नहीं कर सकता था। मेरे क्रोध ने मेरी चिन्तन और वाक्-शक्ति को एक प्रकार से लुप्त कर दिया। मैं सोच ही रहा था कि कोई सख़्त बात कहूँ कि मेरी मंगेतर बोली, "चलो रामलुभाया! वह ठीक ही कह रहा है। दिल्ली की सड़कों पर तो यह हो ही जाता है।"

मैं जैसे आकाश से गिरा। वह मेरी वाग्दत्ता थी। मेरे साथ मेरी गाड़ी में थी। उसने देखा था कि मेरी खड़ी गाड़ी को पीछे से ठोंका गया था। उस पर वह ड्राइवर इतने अभद्र ढंग से बोल रहा था और वह उसका समर्थन कर रही थी। मैं चुपचाप अपनी गाड़ी में लौट आया। वह भी मेरे साथ आ गयी। गाड़ी चली और मैंने किसी प्रकार स्वयं को संयत कर पूछा, "तुम मेरे उस विरोधी का समर्थन क्यों कर रही थीं?" रामलुभाया चुप होकर मेरी ओर देखने लगा, "अब आप बताइए उसने क्या कहा होगा?"

"उसने कोई कारण बताया?" मैंने पूछा।

"हाँ! उसने कहा कि वह सेक्यूलर है। और सेक्यूलर वही होता है, जो न्याय-अन्याय नहीं देखता, अपने पक्ष का विरोध कर विरोधी का समर्थन करता है।"

मैं हँसा, "विनोद कर रही होगी। और यदि सेक्यूलर है भी तो उससे क्या! तुम तो विधर्मी लड़की से भी विवाह करने को प्रस्तुत थे।"

"विधर्मी लड़की से तो मैं अब भी विवाह कर लूँ।" रामलुभाया बोला, "उसके विषय में यह तो पता होगा कि वह क्या है। सेक्यूलर तो वह होगी, जो वह है नहीं; और जो वह है, वह होगी नहीं। अपने देश, अपनी संस्कृति, अपने धर्म, अपने इतिहास--सबका अपमान करेगी; क्योंकि अपना विरोध करना ही सेक्यूलरिज़्म है। हर क्षण अपने घर को आग लगाएगी और स्वयं को संसार का सबसे बुद्धिमान जीव समझकर इतराती रहेगी।"

देश के शुभचिन्तक

"यह वाटिका हमारे मुहल्ले के लोगों के लिए है?" मैंने नगर-निगम के अधिकारी से पूछा।

"जी हाँ!" वह बड़ी वक्रता से मुसकराया, "वाटिका मेरे मुहल्लेवालों के लिए होती तो मेरे मुहल्ले में होती।"

"तो फिर ये फूल-पौधों के नाम और सैर करनेवालों के लिए ये सारे निर्देश आपने अँग्रेज़ी में क्यों लगवा दिये हैं?" मैंने पूछा, "मेरे मुहल्लेवाले तो अपनी भाषा भी ढंग से लिख-पढ़ नहीं सकते। अँग्रेज़ी कैसे पढ़ेंगे?"

"ये निर्देश आपके मुहल्लेवालों के लिए नहीं हैं।" वे बोले।

"तो क्या ये निर्देश उन लोगों के लिए हैं, जो यहाँ कभी नहीं आएँगे?" मैंने पूछा, "क्योंकि आएँगे तो हमारे ही मुहल्लेवाले।"

वे हँसे, "यदि मैं आपको सच्चाई बता दूँ तो आपको बुरा लगेगा।"

"नहीं! सच का क्या बुरा मानना।" मैं बोला, "आप बताएँ तो!"

"आपके मुहल्लेवाले तो कोई निर्देश मानने से रहे।" वे बोले, "न वे घास पर चलने से रुकेंगे, न वे फूल तोड़ने के आदेश का पालन करेंगे, न वे बाड़ को सुरक्षित रहने देंगे। तो फिर उनके लिए निर्देश लिखवाने का क्या लाभ!"

उनके उत्तर से मैं चमत्कृत हो गया। मैंने कभी कल्पना भी नहीं की थी कि हमारे नगर-निगम में इस उत्कृष्ट बुद्धि-मेधा के लोग भी हैं। एक भयंकर द्वन्द्व मन में लिये मैं किंकर्तव्यविमूढ़ खड़ा रह गया। निर्णय ही नहीं कर पाया कि अपनी कृतज्ञता दिखाने के लिए उनका मुख, हाथ या माथा चूम लूँ, उनके कण्ठ अथवा वक्ष से लग जाऊँ; अथवा उनके चरणों पर लोट जाऊँ। फ़िल्मी संस्कृति में चुम्बन की प्रधानता है, लोक-व्यवहार में आलिंगनबद्ध होने की और हमारी परम्परा में चरणों पर लोटना ही अधिक दिखाई देता है।

अपने अनिर्णय ने मुझे 'कर्म' के स्थान पर 'शब्द' का सहारा लेने को प्रेरित किया। बोला, "यह आपकी ही कूटनीतिक बुद्धि का प्रताप है कि आपने नगर-निगम की कर्तव्यपरायणता को भी बचा लिया और हमारे मुहल्लेवालों के चरित्र को भी।"

इस बार चकित होने की बारी उनकी थी। बोले, "मैं कुछ समझा नहीं।"

"क्यों, इसमें ऐसा समझने को क्या है?" मैं बोला, "आप ये निर्देश-पट्ट न लगाते तो यह आरोप लगाया जाता कि नगर-निगमवालों ने अपने कर्तव्य का पालन नहीं किया; और आप हिन्दी में निर्देश लिखवा देते तो मेरे मुहल्लेवालों पर आरोप लगाया जाता कि वे नियमों और निर्देशों का पालन नहीं करते। अब ऐसे में तो दोनों ही आरोप-मुक्त हैं। आपने निर्देश लिखवा भी दिये, और उन्हें यह भाषा पढ़नी ही नहीं आती। ऐसे में वाटिका उजड़ भी जाए तो किसी को दोष नहीं दिया जा सकता।"

"व्यर्थ बात का बतंगड़ मत बनाओ। हमने उनके लिए तो निर्देश लिखवाये ही नहीं।" वे खीझकर बोले, "हमने तो अपने उन विदेशी मेहमानों के लिए निर्देश अँग्रेज़ी में लिखवाये हैं, जो निकट भविष्य में यहाँ आनेवाले हैं। अब सोचो तो, वे आएँ और हिन्दी में लिखे निर्देश न पढ़ पाएँ तो उन्हें कितना बुरा लगेगा। वे जान ही नहीं पाएँगे कि उन्हें यहाँ अपने कुत्तों को टहलाना है या नहीं, घास पर जूते पहनकर चलना है या जूते उतारकर, फूल तोड़ने हैं या..."

"पर यहाँ कौन-से विदेशी आनेवाले हैं?" मैं बेहद डर गया था, जिस मुहल्ले में दो-चार विदेशी परिवार भी आ जाते थे, वहाँ मकानों का किराया दोगुना-तीन गुना हो जाता था। मैं अभी किराये पर था। वे विदेशी कुछ देर रुक नहीं सकते कि मैं भी अपना मकान बनवा लूँ, ताकि एक-आध खण्ड अच्छे किराये पर उन्हें दे सकूँ।

"कौन आएगा, कहना मुश्किल है।" वे बोले, "जब देश के द्वार खोल ही दिये हैं तो कोई आये।"

मैं सँभला, "यदि आपका संकेत विदेशी कम्पनियों की ओर है, तो मैं आपको बता दूँ कि वे लोग हमारे मुहल्ले में रहने नहीं आएँगे।"

"यहाँ रहने के लिए तो अँग्रेज़ भी नहीं आये थे, पर सारा देश तो उनकी मुट्ठी में सिमट ही आया था।" वे बोले, "अब आज हम हिन्दी में निर्देश लिखवाएँ, कल वे आकर अँग्रेज़ी में लिखवाएँ। पैसा तो हमारे ही देश का ख़र्च होनेवाला है। इसलिए हमने पहले ही निर्देश अँग्रेज़ी में लिखवा दिये हैं, ताकि जब वे हमारा सारा देश ख़रीद लें तो न उन्हें किसी प्रकार की कोई परेशानी हो; और न हमारे देश को दो-दो बार धन ख़र्च करना पड़े। कुछ आगे की भी सोच लेनी चाहिए।" उन्होंने रुककर मुझे देखा, "आख़िर लांग-टर्म-प्लैनिंग किसे कहते हैं।..."

सम्मान

रामलुभाया ने हिन्दी का एक समाचारपत्र मेरे सम्मुख रख दिया, "इसे देखो।"

मैंने देखा। किसी उपेक्षित-से पृष्ठ का समाचार-सारवाला कॉलम था। पहला समाचार किसी अनाम जेबकतरे के पकड़े जाने का था। दूसरा चौराहे पर भीख माँगनेवालों की संख्या बढ़ जाने का; और तीसरा गोधन द्वारा दिल्ली की मुख्य सड़कों पर बैठकर जुगाली करते रहने का।

"मेरी इन समाचारों में कोई रुचि नहीं है।" मैंने कहा।

"पूरा तो पढ़ो।" रामलुभाया ने आग्रह किया।

मैंने आगे पढ़ा—किसी नरेन्द्र कोहली को राज्य सरकार द्वारा पुरस्कृत किये जाने का भी समाचार था।

"यह पुरस्कार तुम्हें मिला है।" उसने कहा।

मैं चौंका, किन्तु कोई विशेष प्रसन्नता हुई नहीं।

"क्यों? प्रसन्न नहीं हो?"

"किस बात से प्रसन्न होऊँ?" मैंने एक प्रकार से उसे धमकाया, "जेबकतरों, भिखारियों और गायों के साथ अपने नाम के प्रकाशित होने से?"

"अरे नहीं! तुमको पुरस्कार मिला है भाई!"

"अभी कोई भरोसा नहीं।" भोलाराम बोला, "पहले अँग्रेज़ी के किसी अख़बार में छप लेने दो। हिन्दीवालों का क्या है, आज छापेंगे और कल मुकर जाएँगे।"

आज रामलुभाया हिन्दी का अपमान नहीं सह सका। बोला, "अँग्रेज़ी अख़बार छपते तो यहाँ हैं किन्तु उनके बाप तो विलायत में रहते हैं। हिन्दी लेखक के पुरस्कृत होने का समाचार वे नहीं छापेंगे। मानना हो तो इसी को मानो, नहीं तो मुँह ढाँप कर सो रहो।"

मेरी प्रसन्नता इसी में थी कि मैं समाचार को स्वीकार कर लूँ। चाहे कल कोई मुकर जाए। आज तो नाम छप ही गया था।

मैंने घर जाकर अपनी पत्नी को बताया। किसी दूसरे की पत्नी को बताने का कोई कारण भी नहीं था।

पत्नी ने एकदम विश्वास नहीं किया। बोली, "आज प्रथम अप्रैल है। कोई तुमको मूर्ख बना रहा है। अपने यहाँ लिखनेवाले और पुरस्कृत होनेवाले लेखक अलग-अलग होते हैं। तुम लिखते रहो। पुरस्कार तुम्हारे लिए नहीं है।"

मुझे लगा, कह तो वह ठीक ही रही है। है तो आज प्रथम अप्रैल ही। किसी ने अप्रैल फूल बनाया होगा। पर मुझे कोई इतना महत्त्व क्यों देगा। आज तक तो किसी ने होली पर भी अपने समाचारपत्र में मेरा नाम मूर्खों की सूची तक में नहीं छापा।

पर तभी हमारे एक वामपन्थी मित्र आ गये। बोले, "सुना है कि भाजपावालों ने तुम्हें कोई पुरस्कार दे दिया है।"

"साम्यवादी तो देते नहीं," मैंने कहा, "तो भाजपा भी न दे?"

"उन्हें ऐसा करना नहीं चाहिए।" वे बोले, "ऐसे तो केन्द्र में भाजपा आ गयी तो तुम्हें ज्ञानपीठ भी मिल जाएगा।"

"तुम्हारे मुँह में घी-शक्कर।" मैंने कहा, "दो-दो शुभ बातें एक साथ कह रहे हो। एक तो केन्द्र में भाजपा की सरकार बना रहे हो और दूसरे मुझे ज्ञानपीठ पुरस्कार दिला रहे हो।"

"पर यह न्याय तो नहीं है न!" वे बोले।

"तुमने कभी यह बात साम्यवादियों के लिए तो नहीं कही।" मैंने कहा।

"असल बात है कि हम तो यह मानते हैं कि जो साम्यवादी नहीं है, वह लेखक ही नहीं है। इसलिए सरकार किसी की भी हो, पुरस्कार तो बस प्रगतिशील लेखकों को ही मिलने चाहिए।"

"तुम्हारी समझ बहुत साफ़ है।" मैंने कहा, "ऐसी कट्टरवादिता के बाद तुमसे विचार-विमर्श कैसे होगा।"

"चलो अब तो मिल गया, चाहे राजनीतिक कारणों से ही मिला।" वे बोले, "अब बताओ, इस पैसे का क्या करोगे?"

"क्या मतलब?" मैंने पूछा।

"हमारी एक संस्था है, जो मार्क्सवादी साहित्य छापती है।" वे बोले, "उसको दान कर दो।"

"क्यों?" मेरे मुख से सहज भाव से निकल गया।

"पुरस्कार का पैसा कोई अपने पास तो नहीं रखता न। यह तो होता ही इसलिए है कि उसे दान दे दिया जाए।" वे बोले, "तुम कहो तो मैं कल उनको तुम्हारे पास भेज दूँ।"

"अभी तो पुरस्कार की घोषणा मात्र हुई है।" मैंने कहा, "पैसा तो मिला ही नहीं है।"

"तो मिल जाएगा। तुम अपने पास से दे दो। चाहो तो आज ही दे दो। कौन

पैसा नकद देना है चैक ही तो काटना है।"

"तुम तो पाकिस्तान के समान हमारे देश का बजट बनाने लगे।" मैंने कहा, "पैसा मेरा है और दान तुम कर रहे हो।"

"तो क्या हरज है। मैं तुम्हारा मित्र हूँ। तुम्हें मेरी बात माननी चाहिए। तुम्हें इतना स्वार्थी नहीं होना चाहिए।"

"मैं तुम्हारे समान उदार नहीं हो सकता मित्र! जो अपना देश दूसरों के हवाले करके अपना जीवन सार्थक मानते हैं।" मैंने कहा।

सरकार और रोज़गार

स्वतन्त्र भारत की सरकार ने स्वतन्त्र होते ही पहला महत्त्वपूर्ण निर्णय यह किया कि इस देश में कहीं भी, कोई भी काम भारतीय भाषाओं में न हो, ताकि बेकार बैठे लोगों को अँग्रेज़ी सीखने का महान् काम मिले। इस योजना का सुखद परिणाम यह है कि भारत में माताएँ अपने बच्चों को दूध नहीं पिलातीं, अँग्रेज़ी पिलाने का काम करती हैं। प्रातः नींद से जगाते हुए, मुँह धुलाते हुए, दाँत साफ़ कराते हुए, नाश्ता देते हुए, वे उन्हें भ्रष्ट अँग्रेज़ी रटाने का काम करती रहती हैं—आयीज़ खोल, नोजी पोंछ, स्पून से खा, बोतल से फीड ले...। लगता है कि सरकार की सुयोजनाओं के कारण प्रत्येक भारतीय माता को अपनी अयोग्य सन्तानों की पूर्णकालिक अंग्रेज़ी अध्यापिका का काम मिल गया है। अब इस देश में कोई माँ बेकार नहीं है।

जिन्हें हिन्दी भी ढंग से नहीं आती, उन्हें अँग्रेज़ी के कोचिंग सेण्टर चलाने का काम मिल गया है। गली-गली, मुहल्ले-मुहल्ले अँग्रेज़ी स्कूल खुल गये हैं—कुकुरमुत्तों के समान। कोई कवि चाहे, तो मज़े में उपमा दे सकता है कि 'अँग्रेज़ी स्कूलों के समान, घूरे पर कुकुरमुत्ते उग आये हैं।' लोगों को कहा गया है कि वे अपने बच्चों को सामान्य पब्लिक द्वारा, सामान्य पब्लिक के लिए खोले गये, उन पब्लिक स्कूलों में भेजें और अपने बच्चों के आई.ए.एस अधिकारी अथवा संयुक्त राष्ट्र संघ में लाखों डालर प्रतिमास कमानेवाले प्रभारी बनने के स्वप्न देखने का काम करें।

स्वप्न देखना हमारा राष्ट्रीय उद्योग है। यह उद्योग निजी क्षेत्र में भी स्थापित किया गया है और सार्वजनिक क्षेत्र में भी। करोड़ों भारतीय इस उद्योग में लगे हुए हैं। कुछ दिन की पाली में काम करते हैं, कुछ रात की पाली में। पर चूँकि स्वप्न अँग्रेज़ी में होते हैं; और अँग्रेज़ी उन्हें आती नहीं, इसलिए वे उन स्वप्नों को समझते नहीं हैं। अब स्वप्न का समझना-ना समझना क्या अर्थ रखता है। स्वप्न तो देखने की चीज़ है जैसे दूरदर्शन। अतः देखते जाओ! यह काम उनके लिए ऐसा काम है, जिसका वेतन उन्हें नहीं मिलता।...परन्तु इसमें कोई नयी बात नहीं है। हमारे यहाँ बेगार-प्रथा प्राचीनकाल से चली आ रही है न। बिहार में आज भी अध्यापकों को

घोषित रूप से वेतन नहीं मिलता। पर आदमी बेकार तो नहीं है न! वह काम तो कर रहा है। यही बड़ा सन्तोष है। काम से लगा है, इसलिए उसका विवाह हो जाता है। उसके वंश का सम्मान भी सुरक्षित रहता है; और वंश आगे भी चलता रहता है। आख़िर, वेतन किसके लिए चाहिए? वंश चलाने के लिए ही तो। तो वंश तो वैसे ही चल रहा है।

अँग्रेज़ी भाषा और नेक-टाई में बहुत गम्भीर सांस्कृतिक सम्बन्ध है। टाई के बिना अँग्रेज़ी नहीं चलती। जो व्यक्ति टाई बाँधने लगे, उससे पूछे बिना ही समझ जाइए कि वह अँग्रेज़ी बोलने का प्रयत्न भी अवश्य करेगा; और जो व्यक्ति अँग्रेज़ी बोलने लगे, समझ लीजिए कि वह टाई ख़रीद तो लाया है, पर अभी उसकी गाँठ लगानी सीख नहीं पाया है। सीख जाएगा तो टाई अवश्य बाँधेगा।

जब इतने बच्चे अँग्रेज़ी स्कूलों में जाएँगे तो टाई बनानेवालों को भी काम मिलेगा ही। टाइयाँ बनाने के सैकड़ों कारखानों में काम करनेवाले श्रमिक, उन्हें बेचनेवाले दुकानदार, तथा इस उद्योग और व्यापार के स्वामी—ये सब लोग स्वतन्त्र भारत की परम स्वतन्त्र सरकार के अत्यन्त ऋणी हैं, जिनके लिए उसने इतना काम मुहैया कर दिया है अन्यथा महात्मा गाँधी की तो कभी कल्पना में भी नहीं आया होगा कि उनका देश इतना टाईवान होगा।

उन टाइयों ने, जो बच्चों के कण्ठ में बँधी हुई हैं, भारत के भविष्य को गर्दन से थाम रखा है। भविष्य बँधा हो तो वर्तमान अपने-आप बन्दी हो जाता है। वर्तमान रूपी पिता, भविष्य रूपी पुत्र के विरुद्ध तो नहीं जा सकता न! पिता, पुत्र का; और उसके माध्यम से अपना समर्थन कर रहा है। परिणाम यह है कि भारत के प्रत्येक सभ्य नागरिक को अपने देश, अपनी भाषा, अपने इतिहास, अपनी संस्कृति, अपने धर्म तथा अपने दर्शन को गालिय़ाँ देने का इतना सुदीर्घ-व्यापी काम मिल गया है, जो जन्म-जन्मान्तरों में भी पूरा नहीं होगा। अपने पूर्वजों को गालियाँ नहीं देगा तो अपने बच्चे को हिन्दी के स्थान पर अँग्रेज़ी पढ़ाने का औचित्य कैसे सिद्ध करेगा!

अँग्रेज़ी भाषा में एक बहुत बड़ा गुण है। जो व्यक्ति अँग्रेज़ी पढ़ लेता है, उसकी खोपड़ी में एक अँग्रेज़प्रेत बसने लगता है। उसे न अपना इतिहास याद रहता है, न भूगोल। न ही उसे अपनी त्वचा का रंग दिखाई देता है। इंग्लैण्ड का गोरा, चाहे उसे अपने जूते की नोक से भी न पूछे; किन्तु वह स्वयं को अँग्रेज़ और अँग्रेज़ों का सबसे बड़ा शुभचिन्तक मानने लगता है। भारत सरकार ने अपनी भाषा-सम्बन्धी नीति से, इन भारतीय अँग्रेज़ों को सारे भारत से निरन्तर घृणा करते रहने का महान् काम उपलब्ध करा दिया है। वे चाहें तो जितना मर्ज़ी ओवर-टाइम भी कर सकते हैं।

अँग्रेज़ी का अख़बार, भारत सरकार की इस नीति को पूरी निष्ठा से कार्यान्वित कर रहा है। वह हिन्दी की पुस्तकों की समीक्षा नहीं करता, हिन्दी के साहित्यकारों

की चर्चा नहीं करता, सम्मेलनों में हिन्दी में किये गये भाषणों की रपट नहीं छापता। वह अपने स्वामियों से इस देश में हिन्दी की उपेक्षा करने का महान् काम करने का वेतन जो पाता है। जाने हिन्दी फ़िल्मों, हिन्दी नाटकों और भारतीय संगीत की चर्चा वह कैसे कर लेता है।

2

स्वतन्त्र भारत की देश-(वि)भक्त महान् सरकार ने एक महान् निर्णय कश्मीर के विषय में किया। उसका विचार है कि भारत को कश्मीर में मिलाया जाए या कश्मीर को भारत में मिलाया जाए—बात एक ही है। जैसे, पानी को दूध में मिलाया जाए, या दूध को पानी में मिलाया जाए—बात एक ही है। घाल-मेल और मिलावट का अनुभव हमारी सरकार को है, इसमें कोई सन्देह नहीं। किन्तु उसे देश को दूध का व्यापार नहीं समझना चाहिए। वह तो पानी के बँटवारे में ही रक्त बहाती आयी है, देश के बँटवारे का तो कहना ही क्या! उसने कश्मीर को भारत में मिला तो लिया, किन्तु कश्मीर को भारत में मिलने नहीं दिया। ऐसा इसलिए किया गया ताकि भारत के बेकार लोगों को कश्मीर के विषय में सोचने और चर्चा करने का काम मिले। भारतीय जनता पिछले पैंतालीस वर्षों से यह काम बड़ी निष्ठा से करती आ रही है।

उस निर्णय के अनुसार स्वतन्त्र भारत की परम स्वतन्त्र सरकार ने कश्मीरियों को भारत में आने, रहने और काम करने की स्वतन्त्रता दी है; किन्तु भारतीयों को कश्मीर में बसने, व्यापार करने, पढ़ने अथवा नौकरी करने की मनाही कर दी है। कश्मीरी किसी भी रूप में भारत आ सकता है। विद्या, आजीविका तथा सम्पत्ति प्राप्त कर सकता है, किन्तु, भारतीय नागरिक केवल दो रूपों में कश्मीर में प्रवेश कर सकता है। एक, सैलानी बनकर, ताकि अपना धन ख़र्च कर सके। दूसरे, सैनिक बनकर; ताकि अपने प्राण दे सके। कश्मीर हमारी दान-भूमि है। हम जो चाहें, दे सकते हैं—धन-सम्पत्ति, मान-सम्मान और अपने प्राण।

इसका शुद्ध लाभ यह हुआ कि कश्मीर तो भारत का अंग बना नहीं, भारत अवश्य कश्मीर का अंग बन गया। भारत को इससे जो उपलब्धि हुई, सो हुई; हमारे परम हितैषी, मित्र तथा निकटतम पड़ोसी देश पाकिस्तान को बहुत सारा काम मिल गया है। आख़िर, काम ही तो दिलाना था। भारतीयों को मिला, तो क्या; और पाकिस्तानियों को मिला, तो क्या! किसी महान् सरकार को इतना क्षुद्र और संकीर्ण नहीं होना चाहिए कि केवल अपने ही देश के विषय में सोचे। मैंने सुना है कि ईसा मसीह ने कहा है कि अपने पड़ोसी से प्रेम करो। हमारी सरकार ने इस सिद्धान्त को नीति के रूप में अपनाया है, और इसे अपने आचरण से सिद्ध कर दिखाया है। महान् सरकार तो वही है जो पहले मसज़िद में दीया जलाए और फिर तेल बचे तो

अपने आँगन में। हमारी सरकार उससे भी कुछ आगे बढ़ गयी है। उसने अपने आँगन में दीया नहीं जलाया। बचा हुआ तेल सहेज कर रख दिया है ताकि भविष्य में मसज़िद में दीया जलाने के काम आये। स्वतन्त्र भारत की महान् सरकार ने अपने देश से भी पहले, अपने पड़ोसी देश के कष्ट दूर करने का प्रयत्न किया है।

पाकिस्तान के राष्ट्र-भक्त लोगों को भारत को बदनाम करने का आध्यात्मिक काम मिला है। उन्हें कश्मीरी हिन्दुओं को, कश्मीर से निकालकर दिल्ली के फुटपाथों तक पहुँचाने का काम भी बड़े पैमाने पर मिला है, जिसे उन्होंने अपने परम पवित्र कर्तव्य के रूप में स्वीकार किया है। कितने ही लोगों को स्वतन्त्र भारत की परम स्वतन्त्र सरकार की इस नीति से तृप्त होकर अपनी प्रसन्नता जताने के लिए, निरीह कश्मीरियों की हत्याएँ करने, उनकी स्त्रियों को अपमानित करने तथा उनसे छीने हुए धन से मुर्ग-मुसल्लम खाने का कार्य मिल गया है, जो अगले कई वर्षों तक चलने की सम्भावना है। उनकी आत्माएँ, भारत की महान् सरकार को उसकी इस उदारता के लिए पूर्ण निष्ठा से दुआएँ दे रही हैं।

हमारी सरकार की कृपा से कश्मीरी मुसलमानों को बहकानेवालों के लिए भी बहुत सारा काम उपलब्ध है। हमारे महान् पड़ोसी ने इन पदों पर हज़ारों की संख्या में अपने लोगों को काम पर लगाया है। पर, ये सब तो बड़े छोटे-छोटे काम हैं। भारत सरकार की इस नीति से पाकिस्तान को जो स्थायी काम मिला है, वह भारत से प्रत्यक्ष अथवा अप्रत्यक्ष अनवरत युद्ध का है। इसका परिणाम है कि पाकिस्तान से हुए तीन-तीन युद्धों में अनेक वीर भारतीय सैनिक युद्ध में काम आये और उनकी विधवाओं को अपनी आजीविका के लिए देश की सेवा करने का अवसर उपलब्ध हुआ।

भारतीय नीति का विरोध करनेवाले आज तक यह समझ नहीं पाये कि हमारी सरकार तुरन्त लाभ नहीं देखती। उसकी दृष्टि सदा ही दूरगामी परिणामों पर रहती है। यदि सरकार की नीतियाँ ऐसी परिस्थितियाँ उत्पन्न न करतीं, जिनसे पाकिस्तान, भारत से युद्ध कर सकता, हमारे वीर सैनिक युद्ध में शहीद न होते, तो उनकी बेकार विधवाओं और अवयस्क पुत्रों को काम कैसे मिलता? यह तो उन पिछड़ी हुई महिलाओं के विकास की योजना थी। नारी उद्धार की। न उनके पतियों की मृत्यु होती, न वे पर्दे से निकलतीं, न नौकरी करतीं और न उनका विकास होता। भारत सरकार बहुत साफ़-साफ़ देख रही है कि हमारे उन रण-बाँकुरों ने सरकार की नीतियों के कारण प्राण नहीं दिये, उन्होंने अपनी पत्नियों के विकास के लिए अपनी बलि दी है!

अपनी इसी नीति के बल पर हमारी सरकार ने अमरीका जैसे शक्तिशाली देश को भी भारत के आन्तरिक मामलों में टाँग अड़ाने का काम उपलब्ध करा दिया है। अमरीका की टाँग इतनी ख़ाली रहती है कि उसे कहीं-न-कहीं अड़ाने के लिए,

उसका मन अकुलाता रहता है। तो भारत ही क्या बुरा है! यह भारत में अमरीका का पूँजी-निवेश माना जाता है। संयुक्त राज्य अमरीका और संयुक्त राष्ट्रसंघ–दोनों ही हमारी सरकार की इस उदार नीति के कारण हमारे कृतज्ञ हैं। वे भी समझते हैं कि रोज़गार उत्पन्न करना, खालाजी का घर नहीं है; और सारा संसार जानता है कि भारत सरकार इस क्षेत्र में परम दक्ष है।

3

आपमें से जो पढ़े-लिखे लोग हैं, वे जानते हैं कि प्राचीन काल में प्रत्येक देश में एक अथवा अनेक राजा हुआ करते थे। उनका काम था एक-दूसरे से युद्ध करना और युद्ध जीतने के पश्चात् अपनी विजय का कोई स्मारक बनवाना। मुझे लगता है कि उन्हें स्मारक बनवाने के लिए ही, परस्पर लड़ना पड़ता था। यदि बिना युद्ध के स्मारक बन सकते, तो वे अपने सैनिक युद्ध में क्यों कटवाते। अशोक ने अपनी लाट (यह लाट, लाट साहब से भिन्न पदार्थ है) बनवायी थी। यह लाट थी तो ठोस, पर छोटी थी। ऐसा इतिहास ने बाद में सिद्ध किया। यदि इतिहास समय से यह सिद्ध कर देता, तो अशोक और बड़ी लाट बनवाता। यदि वह हठ पकड़ लेता तो देश में उपलब्ध सारा लोहा अपनी लाट में ही लगा देता। इसी डर से इतिहास ने उस समय यह सिद्ध नहीं किया कि अशोक की लाट छोटी थी।

यह सिद्ध किया कुतबुद्दीन ऐबक ने। कुतबुद्दीन ऐबक ने अपनी विजय का उत्सव मनाने के लिए कुतुबमीनार बनवायी, जो अशोक की लाट से बहुत बड़ी थी। यह मीनार ऊँची तो थी; किन्तु भीतर से खोखली थी। खोखली विजय की स्मृति में खोखली मीनार ही बनवायी जानी चाहिए थी। ...पर वह खोखली अन्य कारणों से बनवायी गयी थी। वह शायद इसलिए कि आत्महत्या के इच्छुक उसके ऊपर चढ़कर आत्महत्या कर सकें। यदि कुतुबमीनार, अशोक की लाट के समान ठोस होती तो उसकी यह उपयोगिता नष्ट हो जाती।

1947 ई. में हमारा देश स्वतन्त्र हो गया। स्वतन्त्र भारत की एक प्रधानमन्त्री ने अपनी विजय का उत्सव मनाने के लिए, दिल्ली के पीतमपुरा में एक टी.वी. टावर (है तो यह मीनार ही, बस कहते टावर हैं) बनवा दी। स्वतन्त्र भारत में न स्तम्भ बन सकता है, न मीनार। अब तो टावर ही बन सकती है। बिना अँग्रेज़ी के कुछ बनना अब शोभा नहीं देता। टी.वी. टावर का अर्थ यह नहीं है कि कोई टेलीविज़न सेट टावर के आकार का है। यह तो टेलीविज़न की विजय का उत्सव मनानेवाली टावर है। यह टावर कुतुबमीनार से भी बहुत ऊँची है। किन्तु उसके ठोस अथवा खोखले होने के विषय में कुछ नहीं कहा जा सकता। वह ठोस है भी, और नहीं भी है। ठोस इसलिए है, क्योंकि लोहे की बनी हुई है (और लोहा ठोस होता है,

तरल नहीं)। खोखली वह इसलिए है क्योंकि वस्तुतः वह खोखली है। यदि आप उस पर चढ़ सकें तो आत्महत्या भी कर सकते हैं; और किसी को अपने साथ चढ़ा ले जा सकें तो उसे धक्का देकर नीचे फेंक, उसकी हत्या भी कर सकते हैं। इस प्रकार यह टी.वी. टावर भारत सरकार के चरित्र से बहुत मेल खाती है।

पर हमारी सरकार ने वह मीनार हत्या अथवा आत्महत्या करने के लिए नहीं, एक अन्य लक्ष्य से बनवायी थी। अपने देश में सब कुछ ऐसा ही होता है। जो चीज़ जिस काम के लिए बनवायी जाती है, वह उसके लिए होती नहीं; और जिसके लिए वह होती है, उसके लिए वह बनवायी नहीं जाती। जैसे, सड़कें लोगों के चलने के लिए और पुल नदी पार करने के लिए नहीं बनवाये जाते। वे एक अन्य काम के लिए बनवाये जाते हैं। वे बनवाये जाते हैं, ठेकेदारों, इंजीनियरों, अधिकारियों तथा मन्त्रियों के आर्थिक उत्थान के लिए। ताकि वे लोग ग़रीबी की रेखा के ऊपर जी सकें। यदि मैं ठेकेदारों, मन्त्रियों आदि की नीति ठीक-ठीक समझ पाया हूँ, तो कह सकता हूँ कि वस्तुतः वे ग़रीबी की रेखा के ऊपर नहीं, ग़रीबों के वक्ष के ऊपर बैठकर जीना चाहते हैं।

टी.वी. टावर बनवाने के पीछे छिपा जो अन्य लक्ष्य है, वह बहुत महत्त्वपूर्ण है। वह लक्ष्य है, भारत की जनता को प्रेरित करना। उसका उद्‌बोधन करना। इस देश के लोग फ़िल्में नहीं देखते थे। सिनेमाघरों में नयी से नयी फ़िल्म लग जाती थी, और ये मूर्खों के समान घर में बैठे रहते थे। उससे उनका तो कोई नुकसान नहीं था; किन्तु हमारे फ़िल्म उद्योग की बहुत हानि हो रही थी। अभिनेताओं और फ़िल्म निर्माताओं की आर्थिक हानि को देखते हुए सरकार ने निश्चय किया कि वह टी.वी. टावर के माध्यम से लोगों के घरों में घुसकर उनकी बैठकों और शयनागारों में फ़िल्में दिखाएगी। यदि लोग सिनेमाघरों में नहीं घुसेंगे तो सिनेमाघर उनके घरों में घुस जाएँगे। प्यासा कुएँ के पास नहीं जाएगा, तो कुआँ ही प्यासे के पास आ जाएगा। हमारे देश के लोग भी विचित्र हैं। जिन फ़िल्मों को वे सिनेमा के घर में भी देखना पसन्द नहीं करते, वे फ़िल्में उनके घर में घुस आती हैं, तो उन्हें देखने लगते हैं। ख़ैर, कोई बात नहीं! घर में चोर घुस आए, तो देखना तो उसे भी पड़ता ही है।

वस्तुतः यह टी.वी. टावर जनतन्त्र और समता की भी प्रतीक है। वह अमीरों और ग़रीबों के घरों में, प्रासादों और झुग्गियों में—समान रूप से प्रवेश कर, समान भाव से उनके मन और मस्तिष्क भ्रष्ट और विकृत कर सकती है। सरकार ने कहा तो यह था कि इस टी.वी. टावर के माध्यम से देश के कोने-कोने में बसे घरों में सरस्वती प्रवेश करेगी; पर लगता है कि माँ सरस्वती ने आने में कुछ विलम्ब कर दिया है। अवसर देखकर उनके स्थान पर फ़िल्म इण्डस्ट्री बैठ गयी है।

दूल्हा-दुल्हन के मण्डप में आने से पहले उनके बैठने के लिए बनाये गये मंच

पर शरारती बच्चे बैठ ही जाते हैं। अब फ़िल्म इण्डस्ट्री से अधिक शरारती एवं बचकाना मस्तिष्क और किसका हो सकता है। या फिर सरकार ही उसकी समकक्षता कर सकती है। पण्डाल भी उनका, मण्डप भी उनका, मंच भी उनके। जो चाहे बैठ जाए, या दूसरे को बैठा दे। सरकार फ़िल्मों को स्थापित कर रही है, फ़िल्म सरकार को, जैसे मन्त्री डाकू को स्थापित कर रहा है, और डाकू मन्त्री को।

पर एक बात है। इस टी.वी. टावर के माध्यम से देश के कोने-कोने में बसे करोड़ों बेकार लोगों को, उनका मन-भावन काम दिलाने में सरकार पूर्णतः सफल रही है। इस टावर के बनने से पहले विद्यार्थी अपना मन मारकर, कक्षा में पढ़ाई करता था। अब इस टावर की कृपा से, अपने घर में बैठकर क्रिकेट का मैच देखता है। पहले अध्यापक को प्रिंसिपल के डर से कक्षा में जाकर विद्यार्थियों से सिर मारना पड़ता था। अब उसे प्रिंसिपल के कमरे में बैठकर प्रिंसिपल के साथ चाय पीते हुए, टी.वी. पर क्रिकेट का मैच देखने का काम मिल गया है। नाई से किसी ग्राहक की आधी मूँछ कट जाए और ग्राहक नाराज़ होने की मुद्रा में आ जाए, तो नाई टी.वी. की ओर संकेत कर देता है, 'साहब! देखिए कैसा छक्का लगा है।' साहब अपनी मूँछ पर कैंची द्वारा लगाया गया चौका भूल जाते हैं और टी.वी. पर लगनेवाला छक्का देखने लगते हैं। पानवाले से पान बनाने में चूने-कत्थे की गड़बड़ हो जाए, ग्राहक की जीभ कट जाए, वह जीभ-जला बकने-झकने पर आ जाए, तो पानवाला उसे क्रिकेट का स्कोर बताकर चलता कर देता है। सरकारी कार्यालयों में फ़ाइलों का घटिया कार्य-व्यापार बन्द हो जाता है और आकाशवाणी, दूरदर्शन तथा आँखों देखा हाल सुनानेवालों की कृपा से सरकारी कार्यालय भी इण्डिया गेट जैसी सैरगार बन जाते हैं। लाखों-करोड़ों बेकार लोगों को इतना महत्त्वपूर्ण काम दिलाने की यह सरकारी योजना सरकार की सफलतम योजना है। इस योजना की परिकल्पना जिसने भी की हो, उसे इस वर्ष गणतन्त्र दिवस पर 'भारत-रत्न' की उपाधि अवश्य प्रदान की जानी चाहिए। वह व्यक्ति न मिल सके तो मेरा प्रस्ताव है कि टी.वी. टावर को ही 'भारत-रत्न' घोषित कर दिया जाए। उसे इस घोषणा की अनुमति मात्र दे दी जाए; घोषणा तो वह स्वयं ही हज़ार बार कर लेगी।

इस टी.वी. टावर ने जहाँ करोड़ों लोगों को राजनीतिज्ञों की रैलियाँ, फ़िल्म-अभिनेताओं का लुच्चापन और खिलाड़ियों द्वारा बार-बार हारकर, देश को कलंकित करने का अनथक प्रयत्न—देखने का भारी-भरकम काम दे दिया है, वहीं राजनेताओं, अभिनेताओं तथा खिलाड़ियों को टी.वी. के पर्दे पर जमे रहने का महत्त्वपूर्ण काम भी उपलब्ध करा दिया है। मुझे तो लगता है कि इस टी.वी. टावर का नाम अँग्रेज़ी भाषा में नेशनल एम्प्लायमेण्ट एक्सचेंज तथा हिन्दी में कार्य दिलानेवाली सिद्ध पीठ रख दिया जाना चाहिए।

4

देश के बेरोज़गार लोगों को काम दिलाने की योजना के अधीन, भारत की योजना विलासी सरकार ने एक सेंसर बोर्ड भी बनाया था। कहा तो यही गया था कि उसके सदस्य भारतीय सिनेमा को मर्यादा के भीतर रखने का काम करेंगे।...पर आधुनिक शोध ने यह प्रमाणित किया है कि बोर्ड के सदस्यों को अपनी आँखें बन्द कर बैठे रहने का काम दिया गया है। इसके लिए उन्हें भारी श्रम करना पड़ता है। अतः उनको उसी के अनुरूप भारी-भरकम पारिश्रमिक भी दिया जाता है। कुछ सरकार की ओर से, और कुछ सरकार की सरकार की ओर से। (जिसके पास भी भारी थैली होती है—जैसे तस्कर, डाकू, जमाख़ोर इत्यादि, वे सरकार की भी सरकार होते हैं)।

मैं यह तो मानता हूँ कि जिन भी लोगों को आँखें खुली रखने का वेतन मिलता है, उन्हें आँखें बन्द रखने पर वेतन से भी कहीं अधिक धन मिलता है। इसलिए आँखें बन्द करने में ही सुख है, किन्तु घोषणा यही करनी चाहिए कि मैं आँखें कैसे बन्द कर सकता हूँ। मेरी पलकें तो झपकती ही नहीं हैं। यह सब जानते हुए भी मैं यह सोच-सोचकर वर्षों परेशान रहा हूँ कि सेंसर बोर्ड के सदस्यों को आँखें बन्द करके ही बैठना था, तो सेंसर बोर्ड की आवश्यकता ही क्या थी? मेरी परेशानी का समाधान अन्ततः रामलुभाया ने किया। उसने बताया कि ऐसा करना सरकार की मजबूरी है। यदि सेंसर बोर्ड न होता, तो जनता मानती कि फ़िल्मों को सेंसर करना उसका काम है। ऐसी स्थिति में वह अपने सात्त्विक आक्रोश का कहा मानती। परिणाम यह होता कि हीरो-हीरोइन कहलाकर वेश्या-भड़ुओं का काम करनेवाले लोग अस्पताल में अपने हाथ-पैरों का पलस्तर करवा रहे होते। प्रोड्यूसर, डायरेक्टर अपनी ज़मीन-जायदाद बेचकर फुटपाथ पर आ गये होते और सिनेमाघरों में लंका-दहन का दृश्य चल रहा होता! सरकार ने सेंसर बोर्ड बना दिया ताकि फ़िल्मकार जनता पर यह धौंस जमा सकें कि उनके पास नंगई प्रदर्शित करने का सरकारी अनुमति-पत्र है। वस्तुतः सेंसर बोर्ड का प्रमाण-पत्र देश की संस्कृति के साथ बलात्कार करने का ही अनुमति-पत्र होता है। इस प्रकार फ़िल्मकारों को जनता पर धौंस जमाने का, और जनता को अपना रक्त पीने का अत्यन्त लाभदायक काम मिल गया है।

सेंसर बोर्ड के चार सदस्यों के आँखें बन्द कर लेने से फ़िल्म सम्बन्धी अनेक लोगों को नंगा होने का काम मिल गया है। जब भारत में फ़िल्म-निर्माण आरम्भ हुआ था, तो वेश्याएँ उसमें अभिनय करने आयी थीं ताकि वे भली औरतें बन सकें। अब सेंसर बोर्ड की कृपा से भले घरों की लड़कियाँ फ़िल्मों में अभिनय के नाम पर आ रही हैं, ताकि वे वेश्याएँ बन सकें। वे धन कमाने के लिए जिस प्रकार अपने शरीर का दुरुपयोग कर रही हैं उससे वेश्याएँ भी लज्जित हैं; किन्तु सरकार उन पर

संविधान की वेश्यावृत्ति सम्बन्धी धाराएँ लगाकर उन्हें सलाखों के पीछे नहीं पहुँचाती। उनका अभिनन्दन करती है। जो अभिनेता और फ़िल्म-निर्माता सांस्कृतिक मर्यादाओं की हत्या करते हैं, वे सरकार द्वारा उपाधियों से अलंकृत किये जाते हैं।

ख़ैर, हम तो सरकार की रोज़गार उपलब्ध करानेवाली नीतियों की चर्चा कर रहे थे, सरकार के नग्नता-प्रेम की नहीं। सरकार चाहती है कि वह शर्म करे न करे, देश के अन्य लोग श्रम अवश्य करें। वह मानती है कि श्रम तो शरीर से ही होगा (बुद्धि और बौद्धिक श्रम से उसका परिचय अभी नहीं हुआ है)। शरीर प्रत्येक व्यक्ति के पास है (बुद्धि के विषय में तो निर्विवाद रूप से ऐसा नहीं कहा जा सकता)। इसलिए सरकार ने एक बहुत विराट् 'शरीर बाज़ार' खोल दिया है। जिसको अपना मुखड़ा कुछ कमनीय और शरीर कुछ पुष्ट लगता है वह चल देता है 'मॉडल' बनने। लगता है कि हमारी अगली पीढ़ी का कैरियर मॉडल बनने में ही है। पढ़-लिखकर, करना ही क्या है। प्रत्येक क्षेत्र के धुरन्धर, अन्ततः 'मॉडल' बनकर ही यश पाते हैं। यश पाकर अभिनेता बनते हैं। जिनके भाग्य में होता है, वे नेता भी बन जाते हैं। पर रहते हैं मॉडल-के-मॉडल ही। अपना मुखड़ा झलकाते हैं, शरीर लचकाते हैं, अन्तरात्मा की हत्या करते हैं, और जितना सम्भव हो सकता है, उतना झूठ बोलकर, विभिन्न व्यापारियों के साबुन तेल बेचकर जनता को ठगने का पुण्य कमाते हैं। इस आध्यात्मिक देश में जन्म लेकर भी न उनका अपनी आत्मा से परिचय है, न उन्हें उसकी चिन्ता है।

जो लोग न नेता बन पाते हैं, न अभिनेता, न मॉडल—उन्हें 'प्रजा' कहा जाता है। सरकार चाहती है कि सारी जनता, 'प्रजा' बनने का काम करे। प्रजा के लिए अपने देश में रोज़गार के असंख्य अवसर उपलब्ध हैं। वह चाहे तो नेताओं की रैलियों में जाने का काम कर सकती है। प्रजा को यह काम दिलाने के लिए ही नेता लोग प्रतिदिन कोई-न-कोई रैली आयोजित करते रहते हैं। करोड़ों रुपये ख़र्च करते हैं। अमीरों के लिए कोई रैली नहीं होती। जो भी होती है, ग़रीबों के लिए ही होती है। इसलिए प्रत्येक रैली ग़रीब रैली ही होती है। उसमें अमीरों का धन ग़रीबों के लिए ख़र्च किया जाता है। आप आपत्ति कर सकते हैं, कि धन अमीरों का कैसे है? देश का धन तो ग़रीबों का ही धन है। मैं आपसे इसलिए सहमत नहीं हो पा रहा कि 'ग़रीब' और 'धन' दोनों शब्द एक साथ नहीं चल सकते। विचार की म्यान में ये दोनों तलवारें एक साथ नहीं समा सकतीं। 'ग़रीब' के साथ 'धन' जुड़ जाए तो वह ग़रीब नहीं रहता!

पर बात तो प्रजा के रैली में चलने की थी। बेचारे हमारे नेता अपना ख़ून बहा देते हैं पसीने के रूप में, ताकि ग़रीबों के लिए रैली आयोजित हो सके। वे लोग प्रजा-हित में सभाएँ भी करते हैं, जिससे प्रजा को सभा में आने और बैठकर नेताओं की प्रतीक्षा करने का काम मिले। महान् नेताओं की सभा में बैठकर उनकी

प्रतीक्षा करना, अपने-आप में ही बहुत महान् काम है। देश की प्रजा को पिछले चार दशकों से इसी काम का प्रशिक्षण दिया गया है और प्रजा अब इसमें दक्ष भी ख़ूब हो गयी है।

प्रजा के लिए उससे भी बड़ा काम है, नेताओं के आ जाने पर उनका भाषण सुनना। अल्प बुद्धि के लोग इसे साधारण काम समझते हैं; किन्तु यह साधारण काम नहीं है। जब बोलनेवाला भी जानता हो कि वह झूठ बोल रहा है, और सुननेवाले को भी पूर्ण विश्वास हो कि वक़्ता झूठ बोल रहा है, तो भी पूरी निष्ठा से उसे सुनते रहना साधारण दिल-गुर्दे का काम नहीं है। यह हमारे देश की ही जनता है, जो इतने जीवट का काम कर सकती है।

काम दिलाने की इन्हीं योजनाओं में से, जो महत्त्वपूर्ण योजना, स्वतन्त्रता के साथ ही पूरे देश पर लागू हो गयी थी, सबसे अधिक व्यापक और विराट् है। उसमें देश के एक-एक व्यक्ति को काम दिलाने का प्रावधान है। देश के हर छोटे-बड़े, खोटे-खरे व्यक्ति को नेताओं और सरकार से निरन्तर धोखा खाते रहने का काम उपलब्ध कराया गया है। धोखा खाते रहने से न किसी का पेट भरता है न अजीर्ण होता है, न भूख कम होती है। इसलिए इस काम के पूरे हो जाने अथवा समाप्त हो जाने का भी कोई संकट नहीं है। अतः यह अनन्त है। जो अनन्त है, वही तो ब्रह्म है। राम नाम की लूट है, लूट सके तो लूट! दोनों हाथों से लूटो। सरकार वही कर रही है। आप जितना चाहें, धोखा खाएँ। सरकार को कभी कोई आपत्ति नहीं होगी! कैसा ऐतिहासिक क्षण है कि राजा और प्रजा, अनपढ़ और विद्वान्, मूढ़ और ज्ञानी, प्रजा और मन्त्री एक ही निष्कर्ष पर पहुँच रहे हैं कि धोखा ही सत्य है; और सत्य ही ईश्वर है। भारत के नागरिकों को रोज़गार उपलब्ध कराने की इतनी महान् योजनाओं के बावजूद यदि किसी भारतीय को काम नहीं मिलता, तो सरकार ने उसके लिए भारत से बाहर चले जाने का काम उपलब्ध करा रखा है। जितने भारतीय विदेश चले जाएँगे, यहाँ उससे पाँच गुना बँगलादेशियों को स्थान मिल जाएगा (भारतीयों को अकेले ही पाँच-पाँच व्यक्तियों की जगह घेरने की बुरी आदत है)। भारत सरकार की आत्मा को शान्ति मिलेगी और आँखों को तरावट! सरकार को सोना बहुत पसन्द है—बिस्कुटों के रूप में भी, और खाट पर लेटकर खर्राटे भरने के रूप में भी! बिस्कुटोंवाले सोने की सहायता से वह सत्ता में आती है, और खर्राटे भरनेवाले सोने से उसके पंचवर्षीय दायित्व की पूर्ति होती है। चुनाव में वह जनता को यही वचन देती है कि चुन लिये जाने पर वह जनता के हित में पाँच वर्ष सोएगी। जागेगी तो अगले चुनाव के लिए नोट बाँटेगी, शराब की बोतलें उपलब्ध कराएगी, कहीं-कहीं कम्बल भी बाँटेगी; और आवश्यकता के अनुसार गुण्डों को जनता की सेवा में नियुक्त करेगी।

सोने के प्रति इसी प्रेम के कारण, हमारी सरकार को 'आमार सोनार

बांग्लादेश' जैसे गीत पर विश्वास आ गया है। वह मानती है कि बांग्लादेश से जो भी भारत में घुस-पैठ करता है, वह अपनी पीठ पर सोने की गठरी लादकर चलता है। यदि पीठ पर सोने की गठरी न भी हो, तो पैरों के साथ लगी धूल तो स्वर्ण-चूर्ण ही होगा, जो सरकार के अपने आँगन में ही झरेगा। वह यह देखना ही नहीं चाहती कि एक कंगाल देश से कोई भूख के मारे पलायन करता है, तो उसकी पीठ पर रोग और अपराध की गठरी होती है।

हमारी सरकार चाहती है कि भारतीय नागरिक तो परिवार-नियोजन करता रहे और बंगलादेशी बच्चे पैदा करने का काम करता रहे। परिवार-नियोजन तो काम न करना है, और बच्चे पैदा करना वास्तविक काम है, श्रम है। तो काम तो उसी को मिलेगा, जो काम करेगा। सरकार चाहती है कि वह अवैध विदेशी घुसपैठिया, पाँच वर्ष में एक वोट सरकार को दे दिया करे (जिसका उसे कोई अधिकार भी नहीं है) और शेष समय भारत का सामाजिक, धार्मिक और राजनीतिक अपराधीकरण करता रहे। हमारी सरकार को काम बहुत प्यारा है न। अगली पीढ़ी तक उन घुसपैठियों की जनसंख्या इतनी हो ही जाएगी कि वे अपनी सरकार स्वयं बना लेंगे। तब हमारी सरकार को न उनसे वोट माँगने का कष्ट करना पड़ेगा, न उनकी रक्षा के लिए अपनी सरकार बनानी पड़ेगी।

तो इस बीच भारत के नागरिकों को विदेश चले जाने का काम दिया गया है। जो बेचारा अनपढ़ है और सिवाय मजदूरी के और कुछ नहीं कर सकता, वह घर-बार बेचकर, उधार लेकर (न हो तो बीवी-बच्चे बेचकर) रुपया दलालों को दे; और पश्चिमी एशिया के किसी देश में जाकर अपना रक्त-मांस बेचे। यदि कारागार जाने से बच जाए तो अपने मालिकों का काम करे और उनके जूते खुशी से खाए। भाग्य अच्छा हो और कोई सम्बन्धी इंग्लैण्ड में हो, तो तिकड़म भिड़ाकर वहीं चला जाए। हिथ्रो हवाई अड्डे पर झाड़ू लगाता दिखाई दे, अपनी आत्मा के लिए पुण्य संचित करे और अपने पुरखों को तारे!

पढ़े-लिखे भारतीयों को हमारी सरकार ने दूसरे काम में नियुक्त किया है। वे अमरीका में अमरीकियों के विज्ञान और उद्योग के विकास के काम में पूरी निष्ठा से लग जाएँ, इसी में उनकी भलाई है। भारत सरकार अपने देश में उन्हें इसीलिए कोई नौकरी नहीं देती ताकि अमरीका पिछड़ा न रहे। पिछड़ने के लिए और पिछड़ों के लिए भारत है ही तो वे क्यों यहाँ झक मारें। योग्यता का भारत में ठहरना किसी के हित में नहीं है। यहाँ नौकरी मिल गयी, तो वे यहीं रह जाएँगे। कूप-मण्डूक हो जाएँगे, और सारा जीवन सड़ते रहेंगे। इसलिए अच्छा है कि अमरीका के आँगन में जाकर ही सड़ें। कम-से-कम सड़ने के लिए खुली हवा तो मिलेगी!

रूस की वर्तमान स्थिति से भी भारत सरकार बहुत आश्वस्त है। अमरीका की अन्तर्राष्ट्रीय कम्पनियाँ जिस प्रकार गिद्ध बनकर रूस की जनता को नोच रही

हैं, उससे भारत सरकार की गिद्धदृष्टि भी सचेत हो गयी है। वह चाहती है कि जिस भारतीय के पास रूसी सम्पर्क हो, अथवा आर्थिक सामर्थ्य हो, वह अपना पढ़ना-लिखना और काम-धन्धा छोड़कर, गिद्धों की सहायता के लिए अथवा गिद्ध बनने के लिए रूस चला जाए। बस, भारत में कुछ स्थान ख़ाली कर जाए, ताकि एक बँगलादेशी घुसपैठिये, पाकिस्तानी आतंकवादी अथवा अफ़गान भाड़े के हत्यारे को इस देश में एक सुविधापूर्ण स्थान मिल सके।

हमारा देश बहुत महान् है, यह आसानी से टूटेगा नहीं, यह हमारी सरकार भी जानती है। इसलिए बहुत आवश्यक है कि हम सब मिलकर इसको तोड़ें, खण्डित करें। जाने क्यों एक भी ऐसा कवि पैदा नहीं हुआ, जिसने इस देश को खण्डित करने का उद्‌बोधन-गीत लिखा हो, भारत सरकार के दस्तावेज़ों में यह स्थान अभी तक ख़ाली है। जो कवि चाहे, देश को खण्डित और विभाजित करने का नारा लगाकर देश का 'राज-कवि' बन सकता है। आख़िर, यह काम पहले भी एक महान् कवि कर चुका है। इस सुनहरे अवसर को हाथ से न जाने दें। भारत सरकार इस समय देश को ध्वस्त करनेवालों को अपना मित्र मानने को अत्यन्त व्याकुल है, और उन्हें देश में उच्चतम पद देने का संकल्प किये बैठी है।...किन्तु काम कुछ ठोस होना चाहिए।

वैसे तो हमारे राष्ट्र-विधाता चाहते हैं कि देश को तोड़ने और विभाजित करने का काम कोई और करे; किन्तु जब इतना योग्य व्यक्ति नहीं मिलता तो वे स्वयं ही कर्मक्षेत्र में उतर आते हैं। पहले देश का धर्मों, सम्प्रदायों, जातियों और वर्गों में वर्गीकरण करते हैं और फिर अपने भाषणों से देश को उन्हीं वर्गों में विभाजित कर देते हैं। मोर हैं न! ऊँची उड़ान नहीं ले सकते, तो आकाश को ही नीचा कर देना चाहते हैं। जब वे जनता को बाँटने का प्रयत्न करते हैं, तो रोज़गार की असंख्य सम्भावनाएँ जन्म लेती हैं। लोगों को माल लूटने का काम, स्त्रियों को अपमानित करने का काम, सजीव लोगों को निर्जीव करने का काम, मकानों में आग लगाने का काम! इतना काम! इतना रोज़गार!

अभागा है हमारा देश जो इन अवसरों को पहचान नहीं पाता। हमारी सरकार ने तो अपनी ओर से कोई कसर नहीं उठा रखी!

भारत का मुकुट

"हमारी सरकार इतनी परेशान क्यों है?"

"परेशानी की तो बात ही है। कश्मीर में एक पूरा कस्बा जल गया है।"

"कस्बे में क्या आग लग गयी?"

"और नहीं तो क्या! ईर्ष्या से तो कस्बे के मकान जलते नहीं!"

"जलने को तो ईर्ष्या से पूरा-का-पूरा देश भी जला है। राष्ट्रों के भाग्य तक जले हैं। पर छोड़ो...कस्बे में आग कैसे लगी?"

"कुछ पाकिस्तानी आतंकवादी वहाँ रह रहे थे। उन्होंने आग लगा दी।"

"वह कस्बा क्या पाकिस्तान में है?"

"नहीं! कस्बा तो कश्मीर में है। वे लोग कश्मीर को भारत में नहीं मानते। मानते तो वहाँ घुसते क्यों! पाकिस्तान में भी नहीं मानते, मानते तो अपने ही देश में आग क्यों लगाते! कश्मीर को वे स्वतन्त्र भूमि मानते हैं, जहाँ किसी को भी आग लगाने की स्वतन्त्रता है। भारत सरकार कश्मीर को भारत का अंग मानती है। हमारी सेना भी है वहाँ! पर जो लोग घुस आते हैं, उन्हें हम कुछ नहीं कहते। उन्हें आदेश देने का अधिकार केवल आई.एस.आई. को है।"

"यह आई.एस.आई. क्या 'इण्डियन स्टैण्डडूर्स इन्स्टीट्यूट' है?"

"नहीं! यह 'इण्टर सर्विसेस इण्टेलिजेंस' है—यह अन्तर्राष्ट्रीय तोड़-फोड़ की ठेकेदार एजेंसी है और पाकिस्तान में स्थित है!"

"ओह! तो वे पाकिस्तानी उस कस्बे में क्या कर रहे थे?"

"वे कहते हैं कि वे उस कस्बे के लोगों की स्वतन्त्रता की लड़ाई लड़ रहे थे।"

"आग लगा देने से कस्बेवाले स्वतन्त्र हो गये?"

"पता नहीं पाकिस्तान में स्वतन्त्रता का अर्थ क्या होता है। मुझे तो लगता है कि कस्बेवाले बेघर हो गये। सम्भव है, पाकिस्तान में बेघर होने को ही स्वतन्त्र होना कहते हों। 1947 ई. में पाकिस्तान स्वतन्त्र हुआ था, तो भी बहुत-से लोग बेघर हो गये थे।"

"क्या कश्मीरियों ने उन्हें बुलाया था कि वे स्वतन्त्र नहीं हैं। इसलिए पाकिस्तानी आकर उन्हें स्वतन्त्र कराएँ?"

"नहीं, कश्मीरियों ने नहीं बुलाया था। पाकिस्तानियों को ही लगा था कि कश्मीरी स्वतन्त्र नहीं हैं। इसलिए उन्हें स्वतन्त्र कराया जाना चाहिए।"

"पाकिस्तानियों को यह क्यों समझ में नहीं आता कि वे अपनी स्वतन्त्रता के अड़तालीस वर्ष पश्चात् भी स्वतन्त्र नहीं हैं, इसलिए वे अपनी स्वतन्त्रता की लड़ाई लड़ें?"

"वे लोग सारी दुनिया के लोगों की स्वतन्त्रता की लड़ाई इसीलिए तो लड़ रहे हैं कि कहीं उन्हें अपनी स्वतन्त्रता की लड़ाई न लड़नी पड़ जाए।"

"क्या वे स्वयं स्वतन्त्र होना नहीं चाहते?"

"नहीं! ऐसी बात नहीं है। पर शायद वे समझते हैं कि उनकी स्वतन्त्रता की लड़ाई अमरीका लड़ेगा।"

"अच्छा! यह पाकिस्तान के लोग हमारे विरुद्ध लड़ रहे हैं, या पाकिस्तान की सरकार? बात कुछ स्पष्ट नहीं हो रही!"

"हाँ! वहाँ का मामला कुछ ऐसा ही है। जहाँ की सरकार अपनी जनता के विरुद्ध लड़ रही हो, जनता अपनी सेना के विरुद्ध लड़ रही हो, सेना अपनी सरकार के विरुद्ध लड़ रही हो--वहाँ की स्थिति स्पष्ट कैसे हो सकती है।"

"तो हमारी सरकार क्यों नहीं कुछ लोगों को पाकिस्तान भेजती, कि वे लोग वहाँ जाकर पाकिस्तान की जनता की स्वतन्त्रता की लड़ाई लड़ें?"

"हमारी सरकार को फुर्सत नहीं है। वह व्यस्त है।"

"कहाँ व्यस्त है?"

"वह भी लड़ाई लड़ रही है?"

"कहाँ? हमारा देश तो किसी अन्य देश से नहीं लड़ रहा।"

"नहीं! नहीं!! हमारा देश नहीं लड़ रहा। हमारी सरकार लड़ रही है--अपनी पार्टी से, अध्यक्ष की स्वतन्त्रता के लिए। शेष समय में वह इस देश में विदेशी कम्पनियों की स्वतन्त्रता के लिए युद्ध करती है। युद्ध तो युद्ध ही है भाई।"

2

"एक पूरा कस्बा जल गया है।"

"कोई दुर्घटना हो गयी थी क्या?"

"नहीं! हुआ तो अपराध है।..."

"तो सरकार अपराध की रोकथाम क्यों नहीं करती?"

"रोकथाम कैसे हो सकती है?"

"क्यों! सरकार अपराधियों को अपराध करने से पहले पकड़ लेती।"

"उसके लिए तो सेना को भीतर घुसना पड़ता। पर वहाँ सेना का प्रवेश मना था।"

"सेना का प्रवेश मना था और अपराधी प्रवेश कर सकते थे?"

"सैनिक प्रवेश नहीं कर सकते, क्योंकि वे भारतीय हैं। अपराधी प्रवेश कर सकते हैं, क्योंकि वे पाकिस्तानी हैं।"

"पाकिस्तानी तो विदेशी हैं। उन्हें घेरकर पकड़ लेना चाहिए था।"

"नहीं! कस्बेवाले नहीं चाहते थे कि अपराधियों को घेरा या पकड़ा जाए।"

"कोई प्रमाण है?"

"मेरा अनुमान है। क्योंकि जब अपराधी घुसते हैं, तो कहीं पत्ता भी नहीं हिलता। सेना घुसती है तो सारे देश में आन्दोलन होने लगते हैं। लोग सड़कों पर आ जाते हैं।"

"पर यदि अपराधियों को घेरा और पकड़ा नहीं जाएगा तो अपराध की रोक-थाम कैसे होगी?"

"यह सोचना सरकार का काम है। कस्बेवालों का नहीं।"

"तो कस्बेवालों का क्या काम है?"

"पहले अपराधियों को बचाना; और अपराध हो जाए तो देश और सरकार से लड़ना, दंगा करना, आग लगाना।"

"बड़ा विचित्र कस्बा है यह। अच्छा यह कस्बा है कहाँ?"

"कश्मीर में।"

"अच्छा! अच्छा! मैंने कुछ कश्मीरियों को दिल्ली में विस्थापितों की स्थिति में देखा है। क्या उनके ही घर जल गये हैं?"

"नहीं! उनके तो भाग्य ही जल गये हैं!"

"वह कैसे ?"

"जिनके घर जले हैं, उनके लिए तो सरकार घर बनवा देगी; किन्तु जिनके भाग्य जल गये हैं—उन्हें सहायता तो क्या, कोई सहानुभूति भी नहीं देगा।"

"पर क्यों? ऐसा भेद-भाव क्यों?"

"चुप! इसे भेद-भाव कहोगे, तो बाँध लिये जाओगे।"

"अच्छा! न सही भेदभाव। पर ऐसा क्यों है?"

"भारत सरकार मानती है कि वे कश्मीरी हैं; इसलिए उन्हें वापस कश्मीर चले जाना चाहिए।"

"तो चल जाएँ।"

"पर कश्मीरी मानते हैं कि वे भारतीय हैं, इसलिए उन्हें भारत में रहना चाहिए। भारतीय उनकी सहायता करेंगे, जब वे कश्मीर में रहेंगे; और कश्मीरी उन्हें

कश्मीर में रहने नहीं देंगे।"

"तो क्या कश्मीर भारत में नहीं है?"

"कश्मीर तो भारत में ही है; किन्तु भारतीय कश्मीर में रह नहीं सकते न!"

"ऐसा क्यों?"

"प्रत्येक बात का कोई कारण होता है क्या! बस! हमारे संविधान में ऐसी ही व्यवस्था है!"

"अच्छा! पर संविधान में ऐसी व्यवस्था की ही क्यों गयी, जो देश-हित में नहीं है?"

"देश-हित! यह क्या होता है? हमारे यहाँ तो केवल राजनीति होती है।"

"वह क्या होती है?"

"नहीं जानते? राजनीति का अर्थ है, वोट पाने के लिए देश को बाँटना, देश को बेचना।"

"कोई उदाहरण।"

"राजनीति में एक मैदान में भाषण करते हुए कहना होता है, 'हम सब भाई हैं। हममें कोई भेद नहीं है।' दूसरे मैदान में जाकर कहना होता है, 'भाइयो! दूसरे दलवाले कहते हैं कि हम सब एक हैं। पर हम एक हैं नहीं। वस्तुतः वे लोग आपको अपने में मिला लेना चाहते हैं। आपका अस्तित्व समाप्त कर देना चाहते हैं। आपको खा जाना चाहते हैं। हम तो केवल पृथक्-पृथक् ही नहीं हैं, एक-दूसरे के शत्रु भी हैं।' "

"कोई समझदार आदमी ऐसी बात नहीं कह सकता।"

"हाँ! मन्त्री लोग कहते हैं। केन्द्रीय मन्त्री तक!"

"उन्हें कोई रोकता नहीं?"

"कौन रोकेगा। उन्होंने तो रोकनेवालों को ही रोक रखा है।"

3

दंगाइयों की भीड़ बुरी तरह चिल्ला रही थी। वे लोग कुछ मकानों को आग लगा रहे थे, कुछ को लूट रहे थे। सैनिक अपनी राइफल कन्धे पर रखे, शान्त मुद्रा में उन लोगों को देख रहा था।

"तुम इन दंगाइयों को रोकते क्यों नहीं?" मैंने क्षुब्ध स्वर में पूछा।

"मुझे मेरे कमाण्डर ने बाँध रखा है; और मेरे कमाण्डर को नेताजी ने रोक रखा है।" वह बोला।

"नेताजी! आप इन दंगाइयों को रोकते क्यों नहीं?"

नेताजी सहसा ही करुणा-सागर हो उठे। उनकी आँखों में अश्रु थे और उनकी

वाणी टूटे हुए हृदय के रुदन का चीत्कार लिये हुए थी, "वे लोग दुखी हैं। इसलिए अपने होश में नहीं हैं। बेचारे अपना क्रोध प्रकट कर रहे हैं। क्रोध प्रकट कर, अपने-आप शान्त हो जाएँगे।"

मुझे नेताजी न केवल बहुत सुलझे हुए व्यक्ति लगे, वरन् उनकी दीन-बन्धुता ने भी मुझे बहुत प्रभावित किया। कितने उदात्त व्यक्तित्व के स्वामी हैं कि दूसरे के दुःख और क्रोध का कारण समझते हैं और क्षोभ में की गयी उद्दण्डता को भी प्रेम की दृष्टि से देखकर, क्षमा कर देते हैं।

"ये लोग इतने दुखी क्यों हैं?" मैंने पूछा।

"आतंकवादियों ने इनके घर जला दिये हैं।" नेताजी ने बताया।

"ओह! तो ये लोग प्रतिशोध की भावना से आतंकवादियों के घर जला रहे हैं?" मैंने पूछा।

"नहीं! घर तो ये उन विस्थापितों के हैं, जो आतंकवादियों से पीड़ित होकर, कहीं और चले गये हैं।" नेताजी ने बताया।

"तो ये आतंकवादियों से न लड़कर उन लोगों को और पीड़ित क्यों कर रहे हैं, जो इन्हीं के समान आतंकवाद से पीड़ित हैं। वे लोग अपने घर छोड़कर गये हैं कि शायद कभी लौट सकें। ये लोग तो उनके लौटने का सहारा ही समाप्त किये दे रहे हैं।"

"कोई बात नहीं!" नेताजी करुणा-विगलित ही रहे, "इन्हें अपना क्रोध निकाल लेने दो। अपने-आप शान्त हो जाएँगे।"

"इनके घर जल गये हैं, इसलिए आप इन्हें यह अधिकार दे रहे हैं कि ये अपना क्रोध प्रकट करने के लिए उन विस्थापितों के घर जलाएँ, जिन्होंने इनका कोई अपराध नहीं किया है?"

"भई इनके घरों की रक्षा करना सरकार का दायित्व था। अब किन्हीं कारणों से सरकार यदि अपना दायित्व पूरा नहीं कर पायी तो इन्हें क्रुद्ध होने का अधिकार है।"

नेताजी बोले, "हमें थोड़ा सहनशील होना चाहिए।"

"और उन विस्थापितों तथा उनके घरों की रक्षा करने का दायित्व किसका है?" मैंने पूछा।

पहली बार नेताजी के चेहरे पर करुणा के स्थान पर कुटिलता प्रकट हुई, "दायित्व तो वह भी सरकार का ही है; किन्तु यदि हम उनकी अथवा उनके घरों की रक्षा नहीं करते, तो वे क्रुद्ध होकर क्या कर लेंगे हमारा? दंगा वे नहीं कर सकते, किसी का घर वे नहीं जला सकते, आतंक वे नहीं फैला सकते। और तो और, वे तो किसी और को वोट भी नहीं दे सकते। इन लोगों को रोका, तो हमारे वोट तो गये।"

"तो आपके लिए बस वोटों का ही महत्त्व है।" मैं कुछ क्रुद्ध होकर बोला, "आपके लिए न मानवता है, न न्याय; न राष्ट्र-भक्ति, न देश की शान्ति, न अखण्डता, न एकता! जो कुछ है, बस वोट ही है?"

"तो सीमा के पार ही क्या महत्त्वपूर्ण है! उधर से भी तो यह सब वोटों के लिए ही हो रहा है।" नेताजी मुस्कराये।

"वे वोटों के लिए अपना विनाश तो नहीं कर रहे। अपने लोग तो नहीं मरवा रहे। वे आपके देश को तोड़ रहे हैं। आप उनका देश तो नहीं ही तोड़ रहे; अपने जिन हितों की रक्षा करनी चाहिए, उनकी रक्षा भी नहीं कर रहे हैं।" मैंने कहा।

उन पर मेरे क्षोभ का कोई प्रभाव नहीं पड़ा। बहुत शान्त भाव से बोले, "ऊपर से जो चाहे दिखे, किन्तु भीतर से हम वही कर रहे हैं, जो हमें करना चाहिए। हम अपने वोटों की रक्षा कर रहे हैं।"

"और शेष सब कुछ?" मैंने चकित भाव से पूछा।

"शेष सब कुछ भगवान् का है। वह अपने-आप उसकी रक्षा कर लेगा, जिसकी रक्षा उसे करनी है।"

4

"मेरे मेहमान मेरा घर जला गये हैं, चलो हम थाना फूँक आएँ।"

मैंने आश्चर्य से रामलुभाया की ओर देखा, "क्यों, थाने को क्यों फूँकना चाहते हो?"

"मेरा घर जल गया है। उसके लिए ज़िम्मेदार कौन है? पुलिस ने मेरे घर की रक्षा क्यों नहीं की?" वह बहुत क्षुब्ध था।

"तुमने पुलिस को सूचना दी थी कि तुम्हारे घर में कुछ ऐसे मेहमान हैं, जो तुम्हारा घर जला सकते हैं?" मैंने पूछा।

"नहीं! पुलिस ने मुझे सूचना दी थी कि मेहमान के रूप में मेरे घर में जो लोग ठहरे हुए हैं, वे अपराधी हैं और मेरा घर जला सकते हैं।" उसने बताया।

"तो फिर पुलिस का क्या दोष?" मैंने कहा, "पुलिस ने तो तुम्हें चेतावनी दी ही थी।"

"पुलिस का काम चेतावनी देना नहीं, रक्षा करना है।" रामलुभाया बोला, "उसने वह काम किया, जो उसे नहीं करना चाहिए था, अर्थात् मुझे चेतावनी दी; और वह नहीं किया, जो उसे करना चाहिए था, अर्थात् मेरे घर की रक्षा नहीं की।"

मुझे लगा, मामला गम्भीर है। इसकी तो पूरी छानबीन होनी चाहिए।

"जब पुलिस ने तुम्हें चेतावनी दी, तो तुमने अपने उन मेहमानों को घर से निकाला क्यों नहीं?" मैंने पूछा।

"वे मेरे मेहमान थे। मेहमानों को भी कोई घर से निकालता है?" रामलुभाया तड़पकर बोला, "और फिर उनके पास बन्दूकें-पिस्तौलें थीं। अभी तो घर ही जलाया है। मैं कुछ कहता तो वे मेरे प्राण भी ले लेते।"

"ओह!" मैं रामलुभाया के भय को समझ गया, "तो तुमने पुलिस से सहायता क्यों नहीं माँगी?"

"अरे मेहमानों को अपने घर से निकालने के लिए भी कोई पुलिस की मदद लेता है?" उसने झींखकर कहा, "और फिर वे मेरे मित्र थे। मेरा मतलब है कि मैं उनको अपना मित्र मानता हूँ।"

"तुम उन्हें अपना मित्र मानते हो रामलुभाया! किन्तु वे तुम्हारे मित्र हैं नहीं।" मैं बोला, "अब तो प्रमाणित हो चुका!"

"क्या प्रमाणित हो चुका?"

"कि वे तुम्हारे मित्र नहीं हैं।"

"बकवास! वे मेरे मित्र ही हैं।" वह बोला, "वह तो पुलिस उन्हें अपराधी मानती है। पुलिस ने उन्हें पकड़ने के लिए मुहल्ले को घेर रखा था, इसलिए उन्होंने मेरे घर को आग लगा दी।"

"अच्छा तो जो आग लगाते हैं, वे तुम्हारे मित्र हैं; और जो तुम्हें चेतावनी देते हैं तथा आग लगानेवालों को पकड़ने का प्रयत्न करते हैं, वे तुम्हारे शत्रु हैं?" मैंने पूछा।

"पकड़ने की कोशिश करते हैं, पकड़ते तो नहीं?" उसका क्रोध कम नहीं हो रहा था, "पुलिस ने मुहल्ला न घेरा होता तो वे मेरे घर को आग क्यों लगाते?"

उसका क्षोभ मेरी समझ से बाहर था; और मेरा तर्क उसकी समझ से। फिर भी मैंने पूछा, "जब वे तुम्हारे घर में टिके हुए थे, तो पुलिस मुहल्ले को घेरे खड़ी रही, तुम्हारे घर में घुसकर, उन्हें पकड़ा क्यों नहीं?"

"मैं पुलिस को अपने घर में घुसने देता, तब न!" वह बोला, "मैं देश का एक सम्मानित नागरिक हूँ। मेरे घर में पुलिस घुसती, तो मेरा अपमान नहीं होता? हमारे यहाँ ऐसी परम्परा नहीं है कि पुलिस भले लोगों के घर में प्रवेश करे!"

"मेहमान के रूप में आये उन अपराधियों को तुम स्वयं पकड़ नहीं सकते थे; उन्हें घर से बाहर तुम निकालना नहीं चाहते थे; और पुलिस को अपने घर में तुम प्रवेश करने नहीं दे रहे थे। यही बात है न?"

"हाँ!" वह बोला।

"तो पुलिस तुम्हारे उन मेहमानों को कैसे पकड़ सकती थी?" मैंने भी कुछ उत्तेजित स्वर में पूछा, "तुम्हारे घर की रक्षा कैसे कर सकती थी?"

"यह सोचना पुलिस का काम है।" वह बोला, "उसे मेरे घर की रक्षा करनी चाहिए थी।"

"हाँ! एक रास्ता हो सकता था।" मेरा मस्तिष्क दूर की कौड़ी लाया, "उन्हें चाहिए कि वे नगर-द्वार पर ही, नगर में प्रवेश करनेवाले प्रत्येक व्यक्ति की तलाशी लें, ताकि कोई अपराधी नगर के भीतर आ ही न सके।"

मेरा विचार था कि रामलुभाया मुझसे सहमत हो जाएगा; और हम दोनों इस सिद्धान्त पर सहमत हो जाएँगे कि सावधानी उपचार से श्रेष्ठतर है।...किन्तु वह सहमत होने के स्थान पर और भी बिगड़ उठा, "तुम चाहते हो कि पुलिस हमसे मिलने आनेवाले प्रत्येक मेहमान को रोककर उसकी तलाशी ले। हम जिन्हें इतने सम्मान से अपने घर बुलाते हैं, हमारे उन मेहमानों को पुलिस अपमानित करे...और अपने उन मेहमानों के अपमान के माध्यम से अन्ततः हम अपमानित हों।"

"जब तुम्हें मालूम है कि अपराधी लोग मेहमानों के वेश में नगर में आ जाते हैं, तो उन्हें रोकने के लिए इतना तो करना पड़ेगा।"

"कोई ज़रूरत नहीं!" वह बोला, "पुलिस के हाथों इस प्रकार अपमानित होने से तो अच्छा है कि हमारा सारा मुहल्ला ही जल जाय।"

उसके इस अड़ियल रवैये के कारण मुझे इस समस्या का कोई समाधान नहीं सूझ रहा था। मैंने मात्र उसे सान्त्वना देने के लिए कहा, "चलो, कोई बात नहीं। जो हुआ, सो हुआ। अब पुलिस उन अपराधियों को कहीं-न-कहीं पकड़ ही लेगी। उन्हें उनके अपराध का उपयुक्त दण्ड दिया जाएगा।"

"क्या?" वह उछलकर खड़ा हो गया, "पुलिस उन्हें पकड़ेगी? तुम क्या समझते हो कि मैं अपने मेहमानों को इस प्रकार बन्दी होने दूँगा।"

मेरा सिर चकरा गया। किसी प्रकार स्वयं को संयत कर बड़े प्रयत्नपूर्वक पूछा, "तो आखिर तुम चाहते क्या हो?"

"मैं तो बस थाने को फूँकना चाहता हूँ।" वह परम शान्ति की मुद्रा में बोला।

आश्रयदाता

मैं अस्पताल पहुँचा तो देखा, रामलुभाया अपनी मेज़ पर सिर टिकाये, विरही प्रेमी के समान उदास बैठा था।

"क्या हुआ?" मैंने पूछा, "लगता है कि अभी मजनूँ के समान अपने कपड़े फाड़, पत्थर खाने के लिए सड़क पर निकल पड़ोगे।"

"जब से अस्पताल का डायरेक्टर बना हूँ, सचमुच यही स्थिति है।" वह बोला, "इस बार तो पत्थर ही पड़ेंगे—सड़क पर पड़ें, घर में पड़ें या अस्पताल में पड़ें।"

"क्यों? क्या हो गया?" मैंने आग्रहपूर्वक पूछा।

"एक स्त्री ने एक बच्ची का प्रसव किया; और बच्ची को यहीं छोड़, बिना अपना कोई पता-ठिकाना दिये कहीं लुप्त हो गयी।" वह बोला।

"अरे तो भर्ती होते समय तो कोई पता लिखाया होगा।"

"वह मिथ्या है। उस संख्या का कोई मकान उस गली में नहीं है।"

"लड़का चाहती होगी; लड़की हो गयी, तो छोड़ भागी!" मैंने कहा, "पुलिस को सूचना दी?"

"पुलिस उस स्त्री की खोज में लुप्त हो गयी।" रामलुभाया रो पड़ा, "बच्ची तो मेरी गोद में पड़ी है न!"

"अरे तो अपनी गोद से उठाकर भाभी की गोद में डाल दो!" मैं हँसकर बोला, "उनकी भी सन्तान की इच्छा पूरी हो जाएगी; और बच्ची को भी इतना अच्छा घर और प्यार करनेवाले माता-पिता मिल जाएँगे।" मुझे जैसे कोई अलौकिक ज्ञान प्राप्त हो गया था, "मुझे तो लगता है कि भगवान् की यही इच्छा है। तभी तो वह स्त्री प्रसव के लिए तुम्हारे ही अस्पताल में आयी और अपना पता-ठिकाना बताये बिना भाग गयी।"

"भगवान् की इच्छा तो है; किन्तु सरकार की इच्छा नहीं है।" वह झल्लाया हुआ बोला।

"अरे, बीच में यह सरकार कहाँ से टपक पड़ी?" मैंने चकित होकर पूछा,

"एक नवजात शिशु को उठाकर हृदय से लगा लेने के लिए भी सरकार से पूछना पड़ता है क्या?"

"पूछना पड़ता है।" वह बोला।

"पर क्यों?"

"उस स्त्री के पति ने अपना नाम ए. मलिक लिखाया था, और स्त्री का गुलाबो।"

"तो?"

"इन नामों से उनका हिन्दू या मुसलमान होना तय नहीं है। पुरुष का नाम आकाश मलिक भी हो सकता है और अब्दुल मलिक भी! स्त्री के नाम से भी पता नहीं चलता कि वह हिन्दू है या मुसलमान।"

"तुम्हें एक अनाथ बच्ची को गोद लेना है, या उसके उस भगोड़े माता-पिता की जन्मकुण्डली तैयार करनी है?" मैंने उसे डाँटा, "तुम मुसलमान माता-पिता के कारण उस बच्ची को पालना नहीं चाहते! डॉक्टर होकर भी नहीं जानते कि बच्ची के शरीर का रक्त न हिन्दू है, न मुसलमान।"

"तुम समझते नहीं हो।" इस बार रामलुभाया ने मुझे डाँट दिया, "अस्पताल मेरी निजी सम्पत्ति नहीं है कि जो चाहूँ, निर्णय कर डालूँ!"

"मैं कब कह रहा हूँ कि अस्पताल को बेच डालो।" मैं बोला, "एक अनाथ बच्ची को गोद लेने भर को ही तो कह रहा हूँ।"

"यदि बच्ची के भगोड़े माता-पिता मुसलमान हैं, तो इस सेक्यूलर देश में वह बच्ची मुसलमान है। मैं हिन्दू होकर उसे गोद नहीं ले सकता। उससे उसका धर्मान्तरण हो जाएगा; इसलिए देश में दंगा हो जाएगा।"

"ओह! तो मामला साम्प्रदायिक है।" मैं बोला, "तो क्या उसे गोद लेनेवाले कोई मुसलमान माता-पिता नहीं मिल सकते?"

"क्यों नहीं!" वह बोला, "कई लोग तैयार हैं।"

"तो उन्हें दे दो। अपनी छोड़ो, बच्ची की भलाई सोचो।"

"वह भी नहीं हो सकता।" रामलुभाया बोला, "हमारी सेक्यूलर सरकार को उसकी धार्मिक मामलों की सलाहकार समिति ने बताया है कि मुस्लिम जीवन-पद्धति में किसी और के बच्चे को गोद लेने की अनुमति नहीं है। यदि हमने वह बच्ची किसी मुलसमान दम्पती को दे दी, तो सरकार और उस दम्पती के विरुद्ध आन्दोलन खड़ा हो जाएगा। सारे देश में दंगा हो जाएगा।"

"तो उस बच्ची का क्या होगा?" मैंने पूछा।

"किसी अनाथालय में जाएगी।...किन्तु, जब तक यह निश्चित नहीं हो जाता

कि उस बच्ची का धर्म क्या है, शायद उसे किसी अनाथालय में भेजना भी सम्भव नहीं है।"

मैं चकित रह गया। अनायास ही मेरे मुँह से निकला, "लगता है धर्म ने तो बस दंगाइयों को ही आश्रय दे रखा है।"

इस बार रामलुभाया मुसकराया, "धर्म ने तो सदा मानवता को आश्रय दिया है। इन दंगाइयों को आश्रय देनेवाली तो हमारी सरकार है।..."

अवैध कब्ज़े का औचित्य

भोलाराम अपने गाँव से एक भैंस ले आया था। घर में तो भैंस बाँधने का कोई स्थान था नहीं, इसलिए पिछवाड़े की गली में खूँटा गाड़कर भैंस बाँध दी। भैंस वहाँ बँधी थी तो कटरा भी वहीं बँधना था। इसलिए बाध्य होकर एक खूँटा उसके लिए भी गाड़ना पड़ा। दिन भर भैंस और उसका कटरा धूप में जलते रहे और उन्हें कष्ट में देख-देखकर भोलाराम का मन फुँकता रहा। अँधेरा होते ही उसने चुपके से चार बल्लियाँ गाड़कर उन पर टीन की छत डाल दी। उसने देखा कि दूर-दूर से लोग चाहे आँखें तरेरते रहे; किन्तु किसी ने निकट आकर बल्लियाँ उखाड़ फेंकने का साहस नहीं किया। भोलाराम का साहस बढ़ गया। उसने पड़ोसी के मकान की दीवार के साथ एक खुर्ली भी बना ली और उसमें भैंस के लिए सानी कर दी।

दिनभर पड़ोसी ने कुछ नहीं कहा, किन्तु शाम को बाहर निकल उसने भोलाराम से अपना विरोध जताया, "भोलाराम! यहाँ भैंस मत बाँधो!"

"तो कहाँ बाँधूँ? घर के भीतर तो कोई जगह है नहीं।"

"जगह नहीं है तो भैंस रखनी बहुत ज़रूरी है?" पड़ोसी ने क्रुद्ध स्वर में कहा, "मत रखो भैंस। और किसी ने रखी है क्या?"

"हमारे घर में शुद्ध दूध पीने की आदत है।" भोलाराम बोला, "हम तुम्हारे समान मदर डेरी की उस लोहे की भैंस का दूध नहीं पी सकते, इसलिए हमें तो भैंस रखनी ही पड़ेगी।"

"रखो, पर तुम उसे गली में नहीं बाँध सकते।"

"गली तुम्हारे बाप की है।" भोलाराम गुर्राया, "मैं भी इसी गली में रहता हूँ। गली पर मेरा भी उतना ही अधिकार है, जितना तुम्हारा है। देखता हूँ, कौन मुझे गली में भैंस बाँधने से रोकता है।"

"पर खुर्ली तो तुमने मेरी दीवार के साथ बनायी है।" पड़ोसी ने कहा, "उससे मेरी दीवार ख़राब हो रही है।"

"मैंने खुर्ली गली में बनायी है।" भोलाराम बोला, "यदि तुम्हारी दीवार खुर्ली

से जुड़ रही है, तो इसका अर्थ है कि तुमने भी दीवार गली में बनायी है। तुम अपनी दीवार वहाँ से हटा लो।"

पड़ोसी बुरा-सा मुँह बनाकर हट गया। समझ गया कि वह भोलाराम की बराबरी नहीं कर पाएगा। यदि इस गली में रहना है; तो उसकी ज़्यादतियाँ सहन करनी ही पड़ेंगी।

रामलुभाया यह सब देखता रहा और तड़पता रहा। जानता था कि भोलाराम ज़्यादती कर रहा है। पर जब मुहल्ला-पंचायतवाले ही चुपचाप बैठे हुए थे, तो वह क्या कर सकता था...। तब उसका ध्यान दूसरी ओर चला गया। यदि मुहल्ला-पंचायत ने भोलाराम को जानवर पालने के बहाने गली पर कब्ज़ा करने का अधिकार दे दिया था, तो वह भी ऐसा ही अधिकार प्राप्त करेगा।

वह मेरे पास आया, "सोच रहा हूँ, कुछ मुर्ग़ियाँ पाल लूँ।"

"घर गन्दा करना है क्या?"

"नहीं! मकान और सड़क के बीच जो दो फुट चौड़ी जगह है, उसे घेर लूँगा।" वह बोला, "आख़िर भोलाराम ने भी तो पिछली गली ही घेरी है। जब उसे यह अधिकार है, तो मुझे भी मिलना चाहिए। मेरे घर के साथ इतनी जगह तो है नहीं कि भैंस पाल सकूँ। तो मुर्ग़ियाँ ही सही। कुछ तो लाभ होगा।"

मैं उसके मन की स्थिति समझ रहा था। उसे भोलाराम की हरकत अनुचित लग रही थी; किन्तु उसे निरस्त करने के लिए वह कुछ कर नहीं पा रहा था। इसलिए उसने भी उसी प्रकार का अनुचित अधिकार अपने लिए भी चाहा था।

मुझे चुप देखकर, उसे लगा कि मैं उससे सहमत नहीं हूँ। मुझे सहमत करने के लिए उसने दाना फेंका, "मेरी मानो तो तुम भी कोई भेड़-बकरी पाल लो। इसी बहाने थोड़ी-सी जगह घेर सकोगे।..."

"नहीं।" मैंने कहा, "मैं सहमत नहीं हूँ। तुम भी ऐसा कुछ मत करो।"

"क्यों, जो लाभ मिल सकता है, वह भी न लूँ?"

"क्या लाभ होगा तुम्हें? तुम्हारे मुर्ग़ी के दड़बे मात्र से उसके तबेले का औचित्य प्रतिष्ठित हो जाएगा।" मैंने कहा, "जैसे सरकार अरब जाने के लिए हज़ का ख़र्च देती है; और तुम उसी के तौल पर तीर्थयात्रा के लिए दिल्ली से मथुरा तक का किराया माँगो। तुम्हारे मथुरा तक के किराये से सरकार हज़ का ख़र्च उचित ठहरा देगी।...और कल को कोई रोमन कैथोलिक यह माँग ले बैठा कि उसे तीर्थयात्रा के लिए रोम जाना है, अतः सरकार उसे इस यात्रा के लिए अनुदान दे, तो सरकार उसकी इस माँग को भी उचित ठहरा देगी।" मैंने उसे समझाया, "अवैध कब्ज़ा अवैध ही है। एक और अवैध कब्ज़े से उसका औचित्य सिद्ध मत करो। गली को मुहल्ला-पंचायत की गली ही बनाये रखने का संघर्ष करो उसे छोटे-बड़े अवैध कब्ज़ों का क्षेत्र मत बनने दो।"

सौतेली दादी

हमारे दादा ने दो विवाह किये थे। वैसे सोचने पर आश्चर्य होता है कि क्यों किये थे, दो विवाह! हमारी दादी ठीक-ठाक महिला थीं—कद-काठ से भी और मन से भी। युवावस्था में आकर्षक भी रही होंगी। तीन बच्चे थे : हमारी बुआजी, पिताजी और चाचाजी! अपनी ऐसी पत्नी के रहते हुए भी दूसरी पत्नी लाने का कोई कारण तो रहा होगा।...अब सोचता हूँ तो लगता है, बात कोई इतनी रहस्यपूर्ण भी नहीं है। दादा की दादी से बहुत बनती नहीं थी। दोनों में कई प्रकार के मतभेद थे। आरम्भ में दादी जितना दबती थीं, बाद में उतना दबना भी उन्होंने बन्द कर दिया था। बच्चे कुछ बड़े हो गये थे और अपनी माँ का साथ देने लगे थे। दादा को अपने ही घर में अपनी सत्ता डाँवाडोल दिखाई दी। उन्हें बाहरी शक्ति का सहारा लेना पड़ा। दूसरी पत्नी ले आये अर्थात् एक बाहरी स्त्री को लाकर अवैध ढंग से घर में बसा दिया और अड़ गये कि वही घर की मालकिन है। जब बाहर के लोग आकर घर में इस प्रकार अनधिकृत आधिपत्य जमा लें, और घर का शासक उनका समर्थन करने लगे, तो बेचारी प्रजा क्या करे। हमारी दादी का अधिकार, क्रमशः क्षीण होता गया और सौतेली दादी का दबदबा और आधिपत्य बढ़ता गया।

दादा-दादी का यह संघर्ष बहुत लम्बा चला। दादी को अपना घर छोड़ना पड़ा। वे अपने भाई के पास चली गयीं। घर पर सौतेली दादी का अखण्ड साम्राज्य हो गया। बुआजी विवाह के पश्चात् ससुराल चली गयी थीं। पिताजी और चाचाजी स्वतन्त्र रूप से रह रहे थे। तब सौतेली दादी ने यह कहना शुरू किया कि उन्हें अकेले घर में रहना अच्छा नहीं लगता। बच्चों के बिना घर खाने को दौड़ता है। यदि पुत्र उनके साथ नहीं रह सकते, तो उनके बच्चे तो रह सकते हैं। जिसके पोते-पोतियाँ हों, उसका आँगन सूना क्यों रहे! मेल-जोल की इन मीठी बातों और दादा के आदेश ने पिताजी और चाचाजी को उनके आदर्शों में बाँध दिया और दादी ने दोनों के ही दो-दो बच्चे अपने पास रख लिये।

दादी बच्चों से ढेर सारा काम करवातीं, उनके किये हुए कामों में त्रुटियाँ ढूँढ़तीं; और किसी-न-किसी बहाने उन्हें दण्डित कर सुख पातीं। वक्ष में दादी का

हृदय था नहीं, और दादी का अधिकार उन्हें मिल गया था। बच्चों को कभी खाने नहीं देतीं; कभी पढ़ने नहीं देतीं; कभी खेलने नहीं देतीं। किसी-न-किसी बहाने से डाँट-फटकार और मार-पीट करतीं।

देश स्वतन्त्र होने के कगार पर था; और विभाजन की तलवार सिर पर लटक रही थी। राष्ट्र-प्रेम में डूबे हमारे बड़े भैया अँग्रेज़ों के भी विरोधी थे और मुस्लिम लीग के भी। इसलिए प्रतिदिन सन्ध्या समय शाखा में जाने लगे। हमारी सौतेली दादी का राजनीति से कुछ लेना-देना नहीं था; किन्तु अपनी सौत के पोतों को पीड़ित तो करना ही था। अगले ही दिन उसने स्वयं को सेक्यूलर घोषित कर दिया; और जब भैया शाखा से लौटे तो उनकी अच्छी पिटाई की गयी।

"दादी! क्यों पीट रही हो मुझे?" भैया ने विरोध किया।

"क्योंकि तू शाखा में जाता है।" दादी बोलीं।

"शाखा में जाने में क्या बुराई है?" भैया ने पूछा, "वहाँ कुछ व्यायाम होता है, कुछ खेल-कूद। कुछ नैतिकता की बातें होती हैं, कुछ देशभक्ति की।"

"ठीक है।" दादी ने फिर से छड़ी फटकारी, "तेरे वहाँ जाने से, तेरे दादा के अँग्रेज़ अफ़सर भी नाराज़ होते हैं, और हमारे पड़ोसी नज्मुलहुदा भी।"

"अंग्रेज़ अफ़सर नाराज़ होता है, क्योंकि वह सात समुद्र पार कर, हम पर शासन करने आया है और नहीं चाहता कि कोई राष्ट्रभक्ति की बात भी करे।" भैया बोले, "नज्मुलहुदा मुस्लिमलीगी है। वह अपने लिए पाकिस्तान चाहता है; इसलिए भारत माता की जयकार सुन नहीं सकता। आपका क्या विरोध है शाखा से?"

दादी कैसे कहतीं कि उन्हें न अँग्रेज़ अफ़सर की चिन्ता थी, न नज्मुलहुदा की परवाह। वे तो किसी-न-किसी बहाने बच्चों को पीट कर, उनका और उनके माता-पिता का दमन कर, अपना शासन बनाये रखना चाहती थीं। किन्तु भैया के प्रश्न का उत्तर तो उन्हें देना ही था, बोलीं, "मैं सेक्यूलर हूँ। तू साम्प्रदायिक हो गया है। तेरी पिटाई करना मेरा धर्म है।"

"नज्मुलहुदा मुस्लिमलीगी है। तुम उसकी प्रसन्नता के लिए मुझे पीट रही हो। यह कैसा सेक्यूलरिज़्म है?" भैया बोले।

"सेक्यूलरिज़्म तो यही होता है।" दादी बोलीं, "नज्मुलहुदा का समर्थन करो और अपने बच्चों को पीटो।"

रात को मुहल्ले पर दंगाइयों का आक्रमण हुआ। पुलिस के आने का कोई प्रश्न ही नहीं था। मकान में आग लगी। दादी के पेट में किसी ने छुरा घोंप दिया था। वे अपने ख़ून में भीगी हुई थीं। बड़े भैया उन्हें अपनी पीठ पर लादकर किसी प्रकार बाहर लाये थे। कुछ महीनों के पश्चात् छुरे के उसी घाव से दादी का देहान्त हुआ—जालन्धर शहर में। उनका दाह-संस्कार बड़े भैया ने ही किया।

प्रथम पृष्ठ का समाचार

पत्रकार रामलुभाया मुझसे मिलने आया, तो मैंने चर्चा आरम्भ की, "कल तालकटोरा उद्यान में एक संस्कृत-संगम हुआ था।"

"हुआ होगा।" वह अत्यन्त लापरवाही से बोला।

"क्यों? तुम्हारे लिए उसका कोई महत्त्व नहीं है?" मैंने पूछा, "तुम पत्रकार हो। न्यूज़मैन! लोगों को घटनाओं से अवगत कराना तुम्हारा धर्म है।"

"आजकल धर्म का तो युग ही नहीं है।" वह बोला, "हम सेक्यूलर हैं, धर्म को मानते ही नहीं।"

"धर्म को मानो, न मानो; अधर्म के अनुयायी तो मत बनो।" मैंने कहा, "अपने कर्तव्य का तो निर्वाह किया करो।"

"क्या कर्तव्य है हमारा?" वह झल्लाकर बोला, "कहीं चार आदमी जुटकर प्रलाप करने लगें, तो हम अपनी कैमराटीम लेकर पहुँच जाएँ; और उनके विषय में समाचार लिखने लगें?"

"वहाँ चार आदमी नहीं जुटे थे। एक विराट् जन-समुदाय था।" मैं बोला, "इतनी भीड़ थी कि क्या कहूँ। सड़क पर बसों की पंक्तियाँ चींटियों के समान रेंग रही थीं। पता नहीं इससे पहले कभी इतना बड़ा संस्कृत-संगम हुआ भी था या नहीं! तुम देखते तो समझते कि जिसे हम एक मृत भाषा मान, लगभग त्याग चुके हैं, उस संस्कृत को बोलने और समझनेवाले इतने सारे लोग एक स्थान पर एकत्रित हो सकते हैं। समाज की नाड़ी, ऐसे ही तो स्थानों पर धड़कती है।"

"होगा।" वह फिर उसी लापरवाही से बोला, "होते ही रहते हैं ऐसे संगम और सम्मेलन। कौन उनका नोटिस लेता रहे।"

मैं कुछ रुष्ट हुआ, "होने को तो चोरियाँ-डकैतियाँ, हत्याएँ और बलात्कार भी प्रतिदिन ही होते रहते हैं। उनके समाचार छापते हो या नहीं। और कितनी ललक से छापते हो उन्हें।"

"पर हम बलात्त्कार देखने नहीं जाते। न कोई हमें उन्हें देखने के लिए बुलाता ही है।" वह पर्याप्त उद्दण्डता से बोला, "पुलिसवाले हमें सूचना दे देते हैं, तो हम

उन्हें छाप देते हैं। बिना श्रम किये, मुफ़्त में मिली ऐसी मसालेदार ख़बरें कौन छोड़ता है।"

"यह सब जानता हूँ मैं। और यह भी जानता हूँ कि कोई तुम्हें बलात्कार देखने के लिए बुलाएगा, तो तुम अवश्य जाओगे। वहाँ उपस्थित होते हुए भी तुम उसे रोकने के स्थान पर, उसके चित्र लेना अधिक महत्त्वपूर्ण मानोगे।" मैं बोला, "किन्तु, क्या यह पत्रकार का दायित्व नहीं है कि जहाँ कुछ विराट् घटित हो रहा हो, वह वहाँ पहुँचकर उसके समाचार एकत्रित करे।"

"वह समय गया, जब खलील खान फाख़्ता उड़ाया करते थे।"

"क्या अभिप्राय है तुम्हारा?"

"अब पत्रकार नहीं जाता कहीं, समाचार बटोरने।" वह अहंकारपूर्वक हँसा, "समाचार ही पत्रकार को खोजते हुए उसके पास आ जाते हैं।"

मैं स्तब्ध बैठा उसे देखता रहा; यह व्यक्ति अपनी दायित्वशून्यता के लज्जाजनक तथ्य का अभिमानपूर्वक बखान कर रहा है।

"पर समाचार तो आया होगा, तुम्हारे पास।" मैंने स्वयं को सँभाल लिया, "उस आयोजन के संयोजकों ने प्रेस-विज्ञप्ति तो भेजी ही होगी।"

"बहुत भोले हो तुम!" रामलुभाया उच्च स्वर में हँसा, "प्रेस-विज्ञप्ति भेज देने मात्र से कहीं समाचार छपता है। अरे, लोग आदरपूर्वक आमन्त्रित करते हैं। घर से लिवा ले जाने तथा घर तक पहुँचाने के लिए गाड़ियाँ भेजते हैं। पाँच सितारा होटलों में खाना खिलाते हैं। शराब पिलाते हैं। कुछ भेंट-वेंट भी देते हैं।...तब कहीं जाकर समाचार छपता है।"

"ओह!" मैं एक प्रकार से अवाक् रह गया था। "समाचार छापने के भी पैसे मिलते हैं; और न छापने के भी।" वह हँस रहा था।

मैं चकित था कि वह कर्तव्यनिष्ठ, सत्यपरायण, ईमानदार, जनता के अधिकारों का रक्षक पत्रकार कहाँ चला गया। जो व्यक्ति मेरे सामने बैठा था, वह तो घोर स्वार्थी और निकृष्ट कोटि का लोभी व्यवसायी था। वह एक अधिकार पा गया था और पूर्णतः सिद्धान्तहीन होकर उसका लाभ उठा रहा था। उत्कोच ले रहा था; और उस पर लज्जित भी नहीं था।...

"इसका अर्थ है कि जिस व्यक्ति अथवा संस्था में पत्रकारों को उत्कोच देकर ख़रीद लेने का सामर्थ्य नहीं है, उनके विषय में कभी कोई समाचार प्रकाशित नहीं होगा?" मैंने पूछा, "इस देश को चुपचाप अपना काम करनेवाले महापुरुषों के विषय में कभी कोई सूचना नहीं मिलेगी।"

"समाचार-पत्र अब समाचार नहीं देते, प्रचार करते हैं।" वह बोला, "जिन्हें तुम महापुरुष कह रहे हो, उन्हें प्रचार की आवश्यकता नहीं है। अतः हम उनके

विषय में कुछ नहीं छापते। जिन्हें प्रचार की आवश्यकता होती है, वे स्वयं हमारे पास आते हैं। मूल्य चुकाते हैं और अपना प्रचार करवाते हैं।"

"और वे पत्रकारिता के आदर्श?"

"भाड़ में गये आदर्श।" वह बोला, "और चूल्हे में गये आदर्शवादी।"

"अच्छा! हम कल्पना करते हैं कि देश की संस्कृति की रक्षा के लिए, संस्कृत-भाषा के प्रचारार्थ अपना जीवन दान कर देनेवाले वे सेवा-व्रती लोग कहीं से धन की व्यवस्था कर लेते हैं। पाँच सितारा होटलों में बुलाकर तुम्हें मुर्ग़ा खिलाते हैं, मदिरा पिलाते हैं और उपहार देते हैं, तो तुम उनके विषय में समाचार प्रमुखतापूर्वक छापोगे?"

वह हँसा, "क्यों छापेंगे? पहले तो हम उनके निमन्त्रण पर जाएँगे ही नहीं। और यदि चले गये, तो इतनी मदिरा पिएँगे कि स्मरण ही न रहे कि किसके पैसे से खाया-पीया है।"

"क्यों? ऐसा क्यों?" मैंने पूछा।

"क्योंकि वे लोग हमारी पार्टी के नहीं हैं।" वह बोला, "उन्हें तो इतना भी मालूम नहीं है कि लाखों लोगों को एक मैदान में एकत्रित करने से समाचार नहीं बनते। समाचार बनते हैं, अपने मत के लोगों की समाचार-पत्रों में नियुक्तियाँ करवाने से। तुम्हारे संस्कृत-संगम के संयोजकों के चार लोग, दिल्ली के चार समाचार-पत्रों में काम कर रहे होते, तो उनका समाचार, आज सारे समाचार-पत्रों के प्रथम पृष्ठ पर होता!"

भोलाराम का आँगन

रामलुभाया ने भोलाराम के आँगन में अपनी गाय बाँध दी थी। भोलाराम ने देखा तो उन्हें कुछ विचित्र भी लगा और बुरा भी। आख़िर किसी और के आँगन में अपनी गाय बाँधने का क्या अर्थ? उनके आँगन में गाय बँधेगी तो वे सोएँगे कहाँ, रामलुभाया के आँगन में? वे तो उसी समय रामलुभाया के घर जा रहे थे; किन्तु उनकी पत्नी ने उन्हें रोक लिया, "क्या करते हो? उनके घर में सफ़ेदियाँ हो रही हैं। ऐसे में यदि गाय को यहाँ बाँध गये तो ऐसी कौन-सी मुसीबत आ गयी। सफ़ेदियों से निबट लेंगे तो अपने-आप गाय खोलकर ले जाएँगे।"

भोलाराम ने अपनी पत्नी की बात मान ली। यही उचित था कि पड़ोसी, पड़ोसी के काम आए। इस समय रामलुभाया के अपने घर में सब कुछ अव्यवस्थित था। सफ़ेदीवालों ने हड़बोंग मचा रखा था। पेण्टर अलग शोर मचाये हुए थे। शायद टूट-फूट की मरम्मत भी होनी थी; इसलिए मिस्त्री भी आये हुए थे। बिजलीवाले ने अपने तार लगाने के उपक्रम में बढ़ई की कोई चौखट गिरा दी थी...और भी जाने कैसी-कैसी धमाचौकड़ी मची हुई थी। इन परिस्थितियों में यदि रामलुभाया ने अपनी गाय उनके आँगन में बाँध दी तो ऐसा क्या अनर्थ हो गया कि वे उससे लड़ाई करने जाएँ। भोलाराम अपने कामों में लग गये।

अगले दिन दफ़्तर जाते हुए उनका ध्यान इस ओर गया कि उनके आँगन की दीवार पर रामलुभाया की पत्नी कुछ उपले थाप रही थीं। उनका मस्तिष्क एकदम भन्ना उठा। इच्छा हुई कि दीवार से सारे उपले गिरा ही न दें; रामलुभाया की पत्नी को उसकी चोटी से पकड़कर उसके घर तक छोड़ आएँ। किन्तु ऐसा वे कर नहीं सकते थे। आख़िर वह उनके पड़ोसी की पत्नी और उनकी पड़ोसन थी। साथ ही रहना था। पड़ोसियों से प्रेमपूर्ण सम्बन्ध बनाये रखने के लिए बहुत कुछ सहना भी पड़ता है। वे चुपचाप आँखें झुकाये दफ़्तर चले गये। दिन-भर दफ़्तर में कुलबुलाते रहे। अपने सहयोगियों और फ़ाइलों से लड़ते-झगड़ते रहे। पर किसी को यह न कह सके कि रामलुभाया ने उनके सुन्दर-से आँगन पर अपनी गाय बाँधने के बहाने से कब्ज़ा कर लिया है।

शाम को घर लौटे तो पत्नी से बोले, "अपनी उस पड़ोसन को समझाओ। उठाए यहाँ से अपनी यह सम्पत्ति और जो कुछ करना हो अपने घर में जाकर करे।"

"अरे दो-चार दिन की बात है।" उनकी पत्नी बोली, "उनके घर में व्यवस्था आ जाएगी तो स्थिरता भी आ जाएगी। तब वे लोग स्वयं ही अपना सब कुछ अपने घर ले जाएँगे। उनके पास जगह की कौन कमी है कि अपनी गाय हमारे ही आँगन में बाँधेंगे।"

"वह सब ठीक है।" भोलाराम बोले, "किन्तु हमारे आँगन की दीवारों पर उपले तो न थापें; नहीं तो गाय के जाने के बाद भी दीवारों पर उपलों के चिह्न रह जाएँगे।"

"गाय यहाँ बँधी है तो गोबर भी यहीं होगा। उस गोबर को वे कहाँ उठा ले जाएँ। अब जब गोबर यहीं रहेगा तो उपले भी यहीं थापे जाएँगे। न भी थापेगी तो गोबर का ढेर पड़ा कौन अच्छा लगेगा। उससे तो उपले ही भले। दो दिन की तो बात है। अपने-आप सब ठीक-ठाक हो जाएगा।"

पर अपने-आप कुछ भी ठीक नहीं हुआ। सफ़ेदी का काम कुछ लम्बा खिंच गया; इसलिए उपलों का ढेर बढ़ता चला गया। उपले अधिक हो गये थे, इसलिए रामलुभाया की पत्नी ने उनका ढेर बनाकर ऊपर से लीप-पोत कर एक झुग्गी-सी बना दी थी। जाते हुए वह कह गयी कि वर्षा होने से भी उपले नष्ट नहीं होंगे।

सफ़ेदियाँ समाप्त हो गयीं और रामलुभाया का घर साफ़-सुथरा हो गया। इतने दिन गाय पड़ोस में बँधी थी। अब उसे अपना आँगन खुला-खुला तो लग ही रहा था; भोलाराम का आँगन हथिया लेने का नशा भी कम सुखदायी नहीं था। उपलों की संख्या भी इतनी अधिक हो गयी थी कि रामलुभाया के घर में वे समा ही नहीं रहे थे। और भोलाराम भले आदमी थे, उससे झगड़ा तो कर नहीं रहे थे इसलिए न उसने गाय अपने घर ले जाने की सोची, न उनके आँगन से अपने उपले ही उठाये।

भोलाराम का धैर्य चुक गया। एक दिन उन्होंने अपनी पत्नी की इच्छा के विरुद्ध रामलुभाया से कह ही दिया कि वह अपनी गाय ले जाए और उनके आँगन से अपने उपले भी उठा ले। किन्तु रामलुभाया किसी भी परिवर्तन के लिए तैयार नहीं था। वह यथास्थिति बनाये रखने पर अड़ा हुआ था। क्योंकि वह अपने इस कब्ज़े को स्थायी मान चुका था। कुछ थोड़ा-सा अड़ियल बनकर, यदि वह भोलाराम का सारा आँगन हथिया सकता था तो क्यों न हथियाता।

भोलाराम ने जब कहा कि वह उनका आँगन ख़ाली कर दे तो उसने सीधा-सा उत्तर दे दिया कि कई महीनों से उसकी गाय यहीं बँधती आयी है। अब यह आँगन ही गाय का घर हो गया है। नयी जगह पर बाँधने से वह दूध नहीं देगी। इसलिए गाय तो अब यहीं बँधेगी।

भोलाराम कई दिनों तक अनुनय-विनय करते रहे। पड़ोसियों से भी सहायता माँगते रहे। पर जब किसी भी प्रकार उनका आँगन उन्हें नहीं मिला, तो एक दिन

वे क्रोध में गाय को अपने आँगन में गड़े उसके खूँटे से खोलकर सरकारी फाटक में दे आये।

अचानक सारा मुहल्ला जाग उठा। कोहराम मच गया कि भोलाराम ने अपने निर्बल पड़ोसी के साथ भयंकर अन्याय कर दिया है। भोलाराम हैरान, कि इतने दिनों से रामलुभाया ने उनके आँगन पर कब्ज़ा जमा रखा था और वे बार-बार प्रार्थना कर रहे थे, तो किसी के कान पर जूँ तक नहीं रेंगी थी। बाध्य होकर आज उन्होंने पहल कर दी, तो इन सारे आँख-मीचुओं के सिर लज्जा से झुक गये।

रामलुभाया के मित्रों ने भोलाराम को अपना न्यायपूर्ण अधिकार माँगने के लिए तनिक भी क्षमा नहीं किया। गाय को सरकारी फाटक में दे आने का प्रतिशोध लेने के लिए भोलाराम के आँगन के वे सारे पौधे भी उखाड़ दिये गये जो इतने दिनों में गाय ने भी नहीं चरे थे। उनके घर के सारे गमले तोड़ दिये गये और उनकी बैठक के शीशे भी उनके तथाकथित समझदार और न्यायप्रिय पड़ोसियों के अन्धे क्रोध के लक्ष्य बन गये। अपनी इन सारी क्रूरताओं के बाद भी उन्होंने भोलाराम को धिक्कारा, "तुम्हें उसकी गाय के साथ यह व्यवहार नहीं करना चाहिए था। तुमने उसका कितना नुकसान किया है।"

भोलाराम सोचता रहा कि उससे कहाँ भूल हुई है? वह तो महीनों से इन्हीं पड़ोसियों का ध्यान इस ओर दिला रहा था कि रामलुभाया ने उसके आँगन पर कब्ज़ा कर रखा है। पर तब किसी भी पड़ोसी ने रामलुभाया से यह नहीं कहा कि वह उसका आँगन ख़ाली कर दे। अपने आँगन में गाय नहीं बाँधना चाहता था। न बाँधता। गाय तो कहीं भी बाँधी जा सकती थी किन्तु भोलाराम का आँगन तो कहीं और नहीं बन सकता था। उसके आँगन की पीड़ा किसी को नहीं है; रामलुभाया की गाय की सबको पड़ी है। यदि उसकी पीड़ा भी किसी ने समझी होती और उसका आँगन समय से ख़ाली कर दिया गया होता तो वह भी रामलुभाया की गाय को सरकारी फाटक में न देकर उसकी सेवा कर रहा होता।

सम्मिलित सम्पत्ति

अपने विवाह के पश्चात् रामलुभाया अपना पहला वेतन लाया तो उसकी पत्नी ने पूछा, "तुम्हारी कमाई में मेरा कितना हिस्सा है?"

रामलुभाया प्रेम, एकता और सहयोग के समुद्र में गोते खा रहा था। तड़पकर बोला, "आज कहा सो कहा। अब आगे से कभी मेरा तेरा मत करना। हमारे पास जो कुछ भी है, वह हमारा साँझा है, संयुक्त है, सम्मिलित है।"

पत्नी स्पष्टवादिनी थी। बोली, "ठीक है; किन्तु मैं तो कुछ कमाती नहीं हूँ। इस संयुक्त सम्पत्ति में मेरा योगदान तो कुछ हो ही नहीं सकता।"

"मेरी सारी आय तुम्हारी है। इसमें मेरा कुछ नहीं है। लो यह सारा कुछ तुम्हारा ही है।" रामलुभाया ने अपना सारा वेतन उसकी झोली में डाल दिया।

रामलुभाया ने बैंक में संयुक्त खाता खोल दिया। बैंक का लॉकर भी दोनों के नाम करवा दिया। अपनी माँ के सारे गहने लाकर उसको सौंप दिये। "इस घर में आज से सब कुछ साँझा है।"

पत्नी बहुत प्रसन्न थी। वह उस घर को एकदम अपना घर मानकर रह रही थी। रामलुभाया के वेतन को अपना वेतन मानकर ख़र्च कर रही थी। उसकी माँ के गहनों को अपने गहने मानकर पहन रही थी।

एक दिन पत्नी का भाई आया और जाते हुए बहन को पाँच सौ रुपये दे गया। रात को पत्नी ने कहा, "सुनो जी! मुझसे प्यार करते हो न?"

"अरे, यह भी कोई पूछने की बात है। मैं तुमसे अपने प्राणों से भी अधिक प्यार करता हूँ।"

"इस घर में सुख-शान्ति चाहते हो न!"

"कौन नहीं चाहता।" रामलुभाया कुछ चिन्तित हुआ, "किन्तु तुम यह सब क्यों पूछ रही हो?"

"कुछ नहीं! मन थोड़ा घबरा रहा है। इसलिए पूछ रही हूँ। मुझे सुखी देखना चाहते हो न?"

रामलुभाया ने मान लिया कि उसका भाई आज मिलकर गया है, इसलिए

उसका मन कुछ उदास हो रहा है। उसने अपनी सम्पूर्ण आत्मा से अपनी पत्नी को अपने प्रेम का विश्वास दिलाया। क़समें खायीं। और जो कुछ सम्भव था, सब कुछ किया।

तब पत्नी ने कहा, "तो फिर बैंक में मेरा अलग से एक खाता खुलवा दो।"

अलग खाते की चर्चा सुनकर रामलुभाया कुछ चौंका।...यह आरक्षण चाह रही है अथवा विभाजन, "क्या करोगी, उस खाते का?"

"उसमें वे रुपये रखूँगी, जो भैया दे गये हैं।"

"पर मैंने तो अपना कोई रुपया तुमसे अलग नहीं रखा।" रामलुभाया ने कुछ दुखी होकर कहा।

"तुम्हारी बात और है।" पत्नी बोली, "मर्द आदमी हो। इतना कमाते हो। तुम्हें किस बात की कमी है। जब चाहोगे, और कमा लोगे। वैसे भी घर पर अधिकार तो तुम्हारा ही है। तुम्हें असुरक्षा की भावना क्यों सताएगी। पर मुझे तो अपना कुछ सोचना पड़ेगा न।"

रामलुभाया को अच्छा तो नहीं लगा, किन्तु पत्नी के प्यार में डूबा था। नहीं चाहता था कि उसे असुरक्षा की भावना सताए। मन को समझा लिया कि उसने कभी कमाया नहीं, इसलिए मोह कर रही है। अपने-आप समझ जाएगी।

संयोग से कुछ दिनों में पत्नी की नौकरी लग गयी। रामलुभाया बहुत प्रसन्न था कि अब दोनों की सम्मिलित आय से घर ख़ूब मज़े में चलेगा। वह महीना भर पत्नी को दफ़्तर छोड़कर आता रहा। घर के लिए एक नौकर भी रख लिया। और अपने परिवार के भविष्य के लिए बहुत सारे सुन्दर सपने भी बुन लिये।

वेतन वाले दिन पत्नी कुछ देर से घर लौटी। आकर बताया कि अपना वेतन वह अपने खाते में जमा करवा आयी है!

"इसका क्या अर्थ?" रामलुभाया ने पहली बार अपना मुँह खोला, "तुम्हें अपना वेतन सम्मिलित खाते में जमा करवाना चाहिए था। इस घर में हमारा कुछ भी पृथक् नहीं है।"

"मुझे मूर्ख बनाने का प्रयत्न मत करो। मुझे क्या पड़ी है कि मैं अपना कमाया तुम्हें दे दूँ।"

"क्यों यह घर हमारा साँझा नहीं है क्या?"

"है क्यों नहीं।" पत्नी बोली, "जो कुछ तुम्हारा है, वह सब कुछ मेरा भी है, किन्तु इसका अर्थ यह नहीं है कि जो कुछ मेरा है, वह सब तुम्हारा भी है।"

"तुम भारत के अल्पसंख्यकों का कोई उग्रतावादी दल हो, कश्मीर हो अथवा कोई पृथकतावादी संगठन हो?" रामलुभाया ने पीड़ित होकर पूछा।

"कुछ भी समझ लो, किन्तु पैकेज यही रहेगा। घर का दायित्व तुम्हारा, और शर्तें मेरी।"

"ऐसे में घर कैसे चलेगा?" रामलुभाया बोला।

"घर चलाने का दायित्व तुम्हारा है।" पत्नी ने उत्तर दिया, "मैं घर से सब कुछ लूँगी, पर घर को दूँगी कुछ नहीं।"

"यह कैसा साँझा धर और सम्मिलित सम्पत्ति है?" रामलुभाया चकित था।

"यह पैकेज स्वीकार है तो बोलो, नहीं तो मुझे अलग कर दो। मुझे तुम्हारे साथ नहीं रहना है।"

"यह तो कोई न्याय नहीं है।" रामलुभाया रुआँसा हो गया।

"अपने देश में तो ऐसा ही होता है।" पत्नी बोली, "तुम्हारा सब कुछ हम दोनों का; और मेरा सब कुछ केवल मेरा। बोलो, है स्वीकार या अलग हो जाऊँ?"

"स्वीकार। स्वीकार। सब कुछ स्वीकार।"

सबसे प्यार जतानेवाले

रामलुभाया मेरे ही घर पर आकर मुझ पर बहुत बरसा। उसने मुझे स्वार्थी, अन्यायी और दुष्ट भी कहा। मैं क्या कर सकता था। सब कुछ सुनना ही पड़ा। मेरे घर की स्थिति ही कुछ ऐसी थी। बड़ा परिवार था, भरापूरा। बहुत सारे लोग एक साथ रहते थे। इसलिए सबके पास अपना-अपना कमरा नहीं था। आपाधापी में जो जिसके हाथ लगा उसने हथिया लिया। परिणामस्वरूप कुछ लोगों को बरामदे में और कुछ को आँगन में भी सोना पड़ता था। घर के लोग अपने-अपने स्वभाव के अनुसार कभी-कभी लड़ भी पड़ते थे और एक-दूसरे का अपमान भी कर देते थे।...और रामलुभाया था कि इस समय प्रेम का अवतार बना बैठा था। उसका दावा था कि वह सबसे प्रेम करता है। सारी सृष्टि से। और उन लोगों से तो सबसे अधिक जिन्हें किसी-न-किसी कारण से बरामदों अथवा आँगन में सोना पड़ता था।

प्रेम तो मेरे मन में भी बहुत था और ऐसा भी नहीं कि मैं प्रेम के महत्त्व से अनभिज्ञ था। और मैं तो वेदान्त का अनुयायी था। यह भी जानता था कि संसार में केवल ईश्वर ही सत्य है और कुछ भी नहीं। जो कुछ है वह सब उसी ईश्वर का रूप है। रामलुभाया के समान मैं तो मेरा ईश्वर और तेरा ईश्वर कहकर विभिन्न ईश्वर भी नहीं मानता था। कोई छोटा ईश्वर और कोई बड़ा ईश्वर भी नहीं मानता था। किसी की जाति को हीन और किसी की पद्धति को श्रेष्ठ भी नहीं कहता था। पर क्या करता। घर के किसी सदस्य को समझाना बड़ा कठिन हो रहा था कि वह स्वयं को ब्रह्म मान ले और अपना कमरा दूसरे को दे दे। तर्क यही था कि दूसरा ही अपने आपको ब्रह्म मान ले और कमरा उसी के पास रहने दे जिसके पास वह है। हममें से किसी के भी पास ज्ञान की कमी नहीं थी; किन्तु पैसों और सुविधाओं की कमी के कारण प्रत्येक सदस्य अपने वास्तविक स्वरूप को भूलकर स्वार्थी बना हुआ था।

रामलुभायां को किसी अन्य देश से बहुत सारे पैसे मिल गये थे। उस देश से उसे आदेश हुआ था कि वह सबसे प्यार जताए, और वह प्यार जता रहा था। मुझे उसके इस प्रकार प्यार जताने में कोई कठिनाई भी नहीं थी। प्यार में किसी

को क्या कठिनाई हो सकती है। पर मैं क्या जानता था कि वह प्यार जताते-जताते मेरे घर के लोगों को अपने साथ अपने घर ही ले जाएगा। मेरे कुछ बन्धु उसके साथ जाने को तैयार ही नहीं हो गये, जाते हुए यह भी कह गये कि वे मेरे भाई ही नहीं हैं। उनका और मेरा अब कोई सम्बन्ध नहीं है। मुझसे तो वह पराया रामलुभाया ही अच्छा है। जो उनको रहने के लिए एक कमरा दे रहा है।

मैं समझ रहा था कि उन लोगों के लिए बन्धुत्व से अधिक महत्त्वपूर्ण जीवन की सुविधाएँ हो रही थीं। मैं उन्हें दोष भी नहीं दे सकता था। जिनके बच्चे बरामदे अथवा आँगन में सोने के कारण ठण्ड से अस्वस्थ हो रहे थे, और मैं उनके लिए औषध भी उपलब्ध नहीं करा पा रहा था, उन्हें मैं यह कैसे कहता कि वे अपने अस्वस्थ बच्चे की उपेक्षा कर दें और परिवार से बन्धुत्व बनाये रखें। रामलुभाया के पास विदेशी पैसा था और वह मेरे कुटुम्ब को तोड़ने पर तुला हुआ था। वैसे सारे संसार से प्यार करने के दावे कर रहा था और मेरे साथ साफ़-साफ़ शत्रुता का निर्वाह कर रहा था। किन्तु मैं उससे कहता भी क्या मेरे अपने घर के लोग मेरी असहायता और उसकी चतुराई को नहीं समझ रहे थे।

मैंने यह सोचकर मन पर पत्थर रख लिया कि मेरे उन बन्धुओं को यदि अपना घर छोड़कर एक सुखद निवास मिल गया है तो अच्छा है। मेरे बनकर रहें अथवा रामलुभाया के, सुखी तो रहेंगे। और इस समय चाहे वे मेरे विरोधी बन रहे हैं, किन्तु हैं तो मेरे अपने ही। और मेरे अपने यदि सुखी हैं तो उनके सुख में ही मेरा सुख है।

कठिनाइयों से कुछ उबरा। कुछ अच्छे दिन आये तो एक दिन मैं उनका हालचाल पूछने चला गया। सोचा, भेंट हुए बहुत दिन हो गये हैं, उनको मिल आऊँ और देख आऊँ कि वे लोग सुख से तो हैं न।

मैंने घूमकर रामलुभाया का सारा घर देखा : वहाँ मेरे बन्धु नहीं थे। मैं हैरान रह गया। रामलुभाया से पूछा, "मेरे बन्धु कहाँ हैं?"

"यहाँ तुम्हारे कोई बन्धु नहीं हैं।" वह बोला, "जो मेरे घर चले आये वे मेरे हो गये।"

"तुम्हारे ही सही।" मैंने कहा, "पर वे हैं कहाँ?"

"मेरे नौकर घरों में।" वह बोला।

"पर तुमने तो उन्हें अपने बन्धु माना था।"

"माना ही था न! हैं तो नहीं।"

"अपने घर में चाहे वे बरामदे में सोते थे, पर थे तो घर के सदस्य ही।" मैंने कहा, "तुमने तो उन्हें नौकर बना दिया।"

मैं अपने उन बन्धुओं से मिला। उन्हें बताया कि अब अपने घर की भी स्थिति कुछ बदल गयी है। हमने इतना प्रबन्ध कर लिया है कि जो लोग बरामदों में सो

रहे थे, उनके लिए छोटे-छोटे अपने स्वतन्त्र फ्लैटों का प्रबन्ध कर दिया जाए। भगवान् की दया से उसमें हमें सफलता मिल गयी है।

मेरे बन्धुओं का मन कुछ बदला हुआ लग रहा था। उन्हें लगा, यदि अपने परिवार के साथ रहकर भी उन्हें रहने के लिए एक फ्लैट की सुविधा मिल सकती है, तो फिर उन्हें रामलुभाया के नौकरों के कमरों में रहने की क्या आवश्यकता है। तब तक रामलुभाया तड़प उठा, "तुम यह अन्याय नहीं कर सकते। तुम्हें इन लोगों के लिए भी फ्लैटों का प्रबन्ध करना होगा। इन्हें फ्लैट देने ही पड़ेंगे।"

"क्यों?" मैंने पूछा, "तुम मुझ पर यह आरोप लगाकर इन लोगों को मेरे घर से ले आये थे कि मैं इनकी सुविधा-असुविधा का ध्यान नहीं रखता हूँ। अब ये मेरे भाई नहीं हैं, इसलिए वे मेरे घर में नहीं रहेंगे। अब जब वे तुम्हारे घर में रहते हैं। वे तुम्हारे भाई हैं। तुम्हारे घर में कोई छोटा-बड़ा भी नहीं है। कोई किसी का अपमान भी नहीं करता, तो उनके लिए मैं अपने उन भाइयों के समान-व्यवस्था क्यों करूँ जो मेरे किसी अभाव के कारण किसी कठिनाई में थे।"

"नहीं मेरे यहाँ भी वे बड़ी कठिनाई में हैं।" वह बोला, "बेचारे नौकरों के कमरों में रहकर असुविधा और अपमान झेल रहे हैं।"

"तो फिर उन्हें मेरे ही घर भेज दो। मैं उनके लिए भी व्यवस्था कर दूँगा।" मैंने कहा।

"नहीं।" वह बोला, "रहेंगे तो वे मेरे घर में ही। और मैं यह भी स्वीकार नहीं करूँगा कि मेरे घर में नौकरों के कमरों में रहकर उन्हें किसी प्रकार की असुविधा है अथवा उनका कोई अपमान हो रहा है; किन्तु उनके लिए तुम्हें उसी प्रकार फ़्लैटों का प्रबन्ध करना पड़ेगा जैसा तुमने अपने परिवारवालों के लिए किया है।"

"तो फिर उन्हें मेरे ही घर क्यों नहीं आ जाने देते।" मैंने कहा, "मेरे पास रहेंगे तो मैं उनका प्रबन्ध कर दूँगा।"

"नहीं।" वह तड़पकर बोला, "तुम्हारे पास रहेंगे तो तुम्हारे प्रति उनका प्यार फिर से जाग जाएगा। वे तुम्हें फिर से अपना भाई मानने लगेंगे।"

"तो उसमें तुम्हें क्या कष्ट है? तुम तो सारे संसार से, सारी सृष्टि से प्रेम करते हो। वे मुझसे भाई के समान प्रेम करने लगेंगे, तो उनका प्रेम विस्तृत ही तो होगा। तुम्हारा क्या बिगड़ जाएगा।"

"नहीं। तब वे तुम्हारा घर नहीं तोड़ना चाहेंगे; और मेरा एकमात्र लक्ष्य तो तुम्हारा घर नष्ट करना है, वैसे मैं सबसे प्यार करता हूँ। प्यार ही ईश्वर है। पर तुम्हारा घर नष्ट करना तो मुझे ईश्वर से भी अधिक प्रिय है।"

मैं रामलुभाया का वास्तविक रूप देखता ही रह गया।

हवाला

"यह हवाला क्या होता है भाई?" मैंने रामलुभाया से पूछा।

उसने मुझे घूरकर देखा और बोला, "क्यों; क्या तुम्हारा नाम भी किसी की डायरी में लिखा हुआ मिल गया है?"

मैं लजा गया। बोला, "अब भला मेरी अवस्था वह रही है कि जिसमें मैं अपनी डायरी में किसी का नाम लिखूँ और कोई अपनी डायरी में मेरा नाम लिखे।"

वह मेरी बात से प्रसन्न तो नहीं हुआ, कुछ गम्भीर अवश्य हो गया, "नहीं, तुम्हारी अवस्था तो वह नहीं है, किन्तु इन खूसट राजनीतिज्ञों की अवस्था तो है कि उनके नाम जैन बन्धु अपनी डायरियों में लिखें।"

"यह क्या बात हुई।" मैं कुछ रुष्ट हुआ, "एक तो मेरी समझ में हवाला ही नहीं आ रहा है और ऊपर से तुम मुझे और भी उलझा रहे हो।"

"उलझाने की क्या बात है" वह मेरे रोष से तनिक भी प्रभावित नहीं हुआ, "तुम समाचार-पत्र नहीं पढ़ते क्या? उसमें रोज़ छप रहा है कि जैन बन्धुओं की डायरियों में अनेक राजनीतिज्ञों के नाम लिखे हुए मिले हैं और उनके आगे धन की कोई राशि भी लिखी हुई है। इसका अर्थ है कि जैन बन्धुओं ने अपना कोई पाप छुपाने के लिए उन राजनीतिज्ञों को उतनी राशि उत्कोच के रूप में दी है।"

मैं एकदम डर गया। मैंने अपने एक मित्र से पढ़ने के लिए एक पुस्तक ली थी और एक दिन उसे लौटा भी दी थी। छह महीने बाद वह मुझसे बोला कि मैं उसकी वह पुस्तक लौटा क्यों नहीं रहा? मैंने निश्चित भाव से कह दिया कि वह पुस्तक तो मैं कब से लौटा चुका हूँ। उसने मुझे डाँट दिया, "लौटा कैसे दी! मेरी डायरी में वह पुस्तक तुम्हारे नाम पर लिखी हुई है।"

मैं डर गया, क्योंकि बहुत पहले मैंने प्रेमचन्द की कहानी 'सवा सेर गेहूँ' पढ़ी थी। उसमें भी उस किसान ने उधार लिया हुआ गेहूँ लौटा दिया था, किन्तु साहूकार ने यही कहा था कि वह गेहूँ बही में किसान के नाम पर लिखा हुआ है और इतने वर्षों में ऋण के साथ उसका ब्याज भी जुड़ गया था। वह किसान तो उस ऋण को उतारता-उतारता ही मर गया था।

मैंने स्वयं को समझाया कि अब प्रेमचन्द का समय नहीं है। किसका है, स्वयं नहीं जानता। कम-से-कम मेरा तो नहीं है। समय बहुत बदल गया था, मनुष्य का स्वार्थ चाहे रत्ती-भर न बदला हो। अँग्रेज़ों का राज नहीं है अब। उनके मानसिक दासों का शासन है। मैंने साहस किया और अपने उस मित्र को डाँट दिया, "डायरी तुम्हारी है जो मन में आए, लिखो और जो मन में आए, काट दो।"

पर अब रामलुभाया फिर से किसी की डायरी में लिखी गयी राशि की चर्चा कर रहा था। क्या डायरी में लिखा हुआ प्रमाण मान लिया जाता है? "रामलुभाया! यदि तुम अपनी डायरी में मेरा नाम लिख दो और उसके सम्मुख रुपयों की कोई राशि लिख दो, तो क्या वह उत्कोच मान लिया जाएगा?"

रामलुभाया ज़ोर से हँसा, "नहीं। यदि मैं अपनी डायरी में तुम्हारे नाम के सम्मुख कोई राशि लिख दूँगा और अपने मुँह से भी कहूँगा कि मैंने तुम्हें उत्कोच दिया है तो तुम्हें अपराधी नहीं माना जाएगा। मुझे ही पागल मान लिया जाएगा।"

"क्यों?" मेरे मुख से अनायास ही निकल गया।

"तुम्हारी हैसियत ही क्या है कि कोई तुम्हें उत्कोच देगा।"

मैं उसकी बात भी समझ गया और अपनी हैसियत भी। परिणामस्वरूप किसी के द्वारा डायरी में अपना नाम लिखा पाकर कलंकित होने के भय से मुक्त हो गया। मेरी स्मरण-शक्ति और तर्क-शक्ति लौट आयी और मैंने प्रश्न किया, "रामलुभाया! यदि कोई व्यक्ति अपने मुँह से कह दे कि उसने किसी को उत्कोच दिया है, तो न्यायाधिकरण में उसे प्रमाण मान लिया जाता है?"

"हाँ।" वह बोला, "पर यदि उत्कोच लेनेवाला प्रधानमन्त्री न हो तो।"

"क्यों? प्रधानमन्त्री के विरुद्ध कोई गवाही नहीं मानी जाती?"

"नहीं?" वह बोला।

"क्यों? क्या प्रधानमन्त्री बहुत सच्चा आदमी होता है, साफ़-सुथरा-क्लीन?"

"नहीं। प्रधानमन्त्री क्लीन नहीं होता, क्लीन शेवन होता है।"

"उससे क्या?" मैंने पूछा।

"उससे यह कि पुलिस और न्यायाधिकरण प्रधानमन्त्री की जेब में होते हैं।" वह बोला, "और जो चीज़ तुम्हारी जेब में हो, वह न तुम्हारे विरुद्ध गवाही दे सकती है, न तुम्हारे विरुद्ध गवाही सुन सकती है।"

"तो चरित्रवान होना आवश्यक नहीं है। आवश्यक है, बड़ी जेब का होना?" मैंने पूछा।

"ठीक समझे।" वह बोला, "किन्तु तुम हवाला के विषय में क्यों पूछ रहे थे? तुम्हें भी कोई हेर-फेर करना है क्या?"

"हाँ। हेर-फेर तो करना ही पड़ेगा।" मैं अपने संसार में लौट आया, "मैंने जो वह एक शोधपत्र लिखा था न। उसके विषय में सम्पादक की टिप्पणी आयी

है कि मैंने अपने तर्कों के पक्ष में कोई हवाला तो दिया ही नहीं है, तो अब हवाला तो देना ही पड़ेगा और उसके लिए सारे निबन्ध में हेर-फेर भी करना ही पड़ेगा।"

उसने घूरकर मुझे देखा और बोला, "जिस हवाला का सम्बन्ध समाचारों और जैन बन्धुओं की डायरी से है, उसका सम्बन्ध हवालात से भी है। तुम जिस हवाले की बात कर रहे हो, उसका सम्बन्ध अधिक-से-अधिक शब्दकोश अथवा साहित्यकोश से है।"

"पर हवाला का सम्बन्ध तो हवालात से होगा ही। यह 'हवाला' का बहुवचन जो है, जैसे 'मुश्किल', का 'मुश्किलात' अथवा 'सवाल' का 'सवालात'?"

"नहीं। हवालात, हवाला शब्द का बहुवचन नहीं है, यह उस स्थान का नाम है, जहाँ या तो हवा होती है या फिर लात।" रामलुभाया ने मुझे बताया, "बोलो, तुम्हें इसमें से क्या चाहिए? इस समय हमारी पुलिस के पास ये दोनों ही चीज़ें सहज रूप से उपलब्ध हैं।"

"नहीं। इनके लिए मुझे तुम्हारी पुलिस की तनिक भी आवश्यकता नहीं है। ये दोनों तो हमारी हर साहित्यिक गोष्ठी में पुष्कल मात्रा में उपलब्ध होती हैं।" मैंने कहा, "मुझे आज तक यह मालूम ही नहीं था कि साहित्य और पुलिस में इतना निकट का सम्बन्ध है। दोनों के ही पास न हवा की कमी है न लात की।"

माँ और सम्पत्ति

रामलुभाया को देखकर मेरा संचित आक्रोश अपने-आप को संयत नहीं रख पाया। बोला, "यह तुम्हारी पार्टी के नेता लोग क्या कर रहे हैं?"

उसने एक मासूम-सी दृष्टि मुझ पर डाली और बोला, "क्या कर रहे हैं?"

मैं उसकी धृष्टता देखकर जैसे हतप्रभ रह गया। बोला, "तुमने हवाला काण्ड के विषय में कुछ नहीं सुना? तुम नहीं जानते कि वे लोग दोनों हाथों से देश को लूट रहे हैं?"

उस पर मेरे क्रोध का कुछ भी प्रभाव नहीं हुआ। उसने एक सहज दृष्टि मुझ पर डाली और पूछा, "पिछले चुनावों में अपने देश में कौन-सी पार्टी जीती थी?"

मैं उसके इस प्रश्न का सन्दर्भ नहीं समझ पाया फिर भी बोला, "तुम्हारी पार्टी जीती थी।"

"हमने चुनाव जनता के मतदान के बल पर जीता था न?"

"हाँ।" मैंने कहा।

"तो जब जनता ने अपनी इच्छा से सारा देश हमारे हवाले कर दिया, तो तुम हवाला काण्ड पर ही इतनी आपत्ति क्यों कर रहे हो?" वह मुसकरा रहा था।

उसको इस प्रकार निर्लज्जता से मुसकराते देखकर मेरे तन-बदन में आग लग गयी। बोला, "तुम्हें मज़ाक़ सूझ रहा है। देश तुम्हारे हवाले किया था तो इसलिए तो नहीं किया था कि तुम लोग इसे लूट खाओ।"

अब झल्लाने की बारी रामलुभाया की थी, "मेरी तो समझ में तुम्हारी बात नहीं आती। देश हमारा है। लोगों ने उसे अपनी इच्छा से हमारे हवाले किया है। और फिर भी तुम हमारी आलोचना इस प्रकार कर रहे हो, जैसे देश तुम्हारे बाप का हो। कल को तुम कहोगे कि मैंने अपना बँगला क्यों बेच दिया। खेत क्यों बेचे। फार्म हाउस क्यों बेचा।"

"क्यों बेचा?" मैं अपनी बात भूलकर उसकी बातों में बह गया था।

"इसलिए बेचा क्योंकि मुझे उसमें लाभ दिखाई दिया था।" सहसा उसने रुककर मेरी ओर देखा, "तुम्हारे मकान की क़ीमत क्या है?"

मैं कुछ समझा नहीं, पर बोला, "वह मेरे रहने का स्थान है। बेचने की वस्तु नहीं। इसलिए मैंने कभी किसी से उसकी क़ीमत नहीं लगवायी।"

रामलुभाया ने सहज भाव से कहा, "चलो तुमने नहीं लगवायी, मैं लगाता हूँ। तुम्हारे मकान की क़ीमत पाँच लाख है। आज यदि कोई तुम्हें उसके पचास लाख दे, तो तुम उसको बेचोगे या नहीं?"

"अरे उसे बेच दूँगा तो रहूँगा कहाँ?" मैंने अपना स्वाभाविक उत्तर दिया।

"क्यों। उस पचास लाख में से पाँच लाख का कहीं एक मकान ले लेना, और शेष पैंतालीस लाख से जो चाहे करना।"

उसका गणित मेरी समझ में आ रहा था, किन्तु मेरा मन अपना घर बेचने को नहीं हो रहा था, चाहे कोई उसका कितना ही मूल्य क्यों न आँके इस विषय में मैं और चर्चा करना भी नहीं चाहता था, इसलिए इन विचारों को झटककर बोला।

"तुम्हें अपने घर का कुछ ऐसा मूल्य मिल जाए, जो तुम्हारी अपेक्षा से अधिक हो, तो तुम अपना घर बेच दोगे?"

वह हँसा, "हमें अपनी अपेक्षा से अधिक मूल्य मिला तो हमने अपना देश बेच दिया। तुम अभी मकान की ही बात कर रहे हो।"

"देश बेच दोगे, तो रहोगे कहाँ?" मैंने पूछा।

"रहने को क्या है। हम अनेक देशों में अनेक मकान ख़रीद सकते हैं। कहीं भी रह लेंगे।" वह बोला, "व्यक्ति के पास पैसा होना चाहिए, वह संसार में कहीं भी रह सकता है।"

मैं समझ गया, रामलुभाया जहाँ रहता था, वह उसका घर नहीं मकान था। इसलिए वह उसे आर्थिक लाभ के लिए बेच सकता था। इस देश को वह अपनी मातृभूमि नहीं समझता था, यह तो उसकी सम्पत्ति थी। सम्पत्ति के लाभ के लिए कोई अपना रक्त नहीं बहाता। सम्पत्ति तो अपने आर्थिक लाभ के लिए बेची जानेवाली एक जड़ वस्तु होती है। एक हवाला काण्ड क्या, अपने लाभ के लिए वह इस देश को कभी भी किसी के हवाले कर सकता था।

नगर बसाने का विज्ञान

रामलुभाया ने नगर बसाने की विधियों पर अपना भाषण समाप्त किया तो मन्त्री जी ने उसको डाँट दिया, "तुम्हें किस गधे ने नगर बसाने का अधिकारी नियुक्त कर दिया है। तुम्हारी योजनाओं से चलें, तो सरकार के अरबों रुपये लग जाएँ और दस आदमी भी वहाँ बसने न आएँ।"

रामलुभाया ने उस अँगूठा-टेक मन्त्री को आश्चर्य से देखा, जो देश के सबसे बड़े टाऊन प्लैनर को उसकी इतनी महत्त्वपूर्ण योजनाओं की प्रस्तुति पर डाँट रहा था।

"क्यों! क्या कमी रह गयी सर!" उस मन्त्री को सर कहकर सम्बोधित करने की मजबूरी के लिए रामलुभाया ने अपने भाग्य को दस बार धिक्कारा।

"कौन-सी कमी उसमें नहीं है।" मन्त्री महोदय बोले, "तुम चाहते हो, पहले सरकार ज़मीन प्राप्त करे। उस पर सड़कें बनवाए। नालियों का जाल बिछाए। बिजली की तारें खींचे। टेलीफ़ोन लगवाए। फिर प्लाट काटे। उसे बेचे। लोगों को आकृष्ट करे।"

"हाँ, सर।"

"उसमें सरकार के अरबों रुपये लग जाएँगे और हाथ कुछ नहीं आएगा। क्या आज तक एक भी महानगर इस प्रकार बसा है, जैसे तुम बसाना चाहते हो?"

"क्यों नहीं, सर! संसार के सारे महानगर इसी प्रकार बसे हैं।"

"किसी एक महानगर का नाम लो।" मन्त्री ने उसे वितृष्णा भरी दृष्टि से देखा।

"पेरिस।"

"अपने देश की बात करो, मिस्टर रामलुभाया, अपने देश की। तुम पढ़े-लिखे लोगों में यही तो दोष है, जो बात करोगे, अन्तर्राष्ट्रीय ही करोगे। अपने देश की परिस्थितियाँ, उन देशों से एकदम भिन्न हैं।"

रामलुभाया अचकचा गया। बात तो सत्य थी मन्त्री महोदय की। फ्रांस और भारत में बहुत अन्तर था। रामलुभाया ने सँभलकर कहा, "चण्डीगढ़, सर।"

"चण्डीगढ़ भी कोई महानगर है?" मन्त्री महोदय बहुत रुष्ट दिखाई पड़ रहे थे, "अरबों रुपये ख़र्च कर डाले। तीन-तीन प्रदेशों की सरकारों के मुख्यालय वहाँ बना डाले। और आज भी वह नगर ढंग से नहीं बस पाया। आबादी बढ़ ही नहीं रही। अरे, महानगर हैं—दिल्ली, मुम्बई और कलकत्ता। उनमें से एक भी नगर ऐसा नहीं बसा, जैसा तुम बसाना चाह रहे हो।"

"तो सर!" रामलुभाया की समझ में कुछ भी नहीं आ रहा था।

"मुझे लगता है, हमारे देश में पढ़ाई बहुत पिछड़ गयी है। हमारे अपने ही देश में इतने महान् धरातल पर नये-नये प्रयोग हुए हैं; किन्तु उनमें से किसी का भी लाभ हमारे कॉलेजों और विश्वविद्यालयों ने नहीं उठाया। वही अँग्रेज़ों के समय की घिसी-पिटी बातें पढ़ाये जा रहे हैं आज तक...।"

आश्चर्य से रामलुभाया का मुख खुल गया। यह मन्त्री तो बड़ी ऊँची बातें कर रहा था। वह उसकी कुर्सी के सामने धरती पर ही बैठ गया। उसने उसके गन्दे जूते अपनी दोनों हथेलियों में पकड़ लिये, "इस नयी टेक्नीक के विषय में कुछ हमें भी बताइए सर!"

"जहाँ संसार के अन्य सारे व्यापार समय-सापेक्ष हैं, वहीं ज्ञान को भी समय सापेक्ष ही समझो पुत्र।" मन्त्री महोदय ने मानो प्रथम मन्त्रोच्चार किया।

रामलुभाया समझ गया कि अब मन्त्री जी आईनस्टाइन के सापेक्ष सिद्धान्त के विषय में उसे कुछ बताने जा रहे हैं। वह हाथ जोड़े, आँखें मूँदे, उसी प्रकार शान्ति से बैठा रहा।

"कोई समय था पुत्र! जब भारत ने अपना सारा ज्ञान अध्यात्म के माध्यम से प्राप्त किया था।" मन्त्री जी ने कहा, "किन्तु वर्तमान काल में हमने अपना सारा ज्ञान राजनीति से प्राप्त किया है।

"हमने अपनी राजनीति करते-करते सीखा कि चुनाव में अपनी जीत निश्चित करने के लिए पहला सोपान है कि किसी बसे-बसाये नगर पर कभी भरोसा नहीं करना चाहिए। तो वत्स! हमने गाँव के पिछड़े और निर्धन लोगों को लाकर दिल्ली के फुटपाथों पर बसा दिया। उनमें से किसी ने भी नहीं कहा कि वहाँ अच्छे मकान नहीं हैं अथवा शौचालय नहीं हैं। उन लोगों ने अपना सारा प्रबन्ध स्वयं ही कर लिया। बिजली की सरकारी तारों पर कटिया डाल ली। शौच के लिए सड़क पर ही बैठ गये। पानी के लिए किसी स्थान पर कोई टूटी-ऊटी खोज ली, अथवा बरमा लगा-लगवा लिया। किसी ने कोई शिकायत नहीं की : और अच्छी-भली बस्ती बस गयी। एक धेला ख़र्च नहीं हुआ और नगर बस गया।"

रामलुभाया को मन्त्री महोदय का यह ज्ञान हजम नहीं हुआ। बोला, "क्या आपको यह दिखाई नहीं पड़ता कि अपने आलस्य अथवा स्वार्थ के कारण आप पहले से बसे लोगों के लिए कठिनाई उत्पन्न करते हैं, नये आये लोगों को अमानवीय

परिस्थितियों में जीने को बाध्य करते हैं; और देश में अवैध गतिविधियों को प्रोत्साहित करते हैं।"

"नहीं। हमको यह दिखाई देता है कि यदि हम इस देश के लोगों का जीना हराम नहीं करेंगे, तो यह देश हमारा जीना हराम कर देगा। अब यदि किसी का जीना हराम होना ही है तो देश का ही जीना हराम क्यों न हो।..." मन्त्री जी ने अपने दाँत प्रकट कर दिये।

साहित्यकार का सम्मान

उनके मन में मेरे प्रति बहुत सम्मान था। जाने सहसा क्या हुआ कि स्थिति गति में बदल गयी। उनको दिव्य ज्ञान हुआ कि सम्मान होना ही पर्याप्त नहीं है। सम्मान करना भी चाहिए। उन्होंने मुझे लिखा कि वे मेरा सम्मान करना चाहते हैं और उसके लिए उन्हें अनुमति की आवश्यकता है। मेरी तो समझ में ही नहीं आया कि किसी का सम्मान करने के लिए उसकी अनुमति की आवश्यकता ही क्यों है। मेरे मन में महात्मा गाँधी के प्रति सम्मान है तो है। मैं उनका सम्मान करता हूँ तो करता हूँ। उसके लिए मैं उनसे पूछने तो नहीं गया कि मैं उनका सम्मान करूँ या न करूँ।

इस गम्भीर अन्तर्द्वन्द्व के अवसर पर मेरे अपने ही मन ने लेखकीय क्षेत्र से एक समाधान जुटाया। सम्भव है कि यह कॉपीराइट जैसा कोई मामला हो। जीवित लेखकों की रचना छापने के लिए तो उनसे अनुमति भी लेनी पड़ती है और उनको रॉयल्टी के पैसे भी देने पड़ते हैं।

दिवंगत लोगों की रचनाएँ जो चाहे छाप ले। न उनसे पूछने की आवश्यकता, न उनको एक धेला देने की ज़रूरत। इसलिए सारा हिन्दी संसार लेखकों के दिवंगत होने की विकट प्रतीक्षा करता है, ताकि उनकी रचनाएँ बिना पारिश्रमिक दिये छापी जा सकें, उन पर शोध किया जा सके, उनकी जयन्तियाँ मनायी जा सकें, उनके नाम पर पुरस्कार स्थापित किये जा सकें। कमबख़्त लेखक है कि मरता ही नहीं और लोगों को इतने सारे काम करने से रोके रखता है। सम्भवतः सम्मान करने के लिए भी कोई ऐसा ही नियम हो। जीवित लोगों का सम्मान करने के लिए उनकी अनुमति की आवश्यकता पड़ती हो।

मैं अपने उन प्रशंसक की सम्मान भावना का अपमान न कर सका और मैंने उनको अनुमति दे दी कि वे मेरा सम्मान कर सकते हैं।

मेरी अनुमति पा ली तो उन्होंने दूसरा गोला दागा। वे मेरा सम्मान अपने हृदय में नहीं, किसी मंच पर करना चाहते थे। उसके लिए आवश्यक था कि हम दोनों किसी एक स्थान पर एकत्रित हों। वहाँ मंच भी हो और हॉल भी। मंच इसलिए कि उस पर वे और मैं बैठ सकें। वे मेरा सम्मान कर सकें और मैं अपना सम्मान

करवा सकूँ। और हॉल इसलिए कि तालियाँ बजानेवाले श्रोताओं को आमन्त्रित कर ससम्मान बैठाया जा सके। मैं हृदय और स्थान के इस द्वन्द्व से बहुत घबराता हूँ। जीवन में कई अवसर ऐसे आये कि जब मैंने किसी से रहने के लिए एक कमरा माँगा तो उसने बताया कि उसके हृदय में तो मेरे लिए बहुत स्थान है, किन्तु उसके घर में मेरे रहने के लिए कोई कमरा नहीं है; और जिससे हृदय में थोड़ा-सा स्थान माँगा, उसने एक कुर्सी आगे बढ़ा दी और समझाया कि शान्ति से यहाँ बैठो, हृदय में रहकर क्या करोगे, जहाँ हमेशा ख़ून-ख़राबा होता रहता है।

सम्मानवाला मामला कुछ जटिल होता जा रहा था, किन्तु मैं उन्हें अनुमति दे चुका था।

अब उस अनुमति को पूरा करने के लिए जो कुछ आवश्यक था, वह तो करना ही पड़ेगा। यमराज भी तो सावित्री को वरदान देकर उस वरदान की आवश्यकताएँ पूरी करने के ही चक्कर में फँस गये थे।

अब तक तो मैंने यही समझा था कि वे कुछ करना चाहते हैं। सोचा था वे करते रहेंगे। यह कहाँ मालूम था कि उसके लिए मुझे भी कुछ करना पड़ेगा। अब यदि मैं महात्मा गाँधी का सम्मान करता हूँ, तो करता हूँ।

उसके लिए महात्मा गांधी को तो कुछ करने की आवश्यकता है नहीं। पर वे कह रहे थे कि वे मेरा सम्मान करना चाहते हैं, इसलिए मुझे भी कुछ कष्ट करना ही पड़ेगा।

समस्या हमारे एक स्थान पर एकत्रित होने की थी। अब दिल्ली में तो सम्मान हो नहीं सकता था। इस नगर में तो अच्छे-अच्छे सम्मानित होकर आते हैं और अपमानित होकर लौट जाते हैं। कोई अपने गाँव पहुँच जाता है तो कोई कारागार में : कोई हवाले से और कोई घोटाले से। इसलिए दिल्ली किसी का सम्मान करने के लिए कोई उचित स्थान नहीं है। वैसे भी यहाँ कोई मंच खोजना कठिन था, जिस पर वे मेरा सम्मान कर सकते। यहाँ के सारे मंचों पर इतने सम्मानित व्यक्ति बैठे हैं कि वे मंच ही अपमानित हो चुके हैं। मुझे अपना सम्मान करवाना है, तो मुझे उनके नगर जाना होगा।

मैंने उन्हें सूचित कर दिया कि मुझे पराये नगरों की यात्रा अच्छी नहीं लगती, इसलिए मुझे अपना सम्मान नहीं करवाना है। मैं अपने नगर में रहकर, बिना सम्मान के ही प्रसन्न हूँ। उन्होंने मेरी भावना का विरोध नहीं किया। लिखा, वे जानते हैं कि मैं सम्मान का भूखा नहीं हूँ, किन्तु वे मेरा सम्मान करना चाहते हैं। मैं उन्हें वचन दे चुका हूँ कि वे मेरा सम्मान कर सकते हैं। इसलिए मुझे यह यात्रा तो करनी ही पड़ेगी।

तो वह यात्रा मैंने की और उस पराये नगर में पहुँचा, जो मेरा सम्मान करना चाहता था। उनके मन में मेरे लिए सचमुच बहुत सम्मान था। इतना सम्मान था

कि वे यह मानते थे कि मैं जिस-जिस घर में अपनी चरण धूलि बिखेरूँगा, वही घर पवित्र हो जाएगा। और उस नगर में घर बहुत थे। मेरी समझ में उनका यह सम्मान नहीं आ रहा था कि जिस-जिस घर को मैं अपने जूतों में लगे हुए कीचड़ से गन्दा करूँगा, वह पवित्र कैसे हो जाएगा। पर मेरी समझ का वहाँ कोई काम नहीं था। नगर उनका था, इसलिए समझ भी उनकी ही थी। सुबह से शाम तक मैं लोगों के घरों को पवित्र करता रहा और बुरी तरह थकता रहा। उन्होंने मेरे पेट पर लात तो नहीं मारी, मेरे स्वास्थ्य का ही सिर फोड़ दिया। मैं समझ नहीं पाया कि उन लोगों की इस बात में इतनी रुचि क्यों थी कि मेरा पेट फट जाए अथवा चल पड़े, तो वे मुझे दवा दिलवा सकें और मेरी सेवा कर सकें। मैं जिस घर में जाता था, वह चाहता था कि उनके घर तथा निकट के बाज़ार में जितनी भी खाद्य सामग्री थी, वह सारी-की-सारी मैं उनके सामने बैठकर खा लूँ। वे मुझे घेरकर बैठ जाते थे और आदेश देते थे कि मैं उन्हें कुछ सन्देश दूँ। पहले तो मुझे भ्रम हुआ कि वे लोग किसी अज्ञात कारणवश यह समझ बैठे हैं कि मैं चुनाव लड़ने के इरादे से वहाँ पहुँचा हूँ। मैंने उन्हें बहुत समझाया कि मैं कोई सन्देश नहीं लाया हूँ, जो दे सकूँ।

मैं तो उनके बुलाने पर उनके नगर आया हूँ, क्योंकि वे मेरे नगर में मेरा सम्मान कर नहीं सकते थे। अब वे अपने नगर में मेरा सम्मान कर लें और मुझे जाने दें। वह मेरी बातें सुनकर हँसते थे और मेरी प्रशंसा करते थे कि मैं बड़ी रोचक बातें करता हूँ। पर न उठकर जाते थे, न मुझे आराम करने देते थे। मैंने उनसे कहा भी कि भई! मैं बहुत थक गया हूँ; किन्तु वे मानने को तैयार नहीं थे। बोले, "आप जैसा कर्मवीर कैसे थक सकता है। आप इतने महान् हैं कि आप थक जाएँगे तो सारा देश थक जाएगा।" वे नहीं चाहते थे कि उनका देश थके, इसलिए वे मानने को तैयार नहीं थे कि मैं थक भी सकता हूँ। अब मैं उन्हें और कैसे थककर बताता। मुझसे न बोला जा रहा था, न मेरी आँखें खुल रही थीं। मैं किसी थके-हारे वृक्ष के समान भहराकर गिर पड़ना चाहता था और थोड़ा सो लेना चाहता था। मैंने अपने ढंग से उन्हें बहुत समझाया कि मुझे सम्मान की तनिक भी आवश्यकता नहीं थी। मुझे तो बस थोड़ी-सी नींद मिल जाती तो मेरा जीवन सफल हो जाता। पर वे फिर बड़ी शालीनता से कहते थे कि मैं उनके नगर आया था तो वे मुझे इतनी सरलता से छोड़नेवाले नहीं थे। सो तो मैं अपने घर जाकर भी सकता था और अभी तो वे मेरा सम्मान भी करनेवाले थे। मैं यदि सो गया तो वे सम्मान किसका करेंगे।

मैं तनिक भी समझ नहीं पा रहा था कि उनकी मुझसे क्या शत्रुता थी। मैंने तो उनका कुछ भी नहीं बिगाड़ा था। उनकी प्रत्येक बात मान ली थी। यहाँ तक कि उनको अपना सम्मान करने की अनुमति भी दे चुका था। फिर वे मुझे इतना पीड़ित करने पर क्यों तुले हुए थे।

उनकी शाम तक मैं अपने पैरों पर खड़ा हो सकने योग्य नहीं रह गया था।

उन्होंने मुझे सहारा देकर मंच पर पहुँचाया और पुष्प-हारों से लादना आरम्भ कर दिया। मैंने उन्हें बहुत समझाना चाहा कि मुझे स्पाण्डिलाइटिस है, मेरी गर्दन पर इतना बोझ मत डालो। पर वे कहाँ माननेवाले थे। उनके पास न तो हारों की कमी थी, न हार पहनाने के इच्छुक लोगों की। उन्होंने घोषणा कर दी थी कि जो व्यक्ति सारी मानवता के हित-चिन्तन का बोझ उठा सकता है, वह इतने से पुष्प-हारों के बोझ तो उठा ही सकेगा। मैं तो यह स्वीकार करने की सीमा तक पहुँच गया था कि मैंने सारी मानवता का ठेका नहीं लिया है, किन्तु वे ऐसा कुछ भी मानने को तैयार नहीं थे। अन्ततः मैं ही समझ गया कि आज वे मेरा सम्मान करके ही छोड़ेंगे।

उन्होंने मेरा सम्मान करने की एक विचित्र पद्धति निकाली थी। उन्होंने मुझे बताया कि उनके नगर के डेढ़ सौ लेखक मुझसे अपनी पुस्तक का विमोचन तथा लोकार्पण करवाकर सम्मानित होना चाहते हैं। मेरा दिल बैठ गया। डेढ़ सौ पुस्तकों का विमोचन! मैं यह भी जानता था कि वे सारे लेखक अपनी पुस्तक की एक-एक प्रति ही मुझे भेंट नहीं करेंगे, वे यह भी चाहेंगे कि मैं उन सबको पढ़कर उनकी प्रशंसा भी करूँ। मैं यदि कोई आनाकानी करूँगा तो उनके द्वारा मुझे न पढ़नेवाला तथा नयी प्रतिभाओं को प्रोत्साहित न करनेवाला स्वार्थी व्यक्ति घोषित कर दिया जाएगा। और यदि मैं उन सारी पुस्तकों को पढ़ने बैठ जाता तो वे मुझे घोषित करते, न करते, मैं अपने-आप ही न लिखनेवाला लेखक सिद्ध हो जाता।

इस धर्म संकट में मैंने एक आपत्ति की कि उन लोगों ने मेरा सम्मान करने के लिए मुझे बुलाया था, मैं तो किसी का सम्मान करने नहीं आया था; तो वे डेढ़ सौ लेखक मुझसे सम्मानित होने का स्वप्न क्यों पाल रहे हैं। उनके पास मेरी इस आपत्ति का उत्तर भी तैयार था। उन डेढ़ सौ लेखकों का सम्मानित होना मेरे सम्मान की प्रक्रिया का ही एक अंग था। यदि मैं किसी को सम्मानित नहीं करूँगा तो कोई मेरा सम्मान क्यों करेगा? तो मैंने उन डेढ़ सौ लेखकों की पुस्तकों का विमोचन किया और उनको लोकार्पित करते-करते बेहोश होने की स्थिति तक पहुँच गया। बिल्ली के भागों छींका टूटा। उन्होंने देखा कि मैं किसी प्रकार का कोई प्रतिरोध नहीं कर रहा हूँ तो उन्होंने मुझसे हाथ मिलाने का दौर आरम्भ कर दिया। जब हाल में बैठा प्रत्येक व्यक्ति मेरा हाथ पकड़कर अपनी इच्छा भर उसे झँझोड़ चुका तो मुझे पता चला कि मेरा सम्मान हो चुका है।

रात को डेढ़ बजे उन्होंने मुझे आदेश दिया कि मैं चाहूँ तो थोड़ा सो लूँ, क्योंकि साढ़े तीन बजे की गाड़ी थी। दो घण्टे के विश्राम के पश्चात् वे मुझे गाड़ी में डाल आएँगे और मेरा रात का भोजन भी वहीं पहुँचा देंगे, ताकि मैं गाड़ी में शान्ति से अपना भोजन कर सकूँ।

मैं सोया ही था कि उनके कोषाध्यक्ष ने आकर द्वार खटखटाया, "उठिए। रसीद पर आपके हस्ताक्षर लेने हैं।"

मैं दिल्ली लौट आया हूँ। कुछ दिन सघन चिकित्सा कक्ष में रह चुका हूँ। चिकित्सकों का कहना है कि मैं अत्यधिक क्लान्ति से पीड़ित था। मुझे समय पर उचित चिकित्सा सुविधा न मिलती तो मैं अचेतनावस्था की ओर बढ़ सकता था और फिर वहाँ से लौटा लाना उनके बस का भी नहीं रह जाता। मैं उनको किसी भी प्रकार समझा नहीं पाया कि मैं क्लान्ति का नहीं, सम्मान का मारा था।

अब मैं ठीक हूँ, किन्तु मुझे सम्मान करनेवाले उस नगर से निरन्तर धमकियाँ मिल रही हैं कि यदि मैंने उनके लेखकों की पुस्तकों को पढ़कर शीघ्र अपनी प्रतिक्रिया न भेजी, तो इस बार वे मेरा पिछली बार से भी बड़ा सम्मान करने की योजना बना रहे हैं।

डण्डा किसका है?

"होटल चार मीनार यही है भाई?" रामलुभाया ने पूछा।

क्लर्क ने उसे घूरकर देखा, चार मीनार सिगेरट का ब्राण्ड है, होटल नहीं है। वैसे हो सकता है कि हम कभी उसका होटल ही बना डालें। अभी तक तो किसी ने बनाया नहीं है। जहाँ तुम खड़े हो, यह होटल चार चिनार है।

"श्रीनगर का आलीशान होटल चार चिनार।"

"ओह मेरी जीभ ज़रा लड़खड़ा गयी थी।" रामलुभाया ने स्वीकार किया।

क्लर्क भी मुसकराया, "हमारे सामने बड़े-बड़ों की टाँगें लड़खड़ा जाती हैं। तुम्हारी तो ज़बान ही लड़खड़ायी है।"

रामलुभाया हँस पड़ा, "अच्छी बातें कर लेते हो। हाँ। होटल चार चिनार होगा, तो हैदराबाद में होगा, कैसी राष्ट्रीय एकता है। उत्तर में होटल चार मीनार और दक्षिण में होटल चार चिनार।" खैर, मैं तो होटल चार चिनार ही खोज रहा था। तो यही है? धरती के स्वर्ग कश्मीर की राजधानी श्रीनगर का चार चिनार होटल।

क्लर्क कुछ स्वगत कथन की मुद्रा में था। बोला, "हाँ, यहीं धरती का स्वर्ग है, क्योंकि यहाँ के सारे सौन्दर्य को तो स्वर्ग भेज दिया है। वैसे भी यहाँ पर लोग कम हैं, ज़्यादा तो स्वर्ग में ही पहुँच गये हैं।"

"क्या?" रामलुभाया कुछ समझ नहीं पाया।

"कुछ ख़ास नहीं।" क्लर्क बोला, "मैं कह रहा था कि होटल चार चिनार है तो यही, पर तुम तो ऐसे खोज रहे हो, जैसे चार चिनार तुम्हारा बच्चा हो, जो खो गया हो। वैसे तो मुझे तुम भी कोई खोयी हुई गाय के समान लग रहे हो।"

बैरा भी चुप नहीं रहा, "नहीं! यह खोयी हुई गाय नहीं है। नहीं तो सरकार ने इसे अब तक अलकबीर के हाथों बेच दिया होता।"

"क्या?" रामलुभाया हकलाया।

"कुछ नहीं।" क्लर्क बोला, "तुम सवाल बहुत करते हो। तुम बताओ कि तुम क्यों खोज रहे थे होटल चार चिनार?"

रामलुभाया को लग रहा था कि क्लर्क और बैरा दोनों ही उससे अशिष्ट ढंग

से बात कर रहे थे, पर उसने उलझना ठीक नहीं समझा। पूछा, "कोई कमरा ख़ाली है?"

"सब ख़ाली ही हैं।" क्लर्क ने कहा, "अब यहाँ आता ही कौन है। तुम न जाने कहाँ से आ गये खबीस।"

"मैं खबीस नहीं रामलुभाया हूँ।" रामलुभाया ने अपना परिचय दिया। क्लर्क इस बार कुछ प्यार से बोला, "उसकी तो तुम फिक्र ही मत करो। कहने को कोई कुछ भी कहे, क्या फ़र्क़ पड़ता है। सब कुछ कहते ही रहते हैं, बस एक नरसिंह राव ही कुछ नहीं कहते। तुम यह बताओ कि तुम क्या कहते हो? क्या चाहिए तुम्हें?"

रामलुभाया ने भी धीरे से कहा, "ठहरने के लिए एक कमरा चाहिए।"

"कमरा ठहरने के लिए ही होता है। पोटली में बाँधकर घर ले जाने के लिए तो होता नहीं।" क्लर्क ने रजिस्टर खोल लिया, "कहाँ से आये हो?"

रामलुभाया को उसके संवाद की शैली अच्छी नहीं लग रही थी, "क्यों पूछ रहे हो?"

बैरे ने पुनः हस्तक्षेप किया, "यह तो रजिस्टर में लिखने के लिए ही पूछ रहा है। अगवा करने और गोली मारने के लिए पूछनेवाले दूसरे लोग हैं।"

रामलुभाया ने उसकी ओर देखा, "मैं समझा नहीं।"

उत्तर क्लर्क ने दिया, "अभी समझा देता हूँ।"

क्लर्क ने कोई संकेत किया और पीछे खड़े लोगों में से दो बढ़ आये। अब तक उन्होंने अपना मुँह-सिर लपेट लिया था।

"कहाँ से आया है बे तू बता", पहले ने पूछा। रामलुभाया कुछ भयभीत हो गया। "क्यों, क्यों पूछ रहे हो तुम?" दूसरा बोला, "हम कोई भी हों। कहाँ से आया है। टाई तो ऐसे बाँधी है, जैसे अँग्रेज़ का बाप हो। पर बड़ा सड़ा देश है यह इंग्लैण्ड भी। एक अँग्रेज़ को अगवा किया था। सालों ने एक पैसा भी नहीं दिया, उसे छुड़ाने के लिए। अपनी जेब से उसे खिलाना पड़ा, वह अलग।"

रामलुभाया ने टाई खोलकर जेब में डाल ली, "मैं अँग्रेज़ नहीं हूँ। हाँ, अँग्रेज़ बनने की कोशिश अवश्य कर रहा था।"

पहला व्यक्ति हँसा, "क्यों कर रहा था कोशिश। जो है वही क्यों नहीं बना रहता?"

रामलुभाया को कोई उत्तर नहीं सूझा, "मालूम नहीं। सारा देश कर रहा है। इसलिए मैं भी कर रहा था।"

दूसरा व्यक्ति घृणा से बोला, "नकलची साले। अपनी अच्छी-भली माँ को छोड़कर एक चालू औरत को माँ बनाने पर तुले हुए हैं।"

रामलुभाया अब और सहन नहीं कर सका। बोला, "ज़ुबान सँभालकर। गाली मत दो, नहीं तो..."

पहला व्यक्ति कुछ और आगे बढ़ आया, "देंगे तो क्या कर लेगा? क्या पिद्दी और क्या पिद्दी का शोरबा। तुझे तो अगवा करने का भी कोई फ़ायदा नहीं। कोई एक धेला नहीं देगा तेरा। और खाता होगा तू थाली भर। तुझसे छुटकारा पाने के लिए अपनी एक गोली भी बरबाद करनी पड़ेगी।"

रामलुभाया मुड़कर क्लर्क के पास चला आया, "ये लोग डराने का प्रयत्न कर रहे हैं, ये लोग। देख लूँगा मैं इन सबको। पहले अपने ठहरने की व्यवस्था कर लूँ। कमरा न मिला तो कठिनाई होगी। कहते हैं, श्रीनगर में रात को बहुत ठण्ड होती है। आप सड़क पर सो भी नहीं सकते।...दे भाई, मुझे एक कमरा दे।"

क्लर्क ने उसे ध्यान से देखा, "अब भी तुम्हें कमरा चाहिए? ठहरोगे श्रीनगर में?"

रामलुभाया ने आत्मबल बटोरा और कहा, "ठहरूँगा क्यों नहीं? मैं किसी से डरता हूँ क्या? इन दो टुच्चों के धमकाने से यहाँ से चला जाऊँगा? मैं अपने देश में कहीं भी आने-जाने और ठहरने का संवैधानिक अधिकार नहीं छोड़ सकता।"

क्लर्क ने बैरे को संकेत किया, "कमरा नम्बर शून्य-शून्य-शून्य।"

बैरा, रामलुभाया का सामान उठाकर भीतर ले गया।

रामलुभाया सन्तुष्ट नहीं था, "यह कमरे का नम्बर कैसा है।"

"कम्प्यूटर में तो ऐसा ही नम्बर होता है।"

क्लर्क बोला, "उस कमरे में ठहरकर, तुम शून्य नहीं हो जाओगे, क्योंकि तुम तो किसी से डरते ही नहीं। पर सारे पण्डित तो डरकर चले गये। एक तुम ही नहीं डरते। क्यों?"

रामलुभाया बोला, "मैं डरपोक नहीं हूँ। मैं नहीं डरता किसी से।"

क्लर्क मुसकराया, "क्यों नहीं डरते तुम किसी से—तुम अमरीका की धौंस हो? पाकिस्तान की निर्लज्जता हो? या भारत का भ्रष्टाचार हो?"

क्लर्क बोला, "अच्छा है, मत डरो। इस होटल में हम डराने के पैसे नहीं लेते। अब बताओ कि कहाँ से आये हो?"

इस बार रामलुभाया ने सीधे-सीधे बता दिया, "दिल्ली से आया हूँ।"

क्लर्क फिर मुसकराया, "मुझे पहले ही समझ जाना चाहिए था, भारत से आये हो। वहाँ के ही लोगों को बीमारी है, ग़लतफहमियों में जीने की।" रामलुभाया ने फिर कुछ साहस किया, "भारत से आया हूँ। तुम तो ऐसे कह रहे हो, जैसे किसी दूसरे देश से आया हूँ, जैसे यह भारत न हो।"

क्लर्क ने बहुत आश्वस्त स्वर में कहा, "हाँ! यह भारत नहीं है।"

रामलुभाया ने उपहास के स्वर में कहा, "क्या है यह? अमरीका है? यूरोप

है? पाकिस्तान है? मैं भूल से कहीं और आ गया हूँ क्या?"

"नहीं। यह यूरोप-अमरीका नहीं है। पाकिस्तान भी नहीं है। यह कश्मीर है।" क्लर्क ने कहा, "अब यह तुम जानो कि भूल से आये हो या जानबूझकर मरने के लिए आ गये हो। प्रधानमन्त्री तक तो तुम्हारे आते नहीं अपनी जान के डर से, इस देश में।..."

रामलुभाया कुछ-कुछ क्रुद्ध हो चला था, "कश्मीर भारत में नहीं है?"

"नहीं। कश्मीर है। वह भारत में कैसे हो सकता है? एक आज़ाद मुल्क दूसरे मुल्क का हिस्सा कैसे हो सकता है?" क्लर्क ने कुछ ऐसे कहा, जैसे छोटी कक्षा के बच्चों को भूगोल पढ़ा रहा हो।

रामलुभाया ने जिरह की, "कश्मीर भारत से पृथक् क्यों है? वह आज़ाद मुल्क कैसे है?"

क्लर्क के पास उसके प्रत्येक प्रश्न का उत्तर था, "क्योंकि पाकिस्तान ऐसा कहता है। अमरीका ऐसा चाहता है। और भारत के शासकों में इसे अपना मुल्क बनाने की न हिम्मत है, न उनकी ऐसी नीयत है।"

रामलुभाया ने उसे चेताया, "यहाँ बैठकर खुलेआम ऐसी बातें करते हुए तुम्हें डर नहीं लगता? देशद्रोही कहीं के।"

"किस बात का डर?" क्लर्क ने पूछा।

"सरकारी होटल में नौकरी कर रहे हो। तुम्हारी नौकरी जा सकती है। तुम्हें क़ैद हो सकती है।"

"कौन करेगा क़ैद मुझे? कौन छीनेगा मेरी नौकरी?" क्लर्क ने पूछा।

"सरकार!" क्लर्क विद्रूप से हँसा, "तुम्हें कहीं दिखाई देती है? मुझे तो कहीं दिखाई नहीं देती। सरकार है कहाँ?"

"भारत सरकार।"

क्लर्क पुनः हँसा, "भारत की सरकार तो भारत में ही कुछ नहीं कर सकती। देखती है और मौन होकर बैठ जाती है, मौनी बाबा की सरकार। यहाँ तो उसको हक ही क्या है कि वह मेरी नौकरी छीने?"

"सरकार को हक नहीं है?"

क्लर्क बोला, "हाँ! हाँ!! शासन को हक है, पर यहाँ भारत सरकार का शासन नहीं है।"

"भारत सरकार यहाँ अपना करोड़ों रुपया ख़र्च कर रही है। वह यूँ ही? तुम्हें वेतन कौन देता है?" रामलुभाया ने पूछा।

"वह तो टैक्स है, जो हम भारत से वसूल कर रहे हैं, यहाँ तनख्वाह वगैरह कोई नहीं लेता।" क्लर्क बोला।

रामलुभाया कठोर स्वर में बोला, "यहाँ भारत की पुलिस नहीं है? संविधान नहीं है? सेना नहीं है?"

"सब खड़े रहते हैं। अपने होने का पाखण्ड करते रहते हैं। उनको अधिकार तो नहीं है।" क्लर्क बोला, "सेना के हाथ तो दिल्ली ने ही बाँध रखे हैं।"

"तो फिर अपनी आँखें खोल। देख, वह झण्डा किसका है।" रामलुभाया ने जोश में कहा।

क्लर्क ने झुककर अपने काउण्टर के नीचे से बन्दूक निकाल ली, "झण्डा किसी का भी हो। तुम अपनी आँखें खोलकर देखो कि डण्डा किसका है।"

बन्दूक देखकर रामलुभाया डर गया। पलटकर ऐसा भागा कि दिल्ली से पहले नहीं रुका।

2

रामलुभाया भागता-भागता भोलाराम से टकरा गया।

भोलाराम ने क्रुद्ध स्वर में पूछा, "अन्धे हो?"

"नहीं। घबराया हुआ हूँ।" रामलुभाया ने कहा।

भोलाराम कुछ नर्म पड़ा, "क्यों भाई, घबराये हुए क्यों हो? कुछ खो गया है?"

रामलुभाया रुआँसा हो गया, "मेरा तो सब कुछ खो गया है।"

"स्टेशन पर सारा सामान खो गया?" भोलाराम ने अनुमान लगाया।

रामलुभाया लगभग रो पड़ा, "मेरे तो सपने ही खो गये। विश्वास खो गया।"

भोलाराम को कुछ आश्चर्य हुआ। पूछा, "क्यों? प्रेमिका भाग गयी क्या?"

"नहीं। मेरा देश खो गया है।"

भोलाराम खुलकर हँस पड़ा, "भले आदमी, खोता देश नहीं, खोता तो व्यक्ति है और तुम खोये नहीं हो।"

रामलुभाया अपनी बात पर टिका रहा, "नहीं। मेरा तो देश ही खो गया है।" सहसा उसने किसी विक्षिप्त के समान पूछा, "यह कौन-सा स्थान है? मैं हूँ कहाँ?"

"तुम दिल्ली में हो भाई!" भोलाराम ने बताया।

रामलुभाया ने अपना स्वर दबाकर धीरे से पूछा, "दिल्ली अभी भारत में ही है न? स्वतन्त्र तो नहीं हो गयी? पृथक् देश तो नहीं बन गयी?"

भोलाराम हँसा, "तुम पागल तो नहीं हो गये हो? दिल्ली भारत का दिल है। यह भारत की राजधानी है।"

रामलुभाया हँस नहीं पाया। आहत स्वर में बोला, "कश्मीर भी तो भारत का मस्तक है। मस्तक कट रहा है और किसी को कोई कष्ट नहीं हुआ तो हृदय का ही क्या है। नक़ली हृदय लगा लेंगे लोग प्लास्टिक का। अमरीकावाले बना-बनाकर

देते जाएँगे; और यहाँ वाले लगाते जाएँगे। दिल अमरीकी हो जाएगा तो भारत की पीड़ा किसको होगी।"

"तुम सचमुच बहुत घबराये हुए हो।" भोलाराम ने कहा, "चिन्ता मत करो, यहाँ सब कुछ ठीक-ठाक है और आजकल हम लोग इस देश को महात्मा गाँधी के सपनों का देश बनाने पर लगे हुए हैं।"

रामलुभाया की उत्सुकता जागी। पूछा, "वह कैसे?"

भोलाराम ने विस्तारपूर्वक बताया, "अब हमारी अपनी सरकार है। भारतीय लोगों की अपनी सरकार, जो केवल विदेशियों के हित में चलायी जा रही है। सरकार का नीति वाक्य है, सत्यमेव जयते। यहाँ सदा सत्य की विजय होती है। झूठ तो बस चुनाव में ही चलता है; और देश को तो चुनाव ही चलाता है। अब क्या करें, चुनाव तो जीतना ही पड़ता है, नहीं तो लोग हमसे हमारा राज छीन लेंगे। अपने देश में अब कहीं झूठ नहीं है। बस झूठे-ही-झूठे हैं। और वे भी देश में कहाँ हैं, जो थोड़े-बहुत हैं सरकार में ही हैं। हमने झूठ और सत्य को पृथक् करने के लिए समाज और सरकार में विभाजित कर दिया है। सच-सच समाज में, झूठ-झूठ सरकार में।"

रामलुभाया कुछ आश्वस्त हुआ, "वर्गीकरण तो आपका बहुत अच्छा है।"

भोलाराम ने अपनी बाध्यता जतायी, "सबका ध्यान रखना पड़ता है भाई। इसी को समन्वय की नीति कहते हैं। अनेकता में एकता। इतना भी ध्यान न रखें तो कल ही एक आन्दोलन उठ खड़ा होगा कि झूठों के लिए एक अलग देश बना दो। हम देश का बँटवारा तो नहीं कर सकते न। देश की अखण्डता की रक्षा के लिए हमने झूठों, बेईमानों, चोरों, जमाख़ोरों, तस्करों और डाकुओं को भी थोड़ा-थोड़ा एकोमोडेट कर लिया है।"

रामलुभाया समझ नहीं पाया कि उसे भोलाराम का समर्थन करना चाहिए अथवा विरोध। बोला, "कमाल है, तुम्हारे लिए झूठे और सच्चे सब बराबर हैं? देशभक्तों और देशद्रोहियों में कोई अन्तर ही नहीं है।"

भोलाराम ने उसे अपनी सैद्धान्तिकता में घेरना चाहा, "नहीं! हम मनुष्य की मूलभूत समानता में विश्वास करते हैं। संविधान में सबको समान अधिकार दिया गया है। कोई किसी का शोषण नहीं करता। बस, सब मिलकर देश का ही सत्यानाश कर रहे हैं।" अन्त में उसने हँसकर अपना निष्कर्ष दिया, "देशभक्तों के हाथ में सत्ता हो तो देश और देश के लोगों का कोई अहित हो ही कैसे सकता है। देखो, सरकार जनहित में अरबों रुपये ख़र्च कर रही है। मन्त्रियों को, सांसदों को, अफ़सरों को, ठेकेदारों को...सबको माला-माल कर दिया है। संसार के किसी देश के मन्त्री, सांसद और चोर इतने धनी नहीं हैं, जितने कि भारत के।..."

रामलुभाया ने उसे मुग्ध भाव से देखा, "तुम कौन हो भाई। तुमने तो मेरे

जलते हृदय को ऐसा शीतल कर दिया है कि मन होता है, तुम्हारे चरण छू लूँ।"

भोलाराम अपनी महानता सुनकर कुछ विनीत हो गया, "मैं भोलाराम हूँ। मद्य-निषेध निदेशालय में सहायक निदेशक हूँ। मेरा काम गाँधी जी का बहुत प्रिय कार्य करना है। हम लोग सरकारी पैसे से नशा विरोधी प्रचार-प्रसार करते हैं।"

रामलुभाया के लिए यह नयी बात थी।

पूछा, "वह कैसे?"

"देखो, कितने बड़े-बड़े पोस्टर छपवाये हैं।"

उसने अपने सहायक की सहायता से पोस्टर खोला। पोस्टरों पर महात्मा गाँधी के चित्र और उनकी नशा विरोधी उक्तियाँ थीं।

"पर भोलाराम जी..."

भोलाराम कुछ रुष्ट हो गया, "मैं मिस्टर भोलाराम हूँ। भोलाराम जी नहीं।" रामलुभाया उसके रोष का कारण समझ नहीं पाया। बोला, "कृपया बताएँ, दोनों में अन्तर क्या है?"

भोलाराम स्पष्टीकरण के लिए तैयार नहीं हुआ, "अन्तर कुछ हो या न हो, मुझे तो तुम मिस्टर भोलाराम ही कहो।"

रामलुभाया ने उसका अनुरोध स्वीकार कर लिया।

3

"अच्छा मिस्टर भोलाराम! आप बताएँगे कि आपकी सरकार ने मद्य निषेध निदेशालय ही क्यों बनाया? निषेधालय बना दिया होता, तो मदिरा का उत्पादन तथा आयात दोनों ही बन्द हो जाते।"

भोलाराम पुनः सहज हो गया, "करने को तो वह भी किया जा सकता था; किन्तु उसमें हिंसा का भय था, हमारी सरकार हिंसा विरोधिनी है।"

रामलुभाया ने अत्यन्त निर्दोष भाव से पूछा, "इसीलिए डाकुओं को सांसद और मन्त्री बना दिया है?"

भोलाराम ने सरकार की असहायता जतायी, "जी! उनकी बात न मानें तो वे हिंसा करने लगते हैं न। हमें तो सबसे ही सहानुभूति है। देखिए, हमारा तो फूलनदेवी से भी बहुत सौहार्दपूर्ण व्यवहार रहा है।"

"क्यों?"

"देखिए, सबको अपना-अपना नशा है। किसी को डकैती का नशा है, किसी को हत्याओं का। हमारी सरकार सबका पुनर्वास कर रही है। इसलिए नशा विरोधी निदेशालय बनाया है। अब इस देश में बहुत शीघ्र सम्पूर्ण नशाबन्दी हो जाएगी। आप चिन्ता न करें।" वह रुका, "अच्छा, मैं अब चलूँ, कुछ स्थानों पर बैनर लगवाने

हैं। कुछ पोस्टर लगवाने हैं। ऐसा न हो कि पोस्टर न लगें और लोग शराब पीते रहें। हम लोग नशाबन्दी सप्ताह मना रहे हैं।"

रामलुभाया को पुनः आश्चर्य हुआ, "बस एक सप्ताह की नशाबन्दी?"

भोलाराम ने पुष्टि की, "हाँ! इस सप्ताह महात्मा गाँधी का जन्मदिन पड़ रहा है न।"

रामलुभाया स्तब्ध रह गया, "इस सप्ताह? पर यह तो जनवरी का महीना है।..."

भोलाराम निर्विकार रहकर बोला, "हाँ! अक्तूबर में मन्त्री जी को सप्ताह उद्घाटन के लिए समय नहीं मिला था। घूमने के लिए विदेश चले गये थे। सोचा, गाँधीजी का जन्मदिन तो हर साल आता रहेगा, पर विदेश-भ्रमण का अवसर फिर मिले न मिले। जाने कब मन्त्रालय छिन जाए..."

भोलाराम तथा उसका सहायक एक बड़ा-सा बैनर खोलकर उसे लहराते हुए चले गये। रामलुभाया भी चल पड़ा।

सामने लोगों की एक लम्बी पंक्ति है। मारधाड़ मची हुई है।

"क्या बात है, इतनी भीड़ क्यों है भाई?" रामलुभाया ने पंक्ति के अन्तिम छोर पर खड़े व्यक्ति से पूछा।

"कल 26 जनवरी है न! कल छुट्टी होगी।" उस व्यक्ति ने बताया।

"यहाँ क्या राष्ट्रीय झण्डा बिक रहा है, जिसे लोग कल अपने घरों पर फहराएँगे?"

उस व्यक्ति ने कुछ रुष्ट दृष्टि से रामलुभाया को देखा, "यह अँग्रेज़ी शराब की दुकान है। कल जिसको शराब चाहिए होगी, वह कहाँ से लाएगा। सरकार कुछ सोचती तो है नहीं। बस 26 जनवरी मनाने लगती है।"

रामलुभाया कुछ चकित हुआ, "यहाँ क्या अँग्रेज़ शराब बेच रहे हैं?"

वह व्यक्ति हँसा, "अरे नहीं! अँग्रेज़ों को यह देश छोड़े तो 50 साल होने को आये। अब तो ये सारे काम हम स्वयं ही कर लेते हैं। भारत अब बहुत सारे मामलों में स्वावलम्बी हो चुका है न! यह तो सरकारी ठेका है। देशी सरकार का, अँग्रेज़ी शराब का ठेका।"

रामलुभाया के सिर पर जैसे वज्र गिरा, "क्या सरकार शराब बेचती है?"

वह व्यक्ति हँसा, "सरकार तो विष भी बेचती है।"

रामलुभाया ने अनुमान भिड़ाया, "डॉक्टरों को देती होगी, रोगियों के उपचार के लिए।"

"नहीं। जनता को देती है, ताकि जनता में कुछ गतिविधि बनी रहे।..." उस व्यक्ति ने बताया।

रामलुभाया का मन नहीं माना तो उसने पूछा, "कौन-सा विष बेचती है सरकार?"

"तरह-तरह के विष बेचती है...स्वार्थ का विष, विभाजन का विष, आत्मविस्मृति का विष, आत्महीनता का विष। और विष क्या, अब तो वह स्वयं जनता को बेचने की तैयारी में है।"

रामलुभाया को विश्वास नहीं हुआ, "कैसी नासमझी की बातें कर रहे हो। जो सरकार मद्य निषेध के लिए करोड़ों रुपये ख़र्च कर रही है, लोगों का पुनर्वास कर रही है, वह जनता को विष कैसे देगी।"

पर वह व्यक्ति अपनी बात पर अड़ा रहा, "जाओ और स्वयं देख लो। जेब में पैसे हों तो ख़रीदकर एक बोतल पी भी लेना।"

रामलुभाया नाराज़ हो गया, "मेरे साथ ऐसी गन्दी बातें मत करो; और न हमारी राष्ट्रीय सरकार के विषय में बातें करो। वे लोग न तो गाँधीजी के सिद्धान्तों के विरुद्ध जा सकते हैं, न अपने देशवासियों से ऐसी शत्रुता निभा सकते हैं।"

रामलुभाया लोगों के बीच में से घूम-घामकर दुकान के स्वामी के पास जा पहुँचा। वहाँ मद्य विक्रेता के साथ तीन व्यक्ति और बैठे थे। एक राजनीतिक नेता था, दूसरा पुलिस अधिकारी और तीसरा शहर का सबसे बड़ा गुण्डा था।

रामलुभाया ने आव देखा न ताव। जाते ही बरस पड़े, "तुम यहाँ शराब बेचकर अपने ही देश के लोगों के शरीर और आत्मा का नाश कर रहे हो। कैसे भारतीय हो तुम!"

मद्य विक्रेता डरा नहीं। बोला, "कौन है बे तू? आ गया कहाँ से शहर के सबसे बड़े वाईन मर्चेण्ट से झगड़ा करने। तुझे पीनी है तो बात कर। नहीं पीनी तो जाकर महात्मा गाँधी का जन्मदिन मना। यहाँ साला एक्साइज़ इंस्पेक्टर से लेकर मिनिस्टर तक तो मुँह खोलता नहीं; और यह आ गया कहीं का खुदाई फौज़दार। क्यों नेताजी।"

नेताजी आश्वस्त थे, "विरोधी दल का होगा। साले को इतना भी ध्यान नहीं कि 25 जनवरी को तो पी लेने दे।"

रामलुभाया अब भी क्रोध में था, "तुम यह नहीं कर सकते। गाँधीजी के देश में तुम शराब नहीं बेच सकते।"

मद्य विक्रेता भी कुछ कम नहीं था, "हमने देश बेच दिया; आत्मा और ईमान बेच दिये; शराब नहीं बेच सकते? कौन रोकेगा मुझे?"

रामलुभाया बारी-बारी नेता, पुलिस अधिकारी और गुण्डे की ओर देखता है।

"क्यों बॉस झटक दूँ?" गुण्डे ने पूछा।

पुलिस अधिकारी ने शान्त मन से कहा, "क्या आवश्यकता है। बन्द कर देते

हैं साले को दंगा करने के जुर्म में। जेब में स्मैक की पुड़िया डाल देंगे। गया साला कई साल को।"

नेताजी अधिक दयालु थे, "क्यों इतना ज़ुल्म करते हो? पागलखाने में भेज देते हैं आराम से रहेगा। बोलने की भी पूरी स्वतन्त्रता का उपयोग कर सकेगा।"

रामलुभाया स्तब्ध खड़ा उनकी बातें सुन रहा था कि मद्य विक्रेता ने उसको घूरा, "क्यों? बोलता क्यों नहीं, कौन रोकेगा मुझे?"

रामलुभाया का आत्मबल जागा, "महात्मा गाँधी रोकेंगे। सरकार रोकेगी। तुम्हें दिखाई नहीं पड़ता सारे देश पर महात्मा गाँधी की पार्टी का झण्डा फहरा रहा है।"

मद्य विक्रेता मुसकराया, "झण्डा तो महात्मा गाँधी का ही है, पर उसका हमको करना ही क्या है। तुम ज़रा आँखें खोलकर देखो कि डण्डा किसका है।"

उसने मेज़ की दराज़ खोलकर नोटों की गड्डियाँ निकालीं और नेता, पुलिस अधिकारी तथा गुण्डे की ओर इस प्रकार उछाल दीं, जैसे कोई कुत्ते की ओर रोटी का टुकड़ा उछालता है। उन तीनों ने नोटों की गड्डियाँ लपक लीं और कुत्ते के समान पूँछ हिला-हिलाकर मद्य विक्रेता की ओर देखने लगे।

4

रामलुभाया ने स्वयं देखा था कि चार कहार डोली उठाकर भोलाराम के घर लाये थे। कपाट खुले थे और डोली के भीतर जाने के लिए मार्ग बन गया था। कहार डोली उठाकर भीतर ले गये थे। डोली के भीतर जाते ही कपाट बन्द हो गये थे और दीवार के पीछे से एक नारी कण्ठ का भयंकर रुदन स्वर फूटा था। रामलुभाया स्वयं को और अधिक रोक नहीं पाया।

भोलाराम की पत्नी बुक्का फाड़कर रो रही है। उसके पास और कोई नहीं है। रामलुभाया ने उसके निकट पहुँचकर धीरे से पुकारा। उसे कोई उत्तर नहीं मिला। वह उसी प्रकार रोती रही। अन्ततः रामलुभाया ने उसका कन्धा पकड़कर झकझोरा, "भाभी, क्या हुआ है तुम्हें?"

"वे मेरी सौत लाये हैं। उन्होंने दूसरा विवाह कर लिया है।"

रामलुभाया के मुख से फूटा, "नहीं। ऐसा सम्भव नहीं है।"

"सम्भव होने में अब कौन-सी कसर रह गयी है लाला। जाओ। अन्दर जाकर देखो। बैठी तो है टाँगें पसारकर।"

तभी भीतर से भोलाराम निकल आया।

"क्या बकवास लगा रखी है?"

रामलुभाया धीरे से बोला, "भाभी, क्या कह रही है?"

भोलाराम निश्चिन्त भाव से बोला, "अपने भाग्य को कोस रही है जनमजली, और क्या कह रही है।"

"तुमने दूसरा विवाह कर लिया है?" रामलुभाया को अब भी विश्वास नहीं हो रहा था।

"हाँ! कर लिया है तो?" भोलाराम बोला।

"भोलाराम!"

"अरे तो इसमें इतने आश्चर्य की क्या बात है? दुनिया में आज तक और किसी ने दूसरा विवाह नहीं किया क्या?" भोलाराम कुछ आक्रामक मुद्रा में बोला।

"समाज इसे स्वीकार नहीं करेगा।"

रामलुभाया ने धमकाया।

"तो समाज से स्वीकृति माँग ही कौन रहा है?" भोलाराम बोला।

रामलुभाया चुप नहीं हुआ, "मैं उनकी बात नहीं कर रहा हूँ। देश का संविधान भी कोई चीज़ है या नहीं। पहली पत्नी घर में बैठी है और तुम डोली ले आये। पहली पत्नी से तलाक लिये बिना तुम दूसरा विवाह नहीं कर सकते। तुम्हारा दूसरा विवाह वैध नहीं है।...और मैं तुम्हें बता दूँ, भाभी तुम्हें तलाक देगी नहीं। कभी नहीं।"

भोलाराम हँस पड़ा, "मुझे पहली पत्नी से न तो तलाक चाहिए, न उसकी सहमति और मंज़ूरी। मुझे तुम्हारे संविधान की भी स्वीकृति नहीं चाहिए। क्या बिगाड़ सकता है मेरा तुम्हारे देश का संविधान?"

"सरकारी नौकरी है तुम्हारी।" रामलुभाया बोला, "नौकरी से भी जाओगे; और जेल में चक्की भी पीसोगे।"

इस बार उसकी पत्नी भी बोली, "मैं जाऊँगी अभी जनाना विभाग में तुम्हारी शिकायत करने।"

"मानवाधिकारवाले भी आएँगे। तुम्हारा जीना हराम कर देंगे।" रामलुभाया ने जोड़ा।

"और महिला जागृति मंचवाले भी पीछे नहीं रहेंगे। अब आसान नहीं है इस देश में नारी को सताना।" उसकी पत्नी बोली, "तुम्हारी उस नयी छम्मक छल्लो को झोंटे से पकड़कर बाहर घसीट ले जाएँगे चौराहे तक।"

भोलाराम डरने के स्थान पर क्रुद्ध हो गया, "कोई साला मुझे या दुल्हन को हाथ लगाकर तो देखे।"

उसने रुककर उनको घूरा, "मैंने धर्मान्तरण कर लिया है। देश का संविधान नहीं चलेगा मेरे साथ। मैं अब हिन्दू नहीं कि मेरे साथ जो ज़्यादती चाहोगे, कर लोगे। अल्पसंख्यक हूँ मैं। हाथ लगाकर तो देखो मुझे...मेरे समर्थन में भी इतने लोग आ खड़े होंगे कि आसमान फट पड़ेगा..."

"कौन आएगा तुम्हारे समर्थन को? ऐसे अन्याय का भी समर्थन?" उसकी पत्नी चिल्लायी।

भोलाराम पूरे आत्मविश्वास के साथ बोला, "सारे अल्पसंख्यक संगठन आएँगे। सारी धर्मनिरपेक्ष पार्टियाँ आएँगी। सारी प्रगतिशील वामपन्थी संस्थाएँ आएँगी। मुझे अकेला मत समझना।"

भोलाराम की पत्नी तथा रामलुभाया सहम गये और भोलाराम और अधिक आक्रामक दिखाई देने लगा।

"अल्पसंख्यक असहाय नहीं हैं तुम्हारी तरह।" अन्ततः भोलाराम बोला, "मुझ पर तुम्हारी क़ानून की धौंस नहीं चलेगी।...हाँ। सबको समान अधिकार प्राप्त है इस देश में। देश तुम्हारे बाप का नहीं है।"

रामलुभाया स्तब्ध रह गया। उसे स्पष्ट दिख रहा था कि झण्डा तो उसी के हाथ में था; किन्तु भोलाराम के साथ एक आक्रामक भीड़ थी जिसके हाथ में डण्डे ही डण्डे थे।

चोरी

"मेरा सोने का कड़ा कहाँ गया?" रामदेई की बहू ने पूछा।

"मायके छोड़ आयी होंगी तुम।" रामदेई ने लापरवाही से उत्तर दिया और अपने काम में लग गयी। बहू की तो यह आदत ही बन गयी थी। हर दूसरे चौथे दिन कोई-न-कोई चीज़ गायब कर देती थी; और रामदेई से ऐसे पूछती थी, जैसे उसी ने चुरा ली हो।

"मायके छोड़कर नहीं आयी हूँ। अलमारी में रखा था।" बहू ने तड़पकर कहा।

रामदेई अपना काम छोड़कर उठ खड़ी हुई, "सच बहू! चल देखूँ, कहाँ रखा था। छोटी-मोटी चीज़ नहीं है। तीस हज़ार का कड़ा है।"

"जानती हूँ कि तीस हज़ार का है। तभी तो उठाकर अपनी बेटी को दे दिया।" बहू का स्वर बहुत कठोर हो गया था, "बेटी पर बहुत प्यार आता है तो अपने बदन से उतारकर गहने दिया करो। मेरे गहने उठा-उठाकर क्यों दे देती हो?"

"मैंने तुझे कहा न! कि मैंने नहीं दिया है तेरा कड़ा। मैंने तो देखा भी नहीं है।"

"तो कहाँ गया?" बहू ने थानेदार के समान पूछा।

"मैं क्या जानूँ।" रामदेई बोली, "तूने ही कहीं रख दिया होगा। मैं तेरी अलमारी में ढूँढ़ती हूँ।"

"तुम तो माफ़ ही करो।" बहू ने कहा, "वह कड़ा तो मिलेगा नहीं; कुछ और गवाँ बैठूँगी।"

"तू मुझ पर चोरी का लांछन लगा रही है।" रामदेई के स्वर में पीड़ा थी।

"लो और सुनो।" बहू का स्वर और ऊँचा हो गया, "रोज़ चोरी करती हो, और अब कहती हो कि मैं तुम पर चोरी का लांछन लगा रही हूँ। लांछन नहीं लगा रही हूँ, आरोप लगा रही हूँ।"

"अपनी सास पर ऐसा आरोप लगाने से पहले एक बार अच्छी तरह अपनी अलमारी तो देख ले, कहीं वहीं न धरा हो।" रामदेई ने उसे समझाया, "यह कोई

अच्छी बात तो है नहीं कि बिना किसी तर्क और प्रमाण के मैं तुम्हें चोर कहूँ और तुम मुझे चोर कहो।"

"अच्छी हो या बुरी। चोर को चोर ही कहा जाएगा।" बहू अपने स्थान पर अडिग खड़ी थी। "और तुम मुझे चोर कहोगी? कहकर तो देखो।"

"तुझे अपने पति की माँ के सम्मान का तनिक भी ध्यान नहीं है।"

"पति की माँ क्या होती है। चोर तो चोर है।" बहू ने कहा।

"घर के सम्मान की भी तुझे कोई चिन्ता नहीं है?"

"यह घर मेरा है ही कहाँ।" बहू बोली, "तुम यहाँ से निकलो तो मेरा हो। तब कर लूँगी इसके सम्मान की चिन्ता।"

"अच्छा, मेरा सम्मान न सही, घर का भी सम्मान न सही, पर अपने कड़े की तो चिन्ता कर। मैं कहती हूँ, मैंने नहीं लिया है। चल मिलकर ढूँढ़ते हैं।"

"मुझे तुम्हारे साथ मिलकर कोई काम नहीं करना है।" बहू बोली, "कड़ा मिले या न मिले।"

"अच्छा, मेरे साथ मिलकर मत कर।" रामदेई ने कहा, "पुलिस में रपट लिखवा दे। वे खोजेंगे, तो घर की चीज़ तो मिलेगी।"

"मुझे नहीं लिखवानी कोई रपट-शपट।" बहू ने कहा।

"मत लिखवा।" रामदेई बोली, "मैं ही लिखवा देती हूँ।"

"तुम लिखवाओगी तो मैं मुकर जाऊँगी कि मेरे पास कोई ऐसा कड़ा था भी।"

"तो जा मर! जो मन में आए कर।" रामदेई ने कहा।

बहू मटककर चल दी।

शाम को नौकर ने अपने एक मित्र को वह कड़ा दिखाया।

"तू पकड़ा नहीं जाएगा?" मित्र ने पूछा।

"पकड़ा तो तब जाऊँगा, जब बहू का ध्यान कड़े की ओर होगा।"

"उसका ध्यान अपने कड़े की ओर नहीं है। तुमने ही कहा था कि उसका मूल्य लगभग तीस हज़ार रुपये है।"

"उसे न कड़ा चाहिए, न अपने परिवार का सम्मान। उसे तो बस किसी प्रकार सास से घर की चाबियाँ छीननी हैं, जैसे भी मिलें। घर लुटाकर मिलें या घर जलाकर।"

"नहीं! कोई इतना मूर्ख नहीं होता। अपने घर की चिन्ता तो सबको होती है।"

नौकर हँसा, "समाचार-पत्र नहीं पढ़ता तो टी.वी. तो देखता होगा। देखता नहीं! इतने बड़े-बड़े नेता सास से चाबियाँ छीनने के लिए किस प्रकार गन्दे और छिछोरे जोड़-तोड़ में लगे हैं। देश की चिन्ता है उनको?"

2

रामलुभाया ने नौकर की पेटी की तलाशी ली। उसमें से कड़ा तो नहीं मिला, किन्तु कुछ दिन पहले गुम हुआ, रामलुभाया का ट्रांजिस्टर मिल गया। नौकर को दो झापड़ मारे तो वह बक पड़ा। उसने घर से सोने का कड़ा उठाया था; और सामने के बाज़ार में एक सुनार को पाँच सौ रुपयों में बेच आया था।

रामलुभाया थाने जा पहुँचा।

सारा क़िस्सा सुनकर थानेदार के मन में नौकर के प्रति दया का पारावार उमड़ पड़ा। उसने रामलुभाया को ही डाँटा। उसे शर्म नहीं आती कि एक छोटे से बच्चे पर ऐसा आरोप लगा रहा है। उसे बच्चे के चेहरे का भोलापन दिखाई नहीं देता। देवदूतों की-सी पवित्रता है, वहाँ। उस पर एक बार चोर का ठप्पा लग गया तो उसका तो सारा जीवन ही नष्ट हो जाएगा।

"जीवन कैसे नष्ट हो जाएगा।" रामलुभाया ने कहा, "एक बार प्रमाणित हो जाए कि वह शातिर चोर है, तो कई राजनीतिक दल उसे चुनाव का टिकट ही नहीं देंगे, उसे चुनाव जिता भी देंगे।"

"अच्छा, ऐसा भी कोई दल है?" थानेदार ने पूछा।

"कई हैं।"

"तो वे डाकुओं को ही जिताने पर क्यों लगे हुए हैं? उनका ध्यान पुलिसवालों की ओर क्यों नहीं जाता। हमने भी तो उत्तराखण्ड आन्दोलन के दिनों में मुजफ्फरनगर के चौराहे पर अपनी योग्यता प्रमाणित की है। क्या हम उनकी शर्तों पर पूरे नहीं उतरते?"

रामलुभाया कुछ रुष्ट हुआ, "मैं आपको चुनाव का टिकट दिलाने नहीं आया हूँ। मैं तो इस चोर को पकड़कर लाया हूँ। इसने हमारा सोने का कड़ा चुराया है।"

"पर यह तो छोटा-सा बच्चा है।"

"होगा। आप इससे मेरा कड़ा वापस दिलवाइए।"

थानेदार को विश्वास ही नहीं हो रहा था कि वह बच्चा ऐसा कर सकता है। उसे उस पर इतनी दया आयी कि उसने नौकर को अपने पास थाने में ही रोक लिया कि कहीं रामलुभाया उसे घर ले जाकर उसके साथ मारपीट न करे।

शाम को वह सुनार स्वयं ही रामलुभाया के घर आ गया, "सुना है कि आपका नौकर कह रहा है कि उसने आपका कड़ा चुराकर मेरे पास बेचा है। पर मैंने ऐसा कोई कड़ा नहीं ख़रीदा है।"

"तो आपको यह सूचना कैसे हो गयी?..." रामलुभाया ने पूछा।

"मुझे तो थानेदार ने बताया कि आप अपने नौकर को चोरी के आरोप में फँसाना चाहते हैं; और साथ ही मुझे भी लपेट रहे हैं।" सुनार बोला।

"मैं तो इतना ही जानता हूँ कि मेरे नौकर ने घर से तीस हज़ार रुपयों का सोने का कड़ा चुराया है और वह कहता है कि उसने वह आपके पास पाँच सौ रुपये में बेच दिया है।"

"आपने उसे मार-पीटकर उससे यह सब कहलवा लिया है।" सुनार बोला, "पर कोई बात नहीं। आपका नुकसान हुआ है, तो आप किसी-न-किसी पर तो आरोप लगाएँगे ही न। लाहौर में बम फटता है तो पाकिस्तानवाले भी तो भारत को लपेटते ही हैं न। मुझे आप पर भी दया आती है और उस बच्चे पर भी। आप यह रपट वापस ले लें, नहीं तो वह बच्चा बेचारा व्यर्थ ही पुलिस के हाथों पिटता रहेगा।"

"क्यों? मैं रपट वापस क्यों ले लूँ?" रामलुभाया कुछ नाराज़ हुआ, "मेरे घर चोरी हुई है।..."

"ठीक है, तो हम आपको दस हज़ार रुपये दे देते हैं। अब हम उस बच्चे को पिटते तो नहीं देख सकते न।" सुनार बोला।

"यदि आपने चोरी का वह कड़ा ख़रीदा ही नहीं है, तो आप मुझे ये दस हज़ार रुपये क्यों दे रहे हैं?" रामलुभाया बोला।

"मुझे उस बच्चे पर दया आ रही है न, जिसे आपने झूठ-मूठ ही चोरी के आरोप में पुलिस के हवाले कर दिया है।" सुनार ने कहा, "हम और भी तो इतना दान करते हैं। यह भी सही। किसी ग़रीब का बच्चा पिटने से बच जाएगा। थानेदार भी यही चाहता है।"

"थानेदार ऐसा क्यों चाहता है?" रामलुभाया ने पूछा।

"उस बच्चे को बचाने के लिए, हमने थानेदार को भी तो दस हज़ार दिये हैं न!" सुनार ने बताया, "अब आप हमसे ये दस हज़ार रुपये ले लीजिए और उस बच्चे को छोड़ दीजिए। नहीं तो थानेदार कह रहा था कि उसे इस चोरी का कोई सबूत नहीं मिलेगा। तब हम ये दस हज़ार रुपये भी आपको नहीं देंगे।"

रामलुभाया को सुनार की चिन्ता नहीं थी; किन्तु थानेदार की दया से उसे डर लगने लगा था। खेतों की खड़ी फसल पर टिड्डी दल आ उतरा था; और किसान को फ़सल की चिन्ता नहीं थी। उसे टिड्डी दल पर दया आ रही थी। देश के कर्णधार बँगलादेश से अनवरत प्रवेश करते हुए टिड्डी दल के प्रति प्यार जता रहे थे। सुनार के दस हज़ार में बहुत बल था।

3

रामलुभाया क्रोध में उफनता हुआ थाने जा पहुँचा। वहाँ एक नया ही हंगामा चल रहा था। एक ग़रीब-सी लड़की बैठी रो रही थी। वह अपनी टाँग की पीड़ा का

उपचार कराने हस्पताल में डॉक्टर के पास गयी थी। डॉक्टर ने जाँच के बहाने उसके कपड़े उतरवा लिये थे और जब तक कि वह घबरायी हुई संकोची लड़की कुछ समझ पाती, डॉक्टर ने उसकी इज़्ज़त लूट ली थी। लड़की के चिल्लाने पर लोगों ने डॉक्टर को रंगे हाथों पकड़ लिया था और पुलिस के हवाले कर दिया था।

रामलुभाया ने देखा कि इस बार थानेदार की करुणा की धारा डॉक्टर की ओर प्रवाहित हो रही थी।

"क्यों उसकी ज़िन्दगी बरबाद करने पर तुली हुई हो?" थानेदार लड़की को डाँट रहा था, "जानती भी हो, उसकी नौकरी चली जाएगी। मेडिकल एसोसिएशनवाले भी इतने दुष्ट हैं कि तुरन्त उसकी डिग्री भी छीन लेंगे। जेल अलग जाएगा। तुझे क्या मिलेगा उसका जीवन नष्ट करके?"

"उसने भी तो मेरा जीवन नष्ट कर दिया है।" लड़की कुछ साहस कर बोली।

"चुप!" थानेदार ने उसे डाँटा, "तेरी ज़िन्दगी का मोल ही क्या है? सारी ज़िन्दगी लोगों के घर झाड़-पोचा कर, लाख रुपया भी नहीं कमा पाएगी। जानती भी है कि डॉक्टर की डिग्री कितनी महँगी होती है।"

"डॉक्टर की डिग्री बहुत महँगी होती है और बहुत श्रम के पश्चात् मिलती है।" रामलुभाया बोला, "पर आप यह क्यों नहीं सोचते कि वह डॉक्टर की डिग्री हो या ओलम्पिक खेलों का स्वर्णपदक, क्या वह स्त्री के सम्मान से भी अधिक मूल्यवान है?"

"स्त्री का सम्मान क्या होता है जी!" थानेदार भड़क उठा, "बहुत देखीं, ऐसी सम्मानवाली मैंने। ऐसी ही एक औरत पहले भी मेरे पास आयी थी अपनी इज़्ज़त के लुट जाने की शिकायत लेकर। मैंने उसकी जाँच क्या की कि मुझे भी छूत का रोग लगा गया। साली ने मुझे बताया भी नहीं कि उसे वह रोग भी था।"

"आपने भी तो उसे बताया नहीं होगा कि आपकी नीयत क्या थी।" रामलुभाया बोला।

"उसने मेरा तो विश्वास ही तोड़ दिया न। मेरी दृष्टि में तो नारी जाति की महानता ही नष्ट हो गयी।"

"उसका भी तो पुलिस पर से भरोसा उठ गया होगा।" रामलुभाया बोला।

थानेदार ने उसकी बात की ओर ध्यान नहीं दिया। बोला, "अब यह इतनी-सी लड़की है। इसे पता भी है कि इज़्ज़त लुटना क्या होता है। मैं इसकी बात मानकर डॉक्टर पर मुक़दमा बना दूँ तो लोगों का लड़कियों की पवित्रता पर से भरोसा ही उठ जाएगा। मैं नारी जाति का ऐसा अपमान तो नहीं कर सकता न।"

"और डॉक्टर की इस करतूत से लोगों का डॉक्टरों पर से भरोसा उठ जाएगा, उसकी ओर आपका ध्यान नहीं जा रहा।" रामलुभाया बोला, "अपनी पुत्री की बात

तो जाने दीजिए, आप अपनी पत्नी को भी किसी जाँच के लिए इस डॉक्टर के पास भेजेंगे, जो इसकी माँ की अवस्था की होगी?"

"तुम बहुत बकवास कर रहे हो जी। पुलिसवालों की माँ-बहन तक जा रहे हो। फिर मेरी पत्नी की उम्र की भी चर्चा कर रहे हो।" थानेदार बोला, "मुझे तुम पर बहुत क्रोध आ रहा है। पर इस डॉक्टर पर तो मुझे बहुत दया आ रही है। हाय! कितना मासूम है बेचारा। इस मनहूस लड़की के कुँवारे शरीर ने इसे पागल बना दिया होगा और यह मूर्खता कर बैठा; पर अब तुम लोग मिलकर इस बेचारे डॉक्टर का जीवन नष्ट करने पर क्यों तुले हुए हो? भूल किससे नहीं होती। पर एक चांस तो सबको मिलता है न!"

"नारी की पवित्रता नष्ट हो जाए, तो उसे एक चांस कौन देता है? आप देंगे?" रामलुभाया ने उसे डाँटा।

"हाय रे! इन लड़कियों पर कौन विश्वास करेगा अब?" थानेदार अपना ही रोना रोता जा रहा था, "तुम मिस्टर रामलुभाया! तुम इस लड़की का इतना पक्ष ले रहे हो। तुम मुझे बताओ कि इतना पैसा ख़र्च कर और इतना समय लगाकर, इतने क़ीमती डॉक्टर क्या इसलिए बनाये जाते हैं कि ऐसी राह चलती लड़कियाँ उन्हें बरबाद कर दें?"

रामलुभाया का भी तेज जागा, "तुम बताओ मिस्टर थानेदार! कि इतना रुपया ख़र्च कर और इतना समय लगाकर हमारा देश इतने महँगे डॉक्टर क्या इसलिए बनाता है कि इलाज के लिए आयी लड़कियों का जीवन नष्ट करता रहे? डॉक्टर देश को नीरोग करने के लिए हैं या उसे रुग्ण करने के लिए?"

"निर्दयी हो तुम सब! तुममें से किसी में रंचमात्र भी करुणा नहीं है।"

"तुममें ही इतनी करुणा क्यों है?" रामलुभाया ने पूछा।

"अरे नेता लोग अपराधियों पर करुणा न करें, तो उनके लिए दंगा कौन करेगा; और हम डॉक्टरों के लिए करुणा न दिखाएँ, तो हमारे लिए झूठी डॉक्टरी रपटें कौन लिखेगा? हमारी मजबूरी तो कोई समझता ही नहीं। एक छोकरी की इज़्ज़त बहुत प्यारी है तुम लोगों को, थानेदार की तो कोई इज़्ज़त ही नहीं है इस देश में।"

नया व्यवसाय

रामलुभाया को आजकल एकदम अवकाश नहीं है। इतना भी नहीं कि अपने जूतों के तस्मे बाँध सके और आस्तीन के बटन लगा सके। जब देखो, इंजन के समान धड़धड़ाता हुआ निकलता है और एक उजड्ड-सा नमस्कार मेरी ओर उछालकर भागता-दौड़ता, अपने-आपको ठेलता-ठालता, बस में चढ़ा देता है। मैं अपने दरवाज़े पर खड़ा हैरान-परेशान अवसर की ही बाट जोहता रह जाता हूँ, कि किसी प्रकार उससे यह पूछ सकूँ कि वह रोज़ जंगली सूअर के समान, सिर झुकाये कहाँ भागता जाता है।

यही रामलुभाया पिछले सप्ताह तक घण्टों अपने दरवाज़े पर खड़ा, प्रत्येक आने-जानेवाले को बलात् रोक, उसका हालचाल पूछता और महँगाई, राजनीति और फ़िल्मों की बातें करता था। जिसको कहीं जाने की जल्दी होती, वह दूर से ही रामलुभाया को देखकर, अपना रास्ता बदल लेता था।...और अब वही रामलुभाया है कि सुबह-ही-सुबह, जेट विमान के समान ऐसी उड़ान भरता है कि गयी रात तक घर में लैण्ड ही नहीं करता।

मेरी पत्नी ने बताया कि श्रीमती रामलुभाया कह रही थीं कि इन्होंने नया बिजनेस शुरू किया है; इसलिए बहुत भाग-दौड़ में रहते हैं। मैंने मान लिया कि नया-नया काम है, जमाने में लगा होगा। आरम्भ में तो मेहनत करनी ही पड़ती है। पर उसी शाम मेरा बेटा समाचार लाया कि उसने रामलुभाया अंकल को शान्ति-पथ पर एक जुलूस के आगे-आगे नारे लगाते हुए, जाते देखा है। वे लोग किसी दूतावास पर प्रदर्शन करने जा रहे थे।

मैं समझ गया कि रामलुभाया अपनी पत्नी से झूठ बोल रहा है। राजनीति में फँस गया है और पत्नी को नये व्यवसाय का झाँसा दे रहा है।...पर पत्नी से कौन झूठ नहीं बोलता। पत्नी को सब-कुछ सत्य-सत्य बता दिया जाए, तो गृहस्थी एक दिन भी न चले; और चले तो क्लेश की बैसाखी पर ही चले।

पर मेरी पत्नी इस बात पर अड़ी रही कि श्रीमती रामलुभाया की सूचना ग़लत नहीं है। रामलुभाया ने सचमुच नया व्यापार शुरू किया है और वह उससे काफ़ी

पैसा बना रहा है। ऐसा न होता, तो रोज़ रात को वह अपनी पत्नी को नोटों की गड्डियाँ कैसे पकड़ाता।

मुझे अपनी पत्नी से सहमत होना पड़ा। रामलुभाया झूठा हो सकता था, पर नोटों की गड्डियाँ झूठ नहीं बोल सकतीं।

अपनी जिज्ञासा का समाधान करने के लिए मुझे रामलुभाया को ही पकड़ना पड़ा।

सुबह-सुबह वह बस अड्डे की ओर भागा जा रहा था। मैं भी साथ-साथ भागा, "रामलुभाया, तुमसे एक बात करनी है।"

उसने बहुत साफ़ शब्दों में कहा, "इस समय मुझे अवकाश नहीं है।"

"बड़ी आवश्यक बात है।" मैं घिघियाया।

"एप्वाइण्टमेण्ट ले लो।" उसने चलते-चलते ही बहुत गम्भीरता से कहा और अपनी आस्तीन के बटन बन्द करने लगा।

मैंने चौंककर उसे ऐसे देखा, जैसे तोते के पिंजरे में कोई उल्लू बैठा दिखाई पड़ गया हो।

"एप्वाइण्टमेण्ट?" मेरे मुँह से अनायास ही निकल गया।

"हाँ! एप्वाइण्टमेण्ट!" वह बस अड्डे की ओर भागता ही जा रहा था।

जी में तो आया कि चप्पल उतार लूँ और कस-कसकर दो लगाऊँ उसको। क्या पिद्दी और क्या पिद्दी का शोरबा। लाट साहब हो गया है रामलुभाया। अब उससे यह पूछना हो कि वह क्या काम कर रहा है, तो उससे एप्वाइण्टमेण्ट लो!

पर वह इतना गम्भीर था कि मैं डर गया कि कहीं यह न कह दे कि एप्वाइण्टमेण्ट मेरी सेक्रेटरी से लो।

मैंने अत्यन्त मधुर स्वर में कहा, "अच्छा! एप्वाइण्टमेण्ट ही दे दो!"

उसने वैसे ही भागते-दौड़ते अपनी जेब से डायरी निकाली और कुछ पृष्ठ पलटकर बोला, "कल प्रातः आठ और साढ़े आठ के बीच का समय ख़ाली है। सूट करेगा?"

उसके व्यवहार से मैं अपनी ही नज़र में बहुत छोटा हो गया था। मन में आया कि उसे 'सर' कहकर सम्बोधित करूँ। पर किसी प्रकार अपनी हीन भावना को स्थगित कर बोला, "पर रामलुभाया! तुम तो प्रातः आठ बजे ही बस पकड़ लेते हो। कल घर पर रहोगे क्या?"

"नो-नो-नो!" उसने अपनी तर्जनी उठायी, "बस में ही बात करेंगे। वैशाली से लालकिले तक का समय तुम्हारा है। लालकिले से आगे मैंने किसी और को समय दे रखा है।"

मैं उजबक-सा उसे देखता ही रह गया; और वह, सामने जाकर थमी बस में सवार हो गया।

अगले दिन मैंने उसे बस में ही पकड़ा। संयोग से उसके साथवाली सीट ख़ाली थी। उसने बड़े सम्मान से मुझे उस पर बैठाया, जैसे कोई अपने दफ़्तर में आये अतिथि को बैठाता है।

मैंने अपनी डायरी और पेंसिल सँभाली और इण्टरव्यू की शैली में पूछा, "आजकल आप क्या कर रहे हैं?"

"बिजनेस!" उसने संक्षिप्त-सा उत्तर दिया।

"बिजनेस में क्या?" मैंने विस्तार से जानना चाहा।

"एक आन्दोलन चला रहा हूँ।" उसके आत्मविश्वास के सामने मैं ही डगमगा गया।

"यह कोई व्यवसाय हुआ?" साहस कर किसी प्रकार मैंने कह ही दिया।

"कोई फैक्टरी चलाता है तो व्यवसाय होता है और कोई आन्दोलन चलाता है, तो वह व्यवसाय नहीं होता?"

मैंने उसका तर्क स्वीकार कर लिया, "किस प्रकार का आन्दोलन चला रहे हैं आप?"

"विश्व-शान्ति का आन्दोलन।"

मैंने परेशान होकर उसे देखा : पगला तो नहीं गया रामलुभाया! पत्नी लड़ पड़े तो वह तो इससे शान्त होती नहीं; और यह विश्व-शान्ति का आन्दोलन चला रहा है।

उसे उसकी औकात याद दिलाने के लिए, मैं अनौपचारिक हो उठा, "उसके लिए क्या करते हो तुम?"

"हम प्रदर्शन करते हैं!"

"क्या नारे लगाते हो?"

"युद्धबाजों का नाश हो। एटमी हथियारों की होड़ बन्द करो।"

"कल किस दूतावास पर गये थे?"

"यह तो मैंने देखा नहीं।" वह बोला।

"आज कहाँ जा रहे हो?"

"मैंने पूछा नहीं।" उसने बताया।

"यह तुम्हारी राजनीति है?"

"नहीं! व्यवसाय है।" उसने मुसकराकर सिगरेट सुलगा ली, "एक ग्राहक आता है और कहता है—हमें प्रदर्शन करवाना है...।"

मैं चौंका : तो यह है आपका व्यवसाय।

"दूसरों के कहने पर प्रदर्शन करते हो?" मैंने उसे धमकाया।

"दूसरों को नहीं," उसने मेरी भूल सुधारी, "फिनांसर के कहने पर। हम ठेका

लेते हैं। जितना ज़ोरदार प्रदर्शन कोई चाहता है—उतने आदमी भेज देते हैं। उसी हिसाब से नारे लगाते हैं...।"

"नारे के बच्चे!" मैंने उसे डाँटा, "किसी मित्र देश के दूतावास पर प्रदर्शन किया, तो बन्द कर दिया जाएगा।"

"कच्ची गोलियाँ नहीं खेलते।" वह बोला, "हिंस्र प्रदर्शन नहीं करते हम! पत्थर फेंकवाने और शीशे तुड़वाने का काम दूसरा ठेकेदार करता है।"

"अच्छा! ऐसे ठेकेदार भी हैं?" मैंने हैरान होकर पूछा।

"ठेकेदार तो आग लगवानेवाले भी हैं।" उसने बताया, "उसमें पेमेण्ट तो अच्छी है, पर ऑर्डर कम मिलते हैं। मैं सोचता हूँ, ऐसा काम करो जिसमें ग्राहक अच्छा मिलता हो। अब यह विश्व-शान्ति का आन्दोलन ही लो," उसने मुझे देखा, "यह अच्छा ऑर्डर है। हम किसी का विरोध नहीं कर रहे। किसी को बदनाम नहीं कर रहे। हम तो शान्ति का प्रचार कर रहे हैं। चाहे जिस दूतावास पर करवा लो। पक्ष में करवा लो, विपक्ष में करवा लो। सड़क पर जुलूस निकलवा लो। मैदान में जलसा करवा लो। हमारा, नारों का एक ही सेट काम में आ जाता है। पोस्टर भी नये नहीं छपवाने पड़ते। इसकी बड़ी माँग है। आखिर शान्ति कौन नहीं चाहता।"

"सरकार-विरोधी प्रदर्शन भी करते हो?" मैंने पूछा।

"अच्छी पेमेण्ट होने पर कर भी लेते हैं।" वह बोला, "पर मेरी कोशिश यही होती है कि सरकारी समर्थनवाले प्रदर्शनों के ज़्यादा ऑर्डर लूँ।" उसने सिगरेट का धुआँ छोड़ा, "उसमें आदमी अधिक मिल जाते हैं। पेमेण्ट तो अच्छी है ही, साथ में सुविधाएँ भी अधिक हैं।"

"केवल राजनीतिक प्रदर्शन ही करते हो?"

वह हँसा, "यह सब तो हमारे राजनीतिक अनुभाग में होता है। सामाजिक अनुभाग के ऑर्डर अलग हैं। दहेज विरोधी प्रदर्शन। अन्तर्जातीय विवाह के समर्थन में प्रदर्शन। डॉक्टरों को नौकरी दिलवाने के लिए प्रदर्शन। वेतन बढ़वाने के लिए प्रदर्शन। महँगाई-विरोधी प्रदर्शन...।"

"बस-बस!" मैं उसकी सूची से घबराने लगा था।

"अरे यह क्या है," उसने बताया, "हमारा धार्मिक अनुभाग तो प्रभात-फेरियाँ करवाता है। धार्मिक समारोहों के लिए श्रोता जुटाता है।" उसने आँख मारी, "पिछले दिनों तो मैंने कई नगरों में दूरदर्शन केन्द्र खुलवाने के पक्ष में प्रदर्शन करने के लिए ठेके लिये हैं। टी.वी. उत्पादकों और उनके डीलरों ने अच्छी पेमेण्ट की है।"

मैं चकित दृष्टि से उसे देखता रहा।

"इधर कुछ पौधशालावालों से बातचीत चल रही है।" उसने बताया।

"वह किस सिलसिले में?" मैं कुछ समझ नहीं पाया।

"पेड़ लगाओ आन्दोलन चलाने का ठेका है। सरकार ने माँग मान ली तो

पौधशालावालों के भी वारे-न्यारे हो जाएँगे।" उसने रुककर मुझे देखा और हँसा, "एक बड़ा मज़ेदार ठेका मिला है।"

"कैसा ठेका?"

"एक किरायेदार मकान ख़ाली नहीं कर रहा। मालिक-मकान चाहता है कि उसे मुहल्ले में बदनाम कर दिया जाए।"

"तो तुम उसमें क्या करोगे?" मैंने पूछा।

"हम उसके घर पर उसकी फैक्टरी के मजदूरों का प्रदर्शन करवाएँगे; और पिछले छह महीनों का वेतन न मिलने की शिकायत करेंगे।"

"पर उसने वेतन तो दे दिया है न?"

"एकदम!"

"तो वे मजदूर झूठ बोलेंगे?" मैंने कहा, "और फिर उनकी अपनी यूनियन होगी! वे तुम्हारे कहने पर प्रदर्शन क्यों करेंगे?"

"बड़े भोले हो।" वह मुसकराया, "अरे उसकी फैक्टरी के मजदूरों को लाने कौन जा रहा है। हम तो अपने आदमी भेजेंगे। उसके पड़ोसी उसकी फैक्टरी के मजदूरों को पहचानते हैं क्या! किसी को क्या पता कि हम कौन हैं। जब तक पुलिस को ख़बर हो, हम अपना डोरी-डण्डा समेटकर चल देंगे।"

"तुम तो वैज्ञानिक हो रामलुभाया।" मैंने उसकी प्रशंसा की, "तुमने तो बहुत सारे नये आविष्कार कर डाले हैं।"

"नहीं!" उसने मेरी बात का प्रतिवाद किया, "मैं तो केवल एक व्यवसायी हूँ।" उसने बस की खिड़की से बाहर झाँका, "अच्छा! तुम अब चलो। लालकिला आ गया है। यहाँ से किसी और का एप्वाइण्टमेण्ट है मेरे साथ।"

किसका भय

"यह क्या कर रहे हैं महाराज?"

"मेरे घर में पूजा है न!"

"पूजा आपके घर में है; और बिजली का तार आप सड़क के खम्भे से खींच रहे हैं?" मैंने उन्हें अच्छा नागरिक बनाना चाहा।

"सारी सड़क पर लाउडस्पीकर लगाऊँगा। सारी रात जागरण होगा।" वे अत्यन्त प्रसन्न थे, "सबके कानों में प्रभु-नाम का अमृत टपकेगा। मेरे साथ-साथ मुहल्लेवाले भी पुण्य कमाएँगे।"

"आप अपने घर में पूजा का प्रबन्ध कर रहे हैं; या सारे मुहल्ले की नींद हराम करने की तैयारी में हैं?" मैंने आपत्ति जतायी, "लाउडस्पीकर लगाकर लोगों की सामान्य गतिविधि में विघ्न उपस्थित करना ग़ैर-क़ानूनी भी है, समाज-विरोधी भी।"

"जब तक जागेंगे नहीं, ईश्वर-लाभ कैसे करेंगे?" उन्होंने पूछा, "कबीर साहब ने कहा है, 'दुखिया दास कबीर है, जागे और रोवे।' "

"जब उन्हें ईश्वर-लाभ करना होगा, वे जाग लेंगे। आप यह क्यों चाहते हैं कि सारा मुहल्ला आपकी पूजा से पीड़ित होकर जागे?" मैंने कुछ रोष से पूछा, "आप अपनी पूजा अपने घर तक ही सीमित नहीं रख सकते?"

"लो, भलाई का ज़माना ही नहीं है।" वे बोले, "मैं सारे मुहल्ले को सुधारना चाहता हूँ जनाब।"

"सरकारी बिजली की चोरी करके?"

"हाँ।"

"मेरे कहने पर आपने अपने पाजामे का लटकता हुआ नाड़ा तक तो ठीक से खोंसना नहीं सीखा; और सारे मुहल्ले का सुधार आप ज़रूर करेंगे।" मैं अपना संयम खो रहा था।

"वह मेरा व्यक्तिगत मामला है।" वे बोले, "पाजामा मेरा है, नाड़ा भी मेरा है; खोंसूँ या लटकाऊँ—आपको क्या?"

"आपका लटकता हुआ नाड़ा मेरी आँखों में चुभता है।" मैं बोला, "वैसे तो

धर्म भी व्यक्तिगत मामला है। उसे आप सार्वजनिक क्यों बना रहे हैं?"

"धर्म है तो व्यक्तिगत मामला ही।" वे मेरे निकट आकर धीरे से बोले, "पर यदि उसके नाम पर मैं सरकारी बिजली मुफ़्त ले सकता हूँ; तो क्यों न लूँ।...धर्म के नाम पर बड़ी-बड़ी सरकारी ज़मीनें हड़पकर उन पर दुमंज़िले-तिमंज़िले मकान, ढेर सारी दुकानें और बाग़-बगीचे बनवा सकता हूँ, तो क्यों न बनवाऊँ?"

"दुमंज़िले-तिमंज़िले मकान और दुकानों का क्या मतलब?" मैं भौचक होकर अपने मूल विषय से भटक गया, "सरकारी ज़मीन हड़पकर, उस पर तो पूजास्थल बनाया जाता है, भगवान् का घर।"

"हाँ।" वे हँसे, "एक-आध कोठरी तो भगवान् के नाम की भी छोड़नी ही पड़ती है। आख़िर कोई ओट भी तो चाहिए। बाक़ी तो सब अपना-ही-अपना होता है। ठाठ से रहो, दुकानों को किराये पर चढ़ाओ और माल उड़ाओ।"

"सार्वजनिक हित में देश की भूमि अर्पित हो, तो हो, पर यह तो व्यक्तिगत स्वार्थ है।" मैं सचमुच अपने-आपको अज्ञानी महसूस करने लगा था, "सरकार उन्हें रोकती क्यों नहीं?"

"सेक्यूलर है न! इसलिए।" वे बोले।

"धार्मिक सरकार धर्म से डरे तो डरे, यह सेक्यूलर सरकार क्यों डरती है?"

"धर्म से कौन डरता है।" वे बोले, "धर्म के पाखण्ड से सब डरते हैं।"

"क्यों?"

"क्योंकि धर्म को तो राजगद्दी चाहिए नहीं।" उन्होंने बताया, "गद्दी छीनने का ख़तरा तो पाखण्ड से ही है न!"

अब तर्क व्यर्थ था। मैं उनसे डरकर अपने घर में घुस गया।

मेरे मुहल्ले के फूल

मेरे मुहल्ले में फूल नहीं खिलते। नहीं। यह सत्य नहीं है। सत्य यह है कि मेरे मुहल्ले में खिलते हुए फूल भय से पीले पड़ जाते हैं।...बहुत दिनों तक मुझे अपने मुहल्ले में कोई खिला हुआ फूल दिखाई नहीं दिया था। उस दिन दिखाई दिया, तो मेरा ध्यान इस बात पर भी गया कि वह बेहद डरा और घबराया हुआ था।

"क्या बात है?" मैंने पूछा, "तुम हँसने और खिलखिलाने के स्थान पर भय से पीले क्यों पड़ गये हो?"

"तुम्हारे मुहल्ले में भगवान् के बहुत सारे भक्त हैं न, इसीलिए।"

"तुम भक्तों से डरते हो?"

"डरना ही पड़ता है।" वह धीमे स्वर में बोला, "इधर मेरे अधर मुसकराये और उधर उनकी क्रूर अँगुलियों ने मुझे नोच लिया। पूरी तरह खिलने भी नहीं देते।"

मैं जानता था कि प्रकृति झूठ नहीं बोलती; फिर भी मैंने फूल के सत्य को परखना चाहा। एक रोज़ प्रातः कुछ जल्दी उठकर बाहर निकल आया। देखा कि पड़ोस में, ओझाजी के घर में लगी चमेली की बेल पर कोई झुका हुआ फूल चुन रहा है।

"क्या कर रहे हो?" मैंने पूछा।

वह पहले तो कुछ डरा; किन्तु फिर शेर हो गया, "पूजा के लिए फूल तोड़ रहा हूँ।"

"तुमने ओझाजी से अनुमति ली?"

"किस बात की अनुमति?"

"फूल तोड़ने की।"

उसने ढीठ होकर मेरी ओर देखा और फिर फूल तोड़ने लगा, "फूल भगवान् ने बनाये हैं। मैं उन्हीं की पूजा के लिए फूल तोड़ रहा हूँ। ओझाजी से किस बात की अनुमति लूँ?"

"वैसे तो तुम्हारा सिर भी भगवान् ने बनाया है।" मैंने कहा, "उसे तोड़ने के लिए मुझे किसी कि अनुमति की आवश्यकता नहीं पड़ेगी।"

"क्या मतलब है तुम्हारा?" उसने घूरकर मुझे देखा, "तुम मुझे धमकी दे रहे हो?"

"नहीं।" मैं बोला, "मैं केवल यह बता रहा हूँ कि तुम जो कुछ कर रहे हो, उसका नाम चोरी है।"

"तुम मुझे चोर कह रहे हो?" उसने क्रुद्ध होकर पूछा।

"नहीं, मैं तुम्हें चोर नहीं कह रहा। केवल यह बता रहा हूँ कि जो कुछ तुम कर रहे हो, वह चोरी है।" उस पर मेरे कहने का उल्टा ही प्रभाव पड़ा। वह अब मुझे धमका रहा था, "भगवान् की पूजा के लिए फूल तोड़ना चोरी है? मुझे चोर कह रहे हो। पापी! पाखण्डी! तुम इस धरती पर बोझ हो।"

मैं सहम गया। यह सब तो मैंने सोचा ही नहीं था। फिर भी मैंने साहस करके कहा, "यदि यह ज़मीन ओझाजी की है; उसमें पौधा ओझाजी ने रोपा है, सींचा है, उसे खाद ओझाजी या उनके माली ने दी है; तो उस पौधे पर लगे फूल ओझाजी की सम्पत्ति हैं। उनकी अनुमति के बिना उन फूलों को तोड़ना चोरी ही तो है।"

किन्तु मेरा तर्क उसे तनिक भी प्रभावित नहीं कर पाया। वह मुझे डाँटता हुआ बोला, "यह ज़मीन भगवान् की नहीं ओझाजी की है? इस पर जो पानी बरसा वह भगवान् ने नहीं, ओझाजी ने बरसाया था क्या? धरती के गर्भ में बीज की जिसने रक्षा की वह भगवान् नहीं, ओझाजी थे क्या? अब तुम बताओ, ये फूल भगवान् के नहीं तो किसके हैं?"

मैं अपने सारे तर्क भूल गया। मैं यह तो कह सकता था कि यह घर और यह प्लॉट, जिस पर यह मकान बना हुआ था, सरकारी काग़ज़ों में ओझाजी की सम्पत्ति था; किन्तु मैं यह कैसे कह सकता था कि धरती बनानेवाले और आकाश से जल की वर्षा करनेवाले तथा धरती के भीतर अंकुर की रक्षा करनेवाले भी ओझाजी ही थे। न तो मैं इतना नास्तिक हो सकता था; और न मेरा पड़ोसी-प्रेम इतना बड़ा झूठ बोलने का साहस दे पा रहा था।...और वह व्यक्ति था कि साहसी से दुस्साहसी होता जा रहा था।

"बताओ!" वह फिर बोला, "मैं चोर हूँ क्या?"

मैंने घबराकर सिर खुजलाया और कहा, "तुम्हें मैंने चोर नहीं कहा; किन्तु तुम यह बताओ कि तुम भगवान् हो क्या, जो भगवान् के फूल अपनी झोली में समेटे जा रहे हो। जिनके फूल हैं उन्हें स्वयं लेने दो।"

वह भी मेरे ही समान भौचक रह गया, "मैं भगवान् का एक साधारण भक्त हूँ। भगवान् कैसे हो सकता हूँ। मैं तो केवल उनके फूल उन पर चढ़ा रहा हूँ।"

"अर्थात् भगवान् को धोखा दे रहे हो?"

"क्या मतलब?"

"उनकी ही चीज़ उन्हें उपहार में दे रहे हो, जैसे वह तुम्हारी सम्पत्ति हो।"

वह क्षणभर कुछ सोचता रहा और सहसा उसे कुछ याद आ गया। वह पहले के ही समान भड़ककर बोला, "याद रखो, तुमने मुझे चोर कहा है। एक शरीफ़ आदमी को चोर कहने का परिणाम जानते हो? मैं तुम्हें इसके लिए दण्ड भी दिलवा सकता हूँ।"

एक बार तो मैं सहम ही गया : क्या पता यह कौन है। हो सकता है कि यह कोई बड़ा सरकारी अधिकारी हो। कहीं पुलिस में ही न हो। किसी राजनीतिज्ञ का साला भी हो सकता है; और किसी बदमाश का मित्र भी...मैं व्यर्थ ही उसे छेड़ बैठा था। मुझे क्या पड़ी थी कि ओझाजी के फूलों की रक्षा के लिए उससे उलझ पड़ा। फूलों को तो वैसे भी मुरझाकर गिर ही जाना था...

उसने मुझे चुप देखा तो पराजित मानकर और धमकाया, "अब बोलते क्यों नहीं। मैं चोर हूँ क्या?"

पर अब तक मुझे भी ईश्वर की ओर से कुछ सद्प्रेरणा मिल चुकी थी। बोला, "नहीं, तुम चोर नहीं हो। तुम कुछ बड़ी चीज़ हो। भगवान् ने जो फूल ओझाजी की बाड़ी में खिलाये हैं; तुम उन्हें तोड़ने का दुस्साहस कर भगवान् की इच्छा का उल्लंघन भी कर रहे हो; और मुझसे लड़ भी रहे हो। इससे स्पष्ट है कि तुम चोर नहीं हो। तुम डाकू हो। तुम्हारे ही भय से मेरे मुहल्ले में फूल खिलने से डरते हैं।"

अहंकार का गुब्बारा

वे मेरे लेखन की प्रशंसा कर रही थीं और मुझे सराह रही थीं, "आप पुरुष हैं, इसलिए परम स्वतन्त्र हैं। जब जो चाहे कर सकते हैं।"

"आप नहीं कर सकतीं?" मैंने पूछा।

"नहीं भाई! हमारा तो परिवार है, समाज है।"

"पुरुष का परिवार नहीं होता या वह समाज में नहीं रहता?"

"अब देखिए न!" वे बोलीं, "इन छुट्टियों में आपने अपना उपन्यास पूरा कर लिया और मुझे अपने पति के साथ हिल-स्टेशन जाना पड़ गया।"

"हाँ! आपके साथ बहुत मजबूरियाँ हैं।" सहसा ही मुझे ज्ञान-लाभ हो गया था, "अब छुट्टियों में हिल-स्टेशन तो जाना ही पड़ता है न!"

मेरा समर्थन पाकर वे प्रसन्न हो गयीं, "अब कोई लिखने के लिए, जीवन का सारा आनन्द छोड़ तो नहीं सकता न! पति का साथ है। फिर बच्चों के लिए मनोरंजन इत्यादि भी आवश्यक है। हम तो कुछ भी नहीं छोड़ सकते न!"

"बिल्कुल ठीक कह रही हैं आप!" उनका विरोध करने का साहस मुझमें नहीं था, "व्यक्ति अपने दायित्व निभा ले, अपनी इच्छाएँ-आकांक्षाएँ पूरी कर ले, अपने संगी-साथियों को सुखी कर ले। फिर समय मिले तो लिखे; यह थोड़ी कि उन सबकी उपेक्षा कर बैठा लिखता रहे।"

"और क्या!" वे प्रसन्न हो गयीं, "मेरा लिखना तो वैसे ही टलता जाता है, जैसे भगवान् का मिलना। मनुष्य सोचता ही रह जाता है कि गृहस्थी के दायित्व पूरे हों और वह भगवान् का भजन करे, किन्तु न दायित्व पूरे होते हैं, न ईश्वर-भजन का समय आता है और जीव के इस संसार से चले जाने का समय आ जाता है।"

"आपने तो बहुत गहरी बात कह दी।" मैंने कहा, "सचमुच भगवान् को प्राप्त करना हो तो व्यक्ति को संसार तो छोड़ना ही पड़ता है।"

वे हँस पड़ीं, "आप मज़ाक़ अच्छा कर लेते हैं। संसार ही छोड़ दिया तो फिर भगवान् को किसके लिए पाना है?" और सहसा वे गम्भीर हो गयीं, "अब देखिए न! उस दिन आपने एक गोष्ठी का निमन्त्रण भिजवाया था। उस समय मेरे पास

एक व्यक्ति बंगाली साड़ियों का ढेर लेकर आया हुआ था। एक से एक ख़ूबसूरत साड़ी थी। उनको देखते-देखते ही आपकी गोष्ठी का सारा समय निकल गया। मैंने सोचा कि गोष्ठियाँ तो फिर भी होती रहेंगी, पर ढाका और टंगाइल की साड़ियाँ बेचनेवाला सेल्समैन तो रोज़ नहीं आता न।"

"आप ठीक कहती हैं।" मैंने उन्हीं के तर्क को आगे बढ़ाया, "गोष्ठी में पढ़ी गयी रचनाओं को सुनकर आप उनका क्या करतीं। न वे आपके पहनने के काम आतीं, न ओढ़ने के। आपके बताये बिना किसी को क्या पता चलता कि आपने साहित्यिक रचनाएँ सुन रखी हैं। पर बंगाली साड़ी पहनकर आप निकलेंगी तो दुनिया देखेगी। किसी को कुछ बताने की आवश्यकता ही नहीं है।"

"अब समाज को तो नहीं छोड़ सकती मैं।" उन्होंने अपना निर्णय दे दिया, "मेरी ननद अमरीका से आयी थी। प्रसाधन का जो सामान वह लायी थी, उसका मोह छोड़कर मैं आपके सेमिनार में चली आयी होती तो वह सारा सामान मेरी देवरानी ने हड़प लिया होता। फिर मैं कितनी भी अच्छी कहानी लिखती, उसको पढ़ने के लिए टी.वी. पर जाने लायक मेकअप ही नहीं होता तो वह कहानी कभी किसी तक पहुँच पाती क्या? अब देखिए, साहित्य तो समाज के लिए है। समाज छोड़ दें तो साहित्य का क्या करें?"

"समाज से आपका तात्पर्य अपने किट्टी-ग्रुप से है क्या?" मैंने बहुत भीरु स्वर में पूछा।

"जी, आप ठीक समझे।" वे बोलीं, "किट्टी-ग्रुप छोड़ दूँ तो अपनी रचनाएँ किसे सुनाऊँ। जब हमारी किट्टी-पार्टी होती है, तो मुझमें ऐसी प्रेरणा जागती है कि दो-एक छोटी-मोटी कविताएँ मैं उसी दिन लिख डालती हूँ।"

उनकी यह प्रेरणा मेरे लिए सर्वथा नयी थी। वस्तुतः मैं कुछ चमत्कृत-सा हो गया था। बोला, "आप पार्टी के लिए कविताएँ लिखती हैं, अपनी आत्मोपलब्धि के लिए नहीं? क्या आपको ऐसा नहीं लगता कि बाहर की यह सारी भाग-दौड़ आपको अपने भीतर झाँकने का अवकाश ही नहीं देती और आप अपने-आप से विमुख होती जा रही हैं। आपको चाहिए कि आप अपने लेखन को साधना के रूप में ग्रहण करें। किसी समय यह भूल भी जाएँ कि आप नारी हैं। अपने-आपको केवल लेखक के रूप में देखें।"

मैंने अपनी ओर से, अपने अनुभव से उपलब्ध सहज सत्य उनको बिना मूल्य के ही सौंप दिया था। सोचा था कि वे चमत्कृत होकर मेरी प्रशंसा करेंगी, मेरी उदारता का बखान करेंगी, किन्तु बात कुछ और ही हो गयी। जाने क्यों सहसा ही उनका स्वाभिमान जाग उठा। रुष्ट होकर बोलीं, "आप मुझसे मेरा नारीत्व छीन लेना चाहते हैं। पुरुष तो मैं हूँ ही नहीं, नारीत्व भी नहीं रहा, तो मैं क्या हो जाऊँगी। वैसे मुझे पहले ही समझ लेना चाहिए था कि आप भी पुरुष हैं। नारी-विरोधी तो

होंगे ही। मेरी ही मूर्खता थी कि आपके लेखन की प्रशंसा कर आपके अहंकार को गुब्बारे-सा फुला दिया। तभी तो आप मुझे उपदेश देने पर उतर आये।..."

उनकी तीखी वाणी से मेरे अहंकार का गुब्बारा फूट गया और मुझे अपनी औकात समझ में आ गयी...जाने मैं क्यों भूल जाता हूँ कि कहाँ मुझे तर्क करना है, और कहाँ बस मुसकराकर रह जाना है...

आत्मा की पवित्रता

रामलुभाया बहुत नाराज़ थे, "हमसे वोट भी लिये और हमारे घर के सामने ही सालों ने कूड़ा-घर बनवा दिया, ताकि सारे मुहल्ले के लोग अपना कूड़ा यहाँ फेंकें, वह यहाँ पड़ा सड़ता रहे और हम बीमार पड़ते रहें।"

मन में आया कि कहूँ कि आस-पास के सारे फ्लैटों में कूड़ा-ही-कूड़ा तो है। मनुष्य तो उनमें एक भी दिखाई नहीं देता। उनकी बदबू भी तो सहन करनी ही पड़ती है और साथ-ही-साथ मुसकराना भी पड़ता है।...किन्तु यह सब कहा नहीं मैंने।

"नहीं, रामलुभाया जी।" मैंने उन्हें समझाने का प्रयत्न किया, "कूड़ा-घर इतना निकट नहीं है कि बदबू हमारे घर तक आए। यहाँ से कम-से-कम नौ गज़ दूर तो अवश्य ही है। हमें तो प्रसन्न होना चाहिए कि नगर निगम ने हमारी सुविधा का ध्यान रखा और कूड़ा-दान हमारे ही ब्लॉक में बनवाया।"

"क्यों? हमारे ही ब्लॉक में क्यों बनवाया?" वे और भी चिढ़ गये, "सामनेवाले ब्लॉक में क्यों नहीं बनवाया? वे उनके मामा लगते हैं क्या? ज़मीन भी हमारे ब्लॉक की लेंगे और कूड़ा-दान भी हमारे ही ब्लॉक में बनवाएँगे।..."

"वह इसलिए कि यदि ज़मीन आपके ब्लॉक की लेते और कूड़ा-घर कहीं और बना देते, तो आप ही कहते कि हमारी ज़मीन भी ले ली और हमारा कूड़ा भी दूसरे ब्लॉक को दे दिया।"

"कहता तो कहता, आपको क्या?" उन्होंने मुझे डाँटा, "इस सड़े कूड़े की बदबू तो नहीं सहनी पड़ती।"

"उससे हमें बहुत असुविधा होती।" मैंने पुनः समझाने का प्रयत्न किया, "उतनी दूर कूड़ा फेंकने कोई नहीं जाता। कितने आलसी हैं सब लोग, आप जानते ही हैं। दूसरों की आँख बचाकर, सब इधर-उधर फेंक देते और गली में पड़ा कूड़ा सड़ता रहता।"

"गली में पड़ा क्यों सड़ता रहता?" वे ज़ोर से चिल्लाये, "दफ़्तर जाते हुए, हम रास्ते में कहीं फेंक नहीं सकते थे? उन्हें कूड़ा-घर बनाने की अक्ल नहीं है तो उसका दण्ड हम क्यों भुगतें?"

"आखिर किसी ब्लॉक में तो बनना ही था।" मैंने तर्क दिया, "दूसरे ब्लॉकवाले भी तो ऐसी ही आपत्ति कर सकते हैं।"

"हमें उससे क्या?" वे बोले, "हमें तो अपना ब्लॉक साफ़-सुथरा चाहिए।"

"हाँ!" मैंने कहा, "अब मैं आपसे सहमत हूँ। सारा ब्लॉक साफ़-सुथरा रहे, इसी के लिए तो यह कूड़ा-घर बनाया गया है; जैसे पूरा घर साफ़ रखने के लिए उसमें एक शौचालय बनाया जाता है। क्या आप शौच के लिए किसी और के घर जाना चाहेंगे?"

"उसका आग्रह असहनीय न हो, तो ज़रूर तुम्हारे ही घर जाना चाहूँगा।" वे गरज उठे, "बात कोई समझते नहीं हो और बोलते जाते हो। मुझे तो लगता है कि तुम्हारा मस्तिष्क भी कोई कूड़ा-घर ही है, जो ऐसी बातें करते रहते हो।" उनकी वाणी कुछ मन्द हुई और दृष्टि प्रखर हो उठी, "और सुन लो! यदि तुमने मेरा विरोध किया या मेरे मामले में टाँग अड़ायी तो मुझसे बुरा कोई न होगा। फिर न कहना कि पड़ोसी का धर्म नहीं निभाया।"

मैं हक्का-बक्का खड़ा रह गया : समझ ही नहीं पाया कि मुझसे किस प्रकार के विरोध की आशंका थी उन्हें और उनका वह कौन-सा मामला था, जिसमें टाँग अड़ाने के विरुद्ध उन्होंने मुझे चेतावनी दी थी।

अगले दिन प्रातः जब मैं सैर के बहाने कूड़ा फेंकने के लिए निकला तो देखकर हैरान रह गया कि रात-भर में चमत्कार हो गया था। उस कूड़ा-घर की किसी ने पूरी तरह सफ़ाई कर दी थी। उस पर टीन की छत पड़ गयी थी और वह कूड़ा-घर के स्थान पर पूजा-स्थल बन गया था। तीसरे फ्लैटवाले तिवारीजी के घर में ठहरा उनके गाँव का एक लड़का, पुजारी बनकर वहाँ बैठा हुआ था। उसने लाँगवाली पीली धोती बाँध रखी थी। फटी बनियान उतर गयी थी और यज्ञोपवीत प्रमुखता से दिखाई दे रहा था। मुझे देखते ही उसने हाँक लगायी, "आइए! आइए! बाबू साहब! चरणामृत लीजिए!"

मैं जैसे किसी सम्मोहनावस्था में उसके पास पहुँच गया, "यह क्या हो गया भाई?"

"बहुत दिनों से मैं बेकार था। तिवारीजी मेरी बेकारी से तंग आ गये थे। कोई छोटी-मोटी नौकरी भी नहीं मिल रही थी।" वह उल्लसित होकर हँसा, "अब बाबू रामलुभायाजी की कृपा से भगवान् की नौकरी मिल गयी।"

"अब क्या होगा?" मैं हतप्रभ-सा खड़ा-का-खड़ा रह गया।

"होना क्या है।" उसका सुख छलका पड़ रहा था, "उन्होंने कहा है कि यदि किसी ने इसे नहीं तोड़ा तो पन्द्रह-बीस दिनों में आस-पास की जगह घेरकर दो कोठरी भी बनवा देंगे। एक में हम रहेंगे और दूसरी में भगवान् की पूजा और प्रसाद का सामान बिकेगा।..."

"पर..." मैंने कहना चाहा।

"पर क्या।" उसने मेरी बात काट दी, "मन्दिर का क्षेत्रफल बढ़ेगा तो आप लोगों को सुविधा हो जाएगी। हम भी अपना परिवार गाँव से बुला लेंगे। बस समझिए! आपका मुहल्ला परम पवित्र हो गया।"

"वह तो ठीक है।...पर इसका क्या करूँ?" मैंने उसे कूड़े की थैली दिखायी।

"अरे फेंक दीजिए कहीं। यह भी ससुरा कोई बहुत मूल्यवान पदार्थ है कि इसे सँभालकर रखा जाए।" वह बोला, "बाबू रामलुभाया के फ्लैट के पिछवाड़े के नुक्कड़ में ही कूड़ा फेंकने की बहुत सुविधा है। हम भी सुबह झाड़-बुहारकर वहीं फेंक आये हैं।"

"पर उससे तो सारा मुहल्ला गन्दा हो जाएगा।" मैंने आपत्ति की।

"तो क्या हो गया?" वह बहुत निर्द्वन्द्व भाव से बोला, "मन साफ़ होना चाहिए। आत्मा पवित्र होनी चाहिए।"

उसकी बात से मेरा मन साफ़ नहीं हुआ। उसमें प्रश्नों के अनेक जस्ते टँग गये। समझ नहीं पाया कि रामलुभाया और तिवारी के इस सम्मिलित आयोजन से उनकी आत्मा पवित्र हुई थी या भगवान् की पवित्र सृष्टि के मलिन होने का श्रीगणेश हुआ था।

कुत्ता

रामलुभाया ने मेरे घर की घण्टी बजायी और मेरे कुत्ते ने घर के भीतर से भौंकना शुरू कर दिया। मैंने उसकी ओर ध्यान नहीं दिया। उसे पाला ही इसलिए गया था कि वह भौंके। मैंने दरवाज़ा खोला तो रामलुभाया प्रसन्नतापूर्वक आगे बढ़कर मिलने के स्थान पर छिटककर पीछे हो गया।

"अरे आओ न!" मैंने कहा, "इस प्रकार भाग कहाँ रहे हो?"

"पहले कुत्ते को बाँधो।" वह बोला, "मुझे कुत्ते से बहुत डर लगता है।"

मुझे उसका यह आग्रह अच्छा नहीं लगा। मैं अपने घरेलू मामलों में बाहरी लोगों का हस्तक्षेप पसन्द नहीं करता। मैं अपने कुत्ते को बाँधूँ या खुला छोड़ूँ, इसका निर्णय करनेवाला रामलुभाया कौन होता है! कल को कहेगा कि अपने टी.वी. को मैं ड्राइंगरूम के स्थान पर रसोई में रखूँ—तो क्या मैं मान जाऊँगा? मैं ही उसे कहूँ कि वह अपनी पत्नी को किट्टी में जाने से रोके, तो क्या वह ऐसा कर पाएगा?

"डरते तुम हो और उसका दण्ड बेचारा कुत्ता भोगे—यह कहाँ का न्याय है?" मैं बोला, "निर्भय बनो और घर के भीतर आ जाओ। वह कुछ नहीं कहेगा।"

"तुम्हारे कहने से क्या होता है," वह बोला, "सारे कुत्तेवाले यही कहते हैं। पर वह काटेगा तो मुझे ही तक़लीफ़ होगी न! तुम्हारा क्या बिगड़ेगा?"

"जब मैं कह रहा हूँ कि नहीं काटेगा तो।" मैंने आग्रह किया, "उसने आज तक कभी किसी को नहीं काटा।"

"अरे, जानवर का क्या पता है!" रामलुभाया बिदककर और भी पीछे हट गया, "जाने कब उसका मन बदल जाय।"

"जानवर का तो पता होता है।" मैंने उसे विश्वास दिलाया, "आदमी का पता नहीं लगता कि कब किसको काट खाएगा।"

इस कहा-सुनी में मेरा ध्यान कुत्ते की ओर से हट गया। मेरी असावधानी का लाभ उठाकर वह बाहर निकल आया और रामलुभाया की ओर आगे बढ़कर भौंका, "हैलो! हैलो!"

रामलुभाया कूदकर पीछे हट गया, "देखा! देखा! बाहर निकल आया न यह।

भौंक भी रहा है। अब काट भी लेगा, तो क्या बड़ी बात हो जाएगी?" उसने भय से फटी आँखों से उसकी ओर देखा और अपना दाहिना हाथ पूरी दूरी तक फैलाकर अपनी तर्जनी से उसी ओर संकेत दिया, "रोको इसे! मैं कहता हूँ रोको!"

मैंने आगे बढ़कर कुत्ते को उसके पट्टे से पकड़ लिया, "लो, पकड़ लिया!"

कुत्ते ने अपनी ओर तनी हुई रामलुभाया की अँगुली देखी तो भौंका, "यह क्या है? यह क्या है?"

मैं देख रहा था, वह पूर्णतः शान्त था। उसका मुँह खुला हुआ था, जीभ बाहर लटक रही थी, जैसे विश्राम की मुद्रा हो। दुम हिल रही थी, जैसे रामलुभाया का स्वागत कर रहा हो।

पर रामलुभाया अपने भय के हाथों बुद्धिभ्रष्ट हो चुका था। पीछे की ओर हटता हुआ, पीले चेहरे के सूखे होठों को अपनी जीभ से गीला करता हुआ बोला, "कुत्ता पाल लेते हो, तो उसे बाँधते क्यों नहीं? कुत्ता पालते ही क्यों हो, यदि तुम्हें उसे पालना नहीं आता?"

"अरे रामलुभाया! क्या हो गया?" मैंने शान्त वाणी से उसे समझाना चाहा, "पकड़ तो रखा है उसे। छोटा-सा तो कुत्ता है—खिलौने जैसा। उससे ही इतना डर रहे हो?"

"छोटा-सा है तो उससे क्या? है तो कुत्ता ही!" वह चिल्लाया, "पकड़ रखा है, पर भौंक तो रहा है न! कुत्ता पाल लेते हो और उसका भौंकना भी बन्द नहीं करवा सकते। उलटे खुद भी कुत्ते के समान भौंकने लगते हो!"

मैं उसके व्यवहार से चकित रह गया। बोला, "जब मैं तुम्हारा भौंकना बन्द नहीं करवा सकता, तो इस नन्हे-से जन्तु से क्या कहूँ।"

"हाँ! अब तो यही कहोगे।" रामलुभाया ने पूरी तरह चिल्लाना आरम्भ कर दिया, "अपने शौक के लिए कुत्ता पाला है तो पालो। कौन मना करता है तुम्हें। पर उसे खुला छोड़ने का क्या मतलब है?"

उसका भौंकना अब और सहन नहीं हुआ। क्षुब्ध होकर मैं बोला, "जब तुम्हारे जैसा ख़तरनाक कटखन्ना जीव सड़क पर खुला घूम सकता है, तो यह निरीह प्राणी घर के भीतर क्यों खुला नहीं रह सकता?"

"कुत्ता पालते-पालते तुम भी कुत्ते ही हो गये हो।" रामलुभाया के मुख से झाग गिरने लगा था, "मुझे भय है कि अपने इस गधेपन में कहीं तुम स्वयं ही लोगों को काटने न लग जाओ।"

उसकी मुद्रा देख मैं डर गया। मुझे लगा, वह मुझे भी काट सकता है और मेरे कुत्त को भी। कुत्ते को उससे बचाने के लिए मैंने घर के भीतर घुस, जल्दी से कपाट बन्द कर लिये।

दूरदृष्टि

डॉक्टर ने अच्छी तरह परीक्षण कर बताया कि मेरी पत्नी की दूर की दृष्टि एकदम ठीक थी; किन्तु निकट की दृष्टि कुछ कमज़ोर हो गयी थी। उसने मुझे सान्त्वना देने की भंगिमा में कहा कि इसमें चिन्तित होने की कोई बात नहीं है। सामान्यतः चालीस पार करते-करते सारे ही लोगों की निकट की दृष्टि में कुछ दोष आ जाता है और उन सबको पढ़ने और सीने-पिरोने के लिए ऐनक लगानी पड़ती है।

पर मैं इस सूचना से तनिक भी चिन्तित नहीं था। मैं तो ज्ञान-लाभ के एक विचित्र आनन्द में मग्न था। डॉक्टर की इस सूचना ने मेरे जीवन की अनेक छोटी-बड़ी उलझनें सुलझा दी थीं, मेरी अनेक समस्याओं का समाधान हो गया था और अपने ही नहीं, अपने अनेक पड़ोसियों के दाम्पत्य जीवन का स्वरूप मेरे सामने स्पष्ट हो गया था।

अब मैं समझा कि मेरी पत्नी को मुझमें वे सारे गुण क्यों दिखाई नहीं देते थे, जो मेरी पड़ोसिनों को दिखाई पड़ते थे—मैं उसके इतने निकट जो था।...मैं अपनी पत्नी अथवा अपनी किसी भी परिचित महिला पर पतिव्रता न होने का आरोप एकदम नहीं लगा रहा। ऐसा कुछ नहीं है। सारी भारतीय पत्नियाँ पूर्णतः पतिव्रता हैं, वे अपने पतियों से प्रेम भी बहुत करती हैं, किन्तु उन्हें यह अहसास लगातार बना रहता है कि उनके पति ज़रा बुद्धू हैं। आसपास के सारे परिचित पुरुषों में कोई-न-कोई गुण होता है। वे चतुर-चालाक होते हैं, किन्तु अपना पति पूरा भकुआ ही दिखाई पड़ता है। ऐसा क्यों होता है, इसका उत्तर तो आज ही आँखों के डॉक्टर की सूचना से मिला। अपना पति उनके निकट जो रहता है...।

मैंने अपने जीवन के अनेक वर्ष इसी उधेड़बुन में बिता दिये थे कि यदि मेरी पत्नी को मुझमें कोई गुण दिखाई नहीं देता, तो उसने मुझसे विवाह क्यों किया था? इस समस्या का समाधान भी आज ही मिला। तब उसकी उम्र चालीस से कम जो थी। तब तक उसकी निकट की दृष्टि ठीक-ठीक देख सकती थी। परिणामतः मैं जैसे-जैसे उसके निकट से निकटतर होता गया था, वैसे-वैसे प्रिय से प्रियतर होता गया था। दुर्घटना तो तब घटी, जब वह चालीस पार कर गयी...

चालीस पार करते-करते स्त्रियों के चरित्र में दोष नहीं आता; दोष तो केवल निकट की दृष्टि में आ जाता है। कल तक जो पति उन्हें बड़ा सजीला जवान दिखाई देता था, अब वह आलसी बुढ़ऊ दिखाई देने लगता है। उसकी वीरता झगड़ालूपन लगने लगती है, उसकी समझदारी उसके अहंकार में बदल जाती है, उसकी प्रबन्ध-पटुता घर में तानाशाही का नाम पाने लगती है। कल तक जिस पति से उन्हें मधुर शिकायत थी कि वह उनका इतना ख़याल रखते हैं कि स्वतन्त्र रूप से कुछ करने ही नहीं देते; चालीस पार करते-करते गली-मुहल्ले में चर्चा होने लगती है कि पतिदेव को उनकी कोई चिन्ता ही नहीं है।...और फिर सहसा पड़ोस के पुरुषों में अनेक गुण झलकने लगते हैं। अकस्मात् ही कुछ ऐसा हो जाता है कि सारे परिचित पुरुष सभ्य और शालीन दिखाई देने लगते हैं; बस अपना पति ही हर क्षण लड़ता-झगड़ता, खीझा और खौंखियाया-सा लगता है।...बात और कुछ नहीं, बात तो निकट-दृष्टि के...

सहसा मेरे ध्यान में यह बात आ रही है कि शायद यह बात पुरुषों पर भी लागू होती है। मेरे कॉलेज में जिन लोगों को कल तक कॉलेज के विद्यार्थी और उनका भविष्य दिखाई पड़ रहा था, अब उनके आस-पास सब-कुछ धुँधला-सा गया है और उन्हें आसफ अली रोड पर स्टॉक एक्सचेंज बहुत साफ़-साफ़ दिखाई देने लगा है। कल तक जिन्हें अपने हाथों देश के भविष्य का निर्माण होता दिखाई दे रहा था, आज उन्हें सब गड्डमड्ड-सा लगने लगा है और दूर क्षितिज पर केवल अपना भविष्य दिखाई दे रहा है। कॉलेज का बिगड़ता परिवेश और कलंक-सा परीक्षाफल पढ़ने में उन्हें कठिनाई होने लगी है, किन्तु ऊँचे-ऊँचे पदों के सम्मुख अपना नामपट्ट लगा, उनसे स्पष्ट पढ़ा जा रहा है। किसी को चुनाव का टिकट दिख रहा है, किसी को अफसरी, किसी को शिष्ट-मण्डल की सदस्यता! किसी को दूरदर्शन और आकाशवाणी दिख रहे हैं और किसी को विश्वविद्यालय अनुदान आयोग। किसी को अपना सम्पादक और प्रकाशक दिख रहा है, किसी को अपना अख़बार और विज्ञापन ...पर कक्षा में बैठकर पढ़ने को आतुर विद्यार्थी किसी को दिखाई नहीं पड़ रहे। ...क्या करें, अवस्था जो चालीस के ऊपर हो गयी है और निकट की दृष्टि...उनसे पूछा जाए कि कॉलेज के विषय में उन्होंने क्या सोचा है, तो धुँधली-सी आँखों से इधर-उधर ताकते हुए प्रश्न करते हैं, "कौन-सा कॉलेज? कुछ स्पष्ट दिखता नहीं।"

अपना जनतन्त्र भी अब चालीस पार कर चुका है। उसे भी यह तो दिखाई दे रहा है कि फिलिस्तीन और योगोस्लाविया में क्या होना चाहिए; किन्तु पंजाब, कश्मीर और आसाम में क्या होना चाहिए—यह दिखने की तो अब उम्र ही नहीं रही। वह श्रीलंका में तो एल.टी.टी.ई. से लड़ सकता है, किन्तु अपने देश के आतंकवादी उसकी दृष्टि में स्पष्ट नहीं हैं। उसके पास संसार की प्रत्येक समस्या का समाधान है, किन्तु अपने देश की न ग़रीबी सँभलती है, न जनसंख्या। दक्षिणी अफ्रीका में

वह रंग-भेद मिटाना चाहता है, किन्तु अपने देश में तरह-तरह के कमीशन और आयोग बनाकर नये-नये भेदभाव उत्पन्न ही नहीं करना चाहता, पुराने भेदभावों को दृढ़ करने में भी उसका पूरा विश्वास है। हज़ारों वर्षों के इतिहास में कब, कहाँ अत्याचार हुआ, यह उसे आज भी हाथ के कंगन के समान दिखाई दे रहा है, किन्तु उसकी अपनी नीतियों से कौन कहाँ झुलस रहा है—यह उसे दिखाई नहीं देता।

आँखों के डॉक्टर ने कहा है कि निकट-दृष्टि की ऐनक लगा लेने मात्र से मेरी पत्नी को निकट की चीज़ें भी ठीक-ठीक दिखाई देने लगेंगी। वह पढ़ने और सीने-पिरोने लगेगी...पर यह कौन बताएगा कि वह कौन-सी ऐनक है, जिसे लगाकर मेरे देश का जनतन्त्र स्वयं अपनी ही समस्याओं को ठीक-ठीक देख सकेगा।

कुछ हत्यारों की चर्चा

पुरस्कार मिलने की सूचना मुझे बाद में मिली, पहले डॉक्टर साहब का फ़ोन आ गया, "यह पुरस्कार अस्वीकार कर दो।"

"क्यों?" मैंने बहुत डरते-डरते पूछा।

"क्योंकि पुरस्कार स्वीकार करनेवाले से, पुरस्कार का तिरस्कार करनेवाला महान् होता है।" वे बोले, "तुम्हें महान् बनने का अवसर मिल रहा है। उसे व्यर्थ ही मत गँवाओ। महान् बन जाओ।"

"आपने अपने चेले-चाँटों और रिश्तेदारों को महान् क्यों नहीं बनाया?" मैंने पूछ ही लिया, "उन्हें तो आप पुरस्कार देते गये और वे हड़पते गये। न आप तनिक-से महान् बने, न उन्हें बनने दिया।"

"उन्होंने हत्यारों से पुरस्कार ग्रहण नहीं किये थे।" वे बोले, "तुम्हें जो लोग पुरस्कार दे रहे हैं, वे हत्यारे हैं। उन्होंने हमारे एक साथी की हत्या करायी है।"

मैं बहुत परेशान था। देश की पुरस्कार देनेवाली सारी समितियों पर डॉक्टर साहब का कब्जा था। यह बात अब तय थी कि वे जहाँ भी होंगे, वे मुझे पुरस्कार नहीं देंगे। अब एक ऐसी संस्था बनी थी, जिसने उन्हें अपनी चयन-समिति का अध्यक्ष नहीं बनाया था, तो उस पर वे अपनी इच्छा इस पद्धति से आरोपित कर रहे थे। अर्थात् जहाँ वे होंगे, पुरस्कार मुझे देंगे नहीं और जहाँ वे नहीं होंगे, वहाँ से मुझे वे पुरस्कार लेने नहीं देंगे...लगता था कि यह जीवन तो बिना पुरस्कार के ही कट जाएगा।

मैं इसी उधेड़बुन में बैठा था कि रामलुभाया आ गया। मैंने उसे डॉक्टर साहब के फ़ोन के विषय में बताया।

"किसी हत्या और हत्यारों का पता लगाना, उसे पकड़ना और उस पर मुक़दमा चलाना पुलिस का काम है, डॉक्टर साहब का नहीं।" रामलुभाया तमककर बोला, "पुलिस ने उस पर आरोप लगाया नहीं, किसी न्यायाधीश ने उसे अपराधी पाया नहीं और डॉक्टर साहब ने उसे फाँसी पर लटका दिया। इतने ही उनके पास प्रमाण हैं तो जाएँ उच्चतम न्यायालये में। लगाएँ उस पर आरोप, चलाएँ मुक़दमा...।"

"मुझे उस सबसे क्या लेना-देना।" मैंने अत्यन्त भीरु स्वर में कहा, "मैं तो साहित्यकार हूँ। मुझे तो उनका कहना मानना पड़ेगा। आख़िर वे साहित्य के चौधरी हैं। मैं उनकी इच्छा से बाहर कैसे रह सकता हूँ।"

"तुम्हें युधिष्ठिर बनने का शौक हो तो बनो।" वह बोला।

"क्या मतलब?"

"वह अन्त तक धृतराष्ट्र को प्रसन्न करने का प्रयत्न करता रहा, किन्तु धृतराष्ट्र को वह कभी दिखाई नहीं दिया।"

"पर यह पुरस्कार देनेवाले हत्यारे हैं।" मैंने कातर स्वर में कहा।

रामलुभाया को मेरी बात पसन्द नहीं आयी। तेजस्वी स्वर में बोला, "यदि ऐसी ही बात है तो यह बताओ कि जिन सरकारों के प्रतिनिधि के रूप में डॉक्टर साहब स्वयं पुरस्कार लेते रहे हैं और अपने आश्रितों में बाँटते रहे हैं, उनमें से कौन-सी सरकार ऐसी है, जिसने हत्याएँ करवायी नहीं, या हत्याएँ की नहीं?"

मैं जानता था कि रामलुभाया ठीक कह रहा है...यह तो सम्भव ही नहीं है कि आप सरकार की कृपा का सुख भी पाएँ और उसके द्वारा की गयी हत्याओं का पाप भी स्वीकार न करें..."पर वह तो एक संस्था के रूप में हुआ न। व्यक्ति के रूप में...।"

"व्यक्ति के रूप में तो डॉक्टर साहब स्वयं हत्यारे हैं।"

"क्या?" मैं जैसे आकाश से गिर पड़ा।...इतना सभ्य, सुसंस्कृत और कोमल व्यक्ति हत्या कैसे कर सकता है?...नहीं। यह सत्य नहीं हो सकता।...

"किसकी हत्या की है उन्होंने?" मैंने पूछा, "तुम्हारे पास है कोई प्रमाण?"

"एक तो उन्होंने मेरी हत्या की है।" रामलुभाया बोला, "वे सहस्रमुख वासुकी के समान हैं, जिनका कोई-न-कोई एक मुख प्रत्येक साहित्यिक संस्था में मठाधीश बनकर बैठा है। उसने मुझे किसी प्रकाशन संस्थान में घुसने नहीं दिया। किसी पत्र-पत्रिका में छपने नहीं दिया। किसी गोष्ठी में बोलने नहीं दिया। आकाशवाणी और दूरदर्शन में तो प्रवेश ही उनकी कृपा से होता है। प्रत्येक द्वार पर उनका एक मुख खुला हुआ, अपनी जिह्वा लपलपा रहा है। अब बताओ, मैं लिखकर क्या करता। पिछले पन्द्रह वर्षों से मेरा लिखना बन्द हो गया।...किसने की मेरी हत्या?..."

मैं जब कुछ नहीं बोला तो रामलुभाया ही पुनः बोला, "और मैं अकेला ही नहीं हूँ। मेरे जैसे अनेक हैं।" और फिर जैसे उसे दौरा ही पड़ गया, "और तुम अपनी ओर देखो। क्या वे आज तक तुम्हारी हत्या नहीं करते आये हैं? कौन-सा वार उन्होंने तुम पर नहीं किया? तुम जीवित रहे तो अपनी जिजीविषा से या भगवान् की कृपा से। यदि उनके द्वारा मारे गये साहित्यकारों की सूची बनायी जाए तो किसी भी आतंकवादी द्वारा की गयी हत्याओं से लम्बी सूची बनेगी। वे इनामी हत्यारे होंगे और उनके सिर पर कम-से-कम पचास लाख रुपयों का पुरस्कार होगा।"

मैं पूर्णतः आतंकित हो चुका था : साहित्य के क्षेत्र में इतना रक्तपात। मैंने कभी उस ओर ध्यान नहीं दिया था। मैं तो अपने शरीर के घावों को ही देखकर इतना अस्त-व्यस्त हो जाता था कि अनेक बार लिखने-लिखाने से ही वितृष्णा होने लगती थी...किन्तु यहाँ तो...

"पर वे तो साहित्य की श्रेष्ठता बनाये रखने के लिए ऐसा करते हैं न।" स्वयं सहमत न होते हुए भी मैंने उनका पक्ष रखा, "वे तो साहित्य की सेवा कर रहे हैं।"

"साहित्य की सेवा कर रहे होते तो किसी एकान्त कोने में बैठे काग़ज़ और लेखनी लिये मग्न होते, इस प्रकार प्रत्येक मठ के अधीश्वर और प्रत्येक मंच के मंचेश्वर बनने की जोड़-तोड़ न कर रहे होते। श्रेष्ठ साहित्य की उपेक्षा कर वे मात्र पाखण्ड को प्रतिष्ठित करने का प्रयत्न कर साहित्य की ही हत्या कर रहे हैं। अच्छा साहित्य सामने आने नहीं देंगे, घटिया साहित्य टिक नहीं पाएगा और अन्ततः यही माना जाएगा कि कोई महत्त्वपूर्ण चीज़ लिखी ही नहीं गयी। अपना वर्चस्व बनाये रखने के लिए वे एक पूरी पीढ़ी के लेखक को नष्ट करने पर तुले हैं। वे तो साहित्य-क्षेत्र के नाजी हैं। गैस-चैम्बर बनाकर बैठे हैं। गोलियाँ दाग रहे हैं। एक पूरी-की-पूरी पीढ़ी को समाप्त कर रहे हैं और स्वयं को मसीहा घोषित कर रहे हैं।..."

मैं अवाक् खड़ा रामलुभाया का मुख देख रहा था : मैं तो यही मानता था कि साहित्यकार के पास न्याय, उदारता और प्रेम की ही पूँजी होती है; मैं क्या जानता था कि यहाँ भी लोग मार-काट और षड्यन्त्र-रचना करते हैं।...सोचा, कि अब डॉक्टर साहब का फ़ोन आया, तो उनसे कहूँगा कि यदि उन्हें मार-काट और षड्यन्त्रों के मध्य ही रहना था तो वे सेना में गये होते अथवा राजनीति में आसन लगाते। वे साहित्य में क्या करने आ गये?

मेरे घर के सामने का पेड़

मेरे घर के बाहर सड़क के किनारे अर्जुन का एक वृक्ष दिल्ली विकास प्राधिकरण ने लगवाया था। उन्हें उसका जो लाभ होना था, हो गया। उसे रोपने के ठेके में जितने पैसे वे खा सकते थे, खा चुके थे। अब जब तक यह वृक्ष रहेगा, उनकी कमाई नहीं होगी। उनकी रुचि इसी में है कि यह वृक्ष नष्ट हो। अब नया पेड़ लगे और उनकी कमाई हो। किन्तु मेरी रुचि इसमें है कि यह वृक्ष फूले-फले और उसकी छाया मेरे घर को मिले।...पर मैं देख रहा हूँ कि वह फूल-फल नहीं रहा। उस पर चार पत्ते आते हैं तो कोई गाय-भैंस उन्हें नोच लेती है और वह फिर नंगा और कंगाल हो जाता है।

मैंने प्राधिकरण के माली को पकड़ा, "भाई! इसकी रक्षा करो।"

"रक्षा करनेवाला तो भगवान् है।" उसने आकाश को ताका।

"वह तो कर ही रहा है। पर तुम भी तो इसके चारों ओर कोई बाड़ लगाओ।"

"क्या लगाऊँ?" उसने चकित दृष्टि से मुझे देखा, जैसे मैंने कोई जहालत की बात कर दी हो।

"कोई जँगला, कोई घेरा।"

वह फिर भी नहीं समझा।

"अरे यार! जिसे तुम्हारे साहब ट्री-गार्ड कहते हैं, वह लगाओ।"

"तो ऐसा बोलो।" वह हँसा, "तब से पता नहीं क्या फ़ारसी बोलते जा रहे थे।"

मैंने भाषा पर बहस नहीं की। सीधे मतलब पर आया।

"तो कब लगा रहे हो ट्री-गार्ड?"

"जब आप आदेश करें।"

"मैं तो आदेश कर ही रहा हूँ।" मैं बोला।

"ऐसे थोड़ी आदेश होता है।" वह कनखियों में मुसकराया, "आदेश का मतलब है..." उसने अपनी अँगुलियों से सिक्का खनकने जैसी मुद्रा बनायी।

"ओह! क्या बाज़ार से ख़रीद कर लाओगे?" मैंने पूछा।

"नहीं। लाऊँगा तो अपने गोदाम से ही।" वह हँसा, "पर इशू करने का बीस रुपया साहब का, दस रुपया क्लर्क का, पाँच रुपया चौकीदार का और मेरा...।"

मैंने मन-ही-मन हिसाब लगाकर पूछा, "पचास रुपये दे दूँ?"

माली के चेहरे पर प्रसन्नता प्रकट हुई।

मैंने रुपये दे दिये और कुछ साहस कर बोला, "पर यह वृक्ष दिल्ली विकास प्राधिकरण का है।"

"उसी का रहेगा।" वह बोला।

"मेरा मतलब है, इसकी रक्षा का जिम्मा तुम्हारा है, मेरा नहीं।"

मैंने समझा था कि मेरी बात सुनकर वह पानी-पानी हो जाएगा; किन्तु वह तो जम कर बर्फ़ हो गया—ठण्डा और कठोर, "यही तो मैं कह रहा हूँ, वृक्ष हमारा है। जिएगा तो हमारा, मरेगा तो हमारा। उसकी रक्षा का जिम्मा हमारा है, तुम्हारा नहीं। फिर तुम क्यों टाँग अड़ा रहे हो बीच में?"

मैं समझ गया कि मैं टाँग अड़ाने का जुर्माना दे रहा था।

माली बड़ा ईमानदार निकला। उसने रुपये लेकर काम कर दिया। नहीं तो आजकल तो लोग रिश्वत भी खा जाते हैं और काम भी नहीं करते। वैसे मुझे अधिक भय नहीं था। किसी मन्त्री को रिश्वत दी होती, तो वह किसी क्षण भी बदल जाता और नये मन्त्री को फिर से रिश्वत देनी पड़ती। मैंने रिश्वत माली को दी थी, और माली सरकार का स्थायी कर्मचारी होता है। ख़ैर...वृक्ष के चारों ओर लोहे का घेरा लग गया। गाय और भैंसों से सुरक्षित होकर, वह फूलने-फलने लगा। अगली वर्षा ऋतु तक वह कुछ जवान हो गया। शाखाएँ निकल आयीं, पत्ते झूमने लगे। आसपास चरनेवाले पशु उसे हसरत की नज़र से देखते और सिर झुकाकर निकल जाते, जैसे किसी अफ़सर के सामने योजना का धन तो हो किन्तु वह उसे खा न सके।

मैं उसे देखता और मगन रहता। अब वह सचमुच वृक्ष बन गया था। मैं जब उसकी ओर से निश्चिन्त होने की बात सोच ही रहा था कि देखा कुछ लोग सुबह उसके पत्ते नोच रहे हैं।

मैंने पूछा, "क्यों तोड़ रहे हो?"

उन्होंने उत्तर नहीं दिया। पलटकर मुझसे पूछा, "तुम पूछनेवाले कौन होते हो? पेड़ तुम्हारे बाप का है?"

"पेड़ तो दिल्ली विकास प्राधिकरण का है।" मैं बोला, "किन्तु मेरे घर के सामने है। इसकी रक्षा मैं नहीं करूँगा तो कौन करेगा?"

"तुम्हारी छत पर जो आसमान है, उसकी रक्षा भी तुम करते हो क्या?" उन्होंने पूछा, "तुम्हारे घर के सामने यह सड़क है, यह भी तुम्हारी जायदाद है क्या?"

मैं समझ गया, मामला तर्क से नहीं सुलझेगा। बड़ी भावुक अपील की, "बेचारे वृक्ष की हत्या क्यों करते हो। उसने तुम्हारा क्या बिगाड़ा है। वह तो थके-हारे लोगों

को छाया देता है और तुम उसके पत्ते नोच रहे हो!"

"हाँ! अब ठीक है।" वे बोले, "वह लोगों को छाया देता है, इसलिए उसे पवित्र जानकर हम उसके पत्तों को पुष्पों के समान भगवान् की पूजा में रखते हैं। उसके सत्कर्मों का इससे अच्छा फल और क्या हो सकता है कि वह भगवान् की पूजा के काम आ रहा है।"

मैं क्या कहता, मामला भगवान् तक जा पहुँचा था। चुप रह जाना पड़ा।

दोपहर के समय कुछ लोग कुल्हाड़ी लेकर उसकी शाखाएँ काट रहे थे। उनसे भी चर्चा की। पता चला कि किसी विशेष प्रकार के हवन के लिए उन्हें अर्जुन के वृक्ष की लकड़ियाँ चाहिए थीं और किसी दवा के लिए उसकी कोमल टहनियों की आवश्यकता थी। मैं न उन्हें धर्म-कर्म से रोक सकता था, न दवा-दारू से। वे मेरे सामने, मेरे संरक्षण में पले, मेरे अर्जुन वृक्ष को काटते रहे और मेरा मन छलनी होता रहा, जैसे अपने देश को लुटते देख, आज हर नागरिक का मन हो रहा है।

सन्ध्या समय देखा, कुछ लोग उसके तने को छील रहे थे। पूछा, "भाई, क्या कर रहे हो?"

बोले, "वैद्यजी ने कहा है कि अर्जुन वृक्ष की छाल उबाल कर पियो। रोग-मुक्त हो जाओगे।"

मेरे मुख से एक शब्द नहीं निकला और उन्होंने मेरे सामने अर्जुन की छाल क्या छीली, खाल ही नोच ली।

रात को रामलुभाया से भेंट हुई। मैंने अपना कष्ट उसे बताया तो उसने मुझे डाँट दिया, "क्या आवश्यकता है तुम्हें चिन्ता करने की। वह साला अपने कर्मों का फल भोग रहा है।"

"क्या मतलब?"

"मतलब यह कि यह पिछले जन्म में राजनेता रहा होगा। इसने इस देश के टुकड़े किये, उसकी हड्डियाँ चबायीं। रक्त पिया। देश को कभी पनपने नहीं दिया। अब वही इसके साथ हो रहा है। यह तनिक भी पनपेगा तो इसकी पत्तियाँ नोच ली जाएँगी, टहनी फूटेगी तो उसे काट लिया जाएगा। कुछ नहीं होगा, तो छाल छीली जाएगी। इसके घाव कभी भरने नहीं दिये जाएँगे...।"

मुझे मालूम नहीं कि इस वृक्ष का भूतकाल कैसा था, किन्तु सफल राजनेताओं का भविष्य मुझे दिखाई पड़ रहा था।

काटना और भौंकना

रात आठ बजे फ़ोन ख़राब हो गया। पता नहीं वे लोग उसे ख़राब मानेंगे भी या नहीं। अनहदनाद के समान उसमें एक घण्टी बज रही थी। तकनीकी ढंग से वह ख़राब नहीं था, क्योंकि उसमें शब्द था। व्यावहारिक दृष्टि से वह ख़राब था, क्योंकि उसके माध्यम से न सन्देश आ सकता था, न सन्देश जा सकता था। फ़ोन गूँगा और बहरा हो गया था, किन्तु मृत नहीं था। गूँगा और बहरा मनुष्य, जीवित भी होता है और मनुष्य भी, तो फिर फ़ोन के विरुद्ध ही यह पक्षपात क्यों?

प्रातः आठ बजे फ़ोन अपने-आप ठीक हो गया। हृदय की निर्लज्ज धड़कन के समान सदा बजनेवाली उसकी घण्टियाँ बन्द हो गयीं। रूठी पत्नी के स्वतः मायके से लौट आने के समान, उसमें डायल-टोन लौट आयी थी। मैं टेलीफ़ोन-विभाग की दक्षता पर मुग्ध हो उठा। चमत्कार है : शिकायत बाद में दर्ज होती है, फ़ोन पहले ठीक हो जाता है। ऐसे उदाहरण तो विभावना अलंकार में ही पाये जाते हैं।

किन्तु रात आठ बजे वह फिर ख़राब हुआ और प्रातः आठ बजे फिर ठीक हो गया। मैं समझ गया कि टेलीफ़ोन को भी मलेरिया जैसा कोई मियादी बुखार हो गया है, जो अपने समय से चढ़ता और अपने समय से ही उतर जाता है। पर डॉक्टर को तो बुलाना ही पड़ता है। इसलिए शिकायत दर्ज कराने के लिए नम्बर घुमाया।

"कम्प्लेण्ट्स।"

"मेरा फ़ोन ख़राब है।"

"आप किस नम्बर से बोल रहे हैं?"

"अपने ही फ़ोन से।"

"तो फ़ोन ख़राब कैसे है?" उधर से डाँट पड़ी।

"अभी तो ठीक है। रात आठ बजे ख़राब हो जाएगा।"

"आप ज्योतिषी हैं क्या। जब फ़ोन ख़राब हो जाए, तभी शिकायत कीजिएगा।"

अब शिकायत करना व्यर्थ था। आजकल तो फैशन ही है, शिकायत सुनो मत और डाँट दो।

मैं गली के नुक्कड़ पर लगे डिब्बे की ओर गया। उसे टेलीफ़ोन विभागवाले 'पिलर' कहते हैं, 'डिब्बा' कहते शर्म आती है न! वहाँ एक सज्जन मिल गये। उन्होंने मेरी व्यथा-कथा ऐसे सुनी, जैसे माँ बच्चे से दस बार सुनी हुई कविता फिर से सुनती है। अन्त में मुसकराकर बोले, "आज रात को आपको यह शिकायत नहीं होगी।"

मैं ऊपर से आश्वस्त दिखा और भीतर से डर गया। मेरी गाड़ी का फ्यूज़ बार-बार उड़ जाता था। एक मिस्त्री ने कहा, "अ।पको अब यह शिकायत नहीं होगी।" अगली बार फ्यूज़ नहीं उड़ा, आग ही लग गयी। इसलिए इस वाक्य से बहुत डरता हूँ मैं।

उस टेलीफ़ोन अधिकारी ने सचमुच मुझे याद रखा। अगले दिन प्रातः उनका फ़ोन आया, "कोहली साहब! फ़ोन ठीक हो गया।"

"नहीं! रात भी रूठ गया था।"

"ठीक तो हो जाना चाहिए, मैंने जूनियर इंजीनियर से कह दिया था।"

मेरा साहस नहीं हुआ कि कहूँ कि अब इस देश में शब्द का कोई महत्त्व नहीं है। कह देने भर से कुछ नहीं होता। कहने के साथ कुछ देना भी होता है, हमारे पूर्वज बहुत पहले इस बात को समझ गये थे, इसलिए दान जैसे पुण्य-कर्म के साथ भी उन्होंने 'दक्षिणा' जोड़ दी थी। मैं धीरे से गुनगुना-सा दिया, "पर ठीक हुआ नहीं।"

"अच्छा! मैं देखता हूँ।"

उन्होंने मेरे फ़ोन को शनि-दृष्टि से देखा। फ़ोन बेचारा सारी मोह-माया छोड़ कर पूर्णतः मौन हो गया। अब वह 'काल' को जीतकर अकाल हो गया। न उस पर दिन चढ़े का प्रभाव होता था, न साँझ ढले का।

अगली बार टेलीफ़ोन-पिलर पर जो सज्जन मिले, वे बोले, "लाइन में कोई ख़राबी नहीं है...।"

मैं डर गया। कहीं वे यह तो नहीं कहेंगे कि ख़राबी मेरे दिमाग में है...। किन्तु उन्होंने ऐसा कुछ नहीं कहा। वीर शहीदों के समान अपने विभाग की नैतिक ज़िम्मेदारी स्वीकार की। दस-बीस गालियाँ अपने अफ़सरों को दीं, जैसे प्रशस्ति गा रहे हों। कहा, "ख़राबी एक्सचेंज में है। आप वहाँ रिपोर्ट करें।"

उस दिन से मेरी दिनचर्या बदल गयी। मैं प्रातः उठकर मन्दिर न जाकर टेलीफ़ोन के किसी कर्मचारी-अधिकारी की खोज में निकला। वे भी 'तथास्तु' की मुद्रा में कहते, 'देखेंगे।' मैं जूनियर इंजीनियर, एस.डी.ओ., सुपरवाइज़र इत्यादि की सीढ़ियाँ चढ़ता हुआ क्रमशः चीफ़ जनरल मैनेजर तक पहुँचा। सबने देखा, पर पता नहीं किसको देखा। फ़ोन ठीक नहीं हुआ।

दूसरे प्रहर में मैं एक तीर्थयात्री की-सी श्रद्धा ले, नुक्कड़ पर काम करते टेलीफ़ोन-कर्मचारियों के दर्शन करने जाया करता था। धीरे-धीरे उन सबसे मेरी मित्रता हो गयी। वे मुझ शरणागत पर कृपा करने लगे। बजाय रिश्वत माँगने के, नाम पूछने लगे। इतनी शराफ़त उनमें थी कि मुझ मरे को और न मार सके।... पर फ़ोन ठीक नहीं हुआ।

इस सहानुभूति एवं जनसम्पर्क के शुभ परिणामस्वरूप, जूनियर इंजीनियर महोदय इक्कीस दिन के निजी अनुसन्धान के आधार पर यह सूचना लाये कि फ़ोन ख़राब नहीं है, कटा हुआ है।

"क्यों?" मैंने पूछा।

"यह तो अब उन्हीं से पूछो।" वे बोले, "शायद आपने पिछला कोई बिल नहीं दिया।"

टेलीफ़ोन-विभाग ने ऐसी कोई सूचना मुझे नहीं दी थी, न मेरे बैंकवालों ने बताया था। मैंने अपने काग़ज़ देखे। एक चेक ऐसा था, जो चेकबुक से तो गया था, पर पासबुक से उसका पैसा नहीं गया था। यही चेक सम्मानपूर्वक लौटकर मुझे अपमानित कर गया था और इक्कीस दिन से मेरा ख़ून पी रहा था। कायदे से तो चेक मेरे पास लौटना चाहिए था, पर कायदे से काम करना अब अपने देश का कायदा ही नहीं रहा।

अगले दिन मैं वित्त अधिकारी के दफ़्तर में पहुँचा। उसके चपरासी ने मुझे यह कहकर लौटा दिया कि साहब का मिलने का समय समाप्त हो चुका है। मेरी समझ में नहीं आया कि भारत सरकार अपने अधिकारियों को मिलने का इतना थोड़ा समय क्यों देती है, जो सुबह होने के पहले ही ख़र्च हो जाता है। शायद शेष समय 'मिलने' के लिए नहीं 'मीटिंग' के लिए है।

"पर मेरा मिलना आवश्यक है," मैंने कुतर्क किया, "मेरा फ़ोन बहुत दिनों से ख़राब है।"

"यहाँ ऐसा कोई व्यक्ति झाँकता भी नहीं, जिसका फ़ोन ठीक हो।" वह परम ज्ञानी के समान बोला।

चपरासी की अकाट्य दलीलों से कटकर मैं घर लौट आया। अगले दिन दफ़्तर खुलने से पहले वहाँ पहुँचा और साहब के साथ उनका ब्रीफकेस बनकर अन्दर घुस गया।

उन्होंने पुष्टि कर दी कि मेरा एक चेक लौट आया था।

"मुझे बताया तो होता।" मैंने पीड़ित स्वर में कहा, "इक्कीस दिन की जासूसी के बाद यह पता चला कि फ़ोन ख़राब नहीं, कटा हुआ है।"

उन्हें मुझसे तनिक भी सहानुभूति नहीं हुई। डाँटकर बोले, "आप बैंक नहीं जाते या आपके पास पासबुक नहीं है। उसमें झाँककर देखिए।"

यह तो अपने गरेबान में झाँककर देखने से भी अधिक गम्भीर परामर्श था।

"पर आप मुझे बताते तो कि चेक डिस-ऑनर हुआ है।"

"चेक डिस-ऑनर होता ही क्यों है?" उन्होंने मुझे डपट दिया।

"आप चेक लौटाएँ तो बताऊँ कि क्यों डिस-ऑनर हुआ।" मैं कुछ धृष्ट होकर बोला।

"इतना शौक है तो तीस हजारी जाइए। निकलवा सकें तो अपना चेक निकलवाइए और देख लीजिए।" वे बोले।

"मेरी बात समझने की कोशिश कीजिए।" मैं बोला, "पिछला चेक जब तक लौटकर मेरे पास न आए, मैं दोबारा पैसे जमा नहीं करा सकता।"

"अपने पैसे अपने पास रखिए।" उन्होंने घृणा से नाक सिकोड़कर कहा, "सरकार आपके पैसों पर तो चल नहीं रही!"

"काटने से पहले एक फ़ोन तो कर देते।" मैं बोला, "कुत्ता भी काटने से पहले भौंकता है।"

"हम भी भौंकते हैं।" वे बोले, "फ़ोन किया था, आपका फ़ोन व्यस्त था।"

मुझे मानना पड़ा, भूल मेरी थी। मुझे फ़ोन व्यस्त नहीं रखना चाहिए था। फ़ोन तो इसलिए होता है कि उससे एक्सचेंजवाले हमें धमका सकें। हम मूर्खों के समान अपने काम से इधर-उधर फ़ोन करते रहते हैं।

"आप दोबारा कोशिश करते...।"

"हमें और कोई काम नहीं है, या आप ही हमारे एकमात्र उपभोक्ता हैं?" मैं एक पराजित युद्ध लड़ रहा था। डाँटने का अधिकार उनको था। काटने का अधिकार उनको था। मैं तो बस हाथ ही जोड़ सकता था।

मैं खिसिया गया, "महीने-भर से फ़ोन काम नहीं कर रहा, फिर भी उसका किराया देना होगा?"

"किराया भी और सौ रुपये जुर्माना भी।" वे बैल के समान मुस्करा रहे थे, "यह स्वीकार न हो तो यह नम्बर कटा ही समझिए। जाते-जाते नये कनेक्शन का फ़ार्म भर जाइए। सम्भव है, आपके किसी पोते के जीवनकाल में बारी आ जाए।"

इतनी लम्बी योजना मुझे पसन्द नहीं आयी, इसलिए पैसे जमा कराने के विचार से, 'नकद-जमा' की खिड़की पर लगी लम्बी कतार में सबसे पीछे खड़ा हो गया।

मध्य में खड़ी माया

टेलीफ़ोन ख़राब हो जाने की पीड़ा, टेलीफ़ोन न होने की पीड़ा से कहीं अधिक होती है, जैसे पत्नी के रूठकर मायके जा बैठने की पीड़ा, पत्नी न होने की पीड़ा से अधिक कष्टकर होती है। पीड़ा में आदमी दुस्साहसी भी हो जाता है। कुछ भी कह या कर बैठता है। प्रमाण हैं तुलसीदास :

अति आरत, अति स्वारथी, अति दीन-दुखारी!
इनको बिलगु न मानिए, बोलहिं न बिचारी॥

तो टेलीफ़ोन की ख़राबी की बहुतायत से विक्षिप्त होकर, मैं अपना सन्तुलन खो बैठा। अपनी हैसियत और औकात भूलकर दुस्साहसी हो गया और बिना सोचे-समझे चीफ़ जनरल मैनेजर को फ़ोन कर बैठा। उनकी निजी सहायिका ने फ़ोन उठाया और मेरे दुस्साहस पर हैरान होती हुई बोली, "आप इतनी कौन-सी बड़ी तोप हैं कि आपका फ़ोन ख़राब होगा, तो आप सीधे जनरल मैनेजर को ही फ़ोन करेंगे, जैसे वे प्रधान महाप्रबन्धक न हों, आपके लाइनमैन हों।"

मैं क्रोध में था, इसलिए बोला, "इस समय तो मैं ऐसे मूड में हूँ कि मन्त्री और प्रधानमन्त्री को भी फ़ोन कर सकता हूँ।"

वह हँस पड़ी। बोली, "आप भूलते हैं कि बड़े अधिकारियों और सामान्य जन के मध्य एक सत्तासम्पन्न सुन्दरी नारी होती है, जो सामान्य जन को मन्त्री अथवा अधिकारी तक पहुँचने नहीं देती, जैसे इस समय आपके और प्रधान महाप्रबन्धक के मध्य मैं खड़ी हूँ। आप मन्त्री से बात नहीं कर सकेंगे, इसलिए सीढ़ियाँ चढ़ने के स्थान पर सीढ़ियाँ उतरना सीखिए। आप अपने क्षेत्र के महाप्रबन्धक को फ़ोन कर अपनी व्यथा-कथा सुनाएँ और अपने फ़ोन का शोक समाचार दें।"

मेरा उन्माद कुछ सन्तुलित हुआ और मैं उसकी बात समझ गया। मैं कई घण्टे महाप्रबन्धक को फ़ोन करता रहा। फ़ोन की घण्टी मन्दिरों में बजनेवाले घण्टों के समान बजती रही; किन्तु उसे सुननेवाला कोई नहीं था। भगवान् के ही समान, महाप्रबन्धक महामौन साधे रहे।

मैं एक सीढ़ी और नीचे उतरा। सहायक महाप्रबन्धक को फ़ोन किया।

भगवान् का चमत्कार देखिए। वे दफ़्तर में अपनी मेज़ पर ही मिल गये और उन्होंने स्वयं फ़ोन उठा भी लिया। मुझसे बात की और बोले कि फ़ोन उसी दिन ठीक हो जाएगा।

मैं गद्‌गद हो उठा और शाम तक उनकी आरती गाता रहा। पर फ़ोन न ठीक होना था, न हुआ।

अगले तीन दिन मैं उन्हें दफ़्तर में फ़ोन करता रहा, जैसे भगवान् राम तीन दिनों तक सागर से पथ माँगते रहे थे। उनके फ़ोन की घण्टी बजती रही, पर किसी ने चोंगा उठाया ही नहीं। उनकी निजी सहायिका ने भी नहीं। जैसे दफ़्तर का दफ़्तर छुट्टी पर चला गया हो।

मैं समझ गया कि यह अधिकारी भी दफ़्तर आता ही नहीं। घर बैठा वेतन लेता है। इसलिए उसके घर फ़ोन करने की ठानी।...किन्तु मन में भय था कि घर से यही उत्तर न मिले कि साहब घर पर नहीं हैं। सोचता रहा और संकुचित होता रहा। बहुत संकुचित हो लिया तो सोचा कि संचार-विभाग को तो कोई संकोच होता ही नहीं, यह सारा संकोच मेरे ही भाग में क्यों है! अन्ततः रात को दस बजे फ़ोन किया। दस बजे इसलिए कि उसके पहले वे घर पहुँचेंगे नहीं, और उसके बाद वे सो जाएँगे।...

उधर से एक महिला स्वर ने 'हैलो' कहा, तो मैंने अधिकारी के नाम से पूछा, "वे हैं?"

"जी!" वे बोलीं, "आप कौन?"

"मैं नरेन्द्र कोहली!"

"जी वे तो दफ़्तर से नहीं लौटे।" उन्होंने बताया।

मन में आया कि पूछूँ, 'उनकी निजी सहायिका इतनी आकर्षक है कि वे रात के दस-दस बजे तक घर नहीं लौटते?' ऐसा विनोद मैं अक्सर कर लेता हूँ, पर सोचा वे मेरे स्वभाव से परिचित तो हैं नहीं। कहीं मेरे प्रश्न को गम्भीरता से ले बैठीं, तो उनका तो घर ही टूट जाएगा।...उन्होंने फ़ोन रखा नहीं था, मेरे मुँह पर दे मारा था, इसलिए न विनोद हो सका, न गम्भीर चर्चा।

दोबारा फ़ोन नहीं किया, यही सोचता रह गया कि आख़िर हमारे टेलीफ़ोन-विभाग के ये अधिकारी कहाँ रहते हैं? दफ़्तर में वे होते नहीं। होते तो फ़ोन अवश्य उठाते! रात को दस-दस बजे तक घर लौटते नहीं।...तो क्या मेरा सन्देह ठीक है कि वे अपनी पत्नी से छिपाकर, कहीं और अपनी गृहस्थी बसाये हुए होते हैं; या केवल मुझ जैसे एक सामान्य जन और सहायक महाप्रबन्धक के मध्य खड़ी एक सत्तासम्पन्न नारी है, जो मेरी फ़रियाद उन तक पहुँचने नहीं दे रही, जैसे आत्मा और परमात्मा के मध्य माया होती है, जो उनका मिलन नहीं होने देती?...

प्रतिशोध

हम लोग महिलाओं के एक सम्मेलन में गये थे। वहाँ अनेक युग-प्रवर्तक और क्रान्तिकारी भाषण हुए थे। नेताजी अपनी नेतागिरी में फूले-फूले हवा में तैर रहे थे। अनेक सुन्दरी महिलाओं ने उनके भाषण और विचारों की प्रशंसा की थी। किसी मजदूर अथवा किसान सभा में भाषण कर उन्हें इतना आनन्द कभी नहीं मिला था। पार्टी के किसी अधिवेशन में, किसी सुन्दरी ने उनसे इस प्रकार हाथ नहीं मिलाया था। वे अपने सुख के मद में बहुत हल्के हो आये थे। बोले, "पुरुषों ने स्त्रियों को हज़ारों वर्षों तक पीड़ित किया है। उसका प्रायश्चित्त अब सारे पुरुषों को करना होगा।"

"कैसे?" मैं भी उनके इन उन्मुक्त उद्‌गारों से बहुत प्रभावित हुआ था।

"कम से कम तीन सौ वर्षों तक पुरुषों को अच्छी तरह कूटा-पीटा जाए। उनका दमन और शोषण किया जाए। उनकी सम्पत्ति और नौकरी उनसे छीन ली जाए। मतदान का उनका अधिकार लौटा लिया जाए। तब उनको बुद्धि आएगी कि अत्याचार करने का परिणाम क्या होता है।"

मैं देख रहा था कि वे एक युग पुरुष की मुद्रा में आज रात ही समाज में क्रान्ति कर डालने की योजना बना रहे थे। क्रान्ति की सम्भावना मुझे भी बहुत आकर्षक लगती है। मैं भी प्रसन्न मन से घर आया था।

संसार का तो मुझे पता नहीं, किन्तु मेरे घर में उसी रात क्रान्ति हो गयी।

मेरी पत्नी ने साड़ी बदलकर जीन्स पहन ली। और हाथ में हॉकी उठाकर मेरे सामने आ खड़ी हुई। उसकी यह छवि मुझे भा गयी, किन्तु मैं समझ नहीं पाया कि वह क्या करने जा रही है। पता मुझे तब लगा, जब उसने मुझे एक हॉकी रसीद कर दी।

"यह क्या कर रही हो?" मैंने पूछा।

"तुम्हारे पूर्वजों ने अपनी पत्नियों को बहुत पीटा था। उसका प्रायश्चित्त करवा रही हूँ, तुमसे!"

नेताजी की योजना मुझ पर लागू हो रही थी। क्रान्ति का सूत्रपात मेरे ही

घर से हो रहा था। और मैं वह प्रथम पुरुष था, जो इस महान् क्रान्ति का साक्षात्कार कर रहा था।

"मेरे पड़दादा ने यदि मेरी पड़दादी को पीटा था, तो तुम्हें क्या? पड़दादी मेरी थी, प्रतिशोध मैं लूँगा," मैंने कहा।

"तुम्हारे झाँसे में आनेवाली नहीं मैं," वह बोली, "स्त्री का प्रतिशोध तो स्त्री ही लेगी।" उसने मुझे एक और हॉकी मार दी।

"तुम्हारे पड़दादा ने भी तुम्हारी पड़दादी को पीटा होगा।" मैंने कहा, "चलो, उसका भी प्रतिशोध ले आते हैं।"

"वह कैसे?" उसका हाथ रुक गया। निश्चित रूप से कहीं अधिक पीड़ा उसे अपनी पड़दादी पर हुए अत्याचार से हुई, उसका प्रतिशोध लेना भी आवश्यक था।

"न्यायपूर्वक तो तुम्हारे पड़दादा को उनकी उसी छड़ी से पीटा जाना चाहिए, जिससे वे तुम्हारी पड़दादी को पीटते थे।"

"हाँ!" वह सहमत हो गयी, "किन्तु मेरे पड़दादा का तो देहान्त हो चुका है।"

"कोई बात नहीं," मैंने कहा, "वह छड़ी तो अभी है न?"

"हाँ! पिताजी ने उसे बहुत सँभालकर रखा है। वे उसे अपने वंश की अमूल्य धरोहर मानते हैं।"

"तो चलो! उसी छड़ी से पीटते हैं।"

"किसको? पड़दादा जी तो हैं नहीं!"

"उनके पुत्र को! तुम्हारे दादा को।"

"उनका भी देहान्त हो चुका है," वह बोली।

"तो चलो, उनके पुत्र को पीटते हैं--तुम्हारे पिता को।"

वह चौंकी। उसने क्रुद्ध दृष्टि से मेरी ओर देखा, "तुम मेरे पिता को पीटोगे? तुम्हारी हड्डियाँ न तोड़ दूँगी।"

"मैं तुम्हारे पिता को क्यों पीटूँगा," मैंने अत्यन्त आदरपूर्वक कहा, "वे मेरे ससुर हैं। मैं तो केवल यह कह रहा था कि तुम्हारे पड़दादा ने भी तुम्हारी पड़दादी पर बहुत अत्याचार किये थे। उनका प्रतिशोध बहुत आवश्यक है।"

लगा, उसके कान मेरे स्वर के लिए और उसका मस्तिष्क मेरे तर्क के लिए पूर्णतः बन्द हो चुके थे। बोली, "मेरे पिता को पीटोगे तुम?"

"नहीं, तुम स्वयं पीट लेना," मैंने कहा, "इतिहास का प्रतिशोध ही तो लेना है, कोई ले ले।"

"कोई क्यों?" वह बोली, "प्रतिशोध का लक्ष्य तो तभी पूरा होता है, यदि पीड़ित व्यक्ति अपने हाथों से पीड़क को पीटे।"

"तो मेरी पड़दादी के स्थान पर तुम क्यों पीट रही थीं मुझे?"

सहसा मेरी पत्नी की आँखों में एक चमक आयी। मैं समझ गया कि उसे

कोई नयी बात सूझी है। बोली, "मैं सोचती हूँ कि यह ऐतिहासिक क्रान्ति नेताजी के घर में ही क्यों जन्म न ले?"

"क्या मतलब?"

"वहीं चलते हैं। उनसे ही इस ऐतिहासिक प्रतिशोध को आरम्भ करते हैं।"

मैं तो हूँ ही जन्म का पिछलग्गू। जो चाहे अपनी योजना में सम्मिलित कर ले। बिना कुछ सोचे-समझे, उसके साथ चल पड़ा।

नेताजी के घर एक महिला डेलिगेशन आया हुआ था, जो नेताजी का उनके क्रान्तिकारी एवं नारी समर्थक विचारों के लिए अभिनन्दन कर रहा था। नेताजी के कण्ठ में अनेक हार सुशोभित थे, और हाथों में एक गुलदस्ता था। पान की पीक से रंगे उनके लाल दाँत चमक रहे थे।

मेरी पत्नी ने वे मालाएँ पकड़ीं, और बिना आगा-पीछा सोचे, झूल गयी।

"यह क्या?" नेताजी की सुख-निद्रा भंग हो गयी।

"ऐतिहासिक प्रतिशोध!" मेरी पत्नी ने 'इंकलाब ज़िन्दाबाद' की भंगिमा में कहा, "आपके पड़दादा ने अपनी पत्नी को बहुत पीटा था। उसके लिए हम आपको दण्डित करने आये हैं।"

"क्या प्रमाण है तुम्हारे पास कि मेरे पड़दादा ने अपनी पत्नी को पीटा था?" नेताजी ने महिला डेलिगेशन की उपस्थिति में मेरी पत्नी को हिंस्र दृष्टि से घूरा, "तुमने हमारे परिवार का इतिहास लिखा है क्या?"

"तो आपके पास ही क्या प्रमाण है कि मेरे पति के पड़दादा ने अपनी पत्नी को पीटा था?" मेरी पत्नी ने पूछा।

"ऐसा एक इतिहासकार ने लिखा है," नेताजी बोले, "सारे झगड़े इतिहासकारों के ही तो खड़े किये हुए हैं।"

"क्या मेरे परिवार के विषय में लिखा है?"

"नहीं। सामान्य परिवारों के विषय में लिखा है।"

"तो आपका परिवार उसमें क्यों नहीं आता?" मेरी पत्नी ने पूछा।

"नहीं। नेताओं के परिवार, सामान्यजन के परिवार जैसे नहीं होते," नेताजी बोले, "मेरे पड़दादा ने अपनी पत्नी को कभी नहीं पीटा था। उन्होंने उसे गोली मार दी थी।"

"ओह! आप एक हत्यारे की सन्तान हैं?" महिला डेलिगेशन की अध्यक्ष ने नेताजी को घूरा, "उस अपराध का प्रायश्चित्त हुआ क्या?"

"कौन करवाता प्रायश्चित्त? मेरे पड़दादा बड़े आदमी थे।"

"तो हम आपको गोली मारकर ऐतिहासिक प्रतिशोध ले लेती हैं," अध्यक्ष ने अपने पर्स में से सचमुच पिस्तौल निकाल ली थी।

"आप क़ानून को अपने हाथ में नहीं ले सकतीं," नेताजी बुरी तरह डर गये थे।

"मैं ले सकती हूँ," अध्यक्ष बोली, "मैं वकील हूँ। मैं क़ानून को अपने हाथ में नहीं रखती हूँ। कभी दायें में, कभी बायें में।"

"यदि आप वकील हैं, तो जानती ही होंगी कि एक व्यक्ति के अपराध का दण्ड किसी दूसरे को नहीं दिया जा सकता," नेताजी बोले।

"पिता की मृत्यु के पश्चात् उसकी सम्पत्ति उसके पुत्र को मिलती है या नहीं?" वकीलनी ने पूछा।

"मिलती है।"

"पिता का अनचुकाया उधार पुत्र की सम्पत्ति में से चुकाया जाता है या नहीं?"

"चुकाया जाता है," नेताजी बोले।

"तो हम उधार ही तो चुकता कर रही हैं," वकीलनी बोली, "जब समाज में क्रान्ति होती है, तो रक्तपात तो होता ही है।"

"बचाओ! बचाओ!!" नेताजी ज़ोर से चिल्लाये, "ये लोग मुझे मार डालेंगी।"

शायद उनका विचार था कि उनके नौकर-चाकर उनकी रक्षा के लिए दौड़ेंगे, किन्तु कोई भी नहीं आया। यहाँ तक कि उनकी पत्नी तथा बेटे ने भी बाहर निकलकर वकीलनी की पिस्तौल का सामना करने का साहस नहीं दिखाया। हाँ! उनकी नवयुवती बहू अवश्य बाहर निकल आयी।

अपने ससुर पर वकीलनी की तनी पिस्तौल देखकर वह हक्की-बक्की खड़ी रह गयी, "यह क्या कर रही हैं आप?"

"इनके पड़दादा ने अपनी पत्नी की हत्या की थी। हम उस हत्या का ऐतिहासिक प्रतिशोध ले रही हैं," वकीलनी बोली, "पुरुषों को उनके पूर्वजों की करतूतों का प्रायश्चित्त करना ही होगा।" बहू झपटकर आगे बढ़ी और उसने वकीलनी के हाथ से पिस्तौल छीन ली।

"क्या कर रही हो?" वकीलनी चिल्लायी, "मत भूलो कि तुम एक स्त्री हो। तुम्हें नारी-आन्दोलन का साथ देना चाहिए। पुरुष से ऐतिहासिक प्रतिशोध लेने में हमारी सहायता करनी चाहिए।"

"मैं वही करने जा रही हूँ," बहू बोली, "हत्या इस परिवार में हुई है। मैं इस वंश की नारियों की सबसे जवान प्रतिनिधि हूँ। मैं अपने हाथों यह प्रतिशोध लूँगी।"

"ठीक है। तुम ही गोली चलाओ," वकीलनी प्रसन्न होकर बोली, "हमें अपराधी को दण्डित करने से मतलब है। जल्लाद धर्म कोई भी निभाए।"

"बहू," नेताजी पूरा दम लगाकर चिल्लाये, "इन दुष्ट हत्यारिणियों की बातों में आकर तुम मेरी हत्या करोगी? पिता सरीखे अपने ससुर की?"

"नहीं! मैं आपकी हत्या नहीं करूँगी," बहू बोली, "मैं इस वंश के अन्तिम प्रतिनिधि को दण्डित करूँगी ताकि यह हत्यारा वंश ही समाप्त हो जाए। मैं आपके

पुत्र की हत्या करूँगी।"

इस वाक्य को सुनकर नेताजी की पत्नी झपटकर बाहर निकल आयी, जैसे बहू का अन्तिम वाक्य उसके लिए मंच पर प्रकट होने का कोई संकेत हो।

"तू मेरे पुत्र को क्यों मारेगी हत्यारिणी? मारना ही है, तो जा अपने पिता को मार। अपने भाई को मार। वे भी तो पुरुष हैं," नेता की पत्नी क्रोध में बोली।

"उनको मारने का क्या लाभ?" बहू बोली, "उनकी मृत्यु के पश्चात् उनकी सम्पत्ति मुझे नहीं मिलेगी।"

"तू समझती है कि मेरे बेटे की हत्या करके सम्पत्ति तुझे मिल जाएगी?" नेता-पत्नी बोली, "अभी मैं जीवित बैठी हूँ।"

"इसलिए तो ससुरजी को नहीं मार रही।" बहू बोली, "उनकी मृत्यु के पश्चात् उनकी सम्पत्ति तो तुम्हारी हो जाएगी। मुझे तो तभी कुछ मिलेगा, जब मेरे पति की मृत्यु होगी।"

इस बार नेता-पत्नी की आँखें चमकीं, "इससे तो अच्छा है कि तू अपने ससुर की ही हत्या कर दे।"

"बहुत चतुर बनती हो सासूजी," बहू बोली, "तुम्हारे पति की हत्या के अपराध में मैं तो फाँसी चढ़ जाऊँ, और सारी सम्पत्ति तुम सँभाल लो।"

"तो तू क्या चाहती है चुड़ैल, कि मेरे पुत्र को मारकर तू रानी बनी मेरी छाती पर मूँग दलती रहे," नेता-पत्नी ने आगे बढ़कर उसके हाथ से पिस्तौल छीन ली।

सहसा वकीलनी जैसे जाग उठी, "अरे वाह! तुम लोग तो अपने-अपने पति को मारकर उनकी सम्पत्ति की स्वामिनी बनी राज करो, और मेरी पिस्तौल से गोली मार, मुझे फँसा दो। मैं इतनी मूर्ख नहीं हूँ।" उसने अपनी पिस्तौल वापस छीन ली, "इस पिस्तौल से अगर किसी को मारना ही है, तो मेरा अपना पति मरेगा, जिसका मुझे कोई लाभ तो होगा।"

नेताजी की ओर से पिस्तौल की नली हटी, तो उनकी जान में जान आयी। उनका मस्तिष्क कुछ काम करने लगा। बोले, "अपने देश में यही तो एक दोष है। लोग बड़े-बड़े सिद्धान्तों को अपने ऊपर, और अपने घर के ऊपर लागू करने लगते हैं। एक बार भी नहीं सोचते कि हाथी का हौदा चींटी पर नहीं लादा जाता। मैंने जब ऐतिहासिक प्रतिशोध की बात की थी, तो उसका अर्थ यह तो नहीं था कि तुम लोग देशों, राष्ट्रों और जातियों के महत्त्वपूर्ण मुद्दों को भूल, उठकर अपने ही पति की हत्या पर उतारू हो जाओ।"

"तब फिर क्या मतलब था आपका?" वकीलनी ने पूछा, "हम अपने पति से प्रतिशोध न लें, अपने पड़ोसी से लें? अपने पड़ोसी की हत्या करें?"

"राम-राम, कैसी बातें करती हैं आप। अहिंसा में विश्वास करनेवाले हम लोग। हमारा हिंसा से क्या सम्बन्ध?" नेताजी बोले, "मेरा तात्पर्य तो इतना ही था कि हम

उन लोगों से प्रतिशोध लें, जिन लोगों ने हम पर भूतकाल में कभी अत्याचार किये हों।"

"जैसे?" मेरी पत्नी ने पूछा।

"हम ईरान से अपना कोहिनूर हीरा और तख्ते ताऊस वापस माँगें, जो नादिरशाह हमसे छीनकर ले गया था। अफ़ग़ानिस्तान से वह सारा धन लौटाने को कहें, जो महमूद गजनवी ने लूटा था," नेताजी बोले, "ईस्ट इण्डिया कम्पनी से हम वह धन माँगें, जो उन्होंने यहाँ से अपने देश भेजा था।"

"नेताजी," मैं बोला, "ईस्ट इण्डिया कम्पनी तो अब है नहीं। उनसे प्रतिशोध लेने का क्या यह अच्छा तरीक़ा नहीं कि अब हम विदेशी कम्पनियों को अपने देश में घुसने ही न दें?"

"फिर मूर्खतावाली बात," वे बोले, "यह कोई प्रतिशोध लेने का ढंग है? यह तो पार्टी की नीति का विरोध है। मुझे अपनी पार्टी नहीं छोड़नी है भाई। तुम्हारा क्या है, तुम तो कहोगे कि अँग्रेज़ों से प्रतिशोध लेना है, तो हम इंग्लैण्ड पर आक्रमण कर दें।"

"नहीं, मैं यह कदापि नहीं कहूँगा। मैं तो केवल इतना कहूँगा कि हम उनके द्वारा लादी गयी भाषा को हटाकर अपनी भाषा में काम करें। अँग्रेज़ों के नामोंवाली सड़कों और इमारतों के नाम बदल दें। अँग्रेज़ों की मूर्तियाँ हटा दें...उनके अत्याचारों के जो चिह्न वर्तमान हैं, उन्हें हटा दें।"

"मूर्ख हो तुम," वे बोले, "यह कोई प्रतिशोध हुआ। प्रतिशोध तो यह होता है कि यहाँ अँग्रेज़ी चलती रहे और हम इंग्लैण्ड पर हिन्दी लाद दें। इतनी लाद दें कि बोझ से उनकी कमर टूट जाए। यहाँ सड़कों के नाम अँग्रेज़ों के नामों पर रहें और हम विलायत के नामों को हिन्दी में बदल दें।"

"जैसे?" मैंने पूछा।

"जैसे उनकी टेम्स नदी को हम 'तमसा' करें। लंकाशायर को हम केवल लंका कहें। बकिंघम पैलेस को राजप्रासाद कहें। उनकी क्वीन को रानी कहें, सोचो कितना तड़पेंगे वे! कितना पछताएँगे!" वे अपनी प्रतिभा पर मुग्ध थे।

"अर्थात् इतिहास के नाम पर व्यर्थ की समस्याओं के जमघट लगाते चलें, किन्तु अपनी छाती पर धरे शोषण और अपमान के उपकरणों का कुछ न करें।"

"जो है, उससे लड़ना निरर्थक है," नेताजी बोले, "जो नहीं है, उससे लड़ने में कोई हानि नहीं। लड़ाई होनी महत्त्वपूर्ण नहीं है। महत्त्वपूर्ण यह है कि लड़ाई का नाटक चलता रहे। लगता रहे कि लड़ाई हो रही है। आज की समस्याओं को भावी पीढ़ी के नाम छोड़ जाओ। यदि हमने ही सारी समस्याएँ सुलझा दीं, तो बेचारी हमारी भावी पीढ़ी क्या करेगी?"

नेताजी ने पटाक्षेप किया और अपने घर में घुस गये।

सम्बन्ध

बच्चे को दूरदर्शन पर अमरीकी फ़िल्म देखते पाकर मेरा रुष्ट होना स्वाभाविक ही था। मैंने उसे डाँटा, "विदेशों के इतने दीवाने होने की आवश्यकता नहीं है। अपने देश में भी बहुत कुछ बहुत अच्छा है। हिन्दी के धारावाहिक देखा करो।"

हमारा बच्चा आज्ञाकारी है। उसने तत्काल चैनल बदल दिया। मैं प्रसन्न हुआ। हमारे परिवारों में अभी भी सम्बन्ध बड़े अच्छे हैं। बच्चे कुल वृद्धों की बात मानते हैं। फिर भी मैं किसी भ्रम में नहीं रहना चाहता था। इसलिए उसकी जासूसी करने के लिए वहीं खड़ा हो गया कि कहीं मेरे हटते ही वह फिर से वही नंगई भरी विदेशी फ़िल्म न लगा ले।

पर उसने वैसा कुछ नहीं किया।

दूरदर्शन के पर्दे पर एक हिन्दी धारावाहिक आ रहा था। बहन-भाई का मधुर प्रेम प्रकट हो रहा था। बहन राखी का स्मरण करा रही थी और भाई उसके गले लग रहा था। और सहसा मैं आँखें मलने को बाध्य हो गया। बहन-भाई पहले गले मिले फिर उन्होंने अपने गाल सटा लिये। उनका आलिंगन मुझे कष्ट देने लगा। नहीं! वे भाई-बहन नहीं हो सकते। इस प्रकार शरीर सम्पर्क तो प्रेमी प्रेमिका का भी नहीं, केवल पति-पत्नी का ही हो सकता है। पता नहीं ये कहाँ के भाई-बहन थे।

"ये क्या कर रहे हैं।" मेरे मुख से अनायास ही निकल गया।

"बाई बाई कर रहे हैं दादा जी!" बच्चे ने मुझे बताया।

"बन्द कर इसे।" मैंने उसे डाँटा, "कोई और चैनल देख।"

बच्चे ने चैनल बदल दिया।

अब पर्दे पर एक छोटा भाई और युवती बहन थी।

'यह ठीक रहेगा।' मैंने सोचा, 'यदि बहन अपने इस नन्हे भाई को गोद में भी उठा लेगी तो वात्सल्य रस का ही उदाहरण होगा।'

उतने में पर्दे पर नायक का भी अवतरण हो गया। नन्हा भाई कुछ वाचाल हुआ और बोला, "यार! मेरी दीदी को पटा लो न!"

नायक हँसा, "मैंने तो तेरी दीदी को पटा भी लिया।"

नन्हा भाई तालियाँ बजा-बजाकर हँसने लगा, "मेरे यार ने दीदी को पटा लिया। मेरे यार ने दीदी को पटा लिया।"

मैंने ध्यान से देखने का प्रयत्न किया : न दीदी को लाज आयी और न उसे पटा लेनेवाले को। वे दोनों निर्लज्जता से हँस रहे थे। मैं ही संकुचित हो उठा था। बोला, "बेटे! यह बड़ा उबाऊ-सा है। इसे बदल।"

बच्चे ने फिर से चैनल बदल दिया। अब जो धारावाहिक चल रहा था, मेरे लिए नया था किन्तु बच्चे के लिए नया नहीं था। उसने अपना परिचित धारावाहिक देखकर उसे बदल दिया।

"इसे क्यों नहीं देखता?" मैंने पूछा, "यह कोई धार्मिक धारावाहिक है क्या?"

"नहीं दादाजी!" वह बोला, "इसमें कोई भी पापा मम्मी के साथ नहीं रहते। सब ही दूसरों की मम्मियों से प्यार करते हैं।"

"और मम्मियाँ?" मैंने पूछा।

"वे पापा लोगों को ऑफ़िस भेजकर दूसरों के पापा को अपने घर बुलाकर पहले तो उनसे प्यार करती हैं और फिर बिस्तर पर ही लिपटा-लिपटाई का खेल खेलती हैं।" बच्चे ने सूचना दी, "मम्मी-पापा लोग लड़ते हैं और मार-पिटाई करते हैं और सबके बच्चे केवल रोते रहते हैं।"

"यह लिपटा-लिपटाई का खेल क्या होता है?" मैंने पूछा।

"पता नहीं! बच्चे तो यह कभी खेलते नहीं। टी.वी. पर बड़े लोग ही खेलते हैं।"

"बस भी करो।" मेरी पत्नी ने डाँटा, "इस धारावाहिक में तो ये लोग कुत्ते कुत्तियों को भी मात कर रहे हैं।"

"दादी! यह क्या होता है।"

"कुछ नहीं। तू चैनल बदल।"

बच्चे ने चैनल बदल दिया।

अब एक सगाई का दृश्य था। होनेवाले वर-वधू के परिवार और सारे सम्बन्धी तथा मित्र एकत्रित थे। लड़का अपनी होनेवाली पत्नी को अँगूठी पहनानेवाला ही था कि एक गरजदार आवाज़ सुनाई पड़ी, "ठहरो।"

मैं समझ गया कि यह अवश्य ही लड़के का बाप होगा और अब वह यह सगाई होने नहीं देगा। दहेज की मोटी रक़म माँगेगा साला।

वह लड़के का बाप ही था। उसने मुसकराकर अपनी होनेवाली वधू को देखा और बोला, "पहले तुम एक-दूसरे का हाथ चूगोगे और फिर अँगूठी पहनाओगे।"

मुझे लगा कि बाप नशे में है। बेटे का विवाह होने की ख़ुशी में कहीं पी आया होगा और होश खो चुका होगा। नहीं तो ससुर, बहू को घूँघट में देखने का आग्रह

न भी करता, तो भी सिर ढँककर बड़ों के चरण छूने को कहता, पर यह तो उन्हें सबके बीच एक-दूसरे को चूमने को कह रहा है।

"यह नशे में है क्या?" मैंने पूछा।

"नहीं दादाजी! कॉकटेल तो सगाई के बाद है।"

"तो यह आदमी कोई लुच्चा है क्या?"

"अरे नहीं! नगर का प्रतिष्ठित नागरिक है।" मेरी पत्नी ने बताया।

मेरे मुख से कोई शब्द नहीं निकला और मैं फटी आँखों से देखता रहा कि बेटा बहू का हाथ चूम रहा था और बाप की दृष्टि थी कि ढीठ मक्खी के समान उनसे चिपकी ही हुई थी। बहू ने बेटे के हाथ को पकड़ा, चूमा, पर उसे छोड़ा नहीं। धृष्ट दृष्टि से ससुर को देखा, "पापा! बस?"

मैं बहुत डरा हुआ था कि कहीं पापा ने कह दिया, "नहीं! अभी और।" तो मेरे लिए तो यहाँ टिकना ही कठिन हो जाएगा।

पर पापा ने कहा, "बस बेटी। अब तुम उसका हाथ छोड़ सकती हो।"

मैंने चैन की साँस ली। पर पापा आगे बढ़े। उन्होंने होनेवाली बहू को उसके कन्धों से थामा। मुसकराकर उसकी आँखों में देखा; और फिर उसके कन्धे छोड़, उसके मुखड़े को अपनी हथेलियों में भर लिया, "कैसा चाँद-सा मुखड़ा है हमारी बहू का।"

मैं एकदम डर गया। कोई इसको पहचानता नहीं है, किन्तु यह व्यक्ति अवश्य ही व्यभिचारी है। यह अपनी बहू को कैसी कामुक दृष्टि से देख रहा है।

"और तब ससुरजी ने अपने होठ आगे बढ़ा दिये। वह तो बहू ही झुक गयी और ससुर के अधर उसके माथे से जा लगे, नहीं तो बुढ़ऊ ने तो कोई कसर ही नहीं छोड़ी थी।"

इसकी पत्नी मर चुकी है, इसलिए यह सास के स्थान पर बहू का माथा चूम रहा है। मेरी पत्नी ने मुझे धारावाहिक का तर्क समझाया।

'वह न भी मरी होती तो भी यह इसे छोड़नेवाला नहीं था।' मैंने मन में सोचा।

मुझे अब तक खड़े देखकर बच्चे ने सोफे पर अपने निकट स्थान बनाया, "दादाजी! बैठिए।"

अब मैं और कितने चैनल बदलवाता। बोला, "नहीं बेटा! तुम देखो। मुझे तो नींद आ रही है।"

"अब हमारा तो सो जाना ही उचित है।" पत्नी ने मेरा समर्थन कर दिया।

पिटाई

बचपन में देखा था कि किसी से घर की कोई चीज़ टूट जाती थी तो पिताजी से उसको डाँट तो पड़ती थी, कभी-कभी उसकी पिटाई भी हो जाती थी। एक बार भैया की गेंद से गाड़ी का नया शीशा टूट गया तो वे पिताजी की डाँट और मार से बचने का उपाय खोजने के लिए कुछ इस प्रकार धरती पर फिसले कि उन्होंने अपने घुटनों पर खरौंच प्राप्त कर ही ली।

शाम को पिताजी घर लौटे तो गाड़ी की स्थिति देखकर बहुत रुष्ट हुए। सम्भव था कि भैया की पिटाई हो ही जाती कि दादी ने हस्तक्षेप कर दिया। उन्होंने पिताजी को डाँटा कि वे बच्चे की चोट की ओर ध्यान नहीं दे रहे हैं। गाड़ी के शीशे के ही पीछे पड़े हैं। परिणाम यह हुआ कि पिटना तो दूर, भैया को ढंग से डाँट भी नहीं पड़ी। वे दादी के आँचल में छुपे रहे और दादी ने अपने पैसों से उनको कुल्फी खिलायी।

मैं दरियागंज से बाहर, मुद्रिका मार्ग की ओर निकल रहा था कि एक बकरी दौड़ी हुई आयी और गाड़ी से टकरा गयी। समझ नहीं आता कि बकरी को भी कैसे मालूम हो जाता है कि उसे किसकी गाड़ी से भिड़ना है। उसे बचाने के चक्कर में मैंने गाड़ी पटरी से रगड़ दी। समझ गया कि गाड़ी की मरम्मत का मैंने हज़ार दो हज़ार का बिल तो बना ही दिया था। मैंने गाड़ी रोकी तो बकरी तो दिखाई नहीं दी, हाँ एक सज्जन जो स्वयं को उस बकरी का स्वामी बताते थे, आ पहुँचे।

इच्छा तो हुई कि उसे खींचकर दो झापड़ मारूँ कि वह अपनी बकरी को इस प्रकार सड़क पर क्यों छोड़ देता है। पर चारों ओर घिर आयी भीड़, मुझे अपनी दादी के रूप में दिखाई दी। दादी को देखकर चुप रह जाना पड़ा। बकरी का तथाकथित स्वामी लगातार मुझे भला-बुरा कहता रहा और धमकियाँ देता रहा। मेरी पिटाई से लेकर शहर में दंगे तक की धमकियाँ उसने कुछ क्षणों में ही दे डालीं। निर्णय यह हुआ कि मैं उसे सौ रुपये दूँ। और वे मुझे देने पड़े। गाड़ी के रंग रोगन में ढाई हज़ार रुपये और लग गये। वे अलग।

सोचता हूं तो तनिक भी आश्चर्य नहीं होता। आख़िर हम बाज़ार से महँगा

से महँगा कपड़ा ख़रीद कर दर्जी को उसे ख़राब करने के ही तो पैसे देते हैं। अपनी मशीनें मिस्त्रियों को देते ही हैं, ताकि वे उसे खोलकर ख़राब करें और इस प्रकार मशीन का ज्ञान प्राप्त करने के लिए हमसे पैसे वसूल करें। चिकित्सक के पास जाकर उसे पैसे देते हैं कि वे दवाइयाँ देकर हमारा जीवन संक्षिप्त कर दे। अपने बच्चों को कुसंस्कार देने के लिए फ़िल्मों, दूरदर्शन और आकाशवाणी को पैसे देते हैं। तो फिर उस बकरी को तथा उसके तथाकथित स्वामी को अपने अपराध के लिए पुरस्कृत होना ही था। मैं न देता तो कोई-न-कोई दादी हस्तक्षेप कर मुझसे उसे पुरस्कार दिलवा ही देती।

पर लगता है कि उस बकरी का वह स्वामी अब कुछ अधिक चतुर हो गया है। वह न तो अपनी बकरी को गाड़ी से टकराकर जान जोखिम में डालने के लिए खुला छोड़ता है और न स्वयं ही गाड़ियों के मालिकों से भिड़ता है। उससे तो कहीं आसान है कि सरकारी ज़मीन पर कब्ज़ा किया जाए। कोई हटाने न आए तो उसके स्वामी बन जाया जाए और पुलिस आए तो दंगा किया जाए। पुलिस पर पत्थर फेंके जाएँ। उनको घायल किया जाए; और बदले में कहीं पुलिस के बलप्रयोग से कोई चोट आ जाए तो सोने पर सुहागा। सरकार से उसका हरजाना पाया जाए।

मुझे अपनी दादी बहुत याद आती है। उन्होंने भैया को कार का शीशा तोड़ने के लिए कुल्फी खिलायी थी, हमारी सरकार अवैध कब्ज़ा करनेवालों को, दंगा भड़कानेवालों को और सरकार के आदेश पर गये हुए सिपाहियों को आहत करनेवालों को एक-एक लाख रुपया देती है। वह दिन दूर नहीं है जब हत्या के अपराध में फाँसी पाए व्यक्ति को भी सरकार अनुग्रह राशि दिया करेगी। सरकार के बाप का क्या जाता है। देश का पैसा है, देश को उजाड़नेवालों को दे देती है तो क्या, उसकी छवि तो उज्ज्वल होती है कि देखो कितनी दयालु सरकार है। पहले अपराधी को अपराध करने का अवसर देती है, फिर उसे पकड़ने को पुलिस भेजती है। पुलिस से दंगा कर मरनेवालों के परिवारों को अनुग्रह राशि देती है और उनके हाथों मारे गये पुलिसकर्मियों के परिवारों को मेडल तथा पेंशन। दोनों पक्षों को प्रसन्न रखती है सरकार। तभी तो कहलाती है, सबकी सरकार।

वैसे इसमें कोई दोष भी नहीं है, बस संविधान में एक संशोधन करने की आवश्यकता है, जिसमें यह तय किया जाए कि रेलगाड़ी में डकैती करनेवालों को कितनी अनुग्रह राशि दी जाएगी और रेलगाड़ी के डब्बे जलानेवालों को कितनी। रेल की पटरी उखाड़नेवालों को कितनी राशि से पुरस्कृत किया जाएगा और सार्वजनिक सम्पत्ति को आग लगानेवालों को कितनी। सरकारी ज़मीन पर कब्ज़ा करनेवालों को कितने लाख दिया जाएगा और निजी मकानों में घुसकर कब्ज़ा करनेवालों को कितनी। बस संविधान में एक संशोधन की ही तो आवश्यकता है, सब अपने आप वैध हो जाएगा।

ओढ़नी

"तुम लेखक हो तो लिखते भी होगे ही।"

रामलुभाया ने अपनी ओर से जैसे कोई शाश्वत सत्य कह डाला था किन्तु मैं उससे सहमत नहीं हो सका। मैंने उसका विरोध किया, "लेखक हूँ, इसलिए नहीं लिखता हूँ, लिखता हूँ, इसलिए लेखक हूँ।"

"एक ही बात है।" उसने मुझे टालने का प्रयत्न किया।

"एक ही बात कैसे है?" मैंने उसे टोका, "गाँधीजी देश का नेतृत्व कर रहे थे इसलिए नेता थे अथवा वे नेता थे इसलिए वे नेतृत्व कर रहे थे?"

"तुम बात को उलझा रहे हो।" उसने फिर से मुझे टालना चाहा।

मुझे आश्चर्य नहीं हुआ। अपनी तो संस्कृति ही बन गयी है, व्यक्तियों को टालना, सत्य को टालना, न्याय को टालना। आज तक प्रश्नों को टाल-टालकर लोग वर्षों तक देश के प्रधानमन्त्री बने रहे। हमारे विश्वविद्यालय के कुलपति विश्वविद्यालय की समस्याओं को टालने के लिए अपनी पाँच वर्षों की नियुक्ति में चार वर्ष विदेश भ्रमण करते हैं। आजकल कितने ही लोग, देश के राष्ट्रपति बनकर देश की सेवा करने का अधिकार पाने के लिए तड़प रहे हैं। वे सेवा को टालने के लिए पद चाहते हैं। पद के बिना देश की सेवा नहीं कर सकते। सेवक को भी पद चाहिए और वह भी राष्ट्रपति का। उन्हें सेवा से अधिकार पाने का मार्ग ज्ञात ही नहीं है, वे तो अधिकार के राजमार्ग से सेवा की पगडण्डी पर उतरना चाहते हैं।

पर मैं उसे क्या समझाता। स्वयं देख रहा हूँ कि जिसने कुछ नहीं लिखा अथवा जो कुछ नहीं लिखता, वह किसी पीठ पर आसीन हो जाए तो देश का सबसे बड़ा साहित्यकार ही नहीं हो जाता, साहित्यकारों का भाग्यविधाता भी बन जाता है और साहित्यकारों को उपदेश देने का अधिकारी भी हो जाता है।

मैंने फिर से एक बार रामलुभाया को समझाने का प्रयत्न किया।

"तुम अध्यापक इसलिए हो क्योंकि बच्चों को पढ़ाते हो अथवा इसलिए हो कि कॉलेज से वेतन पाते हो?"

इस प्रश्न ने उसकी प्रतिभा जगा दी। यदि अब भी नहीं समझता तो उसका

भण्डा फूट जाता कि वह बच्चों को पढ़ाने का नहीं, बहकाने का वेतन लेता है।

"कोई डॉक्टर इसलिए होता है कि वह अपने उपचार से रोगियों को रोगमुक्त करता है, अथवा इसलिए होता है कि वह वेतन लेकर अस्पताल से ग़ायब रहता है?"

"रोगियों को रोगमुक्त करनेवाला ही डॉक्टर है भाई!" उसका आदर्शवाद जाग गया था।

"तो फिर देश का पैसा खाकर संसद से ग़ायब रहनेवाला व्यक्ति देश का नेता कैसे हो सकता है?" मैंने पूछा।

"नेता तो वही होता है।" उसने कहा।

"और वे नेता नहीं थे, जो देश की जनता को उनका न्याय और अधिकार दिलाने के लिए फाँसी पर झूल गये?" मैंने पूछा।

"वे शहीद होते हैं, वे नेता नहीं होते।" इस विषय में वह पूर्णतः निश्चित था।

"शहीद किसलिए होते हैं?"

"ताकि वर्ष में दो बार उनकी समाधि पर फूल चढ़ाये जा सकें। विदेशी अतिथियों को उनकी समाधि पर लाया जा सके। मन चाहे तो उनकी समाधि पर अनशन किया जा सके।"

"और नेता किसलिए होते हैं?"

"ताकि पदों पर जमकर बैठ सकें और जनता का पैसा खाने के लिए विभिन्न प्रकार की मौलिक और आयातित विधियों का आविष्कार कर सकें।" उसका सैद्धान्तिक चिन्तन अत्यन्त स्पष्ट था।

"तुम्हें नहीं लगता रामलुभाया कि यह दोमुँहापन है?"

"नहीं! यह अपनी शक्तियों का उचित संयोजन है।" वह बोला, "एक व्यक्ति मन्त्री के पद पर बैठा हो और मन्त्री ही रहे तो उसमें प्रतिभा की कमी है। वह मन्त्री के पद पर बैठकर रिजर्व बैंक में सेंध लगाकर पैसा अपने विदेशी बैंक के खाते में जमा कराता रहे, तो वह अपनी प्रतिभा का उचित प्रयोग कर रहा है। देखो!" उसने मुझे समझाना आरम्भ किया, "तुमने मकान बनाया है न?"

"हाँ!" मैंने कहा।

"तुमने पहले ईंटों की दीवार बनायी। उसे ढँकने के लिए पलस्तर किया। पलस्तर को ढँकने के लिए सफ़ेदी करायी। सफ़ेदी को सुन्दर बनाने के लिए प्लास्टिक पेण्ट कराया। कोई ईंटों को ईंटें ही रहने देता है क्या?" उसने समझाया, "भगवान् ने हमारी हड्डियाँ, अँतड़ियाँ और नसें बनायीं। उनको ढाँपने के लिए मांस बनाया। उसे ढँकने के लिए त्वचा बनायी। तुम उससे भी सन्तुष्ट नहीं हुए और तुमने पहले भीतरी कपड़े पहने। और सुन्दर बनने के लिए तुमने ऊपरी कपड़े पहने। पहने न?"

"हाँ!" मैंने कहा।

"अब यदि एक व्यक्ति हत्यारा है तो वह उसे ढाँकने के लिए किसी धन्धे की ओढ़नी ओढ़ लेता है तो क्या बुरा करता है। वह शराब बेचकर लोगों को यमलोक का वीजा दिलवाता है और उसे ढाँपने के लिए एक राजनीतिक दल का सदस्य बन जाता है, तो क्या कुछ अनुचित करता है? एक व्यक्ति डाकू है। हत्या और डकैती उसका धन्धा है। वह यदि उस पर मन्त्री पद की चादर ओढ़ लेता है तो क्या अपराध करता है? इसमें अनुचित क्या है?" रामलुभाया ने मुझे देखा।

उसके इस ओढ़नी दर्शन का मेरे पास एक ही उत्तर था कि उसकी ओढ़नी को उसकी गर्दन में लपेटकर उसको इतना खींचता कि उसका दम निकल जाता। तभी वह चुप हो सकता था। पर मैं ऐसा कर नहीं सकता था। ऐसा करता तो क़ानून की दृष्टि में मैं हत्यारा कहलाता, जबकि मैं अच्छी तरह जानता हूँ कि हत्यारा कौन है।

नया फ़ोन

एक व्यक्ति आकर मेरा गेट इस मुद्रा में खटखटाने लगा, जैसे वह उसे तोड़ ही डालेगा। मुझे कष्ट तो बहुत हुआ, किन्तु मैं उसे डाँट नहीं सकता था। जाने वह कौन था। मैंने उसे रुष्ट कर दिया तो कई प्रकार के संकट हो सकते हैं। सफ़ाई कर्मचारी हुआ तो मेरे घर के सामने से सफ़ाई नहीं होगी। बिजलीवाला हुआ तो मैं अँधेरे में ही बैठा रह जाऊँगा। पानीवाला हुआ तो हम बूँद-बूँद को तरस जाएँगे। डाकिया हुआ तो हम अपने प्रियजनों के पत्रों की प्रतीक्षा में पलक पाँवड़े बिछाये, बैठे ही रह जाएँगे। मेरे जीवन के अनुभव का यह निचोड़ है कि कोई कितना भी ग़लत काम कर रहा हो, उसे डाँटने से पहले उसका परिचय अवश्य प्राप्त कर लेना चाहिए।

पूछा तो पता चला कि वह टेलीफ़ोन विभाग से आया है। हमारा नया फ़ोन आ गया था और वह उसे लगाना चाहता है। मैं अपने गेट को भूल गया। जाने पिछले जन्म का कौन-सा पुण्य उदित हुआ था कि फ़ोन लगने लगा था, ऐसे अवसर पर कोई गेट तो क्या दीवार भी तोड़ दे तो ऐसी कौन-सी बड़ी बात है। दीवार तो फिर बन जाएगी, टेलीफ़ोन लौट गया तो उसे कोई कैसे लौटा लाएगा।

उसने फ़ोन नामक वस्तु तार से जोड़ी और तार को खम्भे से जोड़ा और हाथ पसार दिया, "इनाम।"

"पहले फ़ोन चालू तो करो।" मैंने कहा।

"फ़ोन चालू तो तब हो होगा, जब यह निश्चित हो जाएगा कि आपको किस केन्द्र से जोड़ना है।" उसने कहा।

"तो इसका निर्णय कौन करेगा?" मैंने पूछा।

"आपकी जात।"

"क्या मतलब?" मैंने पूछा।

"देखिए, एक केन्द्र पर तो दलितों का कब्ज़ा है, दूसरे पर पिछड़ों का, तीसरे पर अगड़ों का, चौथे पर अल्पसंख्यकों का, पाँचवें पर नारियों का।" उसने बताया।

"यह फ़ोन का केन्द्र है अथवा राजनीति की बिसात।" मैं हँसा, "इसका क्या अर्थ है?"

"इसका अर्थ है कि आपको जोड़ा तो किसी भी केन्द्र से जा सकता है, पर समस्या तब आएगी जब फ़ोन बिगड़ जाएगा और आप उसे ठीक कराना चाहेंगे।" उसने बताया, "जहाँ आपने दबाया पिछड़ा एक्सचेंज और आप पिछड़े हैं नहीं, चाहे दलित ही हों, आपका फ़ोन ठीक नहीं होगा। बताइए किस एक्सचेंज से जोड़ा जाए आपको? क्या आप दलित हैं?"

"यदि दलित का अर्थ है, आज तक वंचित, तो मैं फ़ोन की दृष्टि से दलित ही हूँ।" मैंने कहा।

"गड़बड़ कर दी आपने।" वह बोला, "दलित होने में बहुत गड़बड़ है।"

"क्यों? दलित होने में क्या गड़बड़ है? आजकल तो उनकी सुविधाओं का बहुत ध्यान रखा जा रहा है।"

"यही तो गड़बड़ है।" वह उदास हो गया, "यदि आप अल्पसंख्यकों के दलित हैं, तो आप अगड़ों के बराबर भी हैं, क्योंकि अल्पसंख्यकों में अगड़ा-पिछड़ा ही नहीं है, तो दलित कहाँ से हो सकते हैं। वहाँ तो सब बराबर हैं। यदि आप हिन्दू दलित हैं, तो कौन से दलित हैं, कांग्रेसवाले, भारतीय जनता पार्टी वाले, जनता दल वाले, सोशलिस्ट पार्टी वाले, प्रजा सोशलिस्ट पार्टी वाले, बहुजन समाज पार्टी वाले अथवा रिपब्लिकन पार्टी वाले?"

"किसी भी पार्टी का होऊँ, फ़ोन का एक्सचेंज तो वही रहेगा।" मैंने झल्लाकर कहा।

"हम इस समय यह विचार नहीं कर रहे हैं साहब कि आपका एक्सचेंज कौन-सा रहेगा, हम तो विचार कर रहे हैं कि किस एक्सचेंज में आपके बिगड़े फ़ोन के सुधरने की सम्भावना है।" उसने मुझे समझाया, "मामला बड़ा जटिल है। एस.डी.ओ. दलित है। इंस्पेक्टर पिछड़ा है। और लाइनमैन अगड़ा है। यदि लाइनमैन ठीक करना चाहेगा तो इंस्पेक्टर नहीं करने देगा, इंस्पेक्टर करना चाहेगा तो एस.डी.ओ. नहीं होने देगा। एस.डी.ओ. चाहेगा तो लाइनमैन कहीं से तार काट देगा। अब यदि आप चाहते हैं कि आपका फ़ोन ठीक रहे तो आपको ऐसा एक्सचेंज ढूँढ़ना चाहिए, जिसमें महाप्रबन्धक से लेकर लाइनमैन तक आपकी ही जाति के हों...।" सहसा उसने सिर पर हाथ धर लिया, "नहीं, उससे भी नहीं बनेगा।"

"क्यों?" मैं चकित रह गया, "उससे क्यों नहीं बनेगा?"

"यदि आपने कोई ऐसा एक्सचेंज ढूँढ़ भी लिया तो उत्तर भारत और दक्षिण भारत का झगड़ा पड़ेगा। जब आप उत्तर के हों और लाइनमैन दक्षिण का तो आपके फ़ोन का पेयर सदा ख़राब रहेगा।"

"तो क्या करें?"

"यही तो समझ नहीं पा रहा हूँ।" वह बोला, "आजकल तो दिल्ली में बिहारी, नॉन बिहारी भी चल रहा है। बिहारी लॉबी बहुत शक्तिशाली है।"

"चलो तो बिहारी एक्सचेंज से ही जोड़ दो।" मैंने कहा।

"पर तब वहाँ आरा और गया ज़िला का विभाजन सामने आ जाएगा। मैथिल और नॉन मैथिल का झंझट होगा।" वह सचमुच बहुत चिन्तित था।

"तो क्या करें भाई?"

सहसा उसे कोई समाधान सूझा, "एक रास्ता है।"

"क्या?"

"आप इस जात के झंझट और पार्टी पॉलिटिक्स में पड़िए ही मत।" वह बोला।

"तो मैं कहाँ पड़ना चाहता हूँ।" मुझे कुछ क्रोध आ गया, "तुम ही तो इस पुराण को लेकर बैठे हुए हो।"

मेरे क्रोध ने उसके क्रोध को भी जगा दिया, "मैं तो तब से आपको भ्रष्टाचार से बचा रहा था। आपको जात के पॉलिटिक्स में नहीं पड़ना तो ठीक है फिर पैसा दीजिए और काम करवाइए।"

"पैसे के सामने कोई जात नहीं है?" मैंने सायास अपना स्वर कुछ हल्का किया।

"पैसे के सामने जाति क्या और पार्टी क्या।" वह बोला, "पैसा तो सबका बाप है। जिस एक्सचेंज को कहिएगा कि आप पैसे की जात के हैं, वही आपका दास हो जाएगा।" उसने रुककर मुझे देखा, "वैसे साहब! सच तो यह है कि जात की बात तो उठी ही पैसे के लिए है। पैसा ही मिल गया तो जात का क्या करना।" उसने फिर रुककर मुझे देखा, "तो फिर जोड़ दूँ पैसेवाली हॉट लाइन से?"

भिखारी और सम्मान

चौराहे की लाल बत्ती पर गाड़ी रुकी तो एक भिखारी ने आकर रामलुभाया के सामने हथेली फैला दी।

न चाहते हुए भी रामलुभाया को उसकी ओर देखना पड़ा। उसके कपड़े फटे हुए थे और उसने चेहरे पर कालिख पोत रखी थी। चेहरे पर बड़ा करुण भाव था, जैसे संसार में सबसे अधिक दुखी वही हो।

रामलुभाया को बहुत लज्जा आयी। कोई भीख माँगे, इसमें उसे तनिक भी आपत्ति नहीं थी, पर इस प्रकार गन्दे और बीभत्स बनकर भीख माँगने की क्या आवश्यकता थी। अभी रामलुभाया के स्थान पर कोई विदेशी नागरिक आकर यहाँ इस लाल बत्ती पर रुकेगा तो यह भिखारी उसके सामने भी इसी प्रकार दाँत निपोरता खड़ा हो जाएगा। उसे न तो अपने सम्मान का विचार है, न अपने व्यवसाय के सम्मान का और न देश के सम्मान का।

रामलुभाया सारा दिन सिर धुनता रहा। क्या देश की निर्धनता को नहीं हटाया जा सकता? जब इन्दिराजी ने भी कह दिया था कि ग़रीबी हटाओ, तब भी कोई माई का लाल इसे नहीं हटा सका था। यह तो अंगद के पाँव के समान अपने देश में जम गयी है। तो क्या किया जाए? ग़रीबी है तो रहे, पर विदेशियों के सम्मुख अपने देश के सम्मान की तो रक्षा होनी ही चाहिए।

अगले दिन विधान सभा में रामलुभाया ने अपने मित्रों से चर्चा की तो मित्र ने पूछा, "क्यों? क्या विदेशों में भिखारी नहीं होते?"

तत्काल दो गुट बन गये। एक का कहना था कि विदेशों में भिखारी हो ही नहीं सकते। साम्यवादी देश भिखारी को देखते ही गोली मार देते हैं और पूँजीवादी देश इतने धनी हैं कि वहाँ भीख माँगने की आवश्यकता ही नहीं होती। वहाँ तो बेरोज़गारी का भत्ता ही इतना अधिक मिलता है कि लोग कोठियों में रह सकते हैं और आलीशान गाड़ियों में घूम सकते हैं। तो फिर कोई भीख क्यों माँगेगा?

दूसरा गुट मानता था कि भिखारी तो अमेरिका में भी होते हैं, पर वे भीख नहीं माँगते, कोट-पैण्ट, टाई में आते हैं और सहायता माँगते हैं। भीख और राहायता

में अन्तर है। उनमें भीख माँगते हुए भी एक प्रकार का आभिजात्य होता है। उन्हें देखकर किसी को अपने देश का अपमान होता दिखाई नहीं देता और इतने पर भी किसी को सीधी-सादी भीख ही माँगनी होती है, वह भारत में आ जाता है।

विवाद कुछ इतना ज़ोरदार हुआ कि रामलुभाया ने विधानसभा में एक प्रस्ताव रख दिया, "अपने देश के भिखारियों को कुछ इस प्रकार प्रशिक्षित किया जाए कि वे चाहे नगर के चौराहे पर भीख माँगें, पर अपने देश का अपमान न करें। उन्हें अपने व्यवसाय का कोई ढंग आना चाहिए, जैसे कि अमेरिका में कोई भिखारी किसी पार्क के एक कोने में खड़ा होकर गिटार बजाता रहता है और लोग जानते हैं कि उसे भीख चाहिए। उससे उसकी सहायता भी हो जाती है और देश का अपमान भी नहीं होता।"

"इसको सीखने के लिए तो भिखारियों को अमेरिका जाना होगा।" एक विधायक ने कहा, "और यह आवश्यक तो नहीं है कि प्रत्येक भिखारी के पास इतना धन हो कि वह अमेरिका जाने और वहाँ रहकर भिखारियों के तौर-तरीक़े सीखने का ख़र्च उठा सके।"

आपत्ति गम्भीर थी। रामलुभाया ने देखा, अपने देश के भिखारी अमरीका जाते-जाते रोक दिये गये थे। ऐसा तो अमेरिकी दूतावास भी कर सकता था, पर अपने देश के विधायक ऐसा क्यों कर रहे हैं? कुछ दुष्ट विधायकों को ग़रीबों के साथ तनिक भी सहानुभूति नहीं थी। वे नहीं चाहते थे कि कोई ग़रीब भिखारी अमेरिका जाए।

"तो ऐसे ग़रीब भिखारियों को सरकार सब्सिडी दे। उनको आर्थिक सहायता दी जाए, ताकि वे सम्मानजनक ढंग से अपना काम करने का प्रशिक्षण प्राप्त कर सकें। आख़िर वे भी तो श्रमिक हैं। अपना पसीना बहाते हैं और अपना पेट पालते हैं। भीख माँगना कोई आसान काम नहीं है।" वह बोला, "यह बहुत ही बुरी बात है कि देश के कुछ प्रतिनिधि विधायक बनते ही समाज के सबसे पिछड़े लोगों की प्रगति के मार्ग की बाधा बन रहे हैं।"

"हमारे देश में इतने भिखारी हैं, रामलुभाया जी! कि उन सबको प्रशिक्षण के लिए अमेरिका भेजने में हमारा देश ही भिखारी हो जाएगा।" एक युवा विधायक ने कहा।

"तो इसका अर्थ है कि मूल समस्या भिखारियों की निर्धनता नहीं, उनकी जनसंख्या है। क्यों न उनकी जनसंख्या कम करने का प्रयत्न किया जाए?" एक अन्य विधायक ने कहा।

भोलाराम तड़पकर उठ खड़ा हुआ, "मैं इस अनुचित प्रस्ताव का विरोध करता हूँ। भिखारियों की जनसंख्या क्यों कम की जाए? जनतन्त्र तो है ही संख्या का खेल। इसमें किसी भी वर्ग की जनसंख्या कम करने का अर्थ है—उनके जनतान्त्रिक

अधिकारों का हनन। आप सारे भिखारियों को नहीं भेज सकते तो उनकी जनसंख्या के अनुपात में उन्हें अमेरिका भेजे जाने की नीति स्वीकार की जाए। अन्धे भिखारी, लँगड़े भिखारी, कोढ़ी भिखारी इत्यादि इत्यादि, जितने प्रकार के भिखारी हैं, उनकी जनसंख्या के अनुपात में उन्हें अमेरिका भेजा जाए।"

"मैं इसका विरोध करता हूँ। यह जनतन्त्र से धोखा है।" तृप्तिराम बोला, "होना यह चाहिए कि ब्राह्मण भिखारियों की संख्या के अनुपात में ब्राह्मण और पिछड़ी जातियों के भिखारियों की संख्या के अनुपात में उनके प्रतिनिधि। अल्पसंख्यकों के अनुपात में..."

"और भिखारिनों की संख्या के अनुपात में...।"

"और उनके साथ उन्हीं की जाति का एक मैनेजर भी जाना चाहिए, जो विधायक भी हो।"

"नहीं, विधायक होना आवश्यक नहीं है, उस जाति का कोई भी नेता जा सकता है...।"

झगड़ा काफ़ी बढ़ गया था और आगे बढ़ते ही जाने की सम्भावना थी।

"सुनो! सुनो! सुनो!! मेरे मन में एक बात आयी है।" रामलुभाया ने ऊँचे स्वर में कहा, "मेरा विचार है कि हम सब उस पर सहमत ही नहीं, एकमत होंगे।"

"क्या? क्या?? क्या???"

"क्यों न सभी जातियों के प्रतिनिधि विधायकों को ही अमरीका भेज दिया जाए, ताकि वे सीखकर आएँ कि देश के सम्मान की रक्षा करते हुए भीख कैसे माँगी जा सकती है। भिखारियों को भेजने की आवश्यकता ही क्या है। विधायकों को कुछ अनुभव पहले ही है, कुछ और हो जाएगा। वे लौटकर अपनी जाति के भिखारियों को अपने आप प्रशिक्षण दे लेंगे।"

"हाँ! यह ठीक है।" सदन में ध्वनिमत से प्रस्ताव पारित हो गया।

न्याय-अन्याय

'स्वतन्त्र महिला' कार्यालय ने अपनी सबसे तेज-तर्रार, आग उगलनेवाली प्रतिनिधि मिस दामिनी को बस्ती में भेज दिया। बस्ती की महिलाओं को अब जगाना ही था। बस्ती में बहुत गहमागहमी थी। लग रहा था कि कुछ बहुत महत्त्वपूर्ण घटित होनेवाला था। बस्ती की सारी महिलाएँ एकत्रित हो आयी थीं। कुछ तो अपने पतियों को भी घसीट लायी थीं। वे चाहती थीं कि पतलून पहननेवाली, अँग्रेज़ी में गिटपिट करनेवाली और ग़लत हिन्दी बोलनेवाली उस छोरी की बात उनके मर्द भी सुनें। शायद उन्हें भी कुछ अकल आ जाए और वे कुछ बड़े आदमी बन सकें। कुछ पुरुष अपनी इच्छा से भी चले आये थे। इसी बहाने ढेर सारी महिलाओं को निहारेंगे और मन तथा आँखों को तृप्त करेंगे...।

मिस दामिनी ने अपना भाषण आरम्भ किया, "आज तक मर्दों ने स्त्रियों पर बहुत अत्याचार किये हैं, पर अब नारी जागृति का समय आ गया है। अब ये अत्याचार नहीं चलेंगे।"

"तुम्हारा मर्द तुम्हें पीटता है तो तुम उसको छोड़ क्यों नहीं देती हो?" बसन्ती ने कहा, "मेरा मर्द मुझे हाथ लगाकर तो देखे। उसी दम घर से निकाल गली में फेंक दूँगी उसको, चाहे जो उठाकर ले जाए।"

मिस दामिनी कुछ घबरा गयी। यहाँ तो भाषण के साथ ही हुड़दंग आरम्भ हो गया। पर वह मिस दामिनी थी। एक प्रश्न से ही डर जाए तो मिस दामिनी कैसी। ऐसी बहुत देखी थीं उसने। वह बोली, "नहीं, मेरे पति मुझे मारते नहीं हैं। वे तो बहुत अच्छे हैं। वे तो मुझसे बहुत प्यार करते हैं।"

"तो फिर क्यों उन्हें ऐसे गली-मुहल्ले में बदनाम करती फिर रही हो बदज़ात?" बसन्ती ने तमककर पूछा।

"मैं तो तुम्हें यह बताने आयी हूँ कि तुम्हारे मर्द तुम पर कितना अत्याचार कर रहे हैं।"

"यह लो।" पार्वती ठठाकर हँसी, "हमको पता ही नहीं कि हमारे मर्द हम पर अत्याचार कर रहे हैं और इसको ख़बर भी हो गयी। क्यों री छिनाल, तू मेरे मर्द

की इतनी सगी कैसे हो गयी कि तुझे वह भी पता है, जो मुझे पता नहीं।"

"नहीं! मेरा अभिप्राय यह नहीं है।" मिस दामिनी ने स्वयं को सँभाला, "मेरे कहने का तात्पर्य यह है कि समाज ने स्त्रियों को पुरुषों के बराबर के अधिकार नहीं दिये।"

"यदि तेरे बाप ने तुझे तेरे भाई के समान अधिकार नहीं दिये तो अपने बाप का स्यापा कर, समाज को काहे को कोसती है। देनेवाला तो तेरा बाप था, तेरा पड़ोसी कैसे दे देता? समाज को क्या लेना-देना, इसमें।"

"कोई बाप अपनी बेटी को बेटे के समान ज़मीन-जायदाद का अधिकार नहीं देता।" मिस दामिनी ने अपने स्वर को ऊँचा तो उठाया ही, माइकवाले को भी संकेत किया कि माइक तेज़ कर दे, ताकि इन जाहिल औरतों की चीख़-चिल्लाहट को निष्फल बनाया जा सके।

"तुम्हारे बाप ने नहीं दिया तो यहाँ रोने क्यों आयी हो? जाकर उसी की छाती पर क्यों नहीं बैठती?" बसन्ती ने उससे पूछा।

मिस दामिनी को बड़ी निराशा हुई। अपना स्वर ऊँचा उठा और माइक का स्वर तेज़ कर भी वह इन महिलाओं का स्वर दबा नहीं पायी थी। बोली, "मेरे पिता तो देना चाहते थे, मैंने ही अपने भाई का अधिकार छीनना नहीं चाहा।"

"जब स्वयं ही मान रही हो कि वह भाई का अधिकार था तो हमें क्या बताने आयी हो? हमारे बाप के पास तो कुछ था ही नहीं देने को। न हमको, न हमारे भाई को।" चंचल बोली।

"हमारी बिरादरी में तो लोग बेटी को सारा जीवन ही देते थे। गाँव का भी कोई आदमी आ जाता था तो रुपया-दो रुपया दे ही जाता था। तुम्हीं निपूतियों ने दहेज की बुराइयाँ कर-करके सब बन्द करवा दिया। अब जिनके पास है, वे भी नहीं देते। कहते हैं कि दहेज बुरी बात है।" चमेली ठसक से बोली।

"दहेज सचमुच बुरी बात है।" मिस दामिनी बोली, "तुम लोग कैसी जाहिल हो कि दहेज का पक्ष ले रही हो। उसका समर्थन कर रही हो। तुम्हें पता भी है कि लोग बहुओं को दहेज के लिए जला देते हैं।"

"तुमको तो किसी ने नहीं जलाया। मुझे भी न जलाया। ये जो सारी बैठी हैं, इनको भी न जलाया।" बसन्ती ने पूछा, "हम बहुएँ नहीं हैं क्या? या हम ससुराल ही न आयीं?"

"और दहेज में क्या बुराई है?" चंचल ने पूछा, "लड़की पिता के घर से विदा होती है, तो माँ-बाप के धन-दौलत में, उनकी जायदाद में, उसका कोई हिस्सा नहीं है? तुम चाहती हो कि लड़की ख़ाली हाथ वहाँ से चली आए, और उसके भाई अपने बाप का सारा पैसा डकार लें। तुम औरतों को उनका हक दिलाने आयी हो या उनका सब कुछ छीनने।"

"माँ-बाप की सम्पत्ति में से बेटी को भी समान अधिकार मिलना चाहिए।" मिस दामिनी बोली, "पर दहेज नहीं देना चाहिए।"

"तो कब मिलेगा वह हक?" मंगलो अपना आक्रोश रोक नहीं सकी, "जब बाप मर जाएगा और घर की मालकिन भाभियाँ हो चुकी होंगी। वे देंगी तुमको हक। ठेंगा न दिखा देंगी।"

"अरे दे भी देंगी तो तब चाहिए किसको? तब बूढ़े माता-पिता की सेवा का समय होता है कि उनका माल हथियाने का। शादी के बाद जब कोई अपना घर बसाती है, तो सहायता की आवश्यकता तो उसे तब होती है। तब तो उसको कुछ देने न दो और जब वह अपनी जवानी रो गा ले और अपनी मेहनत से अपना घर बना ले, तब बाप के मरने पर वह अपने भाई-भाभियों से लड़ती रहे। अरे, इससे तो अच्छा है कि लड़की के विवाह के समय माँ-बाप अपनी सुविधा से उसको जो दे सकें, दे दें और बाद में भाई-भाभी आजीवन उसका सत्कार करते रहें।"

"तुम लोग जाहिल हो। कुछ समझती नहीं हो।" मिस दामिनी ने उन्हें फटकारा, "कोई समझाना चाहे तो उसकी सुनती भी नहीं हो। तुम्हारे बाप की जायदाद में से मुझे थोड़ी-कुछ मिल जाना है। तुम्हें ही हो दिलवाना चाह रही हूँ।"

"हमारे बाप के पास तो कुछ है ही नहीं। अपने बाप की जायदाद में से कुछ दिलवाओ तो कुछ बात भी बने।" बसन्ती इठलाकर बोली।

"बताओ न!" गंगा ने कहा, "पर तुम तो कह रही थीं कि तुम्हारा मर्द तुम्हें पीटता नहीं है। तो कैसा अत्याचार करता है? तुम्हें खाना नहीं देता? भूखा मारता है?"

"बकवास मत करो।" मिस दामिनी अपना सन्तुलन नहीं रख सकी, "हमारे घर नौकर है खाना बनाने को। पति तो मेरा है ही नहीं।"

"क्यों ब्याह नहीं हुआ, तभी मर्दों के विरुद्ध विष उगल रही हो।" चंचल ने कहा, "है तो अत्याचार ही मर्दों का। इतनी लाली थोपती है, फिर भी किसी एक ने भी इसे पसन्द नहीं किया।"

"चुप!" मिस दामिनी ने उसे इतनी ज़ोर से डाँटा कि माइक का स्वर भी फट गया, "विवाह हुआ था मेरा, पर मैंने पति को छोड़ दिया।"

"तो अब नौकर के साथ रहती हो?" गंगा ने पूछा।

"नहीं। नौकर मेरे साथ रहता है।" मिस दामिनी ने अपना बचाव किया।

"यह तो उससे भी बुरा है। तुम उसके साथ रहतीं तो तुम्हें खिलाने को कमाता तो सही, अब तो तुम्हीं पाल रही होगी उसे।"

"हाँ! मैं पाल रही हूँ उसे।" मिस दामिनी ने गर्व से कहा, "औरत भी पाल सकती है किसी को।"

"नौकर को?" मंगलो बोली, "हम तो यहाँ सारे-सारे कुनबे को पाल रही हैं। एक दिन रोटी न दें तो सारे भूखे रह जाएँ।"

"वह अर्थ नहीं है मेरा।" मिस दामिनी बोली, "मैं उसको रोटी देती हूँ। मैं उसको वेतन देती हूँ।"

"तो तुम रखे हुए हो उसको?" बसन्ती ने पूछा।

"बकवास मत करो।" मिस दामिनी ने कहा, "वह मेरी नौकरी करता है। मैं उसको वेतन देती हूँ।"

"नौकरी तो मेरा घरवाला भी करता है।" बसन्ती ने कहा, "पर मैं उसको वेतन नहीं देती हूँ। वह मेरे लिए कमाकर लाता है। अपना सारा वेतन मेरी झोली में डाल देता है, और फिर मेरी नौकरी करता रहता है। घुमाने ले जाता है। बाहर खिलाता-पिलाता है। सिनेमा दिखाता है। कपड़ा और गहना लेकर देता है। अपनी गरज को खुशामद करता है। नखरा करती हूँ तो पैर भी दबाता है। तुम्हारा नौकर क्या-क्या करता है?"

मिस दामिनी का धैर्य समाप्त होता जा रहा था। उसकी इच्छा हो रही थी कि वह इन जाहिल औरतों पर बरस पड़े। पर वह उन्हें फुसलाने आयी थी, भड़काने नहीं। वह उनको रुष्ट करेगी तो 'स्वतन्त्र महिला' के दफ़्तर में घुस भी नहीं पाएगी। इन सबको सदस्य क्या बनाएगी, उसकी अपनी सदस्यता भी छिन जाएगी।

"सुनो! मैं उन बहनों की बात कर रही हूँ, जिनके पति शराब पीकर आते हैं और उनको पीटते हैं।" नेता ने कहा।

"हाँ! अब आयीं तुम लाइन पर।" बसन्ती बोली, "है एक। पर वह भी शराब नहीं पिएगा तो मार-पीट छोड़ देगा।"

"तो तुम लोग सहमत हो कि मर्द शराब पीते हैं और औरत को पीटते हैं।..."

"बक-बक मत करो।" गंगा ने उसे डाँट दिया, "हमारे मर्द न शराब पीते हैं और न हमें मारते हैं। जो पीता है, वह भी इसलिए पीता है क्योंकि सरकार ने स्थान-स्थान पर दारू के ठेके खोल रखे हैं। दोषी तो सरकार है जो अपने टैक्स के लिए अपनी प्रजा का रक्त पी रही है। सरकार तुम्हारी है। शराब वह बनाती है। पहले तुम अपनी सरकार को रोको। नहीं रोक सकतीं तो उसे कोसो। जो दोषी है, उसे कुछ कहती नहीं और उस बेचारे शराबी ग़रीब कल्लू के पीछे पड़ी है।"

"पीने की मनाही नहीं है।" मिस दामिनी को अपनी काकटेल पार्टियाँ याद आ गयीं, "पर किसी को पीटना अपराध है। मर्द औरत को इसलिए पीटता है, क्योंकि औरत उससे दुर्बल है और दुर्बल को बचाना हमारा धर्म है।"

"ठीक कहती हो।" बसन्ती ने उत्तर दिया, "हमने कई बार पुलिस में भी रपट की है। पर तुम्हारी सरकार की पुलिस है न। उस कल्लू को न पकड़ती है, न कुछ कहती है, उलटे तुम हमारे मुहल्ले में आकर हमारे मर्दों को बुरा भला कहने लगती हो। जो दहेज के लिए लड़की के मायकेवालों को तंग करते हैं, उन्हें तो कुछ कहती नहीं, जो बहू को जला देते हैं, उन्हें अपनी पार्टी का आदमी कहकर छोड़ देती हो

और हमें सिखाने आती हो कि अपनी बेटी को कुछ मत दो, सब कुछ बेटों को ही दे दो।"

"सब कुछ बेटों को ही क्यों दो..." मिस दामिनी ने कुछ कहना चाहा।

पर तब तक बिजली चमककर खड़ी हो गयी, "यह लो। बेटी को भी न दो। बेटे को भी न दो। तो फिर सब कुछ तुम्हारे भतार को दे दें? तुम हमसे चन्दा माँगने तो नहीं आयी?"

"नहीं। हमें क्यों दो। दो तो अपने बेटे-बेटियों को ही, पर दहेज के रूप में मत दो।"

"ओ हो तो तुमको दहेज नाम पसन्द नहीं है?" गंगा बोली, "देखो, तुम्हें एक बात समझाती हूँ। बनी-बनायी रीति-रिवाज को तोड़ना सरकार का काम नहीं है। सरकार का काम है, अपराधी को पकड़ना। जो किसी से धमकाकर धन लेता है, पीड़ा देकर धन छीनता है या धन नहीं देने पर पीड़ा देता है या हत्या करता है, वह अपराध करता है। अपराधी को पकड़ना सरकार और उसकी पुलिस का काम है। वह तुम लोग करते नहीं हो। अपराधी को पकड़ते नहीं हो और हमें समझाने चले आते हो कि हमारे रीति-रिवाज बुरे हैं।"

"मैं अपनी बेटी को कभी दहेज नहीं दूँगी।" मिस दामिनी तड़पकर बोली।

"बेटी होगी तो दहेज दोगी और मन भरकर दोगी, पर बेटी तो बेटी तुम्हारा तो पति भी नहीं है। नौकर को रखे हुए हो, तो दहेज किसको दोगी। अपने उस खसम नौकर को?" बसन्ती बोली, "बाई जी, मेरी एक बात ध्यान से सुनो। पहले कुछ नया बना लो जो पुराने से अच्छा हो और तब पुराने को तोड़ो। तुम लोग नया तो कुछ बनातीं नहीं और पुराना तोड़ने को चली आती हो। अपना घर-परिवार तुमसे बसता नहीं और हमारे घर उजाड़ने आ जाती हो।"

"तुम्हारा घर कौन उजाड़ रहा है?" मिस दामिनी ने तड़पकर पूछा।

"तुम। और कौन?" बसन्ती ने कहा, "हर समय मर्दों के विरुद्ध हमें भड़काती रहती हो, किसलिए? हमारे मन में उनके विरुद्ध विष घोलती हो, किसलिए? कभी तो हम भी कमज़ोर पड़ सकती हैं। अपने घर जाओ। हम अपने परिवार में सुखी हैं। उसे तोड़ने की आवश्यकता नहीं है। तुमको पति नहीं मिला, तुम्हारा परिवार नहीं बसा तो तुम चाहो तो अपनी दफ़्तर में किसी की रखैल बनो या अपने नौकर को अपने पास रखो, पर हमारे सुखी संसार में आग मत लगाओ। सुखी परिवार के बिना न समाज बनता है, न सम्पन्न देस।"

"तुम लोग एकदम आगे बढ़ना नहीं चाहतीं? ज़रा भी प्रगति करना नहीं चाहतीं?"

"क्यों नहीं चाहतीं। सुख किसको बुरा लगता है। पर पहले तुम भी तो यह समझ लो कि सुख होता क्या है?" बसन्ती ने उसे डाँटा।

ग़रीबी की रेखा

"यह समाचार देखा तुमने?" रामलुभाया ने अपना समाचार-पत्र मेरी ओर बढ़ाया।

मैंने समाचार-पत्र पर दृष्टि डाली। मैं उस समाचार को प्रातः ही पढ़कर अपना सिर पीट चुका था। मैं प्रायः अपना सिर प्रातः ही पीट लेता हूँ, समाचार-पत्र जो प्रातः पढ़ने की आदत डाल रखी है। उसमें सिर पीटने के लिए पर्याप्त संसाधन होते हैं। मैं उस दिन की प्रतीक्षा में हूँ, जब समाचार-पत्र पढ़ने के समय को सिर पीटने का समय और समाचार-पत्र को सिर पीटने का उपकरण पुकारा जाने लगेगा।

"हाँ! देखा है।" मैंने कहा, "वे ग़रीबी की रेखा के नीचे जीनेवाले लोगों को लड़कियाँ पैदा करने के लिए प्रोत्साहित कर रहे हैं।"

"इसका क्या अर्थ है?" रामलुभाया मुझसे इस प्रकार स्पष्टीकरण माँग रहा था, जैसे वह समाचार मुझसे सम्बद्ध हो।

"अर्थ यह कि यदि ग़रीब लोगों के घर लड़की जन्म लेगी तो उसकी माँ को पाँच सौ रुपये पुरस्कार में दिये जाएँगे।" मैंने यह जानते हुए भी कि मेरे इस कहने का कोई अर्थ नहीं है, कह दिया।

"अर्थात् लड़का जन्म लेगा तो उसके बाप को पाँच सौ रुपये दिये जाएँगे?" उसने पूछा।

"नहीं भाई! इसमें स्त्री-पुरुष का मामला नहीं है कि लड़की उत्पन्न करने पर स्त्रियों को प्रोत्साहित किया जाएगा और लड़का उत्पन्न होने पर पुरुषों को।" मैंने उसे कुछ विस्तार से समझाया, "यह तो ग़रीबों के मन में से नारी के प्रति विरोध का भाव दूर करने के लिए एक प्रयत्न है।"

"अच्छा, वे समाज में से नारी-विरोध दूर कर रहे हैं और मैंने समझा कि वे जनसंख्या वृद्धि का अभियान चला रहे हैं।"

"वह कैसे?" इस बार मैंने पूछा।

"जिन लोगों को पाँच सौ रुपये दिखाई दे रहे होंगे, वे सन्तान उत्पन्न करके देखेंगे कि वह लड़का है या लड़की।" रामलुभाया ने मुझे समझाया, "लड़का हुआ तो फेंक देंगे और लड़की हुई तो पांच सौ रुपये ले आएँगे। उनके मन में यह उत्साह

तो बना ही रहेगा कि इस बार लड़का हुआ है तो अगली बार लड़की होगी। इस बार पाँच सौ नहीं मिले तो अगली बार मिलेंगे।"

"और यदि लड़की ही हो गयी तो?"

"तो भी उत्साह बना रहेगा कि इस बार लड़की हुई है तो अगली बार भी लड़की ही होगी। इस बार पाँच सौ मिले हैं तो अगली बार और पाँच सौ मिलेंगे।"

"अरे छोड़ो।" मैंने कहा, "पाँच सौ रुपयों के लिए कोई बच्चा पैदा करता है।"

"तो हमारी सरकार मूर्ख है जो ऐसा प्रयत्न कर रही है?" उसने पूछा।

मैं सरकार को मूर्ख कहने अथवा मानने का साहस नहीं कर सका, इसलिए स्वीकार कर लिया, "हाँ! कह तो तुम ठीक ही रहे हो।"

"और फिर पाँच सौ रुपये किसे बुरे लगते हैं। जब पाँच सौ रुपये पाने का मन हुआ, फिर से एक लड़की पैदा कर ली। लड़की न हुई पाँच सौ रुपयों का ड्राफ्ट हो गया।" रामलुभाया ने कहा।

"यह नहीं होगा।" मैंने अनुमान भिड़ाया, "वे अन्धाधुन्ध जनसंख्या नहीं बढ़ा सकते। वे अवश्य ही पहले जाँच करेंगे कि भ्रूण का लिंग क्या है। लड़का है या लड़की।"

"ओह हाँ! यह भी सम्भव है।" रामलुभाया बोला, "और पता चल जाएगा कि लड़का है तो वे गर्भपात कर देंगे। क्योंकि न तो ग़रीब को लड़का चाहिए, न सरकार को।"

"नहीं! ग़रीब को तो लड़का चाहिए, सरकार को लड़की चाहिए।" मैंने समझाया।

"तो ग़रीब लड़का अपने पास रख लेगा और लड़कियाँ सरकार को दे आएगा।" रामलुभाया ने कहा।

"पर सरकार लड़कियों का क्या करेगी?" मैंने जैसे अपने आपसे पूछा।

"वे सरकारी लड़कियाँ होंगी। सरकार उनका जो भी करे, वह तुम्हारा सिरदर्द नहीं है।" रामलुभाया ने मुझे डाँट दिया, "हो सकता है वह प्रत्येक सांसद को पाँच-पाँच लड़कियाँ दे दे। कोटे में क्या नहीं दिया जा सकता।"

"पर कोई सांसद उन लड़कियों को क्यों पालना चाहेगा।" मैंने पूछा, "वह कोई बालबाड़ी तो चलाता नहीं होगा।"

"ठीक कह रहे हो।" रामलुभाया मुझसे सहमत हो गया, "ये लड़कियाँ अपने जन्म के समय से तो जवान होंगी नहीं कि राजनीतिज्ञों की उनमें रुचि हो और न वे मॉलियर के नाटक के समान बीवियों का मदरसा खोलना चाहेंगे कि जन्म से ही बच्ची को अपनी देख-रेख में पालें और उसके युवती होने की प्रतीक्षा करें।"

"वैसे ये अमीरों को लड़कियाँ उत्पन्न करने को क्यों प्रोत्साहित नहीं करते?"

मैंने पूछा, "सम्भव है कि वहाँ उनका पालन-पोषण अच्छी तरह हो। वे पढ़ें-लिखें और समाज के लिए भी कुछ कर सकें।"

"अमीरों के लिए पाँच सौ रुपयों की प्रोत्साहन राशि काफ़ी कम है।" रामलुभाया ने कहा, "इतने में कोई खरगोश का बच्चा भी पालना नहीं चाहेगा, आदमी के बच्चे के लिए पाँच सौ रुपये तो उसके स्कूल की एक महीने की फीस भी नहीं होती।"

"ओह! हाँ!" मैंने कहा, "तो वे अमीरों के लिए उसे पाँच हज़ार रुपये कर दें।" पर फिर स्वयं ही चिन्ता में पड़ गया, "इससे अधिक तो बच्चे के जन्म पर अस्पताल का बिल ही हो जाता है।"

"तो पचास हज़ार कर दें।" रामलुभाया बोला।

"यह अत्याचार है रामलुभाया!" मैंने कहा, "जिस काम की फीस ग़रीब के लिए पाँच सौ रुपये हो, उसके लिए अमीरों को पचास हज़ार रुपये दिये जाएँ, यह तो सरासर अत्याचार है। इससे तो ग़रीबों और अमीरों के बीच की खाई और भी चौड़ी हो जाएगी।"

"फिर तो यह बिल्कुल राष्ट्रीय हित में है।" रामलुभाया खिल उठा।

"वह कैसे?" मैं उसकी बात का कोई ओर-छोर समझ नहीं सका।

"अरे खाई होगी तो आप उसे पाटना भी चाहेंगे। उसके लिए पुल बनवाना चाहेंगे।..."

"आवश्यक तो नहीं कि पुल ही बनवाना चाहें।" मैंने आपत्ति की, "यह भी तो सम्भव है कि हम उसे मलबा इत्यादि डालकर पाटना चाहें।"

"मैं सहमत नहीं हूँ।" रामलुभाया बोला, "आप चाहते हैं कि ग़रीबों और अमीरों के मध्य ढेर सारा मलबा हो। उससे तो उनके सम्बन्धों में और सड़ाँध आएगी उससे तो अच्छा है कि पुल ही बनाया जाए, ताकि उनके बीच की दूरी वैसी की वैसी बनी रहे।"

"दूरी बनाये ही रखनी है तो फिर पुल पर इतना ख़र्च करने का क्या लाभ?"

"हमारी सरकार की सदा से नीति रही है कि आभास यह होता रहे कि ग़रीबों और अमीरों के बीच की दूरी कम की जा रही है, पर वस्तुतः वह दूरी वैसी की वैसी बनी रहे। सरकार के लिए यही उपयोगी है।"

"क्यों? क्यों उपयोगी है यह?" मैंने पूछा, "देश के लोगों में जितना सामरस्य हो, उतना अच्छा होता है। फिर यह दूरी..."

"मूर्ख हो तुम।" रामलुभाया ने मुझे डाँटा, "सरकार में कभी रहे नहीं तो बेकार की बातें मत करो। सरकार के लिए यह आवश्यक है कि ग़रीबों और अमीरों के मध्य यह दूरी बनी रहे। अमीरों से उसे धन लेना होता है और ग़रीबों से वोट। दोनों का अलग-अलग योगदान होता है। दोनों को मिलाकर एक कर देने से सब गड़बड़ हो जाएगा।"

"अच्छा सरकार अमीरों से धन लेती है?" मैंने कुछ चकित होकर पूछा, "मैं तो आज तक यही समझता रहा कि अमीर लोग सरकार से धन लेते हैं।"

"हाँ! सत्य तो यही है, जो तुम कह रहे हो, पर सरकार को यह तो दिखाई देता है कि वह अमीरों से कब और कैसे पैसा लेती है, किन्तु यह उसे दिखाई ही नहीं देता कि अमीर लोग कब और कैसे उससे पैसा ले जाते हैं।"

"अच्छा छोड़ो।" मैंने कहा, "तुम कह रहे थे कि खाई जितनी चौड़ी होगी, देश का उतना ही कल्याण होगा। वह कैसे?"

"खाई जितनी चौड़ी होगी, उतना ही लम्बा पुल बनेगा। पुल लम्बा बनेगा तो उसमें ख़र्च भी अधिक होगा। उसमें ख़र्च जितना अधिक होगा, उतना ही बड़ा भाग मन्त्री का, अफ़सरों का, ठेकेदारों का और अभियन्ताओं का होगा। खाइयाँ नहीं होंगी तो ये सारे बेचारे तो भूखे ही मर जाएँगे।" रामलुभाया ने कहा।

मैं यह सब नहीं चाहता था, इसलिए मान गया कि ग़रीबों और अमीरों के मध्य चौड़ी से चौड़ी और गहरी से गहरी खाई होनी चाहिए।

सार्थकता

मेरी पत्नी ने बड़े जतन से अपने बाल धोये, झाड़े, पोंछे और फिर, यहाँ बालकनी में—जहाँ मैं बैठा हूँ—तार पर सूखने के लिए टाँग गयी है।

पिछले साल जब हम दोनों हनीमून की दसवीं एनिवर्सरी मनाने के लिए कश्मीर गये थे तो लौटते हुए उसने ये बाल दिल्ली से ख़रीदे थे। बहुत देर तक हम घूमते रहे थे दिल्ली के बाज़ारों में। पर उसकी पसन्द के बाल नहीं मिल रहे थे। मैं बाज़ारों में इस प्रकार घूमने का आदी नहीं हूँ। आदी होऊँ भी तो कम-से-कम इस प्रकार की हेयर-हण्टिंग मैं बर्दाश्त नहीं कर सकता। पर कोई अपनी पत्नी की इच्छा का विरोध कैसे कर सकता है जबकि वह हनीमून से लौट ही रहा हो। हनीमून चाहे वह दसवाँ ही क्यों न हो। शायद इसलिए मेरी पत्नी अपनी एनुअल शॉपिंग हनीमून से लौटते हुए रास्ते में ही कर आती है।

हम इन बालों के लिए काफ़ी भटके थे। जो बाल मेरी पत्नी अपने मायके से अपने सिर के साथ लायी थी, वे बहुत छोटे थे, अतः पूरक बाल काफ़ी लम्बे चाहिए थे जो कि मिल नहीं रहे थे। फिर उसके बाल जड़ों की ओर से घने काले थे (अब भी हैं) और पूँछ तक पहुँचकर भूरे हो गये थे, शायद बहुत घिस जाने के कारण। उसके मल्टीशेड बालों के कारण काफ़ी कठिनाई हुई थी हमें। जैसे-तैसे हमने ये बाल ख़रीद लिये थे, जो लम्बे तो काफ़ी थे, पर न तो एकदम काले थे, न एकदम भूरे। इसीलिए इन बालों से उसे बहुत प्यार था। प्यार मुझे भी कम नहीं था, क्योंकि मुझे भी बहुत भटकना पड़ा था उनके लिए।

और अब वह उन्हें यहाँ टाँग गयी थी। यह बात ख़तरे से ख़ाली नहीं थी।

हमारा यह फ़्लैट इस बिल्डिंग की छठी मंज़िल पर है। बस छह ही मंज़िलें हैं इस बिल्डिंग में। अँग्रेज़ी के अक्षर 'एल' के आकार की इस बिल्डिंग में अठारह फ़्लैट हैं। हर मंज़िल पर तीन—दो साथ-साथ और तीसरा आमने-सामने।

इस ऊँचाई पर, जहाँ हम हैं, बहुत हवा चलती है; और जब चलती है तो वहशियों की तरह चलती है। खिड़कियाँ बन्द कर ली जाएँ तो सारी-सारी रात खिड़की के शीशों पर सिर पटकती रहती है। आती है और बार-बार समुद्र की लहरों

के समान गुर्राती-चिंघाड़ती हुई लौट जाती है। जब कभी कोई खिड़की पूरी तरह बन्द न हो और कोई कोना-खूँजा खुला रह जाए तो किसी बहुत भारी ट्रक के चलने की-सी आवाज़ करती हुई भीतर घुस आती है।

पर मेरी पत्नी यह बाल यहाँ क्यों डाल गयी है। अभी हवा चलेगी तो ये उड़ जाएँगे और जाने किसके घर जा गिरेंगे। या शायद किसी के भी घर न गिरें, नीचे जा पड़ें। फिर चौकीदार उन्हें लिये-लिये हर फ़्लैट में पूछता फिरेगा, "मेम साहब! ये बाल आपके हैं?"

अभी उस दिन मेरी पत्नी ने मुझे बताया था कि किसी की ब्रेसिअर्स उड़कर नीचे जा पड़ी थी और चौकीदार अपनी ईमानदारी में उसे लिये-लिये हर द्वार फिरा था, "मेम साहब! यह बनियान आपकी है?"

हर औरत एक बार ब्रेसिअर्स को देखकर संकुचित होती और फिर झूठे क्रोध से चौकीदार को घूरती और तब ज़ोर से दरवाज़ा उसके मुँह पर बन्द कर देती—फटाक्! बदतमीज़ चौकीदार! अफ़सरों की पत्नियों से कोई ऐसे सवाल करता है।

थोड़ी ही देर में सबके दरवाज़े बन्द थे और सब औरतें बालकनियों पर टँगी हुई देख रही थीं कि कौन उस ब्रेसिअर्स को स्वीकार करता है।

जब चौकीदार नीचे की मिसेज सिंह के पास पहुँचा तो उसने झपटकर उसके हाथ से ब्रेसिअर्स छीन ली और बिना कुछ कहे दरवाज़ा बन्द कर लिया। चौकीदार ने बन्द दरवाज़े को पीले दाँत दिखाकर चिढ़ाया और छड़ी हिलाता हुआ लौट गया।

मेरी पत्नी फिर बालकनी में लौट आती है, यह देखने के लिए कि उसके बाल सूखे हैं या नहीं।

जी में आता है कि उसे कहूँ कि बाल यहाँ न टाँगे। हवा चली तो सब उड़ जाएँगे। पर कहता नहीं हूँ। वह बाल देखकर जल्दी से अपने गाउन को सँभालती हुई ड्रेसिंग टेबुल की ओर लौट जाती है। वह शायद नहाकर आयी है इसलिए गाउन पहन रखा है उसने। पर केवल बेल्ट के सहारे बँधा हुआ गाउन पहनकर बालकनी में आना और भी ख़तरनाक है। हवा चल पड़े तो गाउन अपनी जगह टिककर नहीं रहता और फिर सामने के छहों फ़्लैटों के बेडरूमों से देखा जा सकता है कि गाउन के नीचे किसी ने क्या पहन रखा है—कुछ है भी या नहीं।

पर हवा नहीं चलती और मेरी पत्नी भीतर लौट जाती है। मेरा ध्यान फिर ब्रेसिअर्स की ओर लौट जाता है।

मिसेज़ पाण्डेय की ब्रेसिअर्स के भी बहुत सारे क़िस्से हवा के साथ इन फ़्लैटों में उड़ते फिरते हैं।

मेरी पत्नी ने बताया था कि जब सवेरे पाण्डेय साहब ऑफिस जाते हैं और मिसेज़ पाण्डेय उन्हें लिफ्ट तक छोड़ने आती है तो उसकी ब्रेसिअर्स के दोनों स्ट्रैप

पीठ पर ब्लाउज के बहुत नीचे तक झूल रहे होते हैं और स्तन ब्लाउज के नीचे पेट तक लटक आये होते हैं। सब लोग अपने-अपने फ्लैटों से मिसेज़ पाण्डेय को देखकर एन्जॉय करते हैं और मिसेज़ पाण्डेय नीचे धँसती हुई लिफ्ट की ओर देखकर हाथ हिलाती हैं—टा-टा...

इस विषय में मिसेज़ पाण्डेय से कोई कुछ नहीं पूछता। पर अपनी ओर से सब ही उस दृश्य के कारण-स्वरूप कोई-न-कोई कहानी सुना देते हैं। नीचेवाली मिसेज़ दास का कहना है कि मिसेज़ पाण्डेय लेट राइज़र हैं। पाण्डेय साहब जब ऑफ़िस जाने लगते हैं तो बेचारी सीधे बिस्तर से उठकर या बिस्तर समेत ही लिफ्ट तक आ जाती है। कपड़े ठीक करने का समय ही नहीं होता।

मिसेज़ शर्मा इस बात को नहीं मानती। उसका विचार है कि मिसेज़ पाण्डेय बच्चे को फीड करती-करती पति को सी-ऑफ करने के लिए आ जाती है। पर कौन जाने ऑफ़िस जाने से पहले खुद पाण्डेय साहब ही फीड लेते हों। बेबी-फूड की कमी, आख़िर वयस्क लोगों के कारण ही हो गयी है इस देश में।

मेरी पत्नी फिर बालकनी में लौट आती है बालों को देखने के लिए। पर अब वह गाउन उतारकर साड़ी पहन आयी है। हवा से कोई ख़तरा नहीं है।

बाल भी शायद सूख गये हैं, या शायद गीले ही उतार लिये हैं। उसे जूड़ा करना होगा—बाल तो चाहिए ही, सूखे हों या गीले।

जाते-जाते वह सेकण्ड फ्लोर की बालकनी में खड़े बच्चे की ओर इशारा कर जाती है। मैं मुड़कर देखता हूँ बच्चे ने सिर्फ छोटी-सी एक बुश्शर्ट पहन रखी है। उसकी माँ ने उसे निकर नहीं पहनायी है। यह मिसेज़ कालरा का चौथा बच्चा है। तीन लड़कियों के बाद पहला लड़का। मिसेज़ कालरा इसे कभी भी निकर नहीं पहनाती। वह चाहती है कि सब लोग देख लें कि तीन लड़कियों के बाद उसने लड़का पैदा किया है।

मेरी पत्नी झपटकर फिर बालकनी में आ जाती है। उसके दो प्रकार के बाल उसके दोनों हाथों में हैं। जूड़ा अभी बना नहीं है।

"आप अभी बैठे ही हैं?" वह मुझसे कहती है।

"तो?"

"तो क्या? वर्मा-वर्मी के घर नहीं जाना क्या?"

वह मिसेज़ वर्मा को वर्मी, मिसेज़ शर्मा को शर्मी तथा मिसेज़ दास को दासी कहती है।

मैं सोचने लगता हूँ और मेरी पत्नी झपटकर भीतर चली जाती है।

वर्मा-वर्मी के घर जाने से मैं बहुत कतराता हूँ। छुट्टी के दिन तो और अधिक घबराहट होती है।

पिछली बार हम गये थे तो नौकर ने दरवाज़ा खोला था।

"साहब हैं?" मैंने पूछा।

"नहा रहे हैं।" नौकर ने बताया।

"मेम साहब?" मेरी पत्नी ने पूछा।

"नहा रही हैं।" नौकर ने फिर बताया।

हम दोनों ने एक-दूसरे की ओर देखा। हम जानते थे कि इन फ़्लैटों में बाथरूम एक ही है। नौकर ने हमें देखा—"जी, वे दोनों इकट्ठे नहाते हैं।" उसने दाँत दिखाये।

वर्मा के घर जाने का कोई मतलब नहीं है।

मेरी पत्नी फिर बाहर आ जाती है। वह जूड़ा कर आयी है और शायद मुझे दिखाने आयी है। जब कभी भी बाहर जाना होता है, वह जूड़ा करके एक बार मेरे सामने से गुज़र जाती है, जैसे कोई मॉडल अपने-आपको प्रदर्शित करती है, ताकि यदि मुझे कुछ कहना हो तो कह दूँ। यह न हो कि लिफ्ट में जाते समय मैं उसका जूड़ा देखूँ और अपने कठमुल्लापन के कारण उसे फिर से लौटा लाऊँ, ताकि वह नये सिरे से मेरी पसन्द का जूड़ा बनाये।

पर मैं उससे जूड़े के विषय में कुछ नहीं कहता हूँ। मैं सामने थर्ड फ्लोर के बेडरूम में बैठी एक लड़की के प्रतिबिम्ब को उनकी खिड़की के शीशे में देख रहा हूँ।

"यह कौन है?" मैं अपनी पत्नी से पूछता हूँ।

"कौन?" वह घूरकर देखती है, "ओह! वह... मिसेज़ घोष की देवरानी है। नर्स है।"

"तुम्हें कैसे मालूम हुआ कि वह नर्स है?" मैं खिड़की के शीशे को घूरता रहता हूँ।

"लो।" मेरी पत्नी को मेरे अज्ञान पर तरस आता है, "सब जानते हैं कि वह नर्स है। फ़र्स्ट नाइट में ही उसने अपने पति को छू-छूकर हर आर्गन का नाम बताया था। वह बेचारा नर्वस होकर चुपचाप लेट गया था।"

"आपको यह सब कैसे मालूम हो गया?" मैं और अधिक जानने के लिए अपनी पत्नी को घूरकर इस प्रकार देखता हूँ, मानो मुझे विश्वास न हो रहा हो।

उसे मेरी अविश्वास की मुद्रा अच्छी नहीं लगती। वह सबूत पर सबूत देने लगती है, "उनकी पहली रात थी। भीतर सुहाग दीप सारी रात जलता रहा। मिसेज़ घोष ने की-होल से सब कुछ देखा और हम सबको स्वयं बताया था।"

"तुम सब बहुत गन्दी हो।" मैं उसकी बात का मज़ा लेते हुए कहता हूँ, "किसी के बारे में ऐसी बातें नहीं करनी चाहिए।"

"लो!" वह मेरे भोलेपन का मज़ाक़ बनाती है, "यहाँ लोगों को एक-दूसरे के सम्बन्धों की फ्री-क्वेन्सी तक का पता होता है। सब लोगों को सबकी वाइफ़ों के पीरियड की डेट तक मालूम है। तुम हो सन्त। चलो, उठो।"

उसके तैयार होने के बाद मैं उसे पहली बार देखता हूँ। वह पूरे मेकअप में है। और जब भी वह पूरे मेकअप में होती है, उसके चेहरे पर से वे सारी रेखाएँ मिट जाती हैं, जो शादी के बाद के इन दस वर्षों में बन गयी हैं। ऐसी हालत में वह मुझे उतनी ही अच्छी लगती है, जितनी शादी के समय लगती थी। और तब मेरा मन कहीं भी जाने को नहीं होता।

"कहाँ चलना है आख़िर?" मैं उसे निहारते हुए पूछता हूँ।

मेरे निहारने का अर्थ वह समझती है और मुसकराने लगती है—"वर्मा-वर्मी के घर।"

"वहाँ नहीं जाएँगे।" मैं कहता हूँ, "आज छुट्टी का दिन है, वे नहा रहे होंगे।"

वह शरमाकर मुसकराती है, "तो वडेराज को विजिट कर आते हैं।"

"वडेराज के घर इस समय!" मैं भी मुसकराता हूँ, "वैसे इस समय मैटिनी शो कर रहे होंगे। वडेरा कहता है कि छुट्टी के दिन उसे एकस्ट्रा शो करना पड़ता है।"

"तो फिर?" वह पूछती है।

"हम कहीं भी नहीं जाएँ!" मैं क्हता हूँ।

"तो मैं बेकार ही तैयार हुई।" वह अपने तैयार होने की सार्थकता चाहती है।

"नहीं! व्यर्थ क्यों हुई?" मैं उठकर बेडरूम में चला जाता हूँ।

"अच्छा! तो बाल सूखने डाल दूँ। मैंने गीले ही लगा लिये थे।" वह अपने जूड़े में से अपने बाल निकालकर सुखाने के लिए बाहर बालकनी में टाँगने चली जाती है।

मैं बेडरूम की खिड़कियाँ बन्द करने लगता हूँ। मैं नहीं चाहता कि सामने के फ्लैटवाले औरों के समान हमारा भी मैटिनी शो देखें।

मेरी पत्नी आती है और धड़ाम से मेरे पलंग पर गिर पड़ती है। वह बहुत खुश है।

"डार्लिंग! ऐसे नहीं।" मैं उसे समझाता हूँ, "नीचे के फ्लोर पर सबको मालूम हो जाएगा।"

"होने दो।" वह दुष्टता से मुसकराती है, "नीचेवाली बहुत शेखी बघारती थी। कहती थी, आपकी शादी को तो बहुत देर हो गयी है। हमें तो रोज़ रात को डोज़ न मिले तो नींद ही नहीं आती। साली हमें बूढ़ा समझती है।"

"समझने दो!" मैं उसे प्यार से समझाता हूँ, "बूढ़ी होगी वह, होगा उसका बाप। तुम भी उसे अपनी मैटिनी शो के बारे में बता देना।"

वह मुझे देखकर ख़ुशी और शरारत से मुसकराने लगती है।

तभी हवा का एक ज़ोर का झोंका आता है और मेरी पत्नी के बाल उड़कर

भीतर आ गिरते हैं। वह उन पर नाराज़ होती हुई, उन्हें फिर से टाँगने के लिए बाहर चली जाती है और मैं सोचता हूँ, अच्छा हुआ हवा का झोंका इस ओर का था, विपरीत दिशा का होता तो बाल उड़कर नीचे जा गिरते और चौकीदार उन्हें लिये द्वार-द्वार फिरता, "मेम साहब, ये बाल आपके हैं?"

षड्यन्त्र

जनसत्ता में इस वर्ष के पुस्तक मेले का विवरण पढ़ रहा था। पढ़ा कि कल मेले में अल्मोड़ा प्रकाशन में डॉ. विजय अग्रवाल द्वारा सम्पादित 'चुने हुए व्यंग्य' का विमोचन डॉ. नामवर सिंह ने किया।...

मैंने उसे पुनः पढ़ा। पढ़कर समस्या का समाधान तो क्या होना था, मन और भी उलझ गया। उठकर गया और वे पुस्तकें उठा लाया, जो कल अल्मोड़ा प्रकाशन में विमोचन करने के पश्चात् मुझे मिली थीं। हाँ! वही पुस्तक थी। मैं हैरान था कि यह कैसे हो सकता है? क्या मेरे द्वारा विमोचित होने के पहले डॉ. नामवर सिंह भी उस पुस्तक का विमोचन कर चुके थे? प्रकाशक मुझे मूर्ख बना रहा था क्या? पर संयोजन तो प्रेम जनमेजय ने किया था। वह मेरे साथ ऐसा कैसे कर सकता है? ...या मुझसे विमोचन करवाकर प्रकाशक को तसल्ली नहीं हुई और उसने फिर से एक विमोचन नामवरजी से करवा डाला। उसे विकल्प मिला होता तो निश्चित रूप से उसने विमोचन के लिए मेरे स्थान पर डॉ. नामवर सिंह को ही चुना होता। पर यह भी तो सम्भव है कि पहले यह विकल्प न हो और बाद में किसी सूत्र से उपलब्ध हो गया हो। कई बार परीक्षा में अपने अंक बढ़ाने के लिए व्यक्ति पुनः परीक्षा में बैठ जाता है।

पर फिर मेरे सन्देह की सूई प्रकाशक से हटकर पत्रकार की ओर चली गयी। ये पत्रकार ऐसा ही करते हैं। कई वर्ष पूर्व जब दिल्ली के रामकृष्ण मिशन में मेरी पुस्तक 'तोड़ो कारा तोड़ो' के पहले भाग का विमोचन हुआ था तो कुछ ऐसी ही घटना घटी थी। हुआ यह था कि स्वामी विवेकानन्द के जन्मदिवस के अवसर पर मेरे उस उपन्यास के विमोचन की बात कुछ मित्रों ने चलायी थी। उपन्यास स्वामी जी की जीवनी पर आधृत था, इसलिए विचार हुआ कि रामकृष्ण मिशन में किसी संन्यासी के हाथों उसका विमोचन हो। उस दिन मिशन में ममता बैनर्जी भी आ रही थीं और वे उस समय केन्द्रीय मन्त्री थीं। अपनी पुस्तक का विमोचन मुझे मन्त्री से नहीं संन्यासी से करवाना था। इसलिए तय यह पाया कि वे अपना भाषण कर चली जाएँगी तो प्रधान संन्यासी पुस्तक का विमोचन कर देंगे। वही हुआ भी।

अगले दिन समाचार पत्र में विवरण छपा। मैं पढ़कर चकित रह गया कि कल जो कुछ संयोजक ने कहा था, वह इस छपी रपट के अनुसार मन्त्री ने अपने भाषण में कहा था। संयोग ही था कि संवाददाता अपने मित्र थे। मैंने फ़ोन किया, "बन्धु यह क्या कर डाला? पुस्तक के विमोचन के समय तो मन्त्री वहाँ थीं ही नहीं। यह सब कुछ तो संयोजक ने कहा था, जो तुमने ममता बैनर्जी के नाम से छाप दिया है।"

उन्होंने हँसकर कहा, "एक साधारण व्यक्ति बोले और मन्त्री कुछ न बोले, यह अच्छा लगता है क्या? वैसे भी मन्त्री के कहे हुए का महत्त्व अधिक होता है। इसलिए मैंने व्यक्ति की बातें मन्त्री के खाते में डाल दी हैं।"

मैं आश्वस्त था कि व्यक्ति की बातें ही मन्त्री के खाते में गयी हैं; अनेक बार तो व्यक्ति का क्या, देश का पैसा ही मन्त्री के खाते में चला जाता है। तो मामला बहुत गम्भीर नहीं था। फिर भी...

"पर मन्त्री ने पढ़ लिया और आपत्ति की तो?" मैंने कहा।

"कभी कोई मन्त्री भी कुछ पढ़ता है?" मित्र ने हँसकर कहा।

वह तो पत्रकार का दृष्टिकोण था, पर जिस पुस्तक का विमोचन मैंने किया, वह नामवरजी के खाते में क्यों चली गयी? नामवर जी तो अभी मन्त्री भी नहीं हैं...मैं इससे आगे भी कुछ सोच सकता था, जैसे सम्भवतः डॉ. नामवर सिंह के मन्त्री बनने की कोई अफ़वाह हो। इसलिए पत्रकार ने सोचा हो कि वे मन्त्री तो बन ही रहे हैं, इसलिए उनके खाते में अभी से कुछ न कुछ डाल देना चाहिए। आगे चलकर उसका लाभ ही होगा। ...पर तभी मुझे स्मरण हो आया...

पिछले दिनों संस्कार भारती के तत्त्वावधान में डॉ. सीतेश आलोक की पुस्तक 'लिबर्टी के देश में' का विमोचन डॉ. रामदरश मिश्र ने किया था और अगले दिन कई समाचार-पत्रों में यह छपा था कि वह विमोचन डॉ. नरेन्द्र कोहली ने किया था। मैं चकित था कि यह क्या हो गया। मैं वहाँ उपस्थित तो अवश्य था, किन्तु विमोचन तो रामदरश जी ने ही किया था। रामदरश जी द्वारा विमोचित पुस्तक मेरे खाते में कैसे आ गयी? कहीं पत्रकारों को मेरे भी मन्त्री होने का सन्देह तो नहीं हो गया? मैं अपने उस भयंकर भविष्य से डर गया और इस बात से भी डर गया कि कहीं कोई मित्र यह अफवाह न उड़ा दे कि मैंने पत्रकारों को कुछ दे-दिलाकर रामदरश जी द्वारा विमोचित पुस्तक अपने खाते में दर्ज करा ली है। यदि कहीं इस प्रकार का कोई समाचार छप गया तो रामदरश जी मेरे विषय में क्या सोचेंगे।...

मैं घबराया अवश्य पर भागा नहीं। सोचा, रामदरश जी भले आदमी हैं। मेरे विषय में इस प्रकार की बात का विश्वास नहीं करेंगे और यदि स्थिति इतनी ही बिगड़ गयी तो मैं उन पत्रकारों से उनका आमना-सामना करवा दूँगा। चाहे पत्रकारों पर मुक़दमा ही क्यों न करना पड़े किन्तु इस प्रकार का कलंक स्वीकार नहीं करूँगा।

तभी एक पुरानी घटना मन मैं कौंधी। हम लोग प्रेमचन्द जन्मशताब्दी के सन्दर्भ में बंगलूर गये थे। होटल में ठहराये गये थे और यह आदेश दिया गया था कि जो-जो व्यक्ति नाश्ता करता जाए, वह नीचे ड्योढ़ी में आता जाए। वहाँ गाड़ियाँ होंगी जो उन्हें समारोह-स्थल तक ले जाएँगी। मैं और देवेश ठाकुर जल्दी ही तैयार होकर समारोह-स्थल पर पहुँच गये थे। कार्यवाही आरम्भ नहीं हुई थी, इसलिए प्रतीक्षा करते रहे। सभा प्रारम्भ होने का समय कब से बीत गया था। हम लोगों ने संयोजक को ढूँढकर पूछा कि वे सभा आरम्भ क्यों नहीं करवा रहे? उन्होंने बताया कि शेष सब तो तैयार है, बस अध्यक्ष महोदय ही नहीं आये हैं।

"तो होटल में फ़ोन कीजिए।" मैंने कहा।

"होटलवालों का कहना है कि वे होटल में नहीं हैं।"

"तो कहीं चले गये होंगे सैर करने।" मैंने कहा।

"तो तुम प्रतीक्षा ही करते रहोगे? डेढ़ घण्टा देर हो चुकी है।" देवेश ठाकुर ने उसे डाँटा।

"तो बिना अध्यक्ष के सभा कैसे चलेगी?" संयोजक परेशान थे।

"तो नरेन्द्र कोहली को अध्यक्ष घोषित करो और सभा आरम्भ करो।" देवेश ने कहा।

"अरे नहीं! नहीं!" मैंने कहा, "मेरा तात्पर्य यह थोड़ी ही था, किसी और को अध्यक्ष बना लो।"

पर न तो देवेश माने और न संयोजक। मुझे अध्यक्ष बना ही दिया गया।

दूसरे सत्र में वास्तविक अध्यक्ष आये तो वे बहुत क्रुद्ध थे। मुझे बताया गया कि वे कह रहे हैं कि नरेन्द्र कोहली ने स्वयं को अध्यक्ष बनवाने के लिए यह अफवाह फैला दी कि वे नगर में घूमने चले गये हैं, जबकि उनका स्वास्थ्य घूमने योग्य था ही नहीं।

मैं परेशान, कि यह क्या हो गया। मैंने संयोजक से पूछा कि क्या उसने होटल में पता नहीं करवाया था कि वे वहाँ हैं अथवा नहीं?

"करवाया था," वे बोले, "पर लगता है कि होटलवाले ने लॉबी में उन्हें न पाकर कह दिया कि वे होटल में नहीं हैं। जबकि वे अपने कमरे में ही बैठे हुए प्रतीक्षा कर रहे थे।"

"वे अपने कमरे में डेढ़-दो घण्टे क्यों बैठे रहे?" मैंने पूछा।

"वे स्वयं को अध्यक्ष मानकर यह समझते रहे कि उन्हें उनके कमरे से ही बुलाया जाएगा।" संयोजक बोले, "पर वह सब बाद की बात है। आप इतनी कृपा करें कि यदि वे आपसे झगड़ा करें तो आप उनसे कुछ न कहें। इस अहिन्दी प्रदेश में हिन्दीवालों का इस प्रकार का आपसी झगड़ा हमारे हित में नहीं है।"

मैं स्थिति की नाजुकता को समझ रहा था। सम्भावित अध्यक्ष ने मुझसे सीधे

तो कुछ नहीं कहा किन्तु मंच से मेरा अथवा देवेश का नाम लिये बिना अपने विरुद्ध होनेवाले किसी षड्यन्त्र की जमकर निन्दा की, जिसके कारण वे न केवल पहले सत्र की अध्यक्षता नहीं कर सके थे वरन् प्रदर्शिनी का उद्घाटन भी किसी और के हाथों हो गया था।

मैं समझ रहा था कि वे किसे दोषी बता रहे हैं; किन्तु वे मेरा नाम नहीं ले रहे थे, इसलिए बात बढ़ाने का कोई कारण नहीं था। मैंने मान लिया कि उनके मन का गुबार निकल गया और एक अशोभनीय घटना होते-होते टल गयी।...

वर्षों बाद एक दिन उनके एक मित्र ने कहा, "यार, तुमने उनकी अध्यक्षता बड़ी चतुराई से छीनी।"

मैं स्तम्भित रह गया। करता कोई और है और भरता मैं हूँ।

आज भी डर रहा हूँ कि कहीं कोई डॉ. नामवर सिंह को यह न कह दे कि अपने द्वारा विमोचित पुस्तक को उनके खाते में डलवाने के पीछे भी मेरा ही कोई षड्यन्त्र है।... और षड्यन्त्र का लक्ष्य? जाने पत्रकार का मन किस षड्यन्त्र का आविष्कार कर ले।...

तर्क-पद्धति

रामलुभाया आया तो मेरा रुद्ध आक्रोश जैसे फूट पड़ा, "केसरी ने कहा है कि कोयम्बटूर में अडवाणी जी की हत्या करने के लिए बम फोड़ने का षड्यन्त्र राष्ट्रीय स्वयंसेवक संघ ने रचा था।"

"क्यों?" रामलुभाया ने कहा, "वे ऐसा क्यों करेंगे?"

"उनका तर्क है कि यदि अडवाणीजी की हत्या हो जाती तो देश में भारतीय जनता पार्टी के पक्ष में सहानुभूति की लहर चल पड़ती। उन्होंने इसी लहर के लिए यह किया है।"

रामलुभाया कुछ देर तक मौन रहकर कुछ सोचता रहा। फिर बोला, "उनकी तर्क-पद्धति मैं समझ गया हूँ। मैंने उसे पूरी तरह अपनी आत्मा में उतार लिया है। मैं वही हो गया हूँ। अब आप मुझसे कुछ पूछिए, तो मैं आपको उसी तर्क-पद्धति के अन्तर्गत उत्तर दूँगा।"

"रामलुभाया! कोयम्बटूर में अडवाणीजी के प्राण लेने का प्रयत्न किया गया?" मैंने कहा।

"प्रयत्न ही किया गया, कौन-सा प्राण ले लिया।" रामलुभाया बहुत उदास था।

"आप चाहते हैं कि उनके प्राण ले लिए जाएँ?"

"राजनीति में एही तो एक ठो कठिनाई है कि जो हम चाहते हैं, वह मुख से बोल नहीं सकते।"

"चलिए ठीक है।" मैंने कहा, "पर इस घटना से आपको दुख तो हुआ न?"

"दुख...।" लगा रामलुभाया मेरा विरोध करते-करते रुक गया, "हाँ! दुख तो हुआ भाई। बहुते दुख हुआ।"

मुझे लगा कि वह सहसा ही बहुत उदास हो गया।

"दुख किस बात का है?" मैंने पूछा, "उनकी हत्या के प्रयत्न का; अथवा हत्या के प्रयत्न के असफल होने का?"

रामलुभाया ने मुझको घूरकर देखा, "आप हमसे फालतू बात मत करिए। ऐसा सवाल पूछने का क्या लाभ, जिसका हम सच-सच उत्तरे नहीं दे सकते।"

"अच्छा बताइए कि हत्या का प्रयत्न किसने किया?" मैंने कहा, "ई तो फालतू प्रश्न नहीं नू है। इसका उत्तर तो आप देबे करिएगा।"

"काहे नहीं देंगे।" वह प्रसन्न होकर बोला, "राष्ट्रीय स्वयंसेवक संघवाला सब उनको मारने का कोसिस किया है।"

"संघवाले ऐसा काहे करेंगे। अडवाणी जी तो उन्हीं की पार्टी के हैं।"

"तो उससे क्या हुआ।" वह बोला, "अपना ही सब तो मारता है। नरसिम्हाराव हमारे अपने ही तो थे, पर हमने मार डाला न उनको। संयुक्त मोर्चा जिस दिन हमको अपना बाप समझा, उसी दिन हम चाकू घेंप दिए न। इन्दिरा जी ने जिसको अपना अंगरक्षक नियुक्त किया वो ही तो उनको गोली मारा। लालू को उसका अपना शरद ही तो मारेगा। हिन्दू लोग को हिन्दू मुलायम सिंह ही तो गोली मारा न अयोध्या में।"

मैं रामलुभाया की इतिहास-विश्लेषण क्षमता से चकित हो गया। बोला, "तो इस दृष्टि से राजीव की हत्या किसने की? या करवायी?"

"कौन करवाएगा। सोनिया जी ने एक हत्या राजीव की करवायी, दूसरी हमारी कर दी।"

"सोनिया जी ने?" मैं चकित रह गया, "तुम किस आधार पर यह बात कह रहे हो?"

"अरे राजीव जी न मरते तो सोनिया जी को राजनीति में प्रवेश कैसे मिलता? कैसे वे कहतीं कि वे एक विधवा हैं, उनके अनाथ बच्चों की रक्षा के लिए उनको भोट दिया जाए?"

"पर पुलिस तो ऐसा नहीं सोचती।" मैंने कहा।

"पुलिस और हममें एही तो अन्तर है। वो इतना बुद्धिमान होता तो अब तक कांग्रेस का प्रधान न बन गया होता।"

"तो संजय गांधी की मृत्यु?..."

बात पूरी भी नहीं हुई थी कि वे उत्तर के साथ प्रस्तुत भी हो गये, "अरे, राजीव जी ने मरवा दिया उन्हें और लोग-बाग यही मानते रहे कि दुर्घटना हो गयी।"

"पर राजीव जी क्यों अपने भाई की हत्या करवाएँगे?"

"बड़े बेटे थे राजीव और इन्दिरा जी छोटे को सिंहासन के लिए तैयार कर रही थीं। यह कोई न्याय तो नहीं न था। तो राजीव जी ने सोचा कि काँटे को रास्ते से हटा ही दिया जाए।" रामलुभाया किसी स्वप्न में खो गया, "हवाई जहाज चलाना तो राजीव जी को आता था नू। बस गलत सलत सिखा दिया छोटके भैया को। इसी में एक्सिडेण्ट हो गया। पुलिस क्या जाने कि दोनों भाइयों में क्या हुआ। यह तो भीतर का बात है। एक हम जानते हैं और एक सोनिया जी जानती हैं।"

मैं अवाक् खड़ा रामलुभाया की बुद्धि की बलिहारी जा रहा था और उनकी

विश्लेषण क्षमता का चमत्कार देख रहा था। सहसा मैंने पूछा, "और नेहरूजी को किसने मारा? यह मत कह दीजिएगा कि यमराज ने मारा।"

"काहे को कहेंगे ऐसा।" रामलुभाया ने घूरकर देखा, "हम कोन्हो से डरते हैं क्या। हम सच बोलेंगे। नेहरूजी तो आत्महत्या न कीहिन थे। काहे को आक्रमण किया चीन पर। जब चीन पर आक्रमण किये तो चीन दो झाँपड़ दिया। बस मन मसोसकर रह गये। कभी किसी का विरोध तो देखा नहीं था उन्होंने। दुलारे तो थे सबके। अपने ही दाँव से मारे गये। लोग सब समझता है कि रोग ने प्राण लिया। अरे नहीं भाई।"

मैंने अपना जिज्ञासा-कार्यक्रम समेटा, "और आगे भविष्य क्या है इस परिवार का?"

"अरे सोनिया जी पावर में नहीं आयीं तो उनका वध तो हम ही कर देंगे। जो आदमी कांग्रेस को मार सकता है, उसका पावर कोई कम है क्या कि एक विदेसिनी विधवा को न मार सके। और यदि वे पावर में आ गयीं तो उनका वध प्रियंका के हाथों होगा। आखिर प्रियंका को भी तो गद्‌दी चाहिए। बाकी हम राहुल और प्रियंका के विषय में कुछ नहीं कह सकते हैं। उनमें बेनजीर और मुर्तजा जैसे सम्बन्ध होंगे, कौन किसको मारेगा, कहना कठिन है। राजनीति में तो ऐसा होबे करता है।"

मैंने उस बुद्धिसागर को प्रणाम किया, "तुमसे तो भगवान ही समझेंगे।"

रमता जोगी

रामलुभाया बहुत ही प्रसन्न था। वह बड़ा नेता हो गया था। उसका नाम और चित्र सारे समाचार-पत्रों में प्रकाशित हुआ था। उसने अपनी पार्टी से विद्रोह कर नयी पार्टी बना ली थी।

"तो तुम्हारी पार्टी भी टूट गयी?" मैंने पूछा।

"नहीं तो।" उसने धमकाने की मुद्रा में मेरी ओर देखा।

मैं संकुचित हो गया। एक भले आदमी को मैंने अभद्र बात कह दी थी।

"तो फिर समाचार-पत्र में यह क्या लिखा है कि तुमने पार्टी छोड़ दी है?" मुझसे पूछे बिना नहीं रहा गया।

"वह तो यह है कि कब तक लकीर के फकीर बने रहते। इसलिए हमने नयी नीति अपना ली। अब यदि पार्टी के कुछ पुराने खूसट नेता उसे न समझ सकें तो हम क्या कर सकते हैं। हमने नयी पार्टी बना ली।"

"तो फिर पार्टी तो टूटी ही न?" मेरे स्वर में कुछ दम आ गया था।

"पार्टी टूटती तब है, जब पार्टी के टुकड़े हों।" उसने मुसकराकर मुझे देखा, "हमारी पार्टी के टुकड़े नहीं हुए हैं। पार्टी ने नया जामा पहना है।" वह रुका, "तुम यह समझ लो कि पार्टी का नया मॉडल आया है, जैसे किसी मोटरकार का नया मॉडल आता है। नया मॉडल आए तो यह नहीं समझना चाहिए कि कम्पनी ही बदल गयी है। जो पुर्जे कष्ट दे रहे थे, उन्हें बदल दिया है। पार्टी वही है, बस उसको और अधिक गतिमान बनाने के लिए आवश्यक व्यवस्था की है। इसे पार्टी तोड़ना या टूटना नहीं कह सकते।"

"तो पार्टी नहीं टूटी?" मैं अपनी नासमझी में बोलता गया, "दो पार्टियाँ हैं, तो निश्चित रूप से एक असली है, दूसरी नकली?"

"हाँ, यह ठीक है। असली पार्टी हमारी है।" रामलुभाया ने पूरे आत्मविश्वास से कहा।

"तो फिर पुरानी पार्टी क्या है?" मैंने पूछा।

"वह हमारी पार्टी का छूटा हुआ कचरा है।"

वह चला गया। अगले दिन फिर समाचार आया कि उसकी नयी पार्टी के भी दो टुकड़े हो गये थे। मैंने उसे जा पकड़ा।

"क्या आज तुम्हारी पार्टी टूटी?" मैंने पूछा।

"पार्टी टूटी?" उसने घूरकर मुझे देखा, "इसे तुम पार्टी टूटना कहते हो? अरे मैंने दो लोगों को पार्टी से निकाल दिया तो क्या पार्टी टूट गयी? हम अनुशासनहीनता सहन नहीं करते। अभी तो दो निकाले हैं, कोई बदमाशी करेगा तो उसे भी कान पकड़कर बाहर कर दूँगा।"

"किसे कर दोगे?" मैंने पूछा, "चार तो आदमी थे तुम्हारी पार्टी में। दो को तुम पहले ही निकाल चुके। दो और निकाल दो, तो अपनी पार्टी में तुम भी नहीं रहोगे।"

"बकवास मत करो।" वह बोला, "हमारी पार्टी देश की सबसे बड़ी पार्टी है। तुम देखना इस चुनाव में प्रधानमन्त्री मैं ही बनूँगा।"

मैं खड़ा मुसकराता रहा।

"क्यों? विश्वास नहीं हो रहा?" उसने कहा।

"नहीं हो रहा।" मैंने कह ही दिया, "क्योंकि तुमने जिनको पार्टी से निकाल दिया है, उनका वक्तव्य भी छपा है कि उन्होंने तुम्हें अपनी पार्टी से निष्कासित कर दिया है, और मेरा विचार है कि निकालना और निष्कासित करना एक ही अर्थ रखता है।"

"तुम समझे नहीं।" इस बार वह कुछ कोमल स्वर में बोला, "मैंने उसे पार्टी से निकाला है। मुझे तो वह तब निकालता, जब मैं उसकी पार्टी में होता। मैं उसकी पार्टी में था ही नहीं। तो उसने निकाला किसको? वह मेरी पार्टी में था, इसलिए मैंने उसे निकाल दिया।"

अगले दिन सूचना आयी कि रामलुभाया ने अपनी बनायी नयी पार्टी भी छोड़ दी है।

"यह क्या हुआ रामलुभाया?" मैंने पूछा।

"दम घुटने लगा था मेरा तो।" वह बोला, "साँस तक लेने में कठिनाई हो रही थी।"

"पर यह तो तुम्हारी पार्टी थी।" मैंने आश्चर्य से कहा, "अपनी पार्टी में भी दम घुट रहा था?"

"कुछ ग़लत आदमी आ गये थे। समझ लो कि घर तो मेरा था, पर उसमें धुआँ घुस आया था।"

"अरे तो कोई धुएँ के भय से अपना घर छोड़ देता है?"

"बस छोड़ दिया तो छोड़ दिया।" वह बोला, "अपने राम का क्या है। रमते जोगी हैं। जब तक मन हुआ, रुके। मन ऊबा तो उठकर चल दिये।"

"तो अब कहाँ जाओगे?"

"देखा जाएगा।" रमता जोगी मेरे सामने से भी चल दिया।

दो-एक दिन बाद ही समाचार-पत्रों ने बताया कि वह अपनी पार्टी में वापस लौट गया है।

"यह क्या रामलुभाया?" मैंने पूछा।

"क्या यह क्या?" उसने मुझे ऐसे देखा, जैसे कुछ नया हुआ ही न हो।

"तुम उसी पार्टी में लौट गये, जहाँ कल तुम्हारा दम घुट रहा था?"

"अरे घर में किसी का दम घुटे तो वह बाहर वाटिका में जाकर साँस भी नहीं ले सकता क्या?" उसने मुझे विधिवत् डाँट दिया, "ताजा हवा में साँस ले ली तो अब फिर अपने घर में लौट आये हैं। कोई अपना घर ऐसे ही छोड़ देता है क्या? घर है कोई कारागार तो है नहीं कि उसे छोड़कर उसके बाहर जाया ही नहीं जा सकता।"

मैंने मान लिया कि उसके तर्क में दम था। मेरे पास और कोई उपाय ही नहीं था।

भयभीत

"वह हमसे बहुत भयभीत है।" रामलुभाया ने मुझे बताया।

"कौन?" मैंने पूछा।

रामलुभाया की इस आदत से मैं काफ़ी परेशान हो चुका था। वह संज्ञा की चर्चा किये बिना सर्वनाम से अपनी बात आरम्भ कर देता था।

"पाकिस्तान।" उसने मुझे बताया।

"क्या तुम पाकिस्तान गये थे?"

"नहीं!"

"तो क्या पाकिस्तान तुम्हारे पास आया था?"

"नहीं!"

"तो?"

"तो क्या।" उसने घूरकर मुझे देखा, "हम अपने आप कुछ समझ नहीं सकते क्या? मैं उनके समाचार-पत्र पढ़ता हूँ। मैं उनका रेडियो सुनता हूँ। उनका टी.वी. देखता हूँ।"

"पर क्यों देखते हो?"

"उनका दुख-दर्द समझने को।" वह बोला, "वे हमसे बहुत भयभीत हैं। वे डरे हुए हैं कि हम उन पर आक्रमण करेंगे। हमको परमाणु परीक्षण नहीं करना चाहिए था।"

"हमको अपनी रक्षा का प्रबन्ध नहीं करना चाहिए, क्योंकि उससे पाकिस्तान भयभीत हो जाता है?"

"हाँ।"

"और क्या नहीं करना चाहिए?"

"हमको कश्मीर के लिए झगड़ा भी नहीं करना चाहिए। इससे उनका हमारे प्रति अविश्वास बढ़ जाता है।"

"कश्मीर उनको दे ही नहीं देना चाहिए?"

"वस्तुतः मैं यही कहनेवाला था।" वह बोला, "यदि हम उनको कश्मीर दे दें

तो सारा का सारा झगड़ा ही समाप्त हो जाए। उनको विश्वास हो जाए कि हम उनसे युद्ध नहीं करेंगे। वे लोग चैन से जी सकेंगे। ...और यदि हम अपने परमाणु अस्त्र भी समाप्त कर दें या उनको दे दें, तो अविश्वास की कोई बात ही नहीं रह जाएगी।"

"मैं तुमको एक कहानी सुनाना चाहता हूँ रामलुभाया!" मैंने कहा।

"पर मैं अभी कहानी नहीं सुनना चाहता।" उसने कहा, "मैं गम्भीर चर्चा करना चाहता हूँ। ऐसे में कहानी कैसे सुन सकता हूँ।"

"मैं तुम्हें गम्भीर कहानी ही सुनाना चाहता हूँ।" मैंने कहा।

"पर इस समय कहानी का क्या तुक है?" रामलुभाया चिढ़कर बोला।

"सुनोगे तो तुक भी समझ में आ जाएगा।" मैंने कहा, "बताओ, पति-पत्नी में कुछ भी बँटा हुआ होता है क्या?"

"नहीं तो।" रामलुभाया बोला, "पति-पत्नी में अलग-अलग क्या हो सकता है। दोनों का घर एक। सम्बन्धी एक। धन-सम्पत्ति एक। जिनकी सन्तान एक, उनका पृथक्-पृथक् क्या हो सकता है।"

"भोलाराम ने विवाह किया तो वह भी यही मानता था। पर कुछ दिनों में उसकी पत्नी ने इच्छा प्रकट की कि वह अपनी अलमारी अलग करना चाहती है। भोलाराम ने कारण पूछा तो बोली कि अलमारी एक होने के कारण भोलाराम उसमें अधिक जगह घेर लेता है। भोलाराम ने उसे नयी अलमारी ले दी। पर पत्नी ने पिछली अलमारी में से भी कब्ज़ा नहीं छोड़ा। वर्ष भर बीता तो उसने कहा कि वह अपना बैंक खाता पृथक् करना चाहती है। भोलाराम को यह अच्छा नहीं लगा। उसने कारण पूछा, तो उसकी पत्नी ने बताया कि संयुक्त खाता होने से वह तो उसमें से कुछ निकाल ही नहीं पाती। सारे पैसे तो भोलाराम ही निकाल लेता है। पैसे तो भोलाराम ही निकालता था। पत्नी तो बैंक तक जाती ही नहीं थी। दोनों के बैंक खाते पृथक् हो गये तो भी घर का ख़र्च भोलाराम ही चलाता था। पत्नी तो बैंक तक जाती ही नहीं थी। फिर पत्नी ने कहा कि उसे भय है कि वह उसे किसी दिन अपने घर से निकाल देगा, इसलिए वह अपना मकान उसके नाम लिख दे और अपने बैंक खाते में वह उसे भी भागीदार बना ले, ताकि वह उसमें से भी पैसे निकाल सके। भोलाराम प्रसन्न होकर बोला कि वह तो पहले से ही वही चाहता था कि दोनों का सब कुछ संयुक्त हो। पत्नी चिहुँककर बोली कि वह अपना पैसा साझे खाते में नहीं डालेगी। वह तो भोलाराम के खाते को साझा बनाना चाहती है। भोलाराम डर गया। वह जानता था कि वह तो पत्नी को घर से नहीं निकालेगा, पर यदि उसने अपना मकान और पैसा उसके नाम लिख दिया तो वह उसे अवश्य ही घर से निकाल देगी।"

रामलुभाया मेरी ओर देखता रहा। फिर ऊबकर बोला, "क्या तुक हुआ इस कहानी का?"

"हम दोनों का देश एक ही था न?" मैंने पूछा।

"हाँ!"

"तो पृथक् देश किसने माँगा था?"

"पाकिस्तान के जन्मदाताओं ने।"

"उन्हें वह देश दे दिया गया।" मैंने कहा, "फिर वे कश्मीर पर क्यों चढ़ दौड़े?"

"लोभवश।" रामलुभाया बोला।

"अमरीका को अड्डे किसने दिये। अमरीका से हथियार किसने ख़रीदे?"

"पाकिस्तान ने।"

"हम अच्छे पड़ोसी के समान जीना चाहते हैं, पर हमारे यहाँ आतंकवाद कौन फैलाता है? हत्याएँ कौन करवाता है? नकली नोट कौन भेजता है? नशीले पदार्थ कौन भेजता है?"

"पाक़िस्तान।"

"तो विश्वास योग्य वे नहीं हैं या हम?"

"पर वे भयभीत हैं न!"

"तुम तो बहुत अच्छे वकील हो रामलुभाया! आज तक शत्रुता उन्होंने पाली। उनके मन में हमारे प्रति जमा द्वेष निरन्तर फूत्कार करता रहता है। तीन-तीन युद्ध वे हमसे लड़ चुके हैं। हमने उनकी भूमि जीतकर भी उनको लौटा दी। उनके एक लाख युद्धबन्दी उनको लौटा दिये। वे अब भी हमारे कश्मीर पर कब्ज़ा जमाये बैठे हैं। हमें चोट पहुँचाने का कोई अवसर वे नहीं चूकते। उस पर भी वे हम पर विश्वास नहीं करते और हम उनको विश्वास दिलाने के लिए अपने हाथ-पैर काटकर उनकी झोली में डाल दें? पाकिस्तान तो भोलाराम की पत्नी से भी बढ़ गया है।"

"पर वे हमसे दुर्बल हैं न!" वह बोला।

"तभी तो हम जी रहे हैं।" मैंने कहा, "वे हमसे सबल हो गये होते तो तुम यहाँ बैठकर उनकी पैरवी करने के स्थान पर उनके किसी कारागार में बन्द होते या चिता पर जल चुके होते।"

"उनको भरोसा तो दिलाना ही चाहिए।" वह बोला।

"हम अपने प्राण देकर भी उनको भरोसा नहीं दिला सकते।" मैंने कहा।

"पर हमें अपने प्राण देकर देखना तो चाहिए।" उसने बड़े निश्चिन्त भाव से कहा।

"तुम अपने देश के प्राण लेने पर क्यों तुले हुए हो रामलुभाया?" मैंने खीजकर पूछा।

"मैं सेकुलर हूँ न।" उसने गर्व से कहा।

फासीवाद

रामलुभाया ने एकदम काले कपड़े पहन रखे थे और चेहरे पर भी निगमबोध और मर्णिकर्णिका घाट जैसे सारे श्मशानों का सामूहिक शोक छाया हुआ था।

"क्या बात है रामलुभाया?" मैंने पूछा, "ये काले कपड़े...?"

"मैं शोक में हूँ।" वह बोला।

"पर भारत में तो ऐसे अवसरों पर प्रायः श्वेत वस्त्र ही पहने जाते हैं।"

"मेरा शोक उससे बहुत गहरा है। वह तो काले कपड़ों में ही प्रकट हो सकेगा।" वह बोला, "और फिर जो भारत में होता है, वह तो मुझे एकदम ही नहीं करना है। मेरा जन्म तो सीधे शेक्सपियर के नाटकों से हुआ है। इसलिए तुम जो चाहो कहो, मैं तो काले कपड़े ही पहनूँगा।"

"कौन गुज़र गया है तुम्हारे परिवार में?" मैंने पूछा। मैं चर्चा को देश से उसके परिवार पर ले आया। जानता था कि देश के नाम पर वह फन काढ़े खड़ा रहेगा।

"मेरे परिवार में कोई नहीं गुज़रा है।" वह तमककर बोला, "पर मेरे देश में फासीवाद आ रहा है।"

"फाँसीवाद में क्या बुराई है?" मैंने पूछा, "हत्या करनेवाले को फाँसी तो मिलनी ही चाहिए।"

"मैं फाँसीवाद की नहीं, फासीवाद की बात कर रहा हूँ।" वह अपना शोक छोड़कर मुझे डाँटने लगा था। जाने ऐसा क्यों है कि रामलुभाया जैसे लोगों का शोक मेरे जैसे लोगों को डाँटने से ही पूरा होता है।

"वह क्या होता है?"

"वह होता है उग्रराष्ट्रवाद।" उसने कहा।

"जैसा जापान में है? इंग्लैण्ड में है? अमेरिका में है? फ्रांस में है? रूस और चीन में है?"

"नहीं! वह फासीवाद नहीं है।" रामलुभाया बोला, "फासीवाद उससे उग्र होता है।"

"यह तो बहुत प्रसन्नता की बात है कि भारत में इन देशों जैसी राष्ट्रीयता

जागे।" मैंने कहा, "मैं तो देख-देखकर दुखी था कि हमारे देशवासियों को केवल अपनी चिन्ता है, देश और राष्ट्र के विषय में कोई सोचता ही नहीं है। इतनी हीनभावना है हमारे यहाँ कि स्वाभिमान जागता ही नहीं।"

"पर फासीवाद बहुत बुरी चीज़ है।" वह बोला, "तुम समझते नहीं हो, इसलिए डरे हुए नहीं हो। जान जाओगे तो थर-थर काँपोगे।"

"तो मुझे बताओ। नहीं बताओ नहीं, समझाओ।" मैंने कहा, "न तो अब बड़े-बड़े अँग्रेज़ी के शब्द बोलना और न देशद्रोह की बातें करना। सीधे-सीधे अपना शोक समझाओ।"

"उग्रराष्ट्रवाद अथवा फासीवाद होता है, जहाँ हम अपने राष्ट्र के सिवाय और किसी को जीने का अधिकार ही नहीं देना चाहते।" उसने बताया, "उससे लड़ाई होती है और संसार में विनाश होता है।"

"अब मैं समझा। यह तो सचमुच बहुत बुरी बात है।" मैंने कहा, "जैसे अमेरिका हमें जीने नहीं देना चाहता। हर बात में दादागिरी और गुण्डागर्दी करता है। चीन को भी जब देखो, हमें आँखें दिखाता रहता है। पाकिस्तान तो हमसे तीन-तीन लड़ाइयाँ लड़ चुका है और आतंकवादी गतिविधियाँ तो उसकी कभी बन्द ही नहीं हुईं। इनमें से कोई नहीं चाहता कि हम अपने ढंग से जिएँ। ये सब फासिस्ट हुए न?"

"नहीं वे स्वयं को फासिस्ट नहीं मानते। चीन कम्युनिस्ट है और पाकिस्तान इस्लामिस्ट।" उसने मुझे बताया, "इसमें बहुत अन्तर है।"

"वे स्वयं को फासिस्ट नहीं कहते तो तुम उन्हें फासिस्ट नहीं मानते। उनकी बात तो बहुत मानते हो। अपने देश को ही गालियाँ देने को शेर हो।" मैंने कहा, "अरे वे भी तो यही मानते हैं कि जीने का अधिकर केवल उनको ही है। और किसी को जीना है तो उनका दास बनकर ही जीना होगा। यही बात अमेरिका कहता है। इंग्लैण्ड में अब शक्ति नहीं है, नहीं तो सारे संसार को तो उसने भी यही सन्देश दिया है।"

"तुम नहीं समझ रहे।" रामलुभाया ने अपना माथा पीट लिया, "तुम देख नहीं रहे, हमारी सरकार परमाणु बम बनाने का प्रयत्न कर रही है। प्रयत्न ही नहीं कर रही, बना भी चुकी है। अब वह सबको धमका रही है।"

"तुमको धमकाया क्या?" मैंने पूछा।

"नहीं! मुझको नहीं धमकाया। पाकिस्तान को धमकाया है।"

"रामलुभाया!" मैंने पूछा, "जब कभी हम पाकिस्तान को धमकाते हैं, तुम क्यों धमक जाते हो?"

"पर पाकिस्तान को ही क्यों धमकाते हो?" वह बोला, "हमें पड़ोसियों के साथ शान्तिपूर्वक रहना चाहिए।"

"यही बात तुमने पाकिस्तान को समझायी होती तो यहाँ स्थायी शान्ति होती। कोई संकट ही न होता।" मैंने कहा।

"अरे तो इससे तो डरकर पाकिस्तान हम पर आक्रमण कर देगा।"

"यह अच्छा भय है कि जिसमें डरनेवाला देश आक्रमण कर देता है।"

"कुत्ता डरता है तो काटता ही है।"

"तो उस काटनेवाले पागल कुत्ते के लिए ही लोग छड़ी लेकर चलते हैं। जिस तिस को पीटते तो नहीं चलते। जब कुत्ता काटने को आता है तो ही उससे स्वयं को बचाया जाता है।" मैंने कहा, "तुम बताओ कि यदि भारत के पास सचमुच परमाणु बम जैसे शस्त्र हों तो संसार पर उसका क्या प्रभाव पड़ेगा।"

"संसार में हमारा सम्मान बढ़ेगा। पाकिस्तान और चीन का आतंकवाद बन्द होगा। बँगलादेश और मयम्मार जैसे देशों में हमारे विरुद्ध आतंकवादियों को कोई सहायता नहीं मिलेगी। हम संसार के कुछ छोटे और असहाय देशों की सहायता कर सकेंगे। कश्मीर में हिन्दू भी जी सकेंगे। भारत की भाषाएँ, धर्म, संस्कृति को कोई अपमानित नहीं कर सकेगा। हमारी भाषा और संस्कृति की रक्षा होगी तो हमारी अर्थव्यवस्था भी दृढ़ होगी। अंग्रेज़ी साहित्य, अमरीकी फ़िल्मों और पाकिस्तानी गायकों के लिए इस देश में कोई स्थान नहीं रहेगा।" वह बोला।

"तो इसमें फासीवाद क्या है?" मैंने पूछा।

"तुम समझते तो हो नहीं। चीन की दृष्टि में हमारी पार्टी की साख गिर रही है। पाकिस्तान हमने बनवाया है, अब वही हमें अपना मित्र न समझे तो हमें क्या मिला? वह हमको डाँट रहा है कि हम कैसे निकम्मे हैं।" रामलुभाया बोला, "तुम लोगों ने तो हमारी पार्टी को मिटाने का ही संकल्प कर लिया है। ग़रीबों को भी हमसे काट रहे हो और देशद्रोहियों को भी हमसे मिलने में कोई लाभ दिखाई नहीं पड़ रहा है।"

"ओह! तुम्हें देश के शत्रुओं से कोई प्राप्ति नहीं होगी, इसलिए चिल्ला रहे हो?"

"हाँ!" उसने कहा।

"तुम्हें अपने शत्रुओं से इतना प्यार क्यों है रामलुभाया? कभी अपने देश के भी तो होकर देखो कि यह देश तुम्हें क्या और कितना दे सकता है।" मैंने शान्ति से कहा।

आनुपातिक गणित

मैं गणित में कभी बहुत अच्छा नही रहा। पर इतना बुरा भी नहीं रहा कि उसके कारण अन्य साहित्यकारों के समान कक्षा में फेल होने की महानता प्राप्त कर सकता। उसके कारण विश्वविद्यालय को कभी मेरी उपाधि भी रोकनी नहीं पड़ी। मैं उसमें स्वयं को अच्छा इसलिए नहीं मानता, क्योंकि गणित की परीक्षा में मैं कभी निर्भय नहीं रहा। और यह पक्की बात है, जहाँ निर्भयता न हो वहाँ महानता हो ही नहीं सकती। आप जिस क्षेत्र में महान् होना चाहते हैं, उसमें आपको निर्भय तो होना ही पड़ेगा। यह नियम महात्माओं से लेकर तस्करों तक पर समान रूप से लागू होता है।

पिछले दिनों मैंने पाया है कि गणित में चाहे मैं जैसा भी रहा होऊँ आनुपातिक गणित के क्षेत्र में मेरा शोध-कार्य मुझे संसार के श्रेष्ठ गणितज्ञों की श्रेणी में बैठा सकता है। मेरा पहला सामान्य सिद्धान्त यह है कि अपने प्यारे भारतवर्ष में जिस क्षेत्र में शुल्क न बढ़े, उसमें गुण्डागर्दी बढ़ जाती है या इसे और स्पष्ट कर कहूँ कि जिस क्षेत्र में शुल्क जिस अनुपात में कम बढ़ता है, उसमें उसी अनुपात में गुण्डागर्दी अधिक बढ़ती है। अब देखें कि सम्बन्ध शुल्क और गुण्डागर्दी का है अथवा अनुपात और गणित का।

मैं जानता हूँ कि मेरा यह सूत्र मेरे पाठकों की समझ में नहीं आया होगा। यही इसके गम्भीर और उच्च स्तरीय सूत्र होने का प्रमाण भी है। सामान्य गणित का कोई भी सूत्र सामान्य व्यक्ति की समझ में आ ही नहीं सकता। वस्तुतः गणित और सामान्य व्यक्ति में कभी कोई समीकरण बना ही नहीं। कौन-सा सामान्य व्यक्ति आइन्स्टाइन के सूत्रों अथवा समीकरणों को समझ सका है। अपने देश के राजनीतिक समीकरणों को तो हम समझ नहीं पाते, आन्स्टाइन के समीकरणों को क्या समझेंगे। वे समीकरण चाहे उसके विज्ञान के हों अथवा उसके प्रेमपत्रों के। राजनीति तो दूर की बात है। मैं तो साहित्य में व्याप्त समीकरणों को भी समझ नहीं पाता। समझ ही नहीं आता कि जो लेखिका अपने पति की सती साध्वी पत्नी रहकर श्रेष्ठ लेखिका के रूप में प्रतिष्ठित नहीं हो पाती, वह किसी और पुरुष की प्रेमिका बनते ही रातोंरात

इतनी बड़ी और प्रतिष्ठित लेखिका कैसे हो जाती है कि प्रत्येक दिशा में उसी का नाम गूँजने लगता है। सारी पत्रिकाएँ उस पर निबन्ध छापने लगती हैं। सारे पुरस्कार उसकी ओर बहने लगते हैं। वह सारे साहित्यिक कार्यक्रम की महारानी बन जाती है। ...पर इस व्यभिचार को छोड़िए, हम तो आनुपातिक गणित के एक नव आविष्कृत सूत्र की चर्चा कर रहे थे।

तो मैं कह रहा था कि मैं स्वयं को उस ऊँचाई पर स्थापित करना नहीं चाहता, जहाँ साधारण जन मुझ तक पहुँच ही न सकें। मैं तो धरती का व्यक्ति हूँ। प्रयत्न करता हूँ कि मेरे पाठक मेरे इस नव आविष्कृत समीकरण को सुविधा से समझ ही न पाएँ, उसे हृदयस्थ भी कर लें।

जब दिल्ली विश्वविद्यालय का निर्माण हुआ था तो जो शिक्षा-शुल्क छात्रों से लिया जाता था, वही आज भी लिया जाता है। अकस्मात् लोगों को पता चला कि यहाँ शिक्षक और शिष्य में बहुत मतभेद है। जहाँ एक ओर शिक्षक अपने पुराने वेतन में पढ़ाने को तैयार नहीं है, वहीं शिष्य अपने पुराने शुल्क में ही पढ़ने पर अड़ा हुआ है। वह उसमें तनिक भी वृद्धि नहीं होने देना चाहता। वह मानता है कि संसार में सहस्रों परिवर्तन प्रतिदिन होते हैं। सब ओर विकास हो रहा है। किन्तु फीस की राशि में वह न परिवर्तन चाहता है, न विकास। विश्वविद्यालय कहता है कि उसे अपने शिक्षकों और कर्मचारियों को अधिक वेतन देने के लिए धन चाहिए। वह धन कहाँ से आएगा? छात्र कहता है कि वह धन विश्वविद्यालय अनुदान आयोग से आए और विश्वविद्यालय अनुदान आयोग कहता है कि वह छात्र से आए। विश्वविद्यालय बेचारा तो फँस गया न बीच में। दो पाटों के बीच में विश्वविद्यालय और उसके अध्यापक पिस रहे हैं। एक सामान्य कुलपति यहाँ पाँच वर्ष रहता है। सामान्य छात्र भी यहाँ पाँच ही वर्ष रहता है। पर अध्यापक और कर्मचारियों को पैंतीस से चालीस वर्ष रहना होता है। दो अस्थायी पाटों में स्थायी गेहूँ पिस रहा है। ऐसे में वह ही अधिक चिन्तित होता है और कहता है कि थोड़ी फीस बढ़ा लो। तो उन छात्रों की ओर से दंगा आरम्भ हो जाता है, जो पिछले चुनाव में जीत नहीं पाये थे और अगले चुनाव में छात्र संघ पर अधिकार जमाने का सपना पाल रहे हैं।

यह दंगा उन संस्थानों में तनिक भी दिखाई नहीं देता, जहाँ आरम्भ में ही फीस के रूप में दस-बीस सहस्र रुपये गिनवा लिये जाते हैं और प्रतिवर्ष बीस-पच्चीस प्रतिशत की वृद्धि की जाती है। वहाँ शुल्क का बढ़ना वार्षिक क्रम है। अर्थात् परम्परा है। परम्परा का विरोध कौन कर सकता है। इसलिए वहाँ छात्र यह नहीं कहता कि शुल्क मत बढ़ाओ। वह पूछता है, इस वर्ष कितना शुल्क बढ़ा है? जल्दी बताओ, ताकि मैं पैसे देकर अपना नाम लिखवाऊँ, फिर जाने स्थान रहे न रहे।

इस उदाहरण से सिद्ध यह होता है कि दंगा करने के लिए दोषी वे छात्र नहीं हैं, जो फीस बढ़ने का विरोध कर रहे हैं। दोषी वे अधिकारी हैं, जिन्होंने आरम्भ

में फीस कम रखी और प्रतिवर्ष उसे नहीं बढ़ाया। उनके आलस्य के कारण फीस बढ़ने का क्रम स्थापित नहीं हुआ और मेरे द्वारा आविष्कृत नियम लागू हो गया।

भारत में रेलगाड़ियों का किराया प्रतिवर्ष बढ़ता है। कुछ रेल बजट में बढ़ता है, कुछ सामान्य बजट में बढ़ता है, कुछ विशेष आज्ञाओं और विशेष परिस्थितियों में बढ़ता है। इस बात को लेकर कहीं कोई दंगा नहीं हुआ। दंगों के उत्स सांसदों के समाज में भी नहीं। पर दिल्ली परिवहन सेवा ने अपनी बसों में वर्षों कोई वृद्धि नहीं की। अब यदि परिवहन सेवा चाहे कि वह अपनी बसों के किराये में वृद्धि कर ले तो दंगा ही हो सकता है, वृद्धि नहीं। छात्रों के लिए जो पास बने थे, वे निःशुल्क प्राय थे। उसमें वृद्धि करने अथवा उस सेवा को बन्द करने की बात पर दंगा हो जाता है।

भारतीय रेल और दिल्ली परिवहन सेवा के तुलनात्मक अध्ययन से स्पष्ट है कि जहाँ शुल्क नहीं बढ़ा, अथवा कम बढ़ा वहाँ उसी अनुपात में गुण्डागर्दी बढ़ी।

ये उदाहरण चल सम्पत्ति से हैं। अब एक उदाहरण अचल सम्पत्ति से भी होना चाहिए। नहीं तो मेरा सिद्धान्त वैज्ञानिक नियम नहीं बन पाएगा।

हमारे मित्र गुप्ताजी का कमलानगर में एक मकान है। वहाँ चार किरायेदार रहते हैं। मुझे अपने एक मित्र के लिए किराये पर एक कमरा चाहिए था। मुझे गुप्ताजी की याद आ गयी। मैंने उनसे निवेदन किया कि वे किसी प्रकार एक कमरा मेरे मित्र को भी दे दें। मेरी बात सुनकर प्रसन्न होने के स्थान पर वे रो पड़े।

मैं स्तब्ध खड़ा रह गया। क्यों रोये गुप्ताजी? यह तो बैताल पच्चीसी के प्रश्नों जैसा प्रश्न था। कहीं उन्होंने यह तो नहीं समझा कि मैं मित्रता के नाम पर बिना किराये के एक कमरा माँग रहा हूँ। यदि उन्होंने मेरे विषय में यह धारणा बनायी है तो उनके स्थान पर मुझे रोना चाहिए था। मुझसे रहा नहीं गया तो मैंने उनसे कारण पूछ ही लिया।

गुप्ताजी ने अपने अश्रु पोंछे और बोले, ''कमलानगर में मेरा एक पुराना मकान है। उसमें चार किरायेदार हैं। वे लोग मुझे पच्चीस-पच्चीस रुपये किराया देते हैं। कुल मिलाकर एक महीने में सौ रुपये मिलते हैं। मैं वहाँ जाता हूँ तो कोई कहता है, 'लाला! टूटी ठीक करा दे।' कोई कहता है, 'लाला! सफ़ेदी करा दे।' मैं कहता हूँ कि थोड़ा किराया बढ़ा दो तो काटने को दौड़ते हैं। कहते हैं, पूँजीपति! तू हमारा कितना ख़ून चूसेगा।' और यहाँ स्थिति यह है कि मकान का टैक्स भी अपनी जेब से भरता हूँ।"

गुप्ताजी की बात सुनकर मुझे अपना पुराना छात्र नन्दू स्मरण हो आया। उसने मुझे बताया था कि चाँदनी चौक में उनकी एक बड़ी हवेली है और उसमें छब्बीस किरायेदार रहते हैं। उसके पश्चात् वह अपनी फीस माफ कराने के लिए उपस्थित हुआ तो मैंने हैरान होकर पूछा, "नन्दू! तुम पन्द्रह रुपये फीस के नहीं दे सकते।

तुम तो इतनी बड़ी हवेली के स्वामी हैं।'' वह भी गुप्ताजी के समान ही रोया था। बोला, "हवेली तो है। किरायेदार भी हैं। कोई सात रुपये किराया देता है, कोई साढ़े सात रुपये। न मकान ख़ाली करते हैं, न किराया बढ़ाते हैं। इतने किरायेदारों के साथ हवेली बिक भी तो नहीं सकती।''

"गुण्डागर्दी बहुत बढ़ गयी है।" गुप्ताजी कह रहे थे।

"पर गुप्ताजी!" मैंने कहा, "शर्माजी के किरायेदार तो प्रतिवर्ष किराया बढ़ा देते हैं। आप के किरायेदार दंगा क्यों करते हैं?"

"शर्माजी ने पहले भी किराया अधिक लिया था और वे आरम्भ से ही प्रतिवर्ष किराया बढ़ाते रहे हैं। इसलिए उनके किरायेदारों में गुण्डागर्दी नहीं बढ़ी।" गुप्ताजी बोले और फिर से रो दिये, "हाय! मैंने भी यही किया होता, मैं तो भला मानस बना रहा। अपने किरायेदारों के प्रति प्यार ही जताता रह गया और वे गुण्डे बनते गये।"

मैं फिर से अपने आनुपातिक गणित के सिद्धान्त के विषय में सोचने लगा। अमरीका, रूस, फ्रांस, इंग्लैण्ड और चीन आरम्भ से ही परमाणु परीक्षण करते रहे। आज भी कर रहे हैं उनको कोई कुछ नहीं कहता। दुनियाभर के शस्त्र हैं उनके पास और वे अपनी-अपनी प्रियतमाओं को उसका उपहार भी देते ही रहते हैं। कोई उनसे कुछ नहीं कहता। पर हम पहला विस्फोट कर चुप होकर बैठ गये। चौबीस बर्षों तक चुपचाप बैठे रहे। अपना क़दम बढ़ाया ही नहीं। तो अब जब फिर परीक्षण किया तो दुनिया भर में दंगा होना ही था। यह तो आनुपातिक गणित का सिद्धान्त है। वही जो मैंने खोज निकाला है। हमने शक्ति नहीं बढ़ायी, अथवा जिस अनुपात में कम बढ़ायी, उसी अनुपात में इन देशों की गुण्डागर्दी बढ़ गयी।

"ऐसे समय में क्या करना चाहिए गुप्ताजी !" मैंने पूछा।

"वही जो शर्माजी करते हैं।" गुप्ताजी ने कहा, "प्रतिवर्ष किराया बढ़ाते चलना चाहिए। जो न बढ़ाए, उसका कान पकड़कर बाहर।"

"पर यह तो अत्याचार है।" मैंने कहा।

"है तो अत्याचार ही, पर यह अत्याचार न किया जाए तो वैसे ही ध्वंस होने लगता है, जैसे मेरा मकान कमलानगर में ध्वस्त हो रहा है।"

मेरे पाठक यह न समझें कि मैं किसी का पक्ष ले रहा हूँ। मैं तो बस आनुपातिक गणित के एक सिद्धान्त का निरूपण कर रहा हूँ। यह तो संयोग ही है कि उससे विश्वविद्यालयों, दिल्ली परिवहन सेवा तथा अन्य संस्थाओं के ध्वंस की कथा सामने आ गयी। रूस ने बरसों पाव रोटी का दाम नहीं बढ़ाया तो उसकी सरकार ही नहीं गिरी, देश के भी अनेक खण्ड हो गये अब क्या करें, प्रकृति ऐसी है कि हम निर्माण न करें, तो वह ध्वंस पर आ जाती है।

फन्दा

"यह कैसा है?" पत्नी ने मुझे एक फ्रिज़ दिखाया।

"अच्छा है।" मैंने कहा।

प्रसन्नता हुई कि पत्नी को कुछ तो पसन्द आया। ख़रीदना समस्या नहीं है। समस्या तो पसन्द की है, "दाम पूछूँ?"

"पूछो।"

मैंने दुकानदार को बुलाया और पूछा, "यह फ्रिज़ कैसा है?"

"यह तो चमत्कार ही है।" वह बोला, "यह वह करेगा, जो आज तक आपके किसी फ्रिज़ ने नहीं किया होगा।"

"अर्थात्?"

"ख़रीदकर देखिए। याद कीजिएगा हमें कि कैसी चीज़ दी।"

"कितने का है?"

"सत्ताईस हज़ार।"

मैं चौंका, "क्यों? इतना महँगा क्यों?"

"विदेशी है।" वह अकड़कर बोला, "दाम तो अधिक होगा ही।"

"विदेशी है तो सस्ता होना चाहिए।" मैं बोला, "बाहर से आकर हमारे देश में बिके और हमारे फ्रिज़ों से महँगा बिके। यह तो कोई बात न हुई।" मैंने कहा, "कोई देशी सस्ते फ्रिज़ छोड़कर महँगा विदेशी फ्रिज़ क्यों लेगा। देश से द्रोह भी करें और पैसा भी अधिक दें। कौन लेगा इसे?"

"आप लेंगे।" वह कुछ इस भंगिमा में बोला, जैसे कह रहा हो कि तुमसे बड़ा मूर्ख और कौन होगा, तुम लोगे।

"पर क्यों?"

"मल्टीनेशनल कम्पनी है। कमाई करने आयी है, डुबोने तो आयी नहीं।"

"पर महँगा क्यों है?"

"क्योंकि उनको अपने देश की मुद्रा में पैसा कमाना है। उनकी मुद्रा हमारे रुपये के मुकाबले महँगी है। अर्थात् मजबूत है। जो महँगा होता है, वह मजबूत होता

है।" उसने मुझे अर्थशास्त्र पढ़ाया, "हम दुकानदारों को भी अधिक लाभ देना है। अपने कर्मचारियों को भी अधिक वेतन देना है, नहीं तो उनके लिए काम कौन करेगा।"

उसका तर्क मुझे जँच गया। बहुराष्ट्रीय विदेशी कम्पनियों की यह मजबूरी तो मुझे पहले समझ में ही नहीं आयी थी। बेचारे हमारा घर नहीं लूटेंगे तो अपना घर कैसे भरेंगे।

मैंने फ्रिज ख़रीद लिया। फ्रिज़ घर में आया तो पहली बार खोलकर देखा, विदेशी चीज़ थी, दुकान पर उसका दरवाज़ा खोलने का साहस नहीं हुआ था। कहीं दुकानदार टोक देता कि विदेशी फ्रिज़ कभी देखा भी है। फ्रिज़ ख़रीदने गये थे, अपनी नाक कटवाने तो गये नहीं थे।

"इसका शीतक इतना बड़ा क्यों है?" मैंने पूछा।

"क्या बड़ा है?" इंजीनियर नामक जन्तु ने पूछा।

"शीतक।" मैंने संकेत से उसे समझाया।

"यह फ्रीज़र है।" वह बोला, "यह शीतक-फीतक क्या होता है।"

"तुम जिसको अंग्रेज़ी में कह रहे हो, उसे ही मैं हिन्दी में कह रहा हूँ।"

"विदेशी फ्रिज़ ख़रीदोगे तो हिन्दी नहीं चलेगी। अँग्रेज़ी में बोलना होगा।" उसने जैसे आदेश दिया।

"विदेशी फ्रिज ख़रीदेंगे तो अपनी भाषा भी छोड़नी पड़ेगी?" मैंने चकित होकर पूछा।

"नहीं तो उनके दास कैसे बनोगे?"

"मैं उनका दास बनना नहीं चाहता।" मैं चिल्लाया।

"तो विदेशी फ्रिज़ ख़रीदने के लिए तुम्हें देवगुरु बृहस्पति ने कहा था क्या?" उसने मुझे डाँट दिया।

मैं सहम गया, "चलो फ्रीज़र ही सही। पर यह इतना बड़ा क्यों है?"

"ताकि तुम इसमें दुनिया भर का मछली-मांस इत्यादि रख सको। महीनों रख सको। बासी मांस खा सको।"

"मैं तो शाकाहारी हूँ।"

"तो अब मांसाहारी हो जाओ।" उसका स्वर और भी कठोर हो गया, "ख़रीदोगे विदेशी फ्रिज़ और रहोगे शाकाहारी। कोई तमाशा है क्या? शाक सब्जी डालकर फ्रिज़ का अपमान किया तो देखना कम्पनी मुक़दमा चला देगी।"

मैं तो बुरी तरह फँस गया था। विदेशी फ्रिज़ क्या ख़रीद लिया, सब ओर से घिर गया। पहले अपनी भाषा छोड़ने की बात थी, अब अपना आहार भी बदलना होगा।

"इसमें तो दूध का बड़ा पतीला रखने का स्थान ही नहीं है।" मैंने फ्रिज़ का

दूसरा दरवाज़ा खोला, "हम दूध कैसे रखेंगे?"

"दूध के पतीले भूल जाओ।" वह बोला, "बोतलों और कैन इत्यादि में दूध रखो। पतीला रखकर इस विदेशी फ्रिज़ का अपमान करने का साहस करोगे तो भारत पर आर्थिक प्रतिबन्ध लगा दिये जाएँगे। विदेशी बहुराष्ट्रीय कम्पनी का फ्रिज़ है। कोई मज़ाक़ नहीं है कि हर ऐरा-गैरा नत्थू-खैरा इसे ख़रीद ले और अपने ढंग से इसका दुरुपयोग करे।"

"पर बोतलों और कैन में दूध गर्म कैसे होगा, उसके लिए तो पतीला ही चाहिए।"

"भूल जाओ, दूध को गर्म करना। जैसा फ्रिज़ से निकले, पी लो।"

"पर हमारे देश की जलवायु में..."

"अपने देश की जलवायु को बदल डालो।" उसने मेरी बात पूरी नहीं होने दी, "बदल नहीं सकते तो उसे भूल जाओ। यह मत कहना कि उससे तुम अस्वस्थ होगे। होगे तो अच्छा है। तब हम अपनी औषधियों की कम्पनी भी यहाँ ले आएँगे। तुम्हें अपनी महँगी औषधियाँ खिलाएँगे और तुम्हारा मृत्यु दर बढ़ाएँगे।"

मैं तो उसके फन्दे में वैसे ही फँस गया था, जैसे भारतीय शासक ईस्ट इण्डिया कम्पनी के फन्दे में फंस गये थे। चुपचाप अपमान का घूँट पीकर रह गया।

सहसा मेरा हाथ फ्रिज़ के दरवाज़े पर पड़ा, "अरे यह इतना गर्म क्यों है?"

"यह ऐसे ही रहता है।" वह बोला, "भीतर की गर्मी बाहर निकालेगा, तो ही तो भीतर से ठण्डा होगा।"

मैं उससे तर्क करने की स्थिति में नहीं था। चुपचाप उसे विदा कर दिया।

अभी अपने गली-मुहल्लेवालों तथा रिश्तेदारों पर अपने दो द्वारोंवाले, बड़े विदेशी फ्रिज़ का रौब भी पूरी तरह जमा नहीं पाये थे कि फ्रिज़ ने काम करना बन्द कर दिया।

मैंने दुकानदार को फ़ोन किया, "भैया! यह कैसा फ्रिज़ दे दिया। वह तो छह महीने में ही चीं बोल गया। हमारे भारतीय फ्रिज़ तो दस-पन्द्रह साल छींकते भी नहीं।"

"आपको कहा नहीं था कि आप हमें याद करेंगे कि कैसी चीज़ दे दी। ऐसा चमत्कार आपके किसी और फ्रिज़ ने किया था क्या?"

"तो तुम्हारा मतलब यह था?" मैंने पूछा।

"आपने क्या समझा था?"

अब मैं उसे क्या बताता कि मैंने क्या समझा था।

"अब करना क्या है?"

"कम्पनी को फ़ोन कीजिए।"

"आप कुछ नहीं कर सकते?"

"हमें जो करना था, हमने कर दिया। आपसे पैसे ले लिये और अपना अंश अपने पास रख, उनके पैसे उन्हें दे दिये।"

मैंने कम्पनी में फ़ोन किया। पता चला कम्पनी बहादुर का फ़ोन मिलना, भारत के प्रधानमन्त्री के मिलने से भी कठिन था। कई बार तो लगा कि कहीं इनका फ़ोन कोरिया में ही तो नहीं है? नम्बर डायल करने में आधी अँगुली घिसाकर जब नम्बर मिला तो उन्होंने पूछा, "क्या है?"

"फ्रिज़ काम नहीं कर रहा।"

"आपको कैसे मालूम है कि काम नहीं कर रहा।" उसने मुझे डाँटा, "विदेशी फ्रिज़ है। दिखाई यही देता है कि वह काम नहीं कर रहा, जबकि वह काम कर रहा होता है। कोई विदेशी एजेंसी खुलकर काम नहीं करती। सब ढके छिपे ही काम करती हैं।"

"कैसे पता चलेगा कि वह काम कर रहा है?" मैंने ढीठ होकर पूछा।

"उसका बल्ब जल रहा है या नहीं?"

"जल रहा है।"

"तो वह काम कर रहा है।"

"हमने बल्ब जलाने के लिए फ्रिज़ नहीं ख़रीदा था।" मैंने कहा, "बर्फ़ जमाने के लिए ख़रीदा था और उसमें बर्फ़ नहीं जम रही है।"

"इस फ्रिज़ में बर्फ़ गर्मियों में जमती है।" उसने कहा, "विदेशी फ्रिज़ ले लेते हो और उसके विषय में जानते कुछ भी नहीं।"

"गर्मियाँ ही तो हैं।" मैंने कहा, "और कौन-सी गर्मियाँ आएँगी अब?"

"यहाँ गर्मियाँ हैं न!" उसने और भी तीखे स्वर में कहा, "कोरिया में अच्छा मौसम है इन दिनों। फ्रिज़ वहाँ बना है तो उनकी ऋतुओं से ही तो चलेगा। वहाँ गर्मियाँ आरम्भ होंगी तो अपने आप बर्फ़ जमने लगेगी आपके फ्रिज़ में।"

"हमें मूर्ख बनाने की कोशिश मत करो। फ्रिज़ ख़राब हो गया है।" मैंने कहा, "अभी इसकी गारण्टी की अवधि समाप्त नहीं हुई है। चुपचाप फ्रिज़ उठाओ और ठीक करके लौटाओ। नहीं तो...।"

"नहीं तो क्या करोगे?"

"मुक़दमा।"

"हम कल ही फ्रिज़ उठा लेंगे और ठीक होने के लिए कोरिया भेज देंगे। ठीक होकर आ जाएगा तो तुम्हें लौटा देंगे।"

"जहाँ मन आए भेजो। पर मुझे फ्रिज़ ठीक करके दो।"

"फ्रिज़ पहले तो माल गाड़ी से मुम्बई जाएगा। फिर किसी जलपोत में कोरिया जाएगा। ठीक होकर लौटेगा तो आपकी गारण्टी की अवधि समाप्त हो चुकी होगी।"

उसने मुझे समझाया, "इसलिए आपको उसका भुगतान करना पड़ेगा। मरम्मत का बिल फ्रिज़ के दाम से भी अधिक होगा, क्योंकि वहाँ मज़दूरी बहुत महँगी है। इसलिए मेरे भाई! ठीक होता है तो यहीं अपने मुहल्ले का मिस्त्री बुलाकर उसे ठीक करा लो। क्यों झंझट में पड़ते हो। देशी तरीक़े छोड़ो और बहुराष्ट्रीय विदेशी कम्पनियों से मुक़दमे में मत उलझो।"

मेरी समझ में उसकी बात आ गयी। मैंने अपने मुहल्ले का राजू मिस्त्री बुला लिया। अब देखें, वह क्या चमत्कार करता है।

झुग्गी

रामलुभाया के घर की पिछली दीवार के साथ बाबूराम ने झुग्गी डाल ली। रामलुभाया ने उसे मना किया तो बाबूराम ने उत्तर दिया, "तुम्हारा मकान पिछली दीवार तक ही है न। गली तो तुम्हारे बाप की नहीं है। वहाँ हम झुग्गी बनाएँ, भैंस बाँधें या शराब की भट्ठी लगाएँ, तुम कुछ नहीं कह सकते।"

रामलुभाया ने अपने छोटे भाई भोलाराम से कहा, "देखो! वह हमारा रास्ता भी रोक रहा है और हमारा मकान भी ख़राब कर रहा है।"

भोलाराम ने बुरा-सा मुँह बनाया, "मैं क्या करूँ। मैं तो कब से कह रहा हूँ कि मकान मेरे नाम लिख दो। फिर मैं देख लूँगा कि इस बाबूराम का क्या करना है।"

"वह तो मुझसे मेरी गली छीन रहा है और तुम भाई होकर मुझे मेरे घर से ही निकाल देना चाहते हो।"

"मैं तुम्हारा भाई तब ही हो सकता हूँ, जब तुम यह मकान मेरे नाम लिख दो।" भोलाराम ने कहा।

भाई से निराश होकर रामलुभाया ने पुलिस में रपट लिखा दी। पुलिसवाला आया और बाबूराम को धमका गया। कह गया कि अगले दिन वहाँ झुग्गी दिखाई नहीं देनी चाहिए, नहीं तो झुग्गी की तो ईंट से ईंट बजेगी और उसकी पीठ पर पुलिस का डण्डा।

प्रातः उठकर रामलुभाया अपने पौधों की सिंचाई करने मकान के पिछले भाग में गया तो उसने देखा : बाबूराम ने रात-भर में उनके मकान की चारदीवारी तोड़कर अपनी झुग्गी मकान की सीमा के भीतर कर ली थी। पौधे उखड़ गये थे। क्यारियाँ उजड़ गयी थीं। उसके बच्चे खुले में शौच के लिए बैठे थे। उसने गली ख़ाली कर दी थी, पर रामलुभाया का मकान घेर लिया था।

रामलुभाया आगबबूला हो उठा। उसका साहस तो देखो। किसी के मकान की चारदीवारी तोड़कर उसके मकान में घुस जाना और वहाँ अपने रहने का प्रबन्ध करना।

उसने बाबूराम को डाँटा, "यह क्या है?"

"क्या, क्या है?" बाबूराम ने भोले बनकर पूछा।

"तुमने हमारे मकान की चारदीवारी तोड़ी और हमारी भूमि पर कब्ज़ा किया, और अब मुझसे पूछ रहे हो कि क्या है?"

"तुम्हारा दिमाग़ तो ठीक है।" बाबूराम ने उसे ही डाँट दिया, "किसकी चारदीवारी और किसकी भूमि? मैं तो पीढ़ियों से यहीं रहता आया हूँ।"

"अभी कल रात ही तो पुलिवाला तुम्हें हड़काकर गया है और प्रातः ही तुम कहने लगे हो कि तुम पीढ़ियों से यहीं रहते आये हो।" रामलुभाया ने कहा।

"रामलुभाया! तुमने सुबह-सुबह भाँग तो नहीं पी ली?" बाबूराम हँसा, "पुलिसवाला हड़काकर गया होगा तुमको। अब तुम जाओ यहाँ से और मुझे काम करने दो।"

रामलुभाया पुलिस चौकी जा पहुँचा। इस बाबूराम को तो पुलिसवाला ही ठीक करेगा। यह रामलुभाया के बस का नहीं है।

पुलिसवाले ने रामलुभाया की बात सुनी और बोला, "कल तुम कह रहे थे कि किसी ने तुम्हारी दीवार के साथ गली में झुग्गी बना ली है, आज कह रहे हो कि उसने तुम्हारी दीवार तोड़कर तुम्हारी भूमि पर झुग्गी बनायी है। तुम अपनी बात से ऐसे पलटोगे तो हम तुम्हें ही बन्द कर देंगे।"

"नहीं इंस्पेक्टर साहब! मैं अपनी बात से नहीं पलट रहा।" रामलुभाया ने कहा, "मैं तो बता रहा हूँ कि रात-भर में उस बाबूराम के बच्चे ने क्या कर लिया है।"

पुलिसवाले ने घूरकर रामलुभाया को देखा और बोला, "उसने रात-भर में एक और काम किया है।"

"क्या?"

"उसने तुम्हारे विरुद्ध रपट लिखायी है कि तुम उसको उसकी भूमि से उजाड़कर उसकी भूमि पर कब्ज़ा करना चाहते हो।"

"क्या?" रामलुभाया जैसे आकाश से गिर पड़ा, "उसकी भूमि? उसकी कौन-सी भूमि? उसके पास कोई प्रमाण है?"

"हाँ! प्रमाण है न!"

"क्या प्रमाण है?"

"आपके भाई भोलाराम का बयान है कि वह सम्पत्ति आप दोनों की सम्मिलित सम्पत्ति है। पीछे का भाग उनका है और आगे का आपका।" पुलिसवाला बोला, "बाबूराम के दादा आपके दादा के कर्मचारी थे। उनके पिता आप के पिता के कर्मचारी थे और अब बाबूराम आपके भाई के कर्मचारी हैं। वे तीन पीढ़ियों से उसी स्थान पर रहते हैं। अब आप बाबूराम को वहाँ से भगाकर उनके भाग की भूमि पर कब्ज़ा करना चाहते हैं।"

"बकवास करता है भोलाराम!" रामलुभाया झल्लाकर बोला, "वह मुझे परेशान करने के लिए यह सब कर रहा है।"

"यही बात वे आपके लिए कह रहे हैं।" पुलिसवाला बोला।

"पर कल रात आप स्वयं वहाँ गये थे। आपने देखा था कि बाबूराम ने गली में झुग्गी डाली हुई थी। आपने देखा था कि मेरा मकान ठीक-ठाक था। उसकी चारदीवारी टूटी हुई नहीं थी।"

"वह कल की बात थी।" पुलिसवाला बोला, "तब तक आपके भाई का बयान नहीं आया था।"

"इंस्पेक्टर साहब! हमारी सम्मिलित सम्पत्ति थी। उसका बँटवारा हुआ था। उसमें से मेरे भाई भोलाराम ने अपना हिस्सा तो ले लिया था और इस मकान पर भी कब्ज़ा कर लिया था।" रामलुभाया ने बताया, "मैंने बरसों की दौड़-धूप और कानूनी लड़ाई के बाद न्यायालय से इस मकान का कब्ज़ा और अधिकार पाया है। आप न्यायालय का आदेश देख सकते हैं। आप काग़ज़ देख सकते हैं।"

"हम कुछ नहीं कर सकते।" पुलिसवाला बोला, "या तो आप दोनों भाई परस्पर फ़ैसला कर लीजिए, नहीं तो आपकी सारी सम्पत्ति विवादास्पद घोषित हो जाएगी और उस भूमि पर बाबूराम का कब्जा भी वैध माना जा सकता है।"

रामलुभाया ने भोलाराम का द्वार खटखटाया, "यह क्या कर रहे हो तुम?"

"क्या कर रहा हूँ।" भोलाराम हँसा, "मैंने तुमसे कहा था कि मकान का कब्ज़ा मुझसे मत लो।"

"ऐसे तो मकान हमसे छिन जाएगा। न मेरा रहेगा न तुम्हारा। वह बाबूराम का हो जाएगा। हमारे परिवार की सम्पत्ति।"

"छिन जाए।" भोलाराम बोला, "मकान मेरे पास नहीं रहेगा तो वह तुम्हारे पास भी नहीं रहेगा?"

"अपने परिवार के शत्रु हो तुम। न्याय की बात नहीं मान रहे हो।"

"शत्रु तो शत्रु ही सही, पर मकान रहेगा तो मेरे पास, नहीं तो तुम्हारे पास भी नहीं रहेगा।"

"तुमको लज्जा नहीं आती?"

"लज्जा काहे की। तुम देख नहीं रहे, शासन छिन गया तो विरोधी दल विदेश से लाकर बंगलादेशियों को इस देश में बसा रहे हैं। उनको निकालने का प्रयत्न किया जाए तो संसद तक नहीं चलने देते। वे नहीं जानते कि आज का एक करोड़ बंगलादेशी कल एक ही पीढ़ी में दस करोड़ हो जाएगा। तब क्या देश हमारे पास रह पाएगा? वे देश बंगलादेशियों को दे देना चाहते हैं। उन्हें देश बेचने में लज्जा नहीं आती तो मुझे एक मकान के पीछे क्या लज्जा?"

रामलुभाया का सिर लज्जा से झुक गया।

लाल आँखें

अकस्मात् ही नगर में आँखें लाल होने का रोग फैल गया। जिसको देखो, उसी की आँखें लाल हो गयीं। कुछ एक आँखों से पानी भी बहने लगा था। मेरी समझ में नहीं आया कि यह बंगलादेशी रक्ताभचक्षु रोग अकारण ही कैसे इतना फैल रहा था।

मैंने भोलाराम से पूछा, "क्या बात है, तुम्हारी आँखें इतनी लाल क्यों हो रही हैं? और फिर तुम काली ऐनक भी नहीं लगा रहे हो?"

"काली ऐनक वह लगाए, जिसे अपनी आँखों की लालिमा छुपानी हो।"

"तुम अपना क्रोध प्रकट करना चाहते हो?" मैंने पूछा।

"नहीं! क्रोध के कारण मेरी आँखें लाल नहीं हैं।" उसने कहा, "पीड़ा के कारण लाल हैं।"

"ओह!" मैंने उसकी पीड़ा का अनुमान तो लगा लिया, किन्तु उसे मैंने शब्दों में प्रकट करना उचित नहीं समझा। जब हम जान ही जाएँ कि किसी को कोई घातक रोग है तो उसकी पुष्टि करते फिरना अथवा उससे उसकी स्वीकृति लेना आवश्यक नहीं होता। अब यदि उसकी पत्नी उससे ढेरों प्याज़ कटवाती है, उससे रसोई का काम करवाती है, तो यह सब प्रचारित क्यों किया जाए।

किन्तु भोलाराम स्वयं ही चुप नहीं रहा। बोला, "तुम समझ रहे होगे कि हमारे घर में सम्बन्धियों की कोई किट्टी पार्टी रही होगी और मैंने उसके लिए रसोई में ढेर सारे प्याज़ काटे होंगे।"

"हाँ! कुछ ऐसा ही सोच रहा था।" उसकी स्पष्टवादिता से प्रभावित होकर मैंने भी सहज स्वीकृति दे दी।

"पर ऐसा नहीं है।" वह बोला, "मेरी आँखें तो प्याज़ खोजते-खोजते लाल हो गयी हैं।"

"तो तुम प्याज़ न मिलने के कारण अपनी आँखें लाल कर रहे हो?"

"हाँ!" वह बोला, "मैं सरकार को लाल-लाल आँखों से घूरना चाहता हूँ। सरकार का दायित्व है कि वह जनता को सस्ते दामों प्याज़ उपलब्ध कराए।"

"भोलाराम!" मैंने कहा, "यह राजनीतिक प्रचारवाली मुद्रा छोड़ो। उसमें आदमी

सच-झूठ का विचार नहीं करता। सोनिया गाँधी कह रही हैं कि पोखरन में परमाणु परीक्षण करने के स्थान पर पहले पोखरन को पानी दो।"

"तो ग़लत क्या कह रही हैं?" भोलाराम ने अपना तेज प्रकट किया।

"उनकी सासु माँ ने पोखरन में परमाणु परीक्षण किया था, तब तो वह राष्ट्रीय गौरव की बात थी। तब किसी ने नहीं कहा कि पोखरन को पानी दो।" मैंने कहा।

"तब की बात और थी।" भोलाराम निर्लज्ज मुद्रा में बोला।

"मैं जानता हूँ कि और बात क्या थी।" मैंने कहा, "सच-सच बताओ कि तुम्हारी नीयत क्या है?"

"प्याज़ उपलब्ध कराना सरकार का काम है।" उसने तोते के समान दोहरा दिया।

तभी रामलुभाया भी कही से वहाँ आ गया। मैंने देखा, उसकी आँखें भी उतनी ही लाल थीं।

"तुम्हें क्या हो गया रामलुभाया?" मैंने पूछा।

उसने घूरकर भोलाराम को देखा और बोला, "इन्हीं की करनी को रो रहा हूँ।"

"क्या हुआ?"

"दुनिया भर में शोर मचा रखा है कि प्याज़ महँगे हो रहे हैं, इसके लिए सरकार त्यागपत्र दे।" रामलुभाया बोला, "प्रश्न है कि इसमें सरकार क्या कर सकती है? यदि बाढ़ आ गयी और प्याज़ की फसल नष्ट हो गयी तो सरकार का क्या दोष? यह तो भगवान की इच्छा है। अव सरकार भगवान से तो लड़ नहीं सकती।"

"ठीक कह रहे हो।" भोलाराम बोला, "भगवान की इच्छा से तुम्हारी सरकार बनी और भगवान की इच्छा से बाढ़ आयी। इसका अर्थ है कि भगवान की इच्छा है कि हम तुम्हारे विरुद्ध प्रचार करें। आख़िर यह अवसर भगवान ने ही तो दिया है। हम इस अवसर को छोड़ देंगे तो यह भगवान की इच्छा का विरोध होगा।"

"तुम जनता को भड़काओ मत भोलाराम!" रामलुभाया ने कहा, "जहाँ-जहाँ तुम्हारी पार्टी की सरकार है, प्राकृतिक आपदाएँ वहाँ भी आ सकती हैं। प्रकृति कोई भेदभाव नहीं करती। तुम्हारी पार्टी के शासनवाले प्रदेश में भूकम्प आ जाए तो क्या करोगे? दूसरों पर आयी विपत्ति का लाभ नहीं उठाना चाहिए।"

भोलाराम हँसा, "प्राकृतिक विपदाएँ तो आती ही रहती हैं। इसका अर्थ यह थोड़ी है कि विरोधी दलों की आलोचना बन्द कर दी जाए। शासक में इतनी बुद्धि होनी चाहिए कि प्राकृतिक आपदा का उपयोग भी अपने लाभ के लिए करे।"

"प्राकृतिक विपदा का लाभ कैसे उठाया जा सकता है।" मैंने कहा, "यह तो अधर्म है।"

"इसीलिए तुम राजनीति में सफल नहीं हो रहे हो।" वह हँसा, "भाजपा को

चाहिए कि अपना हिन्दू कार्ड चलाये। जनता से कहे कि भगवान ने बाढ़ से प्याज़ की फसल नष्ट की है। सबको मिलकर सोचना चाहिए कि प्याज़ की ही फसल नष्ट क्यों हुई। इसका अर्थ है कि भगवान नहीं चाहते हैं कि हिन्दू प्याज़ खाएँ। वह सात्त्विक भोजन नहीं है। भगवान ने हिन्दुओं को सात्त्विक बनाने के लिए ही जान बूझ कर प्याज़ को उत्पन्न होने से रोका है, और प्याज़ उत्पन्न करनेवालों को दण्डित किया है। हमें उनकी इच्छा का सत्कार करना चाहिए और प्याज़ खाना एकदम छोड़ देना चाहिए।"

मैं चकित-सा बैठा भोलाराम की ओर देखता रहा। कैसी बढ़िया राजनीतिक युक्ति निकाली थी उसने।

"तुम्हारी सरकार होती तो तुम यही करते?" मैंने विस्मयपूर्वक पूछा।

"अवश्य करते।" वह बोला, "हम तो यह भी कहते कि प्याज़ कम मिल रहे हैं तो पहले वे अल्पसंख्यकों को उपलब्ध कराये जाने चाहिए। आख़िर यह उनके भोजन का अनिवार्य अंग है। अल्पसंख्यकों को प्याज़ उपलब्ध न कराना, उन पर हिन्दुत्व थोपने के समान है। यदि अल्पसंख्यकों को उपलब्ध कराने के पश्चात् प्याज़ बचें तो दलितों को मिलने चाहिए। उनसे बच जाएँ तो अन्य पिछड़ी जातियों को।..." उसने मुसकराकर रामलुभाया की ओर देखा, "सत्ता और विपक्ष का सत्य एक-दूसरे के विपरीत होता है। जो यह नहीं समझता, उसे शासन करने का कोई अधिकार नहीं है।"

"और यदि तुम्हारी पार्टी द्वारा शासित प्रदेश में भूकम्प आता तो?"

"हम तो कब से माँग रहे हैं भगवान से कि हे भगवान! जब तक हमारा शासन है, तब तक कम-से-कम एक भूकम्प तो भेजो। भूकम्प प्राकृतिक आपदा नहीं, भगवान का दिया हुआ वरदान होता है मूर्ख!" उसने घूरकर मुझे देखा, "यदि भूचाल आ जाए तो हम रो-रोकर संसार भर को हिला देते। अन्ततः भूकम्प के नाम पर हमें चारों ओर से इतनी सहायता मिलती कि हमारी पार्टी के पास अगले पाँच चुनावों के लिए धन एकत्रित हो जाता।"

"वह सहायता तुम भूकम्प पीड़ितों को नहीं देते?"

वह हँसा, "बहुत भोले हो तुम। अरे भूकम्प पीड़ित तो वे हैं जो भूकम्प में मर गये। उनकी सहायता का अर्थ होता है, उनके शवों को मलबे से निकालकर उनका सामूहिक दाह संस्कार करो। उनके मकानों की भूमि हथियाओ। विदेश से आयी सहायता से वहाँ नये मकान बनाओ और अपने सम्बन्धियों में बाँट दो। भूकम्प में दिवंगत हुए लोग लौटकर तो आएँगे नहीं। न वे अपनी भूमि और भवन का कब्ज़ा माँगेंगे।"

मैं उसकी राजनीतिक प्रतिभा से हतप्रभ हो रहा था। उसने एक बार मुसकराकर मुझे देखा और फिर आँखों को लाल करता हुआ सरकार को डराने चला गया।

तब मेरी दृष्टि तोताराम पर पड़ी। उसकी आँखें भी लाल हो रही थीं। ऐनक उसने भी नहीं लगायी थी।

"तुम्हें क्या हुआ तोताराम? मैंने पूछा।"

"बेटी का विवाह है अगले सप्ताह।" उसने बताया।

"तो बेटी की विदाई से पहले ही रो रहे हो?"

"नहीं! वह बात नहीं है।" तोताराम बोला, "पैसे की समस्या आ पड़ी है।"

"क्या लड़केवाले दहेज अधिक माँग रहे हैं?"

"नहीं! भोजन का मूल्य बहुत बढ़ गया है।" वह फूट-फूट कर रो पड़ा, "प्याज़ इतने महँगे हो गये हैं। प्याज़ के बिना खाना नहीं बनता और प्याज़वाला खाना बनाया जाए तो मूल्य दुगुने से भी अधिक हो जाता है। लड़केवालों से बहुत कहा कि बिना प्याज़ का खाना खा लो। हींग जीरे की छौंक बहुत अच्छी होती है। हम मीठे में भी एक चीज़ बढ़ा देंगे। पर मानते ही नहीं। कहते हैं, शराब मत पिलाना, पर खाने में तो मसाला प्याज़ का ही चाहिए। साथ ही सलाद में प्याज़ ही अधिक होना चाहिए।"

तोताराम अपनी रामकहानी सुना ही रहा था कि बल्लू की माँ दवा की शीशी लेकर डॉक्टर की ओर जाती दिखी। वह अपने पल्लू से बार-बार अपनी आँखें पोंछ रही थी। निकट आयी तो देखा, उसकी आँखें एकदम लाल भभूका हो रही थीं।

मैं घबरा गया। इतना क्यों रो रही है यह? पूछा, "कौन रुग्ण है घर में?"

"अरे बल्लू ही उलटियाँ कर रहा है।"

"क्यों?" मैंने पूछा, "रात कहीं अधिक पी गया क्या? ये जवान लड़के अपनी सीमा तो पहचानते ही नहीं हैं।"

"नहीं मदिरा तो उसने छोड़ दी है।"

"तो फिर क्या हुआ?"

"कल रात एक बरात में गया था। वहाँ खाने के साथ सलाद में कच्चा प्याज़ भी मिल गया। बस प्याज़ ही खाता चला गया। खाना खाया ही नहीं।"

वह आगे बढ़ गयी।

तब मेरी दृष्टि प्रोफ़ेसर लालाराम पर पड़ी। ये वैसे तो स्वस्थ ही लग रहे थे किन्तु आँखें उनकी भी लाल थीं।

"क्या बात है?" मैंने पूछा, "आपकी आँखें इस प्रकार लाल क्यों हो रही हैं? कहीं अचानक ही रक्तचाप बहुत बढ़ तो नहीं गया? उससे आँखों में रक्त के थक्के भी आ जाते हैं।"

"रक्तचाप कुछ तो बढ़ा है।" ये बोले, "पर आँखें तो क्रोध से लाल हैं।"

"किससे रुष्ट हैं आप?" मैंने पूछा।

"अपने आपसे।"

"क्यों?" मैं चकित था।

"अरे किस देश में जनम ले लिया मैंने, जहाँ लोग किसी संकट का कोई मूल्य ही चुकाना नहीं चाहते। न त्याग की प्रवृत्ति है, न बलिदान की। ऐसे में कोई देश महान् कैसे हो सकता है।" उनका रोष बढ़ता ही जा रहा था।

"पर बात क्या है?" मैंने पूछा।

"प्याज़ महँगा हो गया है। प्याज़ बाज़ार में मिलता नहीं। अरे तो तुम कुछ दिन प्याज़ मत खाओ। काला बाज़ारिए और जमाख़ोर मुँह के बल गिर पड़ेंगे और प्याज़ सड़कों पर नहीं नालियों में लुढ़कता दिखाई देगा। उसके बिना कोई मर तो जाएगा नहीं। जो साला सप्ताह में एक किलो प्याज़ ख़रीदता था, अब चार किलो खरीदता है। क्योंकि मिलता नहीं है और महँगा हो गया है।" लालाराम बोलते ही जा रहे थे, "आज कोई देश हम पर आक्रमण कर दे तो हम घुटने टेककर उसके सम्मुख नाक रगड़ने लगेंगे। कह देंगे, हम लड़ नहीं सकते, हमारे पास प्याज़ नहीं हैं न।... उपभोक्ता को अपना युद्ध तो लड़ना ही नहीं आता।"

वे चले गये और मैंने उनको रोका भी नहीं। समझ गया कि वे आजकल उपभोक्ताओं के मनोविज्ञान पर कोई पुस्तक लिख रहे होंगे।

सबको विदा कर मैं भी घर की ओर लौट पड़ा। मार्ग में कालू और बसन्ती की झुग्गी के पास से निकल रहा था तो उन दोनों का झगड़ा सुनाई दिया। कालू बसन्ती को डाँट रहा था, "हरामज़ादी, दिन-भर घर में पसरी रहती है, यह नहीं हुआ कि सुपर बाज़ार की लाइन में खड़ी होकर दो किलो प्याज़ ही ले आती।"

"क्या करना था तुझे दो किलो प्याज़ का?" बसन्ती दहाड़ी, "अपने आवारा दोस्तों के साथ बैठकर दारू पीता और साथ में कच्चा प्याज़ खाता। या फिर प्याज़ देखकर तुझे मुर्ग़ा याद आ जाता और पैसे के लिए मेरा ख़ून पीता।"

"पागल है तू तो।" कालू का स्वर कुछ कोमल हुआ, "अरे, किसी को बाज़ार के आधे दाम भी बेच देते तो चालीस-पचास रुपये की कमाई हो ज़ाती।"

"इतना ही समझदार है तो क्यों न लूट लाया ट्रक से?" बसन्ती बोली, "सारी दुनिया प्याज़ लूटती रही और तू खड़ा तमाशा देखता रहा। पाँच किलो भी लूट लाता तो मेरी एक नयी धोती आ जाती।"

"रहने दे तू।" वह बोला, "मुझे चोर बनाना चाहती है।"

"और तू मुझे काला बाज़ारिया बनाना चाहता है।" बसन्ती कड़क स्वर में बोली।

थोड़ी देर मौन छाया रहा और फिर वे दोनों ही ज़ोर से हँस पड़े। पता नहीं उनकी आँखें लाल थीं भी या नहीं।

लुच्चा

एक विवाह में सम्मिलित होने मुम्बई गया था। बहुत सारे लोग आये हुए थे वहाँ। मेला ही लगा हुआ था। सप्ताह-भर विवाह वाले घर में रहना था। किसी प्रकार समय काटने के लिए विभिन्न प्रकार के लोगों के पास बैठना पड़ता था। तरह-तरह की बातें होती थीं। देखा, एक माँ-बेटी दूरदर्शन देख रही थीं। सहसा वृद्धा ने पुत्री से पूछा, "सुबह वाले धारावाहिक में वह सुन्दर-सी लड़की उस बड़े-बड़े बालोंवाले मनहूस आदमी के साथ क्यों भाग गयी?"

पुत्री ने बुरा-सा मुँह बनाया, "वह क्या भाग गयी। वही भगा ले गया मुआ। आप नहीं जानतीं कि ये लेखक लोग तो होते ही लुच्चे हैं।"

मैं अपनी प्रशंसा सुनकर चौंका। पहले तो इतनी साफ़ बात सुनकर हतप्रभ हुआ, फिर मन हुआ कि उसे डाँटूँ या... या कम-से-कम समझा ही दूँ कि लेखकों के प्रति इस प्रकार के विचार शुभ नहीं हैं। यह तो सारे लेखक समुदाय की अवमानना है। लेखक तो किसी भी देश और समाज का गौरव होता है। समाज को संस्कार देने वाले साहित्य का रचयिता। लुच्चा कैसे हो सकता है। उस बेचारी को यदि लेखकों के विषय में पता नहीं है तो उसे ऐसी बात नहीं कहनी चाहिए। किसी से पूछ लेती। इस प्रकार की बातें करेगी तो यही माना जाएगा कि अनपढ़ और असुसंस्कृत लड़की है। साहित्य और कला के प्रति सम्मान नहीं है। तब उससे विवाह कौन करेगा?

मैं उसे डाँटने की तैयारी कर ही रहा था कि रामलुभाया ने मुझे घूरकर देखा और मैं अपने मन में ही कहीं दुबक गया।

मैं पहली बार कलकत्ता गया था। मेरे यजमानों ने मुझे एक अतिथिगृह में ठहराया था। मैं एक सप्ताह कलकत्ता में रहा था। अनेक गोष्ठियों, सभाओं तथा सम्मेलनों में भाग लिया था। अनेक परिवारों में जाकर भोजन इत्यादि किया था। और जब वे लोग मुझे विदा करने लगे तो आयोजक महोदय ने कहा था, "कोहली साहब! अगली बार जब आप कलकत्ता आएँगे तो हम आपको किसी परिवार के साथ ठहराएँगे। इस बार अतिथिगृह में इसलिए ठहराना पड़ा कि आपके विषय में

हम लोग कुछ जानते नहीं थे। पिछली बार एक कवि को बुलाया था। वे शाम से ही बोतल खोलकर बैठ जाते थे। अब ऐसे आदमी को तो किसी परिवार के साथ नहीं ठहराया जा सकता न!"

तो वे मेरा निरीक्षण कर रहे थे। पर मैं उन्हें कुछ कह नहीं सका।

मैंने आत्मबल बटोरा और रामलुभाया को धकियाकर कहीं पीछे फेंक दिया। ... यह सब उचित नहीं है। लेखक की रक्षा तो करनी ही होगी। यदि लेखक किसी परिवार में नहीं ठहराया जा सकता तो समाज में उसका मान ही क्या होगा। लेखक तो समाज के कल्याण के लिए लिखता है। वह समाज के सामने जीवन का आदर्श उपस्थित करता है। वह सरस्वती का वरद पुत्र होता है। वह परिवार विरोधी कैसे हो सकता है?

रामलुभाया की आँखें तिरछी हो गयीं। मैंने उसकी दृष्टि की दिशा में देखा।...

पिछले दिनों दिल्ली के बाहर से मेरे एक साहित्यिक मित्र आये थे। उनका मेरे प्रति बहुत स्नेह है। बहुत आदर करते हैं मेरा। उन्होंने बताया था कि वे अपने नगर में होने वाले अपने एक आयोजन में मुझे बुलाने को आतुर हैं। किन्तु जिन अन्य लेखकों को वे बुलाएँगे, उनके साथ मेरी पटरी नहीं बैठेगी।

मैं कुछ चकित हुआ ... लेखकों के साथ मेरी पटरी नहीं बैठेगी? पर क्यों?

मित्र कुछ खुल गये, "जो अन्य लेखक आएँगे, वे उस क्षेत्र के कुटीर उद्योग द्वारा निर्मित देशी ठर्रे की माँग करेंगे। नशे में हुड़दंग करेंगे। पिछली बार तो दो लेखक मुष्टिक युद्ध तक पहुँच गये थे।" वे कुछ झिझके, "और भाई साहब! कुछ लेखकों ने तो किसी स्थानीय स्त्री को चखने की माँग भी की थी, नहीं तो उन्हें वहाँ की मिट्टी की गन्ध का पता कैसे चलता। आप जानते ही हैं कि लेखक मिट्टी से बहुत प्यार करता है।"

उनकी उस चर्चा से मुझे जालन्धर का वह नव लेखक शिविर भी स्मरण हो आया, जहाँ आयोजकों ने रात को मुझे सोने के लिए किसी के घर भेज दिया था। कह दिया था कि रात को कवि-सम्मेलन होगा। उसके लिए मुझे अपनी नींद ख़राब करने की आवश्यकता नहीं है। यह तो दूसरे दिन पता चला था कि शिविर में रात को कोई भी नहीं सो पाया था। कुछ लोग बोतल जो ले आये थे।

वह सब ठीक था, पर यह लड़की तो सारे लेखकों का अपमान किये दे रही थी। क्या होगा वाल्मीकि और व्यास का? क्या होगा कालिदास, तुलसीदास, सूर और कबीर का? क्या होगा मीरा और सहजोबाई का?...

दिल्ली के बाहर के ही मेरे एक अन्य मित्र हैं। मुझे उनकी बड़ी याद आयी। वे दिल्ली आते हैं तो मुझसे मिलने अवश्य आते हैं। किन्तु मेरे घर पर ठहरने को कभी तैयार नहीं होते। वे किसी होटल में ही ठहरना पसन्द करते हैं।

"क्यों न ठहरें होटल में?" रामलुभाया ने मेरे विचार-प्रवाह को टोक दिया, "तुम्हारे घर ठहरेगा तो वह नगर भर के लेखकों, आलोचकों और सम्पादकों को आकृष्ट कैसे करेगा?"

"क्यों? इसमें कठिनाई क्या है?" मुझे रामलुभाया का प्रश्न बहुत ही असंगत लगा।

"होटल होता है बाज़ार में—लेखकों, आलोचकों, सम्पादकों और पत्रकारों के कार्यालयों के निकट।" रामलुभाया ने कहा, "शाम ढलती है तो वे लोग अपने कार्यालय से निकल उसके होटल में पहुँच जाते हैं। दो-चार पेग पीकर मुर्ग़ा खाकर, समय से अपने घर पहुँच जाते हैं। उनकी पत्नियों को कोई विशेष शिकायत नहीं होती। कुछ अधिक हो गयी हो तो 'तबीयत ठीक नहीं है।' कहकर चादर ओढ़ लेट जाने में कोई कठिनाई नहीं है।"

"वह सब तो ठीक है रामलुभाया!" मैंने कहा, "पर यह लड़की तो लेखकों का अपमान करने पर ही तुली हुई थी। लोग साहित्यकारों के चित्र बनाते हैं, उनके हस्ताक्षर लेते हैं। उनकी जीवनियाँ पढ़ते हैं। यह उनके विषय में ऐसी बातें करेगी तो साहित्य की महानता का क्या होगा?"

रामलुभाया ने कुछ नहीं कहा। बस ठहाका मारकर हँस पड़ा।

प्याज़

रामलुभाया बहुत प्रसन्न था। उसकी बाँछें खिली पड़ रही थीं। पैर ज़मीन पर नहीं पड़ रहे थे।

"क्या बात है रामलुभाया!" मैंने पूछा, "बहुत प्रसन्न दिखाई पड़ रहे हो?"

"प्रसन्नता की तो बात ही है।" वह बोला, "भारतीय जनता पार्टी को वह पटकनी दी है कि क्या याद करेगी।"

"पर तुम तो कहते थे कि भारतीय जनता पार्टी तुम्हारी अपनी पार्टी है।" मैंने कहा, "फिर अपनी ही पार्टी को पटकनी देकर इतने प्रसन्न क्यों हो?"

"पार्टी तो वह आज भी अपनी ही है, पर उसने प्याज़ इतने महँगे क्यों कर दिये।" वह आवेश में बोला, "हमने कहा कि प्याज़ महँगे हो गये हैं तो नेताओं ने कह दिया कि प्याज़ मत खाओ। अब कोई प्याज़ के बिना भी जी सकता है क्या?"

"प्याज़ तुम्हारी पार्टी ने महँगे किये थे क्या?" मैंने पूछा।

"नहीं! पार्टी ने तो नहीं किये होंगे, पर पार्टी का राज था। हम तो यही मानेंगे कि उसमें पार्टी का ही दोष है।" वह बोला।

"प्याज़ सरकार ने महँगे किये?"

"नहीं! सरकार क्यों करेगी।" वह बोला, "सरकार को न प्याज़ खाने थे और न ही उसे बेचने थे। बाद में उसने बेचने का प्रबन्ध तो कर दिया। न सही तीन किलो, पर एक समय में दो किलो तो मदर डेयरी से मिल ही जाते हैं और भाव भी सस्ता ही है।"

"तो तुम मानते हो कि सरकार ने प्याज़ महँगे नहीं किये। महँगे हो गये तो उसका दाम स्थिर रखने के लिए, मदर डेयरी के माध्यम से सबको प्याज़ दिलवाये?"

"हाँ! यह तो किया।" उसने स्वीकार किया, "नमक का दाम भी एक दिन को बहुत चढ़ गया था, उसे भी अगले ही दिन सँभाल लिया।"

"तो इसका अर्थ है कि सरकार तो कुछ महँगा नहीं कर रही थी। जो कुछ महँगा हुआ, उसको रोकने का प्रयत्न कर रही थी।"

"हाँ! कुछ ऐसा ही है।" वह बोला।

"तो अब हम यह जानने का प्रयत्न करें कि महँगा कर कौन रहा था?"

"नमक तो हमारे पड़ोसियों ने ही महँगा कर डाला।" वह बोला, "पता नहीं सालों को क्या सूझा, बाज़ार जाकर दस-दस किलो नमक उठा लाये। अब बैठे रो रहे हैं कि इतने नमक का क्या करें। तब तो सोचा था कि नमक महँगा होगा तो बेचकर कुछ कमा लेंगे।"

"तो महँगाई रोकने के लिए क्या करना चाहिए?"

"अपनी ज़रूरत भर ही ख़रीदना चाहिए।"

"तो जिस नेता ने कहा था कि प्याज़ मत खाओ, उसने यही तो समझाया था कि उपभोक्ताओं को बढ़ते दामों से लड़ना चाहिए। महँगाई से लड़ने का एक ही मार्ग है कि महँगी चीज़ों को ख़रीदने का उत्साह मत दिखाओ। नहीं तो व्यापारी अपना दाम बढ़ाता ही जाएगा।"

"हाँ! इस बार बाढ़ वर्षा के कारण भी प्याज़ की उपज अधिक नहीं हुई।" रामलुभाया के मन में बैठा किसान जाग उठा, "और बहुत सारा प्याज़ अधिकारियों ने सड़ा भी डाला।"

"क्यों?"

"सरकार को बदनाम करना चाहते होंगे।"

"इतना सब कुछ समझते हो, फिर भी सरकार गिरा दी?" मैंने कहा।

"क्या करें? हम तो यही जानते हैं कि प्याज़ के बिना जीवन कोई जीवन नहीं होता।" रामलुभाया उदास स्वर में बोला, "सरकार तो गिर गयी, पर अब प्याज़ तो खाने को मिलेगा।"

"नहीं रामलुभाया!" मैंने कहा, "कोई आवश्यक तो नहीं कि अब अधिक वर्षा न हो अथवा बाढ़ न आए। और फिर यदि एक राजनीतिक दल, कुछ व्यापारी और कुछ सरकारी अधिकारी मिलकर षड्यन्त्र रचकर प्याज़ महँगा कर एक सरकार गिरा सकते हैं, तो यही काम कोई दूसरा राजनीतिक दल, कुछ अन्य व्यापारी और कुछ अन्य अधिकारी मिलकर कोई और षड्यन्त्र रच सकते हैं। चीज़ें तो अब भी महँगी हो सकती हैं। यह मार्ग तो अब खुल गया है। तब क्या करोगे?"

"तब की तब सोचेंगे। अभी तो हम प्रसन्न हैं कि कुछ महीनों में प्याज़ मिलने लगेगा।"

"वह तो नयी फसल पर वैसे भी मिलना ही था।" मैंने कहा।

"उसकी प्रतीक्षा कौन करता।" रामलुभाया बोला, "पर यह तो मुझे भी बुरा लग रहा है कि हमने अपनी ही पार्टी की सरकार गिरा दी। लगता है महाराणा प्रताप की सरकार गिराकर हमने मानसिंह की सरकार बनवा दी।"

"जब सोचने-समझने की क्षमता न हो और प्याज़ इतने प्यारे हो जाएँ तो प्रताप वनों में घास की रोटियाँ खाने को बाध्य किया जाता है।" मैंने कहा, "फिर?

मानसिंह के माध्यम से प्याज़ भिजवाकर विदेशी कम्पनियाँ और विदेशी सरकारें देश पर शासन करने भी आ जाती हैं।"

"तो क्या हुआ? प्याज़ तो मिलेगा न"

"न केवल प्याज़ मिलेगा, तुम्हें ऐसा लगेगा कि तुम्हें प्याज़ के बोरे में बाँध कर किसी अँधेरे गोदाम में डाल दिया गया है जहाँ चारों ओर प्याज़ ही प्याज़ हैं।"

"यह तो बुरा हुआ।"

"बुरा तो है ही।" मैंने कहा, "जब महान् सिद्धान्तों और उच्च लक्ष्यों के स्थान पर मात्र छोटे-छोटे सुख अधिक महत्त्वपूर्ण हो जाते हैं तो ऐसा ही होता है। राजा को एक गोरी मेम की प्रसन्नता अपने देश से अधिक महत्त्वपूर्ण लगने लगे तो देश के लिए वह शुभ घड़ी नहीं होती।"

टाई

साक्षात्कार समाप्त हो गया तो मैंने बड़ी उत्सुकता से रामलुभाया के सामने रखे गये काग़ज़ पर दृष्टि डाली। मैं देखना चाहता था कि जिस लड़के को मैंने सबसे अधिक योग्य पाया था, रामलुभाया ने भी उसी को सबसे अधिक अंक दिया था या नहीं?

मुझे अपनी आँखों पर विश्वास नहीं हुआ। रामलुभाया ने उस लड़के को सब से कम अंक दिये थे।

"तुमने इस लड़के को नहीं चुना?" मैंने रामलुभाया को डाँटने से पहले अपने सन्देह की पुष्टि कर लेनी चाही।

"नहीं!" उसने बहुत सहज भाव से कहा।

"क्यों?" मेरा स्वर कुछ ऊँचा उठ गया, "वह सबसे अधिक योग्य है। उसने तुम्हारे सारे प्रश्नों के उत्तर ठीक-ठीक दिये हैं। उसने सामूहिक चर्चा में सबसे अच्छी बातें कही हैं। उसकी भाषा सबसे अच्छी है। उसके तर्क सबसे सबल हैं। उसका उच्चारण सबसे शुद्ध है और उसकी शैली सबसे मोहक है।"

"ठीक कहते हो।" उसने उसी प्रकार शान्त स्वर में कहा।

"तो फिर उसी को चुना जाना चाहिए था और तुमने उसे पहले ही चक्र में बाहर कर दिया है। क्यों?"

"क्योंकि वह सबसे ख़तरनाक है। ऐसे लोग ख़तरनाक होते ही हैं।"

"तुम यह कैसे कह सकते हो?"

"उसने टाई नहीं बाँध रखी थी।" रामलुभाया ने उत्तर दिया।

"तुम यहाँ एक प्रशासक का चुनाव करने बैठे थे या टाइयाँ बेचने?" मैंने चिढ़कर कहा, "इस नौकरी से टाई बाँधने न बाँधने का क्या सम्बन्ध?"

"क्यों? सम्बन्ध क्यों नहीं?" रामलुभाया बोला, "तुम्हें इसमें विद्रोह की गन्ध नहीं आती?"

"विद्रोह? कैसा विद्रोह?" मैंने कहा, "वह लड़का तो इतना शिष्ट और शालीन था। विद्रोह तो उसके आस-पास भी नहीं फटकता।"

"मूर्ख हो तुम।" रामलुभाया बोला, "आज उसने टाई नहीं बाँधी है, कल वह

पतलून पहनने से इनकार कर देगा। धोती बाँधकर आने लगेगा, कार्यालय में।"

"तो? उससे प्रशासन में कोई कमी आ जाएगी?" मैंने पूछा, "भारत में यदि कोई पुरुष धोती बाँधकर कार्यालय में आता है तो क्या बुराई है। सारे विश्व में लोग कार्यालयों में अपने राष्ट्रीय परिधान में आते हैं। उसके धोती बाँधकर आने से क्या हो जाएगा?"

"क्या हो जाएगा?" रामलुभाया के चेहरे पर असन्तोष झलका, "फिर वह छुरी काँटे से न खाकर अपने हाथ से खाना खाएगा और मेज़ पर दाल चावल बिखेरेगा।"

"तो क्या हो जाएगा?" मैंने पूछा, "तुम्हें उसकी मेज़ साफ़ नहीं करनी पड़ेगी। उसे नौकर साफ़ करेगा। तुम्हारी क्या हानि हो जाएगी?"

"फिर वह अँग्रेज़ी के स्थान पर हिन्दी बोलने की हठ करेगा।" रामलुभाया बोला, "भारत में बच्चों को शिक्षा उनकी मातृभाषा में दी जाए—ऐसी माँग करेगा।"

"तो उसमें अनुचित ही क्या है?" मैंने कहा, "प्रत्येक देश अपनी भाषा में शिक्षा देता है।"

"गधे हो तुम।" रामलुभाया ने कहा, "ऐसा व्यक्ति रामनवमी के दिन अपने घर में न तो केक काटकर हैप्पी बर्थडे टू यू श्रीराम गाएगा और न ही मैरी क्रिसमस और हैप्पी न्यू इयर के कार्ड भेजेगा, और न ही 31 दिसम्बर की रात को शराब पीकर दंगा करेगा।"

"तो इन सबसे इस नौकरी का क्या सम्बन्ध?" मैंने चिल्लाकर कहा।

"सचमुच नहीं समझते?" रामलुभाया ने पहली बार कुछ हताश होकर मेरी ओर देखा।

"नहीं।" मैंने कहा।

"अरे यार, वह दिनों को सण्डे-मण्डे न कहकर सोम और मंगल कहेगा। जनवरी-फरवरी को छोड़कर चैत्र-बैसाख की बात करेगा। रेड और येलो न कहकर लाल-पीला कहेगा। मौम और डैड न कहकर माताजी और पिताजी कहेगा। घर में क्रिसेंथमम और पेंजी न लगाकर तुलसी का बिरवा लगाना चाहेगा।" उसने मेरी ओर देखा, "यह सब हम कैसे सहन कर सकते हैं।"

"क्यों, क्या कष्ट है तुमको इसमें?" मैंने उसे डाँटा, "कोई आदमी अपने देश और समाज के अनुरूप रहना चाहता है तो तुम्हारे पेट में शूल क्यों उठता है?"

"यदि वह अपने ढंग से रहता है, अपनी भाषा बोलता है, अपने पेड़-पौधे, अपने पर्व-त्यौहारों से जुड़ा रहता है, चाकलेट के स्थान पर बर्फी खाता है, केक के स्थान पर हलवा पसन्द करता है—तो वह गीता और रामायण कैसे छोड़ देगा?" रामलुभाया लगभग रो ही पड़ा।

"तो उससे क्या होगा?" मैंने कहा, "तुम उससे गीता और रामायण छुड़वाना ही क्यों चाहते हो?"

“बाज़ार में शकंजवी और लस्सी ही चलती रही तो व्हिस्की और कोक कैसे बिकेगी? गीता और रामायण ही पढ़ी जाती रही तो वह पाश्चात्य रंग में कैसे रँगा जाएगा, ईसाई कैसे बनेगा? वह न तो विदेशी व्यापार को जमने देगा, न विदेशी संस्कृति को और न ही विदेशी धर्म को।”

“तो तुम इस देश को एक साथ ही राजनीतिक, सांस्कृतिक और आर्थिक दृष्टि से दास बना देना चाहते हो?” मैंने कहा।

“अब यह सब अलग-अलग तो नहीं हो सकता न। होगा तो सब कुछ एक साथ ही होगा। यह तो एक प्रकार का पैकेज डील है।” वह मुस्करा रहा था।

“पर उससे तुम्हें क्या लाभ होगा?” मैं एक प्रकार से रो पड़ा।

“नहीं तो ये विदेशी संस्थाएँ मुझे लाखों रुपये प्रतिमास क्यों देंगी?” उसने मुझ पर एक विजयभरी मुसकान डाली।

असुरक्षित

रामलुभाया मेरे पास आया तो चिन्ता के मारे उसका श्वास भी रुद्ध हो रहा था।

मुझे लगा कि यदि मैंने उसकी चिन्ता दूर नहीं की तो उसका प्राणान्त ही हो जाएगा। आवश्यक तो नहीं था कि मैं उसकी चिन्ता दूर कर ही पाता, किन्तु मुझे प्रयत्न तो करना ही चाहिए था। चिन्ता दूर न भी कर सकूँ तो भी उसके मन का थोड़ा बोझ तो अपने मन पर ले ही सकता हूँ। वैसे यह अन्य बात है कि अपने मन के बाझ से भी किसी को इतना मोह हो कि वह उसे किसी और को देना ही न चाहे। देना बडा कठिन काम होता है।

"क्या हुआ रामलुभाया?" मैंने पूछा।

"इस देश का अब क्या होगा?" उसने कहा, किन्तु न तो उसने मेरी ओर देखा और न ही उत्तर की कोई अपेक्षा ही दिखायी।

"क्यों? क्या हो गया?" मैंने पूछा।

"इस देश में ईसाई अब सुरक्षित नहीं हैं।"

मैं भी कुछ चिन्तित हो गया। संसार में कहीं कोई एक व्यक्ति भी असुरक्षित हो तो हम चिन्तित हो जाते हैं और यहाँ तो एक पूरे देश में एक पूरे धर्म के अनुयायी असुरक्षित हो गये थे।

"क्यों? क्या हुआ?" मैंने पूछा।

"गुजरात में उन पर हिन्दू लोग आक्रमण कर रहे हैं।"

"बुरी बात है।" मैंने कहा, "कितने ईसाई मारे गये, उन आक्रमणों में?"

"मरा तो शायद कोई नहीं है।" वह बोला, "या शायद एक आध मरा हो।"

"रामलुभाया!" मैंने कहा, "मरा एक भी नहीं और सारे ईसाई असुरक्षित हो गये। यह बात मेरी समझ में नहीं आयी। पंजाब में इतने हिन्दू मरे थे, पर तब किसी ने नहीं कहा कि इस देश में हिन्दू असुरक्षित हैं। कश्मीर में इतने हिन्दू मारे गये और शेष सारे निकाल दिये गये, तब भी किसी को नहीं लगा कि इस देश में हिन्दू असुरक्षित हैं। केरल में हिन्दू मरते हैं, तब भी किसी को नहीं लगता कि हिन्दू असुरक्षित हैं।"

"तुम समझते नहीं हो।" रामलुभाया अपनी चिन्ता छोड़कर मुझे नामसझ बताने की अपनी शैली पर उतर आया, "तब पर्यावरणविद् सुन्दरलाल बहुगुणा ने गाँधीजी की समाधि पर सूत नहीं काता था।"

"पर क्यों नहीं काता था?" मैंने कहा, "सुन्दरलाल बहुगुणा को पंजाब और कश्मीर की घटनाओं पर भी सूत कातना चाहिए था। अब ऐसा क्या हो गया?"

"तुम्हें पता है, ईसाइयों ने संयुक्त राष्ट्र संघ तक से सम्पर्क किया है।"

"तो क्या हो गया?" मैंने कहा, "जामा मस्जिद में एक कबूतर भी पंख फड़फड़ाता है तो अब्दुल्ला बुखारी को पाकिस्तान और ईरान से सम्पर्क करने की आवश्यकता आ पड़ती है।"

"पाकिस्तान के ईसाइयों ने हमारी सीमा पर विरोध प्रदर्शन किया है।"

"जानता हूँ।" मैं बोला, "किन्तु अभी तक मैं समझ नहीं पाया कि पाकिस्तान में जब एक निरक्षर ईसाई को मस्जिद की दीवार पर इस्लाम के विरुद्ध लिखने का आरोप लगाकर मृत्यु दण्ड दिया जा रहा था तो भारत के ईसाइयों ने पाकिस्तान की सीमा पर विरोध प्रदर्शित क्यों नहीं किया था?"

"उसी कारण से, जिस कारण से बहुगुणा कश्मीर और पंजाब में सूत कातने नहीं गये थे।"

"क्या कारण है वह?"

"अरे वह आतंकवादियों का विरोध होता। कोई भी बहुगुणाजी को गोली मार देता।"

"हाँ! यह तो है।" मैंने कहा, "हिन्दुओं का विरोध ही सुरक्षित है। वही करना चाहिए।"

"मुसलमानों और ईसाइयों का विरोध करोगे तो अल्पसंख्यक आयोग है।" रामलुभाया ने मुझे धमकाया।

"और हिन्दुओं पर अत्याचार हो तो कौन-सा आयोग है?"

"बकवास मत करो। हिन्दुओं के लिए आयोग आवश्यक नहीं है। उनकी तो सरकार है। वे सरकार के पास जाएँ।"

"तो इस देश की सरकार ईसाइयों और मुसलमानों की नहीं है? उनकी सरकार पाकिस्तान और न्यूयार्क में है?"

"फिर वही।" तर्क के अभाव में उसने फिर मुझे डाँट दिया।

मैं पूछना चाहता था कि मुसलमान और ईसाई के नाम पर जो लोग विदेशी सरकारों से सहायता माँगते और अपने देश की सरकार को धमकाते हैं, क्या वे इस देश के नागरिक माने जा सकते हैं? पर उसने मुझे पूछने का अवसर नहीं दिया।

"मैं कह रहा हूँ कि गुजरात में ईसाइयों पर आक्रमण हो रहे हैं और तुम मुझे बहकाते जा रहे हो।"

"नहीं! मैंने तो पूछा था कि कितने ईसाई मारे गये। तुमने कहा कि एक भी नहीं मरा है।"

"हाँ!" वह रुका, "वैसे तो कोई पूरी ख़बर मेरे पास भी नहीं है। समाचार पत्र केवल यही छाप रहे हैं कि आक्रमण हुए हैं, पर यह नहीं बता रहे कि हुआ क्या है, तो मैं तुम्हें क्या बताऊँ।"

"तो ऐसे ही आसमान सिर पर क्यों उठा रखा है?" मैंने कहा, "ईसाइयों ने हिन्दुओं का एक हनुमान मन्दिर ध्वस्त किया है, इस ओर भी ध्यान दो। हिन्दुओं ने उनका कितना नुकसान किया है?"

"उनके स्कूल जला दिये गये हैं।" रामलुभाया रुआँसा हो गया।

"जहाँ हिन्दू बच्चों को ईसाई बनाया जा रहा था।" मैंने कहा।

"पर उन्हें ईसाई बनाने का तो अधिकार है।" वह बोला, "यह अधिकार तो संविधान में है।"

"तो ईसाइयों और मुसलमानों को हिन्दू बनाने का अधिकार भी संविधान में होगा।"

"पता नहीं है या नहीं।" रामलुभाया बोला, "पर ऐसा अधिकार होना नहीं चाहिए।"

"क्यों?"

"उससे अल्पसंख्यक असुरक्षित हो जाते हैं।"

"अब तक कितने ईसाई और मुसलमान हिन्दू बने?" मैंने पूछा।

"कोई नहीं। या बहुत कम। हिन्दू ही ईसाई और मुसलमान बनाये जा रहे हैं।" वह बोला।

"रामलुभाया! मुझे डाँटे बिना, ठीक-ठीक उत्तर देना।" मैंने कहा, "जब धर्म के नाम पर आतंकवाद चला तो कौन मरा?"

"हिन्दू।"

"धर्मपरिवर्तन हुआ तो किसका हुआ?"

"हिन्दुओं का और किसका हो सकता है। जब इस देश में हैं ही हिन्दू तो बाहर से आकर कोई धर्म प्रचारक, धर्म-परिवर्तन करेगा, तो किसका करेगा।"

"तो असुरक्षित कौन है?"

"हिन्दू।"

"फिर सुरक्षा किसको चाहिए?" मैंने पूछा।

"ईसाइयों को।" उसने उत्तर दिया।

विश्वबन्धुत्व

मैं बहुत प्रसन्न था, इस देश में धार्मिक कट्टरता कम होती जा रही थी। सबको समझ में आने लगा था कि अपने-अपने सम्प्रदायों के द्वार अन्य सम्प्रदायों के लोगों के लिए भी खोल दिये जाने चाहिए। हम सब भाई बनकर ही क्यों न रहें। शत्रुता और संकीर्णता का क्या लाभ था।

रामलुभाया प्रातः से ही मेरे घर आया बैठा था। बैठा नहीं था, डटा हुआ था। वह मुझसे भी अधिक प्रसन्न था। मुझे बार-बार बता रहा था कि किस मेले में हिन्दू-मुसलमान इकट्ठे होकर नाचते हैं। किस मजार पर हिन्दू भी जाकर चादर चढ़ाते हैं। जब किसी स्थान की मान्यता बढ़ जाती है तो सब ही सम्प्रदायों के लोग वहाँ आने लगते हैं। क्रिसमस तो सारे ही हिन्दू भी मनाने लगे हैं। दिल्ली के सारे बाज़ार क्रिसमस के लिए सजते हैं। कनॉट प्लेस के सारे भोजनालय सजते हैं। खाना महँगा हो जाता है, तो भी लोग खाते हैं, शराब पीते हैं और नाचते हैं। साण्टा क्लाज़ सारे बाज़ारों में घूमता है और भोजनालयों के बाहर तो अवश्य ही खड़ा मिलता है।

रामलुभाया को भय था कि कहीं मैं रविवार की छुट्टी मनाने न बैठ जाऊँ। एक बार मेरा मन कुछ शिथिल हुआ तो फिर मैं बाहर जाने का विचार ही त्याग दूँगा। ऐसा वह किसी भी मूल्य पर नहीं होने दे सकता था। आजकल उसकी साथ के मुहल्ले के पादरी से बहुत पट रही थी। उसी पादरी ने उसे समझाया था कि उसका धर्म विश्वबन्धुत्व का प्रचार करता है। कोई भी उनके गिरजे में जा सकता है। इस रविवार को तो वे लोग ईसा मसीह की छत्रछाया में विश्वमैत्री का सन्देश देने वाले हैं। उसी के आग्रह पर रामलुभाया मेरे पीछे पड़ गया था कि रविवार को मुझे भी गिरजे में जाना चाहिए, ताकि पादरी यह शिकायत न कर सके कि उनके विश्वमैत्री के प्रस्ताव का हमने समर्थन नहीं किया।

मैं उसके साथ गिरजे में गया। ईसा मसीह के सामने भक्तिपूर्वक सिर नवाया। वहाँ की प्रार्थना सुनी। पादरी का उपदेश सुना। पादरी ने बड़े स्पष्ट शब्दों में कहा कि विश्व में सच्चा धर्म तो एक ही है। ईसा की शरण में जाने से ही मनुष्य की मुक्ति हो सकती है। और कोई मार्ग नहीं है।

मैंने रामलुभाया से पूछा, "इस वक़्तव्य के पश्चात् भी तुम कहोगे कि यह विश्वबन्धुत्व का सन्देश है? क्या यह सीधा-सीधा अपने सम्प्रदाय का प्रचार नहीं है?"

उसने मुझे बहुत घृणा से देखा, "तुम बहुत मन्द मस्तिष्क के आदमी हो। आओ, तुम्हें पादरी से मिलाऊँ। देखो वह कितना भला आदमी है। तुमने हिन्दी फ़िल्मों में देखा नहीं, पादरी लोग कितने स्नेही होते हैं। जो माँ बच्चे को त्यागती है, वह गिरजे की सीढ़ी पर ही त्यागती है और गिरजे का पादरी ही उसको पालता है। जो स्त्री घर से निकाली जाती है वह किसी ईसाई साध्वी की ही शरण में जाती है। उसे ईसाई मठों में ही आश्रय मिलता है। हिन्दू साधु तो ढोंगी होते हैं।"

"यदि हिन्दी फ़िल्मों से ही निष्कर्ष निकलने हों तो सारे बड़े-बड़े अपराधी महान् हैं। हमारा सारा समाज लुच्चों, शराबियों और अपराधियों का समाज है। सारी लड़कियाँ परले दरजे की निर्लज्ज हैं। जो पिता अपने बच्चों को मर्यादा का उपदेश देते हैं, वह उपहास का पात्र है और नायक नामक जन्तु, जो लड़की के घर में घुस कर उसके पिता को गालियाँ देता है और लड़की को बलात् ले जाता है, वह समाज का आदर्श है।"

"नहीं! ऐसा तो नहीं है।" रामलुभाया बोला।

"नहीं! ऐसा ही है।" मैंने कहा, "यदि हमारे शासकों को अपने देश और समाज की तनिक भी चिन्ता होती तो अपराधियों के पैसों से बनने वाली, अपराधियों को गौरवान्वित करनेवाली और समाज में अपराध का प्रचार करने वाली इन फ़िल्मों में आग लगवा देते।"

"अच्छा, फ़िल्मों को छोड़ो।" वह बोला, "जिसके पीछे पड़ जाते हो, उसका कचूमर ही निकाल देते हो। हम यहाँ पादरी से मिलने आये हैं। विश्वबन्धुत्व को ग्रहण करने आये हैं।"

उसने मुझे कुछ कहने का अवसर ही नहीं दिया। घसीटता हुआ पादरी के पास ले गया। पादरी भी मुझे देखकर बहुत प्रसन्न हुआ।

"यह बहुत अच्छा किया कि आप आ गये। अगले सप्ताह भी आइएगा।" वह बहुत मधुर ढंग से मुसकराया, "हम ग़रीब बच्चों के लिए एक कोष एकत्रित कर रहे हैं, उसके लिए कुछ दान भी देते जाइएगा।"

"उस कोष का क्या होगा?" मैंने पूछा।

"एक अनाथालय बनाने की योजना है।" वह बोला, "उसमें बच्चों को सच्चे धर्म की छाया में लाया जाएगा। उन्हें ईसा के उपदेशों के अनुसार पाला जाएगा।"

"वे बच्चे पहले ईसाई थे या पहले अनाथ थे?" मैंने पूछा।

"उससे क्या अन्तर पड़ता है।" वह मुसकराया, "अन्ततः तो सबको ही सच्चे धर्म की छाया में आना है।"

रामलुभाया ने मुझे कोहनी मारी, "क्या गड़बड़ कर रहे हो। हम विश्वबन्धुत्व में सहयोग देने आये हैं, पादरी को नाराज़ करने नहीं।"

मैं जानता था कि पादरी के रोष से रामलुभाया बहुत डरता है। सारा देश ही डरता है। एक स्थानीय झगड़े को, अन्तर्राष्ट्रीय घटना बना देने की क्षमता है उनमें।

"अगले सप्ताह जन्माष्टमी है।" मैंने कहा, "हम चाहेंगे कि उस दिन मन्दिर में भगवद्‌गीता पर थोड़ी चर्चा हो। हमारे स्वामीजी बताएँगे कि वेदान्त कैसे सारे संसार को एक सत्ता के रूप में देखता है। वैश्वानर--विश्वरूपी नर का विचार हमारे यहाँ सहस्राब्दियाँ पुराना है। आप आइएगा। अपने साथ अपने कुछ मित्रों को भी लाइएगा।"

"नहीं! हमारा आना सम्भव नहीं होगा।" पादरी ने बहुत स्पष्ट शब्दों में कहा।

"क्यों?" मैं चकित था।

"यदि मैं मन्दिर में आया तो आप चाहेंगे कि मैं कृष्ण की मूर्ति के सम्मुख सिर भी झुकाऊँ। हमारा धर्म इसकी अनुमति नहीं देता।"

"क्यों? मुझे तो महात्मा ईसा को नमस्कार करने में कोई कठिनाई नहीं हुई।"

"आप कर सकते हैं, हम नहीं कर सकते।"

"तो आप विश्वबन्धुत्व कैसे लाएँगे?" मैंने कहा, "हमें चर्च में बुलाकर? विश्वबन्धुत्व का प्रचार मन्दिर में क्यों नहीं हो सकता? अच्छा चलिए, आप कृष्ण के सम्मुख सिर मत झुकाइएगा। आपके सिर झुकाने से कृष्ण को कोई उपलब्धि नहीं होने वाली है। आप भजन कीर्तन और प्रवचन सुन लीजिएगा।"

"अरे नहीं।" वह बोला, "देखिए, आपसे स्पष्ट ही कह दूँ। मैं ईसा के अनुयायियों को लेकर मन्दिर में आऊँगा तो उनके पुराने संस्कार जाग उठेंगे। उनकी अपने पुराने धर्म के प्रति ममता जाग उठेगी और वे फिर से हिन्दू उपासना पद्धति को अपनाना चाहेंगे। आख़िर तो हमने उन्हें हिन्दू से ही ईसाई बनाया है।"

"आपकी मजबूरी तो बड़ी महत्त्वपूर्ण है। पर विश्वबन्धुत्व का रास्ता क्या है?" मैंने पूछा।

"देखिए, वह तो एकतरफ़ा मार्ग है। जो हिन्दू है, वह ईसाई हो सकता है, पर ईसाई चाहे भी तो हम उसे हिन्दू नहीं होने देंगे। हम उसका विरोध करेंगे।" पादरी ने कहा, "आपको विश्वबन्धुत्व स्थापित करना है तो आप चर्च में आ जाइए। हम मन्दिर में नहीं आएँगे। हमारा विश्वबन्धुत्व तो ईसा की छत्रछाया में ही हो सकता है।"

त्यागपत्र

"अटलबिहारी वाजपेयी को चाहिए कि अडवाणी को तो निकाल बाहर करें और स्वयं भी अपनी सरकार का त्यागपत्र राष्ट्रपति को आज ही सौंप दें।" रामलुभाया ने आते ही फ़रमान ज़ारी कर दिया।

"कारण?" मैंने पूछा।

"तुम्हें मालूम नहीं, उड़ीसा में एक आस्ट्रेलियायी पादरी को उसके बेटों के साथ जीवित जला दिया गया है?" उसने कहा।

"बहुत बुरी बात है। जघन्य अपराध है। पर उसके लिए तो जलाने वालों को दण्डित किया जाना चाहिए।..."

"हाँ तो।" रामलुभाया ने मेरी ओर ताका।

"यदि सरकार ने त्यागपत्र दे दिया तो देश में चुनाव की प्रक्रिया आरम्भ हो जाएगी, हत्यारों को कौन पकड़ेगा?"

"हत्यारों को तो दण्डित करना ही है, पर उससे अधिक महत्त्वपूर्ण तो सत्ता हथियाना है।" रामलुभाया मुसकराया, "हम चाहते हैं कि उस घटना की नैतिक ज़िम्मेदारी भाजपा सरकार स्वीकार करे, और सत्ता छोड़कर परे हट जाए। नैतिक ज़िम्मेदारी तो सरकार की ही होती है न। इसमें कुछ नया नहीं है। सरकार को चाहिए कि अपनी असफलता स्वीकार करे और त्यागपत्र दे दे। हमारे दल को सत्ता में लाने में हमारी सहायता करे।"

"सफलता और असफलता का निर्णय तो कार्य करने का समय मिलने के बाद होता है। तुम वह समय ही सरकार को नहीं देना चाहते।"

"समय और अवसर देने में तो संकट है भाई!" रामलुभाया ने आँख मारी, "कहीं भाजपा वाले सफल हो गये तो? नहीं, हम इतना संकट नहीं उठा सकते।"

"पर उड़ीसा में सरकार तो कॉंग्रेस की है। उनसे त्यागपत्र ले लिया क्या तुमने? नैतिक ज़िम्मेदारी पहले तो प्रदेश सरकार की है। प्रादेशिक सरकार कुछ न करे तो केन्द्र का दायित्व बनता है कि वह प्रदेश सरकार को दण्डित करे।" मैंने कहा, "वैसे

बिहार में कल पच्चीस आदमी भून दिये गये। बिहार की सरकार से त्यागपत्र ले लिया तुमने?"

"यार, वे तो हिन्दू थे। गम्भीर मामला तो यह बनता है। यहाँ ईसाई मरे हैं।..." रामलुभाया ने पैंतरा बदला, "और फिर इसमें प्रदेश सरकार क्या करेगी? यह तो अन्तर्राष्ट्रीय मामला है। यह सब तो केन्द्र की ज़िम्मेदारी है। प्रदेश में सरकार किसी की भी हो।"

"पर गुजरात के उस झगड़े में तो, जिसमें कोई मरा भी नहीं, तुम केशू भाई की सरकार का त्यागपत्र माँग रहे थे।" मैंने उसकी ओर देखा, "बाबरी मस्जिदवाली घटना में तो प्रदेश ही नहीं, भारतीय जनता पार्टी की चार प्रदेशों की सरकार गिरा दी थी तुमने। तब तो केन्द्र से किसी ने त्यागपत्र नहीं माँगा। तुम्हारे तर्क से तो इस घटना के लिए देश में काँग्रेस की सारी सरकारें गिरा दी जानी चाहिए। जो कुछ बिहार में हुआ है और हो रहा है, उसके लिए तो तुम कर्नाटक की सरकार भी गिरा दोगे, क्योंकि जनता दल और राष्ट्रीय जनता दल में नाम का कुछ साम्य है।"

"बेकार की बात।" रामलुभाया बिगड़ उठा, "हत्या करें संघवाले और सरकार काँग्रेस की गिरे।"

"पादरी की हत्या संघ ने की है, यह प्रमाणित हो गया?" मैं चकित रह गया।

"काँग्रेस वाले तो यही कह रहे हैं।" वह पूर्णतः आश्वस्त था।

"काँग्रेस के एक अध्यक्ष सीताराम केसरी ने तो यह भी कहा था कि राजीव गाँधी की हत्या संघ वालों ने की थी। दिल्ली के चुनाव से पहले समता पार्टी के प्रत्याशी की हत्या हुई थी तो काँग्रेस के साथ समता पार्टी वाले भी कहने लगे थे कि उसकी हत्या साहबसिंह वर्मा ने करवायी है। पर हत्यारा कौन निकला?"

"उससे क्या हुआ।" रामलुभाया अपने स्थान से पीछे खिसक गया, "जहाँ भी लोग मरते हैं, उसका कारण संघ वाले ही होते हैं।"

"मुझे आश्चर्य है कि तुम यह नहीं कह रहे कि कल कोलम्बिया में जो भूचाल आया है, उसमें मरने वाले एक सहस्र लोगों की हत्या संघ वालों ने की है।"

"उसे छोड़ो। यह तो मानना ही पड़ेगा कि हत्यारे हिन्दू हैं। मेरा सिर तो लज्जा से झुक जाता है। हिन्दू होने के कारण मुझे अपने आप से ही घृणा हो रही है।"

"तो तुम घृणा को जीतने का प्रयत्न करो। तुम्हारे पास इतनी घृणा है कि तुम स्वयं अपने आप से भी घृणा ही कर सकोगे। जब पूँजी ही घृणा की हो तो किसी को प्रेम कहाँ से दे सकोगे।"

"बात हिन्दुओं की आयी तो बहकने लगे।" वह मुसकराया।

"ओह! बात हिन्दुओं की है।" मैं बोला, "मैंने समझा कि तुम हत्यारों की बात कर रहे हो।"

"एक ही बात है।" वह बोला, "हिन्दू हत्यारे हैं। मैं लज्जा के कारण सिर नहीं उठा पा रहा हूँ।"

"हिरोशिमा और नागासाकी में लाखों लोगों को जीवित जलाने और उनकी अगली पीढ़ियों को पंगु कर देने वाले ईसाइयों को तो आज तक लज्जा नहीं आयी। वे तो आज भी इराक पर प्रतिदिन मिसाइलें दाग रहे हैं और निर्दोष लोगों को मार रहे हैं।" मैंने कहा।

"तुम्हारा तो दिमाग़ ख़राब है।" वह बोला, "इसमें ईसाई कहाँ से आ गये। यह सब तो अमरीका ने किया और वही कर रहा है। और फिर वहाँ तो दो देशों की लड़ाई थी।"

"यह भी तो एक व्यक्ति ने किया। हद से हद एक समूह ने किया। हो सकता है कि यह भी दो सम्प्रदायों की लड़ाई ही हो। सम्भव है कि उस पादरी और हत्यारे का कोई व्यक्तिगत या स्थानीय झगड़ा हो।"

"जो भी हो। मारा तो हिन्दुओं ने है, और ईसाइयों को मारा है। उनका अपराध किसी तर्क से कम नहीं हो सकता।"

"किसी का अपराध कम करने का प्रयत्न भी नहीं कर रहा मैं।" मैंने कहा, "तुम एक अपराधी के अपराध को संसार के सारे हिन्दुओं पर थोप रहे हो—मैं तुम्हारा ध्यान इस ओर दिला रहा हूँ।"

"मैं तो एक ही बात जानता हूँ कि हिन्दुओं ने ईसाइयों को जलाया है।" वह अपनी बात पर अड़ा रहा।

मैं जानता था कि कुतर्क पर अड़ना उसका स्वभाव है।

"क्या सारे हिन्दुओं ने सारे ईसाइयों को जला डाला? संसार में कोई ईसाई बचा भी है?"

"नहीं! पर मारने वाले हिन्दू हैं; इससे इनकार तो नहीं किया जा सकता।"

"वैसे इनकार तो इससे भी नहीं किया जा सकता कि जापान में एटम बम गिराने वाले भी ईसाई थे। कोरिया, हिन्द चीन, वियतनाम और ऐसे ही कितने देशों में सहस्रों लाखों लोगों को मारने वाले ईसाई ही थे। प्रथम और द्वितीय महायुद्ध का आरम्भ भी ईसाइयों ने ही किया था। उनका सिर तो आज भी लज्जा से नहीं झुका और न ही किसी ने उन्हें इसका दोषी माना है। यह हमारे यहाँ ही क्यों होता है कि एक अपराधी का अपराध सारे हिन्दुओं पर मढ़ दिया जाता है।"

"तो हत्यारों को क्षमा कर दें?"

"क्यों? हत्यारों को क्षमा क्यों करो। हत्यारों को तो दण्डित होना ही चाहिए, चाहे वे बिहार के हत्याकाण्डों के हत्यारे हों, चाहे वे पंजाब और दिल्ली के हत्यारे हों, चाहे वे कश्मीर में हत्याएँ करने वाले हों, चाहे वे नागालैण्ड, मिजोरम, आसाम और पश्चिमी बंगाल के हत्यारे हों, हत्यारे को तो हत्यारे के रूप में दण्डित होना

चाहिए। उसका हिन्दू, मुसलमान या ईसाई होने का कोई अर्थ नहीं है।"

"यह तो मानते हो न कि यह बुरी बात है।"

"कौन नहीं मानता। यह तो उतना ही बुरा है, जितना जहानाबाद का हत्याकाण्ड है, जितना केरल और आन्ध्र प्रदेश में मार्क्सवादियों द्वारा अन्य दलों के लोगों की हत्या है। अन्तर यह है कि तुम केवल इसको बुरा मान रहे हो, अनुपात से बहुत अधिक बढ़ा-चढ़ा कर देश में घृणा के बीज बोकर सत्ता का खेल खेल रहे हो। शेष स्थानों के हत्याकाण्ड तुम्हें दिखाई ही नहीं देते। तुम्हारी आँखों पर एकरंगी ऐनक चढ़ी है।"

"अरे उन हत्याकाण्डों को छोड़ो। वे तो भारतीय लोग हैं।" रामलुभाया बोला, "इसकी बात और है। यहाँ मरने वाले विदेशी हैं। मामला गम्भीर है।"

"अभी तो तुम कह रहे थे कि वह ईसाई था।"

"हाँ! ईसाई भी और विदेशी भी।"

"अच्छा!" मैंने कहा, "मृतक की पत्नी तो कह रही थी कि भारत उसका देश है। क्या उस विदेशी ने किसी भारतीय नारी से विवाह किया था?"

"नहीं! वह भारतीय नारी नहीं है, पर वह ठीक कह रही है। कह रही है तो हमें उसे भारतीय ही मान लेना चाहिए। विदेशी लोग झूठ नहीं बोलते। अमरीका की नागरिकता के लिए कोई झूठ बोले तो बोले, भारत की नागरिकता के लिए कोई क्यों झूठ बोलेगा।"

"वह भारतीय है तो आस्ट्रेलियायी दूतावास के अधिकारी इस मामले में अपनी टाँग क्यों अड़ा रहे हैं?"

"ओह हो! उस महिला ने कह दिया तो क्या हो गया। आख़िर तो वे आस्ट्रेलियायी ही हैं।" रामलुभाया बोला, "भारत को वह अपना घर कह रही है, पर है तो वह आस्ट्रेलिया की नागरिक ही। इससे तो हम इनकार कर ही नहीं सकते।"

"तो वह विदेशी हमारे देश में क्या कर रहा था?"

"हिन्दुओं को ईसाई बना रहा था।" रामलुभाया बोला, "उसके देश ने उसे इसी काम के लिए भेजा था। वह अपने देश की आज्ञा का उल्लंघन तो नहीं कर सकता था न। आख़िर वह राष्ट्रभक्त था। उसके देश और धर्म में दूसरों का धर्म-परिवर्तन ही समाज सेवा है। वह उसकी आजीविका भी थी। हम किसी के पेट पर लात तो नहीं मार सकते न। न हम उसे अपने देश और धर्म के सिद्धान्तों के विरुद्ध काम करने को कह सकते हैं।" वह कुछ रुककर बोला, "और फिर अपने देश में धर्मान्तरण कोई अपराध तो नहीं है।"

"नहीं! अभी तक तो नहीं है।" मैंने कहा, "वैसे अभी तक बहुत सारे राष्ट्रीय और मानवीय अपराध हमारे शासकों को अपराध नहीं लगते।"

"क्यों?" उसने बहुत अबोध भाव से पूछा।

"क्योंकि उनमें से बहुतों का धर्मान्तरण तो स्वतन्त्रता से पहले ही हो चुका था। उनमें से कुछ ने सत्ता राक्षसी का धर्म स्वीकार कर लिया था, कुछ ने धन पिशाच का। देश का हित कौन सोचता, उन्हें देश से भी अधिक प्यारी थी अपनी सत्ता।"

रामलुभाया को मेरी बात अच्छी नहीं लगी। अपने देश में प्रायः पढ़े-लिखे लोगों को ऐसी बातें अच्छी नहीं लगतीं। अपने यहाँ पढ़ने-लिखने का अर्थ ही है, देश के हितों के विरुद्ध जाना। अँग्रेज़ी पढ़ना और अँग्रेज़ों का गुण गाना। ऐसे में रामलुभाया यही दिखाता है कि या तो मैंने कुछ कहा ही नहीं है, या फिर उसने कुछ सुना नहीं है।

"तो फिर जो भूल हमसे हो गयी है, हमें उसका प्रायश्चित्त करना चाहिए। क्षतिपूर्ति समझते हो न?"

"हाँ! क्यों नहीं। उन हत्यारों को उनके अपराध के लिए दण्डित करना चाहिए।"

"नहीं! मैं यह नहीं कह रहा।"

"तो क्या कह रहे हो तुम?"

"हमें ईसाई प्रचारकों की सहायता करनी चाहिए। हिन्दुओं को ईसाई बनाने में उनके साथ सहयोग करना चाहिए। उनके साथ ऐसा कोई अनुबन्ध करना चाहिए कि हम उनके हितों की रक्षा करेंगे। अनुबन्ध याने एग्रीमेण्ट।" उसने मेरी ओर इस प्रकार देखा, जैसे पूछना चाह रहा हो कि मैं कुछ समझ भी रहा हूँ या नहीं।

"क्यों?"

"उससे मरने वाले की आत्मा को शान्ति मिलेगी। आस्ट्रेलिया भी हमसे प्रसन्न हो जाएगा, और ईसाई जगत् तो इसे अपनी विजय ही मानेगा। सम्भव है, वह हमें क्षमा कर दे।"

मैं रामलुभाया की बुद्धि पर चमत्कृत रह गया। पूछा, "और?"

"संघवालों को पकड़कर जेल में डाल देना चाहिए, जैसे एमरजेंसी में डाला था।" वह बोला, "तब इन्दिरा गाँधी थीं, वे समझदार महिला थीं। अब सोनिया गाँधी भी वैसी ही समझदार हैं। हम उन्हें सत्ता सौंप दें तो ईसाई लोग परम प्रसन्न होंगे। सारा झगड़ा ही मिट जाएगा। झगड़ा तो सत्ता का ही है न!"

"क्यों? संघवालों ने क्या अपराध किया है?" मैंने कहा, "देश के शुभचिन्तक तुम्हें अपराधी लगते हैं और विदेश से आकर हमारे देश को नष्ट करने का प्रयत्न करने वाले पादरी देवदूत?"

"संघवाले कारागार के ही योग्य हैं। वे हिन्दुओं को भड़काते रहते हैं।" रामलुभाया बोला, "जब तक संघवालों ने हिन्दुओं को भड़काया नहीं था, पादरी लोग कितनी शान्ति से लाखों हिन्दुओं को ईसाई बना चुके थे और बना रहे थे। वे लोग दंगा-फसाद तभी करते हैं, जब उनको हिन्दुओं को ईसाई बनाने से रोका जाता है,

नहीं तो मुसकराते रहते हैं। किसी के सामने से उसकी रोटी छीनोगे तो वह तुम्हें कुछ नहीं कहेगा क्या? वे लोग अपने काम में बहुत पटु हैं। संघवालों को बन्द कर दो। हिन्दुओं को भड़काने वाला कोई नहीं रहेगा और लोगों को ईसाई बनाने में पादरियों को सुविधा हो जाएगी। बड़ी शान्ति से सारा काम निबट जाएगा। चारों ओर भाइचारा दिखाई पड़ेगा। ओम् शान्ति शान्ति शान्ति!"

"पादरी को यह स्वतन्त्रता हो कि वह हिन्दुओं को ईसाई बनाए और हिन्दुओं को यह अधिकार भी न हो कि वे अपने लोगों को बता सकें कि उनके विरुद्ध क्या षड्यन्त्र रचा जा रहा है।"

"बताएँ। बताने से कौन रोक रहा है; पर वे लोग तो उस क्षेत्र में अपने विद्यालय खोलने लगते हैं, मन्दिर बनाने लगते हैं, जहाँ हिन्दुओं को उनके धर्म के विषय में भी बताया जाता है। इससे ईसाई बनाने की प्रक्रिया में बाधा पड़ती है भाई।"

"तो पादरी चर्च नहीं बनाते? स्कूल नहीं खोलते? स्कूल हैं या हिन्दुओं को ईसाई बनाने के कारख़ाने?"

"क्या फ़र्क पड़ता है यार!" रामलुभाया उकताकर बोला, "कोई हिन्दू हो या ईसाई हो जाए। हम सेकुलर लोग हैं।"

"जब कोई फ़र्क ही नहीं पड़ता तो हिन्दुओं को हिन्दू ही क्यों नहीं रहने देते, जो वे शताब्दियों से हैं?"

"पादरियों को वह अच्छा नहीं लगता। यदि वे हिन्दुओं को ईसाई नहीं बनाएँगे तो कयामत के बाद उन्हें स्वर्ग में सीट नहीं मिलेगी न। उनकी मजबूरी समझो। उन्हें स्वर्ग में जाना ही है। उनकी सहायता करो स्वर्ग के भीतर प्रवेश पाने में।" रामलुभाया बोला, "दूसरों की सहायता करना ही हिन्दुओं का धर्म है। वैसे भी हिन्दू शान्तिप्रिय लोग हैं। वे दंगा-फसाद करें, यह अच्छी बात नहीं है। देश में शान्ति बनी रहनी चाहिए, चाहे सारे ही हिन्दू ईसाई क्यों न बन जाएँ। ओम् शान्ति शान्ति शान्ति!"

"देश में शान्ति तो बनी रहनी चाहिए।" मैंने कहा, "पर वह अपराधियों को दण्डित करने से होगी, न्याय की स्थापना से होगी, या हिन्दुओं को ईसाई बनाने से होगी? वास्तविक कारणों को खोजकर उनका उपचार करो रामलुभाया! तुम देश को शान्ति के मार्ग पर नहीं ले जा रहे। जो प्रस्ताव तुम कर रहे हो, उससे तो मुझे लगता है कि तुम इस देश में किसी बहुत विराट रक्तस्नान की तैयारी में लगे हो।"

हिन्दुस्तानी

आपको अपनी कहानी सुनाऊँ?

पर नहीं, जाने दीजिए। अपनी कहानी सुनाने लगा तो आप उबासी लेकर कहेंगे—यार बोर कर डाला। आप ठहरे इस देश के बड़े-बड़े इण्टेलेक्चुअल्स। और इण्टेलेक्ट सदा ही देश-काल से परे होता है। जो अपनी बात करे, अपनी वास्तविक समस्या की बात करे वह तो ठहरा बोर और आप, जाँघों, नितम्बों और गालों की बात करने वाले इण्टेलेक्चुअल्स।

मैं जाँघों की बात तो नहीं कर सकता, पर एक लड़की की बात ज़रूर कर सकता हूँ। लड़की की बात है, जवान और ख़ूबसूरत लड़की की बात—तो सुनेंगे न आप?

जिस लड़की की बात मैं कर रहा हूँ वह दिल्ली जैसे फैशनपरस्त शहर की रहनेवाली है और बड़े एडवांस्ड घर की है। रँगा-पुता चेहरा, नकली भौंहें, नकली पलकें, नकली बरौनियाँ। कटे बाल—जितने लम्बे महीना-भर हजामत न कराने से मेरे बाल हो जाते हैं। नंगे कन्धे, उभरे वक्ष और कसी-टाइट-सी कमीज़। नहीं, ठहरिए। उसे कमीज़ नहीं कुछ और कहते हैं शायद। पता नहीं क्या कहते हैं—पर ऐसी कमीज़ है, जिसके नीचे सलवार नहीं पहनते। टाँगें नंगी रहती हैं। काफी सुडौल और गोरी टाँगें और ऊँची एड़ी के सैण्डल। चलती है टाक्, टका-टक। टाक्, टका-टक।

हाँ जी। मेरे साथ काम करती है अमेरिकन ऐम्बैसी में। वैसे तो उसे अमरीकन दूतावास भी कह सकते हैं—पर वैसे कहने में उतनी शान नहीं लगती, जितनी अमेरिकन ऐम्बैसी कहने में। वह भी ऐम्बैसी के कॉन्फीडेंशियल सेक्रेटरी की पी.ए. है और मैं भी।

अब ज़रा अपने साथ उसका सन्बन्ध भी बता दूँ। सुन लेंगे न आप। ईर्ष्या तो नहीं होगी न।

मैं सवेरे नौ बजे से अपनी सीट पर होता हूँ और वह ग्यारह बजे से पहले दफ़्तर में कभी नहीं आती। मैं दफ़्तर में जितनी देर होता हूँ मेरे पास ढेरों काम

होता है, कभी ख़त्म नहीं होता और वह जब तक दफ़्तर में होती है बॉस उसे कभी चुटकुले सुनाता है और चाय या कॉफी पिलाता है। कभी-कभी ह्विस्की भी चलती है।

ह्विस्की देखकर मेरी जीभ से पानी की बूँदें टपकने लगती हैं और वह मुझे बहुत डेयरिंग बना देती है। पीने के बाद भी और पीने से पहले भी। एक दिन ऐसे ही अवसर पर जब दौर चल रहे थे और हमारे बॉस और उस लड़की के बीच बहुत सारी बोतलें रखी हुई थीं, मेरे भीतर ह्विस्की ने डेयर डेविल जगा दिया।

मैं एक फ़ाइल लेकर बहाने से बॉस के केबिन में चला गया और बॉस के हस्ताक्षर करवाकर बड़ा विटी बनते हुए कहा, "सर! आप मुझे कभी ह्विस्की नहीं पिलाते।"

बॉस ने एक बार तीखी नज़रों से मुझे देखा। होंठ भींचे, कन्धे उचकाये और मुझसे भी अधिक विटी बनकर अँग्रेज़ी में कहा, "हम तुम्हारे सारे देश को रोटी खिलाते हैं।"

वह लड़की... भई। ऐसे बड़ी मुश्किल होती है। आप उस लड़की का नाम ही जान लीजिए—नीलिमा। तो हाँ नीलिमा बॉस की विट पर बहुत ज़ोर से हँसी और मैं रूमाल से अपने मुँह का पसीना पोंछता हुआ केबिन से बाहर आ गया।

बस एक बात और बताऊँगा अपने और नीलिमा के विषय में। हम दोनों का पद एक ही है, पर मुझे छह सौ रुपये मिलते हैं और उसे केवल साढ़े ग्यारह सौ।

अब थोड़ी-सी बात अपने दफ़्तर की भी हो जाए। देखिए, आप दफ़्तर का नाम आते ही 'बोर' कहकर कहानी से मुँह मत मोड़िए। बाद में मैं फिर नीलिमा की बात करने वाला हूँ।

तो हमारे दफ़्तर में कुछ एक अपवादों को छोड़कर केवल राजनीतिक बातें होती हैं। बात यह है कि अन्य विदेशी लोगों के साथ अमरीकी भी यहाँ काम करने आये हैं और वे काम करना जानते हैं। अपने राजनयिक प्रतिनिधियों के समान न तो वे विदेशों में सैर के विचार से जाते हैं और न अन्य देशों में आपके देश के समान देश के भीतर असफल या सैर के शौकीन रिश्तेदारों को इस बहाने से विदेश भेजा जाता है। इसीलिए वे डटकर काम करते हैं, जी खोलकर ऐश करते हैं, सहमत न होने पर रिज़ाइन करते हैं—नपुंसक नहीं हैं, वे—हमारे जैसे।

सारी! बात काफ़ी व्यावहारिक हो गयी। आपके साहित्यिक आदर्शों को चोट लगी होगी। मुझे बहुत अफसोस है।

तो मैं यह कह रहा था कि वहाँ राजनीतिक बातें होती हैं और केवल राजनीतिक बातें होती हैं। वैसे तो मुझे स्वयं राजनीति में बहुत रुचि है और मैं ऐसी बहसों में भाग लेना भी ख़ूब पसन्द करता हूँ, पर ये अमरीकी भारत के विषय में

बातें करते हुए भूल जाते हैं कि मैं भारतीय हूँ। ये साले ऐसे बातें करते हैं, जैसे हमारे सारे देश को यही पाल रहे हों, यही पढ़ा रहे हों, यही हमारी रक्षा कर रहे हों। आख़िर ये अपने आपको समझते क्या हैं। मेरे आत्मसम्मान ने कब से इस नौकरी पर लात मार दी होती...पर क्या करूँ। मैं जानता हूँ मुझे इस सारे देश में छह सौ रुपये और कहीं भी, किसी भी नौकरी में नहीं मिलेंगे। और पैसा बहुत बड़ी चीज़ है।

हाँ, पैसों की बात पर आया... क्षमा करेंगे, आपसे पूछे बिना पैसे की बात करने लगा। आप बुरा तो नहीं मानेंगे न? इसलिए पूछ रहा हूँ कि आप ठहरे मॉडर्न व्यक्ति। और मॉडर्न व्यक्ति केवल सेक्स की बात करता है। पैसे की बात तो कथा-साहित्य में प्रेमचन्दीय युग की बात हो गयी न। पर चलिए कोई बात नहीं। मैं पैसे और सेक्स की बात मिला देता हूँ। यानी पैसे और नीलिमा जैसी बिना सलवार के केवल कमीज़ पहनने वाली मॉडर्न लड़की की बात मिलाकर करता हूँ।

तो मुझे लगा कि बहुत दिन हो गये हैं... मेरा वेतन नहीं बढ़ा। मुझे प्रोमोशन नहीं मिला। इस देश में चीज़ों की क़ीमतें इतनी बढ़ती जा रही हैं। ऐसे तो गुज़ारा नहीं चलेगा। बॉस के पास जाने की तो हिम्मत नहीं थी मुझमें... आख़िर भारतीय हूँ... मैं नीलिमा के पास पहुँचा।

नीलिमा से वैसे कोई विशेष बात नहीं होती मेरी। बात यह है कि पहले ही दिन से मुझे लगा कि हम दोनों भारतीय हैं, इसलिए उसे मुझसे प्रेम करना चाहिए। हो सके तो मुझसे शादी भी कर लेनी चाहिए... फिर हम एक आरामदेह घर बनाएँगे और बच्चे पैदा करेंगे। पर उसने मेरी पत्नी बनने से ज़्यादा अच्छा बॉस की गर्ल-फ्रेण्ड बनना समझा। मर्ज़ी है उसकी। मैं क्या करूँ। ज़बर्दस्ती तो कोई है नहीं।

पर मेरी राष्ट्रीयता को बड़ी भयंकर चोट लगी। वैसे तो मैं उससे शादी करना चाहता था, पर जब उसने बॉस से इश्क करना शुरू किया तो मुझे उतना ही बुरा लगा जितना किसी को अपनी बहन के खुले आम किसी भंगी से सम्बन्ध रखने पर लग सकता है।

हाँ तो मैं नीलिमा के पास पहुँचा। मैंने उससे कहा कि वह बॉस से मेरा वेतन बढ़ाने की माँग करे। चाहे तो वह अपना वेतन भी बढ़वा ले।

इस बात पर वह हँसी। जैसे कह रही हो, मेरा वेतन मुझ पर छोड़ दो, तुम अपनी बात करो।

मेरा विचार था कि वह कुछ टाल-मटोल करेगी। पर वह मेरे सामने ही उठकर बॉस के केबिन में चली गयी। शायद वह अपना राष्ट्रीय धर्म... भीरुता... त्याग चुकी है। इसलिए वह किसी से भी कोई भी बेधड़क बात कर सकती है।

थोड़ी देर केबिन से नीलिमा और बॉस में होती बातों की आवाज़ आती रही। फिर नीलिमा बाहर आ गयी।

बोली, "सॉरी दोस्त। बॉस नहीं मानता। उसका कहना है तुम लोग नीच और कृतघ्न हो। तुम्हारी सहायता वह नहीं करेगा। वह तुम्हें खाना क्यों देता है। तुम्हारी रक्षा करता है। हर तरह की सहायता करता है और तुम्हारी सरकार अमरीका का विरोध कर उन अरबों के तलुवे चाट रही है, जिसने तुम्हें हमेशा जूते लगाये हैं। वह कहता है वह तुम्हारी ही नहीं सारे देश की मदद बन्द करवा देगा।"

मुझे बहुत क्रोध आया। मैंने कहा, "अरबों से हमारा बहुत पुराना सांस्कृतिक सम्बन्ध है। हम अपनी संस्कृति और सांस्कृतिक सम्बन्ध कैसे तोड़ सकते हैं। हमारी सरकार महान् है। हम आदर्शवादी हैं, हम मानवता..."

"चुप बे तकली कातने वाले," नीलिमा ने मुझे डपटकर कहा, "अपनी सरकार की तरह बकवास मत कर। तुम सांस्कृतिक परम्परा की दुहाई देते हो और तुम्हारे देशों में आये अरब विद्यार्थी तुम्हारे शत्रु चीन के दूतावास में शराब की पार्टियों में जाते हैं। इसराइल ने हमेशा तुम्हारा साथ दिया और तुम उससे राजनयिक सम्बन्ध नहीं रखते। चीन ने तुम्हें जूते मारे और मार रहा है और उससे तुम अपना सम्बन्ध नहीं तोड़ते। लाज-शरम तुमको है नहीं। सारे देश को दुनिया के हर देश में दस जूते लगते हैं और आप अपनी महानता बखानते हैं।"

"क्यों?" मैं ज़ोर-ज़ोर से बोलने लगा, "हम किसी से कम हैं क्या। चीनियों ने हमारे पी. विजय और रघुनाथ को मारा-पीटा, उन पर थूका तो हमने भी उनको प्रोटेस्ट नोट भेजा है। हाँ।"

नीलिमा चुप हो गयी। मैं गर्व से फूल उठा। उसके पास मेरी बात का कोई जवाब नहीं था। भारत माता की जय!

"अब बोलो।" मैंने उसे उकसाया।

"बोलूँ क्या।" झपटकर नीलिमा बोली, "तुम्हारा देश तो हिजड़ा है हिजड़ा। पौरुष है ही नहीं। नहीं तो इस देश के युवक यह सब सह जाते? आग लगा देते चीनी दूतावास को। चीनियों को शान्तिपथ के बिजली के खम्बों से लटका देते। उनके देश में तुम्हारे राजनयिक प्रतिनिधियों पर थूका गया। तुम्हारे देश की राजधानी में तुम्हारे विद्यार्थियों पर उन्होंने गमले फेंके। तुम्हारे पुलिस कांस्टेबल को चीनी ड्राइवर ने थप्पड़ मारा। तुम अपनी नपुंसक सरकार का मुँह देख रहे हो और संसद पर बहस कर रहे हो। लानत है तुम पर। पैंतालीस करोड़ भेड़ो! मुझे तुम पर तरस आता है...।"

सहसा मेरा ध्यान बहक गया। मेरी दृष्टि नीलिमा के मुख पर से भटककर उसके वक्ष पर से होती हुई उसके पेट पर आ ठहरी। उसका पेट उसकी बिना सलवार वाली तंग कमीज़ में काफी उभरा हुआ लग रहा था।

तो क्या यह सच है?—मैंने सोचा। मैं कई दिनों से दफ़्तर में ऐसी बातें सुन रहा था।

"नीलिमा।" मैंने पूछना चाहा, पर आगे कह न सका।

उसने आँखें उठाकर मेरी ओर देखा और प्रतीक्षा करती रही कि मैं आगे कुछ बोलूँगा। पर मैं कैसे पूछता?

"क्या है?" आख़िर उसी ने पूछा।

"बात यह है...।" मैंने बहुत साहस किया, "...बात यह है... देखो तुम नाराज़ न होना...।"

"ओह-हो! क्या है?" उसने मुझे डपटा।

डाँट का बहुत असर हुआ, मैं रो पड़ा, "मैंने सुना था कि तुम माँ बनने वाली हो। अब यह झूठ है तो मैं क्या कर सकता हूँ। लोगों का मुँह कौन पकड़ सकता है..."

वह बहुत ज़ोर से हँसी, "तुम रो क्यों रहे हो? और तुम्हें कौन कहता है कि तुम लोगों का मुँह पकड़ो। हाँ! मैं स्वीकारती हूँ, मैं माँ बनने वाली हूँ।"

"तुम! तुम सच कह रही हो नीलिमा?" मैं चीख़कर बोला, "तुम अभी अविवाहित हो।"

"हाँ! मैं अविवाहित हूँ।" नीलिमा बोली, "और बॉस ने इसीलिए कहा था कि वह मेरी एबार्शन करवा देंगे। पर मैं नहीं मानी।"

"पर क्यों नीलिमा?" मैं रो भी रहा था और चीख़ भी रहा था, "ऐसे जो तुम्हारा बच्चा होगा, वह दोगला होगा, हरामी होगा, दुनिया में उसका कोई सम्मान नहीं होगा..."

"चीख़ो मत।" नीलिमा ने मुझे डाँट दिया, "मैं जानती हूँ कि वह दोगला और हरामी होगा। पर उसका सम्मान मुझसे ज़्यादा होगा, तुमसे ज़्यादा होगा, क्योंकि वह भारत जैसे घटिया राष्ट्र का अंग नहीं होगा। मैं ज़िन्दगी भर अपनी राष्ट्रीयता के कारण लज्जित रही, पर मैंने अपनी अगली पीढ़ी को उससे उबार लिया है।"

मैं नीलिमा का मुख देखता रहा। क्या कहता। समझ गया उसने मुझसे शादी क्यों नहीं की थी। मुझे उसकी होने वाली सन्तान से बड़ी स्पर्धा हो रही थी। काश! हमारी पिछली पीढ़ी की माँओं ने भी ऐसी ही कोई बुद्धिमानी की होती। मेरा ख़ून खौलता रहा, पर मैंने किसी को गोली नहीं मारी, बम नहीं चलाया, कहीं आग नहीं लगायी। अपनी सरकार को कोसता हुआ, नंगी टाँगों वाली एक अँग्रेज़ी पिक्चर देखने चला गया। मेरी रगों में बृहन्नला का रक्त है।

□□□